비평의 아포리아

비평의 아포리아
Aporia of Criticism
ⓒ 이경재

1판 1쇄 발행 ┃ 2022년 3월 30일

지은이 ┃ 이경재
펴낸이 ┃ 정홍수
편집 ┃ 김현숙 이명주
펴낸곳 ┃ (주)도서출판 강
출판등록 ┃ 2000년 8월 9일(제2000-185호)

주소 ┃ 서울시 마포구 동교로17안길 21(우 04002)
전화 ┃ 02-325-9566
팩시밀리 ┃ 02-325-8486
전자우편 ┃ gangpub@hanmail.net

값 22,000원
ISBN 978-89-8218-298-3   03800

비평의
아포리아
—
Aporia of Criticism

이경재 지음

지금 저는 조그만 바닷가에 머물고 있습니다. 이곳은 서울에서 가장 멀리 떨어져 있는 도시, 그 도시에서도 가장 멀리에 있는 조그만 어항(漁港)입니다. 아침이면 파도 소리에 실려 해녀들의 숨비 소리가 들려오고, 여기저기에서는 이곳의 명물인 미역 말리는 손길이 분주합니다. 이곳에서 제가 하는 일이라고는 그저 바다를 보고 보고 또 보는 일입니다. 질릴 만도 하건만, 바다를 보는 일은 언제나 새롭습니다. 바다는 단 하루도 어쩌면 단 한순간도 같은 모습인 적이 없는 것 같습니다. 아마도 무시무종(無始無終)의 철학적 진리란 저 바다를 누구보다 오래 바라본 어떤 이의 깨달음이었는지도 모르겠습니다.

문학도 저 바다와 같다는 생각이 듭니다. 한 시대를 특징짓는 경향은 물론이거니와 한 명의 작가 혹은 단편소설 하나도 저에게는 저 무한의 바다처럼만 느껴집니다. 바다의 매혹에 이끌려 그 속에 발을 담그거나 용기를 내어 조그마한 배라도 타고 멀리 나가보지만, 제가 건질 수 있는 것이라고는 바다가 지닌 흔적의 흔적일 뿐입니다. 머리를 쥐어뜯으며 문학의 의미를 찾아 헤매는 저의 모든 노력도 결국에는 저 대양의 작은 물거품으로 돌아갈지 모릅니다. 그러나 아이러니하게도 바다의 무한이 온전히 확인되는 순간은 바로 그 무망한 고투가 쌓이고 쌓인 후라는 생각을 해봅니다. 그렇기에 비평은 언제나 하나의 아포리아(aporia)로 제게 다가옵니다. 비평은 그저 무한 반복의 운동으로서만 존재하는 파도와도 같은 일입니다.

『비평의 아포리아』는 문학이라는 바다를 오랜 시간 바라본, 때로는 물안경 하나만 가지고 그 심연 속에 잠수해본 기록의 일부입니다. 1부는 주제론에 해당하는 글들로, 여기에서는 우리 시대 한국문학의 가장 핵심적인 과제에 도전해보았습니다. 이 과제에는 재현을 둘러싼 여러 가지 난제들, 독자와의 소통을 위한 새로운 방안, 애도되지 않은 역사의 파국적 귀환, 말년성의 미학적 형상화 등이 포함됩니다. 2부는 작가론에 해당하는 글들로, 1950년대에 등단한 작가부터 2010년에 등단한 작가까지 총 일곱 명의 소설가(정연희, 전상국, 최윤, 하성란, 노정완, 해이수, 채영신)를 통해 지난 반세기 한국문학의 전개 양상을 살펴보고자 한 노력의 결과물입니다. 그들이 펼쳐간 존재에의 지향, 분단 상처의 극복, 타자에 대한 이해의 (불)가능성, 현대 사회의 인간 소외, 가족이라는 형식의 근원적 한계, 한국 현실의 저변에 대한 탐색, 삶의 심연이 지닌 폭력과 희망 등은 한국문학의 가능성과 비평의 보람을 동시에 느끼게 해주었습니다.

3부에서는 최근 한국소설이 가닿은 성취를 대변할 수 있는 소설들(『철도원 삼대』, 『악어』, 『총구에 핀 꽃』, 「희박한 마음」, 『일곱 해의 마지막』, 「휴가 중인 시체」, 『탑의 시간』)을 나름 자세하게 비평해보았습니다. 기본적으로 작품이 지닌 특징과 의의 등을 살펴보았지만, 동시에 작품 하나의 해명에 시종하기보다는 한국소설의 중요한 문제의식과 그에 대한 고민을 아울러 드러낼 수 있도록 고민하였습니다. 노동소설의 21세기적 가능성, 제국과 제국주의의 관련성, 국가폭력의 역사적 문제성, 여성을 둘러싼 공포와 불안의 정체, 이념이 사라진 자리에 남는 작가적 진정성, 죽음 충동의 문학적 형상화, 세련된 연애 서사의 존립 여부 등이 3부에 수록된 작품론들을 통하여 탐구해본 핵심적 테마들입니다. 4부에서는 최근 한국문학이 낳은 비평들을 대상으로 하여, 한국비평의 맥락을 조망해보고자 노력하였습니다. 대상이 된 비평들은 통일을 지향하는 실천적 사유, 창발적 문학 탐구의 전범, 리얼리즘의 새로운 가능성에 대한 성찰, 역사·유물론적 문학 이론의 계보 등을 탐색한 것들입니다. 특히 첫번째 수록된 「이어령과 김윤식에게 일본이란 무엇인가?」는 최근에 이르러 더욱 문제적인 관계로 부상하고 있는 일본이라는 대상이 한국비평에 작용하는 구체적인 양상을 살펴본 글입니다.

문학의 바다에 매혹되어, 아이처럼 그저 바라보고 때로는 감탄하기를 멈추지 않은 결과 어느새 여러 권의 평론집을 내놓게 되었습니다. 처음 문학평론을 시작했을 당시와 지금의 저는 같은 평론가라고 보기 어려울 정도로 여러 가지 변화를 거쳐왔습니다. 그럼에도 끝내 포기하지 않은 나름의 원칙 하나는 가능한 정확하게 읽자는 것입니다. 바다와도 같은 문학이 품고 있는 가능성은 무한이겠지만, 언제나 저의 비평이 무한의 정확한 일부이기를 갈망해왔습니다. 이러한 욕망은 시간이 갈수록 오히려 더욱 강렬해지는 것 같습니다. 여기 실린 글들은 바로 그 과도하다 싶을 정도로 자세하게 읽고자 한 욕망의 결과물들입니다. 그것이 과연 그토록 원하는 정확성에 이르렀는지는 알 수 없지만, 거기에 이르고자 한 분투의 산물이라는 사실만은 변함이 없습니다.

역시나 이번 평론집도 많은 분들의 은혜가 없었다면, 이 세상의 빛을 보지 못했을 것입니다. 어쩌면 그분들의 마음이야말로 진정 저 바다처럼 무한한 것인지도 모릅니다. 특히 비평가가 되기 이전이나 지금이나 늘 친절하게 문학의 세계를 안내해주신 정홍수 선생님과 꼼꼼하게 교정을 봐주신 이명주 선생님께 진심으로 감사드립니다.

2022년 2월
이경재

**차
례**

1부

재현과
환기

우리 시대 재현의 세 가지 빛깔

정이현, 최민우, 손보미

소설과 재현

근대소설이 이전의 서사 장르와 가장 구별되는 것은 구체적 시공을 배경으로 한 재현을 기본적인 미학의 태도로 삼아왔다는 점이다. 식민지라는 특수한 상황에서 출발하여 분단과 전쟁, 그리고 산업화와 민주화 등을 거친 한국의 근대문학은 현실과의 관련성을 더욱 크게 요구받았다. 대략 20세기까지는 전형적 인물이 겪는 일상적 삶의 세부를 구체적 시간 속에서 묘사하거나 인간관계의 사회 · 역사적 복잡성과 환경을 총체적으로 드러내는 것이 재현의 이상으로서 존재했다고 볼 수 있다. 보편성과 개별성을 지양한 전형성을 통해 현실을 재현하는 것이야말로 하나의 규제적 이념으로서 한국소설계에 존재했던 것이다. 그러나 21세기에 들어 재현은 더 이상 그러한 지위에 놓여 있지 않다.

이러한 변화는 크게 두 가지 측면에서 이루어졌다. 첫번째는 전형성이나 총체성의 개념으로 감당할 수 없을 만큼 복잡해지고 모호해진 현실의 변화를 들 수 있다. 지금의 현실에서 재현을 가능케 하는 초월적 지평을 확보한다는 것은 여간 어려운 일이 아니며, 이러한 상황에서는 이전의 재현을 반복하는 것이 지금의 현실과는 무관한 물신화된 관념론의 소설적 번안이 될 수도 있는 것이다. 다음으로는 각종 포스트(post-) 담론들을 통해 재현의 기반이 되는 진리적 원본성이 부정된 것을 들 수 있다. 재현에서는 원본이라는 근원이 초월적 기의로 존재할 수밖에 없는데, 우리 모두가 공유하는 삶이나 현실로서의 원본이란 더 이상 존재하지 않는다는 것이 하나의 상식으로 널리 공유된 것이다. 나아가 들뢰즈와 같은 철학자는 재현이 지닌 폭력적인 성격까지도 지적하였다. 원본이라는 동일자를 고집하는 한, 재현의 '재(re)'는 "차이들을 잡아먹는 동일자의 개념적 형식"[1]을 의미한다는 것이다.

이러한 상황에서 여전히 현실과의 관련성을 놓지 않으려는 몇몇 작가들은 시대의 리얼리티를 재현하기보다는 시적인 목소리를 통하여 시대의 실재를 환기하는 데 치중하였다. 이러한 경향이 거둔 성과는 적지 않지만 동시에 현실에 대한 본원적인 탐구가 근본적으로 제

---

1 질 들뢰즈, 『차이와 반복』, 김상환 옮김, 민음사, 2004, 144면.

약되어,[2] 결국에는 자본의 추상적이고 유령적인 분위기만이 전달되는 수준에 머무는 한계도 발견할 수 있었다. 또한 재현과 관련해 나름 활기를 띠고 논의된 작품들, 일테면 조갑상의 『밤의 눈』(산지니, 2012), 김원일의 『아들의 아버지』(문학과지성사, 2013), 한강의 『소년이 온다』(창비, 2014) 등은 수십 년 전 과거를 다룬 것이라는 사실도 주목할 필요가 있다. 본래 재현이 시대의 거대한 문제들에 뿌리내리고 현실의 진정한 본질을 가차 없이 드러내는 것임에도, 21세기 현실을 작품화한 경우가 없다는 것은 재현의 성격이 변모하고 있음을 보여주는 하나의 반증일 수도 있는 것이다. 이 글에서는 최근에 출판된 작품들을 중심으로 재현이 지금의 한국문학에서 나타나는 양상과 그것이 지닌 의미를 살펴보고자 한다.

맹목과 불안 사이에서

정이현의 「알지 못하는 모든 신들에게」(현대문학, 2018)의 「작가의 말」은 이 작품을 읽기 위해 꼭 필요한 열쇠를 제공하고 있다. 「작가의

---

2 대표적으로 김사과는 『테러의 시』와 같은 작품을 통해 모호한 이미지, 분위기만으로 충만한 비유, 내면에 바탕한 추상을 통해 현재의 악마적인 현실에 걸맞은 내적 형식을 끄집어내고 있다. 이를 통해 드러난 세상의 폭력과 공포는 객관화된 형상 이전의 실감으로 독자에게 전달된다(졸고, 『재현의 현재』, 창비, 2017, 25면).

말」은 "'아마도 나는, 나와 영원히 화해하지 못할 것이다'라고 끝나는 소설을 쓴 적이 있다"라는 문장으로 시작된다. 그리고 바로 이 소설은 "어쩌면 그 하나의 문장에서 시작되었다"라고 고백하는데, 바로 이 문장은 단편 「어금니」(작가세계, 2006년 가을호)의 마지막에 등장한다.

「어금니」는 자기 보존에만 극단적으로 매달리는 중산층 가정 부인의 감각과 의식을 생생하게 보여주는 작품이다. 그것은 특히 "올바른 판단기준 따위에는 아무 관심도 없"이 동승자인 여자 중학생을 죽게 만든 교통사고를 낸 아들을 보호하는 것에만 전념하는 주인공을 통해 섬세하게 드러난다. "날씨 맑음. 과도한 동물성 지방 섭취를 주의할 것"과 같은 일상적 문구로 가득한 그녀의 일기장은 인간 되기를 포기함으로써 완성된 것이다. 마지막 문장인 "아마도 나는, 나와 영원히 화해하지 못할 것이다"는, 그녀가 자기소외의 상태에 빠져 있음을 보여준다.

「알지 못하는 모든 신들에게」에서 20년째 약사로 살아온 세영에게도 자기 보존 욕구만 남아 있다. 첫 문장이 "아침에 눈을 뜨면 하루를 시작할 이유에 대해 생각해보는 것은 세영의 오랜 습관이다"인 것에서도 알 수 있듯이, 세영이 보존하려고 하는 삶이란 사실상 무의미하며 그렇기에 그녀의 강렬한 욕망은 하나의 맹목에 불과하다. 그녀의 가장 핵심적인 특징은 자신만의 삶에 충실하고 타인의 삶에 개입하고 싶지 않다는 것이다.[3]

---

3 "세영은 남의 인생에 영향을 끼치는 일은 손톱의 때만큼도 하고 싶지 않았다"라거나 "남의 인생

이런 세영에게 시험이 닥쳐온다. 같은 대단지 아파트에 사는 중학생 양은석과 차지수가 유강을 폭행한 일이 발생한 것이다. 세영은 학교폭력 대책 자치 위원회에 참석하여 자신의 의견을 피력해야 하는 상황과 마주한다. '남의 인생에 개입하고 싶지 않다'가 삶의 신조인 세영에게 이 일은 꺼려지는 일일 수밖에 없다. 유강의 할아버지는 세영에게 수십 통의 문자 메시지를 보내지만 세영은 이를 모른 척한다. 이처럼 타인과 최대한 거리를 두려는 태도는 은석 엄마나 지수 엄마를 대할 때도 마찬가지다. 결국 세영은 학폭위에 가지 않고 남편에게로 가는데, 그것은 말 그대로 "그냥 도망"간 것이다.

세영이 보여주는 이러한 맹목과 관련해 한 단계 더 나아간 인물이 남편인 무원이다. 무원은 아버지로부터 물려받은 영동의 작은 호텔을 운영하며 그곳에 머문다. 인터넷 기사에 배설에 가까운 댓글을 다는 것이 주요한 활동인 무원이, 지금 유일하게 관심을 갖는 일은 아파트 재건축에 관여하는 것이다. 무원은 '재건축 추진 예비 위원회의 구성을 위한 입주자 대표 모임'에 참석할 때만 집에서 잠을 자고, 위원회의 간부로도 활동한다.

무원은 소외의 극단에 이르러 자기를 완전히 상실한다. 그렇기에 "이상스러운 바가 있었다"고 표현될 정도로 몰입하는 인터넷 커뮤니티에서, 무원은 자신이 아닌 세영처럼 약국을 운영하는 여성 행세를

에 그렇게까지 개입하고 싶지는 않다는 것이 세영의 솔직한 심경이었다"라는 말이 반복된다.

한다. 무원은 아내인 세영과 소통을 하는 것이 아니라 세영과 합체된 상태이다. 그가 게시판에 쓸 때 가장 염려하는 것은 "자신의 글이 딱 자신이 쓴 것처럼 보일"지도 모른다는 점이다. 이것에 비하자면 "30대 여성 약사처럼 보이지 않을까" 하는 불안은 별거 아니다. 즉 그는 자신이 자신으로부터 낯설어지는 것을 가장 중요하게 여기는 것이다.

「알지 못하는 모든 신들에게」에는 '맹목'과 더불어 '불안'이라는 감응이 끼어든다. 「어금니」에서 과기대에 다니며 중학생 동승자를 죽게 한 사고를 내고도 완벽한 무감각에 빠진 아들과 달리, 세영의 딸인 열네 살의 도우는 민감하게 반응한다. 결국 학폭위에서는 가해자 측의 입장에 가까운 결정이 내려지고, 유강은 다음 날부터 등교하지 않는다. 이후 유강은 동네에서도 거의 사라지다시피 하고, 결국 "미안해요"라는 말이 쓰여진 메모를 남기고 자살함으로써 이 대단지 아파트에 모습을 드러낸다. 도우는 유강의 죽음 앞에서 눈물을 흘리며 격한 슬픔을 드러내고, 장례식장에도 간다.

이 사건 앞에서도 세영이 관심을 갖는 것은 역시나 자기 보존이다. 도우가 진심으로 유강의 죽음을 애도하는 순간이 되자, 세영은 이전의 무관심을 반성하는 대신 자기 보존의 욕망으로 활활 타오른다.[4] 그리해서 학폭위 당일에 유강의 할아버지가 보낸 문자를 비롯한 스

---

4 도우가 장례식장에 가자 유강 할아버지의 "다 죽여버린다고, 저 학교 놈들 몽땅 다 죽여 버릴 거라고"라는 말이 세영의 심장 한가운데를 쩍 갈라놓는다.

무 통 넘는 메시지는 오히려 유강 할아버지가 도우를 대상으로 벌일 인질극의 유력한 알리바이로만 비쳐질 뿐이다. 세영은 전력을 기울여 빈소를 찾아가서, 빈소 문을 부수듯이 열고 안으로 들어간다.

그러나 이 순간도 도우는 "진심"으로 유강 할아버지의 늦었으니 돌아가라는 말에, "우리가 가버리면 아무도 없잖아요"라며 빈소에 남는다.[5] 이 모습을 보고 세영은 "이름도 알지 못하는 세상의 모든 신들에게 간구하는 밤이 언젠가 올 것이다. 짐작보다 더 빨리"라는 깨달음에 도달한다. 그러나 이러한 세영의 예상이 무책임한 봉합이나 난데없는 회개로 읽히지 않는 것은, 처음부터 세영에게는 "노골적으로 무책임한 인간으로는 보이고 싶지 않다"는 자의식이 존재했기 때문이다. 「알지 못하는 모든 신들에게」가 「어금니」와 같은 단편에 머물지 않고 중장편이 될 수 있었던 것도 '자기 보존을 위한 맹목'과 '타인의 시선으로부터 비롯된 불안'의 공존을 주요한 이유로 들 수 있다.[6] 따라서 이 마지막 발언은 세영의 두 가지 감각과 인식 사이에서 벌어지는 긴장과 갈등의 드라마가 최종적으로 도달한 지점으로 볼 수도 있는 것이다.

---

5 사실 이러한 도우의 모습은 유강이 전학 왔을 때, 세영이 유강이 어떤 아이냐고 묻자 "착한 애 같아요"라고 말했을 때부터 어느 정도 드러난 것이다. 그 대답은 세영이 바라던 답, 즉 "어느 지역의 중학교에서 전학을 왔으며, 어느 영어학원에 다니고 있는지 같은 것"과는 "다른 방식의 것"이다.

6 이것은 "맹목과 불안 사이를 서성이는 사람에 대해" 쓰려 했다는 것을 완성한 후에 알게 되었다는 「작가의 말」에서도 확인된다.

이 작품은 단순하게 개인의 내면에만 함몰되는 차원에서 한 단계 나아간다. '맹목'과 '불안' 사이를 넘나드는 그녀의 심리 이면에는 지금의 현실이 강력한 힘으로 가로놓여 있는 것이다. 학폭위로부터 도망가는 것이나 애도의 순간에도 자기 보존만을 생각하는 것은, 살기 위한 하나의 방편이었는지도 모른다. 세영은 "차갑거나 속을 알 수 없는 약사라는 평판을 얻더라도 귀는 적당히, 입은 철저히 닫고 지내야 생존할 수 있었"던 것이며, 유강의 할머니가 왔을 때 처방하는 것에서도 드러나듯이 "무책임해 보이지 않으면서 사후 곤란을 당하지 않을 만한 선을 지키는 것이 중요"했던 것이다. 세영은 그 세밀한 방법은 다르지만, '한 시대의 가장 중요한 사회, 도덕, 영혼의 모순들이 살아 움직이는 하나의 통일성으로 얽혀 짜여'진 우리 시대의 한 전형이라고 볼 수도 있다. 마지막 문장에서 극적으로 표현된 '맹목'과 '불안'의 긴장을 통하여, 세영은 다른 인물들과 구분되는 개별성과 이를 넘어서 자신이 속한 집단의 보편성을 동시에 대변하고 있는 것이다.

빛에서 그림자로

최민우의 『점선의 영역』(창비, 2018)에는 그림자와 그 그림자의 사라짐이라는 판타지가 작품의 중핵으로 놓여 있다. 이 그림자는 열한번 실패하고 열두번째 취업에 성공한 '나'가 업무협약 문제로 공기업을 방문한 자리에서 만난 여자 친구 서진의 것이다. 서진은 담당과장을 보좌하는 계약직 인턴이었고, 정규직 전환을 약속받았지만 내정자에게 밀려 얼마간을 버티다가 그곳을 그만둔다. 서진이 자신이 취직하고 싶어하던 미디어 기업에서 자신의 롤 모델이기도 한 부장에게 혹독한 꼴을 당한 후, 그녀의 그림자는 사라진다.[7]

서진은 인턴 시절 자신이 버티지 못했다고 생각한다. 버틴다는 것은 "견디고, 감내하고, 스스로 납득하고, 그래도 혹시 응어리진 부분이 남아 있으면 다리미로 깔끔히 편 다음에 잊어버리는 것"이다. 면접 때 부장이 "자기주장이 강한 분"이라고 말한 것은 바로 서진이 공기업에서 버티지 못했다는 것을 의미한다. 그것은 "세상 이치가 원래 이런 것이라고 납득하고, 내 자리에 들어올 운 좋은 아이의 행운을 빌면서, 날짜에 맞춰 얌전히 짐을 싸고 나"오지 못했다는 말이기도 하다. 버틴다는 것은 외부의 어떠한 부당함도 자신의 탓으로 돌리고 스스로 견뎌내는 것을 뜻한다. 서진은 스스로도 "내가 그때 버티지 못한 벌을 이제 받는 거구나"라고 생각한다. 그 순간 바로 마음 깊은 곳에서 설명할 수 없는 증오가 끓어오르고, "모든 것을 먹잇감으로 삼으려 날뛰는 거대한 짐승 같은 증오심"이 "그림자"를 서진으로부터 분리해버린 것이다.

---

7 면접 내내 어색한 분위기가 감돌고, 결국 부장은 "확실히 자기주장이 강한 분이시네"라는 말을 건넨다. 공기업에 다니던 인턴 시절 그녀의 상사는 "그녀가 자기주장이 강하다는 소문"을 내고 있었던 것이다.

그림자는 모든 것을 자신의 책임으로 돌려야 하는 사회, 그러한 사회(시스템) 앞에서 한없이 무력한 자신으로부터 비롯된 것이라고 할 수 있다.[8] 그림자를 보낸다는 것은 바로 그 자신이 더 이상 모든 것을 자신의 책임으로 돌리는 사회와 무력한 자신에게 증오를 느끼지 않겠다는 것을 의미한다. 이처럼 그림자를 떠나보내는 것은 "자기주장이 강한 분"으로서 기존 사회를 향해 분노를 표출하는 것이 아니라, '자기주장이 강한 분'이기에 겪는 증오를 포기하는 것이라고 할 수 있다. 서진이 느낀 증오야말로 새로운 세상으로 나아갈 수 있는 하나의 시작일 수 있기 때문이다. 어쩌면 증오야말로 서진이 하나의 주체임을 드러내는 유일한 증거인지도 모른다.[9] 그림자가 서진의 몸에서 떨어져 나가자 서진은 자신이 "가벼워진 것 같았다"고 느끼며, 그림자가 없어서 자신이 "행복하다는 사실"을 깨닫는다. 이후에는 그림자가 자신에게 돌아오려는 것을 막는데, 이는 다시는 책임을 떠안는

---

8 서진의 롤모델이자 면접관이었던 부장은 이전의 인터뷰에서 "결정적인 순간에는 저돌적이어야 해요. 사냥과 똑같아요. 단숨에 숨통을 끊어야죠"라고 말했었다. 서진은 면접을 마치고 나와서는 "사자의 인문학"이란 이름이 붙은 강연을 듣는다. 강연자는 "지금 당신들이 겪고 있는 모든 문제의 중심에는 결국 나태함이 있다는 것이다"라는 식의 말을 한다. 이것 역시 모든 책임을 개인에게 돌리는 사회의 모습을 압축해놓은 것이라고 할 수 있다. 결코 그러나 "자신의 형상을 찾아 조각해야 합니다"라는 말을 들으며, "자신의 형상을 조각해서 세상 밖으로 나가면 옛 직원의 험담을 퍼뜨리는 상사가 앞길을 가로막지 않게 될까? 면접자가 자기주장이 강하다며 비웃는 면접관이 자기가 한 일을 반성할까?"라고 생각한 것에서 알 수 있듯이, 강연자의 그 우격다짐식 강연은 서진의 무력함만을 강화시키는 하나의 폭력에 가깝다.

9 그림자와 서진은 동일시되기도 한다. '나'는 그림자를 만났던 벤치에서 "낮에 본 그림자처럼" 혹은 "낮의 그 그림자처럼" 일어나는 것을 발견하는데, 그것은 바로 서진이었던 것이다.

온전한 주체가 되지 않겠다는 다짐이라고도 할 수 있다.

그림자를 떠나보내고 그것을 받아들이기도 거부하는 것이 주체의 포기에 해당한다는 것은, 그림자를 잃어버린 후 서진이 점차 사라지는 것을 통해서도 드러난다. 그림자가 사라지자 "서진은 나를 제외한 누구에게도 보이지 않는 존재가 된"다. "서진은 오로지 자기 자신에게만 집중"하는데, 그것은 자신을 잃는 것이기도 하다. "그녀는 유리처럼 투명해져서, 지극한 행복에 빠져든 채, 또는 완전한 무관심에 홀린 채 사라질 것"으로 여겨진다.

그렇다면 무엇이 서진으로 하여금 주체 되기를 포기하게 만든 것일까? 그것은 이 사회가 시스템에 의해 완전히 통제되는 사회라는 것과 관련된다.[10] 이러한 상황에서 자신의 주장을 내세우고, 사회를 향해 정당한 분노를 터뜨리는 것은 용납될 수 없다. '나'가 다니는 회사는 "데이터의 가공, 판매, 활용을 전문으로 하는 기업"이며, '나'의 "선별하고 정리하면 신호가 됩니다. 신호는 패턴을 형성하고, 패턴은 앞날을 알려줍니다. 앞날을 알면 전략이 생겨납니다. 미래를 뜻대로 할 수 있는 거죠"라는 말에는 빅데이터를 활용한 통제사회의 모습이

---

10 최민우의 「이베리아의 전갈」(『문학동네』, 2013년 여름호)은 과연 감시와 통제가 일상화되고 자본주의적 시스템이 쇠우리처럼 정교해진 현대사회에서 진정한 자유란 가능한 것인가를 옐로, 블랙, 브라운이라는 세 명의 국가정보원을 통하여 묻고 있다. 최민우 「머리 검은 토끼」(『세계의문학』, 2013년 가을호)는 트로트 가수 덕진과 펑크 록 밴드 베이시스트의 표면적인 이질성과 이면적인 동질성을 통해, '그릇에 담긴 물'처럼 변화 없는 세상의 특성을 드러내었다.

분명하게 드러나 있다. 통제사회가 주체의 성립을 불가능하게 한다는 것은, 서진에게서 떨어져 나간 그림자가 벌이는 일들, 일테면 정전이나 이상한 소음과 냄새 등의 괴상한 일들이 모두 꽉 짜인 알고리즘에 오류를 만들어내는 것이라는 사실에서도 암시된다.[11]

꼭 그림자를 포기하는 방식을 통해서만 통제사회에서 벗어날 수 있는 것은 아니다. '나'는 우울증 사전 예측 프로젝트를 성공시키기 위해 거래업체 담당자를 만나 상담기록을 받으려고 한다. 이것이 성공하여 알고리즘을 기업의 인사채용에 도입하면 이력서에 쓴 자기소개나 면접 때 사용하는 말을 근거로 누가 우울증에 걸릴지 예측해서 걸러낼 수 있는 것이다. 거래업체 담당자는 프로젝트와 관련된 서류를 전부 다 들고 사라지며, 팀장에게 "내 미래를 너희들 뜻대로 정하도록 방관하지 않겠다"는 문자 메시지를 보낸다. 그는 결코 자신의 주체 위치를 포기하고 싶지 않았던 것이다. 그러나 거래업체 담당자가 이 사회로부터 사라져서 끝내 나타나지 않는 것도, 결국 이 통제사회에서 사라진다는 것을 의미한다는 점에서 온전한 주체가 되지 못한 것으로 볼 수 있다.

결론은 해피엔딩이다. 그토록 취업이 어렵던 서진은 자기를 떨어뜨린 제작부장이 퇴사 후 새로 차린 소규모 제작사에 입사하는 것이

---

11 「점선의 영역」에서 할아버지의 정확한 예언도 시스템에 의해 지배되는 지금 세상의 모습에 대한 비유로 독해할 수 있다. 예언자인 할아버지 역시 "당신 역시 자신도 모르는 무언가를 전달하는 사람일 뿐"이기 때문이다.

다. 그것은 통제사회에서 주체가 숨 쉴 수 있는 작은 틈이라도 발견했다는 의미일까? 다음의 인용문에는 우여곡절 끝에 '나'가 도달한 자리가 어디인지 잘 나타난다.

사람들은 예언과 종말을 혼동하곤 한다. 예언이 실현되면 모든 게 끝나는 것이라 생각한다. 마치 옛날이야기의 마지막 줄처럼. 하지만 목숨이 다하지 않는 이상 예언이 이뤄지고 나서도 삶은 이어진다. 실은 예언이 이뤄지기 전에도 마찬가지다. 예언이라는 확고부동한 점이 있다고 삶이 분명해지지는 않는다. 그 점의 앞뒤에, 위아래에 다른 점을 찍는 건 우리 자신이다.

이토록 강고한 시스템의 세계에서 갑자기 이렇게 환히 열린 자유의 세계는 조금 갑작스러운 것이기도 하다. 이것은 강고한 시스템에 맞서서 작은 균열이라도 낸 것이라기보다는 시스템 자체를 새롭게 이해하고, 그것에 맞서 자신의 태도를 수정한 것이라고 볼 수도 있을 것이다.

최민우는 재현과 관련해 지난 20여 년간 한국소설계에서 일어난 '리얼리티(reality)의 재현'에서 '리얼(real)의 환기'로 이어진 변화를 압축적으로 보여준다. 등단작인 「[반:]」(『자음과모음』, 2012년 겨울호)은 불법 상품 판매 현장을 배경으로 하여, 당대 현실에 대한 끈적한 실감을 보여주었다. 이러한 특징은 2000년대 소설의 주요한 특징

중의 하나가 '실재(the real)에 대한 관심'이었다는 점을 고려할 때, 매우 이례적인 모습이었다. 그러나 첫번째 경장편 소설인『점선의 영역』은 그림자와 그림자의 사라짐이라는 환상을 통하여 '리얼(real)의 환기' 쪽으로 다가서고 있다. 이것은 현실이 더 이상 유기적이고 인과적으로 파악될 수 없을 만큼 복잡하고 파편화된 상황에서 나타난 필연적 현상으로 보인다.『점선의 영역』이 젊은 세대가 느끼는 심리적 현실과 공고한 사회의 억압적 측면 등을 떠올리게 하는 나름의 문학적 성과를 거둔 것도 사실이다. 그러나 동시에 실재에 대한 지나친 강박 역시 현실(reality)에 대한 물신화된 거부로 이어질 수 있다는 점에서 문제가 될 수 있다.[12] 사람들의 구체적인 상호작용과 생산과정의 작동 방식에 바탕한 현실 대신에 근원적인 자본의 냉혹하고 추상적이며 유령 같은 흐름만이 전면화 될 가능성도 존재하는 것이다. 이 작품의 결말에 드러난 낙관과 모호성은 '리얼리티(reality)의 재현'이 여전히 핵심적인 과제임을 보여준다고도 할 수 있다.

---

12 라캉은 현실(reality)과 실재(the real)를 다음과 같이 구분한다. 현실은 실제 인간들이 상호작용과 생산과정에 참여하는 사회 현실인 반면, 실재는 사회 현실 속에서 일어나는 일을 결정하는 자본의 냉혹하고 '추상적'이며 유령 같은 논리이다(슬라보예 지젝,『멈춰라, 생각하라』, 주성우 옮김, 와이즈베리, 2012, 185면).

대관람차와 함께 살아가기

손보미의 소설집 『우아한 밤과 고양이들』(문학과지성사, 2018)에서 무엇인가가 미리 있음(presence)이라는 것은 상상하기 힘들다. 재현이란 말 그대로 무엇인가가 미리 있음을 전제로 해서만 성립한다. 그러나 손보미의 소설은 그 무엇인가가 미리 있음을 철저히 거부하는 서사이자, 그러한 거부 위에서만 성립하는 서사이다.

소설집의 맨 앞에 놓인 짧은 분량의 「무단 침입한 고양이들」은 이번 소설집의 서문과도 같다. 이 작품의 그는 1년 전 헤어진 여자 친구로부터 자신의 집에 고양이가 무단 침입했다는 연락을 받는다. '나'는 이 무단 침입한 고양이들이 "나 자신을 잃어버리게 만"들거나 반대로 "내 자신이 어떤 사람인지 분명하게 깨닫게 만드는 것"이라고 말한다. 실제로 '나'는 고양이의 침입으로 자신이 "고양이를 좋아하는 그런 종류의 인간"이라는 것을 새롭게 깨닫는다. 이처럼 손보미의 소설에는 일상의 논리로는 쉽게 해명되지 않는 사물이나 사건이 갑자기 출현하며, 이것은 소설 속 인물들을 새로운 세계로 이끈다. 이러한 사물이나 사건은 들뢰즈가 말한 '낯선 기호'에 해당한다.[13] 이때

---

13 이 낯선 기호는 익숙해진 감정으로 영토화된 사유에 폭력을 행한다. 낯선 기호와의 만남을 통해서 새로운 사유와 감정이 생성된다. 이 기호는 분명하게 규정지을 수 없는 사물들로서, 우리의 인식 능력을 교란시키고 고장나게 한다. 주지하다시피 들뢰즈에게 기호는 우리 사유 능력들(지성과 상상력, 이성)을 불일치하게 만드는, 미학적 사유의 원천이 된다. 지성의 능력

의 '낯선 기호'는 무언가를 지시하는 재현물이 아니라 사유를 발생시키는 감각적 재료다. 나아가 손보미의 소설 자체가 독자들에게는 무단 침입한 고양이가 되어 "나 자신을 잃어버리게 만"들거나 반대로 "내 자신이 어떤 사람인지 분명하게 깨닫게 만"든다.

손보미가 매력적으로 만들어내는 '낯선 기호'가 촉발하는 사유는 대부분 합의된 리얼리티에 도달하는 것이 불가능하다는 것을 보여준다. 손보미에게는 현전 대신 끊임없이 되풀이되는 재현의 순간만이 존재할 분이며, 현전은 언제나 사후적으로 간신히 구성되었다가 그마저도 곧 부인되고는 한다. 「산책」과 「상자 사나이」는 이러한 작가의 생각을 집요하게 보여준다.

「산책」에서는 아버지가 산책하는 이유와 아버지의 이야기 속에 등장하는 젊은 부부가 거대한 의문부호의 대상이 된다. 서울 근교 주택가에 혼자 사는 아버지는 어느 날부터 밤에 전화를 받지 않는 일을 반복한다. 아버지가 "같은 동네에 사는 노부인과 눈이 맞았다"고 믿는 딸은, 이후 전화를 받지 않는 날이면 남편과 함께 그게 몇 시든 아무런 상관도 하지 않고 아버지가 사는 동네를 방문한다. 어느 날 그녀는 "딸이 이렇게 밤늦은 시간에 집 앞까지 와서 자신의 안부를 확인하고 있다는 사실"은 꿈에도 모르는 아버지 앞에 모습을 드러낸다.

을 마비시키고 우리의 영혼을 혼란스럽게 하는 이런 기호는 오로지 감수성에 의해서만 느껴지고 감각될 수 있을 뿐이다.(채운, 『재현이란 무엇인가』, 그린비, 2009, 157~165면)

아버지는 자신을 염탐한 것에 불쾌해하며, 산책은 자신의 "취미 생활"이라고 말한다. 그러나 그녀는 그것을 "거짓말"로 받아들인다. 그리고 아버지는 "죽을 때까지" 비밀로 간직하려고 했던 사실, 즉 동네 놀이터에 한 달에 두세 번 정도 젊은 부부가 찾아오고 자신이 그들의 이야기를 엿듣기 위해 산책을 한다고 말한다. 그러나 그녀는 여전히 그것을 "거짓말"이라고 여긴다.

이를 모르는 아버지는 자신의 이야기를 계속한다. 아버지는 매월 첫째 주나 마지막 주에 정기적으로 놀이터를 찾아오는 스무 살이 갓 넘은 젊은 부부를 엿본다고 말하는 것이다. 딸 부부가 들이닥친 그때에도 아버지는 젊은 부부의 대화를 엿들었으며, 그날 젊은 남편은 자신이 초인종을 누를 수 없는 이유를 아내에게 고백했다는 것이다. 그 고백은 자신이 어렸을 때 할머니 집의 초인종을 누르고는 했으며, 어느 날 초인종을 누른 후에 방으로 들어간 할머니가 곧바로 돌아가셨다는 내용이다. 이 말을 들은 젊은 아내는 "세상에, 그 이야기는 우리가 자주 보는 미국 시트콤에 나왔던 거잖아. 왜 거짓말을 하는 거야? 이런 상황에?"라고 화를 낸다. 이 순간 젊은 아내에 의해 젊은 남편의 말은 부정되는 것이다. 그러나 젊은 여자는 곧 "그 말이 거짓말이 아니란 것도 알아"라며 사과한다. 초인종에 관련된 말의 진실은 이렇게 미궁에 빠져버린다.

나아가 초인종을 누르는 이유에 대한 의문과 함께 아버지의 산책 자체가 미궁에 빠지며 이 작품은 끝난다. 집에 돌아온 딸은 남편에게

"아버지가 왜 도대체 왜 그런 거짓말을 하는지 이해할 수가 없다"며 "나도 그 시트콤을 알아. 내가 어렸을 때 아버지랑 즐겨 보던 시트콤이니까. 그건 아주 예전에 한 거라고. 지금 스무 살짜리 여자애는 그런 내용을 알 수가 없어"라고 말하는 것이다. 그녀의 말이 진실이라면, 아버지의 이야기 속 젊은 부부는 존재조차 하지 않았을 가능성도 농후하다. 또한 아버지가 아예 시트콤 이야기를 지어낸 것이라면, 아버지의 산책이 과연 어떤 목적으로 이루어진 것인지도 우리는 알 수가 없다.

「상자 사나이」에는 "일요일 아침에, 빨간 모자를 쓴 멋쟁이 우체국 직원이 배달"해주는 "커다란 종이 상자 안에서 사는" 상자 사나이에 대한 이야기가 등장한다. '나'는 스물한 살 때부터 살았던 집을 떠날 준비를 하고, 그 마지막 밤 5년 전 헤어졌던 그녀가 '나'를 찾아온다. '나'는 그녀에게 상자 사나이 이야기를 한다. 3년 전 여름의 일요일에 머리에 빨간 페도라를 쓴 우편배달부가 처음으로 상자 사나이를 배달하고, '나'는 상자 사나이와 2주를 함께 지낸다. 그 후에 받을 때와 똑같은 모양으로 상자를 포장해서 우편배달부에게 건네주고, 그 순간 상자 사나이에 대한 기억은 모두 사라진다. 그러나 상자 사나이가 다시 찾아오면서 '나'는 상자 사나이를 기억하게 된다. 그러나 곧 다음의 인용처럼, '나'는 자신이 한 상자 사나이 이야기가 모두 거짓이었다고 다시 말한다.

내가 아무렇게나 지어낸, 고작해야 상자 사나이일 뿐인 이야기. 상자 안에 있는 상자 같은 이야기. 상자 안에 있어서 상자 사나이인지, 상자로 만들어져 상자 사나이인지. 내 마음에 상자가 있고, 그 상자 안에 또 내 마음이 있고. 그럼 대체 나는 어디에 있는 거지. 상자 안에 또 상자가 있어서, 계속 상자를 펼치면 그래도 상자가 있고, 그렇담 대체 상자 안에는 뭐가 남는 거지? 이런 되도 않는 이야기였어.

이러한 상자 이야기란 감추어진 리얼리티를 드러내는 것과는 무관하며, 단일한 리얼리티의 합의 가능성을 부인하는 것에 초점이 맞추어져 있을 뿐이다. 이러한 특성은 사실상 화자(작자)뿐만 아니라 청자(독자)도 공유한다. '나'가 "상자 사나이 이야기 말이야. 그거 전부 거짓말이야"라고 말하자, 그녀는 두 번이나 반복하여 확신에 찬 표정으로 "알고 있어"라고 대답하는 것이다. 그러나 잠을 자려고 하자 멀리 떨어진 곳에서 두꺼운 종이가 부딪히는 소리가 나며, 상자에서 상자 사나이가 자신의 존재를 다시 드러낸다. 그리고는 곧 사라져버린다. 「산책」에서 아버지의 산책과 젊은 부부의 이야기가 그러하듯이, 「상자 사나이」에서는 상자 사나이의 존재가 미궁으로 남겨지는 것이다. 이처럼 고정된 실체를 부정하는 것은, '나'의 "어차피 지금 내가 가지고 있는 기억의 대부분은 진실이 아닐 텐데, 뭐. 그래, 자신은 진실만을 얘기한다고 믿는 사람들이 있잖아. 하지만 그건 결국 자기 자신을 속이고 있는 거라고. 진실은 그 순간에만 존재할 뿐이지"라는 생각과도 연결된다.

현실에 대한 재현이라는 관점에서 읽기에 손보미의 소설은 판타지적인 성격이 매우 강하다. 죽은 사람들이 등장하는 「죽은 사람(들)」이나 '나'와 눈물의 씨앗을 공유한 다른 세계의 아가씨와 이를 알려주는 삼색 애꾸눈 고양이가 등장하는 「고양이의 보은」이 이를 잘 보여준다. 판타지적인 요소가 제거된 경우에도 손보미의 작품은 전통적인 재현의 독법으로 읽히는 것을 거부하는 요소가 곳곳에 배치되어 있다. 대표적으로 「대관람차」를 들 수 있다.[14] 한국의 대도시에는 손보미의 소설에 등장하는 것과 같은 대관람차가 존재하지 않음에도, 작가는 완전한 판타지가 아닌 현실 세계를 배경으로 한 경우에도 아무렇지 않게 대관람차를 주요한 사물로써 배치하는 것이다. 손보미는 재현과 재현적 독법의 불가능성을 매력적이지만 집요하게 탐구하는 작가라고 할 수 있다.

---

14 「대관람차」는 "서울"이라는 구체적인 지명과 함께 시작되며, 강변북로, 동대문, 동부이촌동 등이 고유 지명이 등장하여 현실과의 밀착도를 높인다. 소설은 호텔 초이선이 불탄 2012년 무렵에 시작해 불탄 자리에 공원이 생기고 높이가 175미터였으며, 25인승 관람차 35량이 이어져 있는, "그야말로 세계에서 가장 큰 대관람차"가 건설되는 2년 후에 끝난다. 현실과의 관련성이 가장 큰 「임시교사」에서도 보모인 P부인이 일하는 집에서는 "한강을 가로지르는 다리와 그 너머 일렬로 늘어선 아파트 단지, 그리고 그 단지와 조금 떨어진 곳에서 하루 종일 돌아가는 거대한 관람차를 볼 수 있"다. 「몬순」에도 "인천행 비행기"가 나오고, 신혼부부의 집은 "서울"에 있다. 이 작품에서 만난 지 6개월이 지났을 때, 그는 대관람차가 한눈에 들어오는 시내의 레스토랑에서 그녀에게 다이아몬드 반지를 건네며 청혼한다.

오지 않은 현실의 재현을 위하여

정이현의 「알지 못하는 모든 신들에게」는 전작인 「어금니」에서처럼, 중산층의 치열한 자기 보존 욕망의 맹목을 날카롭게 보여준다. 동시에 이 작품은 주인공의 내면에 꿈틀거리는 불안을 동시에 보여줌으로써 나름의 입체성과 전형성을 획득한다. 우리 시대에 전통적 재현은 이처럼 내면 심리에의 철저한 탐구를 통하여 시대의 기본적인 정서와 만남으로써 가능해진다. 최민우의 『점선의 영역』과 손보미의 『우아한 밤과 고양이들』은 재현과 관련해 환상을 적절하게 활용한다는 점에서 유사하다. 그러나 그 성격은 매우 이질적이다. 최민우는 재현이 아닌 환기의 방식을 통해 현실의 감추어진 본질을 날카롭게 드러내고자 한다. 『점선의 영역』에서 그림자와 그림자의 사라짐은 현실을 새롭게 볼 수 있게 해주며, 현실과는 다른 세계나 가능성을 상상하게 하는 장치로서 기능한다. 주인공이 체험하는 환상은 물론 허구일 수 있지만 그것을 통한 현실에 대한 성찰은 무엇보다도 현실적인 것이다. 이와 달리 손보미의 소설은 재현의 근본적인 토대 자체를 성찰하거나 부정한 바탕 위에서만 성립한다. 삶은 결코 단일한 리얼리티로 환원될 수 있는 것이 아니며, 하나의 리얼리티를 고집하는 것은 「상자 사나이」의 아버지나 형처럼 타인에게 폭력을 가하는 일이 될 수도 있다. 이러한 해체적 시도는 잠재적 리얼리티의 창조와 생성을 위한 기초적인 작업으로서의 의미를 지닌다. 삶에 근원적으로 내

재된 텅 빈 구멍을 사유함으로써, 다가올 혹은 다가와야 하는 새로운
유토피아적 현실은 좀 더 자유롭게 사유될 수도 있을 것이다.

○ 2018

아주 가까운 것과 아주 먼 것

장류진, 최진영

세상으로부터의 고립

현재 한국문학의 가장 큰 위기는 세상(독자)으로부터의 고립이라고 할 수 있다. 표현의 예술인 문학은 그 표현을 들어줄 상대방을 요구할 수밖에 없다. 그러나 그 소통과 대화의 장은 이전과는 비교할 수 없이 협소해졌다. 이러한 상황이 발생한 이유로는 여러 가지를 들수 있다. 가장 자주 이야기되는 것은 매체 환경의 변화이다. 이미 주요한 매체는 활자를 떠나 영상으로 옮겨간 지 오래라는 것이다. 이글에서 주목하는 것은 소설에서 이야기하는 세상 자체가 소통과 대화의 영역이 아닌 사사화(私事化)된 세계에 머무는 것인지도 모른다는 점이다.

한마디로 지금의 소설은 지극히 거대한 것이나 지극히 개인적인 것만 이야기한다고 말할 수도 있다. 이와 관련해 아즈마 히로키[1]의 논의는 많은 시사점을 준다. 그는 요즘의 젊은이들은 '아주 가까운 것과 아주 먼 것'밖에 모른다고 주장한다. 젊은이들은 실재계(지극히 멀고 추상적인 것, 세계의 종말) 아니면 상상계(연애나 가족 문제 같은 지극히 자기 주변적인 문제)에만 흥미를 느낀다는 것이다. 이러한 사고의 구조 속에서는 공론장이라 할 수 있는 상징계의 차원을 발견하기가 매우 어렵다.[2] 이렇게 될 때, 사람들의 관심은 상상적인 인간 관계나 세계의 종말에 집중되어, 가족이나 우주 이외의 국가와 같은 중간 레벨의 존재에 대한 감각이 빠져버리게 된다. 이 단계에서는 작은 취미공동체만이 산발적으로 증가하게 되고 모두 자폐적이게 되어 커뮤니케이션 같은 것은 하기가 어려워진다. 아즈마 히로키가 말한 상징계의 약화는 공론장의 부재, 현실적 논리의 약화와 동일한 맥락에 놓여 있다. 그의 진단은 오늘날의 한국문학을 이해하는 데도 많은 시사점을 준다.

근대 사회의 대표적인 상징계, 즉 공론장이라고 할 수 있는 것은 생산(노동) 현장이다. 특히 마르크스는 노동을 사회적 존재로서의 인간

---

1 아즈마 히로키는 『존재론적, 우편적』(아즈마 히로키, 조영일 옮김, 도서출판b, 2015)에서 사회·문화의 단편화가 전면적으로 진행되고 있는 세계, 즉 인간관계(경험적 관계)밖에 없고, 작은 공동체가 난립하게 된 세계에서 공동체와 공동체 사이를 뛰어넘는 계기를 어떻게 마련할 것인지에 대해 논하고 있다.
2 상징계란 언어적 커뮤니케이션을 성립시키는 장을 뜻하며 구체적으로는 사회적 제도나 국가를 가리킨다.

의 본질이자 근거라고 보았다. 모든 인간 활동은 노동을 통해 자연을 '인간화된 자연'으로 변화시키는 능동적인 과정이며, 이 때문에 인간의 불변하는 속성은 '노동 인간(homo laborans)'[3]이라는 것이다. 마르크스에게 있어 인간 주체는 노동 안에서만 자신의 자아를 실현할 수 있다. 기본적으로 생산은 기술적 측면과 사회적 측면으로 구성된다. 생산이 이루어지기 위해서는 직접적 생산자와 생산 수단의 결합이 필요하며, 이것을 생산의 기술적 측면이라 할 수 있다. 다음으로 생산이 이루어지기 위해서는 생산자가 생산 수단을 소유한 제3자와 고용 계약 관계를 이루어야 한다. 즉 노동자와 자본가라는 사회적 인간관계가 형성되어야 하는 것이다. 이러한 생산의 사회적 측면을 생산관계라 부를 수 있으며, 이러한 생산관계의 문제를 집중적으로 탐구하는 것이야말로 근대소설에서 공론장이 등장하는 대표적인 방식이라고 할 수 있다. 그런데 최근 소설에서는 이러한 공론장으로서의 생산 현장마저 상상계나 실재계적인 측면에서 다루어지는 독특한 양상이 나타난다.

생산현장의 상상계화

장류진의 「일의 기쁨과 슬픔」(『창작과비평』, 2018년 가을호)은 경기

---

3 장 보드리야르, 『생산의 거울』, 배영달 옮김, 백의, 1994, 16~44면.

도 성남시 분당구 삼평동에 있는 첨단산업 연구단지인 판교 테크노밸리를 배경으로 하고 있다. 이곳은 한국의 실리콘밸리라고 불릴 정도로 고도의 융합 기술이 집적된 첨단산업 단지다. 한국소설사에서 일이란 주로 농업이나 공장 노동을 가리키는 것이었다. 여기에 유랑 노동이나 서비스업이 일정 부분 등장하고는 했는데, 이 작품처럼 최첨단산업 현장이 작품의 배경으로 등장한 것은 드문 경우라고 할 수 있다.

이러한 제재의 새로움만으로도 이 작품은 독자의 관심을 끌기에 충분하다. 이 작품의 첫번째 문장인 "합시다, 스크럼"에 등장하는 스크럼이라는 단어부터가 새로운 산업 현장에서나 사용되는 낯선 용어이다. 스크럼이란 "이천년대 초반부터 미국 실리콘밸리를 중심으로 시작된 애자일 방법론의 필수 요소로, 우리 회사 같은 소규모 스타트업에서 널리 쓰이는 프로젝트 관리 기법"이다. 이외에도 앱 서비스, 어뷰저, 버그, 트렐로, iOS, 인스타그램 셀럽 등의 최신 용어가 현란하게 등장한다.

그러나 '강남의 귤을 강북에 옮겨 심으면 탱자나무가 된다'는 말처럼, 미국의 첨단 기법과 문화가 판교에서 성공적으로만 정착한 것은 아니다. 데일리 스크럼이 본래 효과를 달성하려면 15분 이내로 끝나야 하지만, 대표는 스크럼을 아침 조회처럼 생각하는 바람에 매일 삼십분이 넘는 시간을 허비하는 식이다. 또한 이들은 굳이 영어 이름을 지어서 서로 그 이름을 부른다. "대표부터 직원까지 모두 영어 이름만을 쓰면서 동등하게 소통하는 수평한 업무환경을 만들자는 취지"
이지만, 실제로는 "연장자가 말을 놓기 더 쉽"게 이용될 뿐이다.

김안나는 대표를 포함한 전체 직원이 열 명 정도이며, 스마트폰의
위치를 기반으로 중고 거래를 할 수 있는 앱을 만드는 회사에 근무한
다. 문제는 지금 회사가 힘을 기울이는 우동마켓('우리 동네 마켓'의
준말)에 '거북이알'이라는 이름을 쓰는 사용자가 하루에 거의 백 개
씩 글을 올리고 뜯지도 않은 새 상품을 판다는 것이다. 대표는 김안
나에게 "너무 도배하지 말고 좀 적당히 올리라고 말이야"라는 말과 5
만원짜리 두 장을 건네며, 거북이알과 실제로 거래를 하라고 지시한
다. 거북이알은 유비카드사의 로고와 함께 혜택기획팀 차장 이지혜
라고 쓰여 있는 사원증을 목에 걸고, 세련된 정장 차림으로 나타난
다. 거북이알은 "잘나가는 대기업 다니는 사람"이었던 것이다.

거북이알이 중고거래를 하게 된 이유는 매우 특이하다. 유비카드
사의 조운범 회장은 이십만 명의 팔로워를 거느리고 있는 인스타그
램 셀럽(celebrity)이다. 회장은 인스타그램을 통해 자기 연출을 매우
효과적으로 하며, 자신이 클래식 애호가임을 자연스럽게 과시한다.
거북이알은 유비카드사의 공연기획팀 소속이었으며, 인스타그램의
팔로워들은 조운범 회장에게 루보프 스미르노바의 공연을 열어달라
고 부탁한다. 조운범 회장은 팔로워들에게 인정받겠다는 허영심으로
거북이알에게 올해 안으로 내한 공연을 성사시키라는 특명을 내리
고, 거북이알은 "직장경력 십오년 동안 가장 열심히 일한 기간"이라

고 할 만큼 열심히 노력하여 루바의 내한 공연을 성공시켰던 것이다.

　다음 분기 특진까지 약속된 상태에서 거북이알은 위기에 봉착한다. 거북이알은 내한 공연 소식을 회장에게 먼저 알리는 대신, 회사 홈페이지에 공지를 띄웠던 것이다. 내한 공연 사실을 "자기 인스타에 제일 먼저 올리고 싶"던 회장은 격노하고, 이 일로 회장은 거북이알의 승진을 취소시키고는 그녀를 다른 팀으로 발령내기까지 한다. 이후 카드의 혜택 조건을 기획하고 파트너사와 제휴 업무를 하는 곳으로 팀을 옮긴 거북이알은 회장 앞에서 포인트를 두 배로 적립해주는 카드에 대한 프레젠테이션을 한다. 회장은 이전의 앙금이 남은 사람처럼 "그렇게 좋은 거면 앞으로 일 년 동안 이 차장은 월급 포인트로 받게"라고 말하면서, 실제로 월급을 포인트로 지급한다.

　유명 음악가의 초청 사실을 자기의 인스타그램에 먼저 올리고 싶은 소망을 깨뜨렸다는 이유로 직원을 좌천시킨 것은, "나와 거북이알은 누가 먼저랄 것도 없이 고개를 테이블 아래까지 떨어트리고 어깨를 들썩이며 웃"게 할 정도로 쪼잔하고 어처구니 없는 일이다. 그런데 다음의 인용에서처럼 이러한 일들은 비일비재한 것으로 이야기된다.

　거북이알이 웃으면서 말했다. 이 에피소드는 사내에서 반년 정도 회자될 작은 규모의 사건이라는 거였다. 일년짜리, 오년짜리, 십년 내내 구전되는 더한 사건들도 많다고 했다. 그런 자리에 있는 사람들은 우리 같은 일반 회사원들과 사고구조가 아예 다르기 때문에 그들의 논리나 행동에 의문을 갖지 않는 편이 좋다는 것이었다.

「일의 기쁨과 슬픔」에서는 거북이알의 에피소드가 보여주듯이, 생산 현장의 갈등이 개인의 사고 구조나 취향의 문제 같은 것으로 개인화된다. "전체 스타트업 중에서 마지막까지 살아남는 비율은 3퍼센트밖에 안 된다"는 구조적 한계 상황에서, 기벽(奇癖)에 가까운 회장의 행태만으로 '일의 슬픔'을 이야기한다는 것이 틀린 일은 아니지만 지나치게 표피적인 것도 사실이다. 이와 같은 맥락에서 김안나가 다니는 회사의 대표가 거북이알을 그토록 싫어하는 이유도, 거북이알이 과도하게 글을 올리고 많은 상품을 거래하는 이유와 더불어 대표가 파충류를 혐오하여 거북이알이 프로필 사진에 올린 거북이 얼굴의 근접 사진을 싫어하기 때문인 것으로 제시된다. 이처럼 가장 대표적인 공적 영역이라고 할 수 있는 생산 현장의 문제마저 개인적인 문제로 축소되는 것이다.

그러나 이 작품이 취향이나 사고의 문제로만 해결될 수 없는 생산 관계의 구조적인 문제를 완전히 외면하는 것은 아니다. 그것은 김안나가 흘리는 눈물을 통해 알 수 있다. 거북이알이 포인트로 월급을 받은 후에 회사 생활 15년 만에 처음으로 울었다면, 김안나는 등 뒤에서 들려오는 케빈의 한숨 소리가 너무 신경 쓰여서 유일하게 운 적이 있다. 아이폰 앱 개발자인 케빈은 대표가 옆 동네 포털사에서 모셔온 천재 개발자로서 나이와는 무관하게 "대표와 이사를 제외한 우리 회사 상전"이다. 안나보다 두 살이나 어린 케빈은 컴퓨터와 대화하는 것을 인간과 대화하는 것보다 더 편하게 여기는 전형적인 개발자 스타일로, 코드가 잘 풀리지 않거나 버그가 잡히지 않을 때는 히스테리를 부린다.

케빈이 전에 다니던 포털사를 그만두고 안나의 회사로 옮긴 이유는, 대표가 케빈에게 "개발적으로 하고 싶은 거 다 하게 해주겠다"고 제안했기 때문이다. 그러나 "케빈은 지금 '개발적으로' 하고 싶은 걸 다 하고 있나 모르겠다. 매일 나오는 버그 잡기 바쁜 것 같은데"라는 안나의 생각처럼, 케빈은 이 작은 회사에서도 자신의 뜻을 맘껏 펼치지는 못한다. 또한 돈 많이 벌어서 기획자 한 명 더 뽑아주겠다는 대표의 제안에 안나는 "기획자 뽑기 전에 아이폰 개발자부터 뽑으세요. 제가 죽겠어요"라고 말한다. 케빈과 같은 뛰어난 능력의 소유자도, 그가 직원인 이상 고통을 받을 수밖에 없는 구조적 문제가 판교 테크노밸리에도 분명 존재하는 것이다.

케빈은 자신의 업무 스트레스를 회사의 "사실상 막내"인 안나를 향해서 푸는 것으로 묘사된다. 어쩌면 케빈이야말로 안나에게는 고통스런 생산 현장의 주체라고 볼 수도 있다. 그럼에도 이 작품에서 둘의 관계는 생산관계에 바탕한 가해자나 피해자 혹은 갑과 을의 관계로 연결되지는 않는다. 케빈에게 생일 선물로 레고 박스를 주고, "자기가 짠 코드랑 자기 자신을 동일시하지 않았으면 좋겠어요"라거나 "버그는 그냥 버그죠. 버그가 케빈을 갉아먹는 건 아니니까요"라는 말을 건네는 안나의 모습에서는 우호적인 감정이 더욱 진하게 베어난다. 이러한 감정은 이들이 생산을 직접적으로 담당하는 위치에 놓여 있다는 공통된 처지에서 비롯되는 것이다. 둘의 주머니에서 동시에 스마트폰 알림이 울리자 둘이 똑같은 얼굴을 하고 웃는 장면에는, 그들의 우애가 비롯되는 노동자로서의 공통된 처지가 잘 나타나 있다.

「일의 기쁨과 슬픔」에서는 '일의 슬픔'을 해결하는 '일의 기쁨' 역시 지극히 사적인 차원에서 이루어진다. 우선 그러한 해결법으로 일종의 정신승리법이 등장하며, 이를 통해 슬픔 자체는 결코 치명적이거나 비장한 것이 되지 않는다. 포인트로 월급을 받은 날, 거북이알은 "굴욕감에 침잠된 채로 밤을 지새웠고, 이미 나라는 사람은 없어져버린 게 아닐까, 하는 마음"이 들 정도로 괴로워하지만, 다음날 출근해서 하루를 보낸 후에는 아무것도 달라지지 않았다는 사실을 깨닫는다. "돈도 결국 이 세계, 우리가 살아가는 시스템의 포인트"이기에 "포인트를 다시 다시 돈으로 바꾸면 되는 거"라는 사실을 깨달은 것이다. 또한 김안나와 거북이알은 모두 퇴근하고 나면 회사 생각을 안 하는 공통점을 가지고 있다.

동시에 그들은 생산관계 그 자체의 문제를 지적하기보다는 이처럼 말랑말랑해진 문제를 또 다른 사적인 영역을 통해서 극복한다. 작품의 마지막은 김안나가 야근 때문이 아니라 밤 아홉시에 시작되는 리

사이틀 예매를 하기 위해 직장에 남는 것이다. 그리고는 예매를 기다리며 조성진 채팅방에 들어가 취미활동을 하고, 조성진 홍콩 리사이틀 공연을 보러 가기 위해 항공권 예매 사이트에서 홍콩행 왕복 티켓을 결제한다. 이 순간 "조금 비싼가 싶었지만 오늘은 월급날이니까 괜찮아, 라고 생각"하는 장면 역시 개인적인 차원의 기쁨을 이어가는 것에 해당한다고 할 수 있다.

가난의 실재계화

최진영의 「어느 날(feat.돌멩이)」(『웹진 비유』, 2018년 1월호)는 "영어와 숫자의 조합으로 이름 붙여진 돌덩어리가 지구를 향해 날아오고 있다는 헤드라인이 처음 인터넷 포털 뉴스에 올라왔을 때 나는 비씨카드 고객센터의 상담원 김고순 님과 통화 중이었다"는 문장으로 시작된다. BC카드에 전화하여 일시불로 결제한 돈을 할부로 전환하는 일과 지구를 파괴할 미대륙만한 돌덩이가 우주 공간에서 날아오는 일이 동시에 진행되는 것이다. 이처럼 최진영의 「어느 날(feat.돌멩이)」에서는 우주와 일상이라는 두 가지 대비되는 세계가 자연스럽게 공존한다.

실시간 검색어에 '운석'과 '행성'과 '충돌'과 '멸망' 같은 단어가 등장하는 지구 종말의 상황에서 '나'는 비씨카드 고객센터에 계속 해서 전화를 건다. 전화를 거는 이유는 식당에서 일시불로 결제한 25만 3천원을 5개월 할부로 바꾸기 위해서이다. 그러나 상담원은 계속 바뀌지만 일시불로 결제한 것을 할부로 바꾸는 그 간단한 일은 쉽게 이루어지지 않는다. 공모전에 낼 글을 다듬으며 지내는 '나'는 하루에 한 번씩 비씨카드 고객센터에 전화를 걸지만, 원하는 일은 뜻대로 이루어지지 않는다.

'나'는 매우 빈궁한 상황으로 묘사된다. 생일 선물로 어머니에게 10만 원이 조금 넘는 운동화를 사면서도 3개월 할부로 결제해달라고 요청할 정도이다. "일을 하건 하지 않건 돈은 늘 없었"고, 최근에는 충치와 위통이 심해져 늘 고통을 느끼지만 돈이 없어서 병원에 갈 엄두조차 내지 못한다. '나'의 요청을 들어주는 상담원 역시 늘 극심한 감정노동에 시달리고 있다. 결국 마지막 통화에서 상담원 김고순과 '나'는 이 사회의 작은 톱니바퀴로서 소외된 삶을 사는 자신들의 불우한 처지에 대한 공감으로 인해 함께 울먹인다.

그러나 지구를 박살내버릴 미국만 한 돌멩이가 날아오는 상황에서 이러한 현실적 불우는 너무나 사소한 일이 되어 버린다. 상담원 김고순의 "이런 시국에 매일 전화를 하셔서 요청을 하시면서 고객님은 마치 죽지 않을 사람처럼 그러시는데요"라는 말처럼, 절대적인 죽음의 문제 앞에서 가난이나 카드 할부 따위의 문제는 주변화될 수밖에 없는 것이다.

세계의 종말 앞에서 인간에게 남겨진 선택지는 기도뿐이다. 초등학교를 졸업하고 열네 살부터 공장에서 일을 하며 돈을 벌어온 어머니의 끊임없는 질문에 대해서도, '나'는 기도하라는 말을 반복한다. "그냥 기도를 해, 엄마. 우주고 뭐고 알아봤자 우린 할 수 있는 게 아무것도 없어"라는 말처럼, 구체적인 삶이나 그것을 둘러싼 맥락은 무의미하거나 알 수 없는 것으로 축소되는 것이다.

흥미로운 것은 이 절대적인 파국이, 고통보다는 오히려 향락으로 다가온다는 것이다. 이 우주적 규모의 시야에서라면 '나'나 상담원, 혹은 어머니가 겪는 가난은 별다른 문제가 되지 않는다. 나아가 다음에 인용하는 작품의 마지막처럼, 죽음조차도 극복 가능한 말랑말랑한 것으로 변형되는 것이다.

내가 엄마 가까운 곳으로 얼마 가지 못하더라도 우주의 관점에서 보면 우린 이미 충분히 가까이 있다고, 우주는 무한하나 시작과 끝이 있기에 언젠가 지구가 없어진다고 해도 우린 어떤 식으로든 같이 있을 수밖에 없다고. 우주가 생기고 없어지고 다시 생기길 반복해도 우린 영영 같이 있을 것이라고 꼭 말해줄 것이다.

돌멩이가 날아와서 그 시간만 빨라지고 있을 뿐이지, 인간은 반드시 죽으며 이 세상이라는 것도 언젠가는 반드시 사라질 것이다. 이러한 절대적 종말이라는 관점에서라면 우리는 좀 더 차분하게 숨을 쉬고 너그러운 눈빛으로 세상을 바라볼 수도 있을 것이다. 최진영의

「어느 날(feat.돌멩이)」은 자본주의의 종말보다는 지구의 종말을 먼저 상상하는 작품이라고 볼 수도 있다.

새로운 가능성을 위하여

이 글은 한국문학의 가장 큰 문제점으로 세상(독자)으로부터의 고립을 제시하였다. 이러한 고립의 이유로는 문학에서 다루어지는 내용 자체가 이미 세상의 공론장과는 거리가 먼 것들로 이루어져 있기 때문이라고 생각한다. 오늘날에는 가장 상징계적이며 공공적인 생산(노동) 현장마저도 지극히 개인적인 관계나 아득하게 추상적인 것으로 형상화되는 것이다. 물론 연애나 가족문제와 같은 것에서 발생하는 다채로운 관계의 만화경이 주는 재미(혹은 감동)나 종말론적인 상상력이 거느린 그 숭고한 아름다움도 무시 못할 문학의 즐거움이라는 것은 부인할 수 없다. 다만 이 글에서는 문학, 그중에서도 근대소설이 가진 강력한 권능 중의 하나였던 인식적·사회적 기능과 관련하여 오늘의 소설이 보여주는 하나의 결핍을 집중적으로 살펴보고자 했음을 마지막으로 밝히고 싶다.

○ 2019

과거가 돌아오는 방식

박형서, 이혜경, 황정은

과거의 귀환

과거는 말 그대로 이미 지나가버린 것을 의미한다. 이 말 속에서 우리는 인간의 힘으로는 어찌해볼 수 없는 기정 사실로서의 고정된 과거를 떠올리기 마련이다. 그러나 과거는 미래만큼이나 늘 가변적이며 열려 있다. 실제로 특정한 일이 일어났을지 모르지만, 그것의 의미와 가치 등은 늘 변모하여 새롭게 등장한다. 그렇게 재구성된 과거는 또한 강력한 힘을 발휘하여 현재를 지배하기도 한다. 인간은 기본적으로 늘 정체성을 추구하는 존재인데, 그러한 정체성의 내러티브는 중요한 계기로서의 과거를 반드시 필요로 하는 까닭이다.

과거가 현재로 회귀하는 방식은 크게 두 가지이다. 하나는 현재의 필요에 의해 과거가 소환되는 것이다. 이때의 과거는 지금 사람들의 욕망과 생각에 의해 재구성되기 쉽다. 그리고 이 경우에 과거는 정태적으로 머무는 고정된 장이 아니라 역동적인 투쟁이 벌어지는 전장이 되는 경우가 적지 않다.

다음으로 과거는 하나의 강박으로 현재에 회귀하는 경우도 있다. 그것은 애도되어야 함에도 충분히 애도 받지 않고 억압되었을 때 나타난다. 이때의 회귀는 다분히 무의식적이라는 면에서 현재에 더욱 강력한 힘을 발휘한다. 프로이트는 한 차례 억압되고 망각된 것이 회귀해 올 때, 그것은 단순한 상기가 아니라 강박적인 것이 된다고 말했다. 이러한 강박적 회귀는 온갖 비극의 전시장이라고 해도 과언이 아닐 현대사를 겪어온 한국사회에서는 빈번하게 나타나는 일이라고 할 수 있다. 소설은 사회의 반영이자 기본적으로 애도의 성격을 지니기에, 강박적 회귀로서의 과거는 소설에서도 빈번하게 나타난다.

최근 한국 소설에서도 과거의 귀환을 다룬 작품이 적지 않게 창작되고 있다. 최근에 창작된 박형서의 「쓸모에 관하여」(『현대문학』, 2019년 3월호), 이혜경의 『기억의 습지』(현대문학, 2019), 황정은의 「파묘」(『창작과비평』, 2019년 봄호)를 대표적으로 들 수 있다. 이들 작품에서 회귀하는 과거는 한국 전쟁, 베트남전, 산업화,[1] 결혼 이주 여성 등의

---

1 「쓸모에 관하여」는 산업화 시기 나름의 역할을 담당하고 충분한 보상 없이 사라져간 수많은 버스 안내양들의 삶에 대해서도 언급한다. '나'가 머무는 옆방인 116호에서 밤마다 흐느끼는 주인공은 1989년 김포교통 소속 130번 버스에서 근무했던 여인으로서 돈을 벌면 좋고, 안 되더라도 군식구 하나 줄어든다는 뜻으로 가족에 의해 쫓겨나다시피 한 사람이다. 그리고 이러

다양한 모습으로 나타난다. 이러한 과거는 지금의 우리를 형성했다는 점에서도 중요하지만, 그 과거가 귀환하는 방식을 통해 지금의 우리를 우회적으로 보여준다는 점에서도 그 의미가 크다고 할 수 있다.

때로는 살아가는 힘이 되는 기억

박형서의 「쓸모에 관하여」는 작가의 개성이 고스란히 드러나는 작품이다. 박형서는 태국과 미얀마 접경 고산 지대에 사는 와카족을 끌어들여 글쓰기의 본질을 탐색한 「아르판」(『문학과사회』, 2011년 여름호), 변기를 통해 탈출하는 냉장고 속 멸치 이야기를 들려준 「자정의 픽션」(『문예중앙』, 2010년 겨울호), 사랑을 위해 바닷물을 모두 말려버리려는 인류사적 실험을 감행하는 왕따 이야기인 「외톨이」(『문학동네』, 2017년 봄호) 등의 여러 작품이 보여주듯이 일상과 환상을 맛 좋은 비율로 섞어서 독창적인 서사를 만들어내는 데 탁월한 재능이 있음을 증명해왔다.

박형서의 「쓸모에 관하여」는 수십 년 전 사라진 버스 안내양들이 머무는 연수원을 주요한 배경으로 한 작품이다. 지금의 관점으로는

한 일은 "나만 그랬던 게 아니야. 여기 안내양들 중에 절반은 가출했을 걸?"이라는 말에서 알 수 있듯이, 안내양들에게는 일반적인 일이었던 것으로 제시된다.

아무런 '쓸모가 없는 과거'를 현재의 시공에 불러낸 것이다. 그들은 일종의 '유령'이고, 그들이 사는 집은 '유령의 집'이라고 할 수 있다. 작가는 이러한 '유령'들을 통하여 새로운 삶을 가능케 하는 기원으로서의 과거가 지닌 힘에 대하여 말하고자 한다. 이러한 '유령'들은 현실은 아니지만, 현실이 지탱되기 위해 필요한 진실이 무엇인지를 우리에게 사유하도록 강제한다. 「쓸모에 관하여」에 존재하는 '유령들'은 '쓸모'라는 현재의 관점에 의해 사회로부터 추방됐지만, 참된 삶을 위해 반드시 필요로 되는 가치를 담지한 존재들이다.

  '나'는 정신적으로 문제가 있는 아버지로부터 폭행당하는 누나를 구출하여 무작정 "최대한 멀리" 가다가 영월과 단양 사이에서 길을 잃는다. 그러나 "목성과 토성 사이를 날아가는 중"이라거나 "우주 공간에 던져진 표정"이라는 말에서 드러나듯이, 구체적인 지명은 별다른 의미를 지니지 못한다. 정신이 온전치 않은 아버지에게 폭행당하는 누나를 구출하여 무작정 "멀리 도망치고 싶을 뿐"인 생각으로 가출한 '나'는 "길을 잃은 게 아니라 갈 곳을 잃은 것"이기 때문이다. "언제 피시식 영혼이 새어 나갈지 모를 스펀지를 폐라고 달고 사는 누나, 하루가 다르게 미쳐가는 아버지, 도무지 가망이 없는 카센터"가 나이 서른의 '나'가 가진 전부이다.

  "최대한 멀리 갈 생각뿐, 멀리 도망치고 싶을 뿐"인 생각으로 나온 이들의 앞에 허술한 대형 철문이 나타난다. 그 곳이 바로 '나'가 3개월간 머물게 될 전국 여객 자동차 운송 사업 지원 인력 연수원이며, 거기에는 어느 날 갑자기 사라졌던 과거의 버스 안내양 수천 명이 살고 있다. 스무 동이 넘는 기숙사와 세 동 안팎의 교양관, 체육관, 의무관 등이 운동장 주위에 늘어서 있는 연수원에는, "할머니거나 할머니에 가까운 아줌마"들과 정비창에서 일하는 할아버지들이 머문다. 이 할아버지들도 1959년 4월 1일부로 불친절하다는 이유로 한꺼번에 잘린 버스 안내양들이다. 이곳에서 누나는 여자들을 따라가서 안내양 교육을 받고, '나'는 할아버지들을 따라 가서 정비창에서 일한다.

이곳은 이미 수십 년 전에 그 수명을 다한 안내양을 길러내는 곳이지만, 누나와 '나'에게 상당한 치유의 효능을 발휘한다. 그것은 무엇보다도 이곳이 우리 사회가 잃어가고 있는 상호부조의 전통이 강력한 준칙으로 살아 숨 쉬는 것과 무관하지 않다.

누나가 연수원에서 갑자기 아파하자 안내양들은 헌신적으로 돌봐주기 시작한다. 언제나 적어도 세 명은 누나 곁에 머문 결과, 사흘이 지나 열이 내려갈 무렵에는 3기숙사 안내양 대부분이 적어도 한 번씩은 누나를 간호한 셈이 된다. 무엇보다 관심을 기울여야 할 것은, 적어도 세 명이 누나 곁에 머무는 일이 엄격할 정도로 잘 지켜져서, "자발적으로 우러난 친절과 호의라 보기에는 어딘가 제도적인 냄새가 풍겼다"는 점이다. 이러한 상호부조의 모습은 일시적이거나 개인적인 것이 아니라 법적인 강제가 느껴질 정도로 강력하다. 이러한 법칙이 존재하는 연수원은 '길을 잃은 이들'에게 훌륭한 치유의 장이 될 가능성이 크다. 실제로 그 병치레 이후 "살짝 느슨해졌다"라고 표현되는 누나는 다음의 인용문에 나타난 것처럼 건강해진다.

아프면 아프다 말했고 졸리면 졸리다고 바로 말했다. 얼굴에 더 많은 표정이 생겼고 식욕도 늘었다. 걸음걸이나 말투 또한 전보다 안내양다워졌다. 아침에 일어나 눈이 마주치면 헤헤 웃어주었다.

이러한 치유의 기능은 '나'에게도 발휘된다. 결국 '나'는 보증금까지 매달 임대료로 다 까먹고, 하나 남은 직원에게 월급도 못 주는 형편임에도 불구하고 카센터로 돌아갈 결심을 한다. 3개월간 머문 후에 "나는 너무 오래 쉬었거나, 이미 다 나았다"라고 생각하며 그 연수원을 나오는 것이다. 연수원을 나오기 직전에 하는 다음과 같은 생각은, 이 연수원이 모든 인간의 근원적 고향이자 삶의 기원이라고 할 수 있는 부모님의 품에 해당하는 것임을 보여준다.

문득 기억이 났다. 오래전 그날도 우리는 함께 노을을 보며 걸었다. 당시 나는 어른이 되면 좋은 일이 가득할 거라 믿을 만큼 어렸다. 그리고 곁에서 함께 걷는 누나는 벌써 어른이었다. 자주 가던 길이었는데, 그게 어디였는지는 기억나지 않았다. 나는 누나가 이끄는 방향으로만 가면 되었다. 설령 잘못된 길로 접어들었다 해도 괜찮았다. 뒤돌아보면 멀지 않은 곳에서 엄마와 아빠가 우리를 따라오고 있었다. 나는 무언가 선택하거나 결정하거나 실패해서 머리를 쥐어뜯으며 괴로워할 필요가 없었다. 그때가 그리웠다. 그저 앞으로 걷기만 하면 되었다. 길을 잃고 헤매지 않도록 모두가 지켜봐주고 있었다.

하지만 나는 너무 오래 쉬었거나, 이미 다 나았다.

또한 '나'는 연수원에 남은 누나의 삶에 대해서도 낙관한다. 연수원이라는 과거의 시공은 현재를 이겨내고 미래를 창조해내는 힘이 되는 것이다.

카센터가 우후죽순처럼 생기는 상황을 견디지 못하고 '나'가 벼랑에 내몰렸던 것처럼, 현실에서의 실패는 변화하는 현실의 쓸모에 부응하지 못한 결과라고 할 수 있다. 카센터 맞은편에서 영업하던 비디오 가게 사장 역시도 '나'와 같은 상황이다. 그는 좀 더 적극적으로 자신의 쓸모를 연장시키기 위해 노력했다. 세상이 아무리 빨리 변한다 해도 둘 다 사라지는 일은 없을 거라며, 비디오테이프를 대여해주는 일과 더불어 구석에 암실을 만들어 필름 사진도 현상해주는 일도 했던 것이다. 그러나 결국 둘 다 사라졌고, 비디오 가게 사장은 울며 떠나갔다. '나'는 자신이 전국 여객 자동차 운송 사업 지원 인력 연수원에 머물렀던 것처럼, 그 역시 전국 사진 및 영상미디어 제공 사업자 연수원 같은 곳에 머물렀기를 바란다. 다음의 인용문처럼, 그러한 연수원은 아버지에게도, 카센터의 막내에게도 꼭 필요한 것으로 제시된다.

누구에게나 자신을 위한 연수원이 어딘가 있을 테니까. 그곳에서 한 철 잘 쉬고 나왔으면 했다. 어린 나이에 좋은 실력을 갖고 있으면서도 뭐가 그리 조급했는지 손님들에게 사기를 치다 도망간 카센터의 막내도, 그리고 세상에서 제일 아픈 내 아버지도.

'나'가 연수원을 나온 후에 아버지에게 답장을 보내지만, 그 메시지는 전송되지 않는 것처럼 연수원과 같은 '존재의 근원으로서의 과거'는 현재 안에 존재하는 '잘못된 과거'와 단절하는 길이라고 할 수 있다. 그 침잠과 단절을 통해, "내게는 기술이 있으니 열심히 돈을 벌어 다시 일어서면 된다. 기름밥 먹는 건 내가 누구보다 잘하는 일이다"라는 다짐과 같은 새로운 희망이 생겨날 수 있는 것이다.

망각된 폭력의 폭력적 귀환

박형서의 「쓸모에 관하여」가 현재를 성찰하고 극복하게 하는 힘으로서의 시원적 과거를 보여줬다면, 이혜경의 『기억의 습지』는 현재를 파괴시키는 재앙으로서의 역사적 과거를 보여주고 있다. 충분히 애도되지 못한 과거가 현재와 조우할 때 빚어지는 파멸적 결과가 펼쳐지는 것이다. 『기억의 습지』는 경장편의 분량으로 '한국 전쟁─남북 대결─베트남전─외국인 결혼 이주'라는 현대사의 굵직한 대목을 요령 있게 압축해놓은 작품이다.

이 작품에는 필성, 김, 응웬 호엉이 초점화자로 등장한다. 이 세 명의 인물은 서로 겹쳐지면서 갈라진다. 먼저 필성과 김은 모두 한국 현대사가 그들에게 강제한 고통스런 과거에 갇혀 사는 수인(囚人)들이라는 점에서 공통된다. 필성을 사로잡고 놓아주지 않는 과거의 기억은 바로 베트남전이다. 월남에서 처음 돌아왔을 때, 필성은 눈만 감으면 월남 땅으로 가 있었다. "세월이 흐르면서 기억도 꿈도 옅어졌다"라고 하지만, 옅어지기만 했을 뿐 사라진 것은 아니다. 필성은 지금까지도 수시로 베트남 꿈을 꾼다. 꿈속에서 "그와 동료들은 일렬종대로 정글을 걷는 중"이며, 바로 앞에서 걷던 방 병장은 총에 맞아 풀썩 쓰러지고, 발밑에서 지뢰가 터지면서 필성의 몸은 산산조각이 난다.[2] 또 다른 꿈에서는 동굴에 베트콩이 있다는 두려움으로 화염방사기로 동굴에 불을 지르고, 곧이어 날아온 총알에 얼굴이 뚫리기도 한다.

『기억의 습지』에는 베트남전이 지닌 여러 가지 문제적 지점이 간명하게 언급되고 있다. 백마부대 소속인 필성은 자원이 아니라 명령에 의해 베트남에 가지만, 박 상병은 "거기 가면 돈을 벌 수 있다"는 희망을 가지고 베트남에 간다. 그러나 박 상병은 파병된 지 5개월도 안 되어 수색 작업하던 중 베트콩의 총에 맞아 죽는다. 베트남에서 만난 박 하사는 필성에게 "이 일병, 너 미쳤냐? 여기가 어디라고 겁도 없

---

2 첫번째 전투에서 필성은 앞에 가던 방 병장이 총에 맞아 죽는 것을 목격한 트라우마가 있다.

이 왔냐? 여긴 별 단 사람들은 갈퀴로 돈 긁어 가고, 대위 중위 소위는 별들이 긁다 흘린 돈 주워 가고, 이도 저도 아닌 사병들은 뒤지러 오는 덴데"라고 말하는데, 베트남에서는 박 하사의 말이 그대로 실현된다. 또한 가난한 사병들이 돈을 벌거나 강제에 의해 베트남전에 참전한 것과 달리, 강원도에 있는 파월 훈련장에 함께 간 황 상병은 아는 국회의원의 힘으로 빠져나간다.

베트남전에서 미군과 한국군의 관계는 베트남에 가는 배 안에서의 몇 가지 사례들을 통해 압축적으로 드러난다. 이곳에서 한국군을 지휘하는 건 미군이며, 그들은 수시로 실내 청결을 점검한다. 이러한 상황에서 필성은 미국의 힘에 주눅이 든다. 필성은 변기를 "하얀 도자기로 된, 커다란 그릇"이라고 생각하며, 변기 위에 올라가 쪼그려 앉아 대변을 본다. "텃세가 심한 대신 밥은 잘 나왔다"라고 이야기되는 이 배 안에서 미군과 한국군의 관계는 식민지 지배자와 식민지인을 연상시킬 정도이다.

베트남전의 상처에서 벗어나지 못하는 필성은 지금 사회로부터 소외된 불우한 노인일 뿐이다. 필성은 결혼 직후 상경하여 택시 운전을 하려고 했지만 택시 회사에서 돈을 요구해 곧 포기한다. 대신 남대문시장에서 날품삯을 받으며 간신히 생활을 이어갔다. 공장 생활이 힘들어서 결혼을 결심했던 필성의 처 영희는 결국 다시 공장으로 돌아갔다가 필성보다 먼저 세상을 떠났다. 특히 필성이 처한 궁벽지고 외로운 처지는 동생인 필주와의 관계를 통해 선명하게 드러난다. 베트남에 간 필성은 거기서 번 돈을 모아서 동생인 필주의 대학 등록금을 마련해주었다. 그 돈으로 공부하여 또박또박 월급 나오는 회사에 다니는 필주는, 다달이 20만 원 연금으로 사는 형 대신 어머니 집을 차지한다. 이런 필주를 보며, 필성은 "베트남에서 돌아온 그를 맞던 필주와, 집을 차지한 필주가 다른 사람인 것만 같았다"라며 아쉬워한다.

　필성과 김은 이 외진 삼환마을에서 "일종의 동지 의식"을 느낀다. 그것은 역사의 폭풍에서 살아났지만, 충분히 보상받지 못한 지난 삶에서 비롯한 것이라고 할 수 있다. 그러나 과거로부터 비롯된 상처를 가장 심하게 앓는 이는 필성이 아닌 김이다. 김은 한때 휴전선을 내 집처럼 드나들었다. 김은 "생명이 아니라 소모품"으로 취급받았으며, 그를 보내는 사람들은 차라리 그가 북에서 죽어 돌아 오지 않기를 희망했다. 결국 김은 탈영하여 지금까지 삼환마을 산어귀의 외딴 빈집에서 혼자 숨어 지내게 된다.

　김의 소외와 외로움이 작품 전반에 걸쳐 강조되는데, 이것은 나중 김이 저지른 끔찍한 범죄의 내적 동기를 설명하기 위해서라고 할 수 있다. 김은 늘 술병을 들고 비칠거리며, 개장수 같다는 소문을 달고 다닌다. 성폭행범일 수도 있다는 의심을 사기도 하고, "아예 누구하고도 섞이고 싶지 않은 모양"이라는 말을 듣기도 한다. 마을회관에 김의 모습이 비치면 사람들은 말이 없어진다. 동네 사람들은 다들 김이 안 보이는 것처럼 굴었으며, 필성을 제외한 마을 사람들은 김에게 말조차 걸지 않고 쳐다보려고도 하지 않는다. 마을 사람들만큼은 아니지만 필성조차 김에게 거부감을 느낄 정도이다. 몸에서 역한 냄새를 풍기며 알콜중독자나 다름 없는 김을 보며, 필성은 이따금 마시던 술을 끊기로 결심한다. 김은 필성을 비춰주는 일그러진 거울이라고 할 수 있다.

필성과 김이 겪는 고통의 근원에는 각각 베트남전 참전과 북파 공작원이라는 과거 외에도 한국 전쟁이 있다는 점도 놓쳐서는 안 된다. 필성은 한국 전쟁에서 아버지의 시신을 본 기억이 있으며, 그에게 "전쟁은 공포 그 자체"였다. 어린 시절에 겪은 한국 전쟁의 기억은 많이 지워졌지만, 공포는 필성의 몸 안쪽에 잠복해 있다. 내무반을 배정받고 처음 잠든 날에도 그는 어릴 적 한국 전쟁을 떠올리며 깨어났던 것이다.

한국 전쟁의 상처는 김에게 더욱 강렬하게 남겨져 있다. 김은 한국 전쟁 중에 부모님과 함께 남쪽으로 내려오다가 폭격을 당해 부모님이 죽는 것을 체험한다. "몸이 찢어진 채 길거리에 널브러진 부모" 옆에 있던 김은 누군가의 수레에 실려갔고, 낯선 사람의 가게에서 허드렛일을 하며 힘들게 성장했다. 청년이 되어 무작정 상경한 김은 서울역에서 만난 사내가 "나라를 위한 일이니만큼, 임무를 마치면 가게 하나 차릴 만큼은 돈을 준다"는 말에 강원도 산골로 갔던 것이다. 사내가 말한 '나라를 위한 일'은 다름 아닌 북파 공작원이 되어서 북한을 넘나드는 것을 의미한다. "죽음은 밥그릇 가장자리에 말라붙은 밥

풀때기만큼이나 흔했다"라고 표현될 만큼 가혹한 훈련을 받고, 세 번이나 북파되었다가 돌아오지만 김에게는 어떠한 삶의 가능성도 주어지지 않는다.

한국 전쟁의 상처와 더불어 베트남전과 북파 공작이라는 상처를 가진 필성과 김 앞에 응웬 흐엉이 나타난다. 응웬 흐엉은 노총각인 철규가 베트남에서 데려온 아내이다. 필성은 응웬 흐엉에게 호의를 담아 대하려고 한다. "씬짜오" 정도의 베트남 말을 할 줄 아는 필성은 새댁에 대한 호의로 베트남 말을 인터넷으로 배우기도 한다. 응웬 흐엉을 "내 딸"같이 여기는 필성은 "새댁이 자기 나라 말이 하고 싶을 것 같아서 한두 마디라도 하려고 공부"하는 것이다. 필성은 자신이 외국에 있어본 경험으로 "외국에서 사는 게 어떤 것"인지 안다고 생각한다. 이런 노력으로 필성은 새댁을 만나면 인사를 걸었고, 나중에 한두 마디씩 말을 붙일 수 있게 되었다. 나중에는 응웬 흐엉이 음식을 가지고 필성을 방문할 정도로 둘의 사이가 친밀해진다.

그러나 필성과 응웬 흐엉 사이에는 거대한 벽이 존재한다. 필성은 새댁과의 대화에서 그녀의 고향이 "뽕니"라는 말을 듣고, 별 생각 없이 "나 거기 갔었어"라고 대답한다. 그러자 여태까지 생글거리던 응웬 흐엉의 얼굴을 딱딱해지고, 그 뒤로는 그릇을 들고 필성을 찾아오는 일은 없어진다.

응웬 흐엉에게 뽕니는 모든 상처의 근원과도 같은 곳이다. 응웬 흐엉의 아버지가 어릴 적 한국군이 그곳에 들어왔고, 한국군은 도로도 넓혀주고 아이들에게 선물도 주고 친절하게 굴었다. 그러나 어느 날 한국군은 집단 학살극을 벌였고, 할아버지와 할머니가 즉사한 현장에서 아버지는 겨우 달아났던 것이다. 그러나 응웬 흐엉의 아버지는 다리에 총을 맞아 평생 절뚝였으며, 필성이 그러했듯이 평생 악몽에 시달렸다. 물론 퐁니에서의 학살극은 필성이 참전하기 전에 청룡부대에 의해 이루어진 것이지만, 별다른 생각 없이 필성이 던진 "나 거기 갔었어"라는 말은 응웬 흐엉의 극복할 수 없는 상처의 심연을 건드린 폭력이었던 것이다.

필성은 응웬 흐엉에게 잘해주고 싶어서 다가섰지만 결국 더 큰 상처를 주고 말았다. 이것은 한국사회의 기본적인 한계와도 맞닿아 있다고 할 수 있다. 그것은 베트남전의 기억을 충분히 되새김질하며 애도하지 못한 것과 관련된다. 베트남인들에게 퐁니가 가진 의미, 더 나아가서는 한국군의 베트남전 참전이 갖는 의미를 이해했다면 필성은 그렇게 쉽게 자신이 한국군으로 퐁미에 갔었다는 말을 하지는 못했을 것이다. 이러한 책임은 물론 필성에게 일정 부분 돌아가야 하지만 그보다 훨씬 큰 몫은 베트남전의 기억을 거의 외면해온 한국사회 전체의 몫으로 돌아가야 할 것이다.

또한 필성은 응웬 흐엉을 자신의 "딸"같이 여긴다고 말하지만, 그의 본심이 꼭 그런 것만은 아니다. 철규의 결혼식에서 응웬 흐엉을 처음 보았을 때부터, 필성은 "마지막으로 안았던 응웬, 아니 판"을 떠올린다. 판은 필성이 베트남에서 비교적 오랫동안 관계를 맺었던 직업여성이다. 판은 필성과의 마지막 만남에서 자신의 본명을 가르쳐줄 정도로 필성과 나름의 교감을 나눈다. 필성은 아내와 베트남으로 패키지 여행을 갔을 때에도, "아오자이를 입고 자전거나 오토바이를 타는 여자들을 보며 그는 잠깐 꽁까이 집에서 몇 번 만났던, 이상할 정도로 그에게 쉽게 마음을 준 판"을 떠올린다. 필성은 응웬 흐엉을 보며, 베트남전 당시 자신과 관계를 맺었던 판을 떠올렸던 것이다.

　베트남 이주 여성을 자신과 대등한 한 명의 인간으로 바라보는 것이 아니라, 지난날 전쟁터에서 관계를 맺은 직업여성에 이어서 바라보는 태도는 필성에게만 해당하는 일은 아니다. 『기억의 습지』에서는 철규와 응웬의 결혼 자체가 비인간적인 매매혼의 성격을 지니고 있다. 이 마을에는 "베트남 숫처녀와 결혼하세요. 초혼·재혼·장애인 환영. 65세까지, 100% 성사"라는 플래카드가 나부끼고 있었으며, 실제로 철규는 베트남에 가서 며칠 만에 자신보다 스무 살이 어린 응웬 흐엉과 브로커를 통해 결혼한다. 응웬 흐엉의 시어머니조차 며느리를 인간적으로 대하지 않는다. 시어머니는 아기를 기다리는 눈치이고, 노골적으로 "아직 아가 안 생겼니?"라고 묻는다. 이런 질문은 응웬에게 "가시"처럼 느껴진다. 시어머니는 응웬 흐엉을 고유한 욕망과 감정이 있는 개인이 아닌 "이 집의 대를 이을 아이를 낳으러 온 사람"으로만 여기는 것이다.

　응웬 흐엉에게 폭력의 극한을 보여주는 이는 가장 큰 상처의 늪에서 헤매는 김이다. 김은 자기 집 앞을 지나가는 응웬을 보며 말을 걸고 싶어진다. 그가 문을 열자 응웬은 발걸음을 빨리 하고, "외국에서 온 여자까지 나를 멸시"한다며 그녀를 집안에 데려온다. 결국 김은 그녀를 성폭행하고 죽인다. 이 범죄의 순간에 김은 오래전 북쪽의 산에서 사람의 목을 조르던 때를 떠올린다. 그리고는 응웬이 죽었다는 걸 안 순간 뿌듯함을 느끼며, 그러한 자신을 끔찍하게 여긴다. 그 과정에서 하는 다음과 같은 생각이야말로 가장 문제적인 것이라고 할 수 있다.

　이건 보복이야. 외국인인 그녀를 받아들인 나라, 정작 그 나라를 위해서 몸 바친 자기를, 자기들을 내친 나라에 대한 보복이라고, 그는 그렇게 생각했다. 북쪽에서 내려오다가 죽은 수많은 동료들을 위한 보복이라고. 그가 임무를 거부하고 나오자, 약속했던 거액 대신 그에겐 '이중간첩'이라는 누명이 씌워졌다. 그는 사람들의 눈을 피해 살아야 했다.

　김은 자신의 행위를 '보복'이라고 규정한다. 그런데 가장 큰 문제는 보복의 대상과 그 보복의 피해자가 거의 정반대라는 점이다. 김은 자기를 이용만 하고 이중간첩이라는 누명까지 씌운 '나라'에 보복하려고 한다. 그런데 그 보복의 처참한 피해를 보는 자는 '나라'와는 무관한 만리타국에서 온 이방인이다. 베트남 출신 여인 응웬 흐엉은 김이 만날 수 있는 사람 중에서, 김이 유일하게 자신보다 약자라고 생각할 수 있는 사람이다. 김이 상상할 수 있는 가장 거대한 대상이 '나라'라면, 응웬 흐엉은 김이 실감할 수 있는 가장 나약한 대상인 것이다. 이 처참한 혼란과 착종은 한 번도 인간으로 대우받은 적이 없어 끝내는 비인(非人)이 되어 버린 김의 벌거벗은 존재 양상에서 비롯된 것은 아닐까. 김이 평생의 삶을 통해 쌓아온 그 폭력의 원한은, 어찌 보면 김의 상처와는 가장 거리가 먼 응웬 흐엉을 통해서만 분출구를 찾을 수 있었던 것이다.

그러나 과연 응웬에 대한 삼환마을 사람들의 시선은 김과 완전히 다르다고 단언할 수 있을까? 동네 사람들은 월남 색시가 사라졌다는 말에 요즘 그런 외국 며느리들이 많다며, "결혼한 게 아니라 몸 팔아 돈 벌러 온 처자들"이라고 말한다. 시어머니인 장암댁은 "나쁜 년이 들어와서 아들 홀려놓고 도망갔다고, 그년이 여우라고. 찾기만 하면 머리끄덩이 뜯어놓고 싶다"라고 분노를 내뿜는다. 봉규 엄마는 "그나마 맨몸으로 나간 게 어디냐고" 위로 아닌 위로를 던진다. 응웬 흐엉을 놓고 나누는 이들의 대화 속에서도 인간으로서의 응웬 흐엉은 존재하지 않는다. 나아가 이 작품의 시작에 딸의 장례식 때문에 한국에 온, 응웬 흐엉의 가족들이 "딸의 죽음까지 겹쳐서 그들은 길 잃은 강아지 같았다"고 비유될 때도 온전히 대우받지 못하는 이주민들의 모습을 충분히 떠올릴 수 있다.

남근로고스중심주의(Phallogocentrism)와 애도의 불가능

이혜경의 『기억의 습지』가 충분히 애도되지 못한 과거의 파괴적 재귀(再歸)에 대하여 이야기한다면, 황정은의 「파묘」는 반드시 수행되어야 하는 애도를 가로막는 구체적인 힘에 대하여 탐구하고 있다. 파묘(破墓)라는 제목에서부터 상실과 애도의 문제를 강하게 연상시킨다. 이순일은 할아버지의 묘를 제목처럼 없애려 하고, 그 현장에 자신의 딸인 한세진을 데려간다. 묘지의 주인공과 이순일이 얽힌 사연은 한국 전쟁의 상처와 깊은 관련을 맺고 있다. 철원군 갈말읍 지경리에 있는 그 묘소는 "최전방 부대가 자리 잡은 산속"에 있다. 이순일은 지경리보다 더 위쪽인 갈골에서 태어났지만 한국 전쟁의 와중에 일가친척이 "38선 부근에서 오르락내리락하는 와중에 대부분 묻힌 곳도 간 곳도 모르게 사라졌고" 살아남은 혈육인 할아버지에게 여섯 살 때 맡겨진다. 그렇기에 이순일의 "친정"은 바로 할아버지의 묘이다.

할아버지의 묘, 나아가 그와 관련된 과거의 일이 제대로 애도받지 못한다는 것은 이순일이 묘에 삽을 대기 전에 마지막 상을 올려야 한다고 애를 태우지만 그것을 이루지 못하는 것에서 암시적으로 드러난다. 인부들은 이순일과 한세진이 올라오기 전에 이미 봉분을 파헤쳐놓았고, 그 자리엔 길쭉하고 좁고 깊은 구덩이가 놓여 있을 뿐이다. 이순일의 얼굴은 "상심, 그리고 티 내지 못할 짜증"으로 일그러지지만, 인부들을 향해 "나 우리 할아버지한테 제사 먼저 드리려고 했는데"라고 힘없는 말을 던질 수 있을 뿐이다.

결국 이순일은 겨우 "정강이뼈 두 점과 코코넛 껍질 같은 두개골 조각과 공깃돌만 한 작은 조각들"을 수습한다. 인부들이 그 뼛조각을 토치(torch)로 태운 후에야, 이순일은 비닐 돗자리에 간단한 제사상을 마련하여 한세진과 함께 간신히 절을 올린다. 그러나 한세진의 "그쪽 방향엔 그의 뼈가 이미 없다는 것을 생각했다"라는 말에서 알 수 있듯이, 그것은 진정한 애도와는 거리가 멀다.

또한 다음의 인용문에서 알 수 있듯이, 그 소박한 애도의 현장은 철저하게 고립된 것으로 묘사된다. 본래 애도란 개인만의 일일 수 없다. 더군다나 한국 전쟁과 같은 대사건에 연관된 애도는 공동체의 참여가 반드시 필요하다. 그런데 외부와 철저히 차단된 이러한 방식의 애도는 진정한 애도와는 한참 거리가 먼 것이라고 할 수 있다.

거긴 갈대가 길게 자라 사람들 눈에 쉽게 띄지 않을 곳이었다. 부대 초소에서도 거기서 무슨 일이 벌어지는지 관찰하기가 쉽지 않을 거라고 한세진은 생각했다. 추수가 끝나 겨울을 기다리고 있는 드넓은 논 어디에도 사람은 보이지 않았다. 그래도 이 근방엔 사람이 산다. 한세진은 생각했다. 그들 중 누구도 오늘 오전에 우리가 저 산에서 가지고 나온 것을 모를 것이다.

가장 주목할 점은 황정은의 「파묘」에서 애도를 불가능하게 하는 것이 가부장제와 남성중심주의라는 것이다. 할아버지에 대한 따뜻한 애정이 있음에도 파묘를 결정할 수밖에 없는 이유는 이순일이 바로 여자이기 때문이다. 이순일은 "어차피 자기가 죽고 나서는 아무도 찾아가지 않을 무덤"이기에 할아버지의 묘를 없애기로 결정한 것이다. 남편인 한중언과 단 한 번 할아버지 묘에 온 적이 있지만 그때 남편은 "처가 쪽 산소엔 벌초도 하지 않는 법이라고 잡소리를 하"며 절조차 올리지 않았다. 한중언은 말할 것도 없고, 한중언의 장남이자 유일한 아들인 한만수조차 너무 어리거나 길을 모른다는 이유로 동행한 적이 없다.

　　지금 이순일은 5층 단독빌라의 4층과 5층을 오가며, 남편인 한중언도 돌보면서 동시에 딸인 한영진의 살림까지 도맡아 하고 있다. 늙은 나이에 구정물과 기름얼룩으로 더러워진 앞치마를 벗을 틈도 없이 힘들게 살아가지만, 이순일은 사위의 눈치를 봐야만 한다. 그럼에도 이순일은 여자이기에 할아버지 묘소도 지킬 수 없는 것이다.

　　이러한 상황이지만 이순일이 아버지로부터 물려받은 묘소 근처의 갈골에 있는 산은, 남편인 한중언의 명의로 되어 있다. 아버지 것이었으나 임자 없는 산으로 신고되어 국가 재산에 속할 뻔한 것을 인근 노인들의 증언으로 어렵게 되찾은 후, 그것을 남편인 한중언의 명의로 등록했던 것이다. 이제 한중언은 그 산을 자신의 유일한 아들인 한만수에게 물려줄 계획이다. 한중언의 유일한 자부심은 "아들에게 물려줄 산"이 있다는 것이다.

　이순일은 파묘를 결심하는 것에서도 알 수 있듯이, 그녀는 가부장제를 내면화한 여인이다. 그녀는 자신이 처한 상황에 대해 별다른 문제의식을 갖지 못한다. 이순일이 한세진의 혼자 사는 삶을 인정하지 않으며, 세진에게 "언제까지 혼자 그러고 살 거냐고. 이제 그만 집에 들어와 살림 물려받을 준비해야지"라고 말하는 대목에서도 이를 확인할 수 있다.

　「파묘」는 한 단계 나아가 서구우월주의와 결합된 남근로고스중심주의(Phallogocentrism)에 대한 비판을 보여주는 지점으로까지 나아간다. 이것은 한세진과 집안의 유일한 아들로서 뉴질랜드에 살고 있는 동생 한만수와의 관계를 통해 드러난다. 한만수는 성실하고 바람직한 이주 노동자로 오클랜드 지역 뉴스 채널과 인터뷰를 할 정도로 뉴질랜드 생활에 성공적으로 적응하고 있다. 한만수는 인터뷰에서 "파써빌러티. 오퍼튜너티"라는 단어를 반복해서 사용한다.

　한만수는 지난번 귀국 때 자신이 사귄 백인 할아버지가 이순일에게 준 선물을 가지고 온다. 그것은 접시와 금 펜던트가 들어 있는 깡통이다. 금 펜던트는 나치 독일의 홀로코스트에서 살아남았다는 어느 할머니의 유품이며, 한만수는 그 백인 할아버지가 보낸 선물의 메시지가 "어머니는 위대하다. 당신은 위대하다"라는 의미를 담고 있다고 말한다. 이에 대한 한세진의 반응은 주목할만하다.

당신은 위대하다.

한세진은 그 메시지를 듣고 처음엔 어리둥절했는데 그 다음엔 미간에 살짝 불이 돋는 듯한 느낌으로 화가 났고, 그게 뭐였는지, 왜 그것이 모욕감과 닮았는지, 자기가 왜 그런 걸 느꼈는지를 나중에 생각해보았다. 아마도 한만수의 한국어 때문인 것 같다고 한세진은 생각했다. 한만수는 그것을 영어로 들었을 텐데 그래서인지 말투가 좀 영어였지. 홀을 쥔 왕이 그것을 하사하듯 그 애는 엄마에게 그렇게 말했지.

이순일과 단 한번 만난 적도 없는 백인 할아버지의 '당신은 위대하다'라는 찬사는 한국과 뉴질랜드를 한데 조망할 수 있는 전지적 위치에서만 가능한 발화라고 할 수 있다. 동시에 그것은 홀로코스트에서 살아남은 할머니와 이순일이 구체적인 맥락도 없이 동일시되었을 때 가능한 발언이기도 하다. 이처럼 백인 할아버지의 찬사 속에 숨겨진 서구중심주의적 태도는 비교적 선명한 것이다.

한만수는 오클랜드 사람들이 한국의 정치 사회적 상황에 관심이 많다며 촛불집회가 한창이던 2016년 12월 17일에 한세진과 함께 서울 도심으로 나간다. 끊임없이 촛불집회 현장의 사진을 찍는 한만수에게, 촛불집회는 하나의 피사체(被寫體)에 불과하다. 나중에는 셀카도 찍는데, 이 모습은 자신조차도 촛불집회 현장과는 분리된 하나의 외부인으로 인증하는 모습처럼 보인다. 한세진과 한만수가 레스토랑에서 식사를 할 때, 한만수는 누나에게 직접적으로 충고를 한다.

한세진은 광장 구석에 모여 있는 노인들, 때로는 LPG 가스통을 들고 나오는 노인들에 대한 우려를 표하지만, 한만수는 '그 사람들에게도 본인들의 정치적 권리를 말할 권리'가 있다며 한세진의 '편향성'에 대해 충고하는 것이다. 한만수의 말은 근본적인 차원에서는 맞을 수도 있겠지만, 그 '정치적 올바름'은 촛불집회라는 생생한 역사적 맥락을 소거시켰을 때만 성립할 수 있는 것이다.

이러한 근본적이고 추상적인 원칙론은 결코 이순일의 애도마저 방해하는 힘으로 기능한다. 마지막에 한만수는 영상통화를 걸어서 한세진에게 철원에 잘 다녀왔느냐고 묻는다. 그리고는 수고했다는 말과 함께 "누나, 너무 엄마가 하자는 대로 하지는 마"라는 말과 "너무 효도하려고 무리할 필요는 없어"라고 덧붙인다. 이러한 동생의 말에 한세진은 그것은 아니라며, "할아버지한테 이제 인사하라고, 마지막으로 인사하라고 권하는 엄마의 웃는 얼굴을 보았다면 누구라도 마음이 아팠을 거라고, 언제나 다만 그거였다"라고 생각한다.

한만수는 자신과 거의 무관한 노인들의 정치적 권리는 옹호하지만, 어머니의 할아버지를 향한 그 따뜻한 마음까지는 미처 헤아리지 못하는 것이다. 보편적인 차원에서의 정치적 올바름과 구체적인 관계에서의 이 냉혹함도, 일종의 식민주의적 (무)의식의 결과라고도 할 수 있다. 이러한 한만수의 태도 속에서 할아버지에 대한 진정한 애도가 이루어지를 기대하기는 어려울 것이다.

유령의 의미

과거는 실재하는 것은 아니지만 부재하는 것도 아니라는 점에서, 일종의 '유령'이라고 할 수 있다. 데리다는 '유령'이 존재론적으로 살아 있는 것도 죽은 것도 아니고, 현재 존재하지만 현전한다고 할 수 있는 것도 아니며, 가시적이지만 또한 동시에 비가시적으로 존재하는 어떤 것, 존재하면서 존재하지 않는 것이라고 주장한다. '유령'은 존재의 가상적 모습이라기보다는 현전으로서의 존재가 은폐하고 몰아내려고 하는, 존재보다 더 근원적인 어떤 사태의 표현인 것이다.[3] 유령의 그 애매한 존재양식이야말로 현재의 확실성이 지닌 여러 가지 균열과 한계를 분명하게 가시화하고 구체화하는 힘이 된다.

앞에서 살펴본 세 편의 작품은 나름의 '유령'을 통해서 지금 우리의 삶을 되돌아보게 하는 문제작들이다. 박형서의 「쓸모에 관하여」는 쓸모가 가치 판단의 전부가 되어 버린 현재를 성찰하기 위해 과거를 의도적으로 불러내고 있다. 이렇게 소환된 과거는 법칙과도 같은 상호부조의 모습 등을 통해 현재의 상처를 위무하는 기능을 발휘한다. 이러한 과거는 어찌보면 노스탤지어의 시선으로 물들어 있다는 점에서, 그 긍정적 의의와 함께 한계 역시 지닌다고 할 수 있다. 이혜경의 『기억의 습지』는 충분히 애도되지 못한 역사적 과거가 강박적으로 재

---

3 자크 데리다, 『법의 힘』, 진태원 옮김, 문학과지성사, 2004, 195면.

귀할 때 빚어지는 폭력의 극한을 보여주고 있는 작품이다. 이때 과거에 대한 애도는 단순한 선택의 문제가 아니라 인간으로서의 자기증명을 위한 최소한의 조건이라고 할 수 있다. 앞의 두 작품이 과거가 재귀하는 방식의 각기 다른 두 가지 모습을 보여주었다면, 황정은의 「파묘」는 반드시 수행되어야 하는 애도를 가로막는 구체적인 힘에 대하여 탐구하고 있다는 점에서 이질적이다. 그 힘이 이전에는 역사적 사건의 애도와 관련해 충분히 주목받지 못한 가부장제와 남근로고스 중심주의라는 점이 이 작품의 의의를 더욱 돋보이게 한다. 인정할 수도 없지만, 그렇다고 부정할 수도 없는 '유령에 대한 환대'야말로 새로운 문학이 기반해야 할 하나의 윤리적 준거점이 될 것이다.

○ 2019

21세기 한국문학과 강남

김경욱, 정찬, 김민정, 정용준

강남의 역사

서울은 한국의 수도로 '수많은 사람', '다양한 공간', '편안한 익명성'을 제공하는 공간이다. 이러한 특성은 조선의 한양과 일제 시대의 경성을 거쳐 오늘의 서울에 이르기까지 600년의 전통과 역사가 축적되었기 때문에 가능한 것이다. 현재도 서울에는 국내 인구 중 4분의 1이 살고 있으며, 대한민국의 자본과 핵심적인 기술이 집약되어 있다고 해도 과언이 아니다. 이러한 서울을 하나의 통일된 인상이나 의미로 규정하는 것은 불가능하다. 그것은 이제 한국을 넘어 세계의 메트로폴리스가 되어버린 도시가 갖게 마련인 복잡성 때문이기도 하지만, 서울만이 지닌 혼종성 때문이기도 하다. 이러한 혼종성은 식민지, 분단, 전쟁, 산업화, 민주화, 세계화로 이어지는 과정에서 서울이 겪은 엄청난 속도의 변화 때문이라고 할 수 있다. 그리하여 단일한 모습의 서울은 어디에도 존재하지 않는다. 강남과 강북, 북촌과 이태원, 홍대와 동대문 등의 다양성까지 아우르는 것이 서울이라고 한다면, 서울은 그야말로 거대한 혼돈이라고 밖에는 달리 표현할 길이 없다. 이러한 혼돈으로서의 서울이 지닌 성격을 가장 선명하게 보여주는 곳이 바로 강남이다.

모두가 알고 있는 강남의 역사를 간단하게 살펴보면 이렇다. 강남은 처음 강북의 반대말로, 서울에서 영등포를 비롯한 서울의 한강 이남 지역을 통칭하는 말로 사용되었다. 그러나 오늘날은 1960년대 이후 정부와 서울특별시의 집중적인 개발로 국내에서 집값이 가장 비싼 최고의 부촌 타이틀을 얻게 된 강남구, 서초구, 송파구를 주로 가리킨다. 이때의 강남 개발은 명문학교를 옮겨오고, 인프라를 확충하고, 고급주택을 건설하는 방식으로 이루어졌다. 이는 대한민국 최초의 대규모 신도시 개발이자 중산층 삶의 근거지를 옮겨버린 일대 사건이었다. 이후 강남은 1997년 외환위기 이후 한차례 도약한다. 외환위기로 강북 지역에 본사를 뒀던 많은 재벌 그룹이 쓰러지고, 이후 IT 벤처기업들이 산업계의 주역으로 올라섰는데 이들 기업이 테헤란로 주변에 모여서 강남을 경제의 중심지로 만든 것이다. 강남이 지금처럼 서울에서 가장 유동인구가 많은 지역이 된 것은 바로 IT 기업들의 역할 때문이라고 해도 과언이 아니다. 2006년 타워팰리스의 완공은 강남이 그 누구도 넘볼 수 없는 서울과 한국의 대표적인 공간이 되었음을 알리는 상징적 사건이었다고 할 수 있다.

'강남/비강남'이라는 선명한 이분법

한국문학에서 강남은 2000년대 이후 본격적으로 등장하기 시작하였다. 한국문학에서 강남은 주로 소비문화의 상징으로서 묘사되었다. 이때 강남은 이 시대 부르주아들의 집합적 거주지이며, 그들은 보통의 사람들이 넘볼 수 없는 견고한 성 안의 사람들로서 인식되고는 했다. 더욱 문제적인 것은, 최근 소설에서 강남인과 비강남인의 차이는 자본을 소유했느냐의 여부보다 더욱 심원하고 본질적인 차이로서 인식된다는 점이다.

김경욱의 「러닝 맨」(『문학동네』, 2008년 봄호)에서 '나'를 비롯한 대부분의 사람들(뱀 문신을 한 사내, 오토바이 폭주족, 돌팔매질을 하는 아이들)은 서로를 향해 이유 없는 불안감과 경쟁심을 느낀다. '나'는 별다른 이유도 없이 그들을 범죄자로 간주하고, '나' 역시 그들로부터 범죄자로 취급받는다. 이 만연한 불안과 불신은 과연 어디서부터 비롯된 것일까? 그것은 도시를 가로지르는 계급적 장벽에서 비롯된다. 강 건너에 성벽처럼 늘어서 있는 아파트는 "난공의 요새"처럼 보이며, 강은 "성벽으로의 접근을 차단하는 해자"이다. 이러한 '강남/강북'의 계급적 장벽은 모든 인간들 사이에도 불신의 장벽을 높이 쌓아갔던 것이다. 자전거 대여소에는 강남 일대의 고급 주택가와 아파트 단지에서 잇달아 발생한 부녀자 납치 강도 사건의 용의자 사진이 걸려 있다. 그러나 용의자는 사진의 주인공에게만 해당되지 않는다. 강남 밖의 모든 이들은 언제든지 강남이 쌓아올린 부를 절취해갈지도 모르는 용의자로 의심받기 때문이다. 실제로도 과외를 하러 간 첫날 아파트 경비는 '나'를 향한 의심의 눈초리를 결코 거두지 않는다. 이 작품은 "강 건너는 아직 아득하기만 했다"라는 문장으로 끝나는데, 강남과 비강남 사이에는 넘을 수 없는 강이 흐르고 있었던 것이다.

　정찬의 「흔들의자」(『문학사상』, 2012년 1월호)도 강남과 비강남이라는 선명한 이분법을 보여주는 작품이다. 먼저 두 개의 고층 건물이 선명한 대비를 이루는데, 하나는 강남을 상징하는 69층의 타워팰리스이고, 다른 하나는 남편이 오랫동안 농성을 하다가 끝내는 목숨을 던진 공장 굴뚝이다. 그녀가 일하는 타워팰리스 66층의 한 채 값은 44억 원이고, 그녀가 10년 가까이 살았던 사원 아파트에서 쫓겨났을 때 받은 돈은 푼돈에 불과하다. 그녀는 타워팰리스에서 가정부 일을 하며, 주인집 식구들이 느끼지 못하는 흔들림을 느낀다. 혼자만 흔들림을 느끼면서 "자신이 주인집 사람들과 근본적으로 다른 종류의 사람이 아닐까, 하는 생각"을 하는 것에서도 알 수 있듯이, 강남 사람들과 그녀는 완전히 다른 존재들로 그려진다.

　이 이분법을 벗어날 수 있는 방법은 재생을 담보한 죽음뿐이다. 이때의 재생은 환상적인 이미지 속에 어렴풋이 드러난다. 이 작품은 딸과 함께 사는 지하방에 물이 차오르는 것으로 끝난다. 마흔번째 생일을 맞이한 그녀는 차오르는 물속에서 남편이 십자가 대신, 그녀가 평소에 간절히 원하던 흔들의자를 만드는 모습을 본다. 흔들의자는 그녀에게 특별한 의미가 있다. 초경을 경험한 열네 살의 그녀는, 환영 속에서 담이 낮아 안이 훤히 보이는 집의 뜰에서 한 여자가 흔들의자에 앉아 있는 것을 본 적이 있다. 흔들의자에 앉아 있는 여자는 그녀가 여섯 살 때 죽은 엄마인 동시에 먼 훗날의 그녀이기도 하다. 그녀는 아이를 임신하고 있는 미래의 자신을 슬픔과 기쁨이 뒤섞인 눈으로 바라본다. 그날 이후 흔들의자는 그녀에게 꿈의 물건이 되었던 것이다. 그러한 꿈의 물건을 남편이 지금 환영 속에서 만들고 있는 것이다. 그녀는 흔들의자를 본 순간 열네 살 아이의 몸으로 변해서는 "물고기처럼 날렵하게 환기창을 빠져"나간다. 그녀는 타워팰리스에서처럼 흔들림을 느끼지만, "남편이 만들어준 흔들의자 때문"에 "그전처럼 두려움에 사로잡히지 않"는다. 한국사회의 양극화가 가져온 흔들림은 환상 속의 흔들림을 통해서만 간신히 견딜만한 것이 될 수 있다.

'강남/비강남'이라는 이분법의 맥락을 찾아서

'강남/비강남'의 경계를 날카롭게 드러내는 것은 그 자체로 소설의 중요한 미덕일 수 있다. 그러나 이분법이 지나치게 강조되면, 이분법의 지닌 문제점을 드러내기보다는 그 경계 자체를 자연화할 위험성도 존재한다. 강남과 비강남 사이의 빗금은 결코 넘을 수 없는 절대적인 선이며, 태초부터 존재했던 것으로 인식될 수도 있는 것이다. 그리하여 그 경계를 해체할 수 있는 새로운 가능성을 사유하는 것은 지극히 힘든 일이 된다. 이와 관련하여 황석영의 『강남몽』(창비, 2010)은 강남의 기원을 파헤침으로서 자연화되고 절대적인 것으로 인식되는 강남 역시 하나의 구성물에 불과함을 보여주는 작품이다. 나아가 이곳의 사람살이가 어쩌면 꿈과 같이 덧없는 가상의 현실일 수도 있다는 인식에까지 도달하고 있다. 황석영의 『강남몽』은 강남과 비강남의 구분을 탈자연화시키고 사회적 경제적 차원의 기원을 바라보게 하는 독특한 작품이다. 조직폭력배, 정치인, 실업가, 호스티스 등을 통해서 강남이라는 거대한 욕망의 성채가 어떻게 탄생하고 유지되었는지를 긴 호흡으로 보여주고 있는 것이다.

이 작품의 서술적 특징과 관련해 가장 인상적인 것은 작가의 가치중립적인 태도이다. 그동안 부자와 빈자를 바라보는 가장 일반적인 태도는 윤리적 이분법에 바탕한 것이었다. 「객지」나 「난장이가 쏘아올린 작은 공」이 증거하듯이, 그것은 강렬한 적개심과 투쟁심을 동반한다. 그러나 『강남몽』에서 다종다양한 사람들을 그려내는 작가의 기본적인 태도는 가치중립적이다. 『강남몽』에서 '강남'이라는 공간의 주인공이 있다면, 그것은 자본주의적 욕망을 표상하는 '돈'일 뿐이다. 「작가의 말」에서 황석영은 우리네 인형극인 꼭두각시놀음을 떠올리며 이 작품을 구상했다고 밝히고 있다. 이 작품이 간혹 평면적인 르포의 느낌을 주는 것은 모든 인물이 결국은 '돈'이라는 동일한 손과 목소리에 따라 움직이는 인물들이기 때문이다. 가난한 집 딸로 태어났지만 몸 하나로 회장의 내연녀가 되는 박선녀, 일본군 밀정을 하다 해방 이후에는 미국과 권력의 뒤를 핥으며 거대한 부를 형성하는 김진, 평범한 백수에서 부동산 업자가 되어 적지 않은 재산을 가진 교수가 된 심남수, 잔인함과 깡다구 하나로 어둠의 세계를 주름잡는 홍양태와 강은촌 등이 추구하는 것은 결국 '돈'일 뿐이다. 결국 이들은 돈의 조종에 따라 팔다리를 움직이고, 돈의 목소리에 맞춰 입을 벌리는 꼭두각시들에 불과했던 것이다.

『강남몽』에 등장하는 인물들 하나하나가 한국 현대사에 한 획을 그은 인물들일지라도, 그들은 단지 강남을 중심으로 한 한국 현대사를 드러내는 하나의 장치에 불과하다. 김진의 과거, 홍양태의 사시미 칼, 박선녀의 일상 등을 통해 강남의 현실은 우리 문학으로 들어온다. 핵심적인 인물과 중요 사건을 놓치지 않겠다는 정신은 한국 현대사의 앙상한 골조만을 드러내는 경우도 있다. 특히 김진의 출세기를 다루고 있는 2장과 한국 암흑가의 계보와 역사를 소개하는 4장이 그러하다. 이 부분은 일종의 다큐라고도 할 수 있으며, 사적(史的) 서술에 대한 일종의 보완이라고 할 수 있다. 그것은 박정희, 여운형 등의 역사적 실명을 그대로 가져오고, 중요 인물의 이름을 누구나 알아볼 수 있게 약간만 변형시킨 것(이희철-이철희, 장영숙-장영자, 홍양태-조양은, 강은촌-김태촌 등)에서도 확인할 수 있다.

　대부분의 인물들은 권력과 돈에 의지해서 강남에 자신의 영역을 확보하고자 몸부림친다. 유일한 예외는 도시 빈민 김점순과 임판수의 딸로서 대성백화점에 근무하는 임정아이다. 임정아는 대성백화점 붕괴 당시 근처에 매몰된 박선녀가 원하는 것을 모두 이루어주겠다고 하자, 단호하게 "사모님이 다 해줄 수 있단 말씀 다신 하지 마세요"라고 말한다. 이처럼 그 무엇에도 의지하지 않는 당당함과 자신감을 지닌 임정아야말로 이 작품에 등장하는 유일한 주체라고 볼 수 있다. 그녀는 구조의 순간에도 "저쪽에도 사람이 있는데……"라는 말을 중얼거릴 정도로 윤리적 감각을 지닌 존재이기도 하다. 이러한 임정아의 모습에서 작가는 희망의 가능성을 보고 있다. 그것은 강남을 형성한 대부분의 사람들이 비극적인 마지막을 보여주는 것과 달리, 수백 명의 사상자가 난 지옥의 현장에서 임정아만이 마지막 생존자로 설정된 것에서도 드러난다.

강남의 또 다른 주인공들, 어쩌면 진짜 주인공들

　수많은 미디어를 통해 일반적으로 유통되는 강남 사람은 고급차를 타고, 명품을 두른 부르주아의 모습일 것이다. 그러나 삶의 이치가 그러하듯이, 강남이 굴러가기 위해서는 부르주아적 화려함을 지탱하는 보통 사람들의 눈물겨운 노동이 있어야만 한다. 정이현의 「삼풍백화점」(『문학동네』, 2005년 여름호)과 김민정의 「안젤라가 있던 자리」(『아시아』, 2012년 겨울호)는 바로 그 강남을 지탱하는, 강남의 진짜 주인공들에 대해 말하고 있는 작품들이다.

「삼풍백화점」은 1995년 2월에 대학을 졸업하고 취직을 준비하던 '나'가, 5년째 삼풍백화점에서 점원으로 일하던 고등학교 시절의 친구 R을 만나는 것으로 시작된다. '나'는 우연히 백화점에서 R을 만나고, 둘은 급속히 친해져서 '나'는 R이 혼자 살던 집 열쇠까지 갖게 된다. 그러던 어느 날 삼풍백화점은 붕괴되고 R은 실종되어버린다. 이 작품에서 R은 고등학교만 졸업하고서는 백화점 직원으로 살아가는 불우한 미혼 여성이다. 삼풍백화점이 붕괴되고 난 후, 한 여성 명사가 쓴 "삼풍백화점 붕괴 사고는 대한민국이 사치와 향락에 물드는 것을 경계하는 하늘의 뜻일지도 모른다는 내용의 글"을 보고, '나'가 "그 여자(여성 명사)가 거기 한번 와본 적이나 있대요? 거기 누가 있는지 안대요?"라며 분개하는 것에서 알 수 있듯이, R은 강남의 화려한 껍데기를 지탱하는 존재였던 것이다.

그러나 곧 '나' 역시 여성 명사처럼 R을 철저히 외면하며 자신의 길을 간다. '나'는 실종된 R을 찾으려 하지 않을 뿐만 아니라 R이 준 "작고 불완전한 은색 열쇠를 책상 서랍 맨 아래 칸에 넣어둔 채, 십 년을 보"낸다. 이 작품은 '나'가 작가가 되는 것으로 끝나는데, '나'는 "그곳을 떠난 뒤에야 글을 쓸 수 있게 되었다"는 고백으로 끝난다.

마지막 문장의 '그곳'이란 삼풍백화점이 있던 자리이다. '나'는 우리가 흔히 그러하듯이, 강남을 지탱하는 그 수많은 노동과 눈물을 외면하고 자신의 삶을 살아가는 우리 시대 보통 사람의 초상에 해당한다고 할 수 있다.

김민정의 「안젤라가 있던 자리」(『아시아』, 2012년 겨울호)는 강남의 최고급 아파트에서 일하는 필리핀인을 그린 작품이다. 이 작품은 데칼코마니와 같은 선명한 대칭성을 보여준다. 각 항을 이루는 것은 안젤라라는 똑같은 이름을 가진 '필리핀에 사는 한국 고모'와 '한국에 사는 필리핀 이모'이다. 주인공 '나'는 필리핀의 선교 센터에서 현지 아이들을 도와주는 봉사활동을 한다. 한 달간의 휴가를 얻어 오빠의 집에 왔을 때, 조카들은 필리핀 출신의 이모에 의해 양육되고 있다.

그동안 이주 노동자와 관련해서 한국소설이 즐겨 다루어온 이분법은 '피해자 이주민' 대 '가해자 한국인'의 구도였다. 「안젤라가 있던 자리」는 이러한 이분법을 깨뜨리는 데 서사의 대부분을 할애하고 있다. 오빠는 테헤란로와 양재천이 동시에 보이는 강남의 최고급 아파트(아마도 타워팰리스)에 살고 있다. 처음부터 필리핀 이모는 '나'에게 고자세로 일관하는데, 나중에 필리핀 이모는 새언니를 포함한 집안 사람 모두에게 권력을 행사하는 막강한 위치로 상승한다. 점점 강도를 높여가며 뒤바뀐 권력관계를 드러내는 부분이 이 작품의 핵심이다. 이러한 필리핀 이모와의 관계를 통하여 '나'는 자신이 그동안 해왔던 선교 활동이 "그들을 위에서 내려다보고 있었"던 행위이며

"사랑이 아니라 동정"인지도 모른다고 생각한다. 나아가 그 모든 행위는 "잘난 오빠에 대한 압박감을 이기지 못하고 필리핀으로 도망을 갔고 그들을 도와줌으로써 우월감을 느꼈던 것"이라는 가슴 아픈 자기 성찰에 이른다. 이러한 자기 반성은 사실 '나'에게도 해당되지만, 별다른 고민 없이 정형화된 결혼 이민자나 이주 노동자 나아가 제3세계 사람들의 삶을 그려온 한국 작가들에게도 해당되는 것이라고 할 수 있다. 이러한 자기반성이야말로 이 작품을 더욱 눈부시게 하는 뛰어난 인식의 힘임에 분명하다.

여기서 드는 의문점 하나. 구부러진 철사를 바로 펴는 방법은 반대 방향으로 되구부리는 방법이다. 위에서 말한 것처럼, 기존의 한국소설이 가진 문제점('약자 이주민/강자 한국인' 혹은 '약자 비강남인/강자 강남인')을 교정하는 장치로서 이 작품의 되구부리기는 매우 훌륭하다. 그러나 과연 이 땅의 이주 노동자들은 필리핀 이모 안젤라처럼 강남의 최고급 아파트에 사는 사람들도 쩔쩔매게 할 만큼 힘센 존재들일까? 그들은 과연 고모의 자리도 빼앗아버릴 수 있는 진정 "가족"으로 살고 있는 것일까?

새로운 강남을 위하여

오늘날 강남은 한국을 넘어 세계적인 공간으로 거듭나고 있다. 이전과는 비교도 할 수 없는 거대한 잡종으로 몸을 불려가는 중이다. 2000년대부터 본격적으로 한국문학에 등장하기 시작한 강남은 주로 사회학적인 맥락에서 그 모습을 드러내고는 하였다. 한국을 대표하는 부의 공간으로서의 강남은, 한국의 기형적인 현대화가 가진 영광과 상처가 집약된 하나의 실험실이었던 것이다. 한국을 대표하는 수많은 작가들이 여러 모습의 강남을 우리 앞에 제시하였다. 다른 곳과는 구분되는 절대적인 공간으로서의 강남, 한국 현대사의 온갖 오욕이 점철된 공간으로서의 강남, 이름 없는 노동과 눈물을 먹고 자라는 강남 등이 그동안 한국문학에 등장한 대표적인 강남의 모습들이다. 그러나 이것만이 강남의 전부는 아니다. 오늘날의 한국문학은 이전의 상상력이 미처 가닿지 못한 강남의 새로운 모습을 향해 나아가고 있다.

한 가지 사례로 정용준의 「선릉 산책」(『문학과사회』, 2015년 겨울호)을 들 수 있다. 이 작품은 한여름에 헤드기어를 쓰고 10kg이 넘는 백팩을 맨 스무 살의 한 청년, 거기다가 별다른 이유도 없이 자해를 하고 침을 뱉는 청년 한두운을 과연 우리가 온전히 이해할 수 있는지를 묻는다. 시급 만 원이라는 조건으로 한두운을 돌보는 '나'는 여러 가지 일들을 겪으며 결국 자폐아 내지는 정신지체라고 쉽게 규정되지 않는 인간 한두운을 이해할 수도 있다는 가능성에 도달한다. "선릉역에 선릉이 있다"는 사실이 낯설지만 너무나 당연한 일이었던 것처럼, '한두운도 고유한 성격과 리듬을 가진 존재'라는 사실은 낯설지만 엄연한 진실이었던 것이다. 이처럼 「선릉 산책」은 한국문학계에서 그토록 많이 이야기되었지만 여전히 해소되지 않은 타자와 윤리에 대한 탐구가 선릉이라는 강남의 역사적인 장소를 배경으로 이루어지고 있는 작품이다. 이제 강남은 사회학적 상상력에 바탕한 특수한 사람들의 공간이 아니라 보통 사람들의 일상적 삶이 펼쳐지는 공간으로 인식되기 시작한 것이다. 앞으로 펼쳐질 강남의 새로운 모습은 하나의 가능성으로 우리 앞에 놓여 있다.

○ 2022

공존과 고립의 이상한 이분법

서장원, 임현, 김연수

상실로 인해 비로소 소유하게 된 것들

2020년 겨울의 한국문학을 둘러보는 이 순간도, COVID-19가 우리에게 가져다준 새로운 삶은 계속되고 있다. 전 세계에 200만 명이 넘는 사망자를 발생시킨 코로나 바이러스에 대한 인간의 지식도 적지 않게 축적된 상태이다. 더 이상 바이러스로 인해 세상의 종말이나 묵시적 파국을 떠올리지는 않는다. 그럼에도 여전히 해명되지 않는 수많은 의문으로 인해 대부분의 사람들은 이전에 경험해보지 못한 공포를 느끼고 있다. 라캉의 구분에 따르자면 코로나 바이러스는 현실이 아닌 실재에 가까운 모습으로 우리 곁에 존재한다.[1]

---

1 라캉은 사회적이고 물질적인 영역으로서 우리에게 익숙한 현실과 달리, 실재는 유령 같은 실

최근에는 코로나 바이러스 감염으로부터 파급되는 여러 삶의 문제에까지 사람들의 관심이 이어지고 있다. 특히 사람들 간의 만남과 교류가 극도로 줄어든 상황에서 고립감과 외로움을 호소하는 이들이 늘고 있는 점을 크게 문제시한다. 그런데 여기서 한 가지 염두에 두어야 할 것은, COVID-19로 인해 잃어버렸다는 공동체는 우울증에 의해 사후적으로 창조된 원망(願望)일 수도 있다는 것이다. 우울증자는 상실에 대한 고통을 통해서, 실제로는 한 번도 가진 적이 없던 것에 대해 상상 속에서나마 소유권을 주장하는 자이기도 하다. 사회적 거리 두기가 안겨다 준 고통에 대한 과잉된 의식 속에는, 어쩌면 한 번도 가져본 적 없는 인간 사이의 진한 유대에 대한 상상적 갈망이 담겨 있는지도 모른다.

2020년 겨울의 한국문학에서는 COVID-19 이전에도 언제나 존재했던, 타자와의 공감과 소통이라는 문제에 대한 날카로운 의식을 드러내는 소설들이 많이 창작되었다. 우리가 통제하거나 지배할 수 없으며, 함부로 규정할 수도 없는 존재에 대한 이해와 공감의 문제를 파고든 작품들이 적지 않았던 것이다. 결국 우리 모두는 타자인 동시에 주체이자, 주체인 동시에 타자일 수밖에 없다면, 결국 미지와 불감의 대상인 타자에 대한 사유는 결국 모든 관계에 대한 탐구로 이어

체로서 눈에 보이지 않으며 바로 그 이유 때문에 전능한 힘으로 나타난다고 보았다(슬라보예 지젝, 『멈춰라, 생각하라』, 주성우 옮김, 와이즈베리, 2012, 185면).

진다고도 할 수 있다.

(un)happy together, 함께 있어서 행복한 혹은 불행한

서장원의 「해피 투게더」(『에픽』, 2020년 10·11·12월호)는 '겉에 드러난 관계의 변화'와 '속에 감춰진 관계의 상수(常數)'에 대해서 말하는 작품이다. '나'와 해주, 그리고 민형은 대학 시절 단짝 친구들이었으며, 이후 해주와 민형은 결혼하여 부부까지 되었다. 그들은 한때 너무나 마음이 잘 맞는 친구이자 연인이었지만, 시간의 흐름과 함께 모든 것은 변한다. 지금 해주는 민형과 이혼하기로 마음먹었으며, '나'는 임신 중절 수술을 앞둔 해주를 돌보기 위해 해주의 아파트에 머물고 있다. 현재 민형은 해주와 다툰 이후 집을 나가 며칠째 연락이 닿지 않는다. 관계의 변화는 거의 모든 부분에서 일어난다. 먼저 그 변화는 민형에게서 집중적으로 나타난다. 해주와 민형은 인공 수정이 실패하고 나서 아이를 갖지 않기로 결심한 후에, '나'를 불러 단촐한 파티를 열기도 한다. 그러나 이후 민형은 자신이 아이 없는 삶에 만족한 적이 없었다며, 아이를 낳아 키우는 것에 부담을 느끼는 해주에게 아이를 반드시 낳아야 한다고 주장한다.

또한 셋이 모두 왕가위 팬이라는 사실은 공통된 우정의 기반이었다. 영화 동아리에서 왕가위의 「화양연화」가 개봉하던 해에 만났고,

"모두 왕가위의 팬"이었던 것이다. 왕가위의 「해피 투게더」를 동아리 방에서 함께 본 셋은 "왕가위의 최고작"이라는 사실에 모두 동의하기도 하였다. 이전에 함께 술을 마실 때면 열에 아홉은 왕가위의 영화를 틀어놓곤 했다. 그러나 어느 순간부터 민형은 왕가위를 "재능충"이라고 비하한다. 성전환 수술을 앞두고 마지막으로 해주네에서 셋이 함께 와인을 마시던 날에, 민형은 '나'에게 큰 상처를 준다. 장국영의 기일을 기념하여, 셋은 장국영의 유쾌한 모습이 담긴 「가유희사」를 함께 본다. 영화 속에서 장국영이 "여성성을 과장하는 코믹한 남성 캐릭터를 연기"하는 것을 보며, 민형은 폭소와 함께 "'저런 영화'가 장국영의 커리어를 망쳤다"고 말한다. 민형은 심지어 "저렇게 쪼다가 될 필요는 없었다는 거지"라고까지 말한다. 이런 민형의 모습을 보며 '나'는 모욕감을 느끼고, 동시에 민형이 너무 변했다고 느낀다. 「해피 투게더」 비디오테이프를 공수해 오고, 장국영이 죽었다는 소식을 조심스럽게 전해주었던 "내 친구는 어디론가 증발해 버렸"던 것이다. 민형의 변화는 해주를 향해서도 마찬가지이다. 민형은 "셋이 함께 있을 때 장난스럽게 해주의 취향을 놀렸고, 가정주부가 되어 온종일 집에 있는 해주가 부럽다고 말하는 식"으로 해주를 기분 나쁘게 한다. 언제부터인가 민형은 집에 오면 소파에 누워서 유튜브만 보았다.

이러한 변화는 해주에게도 나타난다. 임신 중절 수술을 하고 병원에서 퇴원한 해주와 집에 왔을 때도, '나'와 해주는 늘 그랬던 것처럼 「해피 투게더」를 함께 본다. 그러나 영화가 끝나갈 때쯤, 해주는 자신이 더 이상 왕가위의 팬이 아니라는 사실을 비밀스런 말투로 고백한다. 왕가위가 아동성범죄를 저지른 로만 폴란스키를 지지했다는 이유로 더 이상 왕가위를 좋아하지 않는다는 것이다. 해주는 이 말을 하며 눈물까지 흘리는데, 이 눈물은 "해주가 이렇게나 배신감을 느끼고 통탄스럽게 여기는 사람이 왕가위가 아님"을 깨달았다는 '나'의 생각에서도 드러나듯이, 민형의 변화에서 비롯된 것이다.

이처럼 10년 정도의 시간은 인간관계에 수많은 변화를 가져다 주기에 충분하다. 그러나 관계를 성립케 하는 이면의 상수(常數)는 쉽게 변하지 않는다. 그것은 타인의 불행이나 결핍을 통해서만 지탱되는 인간의 알량한 자존심이라고 할 수 있다. 타인과 자신의 불행을 재는 내면의 저울은 너무나도 섬세하여, 어떤 식으로든 균형을 이루어야만 관계는 성립하는 것이다. 오랜만에 이루어진 '나'와 해주의 만남은, 시공의 거리를 뛰어넘어 둘이 모두 느꼈던 가슴 통증이 있었기에 가능했던 것인지도 모른다. 이 가슴 통증이야말로 관계의 상수에 대한 감각적 표현이라고 할 수 있다. 해주는 회복실에서 깨어나 가슴이 아프다고 말하는데, 이 통증은 태국에서 혼자 성전환 수술을 받았을 때 '나'가 경험한 증상이기도 하다.

이런 맥락에서 해주가 많은 친구들 대신 자신에게 간호받길 원하는 이유가, 다른 친구들이 결혼해 자녀를 두고 있기 때문이라고 생각하는 '나'의 생각은 타당하다. 이전에 해주와 민형이 딩크족 부부의 탄생을 축하해달라고 했을 때도, "나는 게이라고 커밍아웃을 했던 터였으므로, 내가 가정을 꾸리고 자녀를 둘 가능성이 전혀 없다는 것을 두 사람은 알고"서 한 일이었던 것이다. 이때 민형은 '나'에게 근처로 이사를 와서 매일매일 함께 술을 마시자고 제안하기도 하였다. 마지막은 민형이 해주의 아파트에 찾아와 둘이 대화를 나누고, '나'는 혼자 아파트 단지를 서성이는 것이다. 이때 '나'는 다음과 같은 생각을 한다.

나는 언제나 해주의 불행을 반가워했다. 해주가 임신이 어려운 몸이라는 말을 들었을 때, 임신을 완전히 포기하겠다고 선언했을 때, 그리고 며칠 전 민형과 이혼하겠다고 했을 때, 그때마다 나는 해주가 조금 더 마이너한 사람이 되어주길 바랐다. 해주가 아이를 낳지 않기를 은밀하게 원했고, 홀로 되어 우리가 좀 더 많은 것을 공유할 수 있게 되기를 기대했다. 해주는 나의 유일한 친구였으니까.

'나'는 해주와의 우정을 공고히 하기 위해 해주의 불행한 소식을 들을 때마다, "조금 더 마이너한 사람"이 되기를 바란다. 그것은 "우리가 좀 더 많은 것을 공유"하는 길이기도 하다. 이런 생각을 하고 있을 때, 해주에게서 '나'를 데리러 오겠다는 전화가 온다. 그러나 '나'는 "아파트 단지의 어디쯤일 뿐 내가 있는 곳을 설명하기가 어려웠으므로, 나는 그저 네게서 그리 멀지 않은 곳에 있다고만 대답"하는 것으로 소설은 끝난다. 우리는 서로의 정확한 지점을 지정할 수 없다는 것, 심지어는 자기 자신조차도 그 지점을 알 수 없다는 것, 그렇기에 그저 일정한 거리를 두고 서성일 수밖에 없다는 관계의 방정식이, 이 장면에는 가슴 아프게 아로새겨져 있다.

아무리 들어도 도무지 알 수 없는 당신의 이야기

임현의 「미래의 내가 과거의 나를」(『Axt』, 2020년 11 · 12월호)은 관계의 기초라고 할 수 있는 정체성과 기억의 자명성이라는 난제를 파고든 작품이다. 이 작품은 '나'가 자신의 이야기를 '그대'에게 들려주는 형식으로 되어 있다. '나'는 자신이 하고자 하는 이야기가 "그대의 눈꺼풀 같은 이야기"로서 "분명하게 존재하지만 존재를 의식하는 순간 불편해지는 것"에 해당한다고 말한다.

'나'의 "그대가 기억하게 될 나는 어떤 사람인가. 무얼 기억하든 그것은 나의 전부가 아니라네"라는 말에는 이 작품의 주제가 응축되어 있다. 그 주제는 바로 기억이란 결코 온전히 전달될 수 없으며, 기억의 최종적 종착지는 그대(독자)에게 열려 있다는 것이다. '나'가 들려주는 이야기 속의 '나'는 극단적으로 다른 두 개의 얼굴을 지니고 있다. 첫번째로 '나'는 문학적 담론에서 늘 존중받고 관심받아야 하는 것으로 그려지는 이 사회의 약소자이다. '나'는 관리실 용도로 사

용하는 주차장 컨테이너의 화재로부터 살아난 사람이다. 처음에 '나'
는 자신의 삶을 우리 사회에서 소외받은 불운한 이웃의 삶과 연관지
어 바라보도록 유도한다. "수백 건씩 일어나는 사고를 일일이 어떻게
다 기억하느냐고?"나 "들어본 적은 있긴 한데…… 잘 모르겠다고?
기억이 전혀 나지 않아?"라고 반문하는 '그대'에게, 그곳에도 사람이
살고 있었다는 것을 환기시키는 것이다. 이 작품에서는 "그 순간, 그
곳에는 사람이 있었다네"나 "그러나 그곳에 누군가 있었다네"라는
식의 말을 반복하여, 주차장 한구석의 컨테이너가 불에 휩싸이는 현
장에 사람이 있었다는 사실을 강조한다.

 '나'가 들려주는 이야기의 상당 부분은 평범한 소시민이었던 '나'
가 누추한 가건물 컨테이너 안에 갇히게 되기까지의 과정에 대한 것
이다. '나'는 상고를 졸업하고 중견기업에서 사무직으로 39년간 근무
했다. 융자금을 빌려서 서민형 아파트도 한 채 장만했으며, 은퇴 후
에는 약간의 퇴직금까지 받았다. 그러나 그 퇴직금으로 노후를 위해
관광호텔의 객실 한 곳을 분양받은 것이 문제가 되어, 당초 기대했
던 수익금은 받지도 못하고 법적인 소송까지 겪는다. 이후 한동안 아
내와 '나'의 일과는 구인 광고를 들여다보는 일로 채워지지만, '나'가
구할 수 있는 일은 "구인 문구에 '최저시급'과 '단순 노무'라고 적힌
것으로 한정"된다. 더군다나 자신의 명의로 되어 있는 호텔 객실 때
문에 공공일자리를 얻을 수 있는 자격도 갖추지 못한다. 그 결과 누
추한 가건물 컨테이너 안에 갇히게 된 것이다. '나'는 웬만해서는 그

컨테이너를 벗어날 수 없다는 것을 깨닫는다.

　그러나 작품의 후반부로 가면서 '나'의 또 다른 면모가 드러난다. '나'는 근처 상가 건물의 화장실이나 수도시설을 이용하는데, 이 과정에서 안경점을 운영하는 가족과 친해진다. 충격적이게도 '나'는 그 집의 장애가 있는 아이의 납치범일 수도 있다는 가능성이 암시되며 작품은 끝난다. 그 부부는 병상에 누운 나에게 달려와 "우리 애는요? 우리 애는 어디 있어요?"라고 절규하며, '나'는 이런 부부를 보며 "내게는 아무런 기억이 없었다네"라는 말에 이어서 "무엇보다 증거가 없었지"라고 말함으로써, 범죄자일 수도 혹은 그렇지 않을 수도 있는 가능성을 한껏 열어놓는 것이다. 억울한 이 사회의 약자로만 인식되던 '나'가 천인공노할 범죄자일 수도 있는 가능성이 강하게 드러나는 순간이다. 이런 반전이 주는 충격은 "무엇이 그대의 태도를 달라지게 만든 것인가. 본래는 이미 다 안다는 듯이 지루하고 따분한 표정으로 나를 보지 않았나. 이제는 무언가를 다른 것이 보이기 시작했다는 것인가"라는 '나'의 말에서도 알 수 있듯이, 이야기를 듣고 있는 '그대'에게도 그대로 전달된다.

　이러한 상반된 기억이나 정체성을 종합할 수 있는 가능성은 존재하지 않는다. '나'는 그대가 진짜 망각해야 되는 것은 "신이란 애당초 있지도 않았다"는 사실이라고 태연하게 말한다. 이때의 '신'은 서로 충돌하고 모순되는 기억과 정체성의 문제를 해결할 수 있는 존재라고 할 수 있다. 그런데 그런 신은 애당초 존재하지 않는 것이다. '나'

는 구체적인 목소리와 함께 '그대' 앞에 서 있지만, '나'와 '그대' 사이에는 거대한 벽이 가로막혀 있을 뿐이다. 이로 인해 '나'와 '그대'는 서로에게 영원히 보여지거나 만져질 수 없는, 또 다른 의미의 '신'이 되었다고 할 수 있다.

끝나지 않는 이야기, 끝나지 않는 희망

김연수의 「다시, 2100년의 바르바라에게」(『현대문학』, 2020년 11월호)는 앞의 두 작품과 달리, 인간 사이의 소통과 이해의 가능성에 대해 말하는 소설이다. 이 작품은 기본적으로 우리 시대의 불안에 대한 하나의 문학적 답변으로서의 성격이 강하다. 구술 정리 작업을 하는 대학원생이 구술자인 할아버지를 만나서 하는 말은 "고민은, 늘 똑같지요. 그냥 불안해요"이다. 이러한 대학원생에게 할아버지는 "다음 150년 동안 세상은 엄청난 진보를 이룩할 걸세"라는 희망적인 대답을 한다. 이 소설은 할아버지가 지닌 희망의 근거를 보여주는 작품이라고 할 수 있다.

할아버지가 세상의 진보를 확신하는 이유는, 시공을 달리하는 바르바라들이 서로 소통하며 정신을 나눌 수 있기 때문이다. 죽음을 앞둔 할아버지는 반복적으로 바르바라를 입에 올린다. 이 작품에는 네 명의 바르바라가 등장한다. 첫번째 바라바라는 이교도인 왕의 딸로 태어나, 끝까지 그리스도인의 삶을 고집하다가 아버지에게 죽임을 당한 성자이다. 두번째 바르바라는 19세기에 신앙을 목숨보다 소중하게 여긴 조선의 소녀이고, 세번째 바르바라는 1949년 수녀원에서 억울한 죽음을 당한 여성이며, 마지막 바르바라는 80년 뒤에 나타날 "미래의 바르바라"이다.

두번째 바르바라는 마카오 유학에서 돌아온 최양업 신부가 1850년에 라틴어로 써서 해외에 있는 스승에게 보낸 편지에 등장한다. 바르바라는 일곱 살부터 평생 동정을 지키기로 한 결심을 투철하게 지켜나간다. 바르바라는 전염병에 걸린 다른 소녀가 성사를 받는 것을 보고는 자발적으로 병에 걸려서, 최양업 신부로부터 고해성사와 병자성사를 동시에 받는다. 결국 바르바라는 병에 걸린 지 나흘 후인 1850년 9월 23일에 열여덟의 나이로 죽는다.

세번째 바르바라는 할아버지의 여동생이다. 1949년 정치보위부에서 수도원을 몰수하고 독일인 신부들을 체포할 때, 바르바라는 수녀원을 접수하러 온 자들에게 완강하게 맞서다가 죽임을 당한다. 이 일로 인해 수도원과 함께 할아버지의 나약한 영혼도 완전히 폐쇄되어버린다. 할아버지는 4대째 내려오는 가톨릭 가정에서 태어나 성직자의 길을 걷고 있었지만, 전쟁과 루페르트 신부의 죽음, 그리고 바르바라의 죽음을 겪으며 환속한다.

할아버지는 바르바라들이 서로 무관하게 존재한 것이 아니라 이야기의 힘을 통해 서로가 깊이 연결되어 있음을 강조한다. 할아버지는 어린 시절 자신의 할아버지가 하는 이야기를 통해 최양업 신부와 바르바라를 아는 신자들을 만날 수 있었다. 같은 논리로 지금 열 살의 아이는 할아버지가 그러했듯이, 1940년대를 기억하는 할아버지를 통해 그때의 일들을 역사가 아닌 실제 사건으로 받아들일 수 있게 된다. 그렇다면 인간은 200년 정도의 시간은 가볍게 뛰어넘어 이해할 수 있게 된다는 것이다. 그렇게 200년 전체를 경험한 사람의 시각으로 바라본다면, 그 어떤 끔찍한 일에도 "오직 연민과 사랑이 있을 뿐, 여기에 비관이 깃들 수" 없다. 육체의 죽음과는 무관하게 정신의 삶은 긴 세월을 경험할 수 있기에, 희망의 불씨는 사라지지 않고 지속되는 것이다. 다음의 문장들은 할아버지가 도달한 희망의 메시지가 직접적으로 서술된 대목이다.

정신의 삶은 자기 자신으로부터도 멀어지는 고독의 삶을 뜻하지. 개별성에서 멀어진 뒤에 우리가 발견하는 것은 우리의 정신은 얼마간 서로 겹쳐져 있다는 것이야. 시간적으로도 겹쳐지고, 공간적으로도 겹쳐지지. 그렇기 때문에 육체의 삶이 끝나고 난 뒤에도 정신의 삶은 조금 더 지속된다네. 육체로 우리가 80년을 산다면, 정신으로는 과거로 80년, 미래로 80년을 더 살 수 있다네. 그러므로 우리 정신의 삶은 240년에 걸쳐 있다고 말할 수 있지. 240년을 경험할 수 있다면 누구라도 미래를 낙관할 수밖에 없을 거야.

우리의 기억은 시공간적으로 겹쳐져 있으니까. 조부의 기억은 증조부의 삶으로 이어지고, 증조부의 기억은 어린 시절에 만난 신유박해를 기억하는 칠십 노인의 삶으로 이어지지. 그리고 증조부가 어릴 때 들은 바르바라 이야기가 내 막내 여동생의 세례명으로 이어진다는 것. 이런 식으로 육체가 죽은 뒤에도 정신의 삶은 계속되는 것이라네.

할아버지는 오랜 경험과 성찰을 통해, 정신의 삶은 "시간적으로 또 공간적으로 서로 겹쳐지며 영원히 이어진다는 것"을 깨달은 것이다. 그렇기에 할아버지는 "미래의 우리"를 "생각해야만 한다는 것. 그리고 생각할 수 있다는 것"을 강조한다. 영원을 생각한다면, 현재의 고통과 억울함이란 티끌 같은 것일 수도 있기 때문이다. 그렇기에 할아버지는 "어둠과 빛이 있다면 빛을 선택"하기로 결심하며, 이러한 깨달음은 단순히 생각에만 머무는 것이 아니라 실제의 행동으로까지 이어진다.

할아버지는 1993년 서울에서 대구로 가는 기차 안에서, 46년 전 신부들을 체포하기 위해 수도원을 찾아왔던 정치보위부의 간부를 만난다. 그 사람은 남파되었다가 체포되어 28년 만에 출소한 비전향 장기수이다. 그 남자는 여동생 바르바라의 죽음에도 직접적인 책임이 있는 자로서, 할아버지에게 "게으르고 쓸모없는 수녀들이 인민을 위해 봉사하는 유일한 길은 수도복을 벗고 고향으로 돌아가 혼인하는 일이라고 조롱"까지 하였다. 남자가 준 충격과 상처는 너무나 큰 것이어서 할아버지는 그 이후로 한 번도 그 목소리와 얼굴을 잊은 적이 없었다. 그럼에도 할아버지는 "바르바라와 바르바라와…… 그리고 또 다른 바르바라를 생각"하고 그를 용서하기로 한다. "손만 뻗으면 닿을 수 있는 곳에 그 남자가 있었"지만, "그때 할아버지는 미래의 우리를 생각했던 것"이다.

당신의 증상이 되어라!

COVID-19의 충격과 고통 속에서 우리는 지나치게 COVID-19 이전과 이후를 구분하는 경향이 있다. 공존하던 이전이 있었고, 고립된 이후가 있다는 식의 인식이 널려 퍼져 있는 것이다. 그러나 COVID-19로 인해 잃어버렸다는 공동체는 우울증에 의해 사후적으로 창조된 가상일 수도 있다. 사회적 거리 두기가 안겨다 준 고통에 대한 과잉된 의식 속에는, 어쩌면 한 번도 가져본 적 없는 인간 사이의 진한 유대에 대한 상상적 갈망이 담겨 있는지도 모르겠다. 이와 관련하여 2020년 겨울의 한국문학에서는 타자의 본질에 대한 날카로운 문제의식을 드러내는 소설들이 여러 편 창작되었다.

서장원의 「해피 투게더」는 천변만화하는 관계의 양상과 그 이면에서 작동하는 관계의 법칙을 드러낸 작품이다. 이를 통해 타자와 함께 살아간다는 것의 어려움과 비정함을 담담하게 그려내고 있다. 임현의 「미래의 내가 과거의 나를」은 인간의 기억과 정체성의 가변성과 복잡성을 통하여 타자를 이해하거나 교감하는 것의 불가능성을 직접적으로 드러낸 작품이다. 이들 소설을 통하여 동일성에 대한 집착이나 타자에 대한 혐오가 지닌 윤리적 폭력에 대한 인식은 한껏 예민해진다. 또한 이러한 인식은 여전히 우리에게 필요한 감성이자 윤리라고 할 수 있다. 다만 여기서 한 가지 말하고 싶은 것은 타자와의 만남이 궁극적으로 가져올 수 있는(어쩌면 가져와야 하는) 삶의 윤리는 우리의 자명한 정체성(순수성)에 대해 질문을 던지고, 동시에 신(神)이면서 고아(孤兒)의 얼굴을 한 타자를 향한 우애의 상상력에 연결되어야 한다는 점이다. 이와 관련하여 두 작품은 여전히 해결되지 못한 문학의 몫을 떠올리게 한다. 김연수의 「다시, 2100년의 바르바라에게」는 앞의 두 작품과는 달리 타자와의 소통과 교감에 대한 낙관을 보여준다. 심지어 그러한 연대는 이야기의 힘을 통해 수백 년에 걸친 시공의 벽도 뛰어넘는 힘을 지닌 것으로 그려진다. 이와 관련해 슬라보예 지젝이 『팬데믹 패닉』(강우성 옮김, 북하우스, 2020)에서 지금 우리는 정신적 압박을 이겨내기 위해 모종의 정신적 진정성을 추구하거나 우리 존재의 궁극적 심연을 마주할 때가 아니라고 말한 것을 되새겨볼 필요가 있다. 지젝은 나아가 수치심을 갖지 말고 당신의 증상과 동일시하기 위해 노력하라고 말한다. 거창하거나 심오한 것이 아니라 우리의 일상적 삶에 도움이 되는 사소하고 진부한 것을 적극적으로 받아들이라는 것이다. 김연수가 보여준 거대한 낙관이 우리의 삶 속에 스며들기 위해서는 보다 더 적극적인 증상과의 동일시가 필요한 시점이라고 말해볼 수도 있을 것이다.

○ 2021

파국으로서의 말년성

황석영, 김훈

21세기 한국소설과 말년성

한국 현대문학은 청춘의 양식이었다. 그것은 본받아야 할 전통의 미약함에서도 기인하는 것이지만, 한국의 모던이라는 것이 늘 새로운 출발의 모습이었던 것과 관련된다. 안정감과는 거리가 먼 역동성이 한국 현대문학을 이끌어온 기본 동력이었던 것이다. 우리 문학의 주요한 작품들도 청춘의 감각과 인식에 의하여 뒷받침된 경우가 대부분이었다. 노년(문학)이 문제가 된다는 것은, 한국 현대문학의 성숙과 발전을 반증하는 것이기도 하다. 특히 문학에서의 노년(성)은 인생의 노년기에 접어든 작가들의 최근작을 통해 그 모습이 비교적 뚜렷하게 드러나고 있다.

지금까지 노년소설에 대한 연구는 크게 세 가지 방향에서 이루어졌다.[1] 첫번째는 노년소설의 기본적인 개념 규정을 둘러싼 이론적인 연구이고, 다음으로는 개별 작가들의 구체적인 노년소설에 대한 연구이며, 마지막으로는 죽음[2]이나 성[3] 혹은 치매[4]와 같이 노년소설에서 많이 다루어지는 테마에 대한 연구를 들 수 있다. 이중에서 가장 많은 논의가 이루어진 것은 개별 작가들에 대한 연구로서, 이때 주로 논의의 대상이 된 작가들은 박완서, 최일남, 김원일, 이청준, 홍상화, 문순태, 박범신 등이다.

지금까지 논의되어온 노년소설에 대한 개념을 정리하면 다음과 같다. 변정화는 노년의 인물이 주요 인물로 등장할 것, 노인이 당면하는 문제와 갈등이 서사 골격을 이룰 것, 노인만이 가질 수 있는 심리와 의식의 고유한 국면에 대한 천착이 있을 것 등을 노년소설의 주요

---

1 한국에서 노년소설에 대한 본격적인 연구는 1990년대부터 시작되었다. 문학을 생각하는 모임에서 발간한 『한국문학에 나타난 노인의식』(백남문화사, 1996), 『한국노년문학 연구 II』(국학자료원, 1998), 『한국노년문학 연구 III』(푸른사상, 2001), 『한국노년문학 연구 IV』(이회문화사, 2004) 등이 그 구체적인 성과라고 할 수 있다. 이후 노년소설에 대한 주목할 연구로는 최명숙의 「한국 현대 노년소설 연구」(경원대 박사논문, 2005), 류종렬의 「한국 현대 노년소설 연구사」(『한국문학논총』 50, 한국문학회, 2008), 전흥남의 『한국 현대 노년소설 연구』(집문당, 2011), 최선호의 「현대 노년소설 연구」(아주대 박사논문, 2017), 김혜경의 『노년을 읽다』(충남대출판문화원, 2017) 등을 들 수 있다.
2 김보민, 「노년소설에 나타난 죽음인식과 대응」, 『인문학논총』 32, 2013, 1~22면, 서정현, 「노년소설에 나타난 죽음 인식 연구」, 『인문사회21』 9-2, 593~603면.
3 김보민, 「노년소설에 나타난 노년의 성」, 『인문사회21』 8-3, 2017, 1005~1020면.
4 엄미옥, 「고령화사회의 문학—'치매'를 다룬 소설을 중심으로」, 『대중서사연구』 24-1, 2018, 285~321면.

한 조건으로 설정하고 있다.[5] 김윤식은 노년소설 대신 노인성 문학이라는 단어를 사용하여, 노인성 문학을 65세 이상의 작가가 쓴 작품을 가리키는 노인성 문학 (A)형과 65세 이하의 작가가 노인성을 소재(주제)로 다루는 노인성 문학 (B)형으로 나누었다.[6] 류종렬은 「한국 현대 노년소설 연구사」에서 이전까지의 노년소설에 대한 논의를 정리한 후에, "노년소설은 시대적으로는 1970년대 산업화시대 이후의 현대사회에서 본격적으로 생겨난 새로운 소설 유형으로, 노년의 작가가 생산한 소설이다. 그리고 소설의 내용적 측면에서 이야기의 중심 영역이 주로 노년의 삶을 다루고 있고, 서술의 측면에서 노인을 서술자아나 초점화자로 설정하여 서사화된 소설을 말한다"[7]고 규정하고 있다. 김미영은 "'노년소설'은 화자나 주인공이 노년의 인물이며, 노년의 삶을 노인의 감각과 시각에서 형상화한 소설"[8]이라고

---

5 변정화, 「시간, 체험, 그리고 노년의 삶」, 문학을 생각하는 모임, 『한국문학에 나타난 노인의 식』, 백남문화사, 1996, 176~177면. 또한 서사화의 방법을 '외부로부터의 묘사'와 '내부로부터의 묘사' 등으로 세분화할 수 있다고 보았다. 이후 전개된 노년소설에 대한 논의는 대부분 변정화의 규정에 의거하는 모습을 보여준다.

6 김윤식, 「한국문학 속의 노인성 문학」, 『소설, 노년을 말하다』, 김윤식·김미현 엮음, 황금가지, 2004, 250~251면.

7 류종렬, 앞의 글, 502면. 노년소설의 유형으로는 가족해체와 이에 따른 세대의 비정함을 통해 노인의 소외된 삶을 다루는 부정적 측면의 소위 '노인문제' 소설과, 노년의 원숙성과 지혜를 보여주거나 존재의 탐구와 죽음에 대한 철학적 성찰을 다루는 긍정적 측면의 소설 두 가지로 나누고 있다.

8 김미영, 「한국 노년기 작가들의 노년소설 연구」, 『어문론총』 64, 2015, 215면. 덧붙여서 광의의 노년소설은 작가의 연령과 무관하지만, 협의의 그것은 작가가 작품을 창작할 당시의 연령

규정하였다. 성(性)의 문제, 관계성의 문제, 죽음의 문제라는 노년소설의 내용적 특징과 더불어 "노년기 작가들의 노년소설의 형상화 방식에서의 특징은 허구성의 약화와 교술성의 강화, 표면적 서사시간의 단축과 기억의 일상화"[9]가 두드러진다는 형식적 특징도 밝히고 있다. 이상의 논의에서 노년소설의 특징으로 언급된 것을 정리하자면, 노년 인물이 주요 인물로 등장한 것, 노년에 이른 작가가 창작한 것, 노인이 당면하는 문제와 갈등을 다룬 것, 노인만의 심리와 의식을 천착한 것, 노인을 서술자나 초점화자로 설정한 것, 허구성이 약화되고 교술성이 강화된 것, 표면적 서사시간이 단축되고 기억이 일상화된 것 등을 들 수 있다.

노년소설이 다루는 주제는, "한국 현대 노년소설은 1970년대에 노인 문제에 대한 고발과 풍자의 형태에서 출발해서, 점점 삶에 대한 탐색과 통찰을 보여주는 작품으로 발전"[10]해왔다는 주장에서 알 수 있듯이, 크게 두 가지이다. 첫번째는 노인이 겪는 고달픈 현실에 대한 고발에 치중한 작품들로서, 이러한 유형이 노년소설의 가장 큰 비중을 차지한다고 할 수 있다. 다음으로는 노년만이 보여줄 수 있는 인생과 세상에 대한 원숙한 통찰을 보여주는 작품들이다. 이와 관련

을 65세 이상의 노인으로 한정할 수 있다고 보았다.(위의 글, 218면)

9 위의 글, 216면.

10 이미란, 「한국 현대 노년소설의 변화 양상 연구―노년 담론의 성장과 작가 의식의 성숙을 중심으로」, 『한국언어문학』 109, 2016, 150면.

해 김병익은 박완서의 소설집 『친절한 복희씨』(문학과지성사, 2007)를 해설하면서, 노년문학은 "그냥 작가가 노년이라는 것, 혹은 단순히 작품 속에 등장하는 인물이 노인이라는 것 이상의 것, 즉 노인이기에 가능한 원숙한 세계 인식, 삶에 대한 중후한 감수성, 이것들에 따르는 지혜와 관용과 이해의 정서가 품어져 있는 작품세계를 드러낸 경우"[11]로 설명하기도 하였다.

인생에 대한 원숙한 통찰을 보여주는 것은 우리들이 통념적으로 생각하는 말년의 작품들이 지닌 특징에 해당한다. 말년의 작품에서 우리가 흔히 연상하는 것은 평생에 걸친 미적 실험과 노력의 완성 내지는 종합이다. 이러한 말년성은 렘브란트와 마티스, 바흐와 바그너에게서 확인할 수 있다. 이때 이들의 작품은 세계관적 차원에서의 성숙과 해결의 징표일 뿐만 아니라 기법적인 차원에서의 완성과 조화의 징표이기도 하다. 우리가 대가라고 부르는 예술가들의 후기 작품들에서 발견하는 것은 이러한 성숙함에서 오는 정신적이며 동시에 기법적인 차원의 안정감이라는 것이다. 노년의 특징으로 간주되는 조화, 화해, 포용, 관용, 종합의 몸짓은 그 안정감의 기원이자 결과이다.

그러나 에드워드 사이드는 이러한 통념과는 상반되는 말년성을 제시한다. 그에게 말년성은 망명의 형식으로서, 비타협, 난국, 풀리지

---

11 김병익, 「험한 세상, 그리움으로 돌아가기」, 『친절한 복희씨』, 문학과지성사, 2007, 285면.

않은 모순을 드러낸다. 말년성의 특징을 갖는 예술가들은 모두 화해하지 않는다는 공통점을 보인다. 아도르노가 그토록 강조한 "화해불가능성", 즉 영원히 풀리지 않는 내적 대립을 사이드는 말년성 속에서 발견해내고 있는 것이다. 그리고 이를 작품의 본질적 성격으로 하는 작품들에 '말년의 양식'이라는 명칭을 붙이고 있다.[12] 균열과 모순을 있는 그대로 드러내고, 파국과 죽음의 그림자를 드리우는 것을 핵심으로 하는 말년성 속에는, 기존의 사회 질서는 물론이고 지금까지 자신의 예술을 지탱시켜 온 낯익은 예술적 기법과도 교감하기를 포기하고, 모순적이고 소외된 관계를 새롭게 맺으려는 날 선 실험의식이 깃들어 있다.

이 글에서 살펴보려고 하는 황석영의 『해질 무렵』(문학동네, 2015)과 김훈의 『공터에서』(해냄, 2017)는 에드워드 사이드가 주장한 말년성과 어느 정도 맞닿아 있는 작품이다.[13] 비록 이때의 말년성이 예술적 기법의 차원으로 연결되지는 않지만, 정신적 차원에서 모두 균열과 모순, 파국과 죽음의 그림자를 짙게 보여주기 때문이다. 『해질 무

---

12 에드워드 사이드, 『말년의 양식에 관하여』, 장호연 옮김, 마티, 2008, 10~226면.
13 『해질 무렵』과 『공터에서』는 기본적으로 노년소설이다. 앞에서도 언급했듯이 노년소설의 특징으로는 노년 인물이 주요 인물로 등장한 것, 노년에 이른 작가가 창작한 것, 노인이 당면하는 문제와 갈등을 다룬 것, 노인만의 심리와 의식을 천착한 것, 노인을 서술자나 초점화자로 설정한 것, 허구성이 약화되고 교술성이 강화된 것, 표면적 서사시간이 단축되고 기억이 일상화 된 것 등을 들 수 있다. 『해질 무렵』과 『공터에서』는 위에서 언급한 노년소설의 기본적인 특징을 거의 모두 지니고 있다.

렵』에서 60대 중반에 접어든 주인공 박민우는 내적 균열과 모순, 그리고 통렬한 자기반성을 보여주며, 이것은 개발과 독재의 지난 시기에 대한 비판적 성찰의 바탕 위에서 이루어지고 있다.[14] 『공터에서』는 1910년대생 마동수 부부의 말년과 죽음을 통해 적나라한 죽음의 생물학적 실체를 보여주는 작품이다.[15] 또한 두 작품은 모두 노년의 삶을 젊은 세대와 연결시켜 다룬다는 점에서도 독특한 의미를 발견할 수 있다.[16] 이 글은 두 작품에 나타난 말년성의 양상과 그 구체적인 의미를 살펴보고자 한다.

---

14 물론 노인들이 겪은 역사적 현실들을 다룬 노년소설들이 완전히 부재한 것은 아니다. 변정화는 노년소설을 3가지 유형으로 나누고, 그 한 유형으로 "우리 시대의 노인들이 현대사의 전개과정에서 겪은 체험이 오늘의 그들을 억압하고 그들의 삶을 유린하는 양상들을 그린 작품들"(변정화, 앞의 글, 171~226면)을 꼽고 있다. 이들 작품은 노년에 대한 탐색의 추를 현상 너머의 깊은 근원에까지 내려, 과거와 오늘을 동시에 포착하여 그것을 통일된 유기적인 관계망 속에서 교차시키고 형상화하고 있기에 매우 중요한 유형이라고 보았다.

15 김주언은 『공터에서』에서 마씨 부자(마동수, 마장세, 마차세)가 끝없는 떠돎을 운명으로 하는 호모 비아토르(Homo Viator)의 정체성을 공유한다고 보고 있다. (김주언, 「김훈 소설에 나타난 호모 비아토르의 표상 연구」, 『현대소설연구』 71, 한국현대소설학회, 2018, 53~56면)

16 김미영은 "지금까지의 한국노년소설은 빈곤노인들의 생활고, 손주 돌보기와 유산상속과 무관한 부분에서의 노인세대와 자식세대 간의 문화적 공감확대와 소통의 문제"(김미영, 앞의 글, 241면)는 제대로 다루지 않았다고 지적하였다. 황석영의 『해질 무렵』은 바로 이와 관련한 한국 노년소설의 공백을 채워주는 작품이라고 할 수 있다.

존재의 근거를 상실한 노년
―황석영의 『해질 무렵』

황석영의 『해질 무렵』에는 여러 유형의 노인이 등장한다. 그중에서 핵심 인물은 이 소설의 주인공이라고 할 수 있는 박민우이다. 건축사무소를 운영하는 박민우는 경제적으로 성공했지만 그동안의 삶에 대하여 심각한 회의를 느낀다. 박민우는 이미 획득한 삶의 지혜와 경험을 추체험하고 그것을 재확인하는 것이 아니라 지난 삶 전체를 부정하는 근본적인 균열에 봉착해 있다.

박민우의 삶은 출세와 경제적 이득을 위해서 물불을 가리지 않는 것이었다. 그것은 수많은 사람들의 인간적 삶을 전혀 돌보지 않은 것이기도 하다. "이미 오랜전에 사람과 세상은 믿을 수 없다고 결론"을 내린 박민우는 건물은 "돈과 권력"으로 짓는다고 생각한다. 박민우의 삶은 성공을 위해서 끊임없이 자신이 몸담은 공동체를 벗어나 보다 화려한 세계로 나아갔던 것으로 요약해볼 수 있다.

박민우는 경상도에 위치한 영산읍에서 태어난 후 상경하여 동대문밖 산동네에 이삿짐을 풀었다가, 나중에는 동네 형편이 더욱 안 좋은 달골로 이사를 간다. 박민우의 어머니는 달골시장에서 노점 좌판 권리를 얻어냈고, 나중에는 어묵 장사로 전업을 하여 생활의 안정을 찾는다. 이 달골은 박민우가 자신의 성공을 위해 배반한 고향이자 잃어버린 양심에 해당한다. 가난한 산동네인 달골 마을에서 빼놓을 수 없

는 인물이 재명이 형과 그 가족들이다. 모두 초등학교를 다니다 만
재명이 형제는 열 명이 넘는 아이들과 함께 구두닦이를 한다. 고등학
교 2학년 때까지 박민우는 재명이 형제들과 자주 어울린다. 박민우는
달골 동네에서 두 명밖에 없는 고등학생이었으며, 다른 한 명의 고등
학생은 "난장판 속에 던져진 한 마리 학"처럼 보였던 국숫집 딸 차순
아이다. 박민우와 차순아는 도서관에서 책도 빌려 보고 명작에 대해
얘기도 나누면서 친해진다.

   달골에 살 때, 박민우의 가장 큰 욕망은 "어떻게든 이런 곳에서 벗
어나야겠다"는 것이다. 재명이 형제와 어울릴 때도, "이들과 오랫동
안 같이 어울려 살 수는 없겠다는 생각"을 하며, "대학 입시 공부에
매진"한다. 실제로 일류 대학에 입학한 후에는 입주 가정 교사를 하
면서, 실질적으로 달골 마을을 벗어나게 된다. 이후 군대를 제대하고
유학을 가면서 박민우는 달골을 거의 완전히 잊어버린다.[17]

   대학에 진학하며 달골을 떠난 후, 박민우와 달골 사람들의 관계는
일방적인 수혜자와 시혜자의 관계가 된다. 이때 수혜자는 대학교 근
처에도 가보지 못한 달골 사람들이 아니라 일류 대학에 다니는 박민
우이다. 박민우는 군 장성의 외아들을 가르치는 입주 가정 교사가 되
는데, 이 군 장성과의 관계는 달골 출신인 박민우가 중산층으로 올라

---

17 이전에 박민우는 그 동네를 생각조차 해본 적이 없으며, "차순아와 연결되지 않았다면 나는
   지금도 까마득히 잊고 있었을 것"이라고 생각한다.

서는 핵심적인 디딤돌 역할을 한다. 박민우가 서울에서 군 생활을 할 수 있었던 것도, 유학을 갈 수 있었던 것도, 외교관의 딸과 결혼할 수 있었던 것도 모두 군 장성(퇴임 후에는 국영기업체의 회장) 덕분이다. 이 군 장성과 좋은 인연을 쌓기 위해서는, 당연히 그의 아들과 좋은 관계를 만들어야 하고 이때 핵심적인 역할을 한 것이 바로 구두닦이 두목 재명이 형이었던 것이다. 박민우는 처음 자신을 노골적으로 무시하는 장성의 외동아들을 달골의 재명이 형에게 데려감으로써, 자신이 원하던 대로 장성의 아들이 "믿고 따르는 형이자 속마음을 털어놓는 친구"가 된다. 또한 차순아와의 관계에서도 박민우는 일방적으로 받기만 하는 존재이다. 박민우가 군대에 간다는 소식을 들은 차순아가 박민우를 찾아오자, 자신의 "이기심"으로 순아를 술집과 여관으로 데려간다. 제대 후에 달골의 집에 들렀다가 우연히 작은 회사의 경리로 일하는 순아를 만나서 경양식집에 갔을 때, 밥값을 계산하는 것도 차순아이다. 이후 박민우는 파렴치하게도 "그녀의 존재 자체가 내 삶과 무관하다고 생각"한다.

달골을 떠나야 할 곳으로만 생각하며, 동시에 최대한 이용하기만 하는 박민우와 달리 차순아는 달골에 대한 따뜻한 온정을 평생 동안 간직한다. 이것은 차순아가 달골을 대표한다고도 할 수 있는 재명이 형과 결혼을 하고, 끝까지 달골에 머물려고 했던 것과도 연결된다.

『해질 무렵』에는 박민우의 부도덕함을 두드러지게 하는 역할을 하는 건축가 김기영도 등장한다. 말기암으로 투병중인 김기영은 박민우와는 판이한 인생을 살았으며, "우리는 수많은 이웃들을 왜곡된 욕망의 공간으로 몰아넣거나 내쫓았습니다. 건축이란 기억을 부수는 게 아니라 그 기억을 밑그림으로 사람들의 삶을 섬세하게 재조직하는 일입니다. 우리는 그 같은 꿈을 이루어내는 일에 이미 많이 실패해버렸습니다"라는 말을 할 줄 아는 노년이다.

그러나 이 작품에서 김기영처럼 양심적인 노인은 지극히 예외적인 경우이다. 박민우의 동년배들은 대부분 박민우와 비슷한 사고방식과 삶의 이력을 가지고 있다. 박민우의 친구인 교수 이영빈은 강북지구를 개발할 때, 날림 집들이 빼곡히 들어섰던 산동네와 야트막한 뒷동산을 다 밀어버린 일을 이야기한다. 또한 한강디지털센터의 프로젝트를 박민우에게 맡긴 대동건설의 임 회장은 비리 의혹으로 신문에 이름이 오르내리고 있다. 임 회장과 함께 일하는 최승권은 서울의 개화된 토박이 중산층 출신으로서 "한량들의 사교구락부처럼 보"이는 문화재단의 책임자로 활동 중인데, 그 문화재단에 출입하는 사람들의 특징은 "언제나 양지를 지향"한다는 것이다. 박민우는 "내가 살아온 길이나 최승권의 길이 별로 다르지 않다고도 생각"한다. 『해질 무렵』에서 박민우는 한국사회의 중산층을 대표하는 인물이라고 할 수 있다. 박민우는 중산층의 기회주의적 속성 등을 날카롭게 파악하면서도, 자신 역시 "틀림없이 그들 중의 하나였다"고 담담하게 고백하기도 한다. 이 작품에는 다음의 인용문들처럼, 역사에 대해 방관하였으며 자기 이익만 생각했던 중산층으로서의 이기적인 태도에 대한 박민우의 자기 반성이 빼곡하다.

　젊었을 때에는 그렇게 냉소적으로 세상을 바라보진 않았다. 잘못된 것에 저항하는 이들을 이해하면서도 참아야 한다고 다짐하던 자제력을 통하여 나는 자신을 용서할 수 있었다. 세월이 흐르면서 그것은 일종의 습관적인 체념이 되었고 겉으로는 내색하지 않고 차갑게 자신과 주위를 바라보는 습성이 생겨났다. 그것을 성숙한 태도라고 여겼다. 대부분의 사람들이 숨 가쁜 가난에서 한숨 돌리게 되었던 때인 팔십년대를 거치면서 이 좌절과 체념은 일상이 되었고, 작은 상처에는 굳은살이 박여버렸다. 발가락의 티눈이 계속 불편하다면 어떻게든 뽑아내야 했는데, 이제는 몸의 일부분이 되어버렸다. 어쩌다가 약간의 이질감이 양말 속에서 간신히 자각될 뿐.

　나로서는 형편없는 산동네의 가난을 벗어나 전혀 다른 삶을 살았다는 것 자체가 기적이며, 그 때문에 나 같은 사람의 내면은 좀 더 복잡할 수밖에 없다. 나와 같은 사람들에게는 그러한 갈등을 달래줄 무엇인가가 필요했다. (……) 억압과 폭력으로 유지된 군사독재의 시기에 우리는 저 교회들에서, 혹은 백화점의 사치품을 소유하게 되는 것에서 위안을 얻었을지도 모른다. 아니면 온갖 미디어가 끊임없이 쏟아낸 '힘에 의한 정의'에 기대어 살았는지도 모르겠다. 결국은 너의 선택이 옳았다고 끊임없이 위무해주는, 우리가 함께 만들어낸 여러 장치와 인물들이 필요했을 것이다. 나도 그런 것들 속에서 가까스로 안도하고 있던 하나의 작은 부속품이었다.

심지어 1980년 광주에서 민주항쟁이 일어났을 때도, 이런 방관자적이며 자기 이익에 충실한 태도는 변함이 없었다. 결국 박민우와 그의 일당은 파멸을 향해 간다. 대동건설의 임 회장은 횡령배임 등의 혐의로 구속된다. 박민우의 분신이라고 할 수 있는 오랜 친구 윤병구 역시 검찰 출두를 일주일 남겨둔 상태에서 수술을 받고 혼수상태에 빠진다.[18] 박민우는 윤병구처럼 육체적으로 몰락하지는 않지만, 작품의 마지막에 "나는 길 한복판에서 어느 방향으로 가야 할지 몰라 망설이는 사람처럼 우두커니 서 있었다"라고 표현될 만큼 정신적 몰락에 빠진 것으로 그려진다.[19]

이 작품에서 노년은 젊은 세대가 겪는 고통을 낳은 일종의 죄인들이다. 「작가의 말」에서 황석영은 전태일에 관한 다큐멘터리 이야기를 한다. 황석영은 이 다큐멘터리에서 전태일을 고용했던 사장이 젊은

---

18 윤병구는 박민우와 같은 동네에서 태어나 함께 자랐으며 똑같이 건설의 영역에서 물질적 이득만을 취했다. 박민우의 뒷집에 살던 동급생 윤병구와 박민우는 마흔 가까운 나이가 되었을 때 다시 만난다. 이때 박민우는 현산건축에서 일했으며, 윤병구는 중견 건설회사인 영남건설을 막 인수한 상황이었다. 윤병구는 초등학교 5학년 때 학교를 그만두고 군대에 갔다가 중장비 기술 자격증을 땄고, 제대 이후에는 농촌 근대화 사업에 뛰어들었다. 영산읍도 달골과 마찬가지로 무참하게 파괴된 것으로 형상화된다. 박민우는 영산읍을 둘러보며 "남은 사람보다 떠난 사람이 더 많은 이 고장의 개화한 모습을 이해할 수 없었다. 모텔에서 상가와 주거지에 이르기까지 이삼층의 상자 같은 시멘트 건물이 들어선 읍내는 전보다 더욱 황량해 보였다"라고 느낀다.
19 이 무렵 박민우는 구글 지도에서 말년을 보낼 주택의 부지를 찾으며, "묏자리를 보고 있는 게 아닌가 하는 생각"을 하기도 한다.

눈으로 "그들의 형편을 전혀 몰랐다고, 그럴 줄 알았으면 좀 더 잘해 줄 걸 그랬다"라고 말한 장면에 주목하면서, "지난 세대의 과거는 업보가 되어 젊은 세대의 현재를 이루었다"라고 비감하게 말한다. 이러한 「작가의 말」에서 알 수 있듯이, 작가는 노년 세대의 삶을 젊은 세대의 삶과 연관 지어 바라보려는 분명한 의지를 지니고 있다. 그 결과 『해질 무렵』은 젊은 세대와 연결 지어 노년 세대를 바라보는 독특한 특성을 보여주며, 이러한 특징은 구성 방식에서도 확인된다. 『해질 무렵』의 홀수 장(1·3·5·7·9장)에서는 60대의 노인인 박민우가 초점화자 '나'로 등장하고, 짝수 장(2·4·6·8·10장)에서는 20대 후반의 정우희가 초점화자 '나'로 등장하는 것이다. 이러한 구성 방식은 자연스럽게 60대 박민우의 삶과 20대 정우희의 삶을 함께 바라보도록 한다.

스물아홉 살인 정우희는 예술대학을 나온 초짜 극작가 겸 연출가이다. 각색료는 커녕 연출비도 받지 못하며, 편의점에서 밤 열시부터 아침 여덟시까지 근무를 한다. 정우희가 사는 곰팡이 냄새로 가득한 어두컴컴한 다가구 주택의 반지하방은, 그녀가 처한 상황을 압축해서 보여준다. 박민우의 "나는 수도권 변두리의 숙소를 돌아다니면서 나와 비슷한 또래들을 수없이 만났다"라는 말처럼, 정우희는 우리 시대 젊은이의 한 전형으로 창조되었다. 이것은 박민우가 노년 세대 일반을 대표하는 것에 대응된다. 정우희로 대표되는 이 시대 젊은이들은 "밀림 속의 맹수들 틈에서 잔뜩 움츠린 채 눈치만 발달한 작은 포유류"에 비유된다.

정우희와 함께 우리 시대를 대표하는 젊은이로 등장하는 이가 바로 김민우이다. 정우희는 피자집에서 알바를 할 때, 배달 일을 하는 김민우를 만난다. 정우희가 피자집에서 부당하게 해고되었을 때, 김민우는 가게를 그만두면서까지 정우희를 도와주고 이를 계기로 둘은 친밀한 사이가 된다. 정우희의 반지하방이 침수되었을 때, 정우희는 열네 평짜리 김민우의 집에서 며칠간 신세를 진다. 이때 김민우의 어머니인 차순아와도 친해진다.[20]

김민우는 홀어머니 밑에서 전문대학을 나왔으며, 이십대 초반부터 팔 년 동안 건설사에서 비정규직으로 일했다. 그는 해고되기 직전에 철거 지역에서 용역을 관리하는 과장의 보조였다. 달동네 주민들은 새로 세운다는 아파트에 입주할 능력도 없고, 더 이상 갈 데도 없다. 그들은 여러 가지 방법으로 저항하지만 철거 용역 앞에서 단 몇 분 만에 무너지고 만다. 지적 장애아가 포클레인에 맞아 사망하는 철거 현장에 있던 김민우는 본사로 가서 한 달쯤 대기하다가 해고된다. 최소한의 생존을 위해 몸부림치다가 끔찍한 폭력에 연루되고, 결국에는 그 피해를 온전히 떠맡게 된 것이다. 이후에도 아르바이트를 세

20 차순아는 재명이 형과 결혼하지만, 재명이 형은 삼청교육대에 끌려갔다가 정신적으로 완전히 망가진 상태로 돌아온다. 이후 재명이 형은 도박판을 차렸고 약에도 손대기 시작했다가 범죄단체 조직으로 15년 형을 받는다. 그 사이 딸아이가 죽고, 재명과의 인연은 끝난다. 이후 차순아가 월부 책 판매원과 인연을 맺어 낳은 아들이 바로 김민우이다.

개씩 뛰던 김민우는 결국 충주 부근의 강변에서 자살한 시체로 발견된다.[21]

이후 차순아도 뇌졸중으로 갑자기 세상을 떠나고, 정우희는 차순아를 가장하여 박민우에게 이메일을 보낸다. 차순아가 자신의 인생을 정리한 수기를, 정우희가 짧게 간추려서 첨부파일로 함께 보내는 것이다. 박민우는 차순아의 인생이 담긴 첨부파일을 읽다가 차순아의 아들인 김민우가 개발지 철거반원으로 일하다가 지난해 겨울에 자살했다는 이야기를 읽으면서, "내게는 너무도 익숙한 장면이 눈앞에서 생생히 재현되는 듯했다. 가슴이 답답해져왔다. 우리가 뭔가 보이지 않는 끈으로 가냘프게 연결되어 있었던 것만 같은 묘한 기분이 들었다"라고 느낀다. 똑같은 개발지에서 박민우가 자신의 이득을 극대화하는 동안, 김민우는 의도치 않은 폭력에 휘말리고 결국에는 목숨까지 버려야 했던 것이다. 김민우가 평생 박민우가 이득만을 취한 건설 현장에서 발생한 문제를 온전히 떠안았으며, 박민우가 이용만하고 외면한 차순아의 아들이라는 사실로 인해 박민우의 업보는 더욱 부각된다.

차순아의 이름으로 보내진 첨부파일의 마지막은 "나는 그애가 우리처럼 어렵고 가난해도 행복했으면 했지요. 그런데 우리가 뭘 잘못

---

21 김민우의 자살 소식을 듣고, 정우희가 "나도 어느 날 내 방에서 스르르 잠들듯이 죽고 싶다는 생각을 수도 없이 해봤는걸"이라고 생각하는 것에서 알 수 있듯이, 김민우와 정우희 세대에게 자살은 매우 특별한 일만은 아니다. 실제로 김민우는 자신을 포함한 6명과 동반자살을 한다.

한 걸까요. 왜 우리 애들을 이렇게 만든 걸까요"로 끝난다. 차순아의 글을 읽으며, 박민우는 "까닭 없이 그녀가 나를 질책하고 있는 것"처럼 느끼고, 이어서 박민우는 자신의 몸이 점점 사라지는 듯한 느낌을 받는다. 그리고는 하반신이 사라진 자신의 상반신이 "넌 누구야"라고 묻는다. 스스로에게 던진 이 질문은, 박민우가 자신을 지탱해 오던 삶의 정체성을 완전히 상실했음을 보여준다.

황석영의 『해질 무렵』은 달골과 과거로부터 벗어나기 위한 필사의 질주극을 벌였던 박민우가, 말년에 이르러 달골과 과거로 향할 수밖에 없다는 것을 암시하며 끝난다. 정우희는 차순아를 가장하여 박민우에게 만날 것을 제안한다. 정우희는 예전에 달골이었던 약속 장소에 나타난 박민우를 보며, "과거를 향하여 앉아 있"는 박민우를 모른체하고 약속 장소를 떠난다. 박민우가 과거를 향하는 것은 자신이 이용만 하고 돌보지 않은 달골과 차순아를 기억하는 일인 동시에, "그의 과거가 나의 현재라는 생각"에서 알 수 있듯이, 정우희의 못다 한 이야기를 마저 듣는 일이기도 하다. 박민우의 평생은 달골이라는 빈촌을 벗어나 좀 더 화려한 세계를 향해 가는 과정이었다고 볼 수 있다. 이 과정에서 양심이나 도덕은 거추장스러운 짐에 불과했으며, 타인의 고통과 눈물은 고려의 대상도 아니었다. 그러나 삶의 만년에 이르러 박민우는 그러한 삶을 근본적인 차원에서 되돌아보고 있으며, 이를 통해 자신의 삶이 결국에는 거대한 파국에 지나지 않았음을 깨닫게 된 것이다.

말(馬)의 차원에 놓인 마동수(馬東守)의 말년과 죽음
─김훈의 『공터에서』

『공터에서』에서 마동수는 1910년 경술생 개띠로 서울에서 태어나 소년기를 보내고, 만주의 길림, 장춘, 상해를 떠돌았으며 해방 후에 서울로 돌아와 6·25전쟁과 이승만, 박정희 대통령의 시대를 살고, 69세로 죽는다.

이 작품의 주 서사에서 마동수는 죽기 직전의 모습부터 등장하며, 철저히 생물학적인 차원에서만 그려진다. "마동수의 생애에 특기할 만한 것은 없다"라는 문장은 서술자가 계속해서 강조하는 것이다. 이 작품에서 강박적으로 강조되는 것은 늙고 병들고 죽는 자연적인 과정이다. 그 과정이 매우 정밀하게 묘사되는데, 몇 가지 사례를 들면 다음과 같다.

휴가 나온 마차세 상병이 자리를 지키면서 아버지의 밑을 살폈고 대소변을 받아냈다. 마차세는 환자의 배에 관을 꽂고 복수(腹水)를 빼내는 법을 간병인한테 배웠다. 암세포가 녹아 나와서 복수는 걸쭉했다. 마차세는 식염수로 관을 닦았다. 12월 20일 저녁 마차세가 외출한 사이에 마동수는 빈방에서 죽었다.

마지막 날숨이 빠져나갈 때 마동수의 다리가 오그라졌다. 마동수는 모로 누워서 꼬부리고 죽었다.

마차세는 아버지 마동수의 밑을 물수건으로 닦아내고 탈취제를 뿌렸다.

병자의 성기는 까맣게 퇴색해서 늘어졌고 흰 터럭 몇 올이 남아 있었다. 사타구니 언저리에는 검버섯이 돋아났고 고환 껍질에 습기가 차 있었다.

마동수 스스로도 자신의 삶에 대한 어떠한 의미 부여도 거부한다. 그것은 영적인 차원으로까지 이어져서 아내 이도순이 신부를 보내 종부성사(終傅聖事)를 받게 하지만, 마동수는 이를 완강하게 거부한다. 이처럼 인간적인 차원의 모든 의미로부터 단절된 노년을 보낸 마동수가 맞이한 죽음도 "사체는 입을 벌렸고 턱에 침이 말라 있었다" 에서처럼 사물화된 것으로 묘사된다.

아버지가 상징적 아버지로서의 권위를 획득하는 것은, 무엇보다도 자식과의 관계를 통해서이다. 마동수의 말년이 생물학적인 차원으로 축소되는 것과 어울리게 마동수는 자신의 자식들인 마장세와 마차세 로부터 어떠한 의미화의 대상도 되지 못한다.

『공터에서』의 대부분은 초점화자인 마차세의 시선을 통해 아버지 마동수의 삶이 사실은 동물적인 것에 불과했음을 강조하는 것으로 되어 있다. 마차세는 아버지 마동수의 삶이 제대로 애도될 수 없는 삶이라고 생각한다. 그것은 마동수를 시립 공원묘지에 묻고 내려오면서 아버지의 혼백이 떠나지 않고 서울 청진동의 여인숙에 머물 것을 걱정하거나[22] 상회에게 보낸 편지에서도 "아버지는 죽어서도 저승으로 가지 않고 서울에 머물고 있는 것이 아닌지 싶어"라고 염려하는 것에서 알 수 있다. 마차세는 아버지가 유령이 될 것을 염려하는데, 유령이란 본래 실재적 죽음과 상징적 죽음 사이의 간극에서 발생하는 것이다.[23] 마차세는 아버지의 삶에 특별한 의미나 가치를 부여하는 작업, 즉 상징적 죽음을 선사하는 일을 할 수 없는 것이다.

이전에도 두어 달에 한 번꼴로 집에 오는 아버지를 보며, 마차세는 "그 턱 밑 살이, 뭍으로 끌어올려진 물고기의 아가미"같다고 느낀다. 마차세는 마동수가 "이 세상에 아무런 토대를 놓지 못하고 발 디딜 곳 없이 겉돌고 헤매다가 갔다"라고 생각하며, 아내 박상희에게도 "아버지는 거점이 없었어. 발 디딜 곳 말이야"라고 말한다. 마차세는 밥이 익는 냄새 속에서도 "세상으로부터 겉돌고 헤매다가 죽은 아버지와 그 아버지의 하중을 피해서 멀리 나간 형을 생각"한다.

마동수의 장남인 마장세는 아예 아버지와의 대면 자체를 거부한

---

22 마차세는 시립 공원묘지에 아버지를 묻고 내려오는 길에, "아버지가 몸은 땅에 묻혀도 그 혼백이 떠나지 않고 서울 청진동의 어느 여인숙에 머물면서 산 사람들의 생애에 개입"할 것을 염려하는 것이다.

23 이러한 생각은 슬라보예 지젝의 견해를 따른 것이다. 셰익스피어의 『햄릿』에서 햄릿의 아버지는 실재계에서는 죽었지만 유령이 되어 끊임없이 나타난다. 그는 살해당함으로써 상징적 죽음을 도둑맞았기에 유령으로 계속 나타나는 것이다. 그는 자신의 상징적 부채가 청산된 후에야, 즉 햄릿이 클로디어스를 죽여 자신의 상징적 위치가 분명히 드러난 후에야 비로소 완전하게 죽는다(토니 마이어스, 『누가 슬라보예 지젝을 미워하는가』, 박정수 옮김, 앨피, 2005, 147~149면).

다. 마장세는 아버지가 죽었다는 소식을 들었을 때도, 아버지의 죽음을 자신으로부터 격리시켰으며 결국 아버지의 장례식에도 오지 않는다. 장남인 마장세는 아예 아버지의 일을 입에 담지 않으며, 아버지의 흔적이 배어 있는 일상의 흔적 쪽으로는 가까이 가려 하지 않는다. 마장세는 "한국에 가면 아버지처럼 될 거 같아"서 한국을 무서워하며 한국에 가지 못하는 것이다. 마차세도 아내 박상희에게 "형은 아버지의 흔적이 싫어서 한국에 안 오는 거야"라고 말한다.

아버지 마동수를 멀리하는 것은 마차세 역시 크게 다르지 않다. 박상희가 임신했다는 말을 했을 때 보이는 다음의 반응에서 아버지와 거리를 두려고 하는 마차세의 마음이 잘 드러난다.

마차세는 멀리서 다가오는 아버지의 환영을 느꼈다. 봉두난발의 사내가, 고등어 한 손을 들고 절뚝거리면서 이쪽을 향해 걸어오고 있었다. '아버지, 오지 마세요, 여기는 아버지 자리가 아닙니다. 여기는 산 사람들 동네입니다……'라고 마차세는 꿈속에서 가위눌리듯이 속으로 중얼거렸다.

보통의 경우 한 남성이 아이를 낳으면, 그 남성의 아버지는 자연스럽게 할아버지로서의 새로운 위치를 획득하게 된다. 그러나 곧 아버지가 될 마차세는 마동수가 할아버지로서 자신의 삶에 개입하는 것을 거부하는 것이다. 마장세는 말할 것도 없고, 마차세 역시 마동수를 "제사 지내지 않"는 것도 같은 맥락에서 이해할 수 있다.[24]

주목할 것은 마동수 자신도 생물학적인 아버지 이상의 특별한 존재가 되기를 거부한다는 것이다. 그것은 아들들과의 관계를 거부하는 것에서 드러난다. 죽음을 며칠 앞둔 마동수는 휴가를 나와 자신을 돌보는 마차세를 불편해하며, "나가봐"라는 말을 반복한다. 이 말은 마차세에게 "거역할 수 없는 명령"으로 들릴 정도로 진심이 담겨 있다. 마동수는 아들을 불편해하고 어려워하는 것이다. 끝내 마동수는 임종하는 사람 없이 "모로 누워서 혼자서 죽"는다. 이처럼 『공터에서』에서 마동수의 말년과 죽음은 아무런 의미도 찾을 수 없는 단지 생물학적인 차원에서만 그려지는 것이다.

마동수보다 네 살 어린 아내 이도순(李道順)의 삶도 자연적인 차원을 벗어나지 않는다. 이도순의 말년도 늙고 병들고 죽어가는 과정에 초점이 맞추어 그려질 뿐이다. 이도순은 흥남 철수 당시 남편과 젖먹이 아이를 남겨두고 혼자만 월남한 후에 마동수와 결혼한다. 마동수가 죽은 후에 이도순의 몸은 빠르게 무너지고, 관절염, 불면증, 치매 등을 앓으며 요양원에서 8년을 더 산다. 어머니가 죽었다는 전화를 받고 마차세가 "어머니는 오래전에 죽었고 그 소식이 뒤늦게 도착한

---

24 마차세를 몰아세워서 마동수와 이도순의 제사를 지내게 하는 것은 마차세의 아내 박상희이다. 이와 관련해 『공터에서』의 박상희는 대지모신(大地母神)까지는 아니라고 하더라도 적어도 남성성의 결핍을 채워주고, 상처를 끌어안는 상보적 여성성을 가지고 있는 인물상에 가깝습니다"(김훈·김주언 대담, 「내 인생의 글쓰기」, 『김훈을 읽는다』, 삼인, 2020, 327면)라는 김주언의 발언은 주목할 만하다.

것 같았다"라고 생각하는 것처럼, 이도순은 상징적으로는 이미 죽고 실재적으로만 살아 있는 존재였다고도 말할 수 있다. 마동수가 실재적으로는 죽고 상징적으로는 죽지 않아서 유령이 될 가능성이 있는 존재라면, 이도순은 상징적으로는 죽고 실재적으로만 죽지 않은 유령이었던 것이다.

　마동수와 이도순은 이 작품에서 어린이 공원에서 아이들을 태우는 늙은 말에 비유된다. 마차세는 아내 박상희에게 늙은 말에 대해 이야기하며 "말이 늙어 보였어. 말없이 걷더군. 끝도 없이 걸었어. 수백 바퀴를"이라며 이어서 말을 하려다가 말문이 막힌다. "말을 말하려니까 말이 잘 나오지 않았"던 것이다. 말(言)로 표현이 안 되는 말(馬)과 같은 삶, 이것은 어떠한 의미화나 상징화와도 무관하게 생존의 차원에만 매몰되었던 마동수와 이도순의 삶을 압축적으로 드러낸다고 할 수 있다.

　『공터에서』는 이처럼 철저하게 마동수와 이도순의 말년을 생물학적인 차원에서만 그리고 있다.[25] 이러한 차원에서는 어떠한 의미나

25　마동수의 이처럼 동물화된 삶은 코제브가 말한 역사 이후의 역사철학적 상황과 관련된 것으로 바라볼 수도 있다. 코제브는 "세계사, 즉 인간들과 인간이 자연과의 교호 작용 사이에서 일어나는 상호작용의 역사란 전투적 주인과 노동하는 노예 사이의 상호작용의 역사이다. 그러므로 역사는 주인과 노예 사이의 구별 대립이 해소되는 순간 정지"(알렉상드르 코제브, 『역사와 현실변증법』, 설헌영 옮김, 한벗, 1981, 81면)한다고 주장한다. 인정투쟁을 그만두고 생존을 위한 노동밖에 하지 않게 된 순간 역사는 정지한다는 것이다. 코제브는 역사의 종언 이후 인간이 취할 삶의 방식을 두 가지로 보았다. 일본적 스노비즘의 세계와 미국식 동물화의 세계가 그것이다. 한때 혁명운동에도 가담했던 마동수는 해방과 분단, 전쟁 등을 겪으

가치 혹은 안정도 기대할 수 없다. 그러나 이 작품에서는 마동수에게 특별한 역사적 의미를 부여하려는 또 다른 힘이 작용한다. 그것은 크게 마동수의 기억과 상해 시절의 동지(同志)들을 통해 이루어진다.

마동수가 죽기 6개월 전부터, "지워져버린 먼 기억이 갑자기 되살아나서 몸을 옥죄"인다. 마동수는 간병인이 떠먹여주는 미음을 받아먹으며, 열 살 때의 남산경찰서와 그 뒷골목 새벽 해장국집의 기억을 떠올린다. 남산경찰서에서는 마동수의 친형 마남수와 다른 조선인들이 끌려가 일본인들에게 매를 맞았고, 새벽 해장국집에서는 풀려난 조선인들이 배를 채우고는 했다. "그때 세상은 무섭고, 달아날 수 없는 곳"이었으며, 결국 마동수는 중국으로 간다. 마동수는 상해에서 한의학을 가르치는 의과대학에 입학하지만 낙제를 거듭하다가 퇴학당한다. 상해에서 마동수는 "혁명 동지"인 하춘파의 하숙방에 얹혀 지내면서 외항선 갑판을 닦거나 상해 시내 전차 검표원 노릇을 한다. 하춘파는 "혁명 무력은 핵심부에 집중되어 있다가 전위부로 산개돼야 한다"거나, 이 세상이 삭막하고 따분한 까닭은 "소유와 결핍, 지배와 피지배의 관계가 시간 속에 축적되고 공간 속으로 확산되기 때문"이라고 말하는 주의자형 인물이다. 여러 개의 혐의로 수배 상태인 하춘파는 살인도 주저하지 않는다. 하춘파의 영향력 아래서 마동수는 한인 망명자들의 2세, 3세 자녀들에게 배달학원에서 한국어를 가

며, 철저한 동물화의 세계에 감금된 것으로 바라볼 수도 있다.

르친다. 이러한 경력은 마동수의 삶을 동물적인 차원을 뛰어넘어 역사적인 존재로 부각시킬 수 있는 가능성을 제기한다.

　이러한 마동수의 활동 경력은 아버지의 친구들에 의해 더욱 부각된다. 아버지의 장례식에는 마동수의 "상해 시절 '동지(同志)'라는 문상객 세 명"이 참석한다. 아버지의 친구들은 영정 사진으로 쓸 사진도 가져오는데, 거기에 찍힌 마동수는 한껏 멋을 낸 젊은이로서 마차세에게는 너무나 낯설다. 특히 마동수의 "혁명 동지"라고 자칭하는 하춘파는 중고 서적상을 경영하며 사회주의 계통의 서적과 문서를 모아서 지식인 사회에 공급해오다 2년간 옥살이를 한 경력도 있다. 초상에 나타난 아버지의 친구들은 상해, 여순, 대련, 장춘, 길림을 떠돌던 시절에 살해되었거나 실종된 친구들, 해방 후에 버마, 타이, 이란, 사우디아라비아로 가버린 뒤 소식이 끊어진 친구들, 동지로 위장해서 수많은 동지들을 일경(日警)에 밀고하고 자신도 살해당한 밀정들과 무수한 배신자들에 대해 이야기한다. 그들은 결국 마동수의 죽음을 신문사에 알려서 조간신문에 마동수에 대한 1단 기사가 실리도록 한다. 기사에는 "고인이 1930년대의 상해에서 반식민 반제국의 선전 활동에 종사했고 임정의 외곽 조직에서 공연 단체를 조직해서 민족자결의 문예운동을 전개했다"는 내용이 담겨 있다. 마차세가 "아버지의 죽음이 신문 기사가 된다는 사실"을 도저히 믿을 수 없을 만큼, 그것은 사물화 된 마동수의 모습과는 다른 것이다.

　그러나 『공터에서』는 마동수를 사회적·역사적 존재로 만들려는 이러한 힘을 무화시키는 힘이 더욱 강력하게 작동한다. 마동수는 중일전쟁으로 상해를 떠난 이후 해방될 때까지 만주에 머물며 아편에 절어 지낸다. 마동수의 행동은 독립운동과 관련된다기보다는 젊음의 객기와 무모함의 국제적 버전으로 묘사되는 측면이 강한 것이다.[26] 해방이 되어 서울에 돌아온 마동수는 6·25 기간에도 특별한 정치적 입장을 취하지 않는다. 인민군이 서울로 진주했을 때는 "스탈린 만세"를 부르고, 국군이 서울에 들어왔을 때는 국군을 향해 "만세"를 부르는 식이다. 이후 부산으로 피난을 간 마동수는 시립 병원 빨래꾼으로 생계를 이어가며, 같은 일을 하던 이도순을 만나 결혼한 이후에는 두어 달에 한 번씩 집에 들르는 무중력 상태의 삶을 살아갈 뿐이다.

하춘파를 비롯한 친구들 역시 마동수의 삶에 역사적 의미를 부여하는 역할을 하지만, 결국에는 마동수의 말년이 지닌 동물성과 사물성을 부각시키는 역할을 더욱 크게 한다. 그들은 마동수의 입관을 할 때, 술에 취해서는 고꾸라질 듯이 비틀거린다. 하춘파는 마차세의 결혼식에 나타나서는 마차세에게 차비를 챙겨달라 하고, 결국 마차세가 준 20만 원과 돼지머리와 인절미를 챙겨 사라진다. 이후에도 하춘파는 마차세 앞에 몇 번인가 나타나 용돈을 받아간다. 이처럼 비루한 이들의 모습을 통해 마동수의 짧은 정치적 실천이 지닌 의미도 퇴색

---

26 이와 관련해 김주언은 『공터에서』의 마동수와 관련해 "독립운동가의 무용담이나 후일담 대신에 다만 어느 마이너리티의 지우고 싶은 흑역사를 보는 것 같습니다"(김훈·김주언 대담, 앞의 글, 292면)라고 지적한 바 있다.

되어버린다.

결국 마동수의 행동은 독립운동과 관련된다기보다는 젊음의 객기와 무모함의 국제적 버전으로 묘사되는 측면이 강하며, 하춘파를 비롯한 마동수 친구들의 비루한 모습으로 인해 마동수의 말년이 지닌 동물성과 사물성은 오히려 크게 부각된다. 이로 인해 마동수가 두 아들에게 남겨준 것은 단지 '생물학적 닮음' 뿐인 것으로 표현된다. 마차세는 이발소 거울에 비친 마동수와 자신의 얼굴이 똑같아서 흠칫 놀라고, 마차세의 아내인 박상희는 결혼식장에서 "마장세와 마차세는 구별하기 어려울 정도로 닮아 있"다는 것에 섬칫 놀란다.[27] 박상희는 마동수의 젊은 시절 사진을 보며, "두 아들과 똑같"다고 여긴다. 마차세도 "우리 형제는 모두 아버지 닮았어"라며 그 닮음을 인정한다. 결국 마동수의 말년이 철저하게 생물학적 차원에만 머물렀기에, 마동수는 두 아들에게 유전적 유사성만을 남겨줄 수 있었던 것이라고 볼 수 있다.

---

27 마차세의 친구이자 마장세의 사업 파트너인 오장춘은 마장세를 처음 만났을 때, "너무 닮"은 외모 때문에 마장세가 마차세의 형이라는 것을 알아낸다.

예술의 역사에서 말년의 작품은 파국이다

　지금까지 한국의 노년소설은 노인이 겪는 고달픈 현실을 고발하거나 노년만이 보여줄 수 있는 인생과 세상에 대한 원숙한 통찰을 보여주는 작품들이 대부분이었다. 인생과 세상에 대한 원숙한 통찰을 보여주는 것은 우리들이 통념적으로 생각하는 말년의 작품들이 지닌 특징에 해당한다. 대가라고 불리는 예술가들의 후기 작품에서 발견되는 것은 성숙함에서 오는 정신적이며 동시에 기법적인 차원의 안정감이라고 여겨지는 것이다. 그러나 에드워드 사이드는 이러한 통념과는 상반되는 말년성을 제시한다. 그에게 말년성은 망명의 형식으로서, 비타협, 난국, 풀리지 않은 모순을 드러낸다. 균열과 모순은 물론이고, 파국과 죽음의 그림자를 드리우는 것이야말로 말년성의 핵심이라는 것이다.

　황석영의 『해질 무렵』과 김훈의 『공터에서』는 에드워드 사이드가 주장한 말년성과 어느 정도 맞닿아 있는 작품이다. 황석영의 『해질 무렵』의 주인공 박민우는 건축사무소를 운영하며 경제적으로는 성공했지만 그동안의 삶에 대하여 심각한 회의를 느낀다. 박민우의 삶은 출세와 경제적 이득을 위해서 물불을 가리지 않는 것이었으며, 성공을 위해서 끊임없이 자신이 몸담은 공동체를 벗어나 보다 화려한 세계로 나아갔던 것으로 요약해볼 수 있다. 결국 박민우를 비롯해 자신의 이익만을 앞세우던 노년 세대는 파멸을 향해간다. 또한 이 작품은 젊은 세대와 연결 지어 노년 세대를 바라본다는 독특한 고유성을 지니고 있으며, 이러한 특징은 구성 방식에서도 확인된다. 이 작품에서는 최소한의 생존을 위해 몸부림치다가 철거 현장의 끔찍한 폭력에 연루되어 자살하는 김민우의 삶을 통하여, 이 시대 젊은이들의 삶이 얼마나 혹독한 것인지가 강렬하게 드러난다. 박민우는 삶의 만년에 이르러 자신의 지난 삶을 근본적인 차원에서 되돌아보고 있으며, 이를 통해 자신의 삶이 결국에는 거대한 파국에 지나지 않았음을 깨닫게 된다.

　김훈의 『공터에서』의 주 서사에서 마동수는 죽기 직전의 모습부터 등장하며, 철저히 생물학적인 차원에서만 그려진다. 이 작품에서 강박적으로 강조되는 것은 늙고 병들고 죽는 과정이다. 이처럼 인간적인 차원의 모든 의미로부터 단절된 노년을 보낸 마동수가 맞이한 죽음 역시도 사물화된 것으로 묘사된다. 아버지가 상징적 아버지로서의 권위를 획득하는 것은, 무엇보다도 자식과의 관계를 통해서이다. 마동수의 말년이 생물학적인 차원으로 축소되는 것과 어울리게 마동수는 자신의 자식들인 마장세와 마차세로부터 어떠한 의미화의 대상도 되지 못한다. 『공터에서』의 대부분은 초점화자인 마차세의 시선을 통해 아버지 마동수의 삶이 사실은 동물적인 것에 불과했음을 강조하는 것으로 이루어져 있다. 이 작품에서는 마동수의 기억과 상해 시절의 동지들을 통해 마동수에게 특별한 역사적 의미를 부여하려는 또 다른 힘이 작용한다. 그러나 『공터에서』는 마동수를 사회적 · 역사

적 존재로 만들려는 이러한 힘을 무화시키는 힘이 더욱 강력하게 작
동한다. 결국 마동수의 말년이 생물학적 차원에 머문 것처럼, 결국
마동수가 두 아들에게 남겨준 것은 '생물학적 닮음' 뿐이다.

이처럼 황석영의 『해질 무렵』과 김훈의 『공터에서』는 자아와 세계
사이에서 발생하는 균열, 모순, 파국, 나아가 죽음의 그림자를 생생
하게 보여주는 노년소설들이다. 이것은 기존의 노년소설과는 차원이
다른 문학적 영역에 해당한다고 할 수 있다. 기존 노년소설들이 노인
이 처한 비극적 현실을 고발하거나 노인만의 성숙한 삶의 지혜를 알
려주는 것과는 매우 다른 문제의식을 보여주기 때문이다. 황석영의
『해질 무렵』과 김훈의 『공터에서』는 정신적인 차원에서 에드워드 사
이드가 말한 말년성에 가까운 모습을 보여주는 새로운 모습의 한국
노년소설이다. 이때의 말년성은 예술적 기법의 차원으로 연결되지는
않지만, 정신적 차원에서 모두 균열과 모순, 파국과 죽음의 그림자를
짙게 보여준다. 이들 작품에서 노년의 일반적인 특징으로 간주되는
조화, 화해, 포용, 관용, 종합 등은 그림자조차 찾아볼 수 없는 것이
다. 황석영의 『해질 무렵』과 김훈의 『공터에서』는 적지 않은 역사를
자랑하는 한국의 노년소설 중에서 드물게도 "예술의 역사에서 말년
의 작품은 파국이다"라는 명제에 다가간 작품들이라고 할 수 있다.

○ 2020

2부

한국문학의
수호성인들

인간을 넘어, 참된 존재로

정연희 소설에 대하여

말년성의 한 전범

정연희(1936~)는 작품의 수준, 활동 기간, 작품의 양 등에서 한국
문단을 대표하는 소설가이다. 단독자로 서고자 하는 욕망으로 가득
한 등단작 「파류상(波流狀)」(『동아일보』, 1957.1)을 발표한 이래로 팔
십이 넘은 지금까지 단 한 차례의 공백도 없이 꾸준한 작품 활동을
펼치고 있다. 그러한 지속적이고도 성실한 활동을 통해 수많은 장편
과 단편소설집을 남겼다. 그녀의 이 지속적이고도 정열적인 활동은
그 자체만으로도 하나의 모범이 되기에 충분하다.

소설집 『땅끝의 달』(개미, 2021)의 의미를 좀 더 분명히 이해하기
위해서는 작가 정연희의 소설 세계에 대해 간단히 살펴볼 필요가 있
다. 정연희의 초기 소설은 단독자를 향한 열망으로 가득 차 있었다.

자기만의 세계를 찾기 위해 주인공들은 기존의 모든 구속적 상황에서 벗어나려는 당당한 발걸음을 보여주었던 것이다. 이처럼 뜨거운 열망은 모든 것을 이분법적 구도로 나누어버리는 집단주의와 획일성에 대한 저항에 기초했다. 1970년대에 접어들면서, 이러한 단독성에 대한 가치부여와 열망은 방향을 달리하게 된다. 단독성을 넘어서는 연대의 상상력을 조금씩 개화시켜나간 것이다. 시간이 지날수록 자기만의 세계라는 것이 얼마나 비루할 수 있는지를 보여줌으로써 세상(혹은 주님)과 함께하는 삶의 아름다움을 부각시켰다. 정연희는 반세기가 넘는 시간을 통해 분열에서 조화로, 고립에서 연대로의 모습을 보여주었던 것이다. 그러한 어울림의 상상력은 최근에 이르러 인간 사이의 분별과 차이를 넘는 데 그치지 않고, 자연과의 합일이라는 차원으로까지 그 범위를 넓히고 있다. 최근의 소설은 몇 가지 공통점을 공유하고 있다. 첫번째는 문명과 자연의 이분법적 구도이다. 이때 문명은 인간의 본질적 삶을 어지럽히는 부정적인 것으로 자리매김된다. 두번째는 자연과의 합일적 상상력이다. 그것은 문명과 도시를 버리고 찾아간 주인공이 발견하는 자연이나 그 자연과 하나가 된 여인을 통해 상징적으로 그려진다.[1]

이번 소설집도 문명 비판 의식을 바탕으로 자연과의 조화로운 삶

---

1 졸고, 「온세상을 끌어안는 단독자」, 『촛불과 등대 사이에서 쓰다』, 소명출판, 2018, 243~256면 참고.

을 추구한다. 이러한 문제의식은 보다 치열해졌으며, 이를 담아내는 작가적 기량은 더욱 짙은 예술적 향훈을 내뿜는다. 특히 문명 비판의식은 근대(성)의 본질적 한계를 묻는 작업으로까지 이어지고 있다. 모든 작품들은 환경 문제, 축산 문제, 인구 문제 등의 시급한 인류사적 과제에 맞닿아 있다. 『땅끝의 달』을 일관하는 핵심적인 특징을 꼽자면, 그것은 인간중심주의(anthropocentrism)에 대한 비판이다. 인간중심주의는 인간이 세계의 중심에 있다는 사상 체계로서, 인간에게는 어떤 무엇과도 비교할 수 없는 가치와 존엄성이 있으며, 인간은 동물, 식물, 물리적 우주, 신보다 우월한 입장에 놓여 있다고 보는 태도를 의미한다. 이러한 인간중심주의는 세계사적 맥락에서 본다면, 근대에 가장 본격화된 사유 방식이라고 할 수 있다. 인간중심주의에 대한 비판은, 자연스럽게 개인의 자아중심주의에 대한 비판으로도 연결된다.

사상적으로 더욱 심화되고 기법적으로 더욱 완성된 『땅끝의 달』을 보며, 대가들의 말년 작품들에서 발견되는 미적 실험과 노력의 완성 내지는 종합을 떠올리게 된다. 이러한 말년성은 렘브란트와 마티스, 바흐와 바그너에게서 확인할 수 있다. 이때 이들의 작품은 세계관적 차원에서의 성숙과 해결의 징표일 뿐만 아니라 기법적인 차원에서의 완성과 조화의 징표이기도 하다. 정연희는 한 세기가 훌쩍 넘어선 한국 현대문학에도 이제 조화와 완성으로서의 말년성이 존재함을 실증하는 귀한 사례라고 할 수 있다.

인간의 오만과 탐욕에 대한 통렬한 비판

「땅끝의 달」과 「몰이꾼(驅軍)」은 생태주의적 입장을 보여주는 작품들이다. 본래 생태주의는 인간중심주의를 가장 경계한다. 무생물까지 포함한 자연의 모든 존재를 평등하게 바라보는 생태주의적 입장에서 볼 때, 생태계 전체 구조의 질서와 균형을 깨뜨리는 인간중심주의는 결코 용납될 수 없기 때문이다.[2]

「땅끝의 달」의 주인공인 박현서는 '삶의 땅끝'에 이른 사람이다. 현서는 친구의 권유로 퇴직금을 털어 벤처를 시작했다가, 일 년도 못 되어 무너지고 결국 집에서 쫓겨나다시피 나왔다. 이후 벽촌 머슴에서 시작하여 온갖 허드렛일을 전전하다가 문중 묘지를 돌보는 조건으로 태안 산골의 네 평짜리 컨테이너에서 생활한다. 또한 기간제 근무요원 자격으로 바다에서 쓰레기 치우는 일을 함께 하고 있다. 현서는 아

---

2 생태주의는 지구 생태계가 부분과 전체, 개체와 환경이 서로 깊이 연결되어 있는 유기체적 통일이라는 사실에 깊이 뿌리를 박고 있다. 첫째, 생태주의는 유기적 또는 전일적 패러다임을 형이상학적 기초로 삼는다. 둘째, 이 우주에 존재하는 모든 것은 그 밖의 다른 모든 것과 서로 깊이 연관되어 있다. 셋째, 전체는 부분을 모두 합한 것보다 훨씬 크다. 넷째, 우주는 언제나 역동적이며 살아 있다. 다섯째, 생태주의는 지속적인 변화 과정을 중시한다. 여섯째, 이항대립적 또는 이원론적 사고를 거부한다. 일곱째, 영혼적인 것보다는 물질적인 것, 정신적인 것보다는 육체적인 것을 더 높이 여긴다. 초월성보다는 내재성에 더 많은 가치를 둔다. 여덟째, '다양성 속의 통일성' 또는 '통일성 속의 다양성'을 지향한다. 이러한 원칙 가운데에서도 인간중심주의에 대한 비판을 내재한 생물 평등주의는 생태주의에서 아주 중요한 자리를 차지한다(김욱동, 『문학 생태학을 위하여』, 민음사, 1998, 33~34면).

내에게 쫓겨나 홀로 산 지 10년 동안, 여자가 찾아왔다가 돈이며 쓸 만한 것들을 몽땅 챙겨 달아나는 일을 두 번이나 겪기도 하였다.

'삶의 땅끝'에 이른 현서는, "땅끝"이라는 말에 끌려 태안까지 온 여자를 만난다. 처음 만수항에서 만나 펜션에 안내해준 여자는, 며칠 후 현서의 작업장인 바닷가에 다시 나타난다. 그날 밤 물빛 스카프를 한 그 여자를 '풀향기 공방(工房)'에서도 다시 만난다. 여자는 그야말로 "만날 때마다 의문부호를 만들어가는…… 이상한 여자"이다. 이 여자가 끊임없이 던지는 질문은 인간의 우월성을 내세우는 것에 대한 비판과 지구 환경에 대한 우려를 담고 있다.

이 작품에는 바다 오염에 대한 비판이 직접적으로 드러난다. 바다 기슭은 "썩지도 삭지도 않는다는 플라스틱 쓰레기 산"이 가득하며, "지구라는 별의 생명시원(始原) 어머니"였던 바다는 이제 쓰레기로 변하고 있다. 플라스틱은 깊은 바닷속까지 점령하고 있으며, 인류를 위협한다. 이러한 플라스틱 쓰레기는 인간중심주의에서 비롯된 것으로, 인간중심주의에 대한 비판은 다음의 인용문에서처럼 통렬하다.

인간이 만물의 영장이라고? 그래서 인간 이외의 생명체는 아무렇게나 짓밟고 얼마든지 죽도록 학대, 마구 써먹은 뒤에 함부로 버려도 된다고? 인간역사 시작부터 서로 죽이고 또 죽이다가, 이제는 대량학살 무기 경쟁으로 어느 한순간 지구라는 별이 박살 날 일도 머지않았는데, 만물의 영장이라는 인간이 얼마나 미련한지, 바다를 쓰레기로 채우고, 거기서 잡아 올리는 생선을 먹어가면서 온갖 질병에 묶여 죽어가고 있는 것을 모른다.

인간은 진보, 발전, 개발, 인간 승리를 외쳐가며 배불리 먹고 지구가 좁다 하고 의기양양 날아다니지만, 실제는 자기 멸망의 길로 가고 있을 뿐이다. 바닷가에서 쓰레기 치우는 일을 하며 현서는 "지구상에서 가장 포악한 포식자는 인간이다!"라고 말한 영국 철학자의 말에 동의하게 된다. 그리고 머지않아 인류가 쓰레기에 깔려 죽어갈 것을 확신한다.

지금의 오염되고 파괴된 자연에 절망하는 여자는 자연스럽게 그러한 파괴가 일어나기 이전의 자연을 그리워한다. 땅끝 마을에 온 이유부터가, 토끼가 방아를 찧고 늑대인간의 출현을 가져오는 "어렸을 때의 그 달"을 만나고 싶었기 때문이다. 그리고 여자는 "아폴로 11호가 달을 침탈(侵奪)하기 전 태어났더라면 얼마나 좋았을까 늘 생각해 왔"다고 현서에게 고백한다. 이토록 자연과 깊이 교감하던 과거를 그리워하는 여자이기에, 지금의 현실은 받아들이기 어렵다. 여자는 현서에게 곧 다가올 지구의 종말을 수차례 이야기한다.

"무너져가는 지구, 바다를 죽이는 인류의 몰락은 어차피 멀지 않았고, 그 마지막까지 머뭇거리다가 처참을 겪느니…… 더 살아남아 무엇을 누리겠다고……"

"생명의 씨를 깡그리 말려버리는 대멸종이 눈앞에 보이지 않으세요?"

"무너져가는 지구, 바다를 죽이는 인류의 몰락은 어차피 멀지 않았어요."

이런 확신에 비추어볼 때, 여자의 자살은 하나의 필연이라고 할 수 있다. 결국 여자는 몽돌로 늘어진 광목옷을 입고, "어머니의 품"인 바다로 걸어 들어가며 작품은 끝난다.

「몰이꾼(驅軍)」은 구제역이나 AI(Avian Influenza, 조류 인플루엔자 바이러스) 등이 발생하면 당연한 일처럼 벌어지는 살처분의 끔찍함을 생생하게 보여주는 작품이다. 이와 관련된 기사나 잔혹한 장면이 반복적으로 등장하는데, 이러한 반복은 작가 의식의 절실함에서 비롯된 것이다. 살처분 역시도 궁극적으로는 인간의 생명과 이익만을 우선시하는 인간중심주의에서 비롯된 것이다. 살처분은 "저 살자고! 인간이 저 살자고!" 벌이는 일이다.

이 작품은 끊임없이 '돼지(닭, 오리)=인간'이라는 도식을 증명하는 데 애쓰고 있다. 동물들도 인간과 같은 고통의 주체로서, 인간과 똑같은 생명체라는 작가의 인식이 드러나는 것이다. 구덩이 속에 생매장당하는 동물과 그들을 사지(死地)로 내모는 인간은 결코 다른 존재가 아니다. 이러한 인식(인간=동물)은 작품의 초점화자인 동주가 보통 사람들보다 동물들의 고통을 민감하게 느끼는 사람이기에 가능하다. 동주는 축산과를 졸업하고 A시 축산정책과에 취직해서 일한다. 이때만 해도 동주는 인간으로서의 행복도 누릴 수 있겠다는 기대를 가지고 있었다. 그러나 2002년 5월 구제역이 발생하고 살처분이라는 "중앙농림부의 삼엄한 명령"이 떨어진 후, "안전과 나름의 행복 비슷한 것도 누릴 수 있겠다는 기대와 희망을 가질 수 있었던 그의 삶"이 끝났다고 생각한다. 동주는 방역 작업복을 소각하며, "그 불길 속에서 시체가 된 자신이 타오르는 것"을 보기도 한다.

나아가 "돼지들을 몰살해가며 살아보겠다는 인간은 돼지보다 나을 것이 없었다"라는 인식에까지 이른다. "살아 있는 돼지를 무덤에 몰아넣기 위해 날뛰는 모양은 이미 인간의 그것이 아니"며, "필사적인 저항으로 죽지 않겠다고 날뛰는 돼지를 생매장 구덩이로 몰아넣어야 하는 인간의 안간힘은, 난리치는 돼지보다 나을 것이 없었"기 때문이다. 인간은 살처분 과정에서 어떤 동물도 할 수 없는 일을 저지르는 것이다.

2002년 5월에 시작된 구제역이 8월에 숙정된 후에도, 진동주는 "핏발 세운 어미 돼지의 부릅뜬 눈이 달려드는 꿈에 쫓기"며 제대로 잠을 이루지 못한다. AI가 발생하자 구제역이 발생했을 때와 같은 비인간적(이 소설의 맥락에서라면 비자연적)인 상황이 반복된다. "인간이 저 잘 먹고 입맛 돋아가며 살자고 꾸역꾸역 가금류를 키우다가, 수틀려 생매장"하는 것이다. 살처분 현장에는 공무원 이외에도 자원봉사자, 나중에는 외국인 근로자까지 투입된다. "인간은 드디어 지구상에서 가장 흉악하고 포악한 포식자(捕食者)"가 되어버린 것이다.

이 작품에는 동주의 꿈이 수차례 등장하는데, 이때의 꿈은 동주의 심리적 실재이자 신탁과도 같은 진실의 생생한 재현이다. 처음 살처분을 하고 왔을 때, 몰이꾼이 된 진동주는 돼지들과 함께 대형 트럭으로 떠밀려 들어가는 악몽을 꾼다. 이제 진동주의 잠은 "악몽의 수렁"이며, 그가 꾸는 꿈은 "자신이 세상에서 가장 흉악하고 괴이한 짐승이 되는" 것이다. "돼지와 소가 질러대는 단말마 속에서 자신도 돼지가 되고 소가 되었다가 다시 오리며 닭이 되어 살처분장으로 끌려가는 꿈"을 꾸는 것이다. 살처분은 인간이 자기를 위해서 동물을 무한대로 살육한다는 점에서 인간의 힘이 극대화된 현장으로 보이지만, 정연희는 그 안에서 인간의 존재론적 몰락을 본다. 인간이 "복제인간을 만들어내고, 줄기세포를 이용해 불치병을 없"앨 수 있을지는 몰라도, 이제 인간의 영혼은 심각하게 타락하고 더럽혀진 것이다. 그렇기에 "인간이 만물의 영장이라고 믿었던 어린 시절은 이제 어느 누구에게도 영원히 돌아오지 않습니다"라는 은수의 유서처럼, 이제 인간은 더 이상 '만물의 영장'일 수 없다.

인간의 오만과 더불어 탐욕 역시도 이 끔찍한 사태의 주요한 원인으로서 그려진다. 「땅끝의 달」에서 여자를 땅끝으로 내몬 또 하나의 힘은 사랑으로 포장된 남편의 독점욕이었다. 독점욕이 강한 남편으로 인해 힘겨워하던 여자는 직장의 사장을 사랑하게 된다. 결국 남편에게 이혼을 요구하고, 이에 충격을 받은 남편은 사장을 살해한 후 투신자살한다. 여자는 "사람 둘을 죽인 저는요…… 매일 바다로 돌아가는 꿈을 꾸고 있어요. 갈 곳이 결국 바다뿐이잖아요"라고 말할 수밖에 없는 사람이 된 것이다. 「몰이꾼(驅軍)」에서 은수는 더러운 성욕에 눈이 먼 계부로 인해 고등학교 시절 끔찍한 일을 당한다. 인간 욕망의 더러운 심연을 체험한 은수는, 인간을 떠나 가축들과 살려는 마음으로 수의학과에 진학했던 것이다.

특히나 물질적 탐욕은 그 모든 비극의 직접적인 원인으로 그려진다. 이전에는 농사 돕는 소 한 마리가 있거나 새끼를 품는 암소 한 마리 정도를 길렀지만, 인구 폭발로 늘어난 인간이 배를 채우겠다고 기하급수적으로 숫자를 늘려 꾸역꾸역 키우다가, 그중 한 마리라도 전염병에 걸리면 수천수만 마리를 한꺼번에 살처분해버리는 일이 일상사가 되어버린 것이다. 인간은 "경제성장, 자본주의, 복지(福祉) 등 새로 등극한 신(神) 앞에 합장굴복하고, 꾸역꾸역 돼지보다 더한 식탐"에 빠져버린 것이다. 그렇기에 인간이 대량으로 육류를 소비하며 대형 공장 수준의 사육을 하는 한, 수많은 생명체를 생매장으로 살처분하는 일은 계속 이어질 수밖에 없다.

「몰이꾼(驅軍)」에서는 살처분의 고통을 두고 벌어지는 인간들 사이의 차별과 불평등의 문제도 예리하게 드러나 있다. 진동주를 비롯한 축산정책과 직원들이 살생의 지옥에 빠져 있는 동안, 월드컵을 앞둔 서울에서는 젊은이들이 "맥주로 목욕을 하"는 흥분된 생활을 한다. "월드컵에 해를 입힐까 걱정이지, 돼지야 수천 마리를 죽이던 수만 마리가 생장되든 남의 나라 일로 오불관언"인 것이다. 대도회가 크리스마스로 한껏 들뜬 분위기를 즐긴다면, 진동주를 비롯한 축산과 직원들은 춥고 쓸쓸한 방역 초소를 지킨다.

「그날 하루」는 오히려 '눈을 뜨는 것'이 '눈을 감는 것'이고, '눈을 감는 것'이 '눈을 뜨는 것'이라는 삶의 역설적 진실을 보여주는 작품이다. 특히 가장 근대적인 감각으로 일컬어지는 시각을 문제삼는다는 점에 주목할 필요가 있다. 시각은 부분을 통해 전체를 인식할 수밖에 없는 일반성 지향의 감각이다. 또한 관찰자와 관찰 대상 사이의 거리를 전제하는 감각으로서, 하이데거가 말했듯이 타산적이고 도구적이며 존재론적으로 타락한 것, 즉 존재망각적인 것이다. 이러한 시각에 대한 문제 제기는 이번 소설집의 근본적인 주제의식이라고 할 수 있는 근대 문명 비판과 맞닿아 있다.

아딘은 애타게 기다리던 아들 아사랴를 낳는다. 그런데 아사랴는 눈이 보이지 않는다. 앞 못 보는 아사랴는 동네방네 말거리가 되었고, 세월이 흐르면서 집안의 골칫덩이가 되었다. 아사랴는 결국 큰 길가 나무 그늘 아래에서 구걸을 하는 신세가 된다. 그러나 열여덟 살이 되면서 아사랴는 두 눈이 멀쩡한 다른 형제들보다 훨씬 속이 깊은 인물로 성장한다. 눈이 멀었음에도, 어쩌면 눈이 멀었기에, 아사랴는 "육신의 캄캄한 어둠 속에서도" 여호와께 감사를 드릴 줄 아는 영혼의 인물이 된 것이다.

구걸을 하는 아사랴 앞에 밀가와 디르사라는 두 명의 여인이 나타난다. 계모 밑에서 자랐으며, 지금은 남의 집 일을 해주며 계모가 낳은 동생들까지 돌봐주는 밀가는 아사랴를 살뜰하게 보살핀다. 이런

밀가를 생각하며 아사랴는 "밀가를 만나게 해주신 주님을 찬양"한
다. 이에 반해 부유한 바리새 귀족 댁 따님인 디르사는 실수로 아사
랴의 물그릇을 걷어차고도 전혀 미안해하지 않는다. 심지어 디르사
는 아사랴와 밀가가 함께 있는 것을 보면서, "더러운 것들끼리 궁상
떨고 있네"라는 독설을 날리기도 한다. 그러나 밀가는 "그저 고생을
모르고 자란 사람이 다 그렇듯 우리 같은 사람들을 이해 못해서 그러
는 거야"라며 디르사를 이해하는 태도를 보여주고, 아사랴도 "저 여
자가 벌써 여러해 전부터 이따금 내 구걸 통에 동전을 던져주고는 했
어"라며 넉넉한 자세를 보여준다.

어느 날 예수님이 아사랴가 사는 여리고를 방문하고, 아사랴는 예
수님을 만난다. 아사랴는 예수님에게 눈을 뜨게 해달라고 간청하고,
예수님은 그 소원을 들어준다. 그러나 아사랴가 눈을 떴을 때, 그의
앞에 나타난 것은 생각지도 못했던 현실의 끔찍함이다. "동전이나 던
져주던 사람들"의 "씰룩대는 입, 입, 호기심, 의심, 적개심, 더러는
시기심으로 씰그러진" 얼굴을 마주하게 된 것이다. 사람들은 아사랴
가 사기꾼이라며 그를 묶어 놓고, 아사랴의 부모들을 부른다. 율법을
중요시하는 바리새인들은 아사랴가 눈을 뜨게 된 것이 안식일을 범
한 범죄에 의한 것이라고 윽박지른다. 이 소란을 지켜보며, 아사랴는
"아아, 눈을 뜨고 살아가는 사람들의 세상이 이렇게 시끄럽고 무서운
것이었나"라고 한탄한다. 결국 아사랴는 눈을 뜨기 싫어하며, "아아,
구걸하던 그 자리는 얼마나 편안했던가. 아무것도 꺼리길 것 없었던

평화가 아니었나?"라고 소경이던 시절을 오히려 그리워한다.

예수님은 기적과 온갖 시련을 겪은 그날의 해 질 녘에 다시 아사랴 앞에 나타난다. 예수님의 말씀을 들으며 아사랴를 괴롭히고 예수님을 부정하던 바리새인들은 "우리가 눈먼 자란 말이오?"라는 질문을 던진다. 이 작품에서는 '못 보는 자'야말로 '보는 자'이고, '보는 자'야말로 '못 보는 자'였다는 준엄한 진실이 펼쳐지고 있는 것이다. 아이러니한 것은 눈을 뜬 아사랴 역시 진정으로 '못 보는 자'가 된다는 점이다.

눈을 뜨기 전에 아사랴는 "캄캄한 육체 속에 갇혀 있으면서도 네 얼굴은 어쩌면 그렇게 평화로운지"라고 이야기되는 외양을 가진, "속이 깊고 착한 사람"이었다. 그러나 눈을 뜬 아사랴는 자신을 친절하게 돌봐주던 밀가를 외면하고, 디르사의 아름다운 외모에 황홀경을 느끼며 디르사에게 다가간다. 눈을 뜬 "아사랴의 첫 행보"는 밀가를 외면하고 아름다운 외모와 오렌지 향기를 내뿜는 디르사의 손을 덥석 잡는 행위였던 것이다. 그렇다면 아사랴 역시도 진정으로 '눈먼 자'가 된 것이라고 할 수 있다.

자연을 환기시키는 여성, 참된 삶을 살아가는 여성

인간중심주의와 거기에서 비롯되는 자연 파괴를 크게 문제시한

「땅끝의 달」과 「몰이꾼(驅軍)」에서 자연이나 동물과 가장 깊게 교감하는 것은 남성이 아닌 여성이었다. 「땅끝의 달」에서 여자는 키우던 열대어의 죽음을 보면서 진한 공감을 느낀다. 그리고 다음의 인용문에서 드러나듯이, 그 공감은 거의 모든 생명으로까지 확대된다.

개가 죽기까지 얼마나 아팠을 텐데, 그 고통을 소리쳐 호소했어도 들을 수 없는 것이 인간의 청각, 그들과 소통할 수 없는 것이 인간이었어요. 비명을 지르지도 눈물을 흘리지도 않는 생명체…… 그저 아무런 표정 없이 눈을 동그랗게 뜨고 헤엄치고 다니니까…… 사람보다 편하고 행복한 줄 알았지요. 그런데 그때, 눈을 동그랗게 뜬 채 죽어 있는 물고기를 보고, 이 세상의 생명체, 눈에 잘 띄지 않는 불개미와 지렁이까지도, 이성과 감성이 있을 것이라는 생각이 들었어요. 듣고 계세요?

「몰이꾼(驅軍)」에서도 동주보다 더 예민하게 동물들과 교감을 나누는 것은 신은수이다. 수의과를 졸업하고 축산과에 들어온 신은수는 진동주가 구제역 사태를 겪고 나서야 비로소 깨달은 것을, 이미 수의과에 입학하기 전부터 깨달은 상태였다. 짐승들의 눈에 담긴 "슬픔"을 보는 그녀는 동물의 세계를 아름답다고 느낀다. 가까운 목장에서 소가 난산이라는 연락을 받고 동주와 함께 목장에 갔을 때, 은수는 "동물들의 눈에는 슬픔이 있"다며, 자신은 "그들을 짐승이라고 부를 수가 없"다고 말한다. 실제로 은수와 짐승은 서로 소통한다. 은수가 소에게 말을 걸자, 소는 "은수의 말을 알아들은 듯 머리를 다시 한 번 은수의 가슴에 비벼대며 눈물 그렁그렁한 눈으로 은수를 바라"본다. 또한 배 속에 든 송아지에게도 "자아, 애야 아가야, 이제는 세상 밖으로 나와야지"라고 다정하게 말을 건다. 심지어는 출산을 앞둔 소의 이야기를 그대로 듣고 동주에게 전해주기도 한다.

그러나 신은수는 살처분 현장에 투입된 후, 큰 충격을 받는다. 은수는 B면의 목장에서 소를 매장한 뒤에, 소의 내장이 부패해 부풀어 터지는 것을 방지하기 위해 죽은 소의 배를 가르는 작업을 한 것에 대해 이야기한다. 그러면서 이제는 "가축들의 눈을 마주할 용기가 없어졌어요. 다시는 그들 앞에서 내가, 내가 인간이라고 나서서 치료할 수가 없어졌어요"라고 동주에게 말한다. 이 고백을 남기고 은수는 사라진다.

이처럼, 「땅끝의 달」이나 「몰이꾼(驅軍)」의 여자와 은수는 누구보다도 자연이나 동물에 가까이 다가간 존재들이다. 그들은 파괴되고 죽어가는 자연과 동물에 거의 일체화된 존재들이라고 해도 무리가 없을 정도이다. 그런데 여자와 은수를 규정짓는 핵심적인 특징은 바로 아름다움이다. 「땅끝의 달」에서 현서는 '풀향기 공방(工房)' 모임에 나가 사물놀이를 배운다. 그곳에서 현서에게 사물놀이를 가르치는 실비아는 대단한 미인이며, 현서는 그런 실비아를 짝사랑한다. 그런데 우연히 만난 여자는, 현서가 사물놀이 연습을 깜빡하게 만들 정도로 매력적인 것으로 그려진다. 「몰이꾼(驅軍)」에서 신은수를 처음 보았을 때, 신동주는 이상한 동계(動悸)에 빠진다. 은수는 "우선 아름다웠다. 화장기 없는 얼굴에다 아직 학생 티가 남은 듯 교복처럼 수수한 옷을 입고 있었지만 청초했다"라고 묘사될 정도로 아름다운 것이다. 진동주는 신은수가 자기 부서에 들어온 이후 삶의 활기를 되찾는다.

이와 관련해 '보호하다(schonen)'라는 낱말은 어원으로 보아 '아름다운 것(dem schönen)'이라는 말과 친척이라는 사실에 주목할 필요가 있다. 한병철은 "아름다운 것은 우리에게 그것을 보호할 의무, 아니 명령을 내린다"[3]라고 주장한다. 한병철의 말에 따르자면, 특별한 아름다움을 지닌 「땅끝의 달」의 여자나 「몰이꾼(驅軍)」의 은수는 우리에게 보호할 의무를 내리는 존재들이라고 할 수 있으며, 자연스럽게 그들과 일체화된 자연 역시 보호의 의무를 인류에게 부과하기 때문이다.

그렇기에 여자들은 대단히 중요한 의미를 지니고 있으며, 「몰이꾼(驅軍)」에서 진동주는 신은수의 죽음을 통해 새로운 주체로 탄생한다. 동주는 "인간은 새로운 가능성의 세계에다 자신을 내맡기고 내던지는 존재며 '묻는' 존재다. 그 묻는 정신은 개인의 실존적 문제와, 그 시대가 안고 있는 역사적 문제에, 책임 있게 응답하는 정신"이라며, 자신의 아이를 위해 할 수 있는 일이 무엇일까를 생각한다. 그리고 이러한 다짐은 "살생의 몰이꾼이 되어도 사는 날까지 살아남아야

---

3 한병철, 『땅의 예찬』, 안인희 옮김, 2018, 10면.

한다는—그것이 태어난 자의 약속이라는—" 신은수의 목소리를 듣는 마지막 대목에서 알 수 있듯이, 신은수로부터 영향받은 것임을 알 수 있다.

이번 소설집에는 인간중심주의로 파괴되어가는, 그렇기에 강렬하게 보호의 의무를 환기시키는 젊은 여성만 등장하는 것은 아니다. 동시에 파괴 이후의 폐허 속에서도 참된 삶을 실천하는 나이 든 여성들이 공존한다. 「어둠의 한숨」은 인간이 자연을 대하는 무지막지한 폭력적인 태도가 같은 인간을 향해서도 똑같은 방식으로 이루어질 수 있음을 보여주는 작품이다. 인간과 동물을 나누는 기준이라는 것도, 절대적인 기준이 있는 것이 아니라면, 동물을 향해 행하는 모든 일은 인간을 향해서도 이루어질 수 있는 것이다.

육십대가 된 심 권사는 세탁소를 운영한다. 심 권사는 매우 긍정적인 인물로 형상화되어 있다. 그녀의 세탁소는 다른 곳보다 세탁비가 훨씬 싸며, 심 권사의 수선 솜씨는 감탄할 만큼 매끈하고, 심 권사는 마을 아낙들의 자연스러운 상담역까지 맡고 있다. 심 권사는 세탁소 일 이외에도 리폼 일을 함께 한다. 작은아들은 남의 헌 옷 뜯어고치는 일을 보며 "환장"할 정도로 싫어하지만, 심 권사는 리폼 일을 "정성껏 하는 동안에 내가 저질렀던 허물을 덜어낼 수 있을는지" 모른다고 기대한다. 사실 심 권사는 헌 옷만 리폼하는 것이 아니라 낡을 대로 낡은 인간을 리폼하는 것이다.

어느 날 이 세탁소에 비대해 보이는 팔순 노파가 갑자기 찾아와 빈방을 하나 구해줄 수 없느냐고 요구한다. 그는 당당하게 방세 같은 거는 낼 수 없다고 말하고, 심 권사는 좋은 마음으로 자기 집의 방 하나를 내주기로 결정한다. 그 노파는 뻔뻔하게도 도배까지 해줄 것을 요구하고, 나중에는 자신의 증손녀를 데리고 와서 봐달라고 한다. 이후 노파는 물론이고 아이의 엄마인 갑이까지 아이를 돌보지 않아, 심 권사만이 아이를 돌보게 된다. 이후에도 이들의 어처구니 없는 행동은 계속 이어진다. 이레 만에 나타난 갑이는 아이에게 관심도 보이지 않으면서 할머니의 기초 수급 연금을 가로채서 사라진다.

당연하게도 주위에서는 모두 아이를 돌려주고 그들과의 관계를 끊으라고 충고한다. 그러나 심 권사는 아이를 사랑으로 키우며, "모든 근심과 시름이 지워졌다"고 느낀다. 심 권사에게 "아기의 웃는 얼굴은 생명 빛"이었던 것이다. 심 권사의 고난은 이것으로 끝나지 않는다. 어느 날인가는 갑자기 복통을 호소하는 노파를 응급실로 데려갔다가, 수술비를 온통 자신이 다 부담하는 일까지 겪는다. 이후에도 갑이는 찾아와서, 무료인 신생아 예방 주사를 맞히겠다며 주사값을 받아 챙기기도 한다. 저들에게 아기는 "상품"이었던 것이다. 모든 것이 돈의 논리로만 환산되는 세상이라면, 피붙이인 아기마저도 상품이 되는 것이 유별난 일이 아닐지도 모른다.

심 권사는 큰 마음먹고 갑이에게 항의하다가도 아기는 "권사님 손녀예요! 하나님이 그렇게 정해줬잖아요? 그렇지요?"라는 말에, 아기를 다시 품에 안으며 갑이에게 고마움을 느낀다. 갑이는 뻔히 남편이 있는데도 미혼모 수당을 받기 위해 미혼모 행세를 하고 있다는 것이 밝혀진다. 심 권사는 아기를 "나에게 데려다주신 분은 하나님이시다!"라며 아기를 "아름다운 처녀"가 될 때까지 키울 것이라고 다짐하는 것으로 작품은 끝난다.

「모루를 찾아서」에서 인간중심주의와 이기주의를 벗어나 참된 삶을 살아가는 존재는 연화라는 노년의 여성이다. 이 작품은 연화와 젊은 시절 연인이었던 조세윤의 시각을 통해 노년에 이른 연화의 삶이 얼마나 아름다운 것인지를 보여준다. 조세윤이 아내와 함께 살고 있는 "'씨니어 아파트'는 미국 이민 1세가 꿈꾸는 마지막 희망"으로서, 조세윤 부부가 이민 사십여 년의 결실로서 머물게 된 곳이다. 지금의 삶은 "40여 년 이민 삶의 행로에서 빠져들었던 주검과 같은 후회, 분노, 좌절, 절망을 거쳐서 얻은 안정"이다. 조세윤은 지금 암에 걸려서 죽음을 앞두고 있는 아내를 돌보고 있다.

그러나 이 작품에서 진정으로 아픈 이는 아내가 아니라 조세윤 자신으로서, 아내는 조세윤에게 우울증이라는 진단을 내린다. 아내는 이전에도 "문득, 문득, 당신이 어딘가 내가 알 수 없는 먼 곳을 늘 바라보고 있는 사람처럼 느껴질 때가 있었"다고 말한다. 그리고 아내는 소원하고 바라던 씨니어 아파트로 이사를 한 후에, 조세윤에게서 "먼 곳을 바라보는 듯한 쓸쓸함"을 더욱 강하게 느낀다. 아내는 조세윤이 "늘 어딘가로 떠나버릴 사람 같을 때"가 있었다고도 말한다. 조세윤이 바라보는 먼 곳이란 바로, 젊은 날의 연인이었던 연화이다.

세윤이 새롭게 생긴 씨니어 아파트 지하 1층의 도서실을 방문했을 때, 그곳에서 세윤은 연화를 만난다. 도서실을 만든 사람이 바로 연화였던 것이다. 연화를 보았을 때, 세윤은 "바로 너였던가, 바로 너였던가…… 지금까지 내 영혼이 아득하게 바라보고 있던, 꺼지지 않는 불빛이 바로 너였던가……"라고 생각할 정도로 감격한다. 연화는 이웃을 위해 도서실을 만들었을 뿐만 아니라, 노인을 돌보는 데이 케어에서도 봉사활동을 열심히 하고 있다. 연화는 거기서 세윤 부부를 만났을 때도, 잔잔하지만 의연한 눈길을 보내며 세윤의 아내에게 헌신한다.

연화가 이토록 성숙한 영혼을 가질 수 있었던 것은 세윤을 모루 삼아 자신을 단련해온 결과이다. 세윤과 연화는 절실한 사랑을 나누었지만, 결국 오해로 인해 반세기 가까이 헤어져 지내야만 했다. 야외에서 밤을 함께 보냈던 젊음의 어느 날, 세윤은 연화를 안지 않았다. 이것을 연화는 세윤에게 다른 사람이 있다는 신호로 받아들여서 결국에는 세윤을 떠나갔다. 그러나 세윤은 연화를 너무나 사랑하여 안을 수가 없었을 뿐이다. "너무 소중해서 흠집 낼 수 없었던…… 그래서 활활 타오르던 육신을 빗물에 적시며 밤을 새웠던" 것이다. 그러나 그것은 "연화에게는 절망"이었고, 그 오해의 바다 위에서 세윤과 연화는 반세기에 가까운 세월을 보내야만 했다.

아마도 연화 역시 세윤과의 사랑과 이별을 곱씹으며 영혼의 망치질을 평생 동안 계속해왔을 것이다. 그리고 연화는 그 사랑과 이별을 통해 인간의 근원적인 한계(오해)를 엿보았음에 분명하다. 이러한 인간 한계에 대한 깨달음은 자신의 의도와는 무관하게 무고한 생명을 빼앗게 되는 로드킬의 현장에서도 확인된다. 로드킬의 현장에서는 "그저 제 갈 길을 가던 운전이, 살의(殺意)"로 돌변할 수도 있는 것이다. 숱한 오해와 오류로 가득한 인간(능력)의 한계를 깨닫는 영혼의 망치질 끝에서야, 세윤과 연화는 죽은 아내의 묘지에서 다시 만날 수 있었던 것이다.

청년성의 한 전범

소설집 『땅끝의 달』은 정연희가 반세기가 넘는 세월을 통해 보여주고 있는, 고립에서 연대로의 이행이라는 변모를 확인시켜주는 작품이다. 이번 소설집에서 두드러지는 것은 현대 문명에 대한 날카로운 문제의식이며, 그러한 비판은 인간중심주의에 초점을 맞추고 있다. 근대에 본격화된 인간중심주의는 나름의 의의에도 불구하고, 시간이 갈수록 인간의 오만과 탐욕을 끊임없이 부추기는 문제적 사상이 되어가고 있다. 특히 작가는 이번 소설집을 통해 인간중심주의가 낳은 자연 파괴에 대해 심각한 위기의식을 보여준다. 사상적으로 더욱 심화되고 기법적으로 더욱 완성된 이번 소설집은 정연희 문학의 한 결산이라고 할 수 있다. 동시에 『땅끝의 달』은 지치지 않는 문학적 영혼

의 끝을 알 수 없는 문학적 탐색의 위대함을 실증해주는 사례이기도
하다. 새로운 삶의 영역을 천의무봉의 솜씨로 엮어 보여준 이번 소설
집은, 정연희의 문학이 새로운 모습으로 우리 앞에 계속 나타날 것임
을 확신케 한다. 그렇기에 정연희의 문학은 말년성의 한 전범인 동시
에, 청년성의 한 전범으로 우리 앞에 오늘도 오롯하게 솟아 있다.

○ 2021

사라지지 않는 아베를 위하여

전상국 소설에 대하여

6·25라는 심연

전상국의 작품세계는 크게 6·25 전쟁과 교육 현장을 제재로 한 두 가지로 구분된다. 이 중에서도 그 질과 양에 있어 더욱 본질적인 세계는 전자에 해당한다. 『아베의 가족』(강, 2021)에 수록된 다섯 편의 작품〔「그 먼 길 어디쯤」(『작단』, 1979), 「아베의 가족」(『한국문학』, 1979.10), 「겨울의 출구」(『창작과비평』, 1979년 가을호), 「실반지」(『현대문학』, 1979.12),「형벌의 집」(『문학정신』, 1986.10)〕은 모두 전쟁을 배경으로 하고 있으며, 전상국의 6·25소설을 대표한다고 말할 수 있다. 「아베의 가족」은 자타공인의 대표작이며, 「형벌의 집」은 6·25와 관련한 그동안의 문제의식이 종합된 작품이다.

6·25소설은 세대를 기준으로, 크게 체험 세대, 유년기 체험 세대,

미체험 세대의 작품들로 분류되고는 한다.[1] 1940년에 출생한 전상국은 유년기 체험 세대를 대표하는 작가로 일컬어진다. 10대 초반의 예민한 나이에 경험한 6·25는 전상국에게 무엇과도 비교할 수 없는 강렬한 원체험으로 남아 작가의 문학 세계를 형성하는 밑바탕이 되었다고 할 수 있다. 6·25 당시 어린 전상국은 피난길에 퇴각하는 북측 패잔병들과 '지방 빨갱이'를 자처하는 마을 어른들의 핏발 선 눈들을 보았으며, 1·4 후퇴 때는 이질과 장티푸스를 앓기도 하였으며, 심지어는 동생이 죽는 참상을 경험했다고도 한다. 전상국 역시 6·25의 비극을 생의 한 복판에서 경험한 우리 민족의 일원이었던 것이다.[2]

전상국의 6·25소설은 유년기에 체험하여 더욱 강렬하게 느껴지는 전쟁의 상처를 어떻게 극복할 것인지에 초점이 맞추어져 있다. 6·25는 매우 복합적인 성격을 지닌 전쟁이다. 냉전이라는 국제전으로서의 성격을 지니면서 동시에 내전으로서의 성격도 지닌다. 또한 이 안에는 이념적 갈등, 계급적 갈등, 지역적 갈등 등의 여러 요소들이 복합되어 있다. 전상국은 전쟁의 객관적인 사항들에 대한 천착보다는 하나의 거대한 폭력으로서 6·25를 바라보려는 경향이 강하다. 특히 전상국

---

1 김윤식과 정호웅은 "직접 체험 세대는 동족상잔의 비극에 눈밀어 흑백의 선명한 냉전 논리에 침윤되었으며, 유년기에 전쟁을 체험한 세대(유년기 체험 세대)는 전쟁 와중에서 입은 외상(外傷)에서 벗어나는 데 오랜 시간을 허비했다"(김윤식·정호웅, 『한국소설사』, 문학동네, 2000, 470면)라고 정리하였다.
2 전상국의 6·25 체험에 대해서는 하응백의 「전상국」(『약전으로 읽는 문학사 2』, 소명출판, 2008, 472면)을 참고.

의 6·25소설은 전쟁 후일담이라고 할 만큼 전쟁 이후의 상황이 더욱 중요한 비중을 차지한다. 직접적인 당사자는 물론이고, 그들을 둘러싼 주변인들이 겪은 전쟁과 거기서 비롯된 상처의 극복을 진지하게 탐색하는 것이 전상국 문학의 본령에 해당한다고 볼 수 있다.

전쟁과 그것이 남긴 상처는 너무나 심각하기에 전상국 소설을 읽는 일은, 그 커다란 상처의 심연 속에 기꺼이 영혼을 담그는 일이기도 하다. 그러나 타인의 슬픔을 나누는 그 고통스러운 과정이야말로 민족의 새로운 삶을 가능케 한다는 점에서, 전상국과의 문학적 동행은 여전히 의미 있는 일임에 분명하다.

전쟁의 수인(囚人)들

이번 소설집에 수록된 소설들은 모두 1970년대를 작품의 배경으로 삼고 있는데, 6·25로부터 수십 년이 지난 상황에서도 전쟁은 사람들의 삶을 규정하는 핵심적인 심급으로 그려진다. 「실반지」와 「그 먼 길 어디쯤」은 환상적인 기법까지 동원하여 전쟁의 상처로부터 벗어나는 것의 불가능함을 가슴 아프게 보여주는 작품들이다.

「그 먼 길 어디쯤」은 동우를 통해 전쟁에 결박된 존재의 상태를 있는 그대로 드러낸다. 동우는 과거의 일을 잊지 못하고 "완전히 사로잡혀 과거의 그 시간을 현재형으로" 살고 있다. 동우의 "자책성"은 시간이 갈수록 심해진다. 동우는 세 번이나 결혼에 실패하는데, 그것도 동우의 병적인 심리와 관련되어 있다. 두번째 아내는 동우가 똑같은 이야기, 즉 생판 처음인 타향 어느 벌판에 버려진 일곱 살 아이가 가족들을 찾으며 애타게 우는 소리를 듣는다는 이야기를 반복했다고 증언한다.

동우의 트라우마가 된 그 일은 동우가 열한 살에 피난민 수용소를 떠나 강기슭 신작로 옆 폐광촌에 살 때 경험한 것이다. 다른 가족은 모두 떠난 폐광촌에 동우네 식구와 정임이 이모네만 남는다. 정임이 이모와 그 언니는 턱수염이 지저분한 사내들에게 살해당하고, 동우네 가족은 고향 가는 화물차를 불러 떠나려 한다. 처음에는 고아가 된 정임이 이모네 세 아이들도 함께 화물차에 타지만, 얼마 가지 않아 차주 아저씨는 여자 아이들을 끌어내리고, 마지막에는 트럭 꼭대기에 숨어 있던 일곱 살 난 사내아이마저 끌어내린다. 그 사내아이는 떠나는 트럭을 쫓아오지만 결국 혼자 남겨진다. 동우가 매일 반복하는 이야기에 등장하는 사내아이가 바로 이때 남겨진 사내아이였던 것이다.[3] 「그 먼 길 어디쯤」은 역시나 타향의 어느 벌판에 혼자 버려

---

3 「그 먼 길 어디쯤」에는 이외에도 동우가 전쟁 중에 경험한 충격적인 죽음이 또한 등장한다. "자기 아버지가 빨갱이로 죽었기 때문에 결국은 자기도 남산 소나무에 목매달아 죽을 수밖에 없었던 그 열세 살 난 계집애, 자유를 찾아 남쪽으로 흘러가면서 눈 덮인 길에서 목격한 여러 형태의 죽음, 아버지의 발에 밟혀 죽은 7대 독자라는 그 어린아이, 피난민 수용소에서의 여동생의 죽음, 강기슭 그 폐광촌에서 열병으로 죽은 할머니의 손가락에 끼었던 그 금반지, 드디어는 폐광촌을 버리고 고향으로 떠나게 된 그날 아침 정임이 이모라는 처녀와 그 언니의 안개 속

진 일곱 살짜리 사내 아이에 대한 이야기를 반복하는 것으로 끝난다. 이것은 결코 애도되지 못한 채, 영원히 지속되는 상처를 드러낸다고 할 수 있다.

일곱 살짜리 사내아이가 생판 모르는 타향의 어느 벌판에 버려졌거든. (……) 일곱 살짜리 그 사내아이는 울부짖기 시작했지. 가을 밤바람이 그 아이의 울음소리를 들판에 흩뿌려놓았지. 아이는 엄마가 보고 싶었을 거야. 이모 얼굴이라도 좋았어. 아니지, 벙어리 계집애, 그 누나 얼굴이라도 좋았지. 아니야. 아무 사람 얼굴이라도 좋아. 그것이 자기를 버리고 간 사람들이라도 마찬가지였어. 아이는 그저 사람을 만나고 싶어 어둠 속에서 울부짖으며 뛰고 있었을 거야. 누가 그 아이를 길에 버렸지? 누가 버려지는 그 아이를 보고만 있었지?

「실반지」의 '나'는 최형태와 민형태라는 두 개의 이름을 가지고 있다. 최형태가 전쟁의 상처와 관련된 이름이라면, 민형태는 전쟁으로부터의 도피와 관련된 이름이다. 최형태는 민형태가 되고자 필사의 노력을 기울이지만, 이 작품은 최형태의 '민형태 되기 불가능성'을 드러내는 것으로 끝난다. 그러한 도피 혹은 변신의 불가능성은, 새로운 삶에서 얻은 행복을 상징하는 아내의 죽음을 통해 극적으로 드러난다.

에서의 죽음……" 등이 바로 그러한 충격적인 죽음의 구체적인 목록이다.

쫓기던 아버지 최중배는 최형태가 열 살이었을 때 죽었지만, 최형태는 "주검 위에 침을 뱉을 수 있었다"라고 할 정도로 이미 아버지를 버린 상태이다. '나'는 아버지의 죽음을 생각하고 싶어하지 않으며, 그것을 "머릿속에서 몰아낸 지 오래"이다. '나'는 아내에게도 자신의 부모나 뿌리에 대해서 말해준 적이 없다. 그것은 치욕스럽고 오욕에 찬 과거이자 "욕망 앞에 한낱 거추장스러운 발뒤꿈치의 때"에 불과하기 때문이다. 아버지가 사람들에게 맞아 죽었을 때도, 최형태는 이제 아이들 눈총에서 벗어날 수 있다는 생각으로 가슴이 뛰었다. 그만큼 아버지는 '나'에게 엄청난 고통이자 부담이었던 것이다. "가진 사람들은 모두 적"이라 여겼던 아버지는, 자신의 세상이 되었을 때 "자기 몫의 수백 배의 것을 가지려 눈이 뻘겋게 날뛰었"다. 무자비하게 총을 휘두르던 아버지는 "모든 사람의 공적(公敵)으로 외롭게" 삶을 마감한다.

결국 어머니와 삼 남매도 아버지 최중배를 버린다. 개가한 어머니는 자식들의 성을 함께 사는 남편의 성인 민씨로 가호적에 올려버렸던 것이다. 최형태는 이로서 민형태가 된 것이다. 그러나 아버지 최중배는 결코 사라지지 않는다. 큰애 아람이 안길 때마다 자신이 "버린 최중배가 양심처럼 내 가슴에 살아나기 시작"한 것이다. 결국 민형태는 아버지가 밭고랑에서 마을 사람들한테 몰매를 맞아 죽은 날인 10월 12일에 고향에 찾아가고, 다음 날에는 최중배가 묻힌 공동묘지에 간다.

더욱 중요한 것은 민형태가 최중배를 그대로 닮아가고 있었다는 점이다. 아버지 최중배는 "한꺼번에 많은 것을 가지려 날뛰었기 때문에 그 자신과 당신이 이 세상에 남겼다고 생각했던 것마저 깡그리 잃어버린" 사람이다. 그런데 민형태는 아내가 죽던 그날도 탈세를 위한 이중장부를 쓰고 있었다. '나'는 최중배의 아들로서, 최형태가 되는 것으로부터 무조건 도망만 갈 것이 아니라 최중배의 부정적인 면까지를 포함해서 아버지의 삶이 지닌 의미를 충분히 숙고해야만 했던 것이다. 그러나 '나'는 무작정 최형태(최중배의 아들)로부터 도망쳐 민형태가 되고자 했을 뿐이다. 세무서에서 일할 당시 여러 회사에서는 부정한 일을 시키기 위해 '나'를 스카우트하려고 했다. 이러한 상황에서 '나'가 하는 고민은 다음의 인용처럼, '아버지를 충분히 애도한 최형태'가 되느냐 '아버지를 깡그리 망각한 민형태'가 되느냐의 갈림길로 표현된다.

여러 회사에서 나한테 손을 뻗쳤지. 최씨 아들이 말했어. 물리쳐. 그리고 너를 지켜. 그러나 민형태는 말했지. 인마, 기회를 놓치지 마라. 기회는 여러 번 있는 게 아냐. 최씨 아들이 또 말했어. 아니야, 너무 큰 것을 가지려다 모든 것을 잃어버린 네 아버지를 봐라. 그러나 민형태가……

민형태가 말했지. 인마, 기회를 놓치지 마라. 최중배가 죽은 건 그 기회를 잘못 이용한 것뿐이야. 너는 머리가 좋아. 이런 좋은 기회에 머리를 쓰란 말이야. 최씨 아들이 고개를 설레설레 흔들었어. 너무 크게 많이 가지려면 가졌던 것마저 다 잃게 되는 거야. 내 아버지가 그랬어. 그러나 민형태가……

결국 '나'는 '아버지를 깡그리 망각한 민형태'의 삶을 선택했고, 그것은 아내의 죽음(혹은 살해)이라는 파국적인 결말을 불러오고 만다. '나'는 최중배의 삶이 남긴 상처와 교훈을 무작정 외면했고, 그것은 오히려 더욱 강력한 힘이 되어 최중배의 삶으로 '나'를 끌어들였다. 그렇기에 '나'는 최중배의 그 고통스런 삶을 그대로 되밟을 수밖에 없는 존재가 되어버린 것이다. 아람이 역시 다른 사람의 아이라는 사실이 제시되며, '나' 역시 최중배가 그러했듯이 "이 세상에 단 한 알의 씨도 못 남"긴 아버지가 되는 것으로 작품은 끝난다. 전쟁의 상처에 대한 철저한 성찰과 애도는 새로운 삶을 위한 절대적 조건이며, 이에 대한 외면에서 가능한 삶은 최소한 전상국의 소설에서는 존재하지 않는다.

멀어질수록 강해지는 상처의 힘

「아베의 가족」은 전쟁을 외면하는 것의 불가능성을 보다 본격적으로 다룬 1970년대의 대표적인 중편소설이다. 이 작품은 모두 3부로 구성되어 있으며, 1부와 3부가 진호를 초점화자로 한 현재의 이야기라면, 2부는 어머니가 쓴 수기의 형식으로 되어 있는 6·25 당시의 이야기이다. 아베의 어머니인 주경희는 한국 전쟁 발발 두 달 전에 법학도인 최창배와 결혼했다. 춘천 근교의 샘골에서 신혼 생활을 하던 중, 전쟁을 맞아 시아버지는 살해되고, 남편은 억울하게 잡혀갔다가 결국에는 의용군에 끌려간다. 임신한 상태에서 흑인 병사 세 명에게 강간을 당한 주경희는 심각한 장애를 지닌 아베를 출산한다. 이후 아베를 아껴주는 김상만이 주경희의 집에서 머슴살이를 하다가, 둘은 결혼을 하여 진호를 비롯한 사 남매를 낳고 살게 된다.

아베는 전쟁의 상처가 감각적으로 응축된 존재이다. '아베'라는 소리밖에 내지 못해서 아베라 불리는 그는 지능 지수가 20도 되지 않으며, 대소변도 가리지 못한다. 형제들조차 아베를 "한 마리 볼품없는 짐승"이자 "더러운 짐승"이라 여겨서는, 부모가 없을 때 아베의 목에 줄을 매어 문고리에 잡아매기도 한다. 6·25의 상처를 온몸으로 받아내서 태어난 아베의 이 기괴한 형상은, 사라지지 않는 전쟁의 상흔이 얼마나 끔찍한 것인지를 직접적으로 보여준다. 아버지인 김상만의 무기력과 아베로 인해서 진호 남매는 "빛을 받지 못해 휘어"지고 있었다. 진호는 등록금이 없이 고등학교를 그만두고 불량 청년으로 성장하는 중이다. 김상만은 전쟁 중에 자신이 벌인 살인극으로 인해 삶의 의욕이 없으며, 주경희는 남편인 김상만이 "어떤 불치의 병"을 앓고 있다고 생각한다.

이 가족이 전쟁의 상처로부터 벗어나기 위해 선택한 것이 바로 미국행이다. 양공주였다가 국제결혼을 해 미국에 가 영주권을 얻은 고모의 제안에 따라 미국에 가기로 한 것이다. 이러한 도피는 아버지 김상만에게 익숙한 방식이었다고도 말할 수 있다. 전쟁 중에 탈영을 시도한 김상만은 그 과정에서 아군 3명을 총으로 쏘아 죽이고, 산중의 집에 갔다가 "아베와 거의 비슷한 아이"를 제외한 일가족을 몰살시킨 경험이 있다. 김상만이 아베에게 애정을 쏟은 것은, 다름 아닌 자신이 두고 온 장애아에 대한 죄책감 때문이었다.[4] 그러나 아베를 통해 한 가닥 빛을 찾았을 뿐 그 뒤로도 계속 죄의식에 시달리는 생활을 해왔던 것에서도 알 수 있듯이, 이러한 도피는 온전한 해결책이 될 수 없다. 김상만의 가슴속에는 "그가 죽인 사람들이 하나 둘 살아나서" 그를 괴롭히고 있었던 것이다.

이 작품에서 미국은 아베로부터 가장 먼 곳이지만, 더욱 아베에게 강박되어 지내야 하는 아이러니한 공간이다.[5] 이들 가족에게 미국은

---

4 김상만에게서 볼 수 있는 심리적 메커니즘, 즉 전쟁 당시 형성된 죄의식으로 타자를 챙겨주는 심리는 「형벌의 집」의 황 대장에게도 나타난다. 황 대장은 좌익의 가족으로 고통받는 돼지네를 유일하게 도와주는 인물인데, 그의 이러한 행위 밑바탕에는 이관흠에 대한 죄책감이 숨어 있다. 누구보다 이관흠의 올바름을 잘 알고 있는 황 대장이지만, 이관흠이 읍내로 끌려가는 나룻배를 부리면서 "이 사람은 아무 죄가 없다고, 이 사람은 빨갱이도 뭐도 아니라"라고 말하는 대신 귀머거리 행세를 했던 것이다.

5 미국은 양면적인 대상이었다. 최강의 선진국으로 동경의 대상인 동시에 타락과 퇴폐로 비판의 대상이기도 했던 것이다. 이 작품에서는 미국인을 두 가지 부류로 나눔으로써, 이러한 양면성의 복잡한 틀을 간단하게 넘어간다. 하나는 상류사회를 형성하고 있는 미국인으로 "초강대국의 국민다운 풍모를 갖춘 청교도 풍의 도덕적으로 거의 완전무결해 뵈는 사람들"이고, 다른 하나는 "자유분방하면서 반도덕적인 면을 다분히 갖춘 사람들"이다. 이 후자의 가장 대표적인

다만 '귀양지'에 불과하다. 주경희는 아베를 두고 나머지 가족과 함께 미국으로 오기는 했지만, 미국에 와서 심각한 우울증에 시달린다. 그것은 "아베 귀신이 붙은 거야"라는 막내의 말처럼, 한국에 버리고 온 아베에 결박되었기에 일어난 일이다. 주경희의 자식들 역시 어머니 주경희가 겪은 일들이, "각자의 몸속에 전염되어 그 뿌리를 그악스럽게 박아버"린 존재들이다. 진호는 어머니 주경희가 6·25 당시 겪은 수기를 읽고서, "그 글 속의 내용들은 모두 우리의 문제였다"라고 느낀다. 부모의 상처는 부모 세대에서만 끝나는 것이 아니라 대를 이어서 지속되는 것이다.

3년 10개월 만에 '김진호'가 아닌 '진호킴'이 되어 한국에 온 진호는 전쟁(아베)으로부터 가장 멀어진 존재가 된 것처럼 보인다. 그것은 이 작품의 첫번째 문장인 "영내를 벗어나면서 나는 키가 8척이 넘는 것 같은 우월감을 맛보았다"라는 문장에서도 확인된다. 그러나 이러한 우월감은 아베에게 강박된 내면을 감추기 위해 만들어낸 허위의식에 불과하다. 진호는 오랜만에 만난 친구들에게, "우리 식구들은 지금 화병에 꽂힌 꽃망울과 같"아 "머지않아 쓰레기통 속에 집어던져지고 말 것"이라고 말한다. 심지어 가장 잘 적응한 것으로 보였던 아버지도 "그처럼 열심히 탐닉하는 천한 노동과 휴일이면 찾는 한인

사람들이 바로 흑인들이라고 할 수 있다. 주경희와 시어머니, 그리고 정희를 윤간한 것은 모두 흑인들이다.

교회 기도를 통해서도 결코 구원받지 못한 채 방황"하고 있음이 밝혀진다.

결국 진호는 아베와 함께하는 것만이 존재의 뿌리를 내리는 것이라는 인식에 도달한다. 그렇기에 아베를 부정만 하던 김진호는 술집 여자에게 "아벤 사람이다. 우리 형이다"라고 선언하게 되는 것이다. 이 순간 진호는 비로소 "어른"이 된 것으로 그려진다. 드디어 진호는 아베를 찾아 샘골에 찾아가고, "황량한 들판에 던져진 그 시든 나무들의 꿋꿋한 뿌리가 돼줄는지도 모를 우리의 형 아베의 행방을 찾는 일도 우선 그 무덤에서부터 시작"할 거라는 다짐을 하는 것으로 「아베의 가족」은 끝난다. 아베는 전쟁의 상처가 고스란히 응축된 존재이기에, 주변 사람들에게 너무나 큰 고통을 준다. 그렇기에 아베로부터 멀어지고자 하는 것은 당연한 일일 수도 있지만, 아베는 멀리할수록 더욱 강한 힘으로 가까이 다가올 뿐이다. 그렇기에 참된 삶은 아베를 뿌리로 해서만 가능하다. 아베는 이 가족의 오물이 아니라, 이 가족의 시원(始原)이어야만 했던 것이다.

'아베 되기'를 통한 상처의 극복

「겨울의 출구」는 이 소설집에서 가장 선명하게 '상처의 출구'를 보여주는 작품이다. 이 작품의 아버지 역시 전쟁의 상처를 평생 짊어지고 산 사람이다. 그러나 전쟁과 관련된 구체적인 이력은 발화되지 않는다. "아버지와, 그리고 아버지의 한 분신인 어머니는 어떤 경우에도 그네들의 어제에 대해서 입을 떼지 않았"던 것이다. 충분히 극복되지 못한 상처는 전상국 소설에서 '뿌리 뽑힌 삶'에 비유되고는 한다. 아버지는 고향을 묻는 사람들에게 "여기저기 옮겨 사느라 고향이라고 못 박아 말할 곳이 없"다고 대답하며, 형은 그 사실에 분통을 터뜨린다.

이 작품에서도 전쟁의 상처는 남겨진 자들을 집요하게 괴롭힌다. 형은 신원 조회 문제에 있어 노이로제 상태이다. 고3 때 사관학교 시험 1차에 합격하고 2차 최종 합격자 명단에 빠지고부터 형의 그 증세는 더욱 악화된다. 아버지에 대한 적의를 품게 된 근본 원인도 그때부터이다. 신원 조회는 다른 가족에게도 영향을 미친다. 형의 사관학교 불합격 소식에 충격을 받은 아버지는 실수로 왼손가락 두 개를 칼로 내려치는 실수를 했고, 누나는 고등학교를 그만두고 공장에 간다. 결국 형은 이번에도 국영 기업체 채용 시험의 불합격 통지서를 받고 집을 나가버린다.

형은 집을 나가기 전에 아버지에게 "도대체 아버진 6·25 때 어떤 죄를 얼마큼 진 겁니까?"라고 따진다. 그러자 아버지는 "이 애비가 나빴다. 어리석었던 게지. 무식했던 탓이다. 난 죽어서두 후횔 할 게여. 감옥에서 산 칠 년여 세월도 참횔 하며 살았다. 허지만 이 애비가 저지른 죈 하나도 지워지지 않았다"라며, 자신의 과거를 모두 반성하는 이야기만 한다. 이를 통해 아버지의 삶은 과거에 대한 일종의 참회 행위로 의미부여된다.

　아버지는 실로 성자와 같은 삶을 산다. 산동네 12평짜리 무허가 주택에 살면서, 도깨비시장 입구 다릿목에서 생선 장사를 하는 아버지는 누구보다 부지런하고 성실하지만, "돈을 피해 가는 듯한" 생활 태도를 지니고 있다. 하루 대여섯 시간의 남는 시간에는 쓰레기를 치우거나 변소 청소를 하는 식으로 "남을 위해서 사는 시간"을 갖는다. 아버지의 올바름이란 정상의 범위를 넘어선 것이기도 하다. 아버지는 술은 물론이고 점심이라는 것도 모르는데, 그것은 내핍과 절약이라는 의미 이상인 "아버지의 철학"에서 비롯된 것이다. 누나 역시 아버지와 같은 성자이다. 4년 동안 한 공장에서 같은 일을 하면서 단한 번도 직장에 대한 불만이나 고달픔을 입에 올린 적이 없었다. 다만 "너무너무 고마운 사람들이 너무너무 재미있게 사는 세계가 있을 뿐"이어서, 누나가 보는 세상은 "온통 신기하고 그렇게 신기한 만큼 감동이고 보람"일 뿐이다.

　이들 가족에게 큰 위험이 닥친다. 철거민촌 혹은 난민촌이라 불리는 천민동 10만 명의 젖줄과 같은 도깨비시장이 사라지게 된 것이다. 제 잇속을 따져 끼리끼리 모인 돈 있는 도깨비시장 출신 사람들은 '현대시장추진위원회'를 조직하고, 새로운 시장을 만들려 한다. 아버지는 도깨비시장에서 살아가는 재구 청년 같은 성실하고 가난한 사람들을 생각하며 '현대시장추진위원회'의 유혹을 거부한다. 이런 상황에서 평소 아버지를 따르던 재구 청년은 '현대시장추진위원' 사람들의 농간으로 모든 재산을 잃는다. 이런 상황에서 도깨비시장 사람들은 강경하게 싸우자고 나서지만, 아버지는 "절대 맞서서 싸울 생각은 말라"거나 "싸우지 않는 게 결국 이기는 거"라고 말하며 평화적인 해결만을 주장한다. 이러한 입장은 누나도 마찬가지이다.

결국 도깨비시장 상인들이 벌인 난장에 싸움패까지 달려들어 난동을 부리자, 재구 청년은 분신을 시도하려고 한다. 그 상황에서도 아버지는 "절대로 참아야 합니다. 참아야 해요!"라고 목소리를 높인다. 누나가 재구를 살리기 위해 달려가고, 이 와중에 누나는 목숨만을 간신히 건질 정도의 심각한 화상을 입는다. 이 일로 집의 철거는 봄까지 연기되고, 도깨비시장 사람들은 계속 장사를 할 수 있는 길이 열린다. 그리고 자신의 뿌리를 내릴 땅을 찾지 못해 실의와 좌절 속에 살아가다 가출까지 한 형도 다시 돌아온다. 형은 그사이에 아버지의 과거를 찾아, 증말에 가서 아버지의 옛날 친구들을 만나고 온 것이다. 그리고 형의 "그 사람들이 모두 아버질 보고 싶어 해요. 아버지가 왜 고향엘 한 번도 안 오는지 모르겠다고 야단들이대요"라는 말을 통해, 아버지가 이미 고향 사람들에게 용서받았음이 드러난다. 아버지의 성자와 같은 삶은 간접적인 방식으로나마 전쟁의 상처와 업장을 녹이고 있었던 것이다.

심각한 화상을 입고 중환자실에 누워 있는 누나는, 「아베의 가족」에 등장한 아베가 된 것이라고 할 수 있다. 진정한 상처의 극복은 단순히 아베를 찾는 것에서 멈추는 것이 아니라, 스스로 아베가 되는 것이라는 종교적인 차원의 신성함이 이 작품에는 드러나 있는 것이다. 「겨울의 출구」에 나오는 아버지와 누나는 일종의 '아베 되기'를 실천하는 인물들이다. 누나의 이 끔찍한 화상은 직접적으로 '아베 되기'를 보여주는 실천의 결과라고 할 수 있다. 그리고 바로 이 성자에 가까운 희생과 헌신을 통해서만 전쟁에서의 일들은 속죄되고, 새로운 삶은 가능해진다.

끊임없는 환상의 커튼 만들기

「겨울의 출구」는 '아베 찾기'에서 '아베 되기'를 통한 전쟁 상처의 극복을 제시하고 있는 작품이다. 모든 폭력에 반대하며, 자기를 온전히 희생하는 성자적 삶을 통하여 '상처의 출구'는 비로소 보이는 것이다. 그러나 「겨울의 출구」가 창작된 때로부터 7년이 지나 창작된 「형벌의 집」[6]에서는 그와는 다른 인식이 드러난다. 오히려 전쟁의 상처는 더욱 묵직해졌고, 그로부터 벗어날 수 있는 가능성은 거의 보이지 않는다. 이러한 암울함은 6·25의 특수성에서도 비롯되지만, 그보

---

6 이태숙은 「형벌의 집」이 "등단 이후 6·25 전쟁을 자신의 소설적 자산으로 삼아 형상화해오는 작업을 일관되게 진행해오면서 작가가 그러한 작업을 완결하는 의미로 쓴 작품"(이태숙, 「전쟁의 희생양과 악의 기원」, 『한국학연구』 60, 2017, 67면)이라고 규정하였다.

다 더욱 본질적으로는 인류가 전쟁과 같은 거대한 폭력에 맞닥뜨렸을 때면 작동시키는 희생양 메커니즘에서 비롯된다.

1975년을 배경으로 한 「형벌의 집」은 전쟁의 실재와 조우하기를 거부하는 사람들이 희생양을 만들어서 자신들의 안위를 보존하는 가장 폭력적인 메커니즘을 보여준다. 이관흠은 이데올로기와는 아무런 관계가 없는 인물이지만 양쪽 모두로부터 곤욕을 치르다가 행방불명된다. 이관흠은 "너무하다는 생각이 들 정도로 무슨 일에 그것의 옳고 그름을 밝혀 말하는 적이 없"으며, 인공치하에서도 결코 그들에게 협력한 적이 없다. 누구보다 이관흠을 정확하게 아는 황 대장에 의하면, 이관흠은 "진정으로 샘말 사람이 되기 위해 마을 사람들 편에 섰던 사람"이다. 그러나 난리 때 크든 작든 부역 행위를 한 사람들은 자신들이 살기 위해 "진짜 속이 붉었던 것은 이관흠이라고, 그가 모두 시켜서 한 일이라고 그 죄를 떠넘겼"던 것이다. 또한 이관흠은 도피하라는 황 대장의 말에 "저까지 피했다간……"이라며, 말끝을 사리고 만다. 마을 사람들은 자신의 생존을 위해 이관흠에게 죄를 떠맡겼지만, 이관흠은 마을 사람들을 위해 자신의 억울함을 감내했던 것이다.

이관흠은 공작산 산악대(우익)에 끌려갔다가 행방불명되고, 이후에도 모든 죄악의 근원처럼 규정된다. 이관흠이 희생양으로 내몰린 이유는, 그가 희생양으로서의 조건이라고 할 수 있는 경계적 인물이기 때문이다. 돼지네가 샘골로 시집을 올 당시부터 마을 사람들은 이관흠을 이괄이라고 불렀다. 조선 시대의 반역자인 이괄로 불린 것은

"그 내력이 분명하진 않았지만 시골 사람답지 않게 희멀금한 얼굴에다 객지 사람이 이곳에 들어와 숨어 산다는 그런 이유 때문"이다. 즉 그는 처음부터 샘골 사람들과는 구별되는 특징을 가지고 있는 외래민이었던 것이다.

이관흠이 실종된 후에 그를 둘러싼 악의적 소문은 더욱 심해진다. 삶의 마지막 순간까지 남편의 죽음을 믿지 않았던 돼지네는, 이러한 악의적 왜곡으로부터 남편을 구원하기 위해 남편에게 죽음을 선사하고자 노력한다. 망령산 골짜기에서 사람 형체를 구별하기 어려운 다섯 구의 벌거숭이 시체 중에서 하나를 가져다가 남편의 무덤을 만들었던 것이다.

「형벌의 집」에서 전쟁의 고통, 이관흠이 겪었던 억울한 왜곡과 배제의 메커니즘은 남겨진 자들에게도 그대로 적용된다. 사라진 이관흠에게 덧씌워진 죄는 세대를 두고 이어진다. 종호는 고등학교를 1등으로 졸업하고도 신원 조회에 걸려 육군사관학교에 떨어져서 금융조합 서기로 취직한다. 사람들은 돼지네로 발길을 하지 않고, 돼지네 식구들도 이웃의 눈을 피해 다닌다. 동네 아이들은 돼지네 두 아들만 보면 돌을 던지며 "야, 빨갱이새끼들아!"라며 욕을 퍼부었다. 이후에도 종호 아버지와 관련한 온갖 소문이 떠돌아 돼지네 가족은 큰 곤욕을 치른다.

무엇보다도 「형벌의 집」에 존재하는 '또 한 명의 아베' 혜자야말로 해결되지 않은 전쟁의 트라우마를 보여주는 인물이다. 혜자는 아베와 여러 가지로 흡사하다. 둘 다 특이한 임신 기간(아베는 8개월, 혜자는 12개월)을 거친 후에 태어났고, 심각한 장애를 지니고 있으며, 성욕만이 남아 있다. 무엇보다도 전쟁 중에 겪은 험한 일로 장애아가 되었다는 면에서, 전쟁의 상처를 직접적으로 감각화해 보여주는 인물들이다.

이러한 상황에서 남겨진 돼지네 가족이 세상에 대응하는 방식은 각기 다르다. 돼지네는 "그악스러운 성깔"의 생활력 강한 억척어멈으로 살아간다. 이 작품의 상당 부분은 돼지네가 얼마나 생활력이 강하고 강인한 존재인지를 드러내는 것으로 이루어져 있다. 어린 종호는 처음에 자신 역시 아버지에 대한 또 하나의 환상을 만드는 방식으로 대응한다. 종호는 어린 시절 조선 시대 가장 큰 규모의 반란을 일으켰던 이괄의 무게에 아버지의 행적을 맞추려 했던 것이다. 이것은 아버지 때문에 겪는 참담함과 치욕을 보상하는 방법으로 이괄이라는 별명에 걸맞는 아버지의 존재와 그 죽음까지를 "어린이다운 환상으로 미화"한 것이다. 이에 반해 종태는 아버지에 대한 왜곡에 정면으로 맞서고자 한다. 이웃에 사는 철래가 교내 반공 글짓기에서 이관흠을 악마로 왜곡한 글을 써서 상을 받자, 당시 대학생이던 종태는 철래를 불러다가 이러한 인식이 얼마나 잘못된 것인가를 차근차근 설명해준다.

철래는 5장의 초점화자로서 전쟁 이후 지속된 돼지네를 향한 폭력을 상징하는 인물이다. 혜자와 종태는 철래를 심문하는 양심의 짝패에 해당한다. 종태가 의식적 차원에서 철래를 심문한다면, 혜자는 무의식적 차원에서 철래를 심문한다. 혜자는 성인이 되면서 폭발한 성욕으로 철래의 곁을 맴돌고, 이때마다 철래는 혜자에게 가혹한 폭력을 휘두른다. 그러나 차츰 철래는 혜자를 무서워하기 시작한다. "3년 전 행방불명이 된 혜자의 둘째 오빠 종태 얼굴"이 떠오르면서부터, 혜자가 자기한테 미쳐 그렇게 쫓아다니는 게 아니라 "이쪽을 괴롭히려고 그러는 게 아닌가 하는 생각"이 들었던 것이다. 즉 혜자의 그 이상 행동 속에서, 자신을 논리적으로 꾸짖던 종태의 모습을 발견한 것이다.

「형벌의 집」에서 종호와 종태는 각기 다른 삶을 보여준다. 어린 시절 자신이 만든 환상을 통해 아버지에 대한 악의적 환상에 맞서려 했던 종호는, 이제 그 문제를 깨닫고 아버지의 진정한 삶이 남겨진 샘골에 뿌리내린 삶을 살고자 한다. 도시로 나갈 수 있는 유혹도 뿌리치고 고향을 지키며 살고자 하는 것이다. 드디어 종호는 그 어떤 이념이나 환상에도 물들지 않은, "영원히 죽지 않을, 정직하고 성실했던 아버지의 참모습"을 마음의 중심에 새기게 된 것이다. 그 결심은 어머니가 자살한 이후 더욱 단단해진다. 읍내의 조합일마저 그만두고, 어머니가 그랬던 것처럼 고향을 파괴하려는 힘에 맞서고자 한다. 「형벌의 집」에서 이관흠과 그 가족들을 향한 폭력과 산업화의 폭력은 유사한 것으로 그려지기도 한다. 두 가지는 모두 샘말을 파괴하는 힘이라는 점에서는 동일하다.

형인 종호와 달리 종태는 늘 아버지와 자신들을 옥죄는 이데올로기의 폭력과 희생양 메커니즘에 정면으로 맞서고자 한다. 그는 70년대 초반의 암울한 상황에 맞서 "자유 민주 그리고 독재타도"를 위해 투쟁까지 했던 것이다. 그러나 종태는 형인 종호에게 다음과 같은 말을 남기고 사라진다.

형, 무서워. 난 이때까지 어떤 조직이나 음모와도 관계를 맺어본 적이 없어. 그런데도 나를 쫓고 있는 사람들은 내가 그런 조직의 중심에 있다고 보는 거야. 나를 쫓고 있는 사람들이 생각하는 나는 이미 내가 아니야. 그게 얼마나 무서운 건지 알아 형? 그건 내 자유의지에 의해 내가 한 일과는 전혀 무관한 것들이라구.

아버지 이관흠이 그러했듯이, 종태 역시 자신이 "한 일과는 전혀 무관한 것들"로 인해 쫓기는 사람이 되었다가 결국에는 실종된 것이다. 종태의 삶이 아버지의 불행했던 삶이 남긴 족쇄로부터 벗어나는 몸부림이었다는 것을 생각한다면, 종태가 느낀 무서움의 강도는 상상을 초월하는 것이었음에 분명하다. 종태의 실종은 그 자신이 느낀 무서움과 자기를 둘러싼 폭력의 강도를 증명하기에 모자람이 없다. 종태의 행로는 아버지 이관흠에게 엉뚱한 프레임을 씌워서 자신들의 죄를 면제받았던 그 폭력적인 메커니즘이 끝나기는커녕 현재에도 지속되고 있음을 보여주는 가슴 아픈 증거이다. 또한 또 한 명의 아베라고 할 수 있는 혜자의 실종과 그에 따른 돼지네의 자살은 전쟁의 상처가 극복되기는커녕 오히려 심화되어 가던 1980년대의 어둠을 증거하는 하나의 사례로 새겨볼 수 있을 것이다.

전상국 소설이 빛나는 이유

전상국은 6·25소설과 관련하여 유년기 체험 세대를 대표하는 작가이다. 자신들이 유년기에 겪었던 전쟁 경험의 강렬함으로 인해, 유년기 체험 세대의 작품에는 6·25가 하나의 중핵으로서 놓여 있다. 이와 관련해 전상국은 6·25소설이라기보다는 6·25 후일담 소설이라고 할 만큼 전쟁 이후에도 지속되는 상처와 그 문제점을 끈질기게 형상화하였다. 그 남겨진 상처의 묵직한 통증을 통해, 전쟁의 참상은 더욱 강렬하게 사람들의 가슴 속에 전달된다. 전쟁은 이념과는 무관한 이들의 생명과 일상을 송두리째 파괴한다. 그 참상의 형상화가 높은 수준으로 감각화된 것이 바로 아베형 인간이다. 낼 수 있는 말이라고는 '아베'뿐이며, 할 수 있는 것이라고는 성욕의 표출뿐인 이들은 우리의 양심을 심문하며, 전쟁 상처의 극복이야말로 절대적 과제임을 우리에게 환기시킨다. 이러한 상황에서 가장 쉽게 생각할 수 있는 것은 아베로부터 멀어지는 것이다. 그러나 그것은 가능하지도 않으며, 멀어질수록 아베는 더욱 강박적인 힘으로 떠난 이들의 심중에 남겨질 뿐이다. 그렇기에 진정한 극복은 아베와 아베로 상징되는 전쟁의 상처를 더욱 진지하게 성찰하는 길뿐이다. 나아가 전상국은 결코 도덕적 당위만을 힘주어 말하는 것에 머물지 않는다. 지속되는 전쟁의 상처와 그 상처의 치유를 불가능하게 하는 공동체의 폭력적 논리에도 관심을 기울이기 때문이다. 여전히 피 흘리는 전쟁의 상처, 반세기가 넘는 시간 동안 그 상처의 증언자로 남는다는 것은 범인이 흉내낼 수 있는 일이 아니다. 그 고통과 함께해온 전상국의 치열한 문학혼이 있었기에 한국문학의 윤리와 미학은 한 단계 더 나아갈 수 있었다.

○ 2021

타자와 함께 사는 법

최윤 소설에 대하여

세상에 '만만한 상대'는 없다

최윤은 1978년 『문학사상』에 평론 「소설의 의미 구조 분석」을 발표하며 평론가로 처음 문단에 나왔다. 이후 프랑스 유학을 마친 1988년에 소설 「저기 소리 없이 한 점 꽃잎이 지고」를 『문학과사회』에 발표하며 소설가로 등단하였다. 이후 6권의 소설집(『저기 소리 없이 한점 꽃잎이 지고』, 『회색눈사람』, 『속삭임, 속삭임』, 『숲속의 빈터』, 『열세가지 이름의 꽃향기』, 『첫만남』)과 5권의 장편소설(『너는 더 이상 너가 아니다』, 『겨울 아틀란티스』, 『마네킹』, 『오릭맨스티』, 『파랑대문』)을 발표하였으며, 그 사이에 동인문학상, 이상문학상, 이효석문학상을 수상하였다. 이상의 약력에서도 드러나듯이 최윤의 문학 세계는 기본적으로 상당한 볼륨을 지닌 대가적 성격을 지닌다고 할 수 있다.

더군다나 최윤은 작가 생활 초기부터 다양한 경향의 작품을 창작한 것으로 유명하다. 김병익은 첫번째 소설집의 해설에서 "폭넓게 산포된 그의 주제들은 그리고 폭넓게 다양한 문체들의 모범을 끌어들인다"[1]고 말한 바 있다. 이수형도 첫번째 소설집에 수록된 8편의 작품들을 80년대적인 경향을 드러내는 것, 80년대적인 것에서 90년대적인 것으로의 이행의 과정을 다룬 것, 90년대적인 경향을 암시하고 있는 것 등으로 나눌 정도였다.[2]

이 글은 기본적으로 『학산문학』(2020년 겨울호)에 수록된 「옐로」와 「친밀의 고도」를 비평하기 위한 목적으로 쓰여진 것이다. 이들 작품은 최윤 소설의 핵심적인 문제의식 중의 하나인 타자에 대한 깊이 있는 사유를 담고 있다. 등단작이었던 「저기 소리 없이 한 점 꽃잎이 지고」에서부터 최윤은 설명할 수 없고, 규정지을 수 없는 소녀를 통해서 역사적 상처(기억)의 심연을 형상화했던 것이다.[3] 이후 타자에 대한 관심은 점차 역사적인 차원에서 일상적인 차원으로 그 좌표축을 이동

---

1 김병익, 「초판 해설 · 고통의 아름다움 혹은 아름다움의 고통」, 『저기 소리 없이 한 점 꽃잎이 지고』, 문학과지성사, 2011, 307면.
2 이수형, 「부재의 효과」, 위의 책, 329면.
3 이수형은 이 작품에서 소녀가 "아물지 않은 구멍이자 비어버린 의미이며 부재하는 인격인 바, 그 부재를 통해 끔찍스럽고 믿기 어려운 이야기와 소문들이 발설된다"(위의 책, 332면)라고 주장한다. 조회경도 "참혹한 소녀의 얼굴은 절대로 파악할 수 없는 '타인의 얼굴'이지만, 오히려 '파악할 수 없음'의 '무한성'에 힘입어, 소녀의 고통을 대면하는 사람마다의 영혼에 각인된다"(조회경, 「최윤 소설의 전복성과 윤리성의 관계」, 『우리문학연구』 56, 2017, 565면)라고 하여, 소녀의 타자성을 강조하였다.

해오고 있다. 『학산문학』에 수록된 「옐로」와 「친밀의 고도」는 최윤이 다다른 문학적 고도를 보여준다고 해도 과언이 아닌 작품들이다.

이때의 타자는 레비나스(Emmanuel Levinas, 1906~1995)가 강조한 절대적 타자성을 지닌 존재이다. 모든 타자는 동일자로 통합될 수 있다는 전통 철학의 전체성을 거부하는 레비나스는 타자가 헐벗은 얼굴로서 현현하며, 이때의 헐벗음은 동일성의 규정에서 벗어나 있음을 의미한다고 말하였다. 레비나스에게 타자는 절대적으로 높고, 주체는 타자를 위한 볼모의 자리로 감으로써 영광을 얻는다. 이처럼 레비나스의 철학은 타자와 타자성에 우위를 두는 타자 중심의 윤리학이라고 할 수 있다. 레비나스의 윤리학은 타인의 얼굴을 앎의 대상으로 포획하려는 모든 작업들을 거부하는 데에서 시작한다. 그것은 타인의 얼굴에 담긴 고통에 대해 조금이나마 '나'가 알 수 있다고 전제하는 상대적 타자성에 대한 완전한 포기를 말한다.[4]

레비나스가 말하는 윤리적 사건은 타인의 얼굴이 출현하는 것이며, 윤리는 타자의 등장으로만 발생한다. 이것은 타자의 시선으로 우리 자신과 세계를 바라보는 것을 의미하며, 결코 '타자'와 '나'의 거리나 차이를 없애는 것이 아니다. '나'로서는 영원히 다다를 수 없는 타자의 초월성에 직면하고 그 앞에 겸허히 호출되어 결국 그가 명령하는 것에 '나'의 자유를 전적으로 귀속시키는 방식이 바로 타자윤리

---

4 김정현 외 5인, 『레비나스 철학의 맥락들』, 그린비, 2017 참고.

학이다.[5] 윤리는 세계를 포착하여 자기화하는 것이 아니라 타자의 호소에 응답하고 책임을 지는 데서 성립한다. 타자의 근원적인 약함, 그것이 '나'에게 '나'와 타자의 불평등성을, 타자에 대한 '나'의 전-기원적인 가해자성을 깨닫게 하기 때문에, 윤리적 사건으로서의 얼굴이 생기하는 것이다.[6]

이러한 타자윤리학이 가장 실감나게 나타난 최윤의 작품으로 「하나코는 없다」(1994)를 들 수 있다. 「하나코는 없다」에서 하나코로 불리는 장진자는 한마디로 '나'를 포함한 그들에게 '쉬운 상대'이다. 그들은 그녀를 자기 마음대로 규정하고는, 자신의 욕망과 감정 등을 조심성 없이 마구 쏟아붓는다. '나'를 포함한 그들에게 하나코는 특별한 관심이나 신경을 기울일 대상이 아니며, 자신들이 부르면 언제든지 달려와서 자기들의 뜻대로 움직여줄 '자아의 연장'에 불과하다. 이것은 장진자에게 코 하나는 정말 "일품"이어서 '하나코'라는 별명을 마음대로 붙인 것에서 단적으로 드러난다. 「하나코는 없다」의 제목 '하나코는 없다'의 첫번째 의미는 사람들과의 관계 속에서 온전한 인간으로 대우받지 못하는 비인간적 상황을 나타낸다고 볼 수 있다.

5 레비나스는 '타자를 위해서 대신' 속죄함으로써 주체성은 기초지어진다고 생각한다. "주체의 주체성은 유책성(有責性) 혹은 피심문성(被審問性)이며, 그것은 뺨을 때리는 자에게 뺨을 내미는 전면적인 드러냄이라는 형태를 취하게 된다."(우치다 타츠루, 『레비나스와 사랑의 현상학』, 이수정 옮김, 갈라파고스, 2013, 49면에서 재인용)
6 위의 책, 275면.

다음으로 제목 '하나코는 없다'에서 드러나는 것은 인간의 절대적 타자성과 관련된다. 그들이 제멋대로 규정한 '하나코'는 이 세상에 존재하지 않는다. "그들의 부름에 대답하지 못할 미지의 곳으로 사라져버리리라고는 한순간도 생각해본 적이 없었"던 하나코가 "때로는 동업자, 때로는 동반자"인 그녀와 함께 이탈리아에 가서 디자이너로 성공한 결말에서 드러나듯이, 그녀는 그들이 함부로 규정지을 수 있는 '쉬운 상대'가 결코 아니다. 장진자는 모든 인간들이 그러하듯이, 그리고 그렇게 대우받아야 하듯이, 함부로 규정될 수 없는 '신의 얼굴을 한 타자'였던 것이다. 따라서 「하나코는 없다」의 제목 '하나코는 없다'는 두 가지 의미로 새겨볼 수 있다. 첫번째가 사람들과의 관계 속에서 온전한 인간으로 대우받지 못하는 비인간적 상황을 나타낸다면,[7] 두번째는 모든 인간이 근원적으로 지닌 '절대적 타자성'을 드러내는 것으로 볼 수 있다.

최윤의 소설에서 주목할 부분은 비인간적 상황에 대한 재현보다 '절대적 타자성'을 탐구하는 것이며, 시간이 지날수록 작품 경향도 전자보다는 후자 쪽에 관심을 기울이는 방향으로 변화했다고 볼 수 있다.[8] 이 글에서는 이번 『학산문학』(2020년 겨울호)에 수록된 자선작

---

7 이어령이 「하나코는 없다」를 두고 "제목 그대로 타자 또는 집단의 시선 속에서 소외되고 증발되어버린 한 여성의 존재 상실을 그리고 있다"(이어령, 「비평의 목소리」, 『하나코는 없다』, 아시아, 2012, 120면)라고 언급한 것은, 그들과의 관계 속에서 소외되고 무시받는 장진자의 상황을 지적한 것이다.

「옐로」(『자음과모음』, 2012년 여름호)와 신작 「친밀의 고도」, 그리고 최근에 발표된 「소유의 문법」(『문학동네』, 2020년 봄호)을 중심으로 타자 윤리학의 구체적인 양상과 의미를 살펴보고자 한다.

타자의 얼굴과 마주하는 윤리적 사건

최윤의 「옐로」는 '타자와 함께 살기'에 대한 문제의식으로 가득한 작품이다. 이 작품의 한복판에는 끝을 알 수 없는 긴 터널이 있으며, 터널을 사이에 두고 두 개의 세계가 펼쳐져 있다. 이쪽 편에는 책을 만들고 반찬을 준비하는 앙증한 이층집이 있다면, 저쪽 편에는 '나'가 2개월여 납치 감금되었던 외딴 농가가 있다.

J는 정아 남편의 가까운 친구로서 '나'와 얼굴 정도만 아는 사이였다. J는 '나'를 납치하여 터널 너머에 있는 외딴 농가에 감금한다. 농가에 갇혀 있는 동안 가장 힘들었던 것은, "감금도, 추위도, 육체적 두려움"도 아닌 "J의 완벽한 침묵"이다. J는 감금의 시간 동안 "왜 이런 일을 저질렀는가?"라는 '나'의 질문에 "당신이 필요해서"라고 단

---

8 필자는 최윤의 「동행」(『문학과사회』, 2012년 겨울호)을 비평하는 글에서, 이 작품이 "한동안 우리 문단을 장악했던 윤리 담론과 관련한 소설 텍스트의 완결판이라고 해도 과언이 아니다"(졸고, 『현장에서 바라본 문학의 의미』, 소명출판, 2013, 225면)라고 말한 바 있다. 이때의 윤리 역시 칸트나 라캉과는 구별되는 레비나스적인 의미의 윤리를 가리키는 것이다.

한 번 대답할 뿐이다. 당시의 J는 "어떤 빛도 흡수하지 않고 돌려보내는 흰 벽, 아무리 던져 넣어도 돌 떨어지는 소리가 들리지 않는 밑 없는 우물, 메아리를 돌려보내지 않는 미로 속의 깊은 산"에 비유될 정도로, 어떠한 의사소통이나 교감도 불가능한 인물로 묘사된다.

"음식의 거부에도, 불면증, 고열에도" 여일한 무표정으로 일관하는 J의 앞에서, '나'는 "마지막 시도"로 그에게 "말을 하기 시작"한다. 드디어 J는 집중해서 '나'를 바라보기 시작하며, 그 반응은 다음과 같이 묘사된다.

내용이 비어버린 듯한 그의 유리알 시선 저 밑에서 나는 처음으로 무언가를 읽어내려는 집중력을 언뜻 보았다. 완벽을 가장한 무관심에서 소통의 방법을 배우지 못한 사람의 안간힘을 읽었다. 그의 집중력에 매료되었던 것일까. 그의 무관심에 연민이 자극되었던가. 한번 이야기를 시작하자 나는 멈출 수가 없었다. 그동안 내게 가장 결여되었던 것, 그것이 바로 이렇게 사람을 앞에 두고 이야기하는 것이었다는 것을 뒤늦게 깨달았다. 그토록 고통스럽던 그의 무반응이 오히려 나를 편하게 해, 내 말을 불러냈다.

이렇게 말을 하기 시작한 후, 두려움과 긴장으로 생긴 '나'의 불면증도 사라진다. '나'는 이후에도 그저 머리에 떠오르는 대로, 마음 내키는 대로 취한 듯 말을 이어간다. J는 대개는 여일한 무반응을 보이지만, 눈에 띄지 않게 양미간을 움직이거나 눈빛에 뜻 모를 반응을 보이기도 한다. 나중에 '나'는 J에게 오래전부터 정아의 약혼자였다가 이제는 정아의 남편이 된 남자를 사랑하고 있다는 사실과 그에 따르는 고통까지 고백한다. 이 순간 '나'는 J를 '너'라고 부르며, 놀랍게도 "나도 너와 똑같잖아"라고 말한다. 도대체 '납치 감금을 하는 자'와 '납치 감금이 된 자'가 어떻게 똑같을 수가 있다는 것일까?

그 비밀은 바로 타자에 대한 태도의 유사성에서 비롯된다. '나'와 J는 허락도 받지 않고 타인의 삶에 개입했다는 면에서 서로의 거울상들인 것이다. J가 자기 마음대로 '나'를 외딴 농가로 납치했다면, '나'는 자기 마음대로 정아 커플의 삶에 개입해왔던 것이다. '자기의 공간으로 데려온 것'(J)과 '그들의 공간으로 나아간 것'('나')의 차이는 있지만, 타자의 삶에 대한 개입이라는 면에서는 똑같다. J가 결국 '나'의 고백과 '너'라는 호칭을 들은 후에 '나'를 풀어준 것은, 더 이상 '나'가 필요하지 않기 때문일 것이다. '나'는 이제 J의 거울상이지, 더 이상 타인이 아니기 때문이다. '나'는 J로 인해서 수십 년간 어마어마한 내적 긴장과 압박을 요구했던 비밀을 털어놓는 기회를 얻었다. 그렇기에 '나'는 감금에서 풀려난 후에도 J를 고발하지도 않았고, 그의 뒤를 추적하지도, 그에게 어떤 유의 배상을 요구하지도 않았다. 오히려 다음의 인용에서처럼 "일종의 거래가 완결되었다"는 생각을 하기에 이른다.

시간이 지나면서 나는 이상하기는 하지만 일종의 거래가 완결되었다는 생각을 하게 된다. 그도, 나 자신도 모르고 있었지만 우리는 서로가 필요했다. 무엇을 위해서인지 모르지만 그의 말대로 그는 내가 필요했고, 나는 그가 필요했다. 그 필요는 충족되었기에 우리는 결코 서로 다시 만날 이유가 없을 것이다.

'나'가 납치 감금된 상황에서 J와 조우한 것은, '나'로서는 영원히 다다를 수 없는 타자의 초월성에 직면한 것에 해당한다고 할 수 있다. 이때 '나'는 자신을 최대한 비우고 J의 목소리를 듣고자 하였다. 그 결과 J의 시선 밑에서 "무언가를 읽어내려는 집중력"과, 완벽을 가장한 무관심에서 "소통의 방법을 배우지 못한 사람의 안간힘"을 읽어낸다. '나'는 J의 집중력과 안간힘에서 절대적 타자가 내린 명령을 알아채고, 자신의 자유를 전적으로 귀속시키는 방식으로 자신 안의 모든 말을 털어놓을 수 있었던 것이다. 이것은 '나'가 비로소 자신의 본질과 마주할 수 있게 되었다는 의미이기도 하다.

타자의 얼굴이 출현하는 윤리적 사건은 터널 반대편의 앙증한 이층집에서도 다시 한번 일어난다. 외딴 농가가 있는 터널 반대편의 세계에서 '나'와 정아는 하나의 공동체를 만들려고 한다. 부모님이 귀향하여 혼자가 된 '나'와 남편과 사별한 정아는 실제적인 이유로도 공동체를 만들어야만 하는 상황인 것이다. 이 공동체와 관련해 '나'를 고민하게 하는 것은 바로 슈퍼집 아들이다. 그는 상당 기간 신상정보가 공개된 적이 있는 미성년 성폭력범이었다. 납치 감금된 경험이 있는 '나'가 이 슈퍼집 청년을 경계하는 것과 달리, 정아는 "아무렇지도 않은 표정"을 지으며 청년을 점점 자신의 집으로 깊숙이 끌어들인다. 슈퍼집 청년은 "우리"('나'와 정연)가 무척이나 좋아하는 정원 테이블의 첫 손님이 되기도 하고, 정아는 슈퍼집 청년이 배달을 오면 집에 들어와 차를 같이 마시자고 권하기도 한다. 나중에 고등학교 중퇴인 청년은 검정고시를 준비하기 위해, 일주일에 한두 번씩 이 층집을 방문하여 정아의 수업을 듣는다. "청년은 한 걸음씩 집 안으로 깊숙하게 들어오고 있"는 것이다. 이 집으로의 끌어들임은 실로 중요한 의미를 지닌다.

레비나스 철학에서 집은 자아와 세계의 존립을 가능케 하는 기점이지만, 무한에 가까운 타자를 받아들이기 이전의 자아를 상징하는 것이기도 하다.[9] 많은 텍스트에서 레비나스는 주체가 타자를 만날 때 느끼는 당혹스러움을 그가 '나의 무고함'에도 불구하고 나에게 자신의 살 권리를 매우 당당하게 요구하는 데에서 기인한다고 설명한다. 나의 자리가 이미 다른 이의 자리였다고 말하는 것은 자리 자체가 결코 단독으로 소유될 수 없다는 것을 말할 뿐만 아니라, 같은 장소에서 동거하는 문제를 피할 수 없다는 것을 말하는 것이기도 하다.[10]

---

9 집이란 인간의 통제가 미치지 않는 외재성 일반 또는 초월 일반으로부터 우리를 보호해주는 곳이다. 우리는 레비나스의 집이 후설의 초월론적 자아와 거의 같은 뜻의 개념이라고 짐작할 수 있다. 집에로의 틀어박힘이라는 방식으로 세계와 거리를 둠으로써, 자아는 세계 안에 말려드는 일 없이 세계를 관조하는 고정점을 손에 넣을 수도 있는 것이다(우치다 타츠루, 앞의 책, 167~171면).
10 김혜령, 「레비나스 얼굴 윤리학의 진보적 수용 : 주디스 버틀러의 '적(敵)의 얼굴을 향한 정치

어린 딸까지 둔 어머니로서 미성년자 성범죄 경력이 있는 청년을 향해 자신의 집을 개방하는 정아를 보며, '나'는 "청년에 대해서라기보다는 정아에 대해서" 더한 궁금증을 갖게 되고, "오랜 친구인 정아에 대해 내가 이제야 조금씩 알아가고 있다는 사실"을 깨닫는다. 정아는 청년의 어머니가 거의 주문을 외우듯이 하는 말, 즉 자신의 아들이 교육도 끝났고 치료도 받았으며 이제 새사람이 되었다는 것을 어떻게 믿을 수 있었을까? 이러한 믿음은 정아가 이미 타자의 헐벗은 얼굴을 마주한 자였기에 가능한 것이다. 정아는 '나'와의 관계에서 늘 져주었다. 그것은 정아가 자신의 남편에 대한 '나'의 오랜 감정을 알고 있었다는 것을 암시하며, 그럼에도 정아는 늘 '나'를 향해 자신의 마음을 열어왔던 것이다. 그렇기에 청년의 어머니가 "집을 일일이 찾아다니면서 용서"를 비는 것도 모자라, 자신이 운영하는 슈퍼에 "손님이 들어오면 마치 녹음기가 돌아가듯" 자기 아들의 용서를 비는 것에 반응했던 것이라고 할 수 있다.

이미 타자의 얼굴과 대면한 경험이 있는 '나'는 결국 또 한 명의 타자인 청년을 받아들이게 된다. 집에 찾아와 정아에게 공부를 배우는 청년은 "우리 모두의 골머리를 때"리지만, 이 두통은 곧 "집안의 활력"이 되는 것이다. 그렇기에 「옐로」는 "이렇게 조금씩 나와 정아는, 옐로가 즐기기 시작한 인터넷 자동차 게임에서 그렇듯 수시로 우리

윤리학」, 『레비나스 철학의 맥락들』, 그린비, 2017, 278~280면.

앞을 막아서는 터널들에서 잘 빠져나오는 법을 조금씩 익힌다"라는 희망찬 문장으로 끝난다. 우리는 타자의 고통스러운 얼굴 앞에서 '죽이지 말라'는 명령을 받기도 하지만, 동시에 그 얼굴에 담겨 있는 불확실함이 주는 원초적 공포로 인해 '그를 죽게 내버려두라'는 살인의 욕망도 느낀다. 납치 감금된 경험이 있는 '나'에게 미성년 성폭력의 경험이 있는 이 청년은 바로 후자의 욕망을 불러일으키는 존재라고 할 수 있다. 그러나 주디스 버틀러(Judith Butler, 1956~)는 레비나스가 인간 본연의 도덕 감정이나 의지를 뛰어넘어 절대적 수동성으로 자신을 낮추는 불가능성의 가능성을 윤리의 핵심에 놓아야 한다고 주장했다는 것을 강조한다. 박해를 받는 것은 타자에 대한 책임의 이면이라는 것이다.[11] 마지막 대목은 '나'가 바로 타자윤리학을 주장한 레비나스의 수제자임을 선명하게 보여준다.

소유할 수 없는 것을 소유하려는 자들의 파국

레비나스 철학에서 집은 타자의 절대성과 마주하기 이전 동일성의 벽에 갇힌 자아의 상징으로 언급된다는 것을 살펴보았다. 「옐로」에서는 여성 세 명만 사는 앙증한 이층집을 타자(무려 미성년 성범죄 전

---

11 위의 책, 260~269면.

과자)에게 개방하는 모습을 보여주었다. 이번에 살펴보려고 하는 「소유의 문법」은 '집'의 개방이라는 것이 얼마나 힘든 일인지, 그리고 인간은 '집'을 개방하기는커녕, 오히려 세상을 자아의 담장 안으로 끌어들이는데 골몰하는 존재라는 것을 보여준다. 그러나 타자를 외면하고 자아의 확장으로만 이루어진 세계는 결국 종말에 가닿을 수밖에 없다는 경고를 담고 있는 무서운 작품이기도 하다.

P교수는 유명한 조각가로서, '나'와는 대학 시절 안면 정도만 있는 은사이다. 그런 P교수는 "어려움을 겪고 있다는 딸아이에게 좋을 것"이라는 말과 더불어 자신이 소유한 유명 계곡의 전원주택에 와서 살라는 제안을 한다. 마침 '나'의 딸 동아가 고함을 지르는 증상이 최근에 더욱 심해져, 의자를 만드는 목공인 '나'에게는 사람들과 단절된 공간이 절실하게 필요했던 참이었다. 은사의 배려로 이사하게 된 S계곡 마을은 아름답고, 특히나 교수의 집은 절대미 그 자체라고 할 만큼 아름답다.

그런데 이 마을 사람들은 결코 개인의 소유일 수 없는 풍경(아름다움)을 자신의 집 안에 가둬두기 위해 온갖 노력을 기울인다. 옆으로 건물을 들이고 본채를 늘리고 테라스를 집 주위에 두르는 것은 물론이고, 계곡의 경치가 잘 보이고 빛이 더 잘 들어오도록 재래식 집의 작은 창문이 있던 벽을 헐고 거기에 통유리를 끼우기도 하는 것이다. 얼마나 마을 사람들이 이 일에 열을 올리는지, 대목(大木)이라고 불리는 옆 마을 사람은 일 년 내내 이 계곡 마을의 공사만 해도 바쁠

지경이다. 이러한 구조 변경은 집의 안전성에도 큰 위협이 될 수밖에 없다. 그럼에도 마을 사람들은 계곡 아래로 펼쳐진 숲과 그 위의 하늘이 시시각각 새롭게 제안하는 빛과 색채와 선으로 구성된 눈앞의 아름다움을 "그들의 집안으로, 실내로 들여 소유하고 싶어"하는 것이다.

「소유의 문법」에서 소유의 욕망은 패륜의 경지에까지 이른다. 이 마을에는 '나' 이외에도 P교수의 배려로 장 대니얼이라는 50대의 남자가 P교수의 집에 살고 있다. 장 대니얼이 사는 집은 그 마을에서도 독보적으로 "자연의 빛과 경관이 가장 놀라운 아름다움을 드러낼 수 있도록 세심하게 고안"되었다. 장 대니얼과 마을 사람들은 소유권 소송을 통해, 장 대니얼이 살고 있는 집을 P교수로부터 빼앗으려고 한다. 마을 사람들의 입에서는 조각가 P에 대한 "험담과 검증할 수 없는 소문들"이 적나라하게 튀어나오고, '나'에게도 서명을 요구한다.

그리고 마을 사람들의 얼토당토한 소유욕은 "이 지역 '공동체'의 전통"에 힘입어 구체화될 수 있는 힘을 얻는다. 고향인 이곳으로 귀농하러 온 지가 십여 년이 넘은 한 귀농자는 "원래 이 지역에서는 임대했던 땅이나 집을 맘대로 팔 수가 없어요. 그건 대대로 내려오는 배려"라며, "그게 조선 시대 때부터 우리네의 지혜였답니다"라고 말한다. 남의 집을 빼앗는데 '우리네의 지혜'를 들먹이고 있는 것이다. P교수의 집을 빼앗으려는 소송에 서명하는 것을 거절한 후에 '나'는 따돌림을 받기도 한다.

이 작품에서 집에 대한 소유의 욕망으로 들떠 있는 것은 장 대니얼과 마을 사람들만은 아니다. 심지어 "청년을 사랑하는 훈훈한 인품"을 지닌 것으로 이야기되는 P교수마저 소유의 욕망으로부터 완전히 자유로운 사람이라고 말하기는 어렵다. 마을 주민들의 말을 완전히 신뢰할 수 없다고 하더라도, 몇 년 동안 한 번도 들르지 않으면서, 또한 서울뿐 아니라 뉴욕에도 집을 소유하고 있으면서, 이 경치 좋은 계곡에 두 채의 집이나 소유하고 있는 것을 과연 소유의 욕망으로부터 자유롭다고 말할 수 있을까? 특히 비어 있는 집을 지난 3년간 장 대니얼이 집수리까지 하면서 살아온 것은 엄연한 사실이기도 한 것이다. 또한 '나'도 P교수의 집에 살면서 "욕심"이 폴폴 일어나는 것을 느낀다. '나'는 계곡에 집을 지을 만한 빈 땅이 있는지를 이장에게 매일로 문의하기까지 하는 것이다.

「소유의 문법」에서 소유의 욕망으로부터 자유로운 유일한 인간이 있다면, 그것은 자폐아인 동아일 것이다. 동아가 이 계곡 마을에서 소유하고자 하는 것은, "조약돌, 이파리, 씨앗 같은 것"들뿐이다. 그러나 동아는 장애로 인해 보통의 인간과는 다른 대우를 받는다. 동아야말로 그 어떤 공통성도 전제할 수 없는 타자라고 할 수 있는데, 그것은 동아가 언어로부터 배제된 존재라는 점에서 분명해진다. 때로 몇 분씩 지속되기도 하는 처절한 동아의 고함은 부모들조차 무슨 의미인지 도저히 알 수 없어, 공포스러움을 느낄 정도이다. 이 작품에서 동아는 분명 사람들이 쌓아놓은 담 밖에 머무는 타자라고 할 수 있으며, 그렇기에 동아는 담 안의 세상이 지닌 문제를 꿰뚫어보는 존재일 수 있다.

평소에도 동아는 마을 사람들과 만난 날은 더욱 괴성을 질러대었으며, 계곡 마을을 사라지게 한 대홍수가 오기 전에도 고함을 쳐서 그 위험을 알렸던 것이다. 대홍수가 계곡 마을에 오기 전에 동아의 고함은 평소 같지 않게 절박했을 뿐 아니라, 펄쩍펄쩍 뛰며 가방을 스스로 챙겨들고 집을 나서 어디론가 떠날 기세였다. 그 밤 동아의 고함은 "계곡을 다 깨울 만큼 우렁차고 불안"했으며, 결국 '나'는 계곡 마을을 떠나 면사무소가 있는 평지 마을로 내려가게 된다. 계곡을 내려온 후 삼십 분도 지나지 않아, 게릴라성 폭우가 계곡을 덮쳐 이틀 동안 계곡에 있는 모든 것을 무차별적으로 난타한다. 계곡 주민 중 두 명이 급류에 쓸려 사망하고, 거의 모든 계곡의 집이 폭우에 무너져 내린다. 결국 S계곡의 산 밑 마을은 사라져버리는 것이다.

「소유의 문법」에서는 이 비극이 바로 소유욕과 배타심에서 일어난 사고라는 것이 암시되어 있다. 이 마을 사람들은 아름다움마저 소유하려는 욕망에 안전을 도외시한 채 집을 과도하게 변경하였으며, 겨울 내내 마을 사람들은 이장의 친구 M씨가 유포한 난로를 설치하여 나무를 태웠다. 이 모든 일은 홍수로부터 집을 지키지 못하게 만들었던 것이다. 이 폐허의 모습은, 인간의 윤리가 타자를 거부한 '집'에의 틀어박힘으로는 결코 성립할 수 없다는 것을 감각적으로 보여준다. '집'을 타자에게 개방하는 순간만이 인간은 진짜 '집'을 소유할 수 있는 것이다. 작품의 마지막에, 사춘기가 한참 지난 동아가 여전히 우주를 향해 지르는 고함에는, 여전히 자아의 '집'을 성대하게 짓는 데만 골몰하는 인간들에 대한 경고의 의미가 가득 담겨 있음에 분명하다.

타자의 절대성과 기다림의 절대성

「친밀의 고도」는 「소유의 문법」의 마지막, 그 무시무시한 폐허에서부터 시작되는 소설이다. 이 작품에서 타자와의 동행은 더욱 근본적이고 보편적인 차원에서 다루어진다. 이 작품에 등장하는 타자들은 미성년 성범죄 전과자나 납치범 혹은 자폐아가 아닌 바로 우리 곁의 평범한 이웃들이기 때문이다.[12]

이 작품은 같은 회사에 다니는 혜진, 정연, 수아가 남덕유산에 오르는 과정이 기본적인 서사를 이루면서, 중간중간에 과거의 일들이 끼어드는 방식으로 구성되어 있다. 셋은 무역회사 입사 동기로서 동산동호회에서 만난 이후, 토요일이면 함께 산행을 한다. 「친밀의 고도」에서 산행은 친구가 되는 과정이고, 서로를 이해하는 과정이라고 할 수 있다. 그것은 "산행이 우리를 꼭 붙여놓았"으며, "산에서 씩씩거리며 호흡을 맞추어 열중해서 걷는 것은 같이 먹는 식사와는 비교도 할

---

12 본래 레비나스 윤리학이 말하는 타자의 대표적인 형상은 고아와 과부, 그리고 나그네이다.

수 없이 산 친구들을 가깝게" 만든다는 표현에서 확인할 수 있다.

그런데 이 작품에서는 정연과 수아의 차이, 그중에서도 정치적 차이가 은근하지만 강렬하게 지속적으로 암시된다. 셋 중에는 평소에 가장 말이 없다가도 등산을 할 때는 꽃나무에 대해서 수다스러워지는 수아를 보면서, 혜진은 "한때는 대중 앞에서 열정적인 연설을 했다는 그녀에 대한 소문"을 떠올리는 식이다. 그 소문이란 바로 "둘 다 만만치 않은 훈장"을 가진 사람들이라는 것이다. 혜진이 일하는 부서의 과장은 두 주먹 쥔 손을 뒤집어 맞부딪치는 흉내를 내며, "혜진 씨, 그 두 사람 이런 거 알지? 서로 달라도 너무 달라"라고 말한다. 이어서 과장은 다음처럼 둘의 차이를 크게 강조하며, 셋의 관계가 유지될 수 없을 것이라고 단언한다.[13]

두 사람 이리저리 겪어봤는데 모든 게 정말 다르더라고. 정치색은 말할 것도 없고…… 각자 다니던 학교에서 유명했더라고. 서로 다른 쪽에서…… 둘이서 많이 부딪치겠던데 셋이서 어울려 다니는데 문제없어? 설마 두 사람이 서로 모르고 있는 건 아니겠지? 아마 혜진 씨 앞에서는 내색도 하지 않았을 걸. 둘이 아주 보통이 아니야.

---

13 혜진은 조금만 더 같이 있었으면, 과장이 취기를 빙자해 "그래서 너는 어느 쪽인데?"라고 물었을 것이라고 생각할 정도이다.

이 말에 대해 혜진은 둘이 전혀 앙숙이 아니라며, "별 얘기 다 하는데 안 부딪쳐요"라고 말한다. 그러나 그것은 "생각지도 않은 거짓말"이다. 소문만이 아니라 실제로도 수아와 정연은 "취미, 취향, 식성, 입성" 등이 정반대였던 것이다. 사실 그 둘의 차이를 가장 잘 아는 것은 그 누구보다 혜진 자신이다.

나는 과장이 알고 있는 것보다 더 세부적으로 정연과 수아에 대해 알고 있다. 어쩌다가 그들에 대해 잘 알고 있는 사람들을 만나게 되었다. 수아와 정연이 부딪치는 아슬아슬한 순간, 아슬아슬한 주제들이 있었다. 표정만 보아도 한두 가지의 어휘 선택만 보아도 알 수 있다. 나같이 불행을 겪은 사람에게 생긴 촉이 있는데 어찌 모를 수 있겠는가. 과장이 아니어도 그들을 아는 지인들이 옮겨준 소문을 듣지 않았어도 나는 잘 알 수 있었다. 나는 가만히 그 둘의 눈치를 보며 그들이 그 순간을 잘 넘기기를 기다리곤 했다. 그들이 각자의 한계를 잘 넘나들기를 기다렸다. 그러나 나의 우려다. 수아와 정연은 달랐다. 세련되고 매끈하게 화제를 바꿀 줄 안다. 부딪치지 않는다. 그렇다고 터놓고 말하지 않는다. 많은 것이 괄호 안이다.

여기서 한 가지 의문이 남는다. 그토록 서로 달라서 회사 사람들이 모두 불화할 것이라고 걱정을 할 정도인데, 혜진은 왜 굳이 수아나 정연과의 관계를 이어나가는 것일까? 질문을 바꾸자면 왜 둘과의 산행을 계속하는 것일까? 비밀은 위의 인용문에 나오는 "나같이 불행을 겪은 사람"이라는 말에 담겨 있다.

　그 불행은 바로 첫째 오빠와 둘째 오빠의 불화, 그리고 뒤이은 둘째 오빠의 죽음이다. 늦둥이인 나에게는 거의 열 살의 터울이 지는 큰 오빠와 작은 오빠가 있었다. 두 살 터울의 두 오빠는 아버지가 죽은 후 고향으로 돌아온다. 타지 생활로 두 오빠는 완전히 달라져서 돌아왔으며, 둘은 아무것도 아닌 일로도 싸움을 벌이고는 했다. 둘의 이야기는 한 시간을 못 넘기고 눈을 부라리는 설전이 되었고, 결국에는 "미친 듯한 육탄전"으로 발전하였다. 이 둘을 두고 외삼촌은 "둘이 사상이 다르다"고 말하였고, 엄마는 "뭔가 씌었지……"라고 말하고는 하였다. 결국 오빠들의 싸움은 엄마가 싸리 빗자루를 들고 오빠들을 때리며, 다음과 같은 말을 던져야만 끝나고는 했다.

　"아니 밥이 나와 떡이 나와 왜 다 지나가버릴 것 따라다니며 편 가르고 난리들이야. 눈들 멀었어? 진짜만 남는 거여, 이 바보들아! 내가 너희들한테 한쪽 젖만 물려 키웠냐. 두 젖 다 물려 키웠어."

　"한 아비 두 자식이 왜 이런대. 같은 마당서 같은 물 먹고 한집에서 자라, 이렇게 이 악물고 싸우면서 뭔 대단한 일 한다고! 니들 대단한 일이 뭔지 알기나 해. 이런 짓 멈추는 거여. 쥐뿔도 모르는 것들이!"

엄마의 싸리비와 이 말들은 "기적"을 일으켜서, 오빠들의 싸움은 곧 멈춘다. 그러나 이 싸움이 진정으로 멈춘 것은 아니어서, 엄마의 말들은 오히려 오빠들의 갈등을 또 다른 방식으로 연장시킬 뿐이다. 이후 둘은 말을 섞지 않을 뿐 아니라 한 집에서 따로 상을 차려서 밥을 먹는다. 나중에는 산악인인 작은 오빠가 집을 나가며, 결국에는 작은 오빠가 이름도 외우기 어려운 산 정상 등반을 눈앞에 두고 눈사태로 사망한다. 무조건적인 화해를 이야기하며, 어머니는 자식들의 공통성만을 이야기하였다. 그들이 같은 젖을 먹고 자랐다는 것, 한 아비를 두었으며 같은 마당에서 같은 물 먹고 한집에서 자랐다는 것 등의 혈연적 공통성만을 강조하였던 것이다. 이것은 타자의 절대성은 고사하고, 타자라는 것에 대한 인식 자체가 결여된 말이라고 할 수 있다. 그렇기에 어머니의 말은 결코 타자와 살아가는 올바른 방법이 될 수 없었던 것이다.

이 일을 겪으며, 혜진은 "왜 나는 그때 오빠 사이에 끼어들지 못했을까"라는 의문(죄책감)을 갖게 된다. 바로 오빠들의 갈등에서 자신이 방관자로 남았다는 죄책감이 혜진을 수아와 정연의 사이에 붙들어놓고 있는 것이다. 혜진에게 수아와 정연의 관계는 벗어날 수 없는 외상의 반복이라고 할 수 있다. 그리고 보면 이 작품에는 둘째 오빠와 관련하여 산에 대한 혜진의 특별한 감정이 강렬하게 나타난다. 혜진은 유명 등산가들이 쓴 책을 좋아했지만 이제는 별로 읽지 않는다. 오히려 피하는 편이며, 그 파노라마로 찍은 광대한 산 사진을 보면 변함없이 고강도로 가슴이 쓰려올 정도이다. 그 쓰라림은 "사진 속

흰 눈 덮인 높은 산봉우리 근처의 검은 점들을 자세히 살피며 무언가를 찾는 습관에서 나는 아직 한 걸음도 벗어나 있지 않"기 때문에 발생한다. 그 검은 점은 바로 실종된 둘째 오빠인 것이다. 평소에도 혜진은 두 친구에게 자기 가족 이야기를 하면서 자신에게는 오빠가 하나만 있는 것처럼, 둘째 오빠의 이야기는 아예 건너뛰고는 했던 것이다. 혜진이 느끼는 "깨어진 어떤 것에 대한 그리움"은 오빠들과의 관계를 말하는 것임에 분명하다.

그렇다면, 혜진은 엄마와 다른 어떤 방식으로 수아나 정연과의 관계를 만들어 나갈 수 있을까? 해답은 타자의 절대성에 대한 겸허한 수용이며, 그것은 이국의 섬으로 셋이 휴가를 갔을 때 구체적으로 드러난다. 수영을 한 번도 해본 적이 없는 정연과 수아를 남겨두고 혜진만 스노클을 하게 된다. 스노클을 하다가 정연과 수아를 바라보았을 때, 혜진은 둘이 마주 보고 얘기하는 것을 발견한다. 그러나 혜진이 스노클을 마치고 돌아왔을 때, "소화 안 된 대화로 더부룩해진 표정의 두 친구"가 차 안에 냉랭하게 앉아 있는 것에서 알 수 있듯이, 정연과 수아의 관계는 별다른 진전이 이루어지지 않는다. 그러나 혜진이 등 쪽에 심한 화상을 당하여, 정연과 수아만 게 요리 식당에 가게 되었을 때 둘의 관계는 변하기 시작한다. 한밤중에 혜진이 깨어나 유리문 아래로 불 밝혀진 빈 수영장가를 바라보았을 때, 정연과 수아는 혜진이 "내려가 대화에 합류하고 싶은 마음이 들 정도로 괜찮은 풍경"을 보여주며 대화에 열중하는 것이다. 그러나 혜진은 "지금은 내가 끼어들 단계가 아니"라며 내려가지 않는다. 이것은 타자의 목소리가 들리는 순간까지 기다리며 소통의 지점을 확보하는 태도라고 할 수 있다. 그러한 순간은 정연과 수아의 대화가 수많은 우연의 겹침으로 가능했던 것처럼, 결코 작위적인 것일 수는 없다. 식물에 제대로 명명을 해야 직성이 풀리는 수아의 습관을 잘난 척이 아니라, 시간을 들여 쌓은 정열적 지식으로 받아들이는 데 꽤나 시간이 걸렸던 것처럼, 타자와 소통하기 위해서는 기다림의 시간이 절대적으로 필요한 것이다.

현재 이 셋이 오르고 있는 남덕유산의 의미는 적지 않다. "이 산이 금강과 남강과 황강을 품고 있다는 상징"이야말로 이들을 이끌리게 한 이유이기 때문이다. 세 강을 모두 품은 남덕유산은 셋이 만들어 갈 관계의 이상향에 해당한다고 할 수 있다. 또한 남덕유산은 혜진의 "두 오빠가 같이 오른 마지막 산"이기도 하다. 그렇다면 남덕유산을 오르는 일은, 두 오빠가 실패한 자리에서 새롭게 써나가는 관계의 등정기라고도 볼 수 있다. 그리고 이들의 등정기는 성공할 것으로 예상되는데, 그것은 작품의 맨 마지막을 채우는 남덕유산의 압도적인 장관과 그것을 향한 셋의 가쁜 호흡에서 충분히 유추해 볼 수 있다.

우리 앞에 펼쳐진 이 압도적인 장관 앞에 우리는 말을 잃는다. 어떤 그럴듯한 말도 뛰어넘는, 오! 와아~ 아, 세상에! 저 깊게, 파란…… 하늘! ……우주! 우리를 멍청한 말더듬이로 만드는 암봉까지의 가파른 계단을 하나, 하나 밟으며 가쁜 호흡을 모으느라 여념이 없다.

평온함에 감춰진 파열의 틈새

타자와 함께 사는 것은 가능할까. 최윤은 한국문학에서 볼 수 없던 안정되고 세련된 화법으로 그 질문에 대한 답을 제출하고 있다. 「옐로」는 타자의 얼굴이 출현하는 윤리적 사건을 실험적으로 다루고 있다. 이러한 과정에서 헐벗은 타자에 대한 절대적인 수동성과 책임을 보여주는 타자윤리학이 모습을 드러낸다. 「소유의 문법」은 「옐로」가 다다른 그 숭고한 타자윤리학의 이상이, 소유욕으로 들끓는 지금의 현실과 맞부딪쳤을 때 발생하는 파열을 그린 작품이다. 마지막에 목도할 수밖에 없는 계곡 마을의 폐허는 역설적으로 타자윤리학의 절대적인 필요성을 웅변한다. 「친밀의 고도」는 보다 구체적인 일상의 차원에서 타자와 친밀하게 사는 법을 차분하게 보여주는 작품이다. 타자의 목소리를 듣기 위해서 무엇보다 요청되는 것은, 다름 아닌 절대적인 기다림의 시간임을 담담하게 보여주고 있다. 이들 작품에서 발견되는 세련됨과 안정감의 이면에는 쉽게 해소되지 않는 모종의 불편함과 이질감이 꿈틀거린다. 평온함의 표면에 감춰진 파열의 틈새에서 터져 나오는 진실의 순간과 대면하는 과정이야말로 최윤 소설을 읽는 독자의 가장 큰 기쁨이자 공포라고 할 수 있다. 이 기쁨과 공포로 인해 아마도 최윤의 문학은 오랫동안 한국문학사에서 잊히지 않을 것이다.

○ 2020

선과 벽의 세계

하성란 소설에 대하여

정밀한 묘사와 인간 소외라는 문제

하성란은 1996년 『서울신문』 신춘문예에 「풀」이 당선되어 등단한 이래, 소설집 『루빈의 술잔』(문학동네, 1997), 『옆집 여자』(창작과비평사, 1999), 『푸른수염의 첫번째 아내』(창작과비평사, 2002), 『웨하스』(문학동네, 2006), 『여름의 맛』(문학과지성사, 2013)과 장편소설 『식사의 즐거움』(현대문학, 1998), 『삿뽀로 여인숙』(이룸, 2000), 『내 영화의 주인공』(작가정신, 2001), 『A』(자음과모음, 2010) 등을 출간하였다. 20여 년 동안의 작가 생활 동안 무려 10여 권의 소설집과 장편소설을 발표한 것이다. 더욱 놀라운 것은 이토록 많은 작품들이 문단으로부터도 지속적인 관심을 받아, 그동안 동인문학상, 한국일보문학상, 이수문학상, 오영수문학상, 현대문학상, 황순원문학상 등의 주요 문학상을 수상하였다는 점이다.

하성란의 소설은 무엇보다도 작가적 기량의 우수함으로 큰 주목을 받았는데, 특히 그 정밀한 묘사에 대해서는 하성란에 대해 논의한 이들 모두가 언급하였다고 해도 과언이 아니다. "치밀하고 정교한 현재형 묘사"(신수정), "일상의 사물에 대한 정밀한 묘사를 극대치까지 밀어올린 작품들"(백지연), "하성란 특유의 '극(極)사실주의'적 묘사"(한기욱), "기억의 현상학과 사진 메커니즘, 그리고 인간의 사물화 방식을 통해 자명한 세계를 낯설고 기괴하게 비틀어놓는 소설"(심진경) 등의 평가는 그녀가 지금까지 선보인 묘사가 얼마나 수준 높은 것인지를 증명하기에 모자람이 없다. 이러한 특징은 데뷔작인 「풀」에서부터 선명하게 드러났다.

여자는 남자의 뒤를 따라 해장국집으로 들어가면서 버릇처럼 손가락을 만지작거린다. 살갗이 벗겨진 손가락 끝이 까칠까칠하다. 사진과 컷이 위주인 잡지라서 손이 많이 가는 일이다. 3M이라는 스프레이 풀은 손에 묻으면 비누로도 잘 안 지워진다. 물에 불려도 잘 씻기지 않아 여자는 퇴근 무렵 아세톤을 묻혀 닦아낸다. 여자의 손은 군데군데 매니큐어까지 같이 지워져 있다. 여자는 벌써 팔 년째 잡지사 미술부에서 잡지 레이아웃을 하고 대지 작업을 한다. 일이 능숙해질 때도 됐는데 아직도 책상 가장자리와 핸드백에 풀이 튈 때가 많다.

야근으로 점철된 여자의 피곤한 삶은 이 선명한 장면을 통해 독자에게 구체적으로 감각된다. 여자의 손에 묻은 '스프레이 풀'은 "작중 인물의 내면 심리를 주변의 사물로 대체"[1]한다는 작가의 말을 뒷받침하기에 모자람이 없다. 특히 이 반복되는 현재형 문장에는 섣불리 개입하여 해석하거나 평가 내리지 않겠다는 작가의 엄격한 기율이 분명하게 아로새겨져 있다.

문학사적 맥락에서 보자면, 하성란은 현대사회의 인간 소외 문제를 그린 1970 · 80년대의 최인호[2]나 최상규[3]와 같은 선배 작가들에

---

1 하성란 · 백지은 대담, 「작가의 목소리, 소설의 목소리」, 『제13회 황순원문학상 수상작품집』, 중앙일보, 2013, 87면.

2 최인호의 「타인의 방」(『문학과지성』, 1971년 봄호)에 등장하는 아파트는 소외되고 단절된 공간이다. 작품 속의 아파트는 '나의 방'이 아닌 '타인의 방'이며, 거짓으로 그를 따돌리는 아내마저도 이 공간에서는 '나의 아내'가 아닌 '타인의 아내'일 수밖에 없다. 방의 주인인 그가 사물이 되는 것은 결국 이 공간에서는 그조차 그 자신이 될 수 없음을 의미한다. 이 아파트의 주인공은 인간이 아니라 거울, 소켓, 옷, 샤워기, 성냥개비, 크레용, 트랜지스터 등의 사물들이다. 방의 주인은 사물이 되고 사물은 살아서 주인 노릇을 하는 이 통렬한 아이러니 속에는, 자신을 행위의 주체로 느끼지 못하고 오히려 이질적인 존재로서 경험하는 현대인의 소외가 섬뜩하게 아로새겨져 있다. 아파트의 이웃들과는 삼 년이 지나도록 서로 얼굴조차 마주친 적이 없는 머나먼 타인들일 뿐이다. 최인호의 「타인의 방」에 나타난 소외의 양상에 대한 보다 자세한 논의는 「1970년대와 아파트 시대의 개막」(졸고, 『한국 현대문학의 공간과 장소』, 소명출판, 2017, 266~274면)을 참고할 것.

3 최상규의 「마네킹 파티」(『문학사상』, 1983.10)도 급격한 산업화가 이루어지던 당시 시대 상황 속에서 발생한 소외의 문제를 환상적인 기법으로 보여주는 작품이다. 이 작품에서도 인간은 마네킹이라는 물건의 상태로까지 변한다. 마네킹들은 연차대회를 열고, 이 모임에 한 인간이 찾아와 자신도 동참하게 해줄 것을 요구한다. 그는 돈을 받고 복장 백화점 '날개' 앞에서 로봇과 똑같이 네 가지 동작만으로 이루어진 춤을 몇 시간씩 추어댄다. 그러던 어느 날인가는 인근 상가의 상인 둘이서 내기를 건다. 운동구점 주인은 그것이 진짜 로봇일 것이라 주장하고 약방

이어진다고 할 수 있다. 소외(alienation)란 인간이 그 자신을 행위의 주체자로 느끼지 못하고 그 자신을 이질적인 존재로서 경험하는 심리적 현상이다. 특히 소외는 급격히 기계화, 조직화, 분업화하는 자본주의 사회에서 인간이 그 자신의 정체성을 찾지 못함으로써 야기된다. 소외 현상은 어느 시대, 어느 사회에서나 발견될 수 있는 것이지만 소외의 규모나 양상, 성격으로 보아 현대사회의 소외는 과거보다 전면화, 보편화된 것이다. 이러한 소외의 가장 큰 원인으로 자본주의적 경제 구조가 가지는 특질인 수량화와 추상화를 들 수 있다.[4]

특히 마르크스에게 소외는 노동자들이 자신들의 노동의 산물로부터 실제적으로나 심리적으로나 동떨어진 상태를 가리키며, 궁극적으로는 자본주의 권력에 의해서 인간적·가족적 유대가 파괴된 상태를 가리킨다. 본격적인 산업화가 시작된 1970년대부터 한국 작가들은 인간이 자기의 본질을 잃고 비인간적인 상태에 놓이는 소외를 빼어

주인은 인간이라고 주장한다. 몇 시간을 기다리다 한 사람이 석궁을 가져와 그를 겨눈다. 이에 인간 로봇은 두 사람을 다 이겨내기 위해 목숨을 걸고 춤을 춘다. 끝내 그들은 활을 다른 곳에 쏘고, 그는 둘을 모두 이겨낸다. 그러나 "승리에는 패배보다도 더 사람을 갈 곳이 없게 만드는 승리가 있다. 나는 승자다. 그렇기 때문에 나는 이제부터 새로 내가 있을 곳을 찾아야 한다"(『문학사상』, 1983.10, 206면)라고 생각한다. 그는 인간이기를 포기함으로써 승리를 거두었고, 이제 그는 인간이 아닌 진정한 마네킹이 된 것이다. 이러한 마네킹의 상태에까지 이른 주인공은 극단화된 자기 소외의 양상을 나타내고 있는 것이다. 최상규 소설에 나타난 환상적 기법과 인간 소외의 문제에 대한 보다 자세한 논의는 『한국현대소설의 환상과 욕망』(졸고, 보고사, 2010, 238~253면)을 참고할 것.

4 에리히 프롬, 『건전한 사회』, 김병익 옮김, 범우사, 1975; 정문길, 『소외론 연구』, 문학과지성사, 1978; 신오현, 「소외이론의 구조와 유형」, 『소외』, 정문길 엮음, 문학과지성사, 1984.

난 역량으로 작품화하였다. 크게 보아 하성란은 이러한 문학사적 맥락에 이어지며, 1990년대적인 감성으로 모든 인간적 유대를 잃어버린 채 사물화되어가는 단절한 현대인의 삶을 그 정밀한 묘사로 형상화하는 데 탁월한 능력을 보여준 작가이다.

완전히 다른, 혹은 완전히 같은

「곰팡이꽃」(『문학동네』, 1998년 여름호)도 도저히 넘을 수 없는 벽을 이야기한다. 남자가 살고 있는 아파트는 90세대가 살고 있는 한 동으로 되어 있다. 이곳에서 유일하게 서로를 이해할 수 있는 것은 온갖 오물이 덕지덕지 엉겨붙은 쓰레기를 파헤쳐봄으로써만 가능하다. 반년 정도의 시간 동안 남자는 백 개가 넘는 쓰레기봉투를 뒤져서 이 아파트에 사는 90가구의 취향을 파악하고, 그들을 두 부류로 나누기까지 한다. 20리터 봉투 한 개에 담긴 쓰레기를 분석하여 알 수 있는 것은 다음의 인용처럼 결코 적지 않다.

그 또는 그녀는 오비라거와 코카콜라를 즐겨 마시고 쿨 담배를 피우며 새우탕면을 좋아한다. 그 또는 그녀는 왼손잡이고 머리카락이 긴 여자거나 혹은 장발의 남자다. 이렇게 추론하는 것은 쉽다. 초콜릿이나 과자봉투, 종이 기저귀 따위가 발견되지 않은 것을 보면 그 집에는 현재 아이가 없다.

쓰레기를 통해서 남자는 "아파트에 살고 있는 사람들의 취향을 환히 꿰고 있"다. 흥미로운 것은 아파트 사람들이 남자를 알게 된 것도 쓰레기봉투를 풀어헤침으로써 가능했다는 것이다. 쓰레기 종량제를 지키지 않았을 때, 아파트의 부녀회 사람들은 남자가 버린 "쓰레기들을 이 잡듯 샅샅이" 뒤져서 남자의 정체를 파악한다. 한마디로 이 아파트에서 사람들의 소통은 쓰레기를 통해서만 가능한 것이다.

남자는 쓰레기에 대한 믿음마저 갖게 된다. 자신이 짝사랑만 하다 그친 여자의 "쓰레기를 볼 수만 있었다면 남자는 그 여자의 숨겨진 성격에 대해서 알 수도 있었을 것"이라고 생각할 정도이다. 이 아파트에서 꽃이 핀다면 그것은 곰팡이(쓰레기)를 통해서만 가능하다. 쓰레기봉투 맨 밑바닥에는 손도 대지 않은 생크림 케이크가 문드러져 있으며, "그 위에 하늘하늘하게 곰팡이꽃이 피어 있"다.

그러나 곰팡이꽃이 꽃일 수는 없는 노릇이다. 남자는 "쓰레기는 거짓말을 하지 않는다"며 "애매모호한 설문지보다는 쓰레기장을 뒤지는 것이 더욱 확실한 방법"이라고 확신하지만, 쓰레기가 모든 것을 해결해주지는 않는다. 쓰레기를 통해서 알게 된 여자의 호출기 번호가 잘못된 번호인 것이 이를 암시한다. 남자는 호출기로 연락을 하지만, "최지애라는 여자가 아니라구요. 이 번호 바뀐 지 한달도 넘었어요"라는 말을 듣는다. 그것은 쓰레기로 타자를 파악하는 것의 근원적 한계를 드러내는 것이다.

삼광아파트 508호에 사는 남자는, 507호에 사는 여자를 짝사랑하는 사내로 인해 507호 여자에게 관심을 기울인다. 여자에게 사내가 주라는 장미꽃 꽃다발이나 케이크를 건네주려고 하는 것이다. 그러나 직접적인 소통은 이 작품에서 단 한 번도 이루어지지 않는다. 대신 생명의 온기가 사라져버린 쓰레기를 통한 소통만이 이루어질 뿐이다. 그것은 소통이라기보다는 표피적인 정보의 확인에 불과하다. 507호와 508호는 벽 하나로 붙어 있는 가까운 거리이지만, 소통의 거리는 시작 부분에 나오는 "오층 아래로 내려다보이는 놀이터"처럼 멀리 떨어져 있다. 어쩌면 쓰레기로만 타인과 소통하고, 쓰레기로만 자신을 증명하는 인간은 이미 쓰레기인지도 모른다. 최인호의 「타인의 방」과 최상규의 「마네킹 파티」에서는 인간이 사물이 되었다면, 하성란의 「곰팡이꽃」에서는 인간이 쓰레기가 되어버린 것이다.

「웨하스로 만든 집」도 30여 년이라는 시간을 두고 한국사회가 어떻게 개성을 잃은 채 획일화되어왔는지를 감각적으로 보여주는 작품이다. 지금 여자의 집이 있는 골목은 재개발을 위한 철거가 한창이다. 여자의 "집은 포클레인의 삽날 자국이 얼키설키 팬 언덕 위에 간신히 얹혀 있"다. 30여 년 전 시범 주택 단지로 조성되었을 때만 해도 이 골목의 주택들은 영화 상영 전에 방영되던 대한 뉴스에 나올 정도로 신식 주택으로 알려졌다. 특히 입식 부엌은 "재래식 부엌에서 해방된 여성"의 삶을 상징하는 것으로 소개되기도 하였다. 여자를 포함한 자매들은 단칸방에서 살다가 이층집을 처음 보았을 때, "산타가 우리 집을 방문할 수 있게 됐어"라고 소리칠 정도로 감격한다.

그러나 사실 이 집은 처음부터 웨하스 과자처럼 조금씩 부서지고 있었다. 입주한 직후에 딸들이 쓸 책상을 이층으로 옮길 때, 아버지의 발은 이미 이층 마루를 뚫었던 것이다. 이후에도 집은 꾸준히 문제를 일으키며 조금씩 부서진다. 딸들이 키가 크고 체중이 늘면서 마룻장은 뒤틀리는 소리를 내기 시작했으며, 초인종은 십여 년 전 폭우 때 누전된 이후로 작동되지 않고 있다. 골목의 재개발로 인해 집은 곳곳에 문제를 일으켜서 "어머니의 활동 공간은 안방과 부엌으로 좁혀"진 상태이다.

"이 골목의 집들은 방의 개수는 물론 창문의 위치와 사자 모양을 한 문고리까지 똑같이 생긴 이층 양옥이 열 채씩 두 줄, 마주 보며 나란히 서 있었다"거나 "변소의 위치와 대문의 문고리, 부엌에 발린 타일의 색까지 똑같았다"라고 묘사될 정도로 완전히 똑같은 구조의 집 모양을 하고 있다. 그런데 이러한 동일성은 "동네의 미관이 주는 통일감과 주민들의 결집력 도모를 위해서라기보다는 건축 설계비와 제비용을 절약"하기 위한 상업적인 이유에서 비롯된 것이다.

흥미로운 것은 집들의 겉모양 뿐만 아니라 그 안에서 살아가는 사람들의 삶도 닮아 있다는 점이다. 이 골목에 살던 사람들 가운데 서울이 고향인 사람은 단 한 명도 없다. 스무 명의 아버지들은 비슷한 연배이며, 공무원, 초등학교 교사, 건어물 상인, 열쇠 수리공, 무슨 일을 하는지 알 수 없는 사람을 제외한 15명은 모두 공원(工員)이다. 나아가 아버지들은 모두 열심히 일했지만, "그 집이 시작이고 끝이라는 규정이라도 있듯이 죽지 않고는 아무도 그 골목을 떠나지 못"했다.

스무 가구는 그 생김새만큼이나 부실까지도 똑같이 닮아 있다. 이러한 동일성의 폭력은, 집의 부실이 드러났을 때 동네 남자들이 여러 가지 노력을 하다가 그들이 상대해야 하는 사람이 부실한 집을 판 "사내 하나뿐이 아니라는 것"을 깨닫는 것에서 알 수 있듯이, 사회 전체가 공모한 결과라고도 할 수 있다.

여자가 이혼을 하고 10년 만에 골목집으로 돌아왔을 때 이곳은 낯설게 변해 있지만, 고유한 개성보다는 획일화된 삶이 지배하는 공간이라는 점은 변함이 없다. 이것은 여자와 S의 갑작스러운 정사를 통해서도 드러난다. 둘은 비슷한 기간 동안 결혼 생활(여자는 11년, S는 10년)을 한 후에 이혼하였고, 고향을 떠나 외국 생활을 하다가 돌아온 것도 비슷하다. 둘이 빈집에서 갑자기 정사를 나누는 것도, 실은 둘이 고유한 개성을 지닌 타인이라기보다는 자아의 분신들이기 때문에 가능한 일인지도 모른다.

결국 여자는 무너진 집 더미 속에 깔리고 만다. 30여 년 전 업자의 날림 공사, 포클레인이 여자네 집 담장을 허문 일, 폭우로 마당이 쓸려 나간 일 등의 이유로 끝내 집은 무너져 내린 것이다. 이 이층집은 겉으로 보기에는 너무나 화려했지만, 처음부터 마룻장이 뒤틀리며 "잘 구운 과자 소리"를 냈다. 이 집은 웨하스처럼 겉으로는 단단하고 멀쩡해 보이지만, 그 내실은 연약하기 그지없는 집이었던 것이다. 결국 무너져버린 집은 지속 가능하지 않은 소외된 삶의 근원적 한계를 드러내는 것이라고 볼 수 있다.

죽음으로만 가로지를 수 있는 가로선과 세로선의 미로

2장에서 살펴본 「곰팡이꽃」과 「웨하스로 만든 집」이 집이라는 주거 공간에서 나타나는 소외의 문제를 드러냈다면, 「오후, 가로지르다」(『문학의문학』, 2011년 봄호)는 사무실이라는 업무 공간에서 나타나는 소외의 문제를 드러낸 작품이다. 「오후, 가로지르다」에서는 업무의 효율성을 위해 칸막이로 둘러쳐진 작은 공간인 큐비클(cubicle)을 통해 선과 벽의 세계가 본격적으로 형상화된다. 「오후, 가로지르다」에는 사무실을 가득 채운 똑같은 모양의 큐비클들이 등장한다. "좌우 양쪽에 늘어선 큐비클들 사이를 걷다 보면 좁고 막다른 골목 끝의 집처럼 여자의 큐비클이 나타났다"에서 알 수 있듯이, 이 작품의 큐비클은 「곰팡이꽃」의 아파트나 「웨하스로 만든 집」의 똑같은 모양의 집들과 동일한 의미를 지닌다고 할 수 있다.

이 큐비클의 세계 속에서 인간은 고유한 단독성을 잃어버린 채, 하나의 개체가 되어 존재할 뿐이다. 수많은 직원들이 한자리에서 만나는 일은 거의 없으며, 큐비클 밖을 이런저런 장식들로 꾸미지만 정작

서로의 큐비클을 제 발로 찾아가는 일은 없다. 소위 말하는 "큐비클 예의"라는 것에는 큐비클이 지닌 의미가 잘 드러나 있다.

어떤 소리도 자신의 큐비클 밖으로 넘어가지 않도록 할 것, 큐비클 안에서 다른 큐비클의 직원을 부르거나 대화하지 말 것 등. 큐비클 위로 얼굴을 불쑥 내밀고 사방을 둘러보는 일은 사무실 바닥에 침을 뱉는 것만큼이나 무례 중의 무례가 되었다.

큐비클은 개인을 철저하게 타인으로부터 분리하는 세련된 감옥이었던 것이다. 어느 날 의자에서 일어나 스트레칭을 하던 여자는, "무수한 가로선들을 무수한 세로선들이 나누고 있"는 사무실을 "미로 같았다"라고 생각한다. 무수한 가로선과 세로선에 의해 철저히 나누어지고 단절된 공간이 바로 큐비클의 세계인 것이다. 이러한 큐비클의 세계에서 생활하는 사람들은 비좁은 양계장 안에 갇힌 닭들에 비유된다.

"누가 제 알을 가져가는 걸까요? 선배님!" 혹시 저러다가 내게 제 알을 돌려달라는 건 아닐까,라는 생각이 들 정도였다. 조마조마하고 있는데 그의 눈이 닭처럼 까무룩 감기더니 바로 상에 머리를 박고 말았다.

최와 나는 과연 살아서 이 큐비클 안에서 나갈 수나 있을까. 여기서 인생을 탕진하지 않겠다는 약속을 잊어버린 우리가 과연 닭들의 지능 지수가 한 자릿수라고 업신여길 수 있는 걸까. '큐브 농장'이라고 불리는 비좁은 칸막이 안에서 일하는 우리가 과연 닭을 동정할 만한 처지에 있기는 한 건가.

여자는 20여 년이나 나이 차가 나서 별종이라고 생각하는 신입 사원들과도 "닭에 관한 한 하나"가 된다고 생각한다. 닭을 매개로 하여 "큐비클 안에서 싹트는 의식 같은 것", 즉 "묘한 동지 의식 같은 것"을 느끼는 것이다. 특히 "누가 제 알을 가져가는 걸까요?"라는 질문에는 자신의 생산물로부터 심리적으로나 실제적으로 멀어지는 소외 현상의 본질이 직접적으로 언급되고 있다. 이러한 소외는 사무실에 있는 모두가 겪는 일로서, 심지어는 대표마저도 "얼떨떨한 표정이 마치 자신이 낳은 알이 어디 갔나 생각하는 듯"하다.

그러나 큐비클 때문에 이러한 단절과 소외의 세계가 펼쳐졌다고 생각하는 것은 너무나 순진하다. 오히려 "우리가 가장 두려운 건 사무실의 모든 큐비클이 동시에 사라지는 것"이고, "큐비클이 모두 사라지고 마주치는 서로의 얼굴들"이기 때문이다. 어쩌면 큐비클이야말로 이들의 소외되고 고립된 삶의 진짜 이유를 가려주는 환상의 커튼인지도 모른다.

실제로 여자가 처음 직장 생활을 한, 1980년대 말 대기업의 거대한 사무실에는 "칸막이라곤 없"이 수백 개의 책상들이 앞으로 나란히 하듯 줄을 맞춰 놓여 있었다. 아무런 큐비클도 없지만 축구 경기라도 할 만한 넓이의 사무실에는 엄격한 위계가 존재했다. 앞사람보다는 뒷사람의 직위가 높으며 부서의 가장 높은 직위의 사람은 사무실 가장 안쪽 창가 자리에 앉는 식이다. 보이지 않는 세로선과 가로선이 촘촘하게 이 사무실을 구획 짓고 의미화했던 것이다. 이 사무실에서 여자는 한 남자로부터 아무런 이유도 모른 채 뺨을 맞는다. 이 황당한 사건은 그 당시에도 존재했던 불통과 오해를 상징하는 것이다.

영문도 모르고 여자가 따귀를 맞은 사건은 "여자의 무의식 제일 밑바닥에 가라앉아 껍딱지처럼 단단히 들러붙"어 있다. 그 남자를 찾는 것, 그래서 그 따귀를 돌려주는 것은 40대 중반이 된 여자에게는 매우 중요한 일이다. 그러나 이미 그 남자는 병으로 사망했다는 소식만을 듣게 된다. 영문도 모르고 따귀를 맞은 여자의 트라우마가 끝내 해결되지 않았다는 것은, 지금의 상황 역시 트라우마가 발생하던 당시와 별반 다르지 않기 때문이라고 할 수 있다.

사람들은 칸막이 밖에 "자신을 알리려는 일종의 메시지"로 각종 장식을 한다. 그 장식은 대개 문구나 그림, 사진, 포스터 등이지만 특이하게 "물감 덩어리처럼 보"이는 것을 붙여놓은 이도 있다. 큐비클 밖에 물감 덩어리 비슷한 것을 덕지덕지 발라놓는 것은 "자신이 누구인지 알려주기는커녕 더욱 모호하게 만드는" 일이다. 이 작품에 대해 평론가 이현식은 "은유가 강화된 대신 서사의 줄기는 이완되어 있다"[5]는 평가를 했는데, 이 이완된 서사에 긴장을 부여하는 것은 파티

클에 물감 덩어리를 발라놓은 사람이 누구인가 하는 반복된 질문이다. 이 '물감 덩어리'야말로 선명한 선과 벽으로 구획된 의미의 세계에 던져진 '무의미한 덩어리'이기 때문이다. 이것은 어쩌면 그 선명하고 완고한 동일성과 획일성의 세계에 균열을 가하는 하나의 탈주선이 될 수도 있는 것이다.

사무실에서 누군가 뱀을 기른다는 말을 들은 여자는, 그 사람이 바로 물감을 칸막이에 붙인 사람일 거라고 생각한다. 유일하게 그 가로선과 수직선의 세계를 가로지를 수 있는 가능성을 애타게 찾고 있는 것이다. 마지막에 여자는 뱀을 발견하고 책상 위에 고양이처럼 민첩하게 올라갔다가 그 곳에서 큐비클의 세계를 내려보는 조망적 시선을 확보한다. 그리고는 "수많은 큐비클들이 모여 만들어놓은 모양이 꼭 무언가를 닮았다. 구글 어스로 보는 지구의 모습 같다"라고 생각한다. 큐비클들이 촘촘하게 놓여진 사무실뿐만이 아니라 이 지구 자체가 큐비클들의 세상이었던 것이다.[6]

큐비클 밖으로 나아가 그 전체를 조망하는 것은 "저 위에 있는 신만"이 할 수 있는 일이다. 작품에서는 이미 큐비클 전체를 조망하는 여자가 죽은 자일 수도 있다는 가능성을 강하게 암시한다. 여자는 "인생을 큐비클 속에서 허비하지 않겠다"라고 다짐했지만, 큐비클을

---

5 이현식, 「큐비클이 만든 우울한 세계」, 『오후, 가로지르다』, 아시아, 2013, 86면.
6 이전에도 자신의 뺨을 때린 남자를 찾느라고 들어간 작은 술집들에서도 붉은 등불 아래 칸막이가 쳐져 있는 내부를 보며, "여기도 큐비클인가, 하는 생각"을 한 적이 있다.

벗어나는 것은 죽음을 통해서만 가능했던 것이다. 결국 물감 덩어리를 큐비클에 붙여놓고, 뱀을 길러서 수많은 가로선과 세로선의 미로에 균열을 일으키는 것은 목숨을 담보로 했을 때만 가능한 일인지도 모른다.

「곰팡이꽃」의 아파트, 「웨하스로 만든 집」의 골목집들, 「오후, 가로지르다」의 사무실 등은 아이러니한 공간이다. 어떠한 공간보다 작은 규모 안에 많은 사람들을 모아놓지만, 그 안에 살아가는 사람들의 외로움과 단절감의 정도는 오히려 더욱 심해진다. 그것은 수많은 사람들이 똑같은 형태의 공간에서 비슷하게 가구를 배치하고 유사한 동선을 그리며 살아가는 것과 관련된다. 아파트나 사무실 등은 그 외형뿐만 아니라 그 안에서의 경험까지 동질화될 수밖에 없는 구조이며, 그로 인해 사람들은 자신만의 고유한 개성과 의미를 발견하기가 어려운 것이다. 전제적인 하나의 지배 속에서 인간은 단조롭고 창백한 실존을 영위하는 소외된 존재가 될 가능성이 높다.

선과 벽을 넘어서

「카레 온 더 보더」도 역시 선과 벽에 대한 이야기이다. 10년을 사이에 둔 비슷한 느낌과 내용의 두 가지 이야기가 등장한다. 지금 그녀는 연구소에서 일하는 김과 함께 식당에 점심을 먹으러 갔다. 김은 비표준어를 표준어로 고치는 일을 한다. 김은 일상에서도 비표준어에 대해 매우 민감하게 반응하며, 바로바로 그것을 바로잡는다. 식당에 들어온 영화판 사람들이 '가께모찌'라는 말을 사용하자, 이것을 바로 '겹치기'라는 말로 바로잡는 식이다. '가께모찌'라는 말 이외에도 이들은 '구다리'나 '니주' 등의 말을 사용하고, 그때마다 김의 얼굴은 혐오감으로 일그러진다. 그녀는 김이 들은 것도 아닌데, "오지 못한 사이"라고 할 것을 "오지 않은 사이"라고 생각한 것만으로도 가슴이 두근거릴 정도이다. 무언가를 교정하려는 것은, "김은 긴 다리를 꼬고 앉아 뭔가 잘못된 것을 바로잡으려는 듯 천장 어딘가를 삐딱하게 쳐다보고 있었다"라는 표현에서도 알 수 있듯이, 김의 기본적인 삶의 태도라고 할 수 있다. "한 개인의 사회적 자아는 그 개인의 언어에 깊은 자국"을 내며 그 점을 "똑똑한 김이 모를 리 없"다면, 김이 표준어에 집착하는 태도는 타인의 타자성을 충분히 고려하지 않는 자기중심적인 모습을 드러낸다고 할 수 있다.

그녀가 앉은 테이블의 대각선에 놓인 테이블에는 영화판에서 함께 일하는 남자 하나와 여자 둘이 앉는다. 그들은 하나의 대접에 담긴 국과 밥을 함께 떠먹는 사이지만, 그들 사이에는 철저한 "상하질서"가 존재한다. 남자는 말투 등에서 가장 큰 권력을 가진 것으로 행세하고, 여자 중에서도 막내는 모든 것에서 소외되어 있다. 일차적으로는 김과 그녀가 있고, 다른 편에는 영화판에서 일하는 세 명의 남녀가 있다. 그러나 그 안에서는 권력에 따라 김과 그녀가 나뉘고, 다른 편에서는 세 명이 각기 다른 자리를 차지하고 있는 것이다.

식당에서 나는 카레 향으로 인해 그녀는 10여 년 전의 영은을 떠올린다.[7] 그녀와 영은은 고등학교를 졸업하고 에어로빅 학원에서 처음으로 만났다. 10여 년 전에도 사람들의 교감과 연대를 가로막는 '상하질서'는 선명하게 존재한다. 그들은 에어로빅 학원에서도 겨우 두세 살 많은 선배들로부터 단체 기합을 받고는 하였고, 그녀의 엉덩이를 찰싹 때리고 가는 아주머니들 때문에 에어로빅 강사 일도 그만두었다. 그녀는 영화 쪽에서 일을 하고 영은이는 놀이공원의 무용수로 일할 때에도 영은이를 통해서, 대기업에 다니는 유부남들과 고급 클럽에서 만나 가끔 어울리고는 하였다. 단순히 놀기 위해 만나는 이들 사이에도 다음의 인용에서 드러나는 것처럼, '상하질서'는 분명하게 존재한다.

은근슬쩍 내 허벅지에 손을 올렸어, 내 허리에 팔을 둘렀어 따위의 이야기였지만 다들 분개하지는 않았다. 누군가 말했다. 그들이 대기업 사원이고 유부남들이라고. 이번에도 분개하지 않았다. 누군가 영은이 이야기를 꺼냈다. 영은이가 얼마 전 놀이공원에서 잘렸다는 거였다. 아무래도 오늘 이 자리에 있는 한 남자 때문인 것 같다는 말도 나왔다. 이번에도 분개하는 사람이 없었다.

7 10년 전 그녀가 살던 불광동의 방도 지하였고, 지금의 식당도 지하에 위치해 있다.

그녀나 영은은 학원의 선배나 수강생 아줌마들은 물론이고 대기업에 다니는 유부남들과의 관계에서도 엄격한 상하질서에 따라 분리되어 있는 것이다. 유일한 예외라면 그녀와 영은의 관계이다. 그녀는 학원 일을 그만두고 영화 쪽으로 방향을 튼 후에도 영은과의 만남을 계속한다. 그녀들이 뭉친 이유는 단 하나, "그녀들이 고졸 출신이라는 이유 하나 때문"이었다. 그러나 이 단단해 보이는 결속에도 극복할 수 없는 균열의 실금은 가슴 아프게 아로새겨져 있다.

우연히 따라간 영은의 집은 비탈길을 한참 올라가야 있는 낡은 빌라이다. 그곳에는 다섯 명의 노인들이 머물고 있으며, 영은은 노인들에게 밥을 해주는 것은 물론이고 가득 찬 방 안의 요강까지 비워주는 생활을 한다. 요리를 하다가 떨어진 대일밴드로 인해 그녀의 팔에 새겨진 '一心'이라는 문구도 드러난다. 이에 대해 영은이는 "번들거리는 얼굴을 들고 너도 다 아는 것 아니냐는 듯 동조의 눈빛"을 보내지만, 그녀는 결코 알 수 있는 것들이 아니다. 똑같이 고졸 출신으로 함께 에어로빅 학원을 다녔고, 대기업에 다니는 유부남을 함께 클럽에서 만난다고 해도 결코 알 수 있는 일이 아니었던 것이다. 결국 그녀가 대학에 들어가면서 "영은이들이 연락을 하지 않"으면서 관계는 끊어진다. 이러한 불화와 결별은 처음부터 준비되어 있었는지도 모른다. 남들은 영은이가 좀 사는 집안의 딸이라고 하지만, 그녀는 처음부터 영은이에게서 "석연치 않은 무언가"를 발견했으며, 학원에서부터 영은이의 오른팔에 어김없이 붙어 있는 대일밴드도 민감하게 의식하고 있었던 것이다.

영은이 사는 빌라에는 '쿰쿰한 냄새', '오줌 냄새', '화장실 냄새', '물비린내' 등의 온갖 불쾌한 냄새가 가득하다. 이러한 역한 냄새들은 영은이 만든 음식에서 나는 카레 향으로 인해 웬만큼 견딜 만한 것이 되지만, 결국에는 완전히 사라지지는 않는다. "오징어를 말리는 듯한 그 냄새는 늙음과 죽음 그리고 가난의 냄새일지도 몰랐다. 진한 카레 향으로도 가릴 수 없는 냄새"인 것이다. '가릴 수 없는 냄새'야말로 극복 불가능한 인간들 사이의 벽에 해당한다.

「곰팡이꽃」, 「웨하스로 만든 집」, 「오후, 가로지르다」에서도 인간들은 소통하지 못하는 단자화된 모습을 보여주었다. 「카레 온 더 보더」는 이러한 문제의식을 공유하는 동시에, 개체들 사이에 놓인 '상하질서', 즉 권력관계에 민감한 촉수를 드리우고 있다. 이 작품에서는 모든 것을 단일한 질서로 마름질하고, 그 평면 위에서 가장 좋은 자리를 차지하려는 것에 대한 비판적인 인식이 드러난다.

김은 곧 이곳을 떠나 다른 연구소로 옮기게 될 것이다. 함박스테이크가 햄버그스테이그가 되는 건 시간문제였다. 그는 모든 단어들을 순화시키느라 남은 생을 바칠 것이다. 그녀가 가끔 혼자 중얼거리고 숨통을 틔우는 그 단어들을 하나하나 다 바꾸려 들 것이다. 식모가 가정부로 차장이 안내양으로 바뀌는 순간 덩달아 사라졌던 것들이 떠올랐다. 누군가 말했다. 한 개인의 사회적 자아는 그 개인의 언어에 깊은 자국을 낸다고. 똑똑한 김이 모를 리 없었다.

"'겹치기'가 아닌 '가께모찌'가 되어야 그 현장이 눈앞에 생생하게 펼쳐"지며, 그녀는 '가께모찌'라는 말에서 "숨통이 트이는 듯한 느낌"을 받는다. 김은 '겹치기'라는 말로는 표현할 수 없는 '가께모찌'라는 말의 맛을 전혀 모르는 것이다. 또한 '모종의 기대감'이라는 표현은 틀린 것일지라도 '어떤 종류의 기대감'으로는 표현할 수 없는 "맛"이 있다는 것도 알 턱이 없다. 그렇다면 '함박스테이크'를 '햄버그스테이크'로, '가께모찌'를 '겹치기'로, '모종의 기대감'을 '어떤 종류의 기대감'으로 고치는 일은, 삶의 구체적인 실감이나 생동하는 리듬을 제거하는 일이라고 할 수 있다. 이것은 "맛이라곤 짜고 단것 밖에 분간하지 못하는" 그가 '카레 온 더 보더'라는 카레 메뉴 이름을 바꿀 거라고 우려하는 마지막 대목에서도 확인된다. 김은 자본의 논리에 의해 인간의 삶을 획일화된 동일자로 만들어내는 이 사회의 억압적 힘에 연결되어 있는 것이다.

이러한 비판적 인식은 구체적인 행동으로 이어진다. 김은 자신이 내정되어 있으면서도 그녀에게 다른 연구소에 지원을 하라고 부추겼으며, 오후에 있을 발표마저 끝까지 모른 체하며 시치미를 떼고 있다. 더군다나 그녀가 넘어졌을 때도 손을 잡아주기는커녕 왜 그렇게 조심성이 없냐는 듯한 눈빛을 보낸다. 이에 그녀는 김에게 "침을 뱉듯이 그녀가 아는 가장 모욕적인 욕을 날려"준다. 이것은 "십수 년을 질질 끌어오던 김과의 관계"를 분명하게 끝내는 행동이며, 이 순간 그녀는 "정체 모를 기대감"까지 갖게 된다.

자기중심적으로 세상을 구획 짓고 위계화하려는 태도와의 단호한 결별에서 새로운 삶의 가능성은 개시되는 것이다. 그러나 섣불리 「카레 온 더 보더」가 구체적인 실천이나 정치의 차원으로 연결되는 주제 의식을 보여준다고 단정지어서는 안 된다. 이 작품에서는 인간들 사이의 구분이 절대적인 것으로 그려지고 있기 때문이다. 이처럼 개체들 사이의 선과 벽이 본질화되고 자연화되는 상황에서 실천을 가능케 하는 집단적 주체를 상정한다는 것은 불가능하다.

하성란의 문학은 보다 본질적인 차원에서 현대사회의 소외를 존재와 정체성의 차원에서 탐문한다. 그녀의 그 성실한 작가적 이력은 자기만의 이름조차 갖지 못한 채, 그저 남자, 그녀, 여자, 사내, 김, 최, S라고만 불리는 인물들[8]에게 온전한 이름을 찾아주고자 하는 열망에서 비롯된다고 볼 수 있다. 자기만의 고유한 개성을 가진 인간들이 한데 어우러지는 아름다운 세상을 향한 열망. 이것이야말로 하성란

---

8 위에서 살펴본 작품들에서 그 누구도 고유한 이름을 갖지 못한다. 남자, 사내, 그녀, 여자, 김, S라는 호칭은 현대사회의 철저한 익명성을 나타낸다. 유일한 예외가 있다면 「카레 온 더 보더」에 등장하는 영은이다. 흥미로운 것은 철저히 대상화 된 영은은 5명의 노인과 함께 살며, 팔뚝에는 一心이라는 문신을 한 그야말로 미지의 타자로 그려진다는 점이다. 이 작품에서 영은은 영원히 감춰진 존재(永隱)이다.

의 꿈인 동시에 한국문학이 오랫동안 간직해온 꿈일 것이다.

○ 2019

가족이라는 폐허의 형식

노정완 소설에 대하여

가족이라는 굴레

가족은 가장 가까운 거리에 있는 사람들의 공동체이다. 그렇기에 개인에게 미칠 수 있는 영향력은 그 어떤 공동체와 비교할 수 없을 정도로 크다. 바로 그러한 이유로 가족은 인간에게 가장 큰 행복의 원인이 될 수도 있지만, 가장 큰 불행의 원인이 될 수도 있다. 노정완 의 소설에서 가족은 안타깝게도 후자에 해당한다. 『몽유』에 수록된 작품들은 모두 단정한 문장과 빈틈없는 구성 등의 전통적 소설 규율 에 충실한 작품들로서, 가족이라는 이름 아래 벌어지는 온갖 고통과 폭력을 리얼하게 전시해놓고 있다.

이 소설집의 표제작이기도 한 「몽유」에서 경미는 끊임없는 희생 만을 강요받는다. 어머니를 포함하는 오빠와의 관계는 일종의 반복강박의 차원에서 그려진다. 경미는 어린 시절부터 오빠만을 편애하는 어머니와 오빠 사이에서 고통을 당하며 성장하였다. 어머니가 아들이 초등학교 들어가서야 젖을 떼었다고 자랑하는 것에서도 드러나듯이, 오빠와 어머니의 사이는 병적으로 일체화된 관계이다. 연년생의 남매인 오빠와 경미는 용마에서 고등학교를 함께 다녔다. 그 시절 "어머니의 명령"으로 오빠는 공부만 하고, 경미는 일체의 집안일을 전담하며 오빠의 뒷바라지를 하였다. 오빠는 경미의 절친인 기유를 임신케 한 후에는 무책임하게 입대하였고, 낙태의 고통은 온전히 기유 혼자 짊어지기도 하였다. 이런 오빠를 경미는 연탄가스 중독 사고로 위장하여 살해하려 시도한 적도 있다.

더욱 비극적인 것은 온전한 성인이 된 지금도 그러한 과거의 관계에서 벗어나지 못한다는 것이다. 몸이 아프다는 오빠의 전화에, 경미는 "내 생의 어느 한 지점으로" 돌아가는 "기시감"을 느끼면서도 오빠를 돌보러 간다. "말뚝에 매인 염소처럼, 아무리 발버둥 쳐도 벗어날 수 없는 그곳에 오빠와 내가 있었"던 것이다. 그리고 "그때나 지금이나 오빠는 똑같"으며, "어쩌면 나 또한 그때나 지금이나 똑같"다. 변한 것은 아무것도 없는 것이다. 또한 경미는 아직 어머니를 떠나지 못한다는 점에서도 이전과 똑같다. 지금 경미는 노인복지센터에서 소개받은 산동네의 노인을 돕고 있는데, 이 노인은 작고한 어머니에 해당한다. 작품에는 이러한 유사성이 표 나게 드러나는데, 이 노인은 어머니가 그러했듯이 호박죽을 좋아하고, 또한 어머니가 그랬던 것처럼 체한 경미의 손을 따주기도 하는 것이다.

주지하다시피 반복강박(repetition compulsion, 反復強迫)은 억압이라는 방어기제를 뚫고 나오는 무의식의 지속으로서, 무의식이 처리할 수 없었던 외상에서 비롯되는 현상이다. 이러한 외상은 경미가 "살아 있는 무덤 같다고 생각"하는 섬 몽유와 그곳에서 벌어진 오빠와의 일과 관련되어 있음이 암시된다. 이처럼 노정완의 소설에서 가족은 별다른 긍정적 기능도 없이 한 인간의 삶을 고통 속에 머물게 하는 부정적인 기능만 발휘한다. 더욱 문제적인 것은 반복강박이라고 할 만큼 그 부정성이 지속적으로 지금의 삶에도 영향을 미친다는 점이다.

가족을 향한 폭력으로 전환될 수 있는 잡초들의 강인함

노정완의 소설집 『몽유』를 읽는 일은 잘라도 잘라도 다시 자라나는 잡초로 가득한 풀밭을 걷는 느낌이다. 세상에서 가장 어리석은 이는 잡초와 싸우는 사람이라는 말이 있을 정도로, 잡초의 생명력은 참으로 강인하다. 『몽유』에 등장하는 장삼이사들은 종종 잡초보다 더한 생명력을 보여준다. 주로 그 생명력은 주체할 수 없는 성욕으로 발현되어, 주위 사람들을 지옥 같은 고통 속에 빠뜨리기도 한다.

「보늬」에서 은조의 남편은 넘치는 성욕을 주체하지 못하는데, 이러한 성욕은 물욕에 이어지는 것이기도 하다. 은조의 남편은 서른두 평 아파트로 이사 가는 목표를 이루기 위해, 온갖 악취가 가득한 단칸방으로 이사를 한다. 돈을 모으기 위해서, 살고 있던 이층 독채 전세를 빼고 약간의 대출을 보태서 개인택시를 장만한 후에 남은 돈으로 부엌도 제대로 갖추지 못한 단칸방으로 이사를 간 것이다. 그토록 소원하던 서른두 평 아파트에 입주할 때까지의 5년 동안, 그 단칸방에서 은조에게 주어진 일은 밤의 보늬(밤이나 도토리 따위의 속껍질)를 벗기는 일과 더불어 남편의 무지막지한 성욕을 받아내는 것이다. 남편은 은조가 아무리 거절해도 자신의 성욕을 채워야만 하는 인물로서, 심지어 "낭자하게 흘러내리는 생리혈을 닦아가면서도 은조의 배 위에서 헐떡이던 인간"으로 묘사된다. 은조는 그 단칸방에서 "남편의 섹스 도구에 불과"했던 것이다.

이 작품의 한복판에는 함지 속에서 진액을 흘리며 죽어가는 밤벌레들의 이미지가 놓여 있는데, 남편의 섹스 도구가 된 은조야말로 부엌도 없는 단칸방에서 강요된 섹스로 죽어가는 벌레였던 것이다. "입술을 앙다문 채, 강요에 못 이겨 치르는 섹스야말로 벌레의 시간에 속한 행위"였던 것이다. 그 일방적인 성관계가 끝난 후에 남편은 은조의 귓가에 "사랑해"라고 속삭이고는 했는데, 그때마다 은조는 그의 입에다 수류탄을 물려주고 싶어 했다. 은조와 남편의 이 단칸방은 "떫으면서도 비린 생밤 특유의 냄새, 밤을 저장하는 과정에서 첨가되었을 묘하게 비위 거슬리는 방부제 냄새, 상한 밤이 빠른 속도로 썩어가며 풍기는 곰팡이 으깬 듯한 냄새" 등으로 가득한데, 이러한 냄새야말로 생명력의 가장 적나라한 자취에 해당한다.

「몽유」에서 반복강박이라고 할 만큼, 지속적이었던 가족의 힘은 현재에도 영향을 미친다. 「보늬」에서는 시간대를 옮겨 현재의 부정적 힘이 미래에까지 이어지는 것으로 그려진다. 은조의 아들인 성수는 이웃에 사는 여학생 윤지를 성추행하고, 은조의 남편은 "그만 일"이라며 태연하게 받아들이는 것이다. 결국 은조는 의사에게 남편을 가리키며 "저 짐승이 제 아들이 보는 앞에서 저를 강간"했다며, 임신 중절 수술을 받는다. 이 작품은 굶주린 까마귀 떼로 인해 배가 터져 죽은 두꺼비들의 이미지로 시작되었는데, 이 이미지야말로 작품의 전부를 일관한다고 할 수 있다. 이 작품에서 남편은 까마귀에, 결국 은조는 배가 터진 두꺼비에 대응되며 작품은 끝나는 것이다.

「봄날은 간다」는 그나마 주인공이 노인이기 때문에, 생명으로부터 비롯된 그 과잉의 힘이 상식의 범주 내에서 균형을 획득하는 작품이다. 노인을 주인공으로 내세움으로써, 과잉된 성욕이 지닌 문제성이 한층 약화되는 것이다. 최근 한국문학에서 노인은 결코 낯선 형상이 아니다. 세계에서 가장 빠른 속도로 노령화되어가는 사회 현상을 반영해서이든, 한국문학 나름의 성숙을 반영해서이든 한국 소설에서 노인은 꽤 많이 등장하였다. 이때의 노년은 대부분 쇠약해가는 육체와 사라져가는 사회적 지위 등으로 고통을 겪는 경우가 일반적이었다. 그러나 「봄날은 간다」의 노인들은 오히려 감당할 수 없는 생명력으로 인해 버거워하는 청춘의 형상에 가까운 존재들이다.

「봄날은 간다」의 동호 노인은 상처한 예순아홉의 노인으로서 지금 심각한 고민에 빠져 있다. 그것은 "외로우면 외로울수록 여자의 몸이 더 간절해"지며, "여자의 그런 손길이 미치도록 그"리운 욕망에서 비롯된 것이다. 동호 노인은 "여자를 그리워하는 내 몸 나도 어쩔 수 없"기에 힘겨워한다. 본래 동호 노인의 성욕은 이전부터 남다른 것으로 그려진다. 아내가 살아 있을 때도 "선뜻 몸 열어주지 않는 당신"에게 "우격다짐으로 밀어 붙이기도 했"던 것이다. "거부하는 여자 뉘어놓고 그 짓 하기만큼 싫은 일이 또 어디 있겠소만, 그렇게라도 해야 직성이 풀리는" 몸뚱이의 요구가 다급했던 것이다. 아내는 평소 "밤마다 엉겨붙는 그 힘 농사에 쏟았으면 운암들 다 사고도 남았겠다"고 말할 정도였다. 그러나 자식들은 욕망에 몸부림치는 동호 노인의 마음을 전혀 알아주지 않기에, 동호 노인은 자식들이 여간 섭섭한 것이 아니다. 지상에서 자신의 마음을 알아주는 이는 아무도 없기에, 동호 노인은 지금 그 애달픈 마음을 담아 죽은 아내에게 편지를 쓸 수밖에 없다. 최명옥의 소설에서 주요 인물은 과잉된 성욕을 가진 존재들이다. 이러한 과잉된 힘은 언제든지 가족을 향한 과잉된 폭력으로 변주될 수 있다는 점에서 독초와도 같은 생명력을 지녔다고 할 수 있다.

가족의 가장 약한 고리

가족의 부정적인 힘은, 가족 구성원의 가장 약한 고리에 집중되는 경향이 있다. 노정완의 소설에서 가정 내의 부정성을 고스란히 감내하는 대상은 주로 자식들이다. 이러한 특성을 잘 보여주는 작품이 「나중에」, 「걸어 다니는 섬」, 「등골 브레이커」이다.

「나중에」의 초점화자인 '나'는 제대한 후 복학을 앞둔 우리 시대의 평범한 젊은이이다. 그의 가정 상황은 암울하기 그지없다. 생활비는 남아 있지 않고, 연체된 대출금 이자 때문에 가압류 통지서까지 날아오고, 전화와 가스, 수도도 언제 끊길지 모르는 상황인 것이다. 이런 상황에서도 아버지는 자신의 '꿈'을 포기하지 않는다. 아버지는 꿈을 위해 오십을 훌쩍 넘긴 나이에 개인택시를 팔아치우고 자격증 시험을 준비한다. 어머니 역시 생활에 대한 불평만 늘어놓을 뿐이지 별다른 행동을 하지 않는다.

이런 상황에서 '나'는 혼자 힘으로 등록금은 물론이고 생활비까지 벌어야만 한다. 그렇기에 '나'는 젊은이로서 누릴 수 있는 모든 것들을 '나중'이라는 미래로 미룰 수밖에 없다. '나'는 돈이 없어서 친구를 만날 수도, 영화를 볼 수도, 담배를 피울 수도 없는 것이다. 친구들은 이런 '나'에게 "나중에"라는 별명을 붙여준다. "오로지 자신의 꿈만 생각"하는 아버지로 인해, '나'는 현재를 온통 차압당한 삶을 살아야 하는 것이다. 이 작품에서 '나'가 부모의 부부 싸움으로 경찰서에까지 갔다가 돌아왔을 때, 난장판의 집에서 '나'가 발견한 파키라는 '나'를 나타내는 일종의 객관적 상관물이라고 할 수 있다. 그것은 어떠한 생명력도 없는 처참한 모습인데, 이 파키라를 보며 '나'는 자신의 "치부가 드러난 듯 민망하고 불편"하다고 여긴다.

「걸어 다니는 섬」의 미호도 「나중에」의 '나'와 유사한 상황에 처해 있는 이 시대의 젊은이이다. 미호는 나날이 늘어가는 체중으로 고민하며 알바나 하면서 간신히 삶을 버티는 청춘이다. 그녀를 둘러싼 기성세대로는 어머니, 아버지, 알바식당 사장을 들 수 있는데, 그들은 미호에게 커다란 부담이자 고통일 뿐이다. "우두커니 서 있네, 어쩌네 지금 저렇게 간섭이 늘어진 사장, 텔레비전 볼 때 멍청하게 앉아 있지 말고 제자리걸음이라도 하라며 소리 지르는 하 여사, 얼마 되지도 않는 용돈을 내밀며 아껴 써라, 그 말밖에 할 줄 모르는 노준태 씨"가 바로 알바식당의 사장, 어머니, 아버지의 모습인 것이다. 이런 상황에서 미호는 "자신이 습기 밴 천장 구석에 피어난 곰팡이 같다"고 생각한다.

어머니인 하 여사는 외출도 모르고 오직 미호만 잡아먹으려는 듯 괴롭힌다. 아버지인 노준태와 어머니인 하 여사는 매일 육탄전을 벌이고, 미호가 "밤새도록 싸우고도 무슨 기운이 남아서 저렇게 생생한지"라고 할 정도로 기운이 뻗친다. 하 여사는 거구의 딸을 "걸어 다니는 섬"이라고 놀린다. 하 여사는 "자기 손으로 십 원 한 장 벌어본 적 없는 사람"이지만, "입에 달고 사는 소리가 자주독립"이다. 하 여

사는 "자주독립과 소신"을 강조하지만, 바로 하 여사의 "자주독립과 소신에 일방적으로 당하고 골병드는 동거인"은 딸인 '나'일 뿐이다.

결국 미호와 하 여사가 심한 육탄전을 벌이는 것으로 작품은 끝난다.「나중에」에서 파키라가 불우한 젊은 세대의 감정과 처지를 나타내기 위해 활용되었다면,「걸어 다니는 섬」에서는 미호가 애지중지 아끼는 햄스터가 등장한다. 이 햄스터는 하 여사가 냉동실에 넣는 바람에 돌멩이처럼 되어 그 목숨을 잃고 만다.

이처럼 가족 내의 문제는 그 자식 세대인 젊은이들을 가장 고통스럽게 한다. 그들의 부모는 오히려 강인한 생명력으로 자신들의 꿈이나 신념을 펼쳐나가기까지 하는 것이다. 그런데「등골 브레이커」는 철들지 않는 어른의 부정성이 젊은 세대에까지 이어질 수 있는 가능성이 드러난다는 점에서 문제적이다. 이 작품은 "꿈이 없어야 살 수 있다"는 문장으로 시작된다. 에어컨은커녕 창문도 없는 1.5평짜리 고시원에서 생존하기 위해서는 오히려 꿈이 장애물이 될 수밖에 없는 것이다. 진홍은 공무원 시험을 포기하고 대형마트의 시식 코너에서 알바를 하고 있다. 진홍은 "삶이란 늘 이렇게 애만 쓰다가 끝나버리도록 프로그래밍된 건 아닐까 하는 불안감"을 느끼며 살아가는 불우한 청년이다. 이러한 진홍의 모습은 이 작품에서 낡은 선풍기의 모습에 비유된다. 그것은「나중에」의 파키라,「걸어 다니는 섬」의 얼어붙은 햄스터에 이어지는 것이다.

이 작품 역시 가정은 온통 불화와 고통의 집합체이다. "엄마는 아버지를 미워했고 아버지는 할머니를 미워했으며 할머니는 엄마를 미워하는 구도" 속에서 진홍은 성장했으며, 끝내 엄마는 가출하고, 아버지는 떠돌다가 가끔 집에 돌아오는 사람이었다. 엄마를 대신해서 진홍은 "욕받이"가 되어 성장하였다. 이 작품의 아버지 역시 자신의 의무나 책임과는 거리가 먼 삶을 사는 인물이다. 아버지는 "해가 뜨면 깻잎과 고추를 따고, 비 오면 쉬고 일 없어도 쉬고, 누군가 불러주기만을 기다리는 생활"을 해오고 있다. 진홍이 에어컨이라도 있는 고시원으로 옮기기 위해 아버지를 찾아갔을 때도, 아버지는 진홍에게 꿈을 가지고 공부만 하라며 호기를 부린다.

평생 할머니의 등에 빨대를 꽂고 살았던 "등골 브레이커의 원조"인 아버지는, 마지막으로 진홍을 위해 '사랑'을 베푼다. 그런데 그 방식은 자신의 어머니에게 패륜을 저지르는 방식을 통해서 이루어진다. 아버지는 자신의 어머니 앞에서 망치를 휘두르며 돈을 내놓으라고까지 하는 것이다. 아버지는 끝내 어머니에게 돈을 받아내서는, 그것을 유산처럼 진홍에게 남긴다. 얼마 후에 고모로부터 아버지가 목을 매달아 자진을 시도했고, 의식 불명으로 병원에 누워 있다는 연락을 받는다. 그러나 이 작품이 더욱 끔찍하게 다가오는 대목은 진홍이 결국 자신의 삶이 "아버지의 삶이나 별반 다를 게 없다는 자각"에 이른다는 사실이다.

결국 진홍은 아버지가 패륜을 저지르면서까지 할머니로부터 돈을 받아내는 데 결정적인 역할을 하고야 말았다. 「등골 브레이커」에서 등골 브레이커의 원조는 진홍의 아버지이다. 그리고 아버지의 무책임으로 진홍의 삶이 고시원의 낡은 선풍기처럼 궁지에 몰린 것도 사실이다. 그러나 진홍은 아버지의 패륜과 목숨을 대가로 할머니의 돈을 받아내고야 만 것이다. "할머니의 등에 빨대를 꽂은 아버지와 아버지의 등에 빨대를 꽂은 나, 등골 브레이커 듀엣"이 탄생한 배경은 대략 이러한 것이었으며, 이 대목에 이르러 가족은 차라리 지옥이라 불러도 무방할 것이다.

불온한 수동성

「4864」는 자동차를 주인공으로 내세우고 있지만, 이때의 자동차가 차주(車主)를 가족으로 여긴다는 점에서 이 작품 역시 일종의 가족 서사라고 할 수 있다. 「4864」의 '나'는 2007년 4월생 승용차로 241,907km를 달린 후에 폐차를 앞두고 있다. 자동차 4864의 노화는 차주인 정묘 모친의 노화와 연결되어 나타난다. 4864는 모든 것이 낡아버린 자신을 보며 "늙으면 서럽다는 말을 입에 달고 살던 너의 모친 맞잡이"라고 생각한다. 4864는 궁지에 몰려 폐기를 앞둔 존재의 또 다른 형상에 해당하는 것이다.

폐기 직전의 사물이나 생명을 통해서 인물들이 처한 궁박한 처지를 은은하지만 강렬하게 드러내는 것은 노정완 소설의 서사 시학에 해당한다. 배가 터져 죽은 천여 마리의 두꺼비들과 함지 속에서 진액을 흘리며 죽어가는 밤벌레들(「보늬」), 이미 성장을 멈춘 채 누렇게 변해버린 파키라(「나중에」), 냉동실에서 꽁꽁 얼려진 햄스터(「걸어 다니는 섬」), 목이 꺾여 옷걸이 대용으로 사용되는 선풍기(「등골 브레이커」) 등이 바로 그러한 예라고 할 수 있다. 「4864」는 아예 폐차 직전의 "늙어빠진" 자동차를 초점화자로 등장시켜 한 편의 작품이 완성된 사례이다. 그리고 이처럼 존재가 막장까지 내몰리는 것은 다름 아닌 가족이라는 그 숭고한 공동체에 의해서이다.

노정완 소설에서 가족이란 끝없는 고통을 낳는 기원이며, 그것은 사라지지 않는 힘으로 현재는 물론이고 미래까지 장악한다. 이 끝나지 않는 무한지옥에서 벗어나는 방법은 존재하지 않는 걸까? 이와 관련해 「알로마더」는 그 가능성이 암시되는 유일한 작품이다.

이 작품에서 서연과 수로는 남남이지만 어린 시절 가족(母子)처럼 친밀하게 지낸 사이이다. 서연은 지금 화장실도 혼자 못 가는 노모를 혼자서 힘들게 돌보고 있다. 그런데 서연은 문득 "이 모든 상황이 참 익숙하다"고 느끼며, 자신이 "이미 오래전에 살아봤"다고 생각한다. 유년의 한 시절 서연은 수로의 엄마 역할을 하며 지낸 적이 있었던 것이다. 눈만 뜨면 서연을 따라다니던 수로는 서연의 학교에까지 따라갔으며, 이로 인해 수로의 별명은 "서연이 새끼"였다. 다른 소설에서처럼 이 관계는 지금까지 이어지며, 서연과 수로의 삶에 그림자를 드리운다. 또한 서연의 부모와 수로의 아버지에 관한 소문은 지금까지도 질기게 남아 서연의 삶을 힘들게 하고 있다. 여기까지는 지금 까지 살펴본 작품들과 유사한 양상이라고 할 수 있다.

그런데 「알로마더」는 여기서 한 단계 더 나아가는데, 그것은 바로 굴레와도 같이 되어버린 가족에서 벗어나려는 모습이 드러난다는 점 이다. 그것은 서연과 수로가 "절연(絶緣)"이라는 메시지를 서로 주고 받는 것에서 드러난다. 물론 절연이 결코 쉬운 것은 아니다. 그것은 수로가 서연을 엄마로 삼아 지내던 시절을 너무나 달콤하게 반복적 으로 떠올리는 것에서도 확인된다. 그럼에도 불구하고, 굴레가 되어 버린 가족이라는 테두리에서 벗어나기 위해 그 인연과의 단절을 시 도한다는 것은 새로운 시도임에는 분명하다. 비록 그것은 미약한 대 응일 수도 있겠지만, 어쩌면 그 불온한 수동성에서부터 새로운 관계 가 시작될 수 있을지도 모른다.

새로운 문학적 가능성의 증거

노정완의 소설집 『몽유』는 매우 진지한 자세로 가족이라는 굴레 속 에서 일어나는 여러 가지 비극적 사건과 정념을 한 땀 한 땀 정성스 럽게 그려낸 작품들로 이루어져 있다. 특히나 가족의 가장 약한 고리 를 향해 가해지는 가족의 폭력성을 섬세하게 그려낸 것은 섬세한 고 찰을 요구한다고 할 수 있다.

흔히 가족 서사는 사사화(私事化)된 미시 담론 정도로 치부되기도 한다. 그러나 가족이라는 것은 지극히 사적인 영역이지만, 동시에 가족은 가장 사회적인 영역이기도 하다. 들뢰즈는 자본주의 사회에서의 가족 관계를 오이디푸스 구조라는 거시적인 틀로서 설명한다. 자본주의에서 오이디푸스적 가족 구조는 사회적 규정이 반향하는 장소가 되며, 반대로 사회는 가족 구조가 공명하는 공간이 된다는 것이다.[1] 따라서 자본주의적 오이디푸스 구조(혹은 탈구조)에서는, 가족이나 가족 해체에 연관된 무의식이 사회 질서나 변혁을 위한 근거로 작용할 수도 있다. 린 헌트는 프랑스 혁명의 무의식을 가족 로망스의 개념으로 풀어내면서, "정치는 상상력에, 따라서 어느 정도는 환상에 의존하며, 가족 경험은 이러한 환상의 많은 부분의 원천을 이루고 있다"[2]고 말한다. 이처럼 가족은 권력 관계의 상상적인 구조라고 할 수 있으며, 결코 가족 구성원들의 사사화된 관계로만 한정될 수 없다. 가족 서사는 가족의 문제를 넘어서서 사회 현실과 가장 깊은 차원에서 연결될 수도 있는 것이다. 그렇기에 가족 관계를 어떠한 방식으로 형상화하느냐는 기존 사회에 대한 비판과 더불어 새로운 사회를 사

---

1 "가족은 모든 사회적 규정이 메아리치고 반향하는 장소가 된다. 어디를 둘러보아도 어디서나 이제는 아버지-어머니밖에 볼 수 없게 하기 위하여, 모든 사회적 심상들을 제한된 가족의 환영들에 일치시키는 것이 자본주의의 사회 터전의 반동적 공급에 속한다."(질 들뢰즈 · 펠릭스 가타리, 『천 개의 고원』, 김재인 옮김, 새물결, 2001, 399면)
2 린 헌트, 『프랑스 혁명의 가족 로망스』, 조한욱 옮김, 새물결, 2000, 11~12면.

유하고 상상하는 정치적 비전과 선명하게 연동될 수도 있다.

　이러한 논의를 참조한다면, 노정완의 소설이 가족 내의 약자를 전면에 내세워 그들이 다른 가족 구성원들에 의해 궁박한 처지에 내몰리는 것을 일관되게 서사화한다는 것은 매우 정치적인 의미를 지닐 수도 있다. 노정완의 원숙한 문학적 기량과 가족 서사가 지닌 정치성의 만남이야말로 한국문학이 오랫동안 기다려온 새로운 문학적 가능성의 한 증거가 되리라고 믿는다.

○ 2021

산다는 것의 위대함

해이수 소설에 대하여

해이수가 돌아왔다!

드디어 해이수가 자신의 탯줄이 묻힌 이 땅으로 돌아왔다. 막연해 보이는 이 말을 이해하기 위해서는 약간의 설명이 필요하다. 해이수처럼 지속적이면서도 다양하게 외국을 배경으로 한 작품을 쓴 작가도 드물다. 그동안 발표한 두 권의 소설집[『캥거루가 있는 사막』(문학동네, 2006), 『젤리피쉬』(자음과모음, 2009)]에 수록된 작품 중에서 「캥거루가 있는 사막」, 「돌베개 위의 나날」, 「우리 전통 무용단」, 「어느 서늘한 하오의 빈집털이」, 「젤리피쉬」, 「마른 꽃을 불에 던져 넣었다」는 오스트레일리아, 「고산병 입문」, 「루클라 공항」, 「아웃 오브 룸비니」는 히말라야를 배경으로 하였던 것이다. 특히 첫번째 장편소설인 『눈의 경전』(자음과모음, 2015)은 이전의 외국 배경을 종합이라도 하겠다는 듯이, 오스트레일리아와 히말라야 그리고 서울까지를 동시에 소설의 배경으로 삼았던 것이다. 이러한 모습을 보여주었던 해이수의 세번째 소설집 『엔드 바 텐드』는 8편의 작품 중에서 오직 표제작인 「엔드 바 텐드」만 몽골이라는 외국을 소설적 공간의 일부로 삼았을 뿐, 나머지 작품은 모두 지금의 한국사회를 배경으로 삼고 있다.

물론 해이수의 외국 배경 소설이 몽롱한 이국 취미와는 구별되는 사실주의적인 문제의식을 보여주었다는 점도 잊어서는 안 된다. 그렇다 하더라도 외국에서 살아가는 이방인이나 여행자의 삶이 아닌, 자신이 나고 자란 땅에서 살아가는 사람들의 삶을 그릴 때 드러나는 현실의 실감은 다른 것일 수밖에 없다. 해이수는 날카로운 산문 정신을 이제는 자신의 탯줄이 묻힌 이 땅을 무대로 하여 펼쳐나가는 것이다. 그러나 해이수는 기존의 공식화된 방식이나 태도가 아닌 해이수만의 인장이 새겨진 새로운 방법으로 지금-이곳의 삶과 조우하고 있다. 그것은 환상을 적극적으로 활용하는 기법이나 이전에 다룬 바 없는 새로운 제재를 보여주는 것, 그리고 나름의 잠언적 메시지를 미학적으로 정련하여 제시하는 대목 등에서 확인할 수 있다.

이제는 산에서 내려올 시간

해이수 소설에서 가장 자주 등장하는 인물 유형을 꼽자면, 학계의 비정규직을 전전하는 이들이다. 이번 소설집에서도 「엔드 바 텐드」, 「김강사와 P교수」, 「낙산」의 '나'가 모두 대학의 시간강사들이다. 이러한 인물들은 일차적으로 학계의 여러 문제를 고발하며, 나아가서는 산다는 것의 근원적 허무를 환기시키기도 한다.

해이수 소설의 시간강사들이 경험하는 대학교는 언제나 위계적이고 위선적이며 나아가 위험한 곳이다. 「엔드 바 텐드」에서는 시간강사 주제에 각 대학의 주임교수와 학과장을 기다리게 했다는 이유로 후래자 삼배를 해야 하고, 교수의 싸인이 떨어지면 다른 사람들은 마시지 않는 독주를 단숨에 비워내야 한다. 연구소장은 프로젝트 심사가 코앞인데 구성안이 엉망이라며 호통부터 친다. 「김 강사와 P교수」에서 김만필은 자신의 지도교수인 P교수의 이름이 휴대폰의 액정에 뜨면 화들짝 놀라고, P교수의 턱선 위로는 시선을 두기도 어려워한다. P교수의 메시지는 늘 짧고 애매모호했으며 목소리는 외계음 같았다. 하지만 P교수의 지시에는 속수무책 절대복종할 수밖에 없다.

이 작품은 제목인 '엔드 바 텐드'에서부터 드러나듯이, 몽골과 서울이라는 이분법으로 되어 있다. 몽골말로 엔드는 '여기', 텐드는 '저기', 바는 접속사 '그리고'에 해당한다. 몽골이 모래 언덕과 사랑이 가득한 곳이라면, 서울은 온갖 차별적 기호와 물질로 가득한 곳이다. 몽골에서는 '나'와 그녀가 인간 본연의 자태로 사랑을 나눌 수도 있지만, 서울에서 별다른 기호나 물질도 가지지 못한 '나'는 온갖 기호나 물질로 가득한 그녀를 제대로 쳐다볼 수도 없다.

몽골 국제 심포지엄에 참여했을 때, '나'와 그녀는 남부의 중국 국경인 '어믄 고비(Omno Gobi)'에 동행한다. 예전에 바다였던 고비 사막의 메마른 협곡은 장관이다. 고대 수생 생물의 화석이 대량으로 출토되기도 하는 그 협곡의 바닥에서 '나'와 그녀는 진한 교감을 나눈다. 고비에서 닷새를 함께 헤맨 결과 둘은 대여섯 걸음 정도 떨어져 함께 지평선을 바라보며 오줌을 누고, 고장난 짚차에서 함께 뜨거운 밤을 보내기도 한다. 고비를 나오기 전, 기념품을 늘어놓고 파는 허름한 좌판에서 '나'는 물고기 목걸이를 발견하여 선물한다. 모든 분명의 물질과 기호를 벗어버린 모래 언덕에서 그녀와 '나'는 이토록 평등하게 사랑을 나누는 것이다. 그러나 다시 서울로 돌아왔을 때 모든 것은 달라진다.

그녀는 명문 여대의 학부와 대학원을 졸업했고, 고가의 초고층 아파트에 살고 있다. 위성도시의 연립에 사는 '나'는 고비 사막을 건너는 일보다 그녀가 사는 강남에 닿는 것이 더욱 어렵다고 느낀다. 그러고 보면, 몽골에서 둘을 더욱 가깝게 만든 계기가 되었던 승마를 배운 과정도 너무나 다르다. 그녀가 대학 시절 복장을 갖춰 승마를 배우는 동안, '나'는 잡부로 말똥을 치우며 어깨너머로 배웠던 것이다.

몽골 국제 심포지엄의 뒤풀이와 그녀의 환송회가 동시에 열리는 자리는 둘의 격차가 분명하게 확인되는 현장이다. 자리가 바뀌는 동안에도 그녀는 모임의 중심에서 벗어나지 않지만, '나'는 어떤 경우에든 맨 끝자리를 벗어나지 못한다. 술자리가 끝나갈 무렵에는 집안도 좋고 국립대에 재직 중인 그녀의 남편 천 교수가 나타난다.

'나'는 그녀에게 선물로 오징어 다리를 하나 찢어 주고는, 술자리를 나와 다리 하나를 찢어서 입에 물고는 명동 거리를 헤맨다. 작품은 "어디선가 거대한 모래 언덕이 허물어져 내리는 굉음이 들렸다. 온몸에 힘이 쭉 빠지며 한쪽 무릎이 꿇리고 발목이 접혔다. 나는 허리를 굽히고 고개를 떨어뜨리며 손바닥으로 땅을 짚었다"라는 다소 환상적인 방식으로 끝난다. '나'는 결국 불야성의 서울 거리에서 낙타 혹은 말이 되어버린 것이다. 작열하는 태양 아래 무거운 등짐을 지고 뜨거운 모래 산을 건너는 삶. 그것이 바로 서울에서의 '나'가 처한 삶의 실상이었던 것이다.

「김 강사와 P교수」는 제목에서부터 작정하고 강사를 표 나게 내세운 작품이다. 이 작품은, 식민지 시기 창작된 유진오의 「김 강사와 T교수」(1935)에 대한 일종의 패러디라고 할 수 있다. 「김 강사와 T교수」는 카프 해산기의 문학사적 공백기를 혼자서 감당했다는 말을 들을 정도의 명작으로서, 강사 김만필이 지식인이자 조선인으로 겪는 갈등을 심도 있게 탐색한 작품이다. 해이수가 굳이 이 작품을 패러디한 것은, 지금 이 땅에 사는 시간강사들의 삶과 고민에 대해서 누구보다 깊이 알고 있다는 자신감이 있었기 때문일 일이다.

「김 강사와 P교수」에서 서른아홉 살의 김만필이 겪는 핵심적인 갈등은 '국제 문화 교류 센터의 계약직 직원이 되는 길'과 '구속 없는 영혼의 예술가가 되는 길' 중에서 어느 것을 선택하느냐는 고민에서 발생한다. 전자의 선택이 생활인이 되어 자신의 꿈을 이룰 시간을 빼앗기는 것이라면, 후자는 "자주와 자활과 자강"의 삶에 다가가는 것을 것을 의미한다. 또한 전자가 지도교수의 명령에 순종하는 길이라면, 후자는 지도교수의 눈 밖에 나는 일이기도 하다. 김만필은 후자를 꿈꾸지만, 주위 사람들은 강하게 김만필을 전자 쪽으로 밀어붙인다.

난방도 되지 않는 아파트에서 혼자 생활하는 어머니는 "오로지 만필이 오늘이나 내일이나 교수가 될 것"만을 믿으며, 오랜만에 찾아온 아들을 위해 삼계탕을 정성껏 끓여서 대접한다. 이런 어머니를 보며 김만필은 센터의 직원이 되어 월급을 받으면 용돈을 드릴 수 있을지도 모른다고 생각한다. 오랜만에 만난 대학 동기들도 "이런 좀팽이 자식, 그걸 왜 걱정해! 그냥 P교수가 시키는 일만 잘 하면 돼!"라고 말한다. 김만필이 센터에 직원으로 채용되면 자신이 김만필의 강의를 대신 맡을 수도 있다는 것을 고려한 대학 후배 혜라도, "P교수가 그렇게까지 나왔으면 당연히 해야지"라고 말한다. 늘 정신적으로 만필을 후원해왔던 백 선배도 지금에 와서는 "사회생활을 하다 보면 자신의 이익과 장래를 떠나서 누군가를 위해 대리전을 치를 때가 오지"라고 말하며, 지도교수의 말을 들으라고 말한다.

「김 강사와 P교수」는 환상적인 요소를 적절히 활용하여 김만필이 처한 비극적 상황의 실감을 더욱 배가시킨다. 절대군주와도 같은 권력자로 군림하는 P교수는 "견고한 보호 장비를 갖춘 미식축구 선수처럼 거대한 양쪽 어깨에는 액세서리처럼 여러 개의 팔이 매달려" 있다. 이에 비해 눈도 보이지 않는 어머니는 어깨뿐만 아니라 팔에서 손목까지도 형체가 없는 것으로 묘사된다. 오른쪽 어깨는 김이 대학과 대학원을 다니는 동안 자연스럽게 사라졌고, 왼쪽 어깨는 김이 결혼을 하고 전세방을 얻는 동안 흔적 없이 지워진 것이다. 여자들이 나오는 술집에서 엉망으로 행동하는 동기들은 오직 성기밖에 없는 것으로 묘사된다.[1] 청력을 모두 잃은 아내는 젖가슴 한쪽이 희미하게 지워지고 없다.

마지막은 당연히 김만필이 그동안 해온 고민의 결과를 보여주는 일이다. 김만필은 P교수를 찾아가 자신의 왼손으로 오른팔을 비틀어 뽑아서 그것을 화병에 꽂는다. P교수는 만필이 원하지 않는 국제 문화 교류 센터의 일을 시키며 "자네가 내 오른팔이 돼야겠어!"라고 말했는데, 만필은 오른팔이 되는 대신 자신의 오른팔을 뽑아서 바친 것이다. 이 장면은 달마와 혜가의 구법단비(求法斷臂) 이야기를 참고해야만 그 의미가 보다 분명해진다. 젊은 혜가는 달마에게 불법을 청하며, 자신의 진정성을 보이기 위해 팔 하나를 잘라서 달마에게 바쳤다. 참된 스승을 대타자로 하여 진리를 구하는 자신의 진정성을 보이

---

1 김만필은 유흥업소에서 난잡하게 행동하는 동기들을 경멸하며, 그들을 자신과 구별 지으려고 애쓴다. 그는 화장실의 휴지걸이에 비친 자신을 "언뜻 한 마리 새 같았다"고 여길 정도이다. 흥미로운 것은 대학 동기들이 유흥업소 여성들에게 하던 일을, 혜라에게 거의 그대로 한다는 것이다. 혜라에게 상말을 하고, 아무런 걸림 없이 그녀의 육체를 탐한다. 그리고는 벌거벗은 혜라를 "삼계탕"이나 "암컷 사마귀"에 비유하기도 한다.

는 방편으로 혜가는 자신의 팔을 잘랐던 것이다. 그토록 숭고했던 구법단비 이야기는, 21세기 한국소설에서는 아무것도 가진 것 없이 궁지에 몰린 제자의 마조히즘적 저항을 위한 수단으로 변모되어 등장하고 있는 것이다.

「낙산」은 교수의 요구를 당당하게 거절한 김만필의 후일담으로 읽을 수도 있다. 「김 강사와 P교수」에서 김만필에게 7개월 된 딸아이가 하나 있었다면, 「낙산」의 주인공에게는 여섯 살짜리 큰딸과 세 살배기 둘째 딸이 있다. 그 몇 년의 시간이 흐르는 동안 그는 어떤 모습으로 변했을까? 대학 부설 고전문학 연구소의 계약직 연구원인 주인공은 허허실실 시간 강의를 하고 듬성듬성 글을 쓰고 대강대강 가장 노릇을 한다. 무엇보다 안타까운 것은 "인생역전은 꿈도 꾸지 않고 어제와 오늘 그리고 내일이 크게 다를 바가 없"다고 여기며 살아간다는 점이다.

특히 '나'는 "몸만 지금 여기에 있을 뿐 의식은 어제 거기에 있었다"고 생각한다. 대학교 시절 같은 학과 동기였던 아내의 마흔한번째 생일 잔치와 집들이를 겸한 행사로 대학 동기들이 모이면서 '어제 거기'에 대한 의식은 더욱 날카로워진다. '어제 거기'의 중심에는 대학교 시절 짝사랑했으며, 졸업 이후에도 낙산에서 아름다운 추억을 나누었던 세희가 너무나 뚜렷한 모습으로 서 있다.

입학식 때부터 '나'의 눈에 세희는 탄력이 넘치고, "좋은 집안에서 양육을 받은 영리한 여자가 대개 그러하듯 발음이 깨끗하고 의사표

현도 분명"했다. 강의에서 공동으로 과제를 하면서 둘은 더욱 친해진
다. 세희를 좋아하면서도, "세희를 영원히 내 것으로 만들어도 나는
불행하다"는 체념적 결론을 내리고 '나'는 군에 입대한다. 이후 '나'
가 스스로 작가가 될 수 있는지를 시험하며 경기도 소읍의 오두막에
서 독서와 창작에 매진할 때, 세희가 '나'를 방문하고 둘은 양양의 낙
산해수욕장과 낙산사 등을 여행하며 추억을 만들었던 것이다. 둘이
밤길에 우연히 발견한 그네를 타는 모습에 대한 묘사는 해이수라는
작가가 인간의 내밀한 정서를 언어로 형상화하는 데 얼마나 뛰어난
능력을 가졌는지 증명하기에 모자람이 없다.

한참을 걸으니 그네가 보였다. 한 쌍의 은목걸이처럼 걸린 그네에는 붉
은색과 파란색 안장이 달려 있었다. 그네에 앉자 두 사람의 그림자가 모래
톱에 돋아났다. 유독 세희의 것은 길쭉하고 새카맣고 그윽한 향기가 풍겼
다. 두 그림자는 공중으로 치솟을 때마다 모래바닥에서 서로 겹쳐졌다 나
눠지고 포개졌다가 떨어졌다.
그네가 뒤로 빠지면 허리가 밑으로 쑥 잠기는 짜릿한 기분이 들었다. 그
때마다 나는 힘주어 '세희야!' 하고 속삭였다. 그리고 그네가 치솟으면 바
닷바람을 가슴으로 품으며 '사랑해!' 하고 안 들리게 외쳤다. 밤과 바다와
파도와 물고기와 오징어잡이 배들과 실금 같은 수평선과 보름달과 별들에
게 나는 그렇게 선포하고 싶었다.

그러나 이번 집들이 행사에는 캐나다 밴쿠버에서 15년 동안 살다가 잠깐 귀국했다는 세희는 끝내 나타나지 않는다. 대신 나타난 것은 아내가 좋아했던 바람둥이 명우이다. 이제 '나'에게는 현재나 미래는 물론이고, 유일한 삶의 버팀목이었던 '어제 거기'에도 더 이상 의지하기 어려워진 상황이 암시적으로 드러나고 있는 것이다. 그렇다면, 이 작품의 제목인 낙산은 세희와 함께 놀러 갔던 낙산사(洛山寺)의 낙산(洛山)이 아니라, 산에서 내려옴이라는 의미를 지니는 낙산(落山)의 의미로 새겨볼 수 있을지도 모른다. 이제는 헛된 미래에의 꿈이나 과거에의 집착에서 벗어나, 현재의 삶 속으로 내려가야 하는 시간인 것이다. 해이수의 이번 소설집이 이전과 가장 구별되는 지점은, '지금-여기'의 삶 속으로 내려온 이후에 펼쳐진 세계라고 할 수 있다. 결론부터 말하자면 그 세계는 무척이나 따뜻하고 그리고 아름답다.

'지금-이곳'의 아름다운 삶

해이수적 인물이라고 부를 만한 주인공이 가장 먼저 찾아간 삶의 현장은 충남 한산의 시장통이다. 「한산 수첩」은 제목처럼 충남 한산의 시장에 사는 장삼이사들의 삶을 취재한 기록이다.

쓰고 있던 장편소설이 예정보다 1년이 넘어가자 아내는 청약 저축과 적금과 보험을 깼다. 아이들의 숟가락질을 멈추게 할 수는 없다는 생각에 '나'는 출판사에서 일하는 선배에게 전화를 한다. 출판사에서 일하는 선배는 "야, 넌 소설가가 뭐 대단한 건 줄 알아? 사람 사는 이야기 적는 거잖아!"라며, 시골 장터에 가서 현지인들의 육성을 녹취하고 "문예 미학적으로 복원하라"고 주문한다. 이 말에 따라 '나'는 녹음기와 수첩을 들고 한산면을 헤집고 다닌다. "영업을 하는 시골상인들에게 '현실적 이윤'과 무관한 '막연한 인생담' 요청은 당혹스러울 게 분명"하다고 생각하지만, 이들은 마치 누군가 자신의 이야기를 들어줄 사람을 기다린 것처럼 술술 이야기를 풀어간다. 이것은 이들이 기본적으로 개방적이며 공동체 지향적인 삶의 자세를 가진 결과라고 할 수 있다.

'나'가 처음 만나는 인물은 '초원다방'의 40대 후반으로 보이는 여주인이다. 어린 시절 꿈이 학교 음악 선생님이었던 그녀는 스무 살에 중매로 결혼하여 한산에 정착했다. 서른이 못 되어 남편과 떨어져 살게 되었고, 이후에는 두 아이를 키우며 식당 일을 주로 했다. 15년 된 다방이 세를 놓는 것을 보고, 그것을 인수하여 오늘에 이른 것이다. 그녀는 주로 자식 걱정을 하며 시간을 보낸다. 별로 좋지 않은 상황이지만 그녀는 모든 것을 긍정적으로 받아들인다.

다음으로 만나는 것은 시계수리점 '문화시계'의 주인이다. 64세인 박순종 사장은 시계방에서 온갖 고생과 노력을 하며, "시계 심장의 은밀한 비밀을 파악"한 달인이 되었다. 그러는 사이에 세 아들을 모두 대학까지 보내고, 예전처럼 시계 수리 일이 많지 않은 요즘에는 디지털 시계와 디지털 카메라까지 연구하고 수리하며 성실하게 살아 가고 있다. 그의 시간에는 무엇보다 "진정성의 맥박"이 뛰고 있다.

마지막으로는 '나'는 멕시칸 치킨집의 유리창 너머로 공부하는 아이들의 모습을 관찰한다. 유리창 너머에는 손님용 테이블 대신 두 개의 학생용 책상이 놓여 있다. 그것을 보며, '나'는 "마음속으로 '멕시칸 치킨'이라는 간판을 떼어내고 '미시건 독서실'이라는 새 간판을 붙여"준다. 아버지와 어머니는 아이들이 공부하는 뒷모습을 보며 노동의 피로와 쪼들리는 살림살이를 감내하고, 아이들은 아버지와 어머니의 삶의 현장에서 아무런 불평 없이 정신적 지평을 넓히는 데 열중하였던 것이다. 이 가족을 보며 눈물이 핑 돌 정도로 감동한 '나'는 두 아들과 부모님을 위해 기도를 올린다.

작품은 시린 손으로 주머니 속의 레코드를 움켜쥐고서는, "지금은 나보다 이 레코더가 더 소중했다"고 느끼는 것으로 끝난다. 이러한 '나'의 모습은 과도한 자기중심주의에서 벗어나 한결 성숙해진 모습을 압축적으로 드러낸다고 할 수 있다. '지금-여기'에 사는 평범한 이들을 향한 자기 개방과 그로부터 깨달은 삶의 진실에 대한 조용한 경배야말로 해이수가 이번 소설에서 새롭게 개척한 득의의 영역임에 분명하다.

「종이배」의 병일과 지연도 생존을 위해 몸부림치는 이 땅의 보통 사람들이다. 야근을 마치고 연립주택의 계단을 오르는 병일은 얼른 샤워를 하고 술을 마신 뒤 그대로 쓰러져 자고 싶을 정도로 녹초가 된다. 야근에는 짭짤한 수당이 붙지만, 수명이 덜컥덜컥 깎이는 기분을 줄 정도로 피곤하다. 병일은 작업 중에 검지 손톱이 으깨지는 부상까지 당해서 손가락에 붕대를 감았다.

병일은 지연과 서른 살에 혼인신고를 올리고 3년을 함께 살았다. 군대 부사관 출신인 병일은 저임금 계약직 노동자 신분을 벗어나려고 소방공무원 시험 준비에 열을 올렸으나 번번이 미끄러지고 말았다. 늘 병일은 지연의 행복을 위해서 지연에게 "좋은 남자 생기면 떠나도 돼"라는 식으로 말한다. 이러한 위악은 병일의 자격지심에서 비롯된 것이다. 고졸인 병일은 자기보다 높은 지연의 전문대 학력을 의식한 탓인지 자주 유식한 척을 했다. 사내 체육대회에서 조립공이었던 병일이 지연을 들어 안고 무려 40분을 버티면서, 사무실의 회계 담당자였던 지연과 사귀게 된다. 어린 시절 병일을 두고 도망간 엄마의 기억도 병일의 이러한 심리를 부추긴다. 이런 병일의 절망과 자학에서 비롯된 행위가 지속될수록, 지연의 불안감도 심해진다. 이런 병일을 보며 지연도 "언젠가 그가 자기를 떠날지도 모른다는 불안감"에 시달리며, 배 속의 아이를 지운다. 병일과 지연은 연애 시절에도 덜컥 들어선 아이를 지운 경험이 있다.

지연의 중절 수술 이후 병일은 자포자기적인 마음으로 폭음을 한다. 이혼을 앞두고 마지막으로 이 부부는 죽은 아이들의 영혼을 천도하기 위해 강화도로 간다. 지연과 병일은 헤어지기 전에 배 속에서 사라진 두 아이의 영혼을 위로해야 한다는 무속인의 말을 따르려는 것이다. 의식을 치르는 과정에서 두 아이들은 무속인에게 접신하여 나타나고 이들이야말로 진정한 위로를 받는다.

이 아이들은 무속인의 몸을 빌어 "아, 우리 아빠의 훌륭한 손", "손보다 더 훌륭한 이 마음", "앞으로 내 동생은 더 많이 사랑해주세요. 꼭이요!"와 같은 따뜻한 말을 건넨다. 이 현장에서 오랫동안 소통이 단절되었던 병일과 지연은 다음과 같은 말을 마음속으로 주고받는다.

  —나는 네가 아이를 싫어하는 줄 알았어.
  —아니야, 네가 낳자고 했으면 낳았을 거야. 나 닮은 아들 말고, 너 닮은 딸로.
  —언젠가 네가 나를 떠날 거라고 생각했어. 아이로 상처받기 싫었어. 너에게 사랑받고 싶었어.
  —지연아, 네가 더 행복해지는 걸 막고 싶지 않겠다는 것뿐이었어. 널 사랑하지 않는 게 아니야. 나는 비겁한 놈일까.
  —사랑도 변하는 거겠지?
  —어떤 것이든 변하지. 변한다고 사랑이 아닌 건 아닐 거야.
  —정말 떠나려 했어. 그런데 오늘 너의 눈물을 봤어. 처음이야.

이러한 일을 거치며 이별의 날이 될 수도 있었던 이 날은 "너무 긴 태몽"으로서의 하루로 변모한다. '너무 긴 태몽' 이후에 태어날 아이는 분명 사라져 귀신이 될 아이는 아닐 것이다.

'지금-이곳'에서 전력을 다해 행복한 삶을 이루어가는 보통 사람들에 대한 애정이 깊을수록, 이 땅에 존재하는 소중한 생명에게 가해지는 부당한 힘에 대한 작가의 분노는 더욱 커진다. 「요오드」가 바로 그 부당한 힘과 메커니즘에 대한 분노를 표출한 작품으로서, 이때의 분노는 매우 드라이하게 표현되어 있어 더욱 진지하게 다가온다. 각각의 장면 앞에는 '2011년 2월 초순'과 같은 일시가 등장하여, 소설은 마치 단체의 공식 일지와 같은 형식으로 되어 있다. 전체 내용은 2011년 2월 초순부터 2011년 10월 말까지의 8개월간 일어난 일을 다루고 있다.

탈북 청소년 보호 단체 '손에 손잡고' 강병선 대표는 90년대 중반 대기근 시기에 나고 자란 탈북 청소년들이 신장이 지나치게 작고, 그들이 학습도 전혀 따라오지 못한다는 이야기를 듣는다. 심지어 최근 탈북한 아이들은 이전 아이들에 비해 뇌 크기 자체가 작아진 상태이다. 이것은 "요오드 결핍"으로 인해 일어난 현상이라고 할 수 있다. 이에 강병선 대표는 요오드 성분을 강화한 소금을 북에 전달하고자 한다. 문제는 "공교롭게도 남북 관계는 이 단체가 품은 숭고한 의지를 무색케 했다"는 점이다. 이 작품은 날짜까지 분명하게 밝힘으로써, 남북 관계가 된서리를 맞았던 10여 년 전 상황을 분명하게 보여준다.

대부분의 기업이 북한 지원 사업의 서두만 꺼내도 손사래를 치는 상황에서 KJ 그룹의 최석근 회장만이 도움을 준다. KJ 그룹에서 9톤의 요오드 강화 소금을 제조하는 것이다. 최 회장은 이 소금뿐만 아니라 일정 금액을 기부해서 '손에 손잡고'가 추진하는 사업에 큰 추진력이 된다. 그러나 그 사업은 어려움의 첩첩산중이다. 중국 단동에 도착한 소금은 수입업자 서류 미비와 성분 검사에서 보류 판정을 받고 통관되지 않는다. 일주일 동안 단동항에 부려졌던 소금은 결국 출발했던 인천항으로 되돌아온다. 이후에도 강 대표는 북한에 십 년 전부터 현지 사무소를 개설하고 활동하는 'IFS'를 비롯해서 국제기구 5개 단체장('당신의 천사들', '국제 영양 지원 본부', '그린 크로스', '키다리 아저씨', '국제 응급의료 및 배급 지원단')에게 도움을 호소하지만 아무런 응답이 없다. 이들의 이런 무응답은 모두 "정치적인 이유 때문"이다.

이 사업의 유일한 지원자였던 최석근 회장마저 도와주기를 거절하자 강병선 대표도 포기하기에 이른다. 결국 강병선 대표는 비용을 도저히 충당할 수가 없어서 창고와 세관 측에 화물 포기 각서를 쓴다. 얼마 지나지 않아 세관은 요오드 다량 함유 소금 9톤의 구매자가 나오지 않자 '손에 손잡고'에 폐기 처리 방법을 통지한 후, 그 소금을 소각한다. 이 무렵 강 대표는 "자신이 슈퍼맨처럼 하늘을 날아다니거나 고래가 되어 바다를 마음껏 헤엄치는 식의 공상적이고 황당한 꿈"이 아니라, "우리가 흔히 보는 트럭에 소금을 가득 싣고 시골길을 달려서 자신이 그것을 가가호호 한 됫박씩 나눠주는 꿈"을 자주 꾼다. 어찌 보면 너무나 평범하고 단순한 일은, 한반도에서는 하늘을 날아다니는 것보다도 더욱 이루기 힘든 꿈이 되어 버린 것이다.

현재에 집중하는 성자(聖者)들

해이수는 나름대로 이 땅에 행복을 가져올 수 있는 방법까지도 관심을 보여준다. 그런 면에서 이번 소설집은 참으로 깊고도 넓은 세계를 품고 있는 해이수 문학의 한 결정판이라고 할 수 있다. 그 방법은 바로 인간의 힘으로는 어찌해볼 수 없는 과거나 미래가 아니라 '지금에 집중'하는 것이다. 「옴 샨티」와 「리키의 화원」이 이러한 현자의 목소리를 분명하게 보여주는 작품들이다.

「옴 샨티」는 해이수의 장편소설 『눈의 경전』과 여러모로 유사하다. 『눈의 경전』에서 완을 맹목적으로 사랑해준 유밍이 죽자, 완은 자신의 무책임한 행동을 반성하며 유밍을 애도하기 위해 히말라야까지 찾아간다. 그리고 그곳에서 텐진 빠모를 만나 삶의 진리에 한층 다가간다. 「옴 샨티」의 주인공 이름 역시 완이며, 이 작품에서는 연이 완을 맹목적으로 사랑한다. 그러나 완은 암에 걸려 죽어가는 연을 외면하고, 이런 자신에 대한 처벌과 연에 대한 애도를 위해 요가 수행을 한다. 유밍이 연으로, 히말라야가 요가 수행으로, 라마승 텐진 빠모가 요가 강사 하나로 바뀌었을 뿐 기본적인 구도는 동일한 것이다.

완은 연을 신촌의 백화점 문화센터 미술 강좌에서 만났다. 이 당시 수강생이었던 연은 완에게 개인 지도를 요구하고, 당시 수입이 없어 곤란을 겪던 완은 이를 흔쾌히 받아들인다. 연희동의 30평대 아파트에 사는 연은 고귀하고 단아하며, 어조 또한 세련되고 안정적이다. 완이 아파트를 나설 때, 연은 무릎을 접고 앉아 완의 신발을 가지런히 집어서 신기 좋게 방향을 바꾸어 놓을 정도로 완을 아낀다. 3개월가량 연희동을 드나들었을 때, 연은 완의 요구를 받아들여 누드 모델이 되어 주기도 한다.

그러나 완은 아내가 임신을 하고 전시회 일정이 잡히자, 암으로 죽어가는 연을 향한 발걸음을 줄이기 시작한다. 아내가 미숙아를 출산하고 그 아기가 중환자실로 옮겨가는 일을 겪자, 완은 보름 후에 가겠다는 연과의 마지막 약속마저도 지키지 않는다. 연은 삶의 마지막 순간에도 완을 위한 만두를 빚었던 것으로 그려진다.

이토록 헌신적이었던 연인의 죽음 앞에서 태연하기란 불가능할 것이다. 완은 자기 처벌과 연에 대한 애도를 위해 요가 수행을 한다. 완이 30일간의 특별 수련을 한 번도 빠지지 않은 이유는 "자신에게 벌을 주기 위해서"이다. 온몸이 근육통에 시달리고 상체와 하체가 따로 노는 듯한 통증을 견디는 것은 "파렴치한 스스로에게서 벗어나는 유일한 방법"이라 생각했기 때문이다. 한나가 완에게 말과 요가를 통해 전하는 메시지는 다음의 인용에서 알 수 있듯이, '현재에 집중'하는 것이다.

마치 투명한 보석이 곁에 있는 꽃의 빛깔에 물들듯이 그렇게 생각을 비우세요. 그리고 집중하는 대상에 물들기를 기다리세요. 균형과 집중으로 그 대상과 하나가 될 때 빛나는 그 무엇과 만나세요.

균형은 균등한 정반대의 힘 안에 존재합니다. 균형은 자유를 줍니다. 훌륭한 답을 마련하신 완 님은 더는 과거를 살지 마시고 부디 현재를 사세요. 요가는 현재에 집중하는 것입니다.

'현재에 집중'하는 수련의 끝을 알리는 차크라 주발이 울렸을 때, 완은 드디어 "빛 속에서 연이 수줍은 듯 걸어 나"오는 모습을 본다. 이 순간 "완은 무릎을 접고 앉아 연의 신발을 가지런히 집어서 신기 좋도록 방향을 바꾸어"놓는다. 예전에 연이 완을 위해 해주었던 그 헌신적인 행위를, 이제는 완이 연을 위해 해주는 것이다. 그 신발을 신고 사라지는 연을 보며, 완은 "거대하고 따뜻한 손이 완의 정수리부터 발바닥까지 부드럽게 어루만지는 느낌"을 받는다. 그러면서 "이제는 붓을 들고 그녀와 마주 설 수 있을 듯했다. 그야말로 이제는 선과 색을 입혀 그녀를 어루만질 수 있을 것 같았다. 그렇게 어루만진다는 것…… 오직 그 길만이 그녀를 잊는 길이었다"고 다짐한다. 이제 완에게도 비로소 평화(shanti)가 찾아온 것이다.

「리키의 화원」은 우리 시대 성자가 등장하는 소설이다. 이때 성자의 으뜸 덕목도 다름 아닌 현재에 집중하는 것이다. 180센티미터가 넘는 장신에 백인 혼혈의 준수한 외모로 모델과 드라마 단역을 하는 리키는 「가자, 우리팀」이라는 텔레비전 프로그램의 종합 장애물 경기에서 엄청난 능력을 발휘한다. '나'도 나름 뛰어난 능력을 발휘하지만, 리키의 초인적인 능력 앞에서는 초라할 뿐이다.

회가 거듭할수록 프로그램의 시청률이 오르고 팬덤이 폭발적으로 불어나서, 나중에는 사람들의 관심이 팀과 팀의 대결이 아니라 리키가 얼마나 빨리 장애물을 통과하느냐로 옮겨갈 정도이다. 리키는 어떤 광고도 계약하지 않고 다른 오락 프로그램의 섭외를 받아도 나가지 않고 적은 출연료로만 연명한다. 리키는 다음의 인용들에서 알 수 있듯이, 타인의 시선에 신경 쓰지 않고 오직 지금 할 수 있는 일에 최선을 다한다는 확고한 신념을 지니고 있다. 리키가 장애물 경기에 최선을 다하는 것은, 돈 때문도 명예 때문도 아닌 "뭔가에 몰두하는 순수한 즐거움"과 "완벽한 집중과 긴장" 때문이다.

리키는 정말 장애물에만 몰두할 뿐 다른 생각은 전혀 하지 않는 듯했다.

집중은 누군가의 힘을 빌리지 않고 자신의 슈퍼 파워를 찾게 해줘요. 사람들이 떨어지는 이유는 간단해요. 나를 보는 게 아니라 남을 봐서 그래요. 남들을 기준으로 삼는 거죠. 남들에게 박수 받고 멋지게 보이고 싶은 거예요. 그러면 영원히 성공할 수 없어요. 영원히 불행해요. 남들이 만든 기준은 매번 바뀌잖아요.

이러한 리키의 모습은 '나'와는 정반대이다. '나'는 한때 "주연으로 빛났던 기억 때문에 오랫동안 불행"했다. 그때 기획사가 나를 약간만 받쳐주었으면 하는 원망, 담당 피디가 조금만 끌어주었으면 하는 아쉬움, 상대 배우가 물의를 일으키지 않았다면 하는 안타까움에 빠져서 헤어나오지 못하는 것이다. 그 "빛나던 순간으로 돌아가야만 행복"할 것 같다고 여기지만, 당연히 그곳으로 돌아가는 방법은 존재하지 않는다. 리키가 오직 자신이 만든 기준을 바탕으로 '현재에만 집중'하는 데 반해, '나'는 빛났다고 간주되는 '과거에만 집중'함으로써 불행한 삶을 이어가고 있는 것이다.

리키의 능력은 단순히 종합 장애물 경기에서 발휘되는 육체적 차원에 머물지 않는다. 서울 도심의 쪽방촌을 찾아가 도배 작업을 할 때도 리키는 뙤약볕을 맞으며 아침부터 쉬지 않고 일을 한다. "카메라가 있건 없건, 술 취한 주민이 시비를 걸든 말든" 묵묵히 몇 사람 몫을 해내는 것이다.

한 주 한 주 지날수록 경기의 난이도는 점점 높아진다. 그래서 '레벨 1'은 끝내 '레벨 4'에까지 이른다. 장애물은 '레벨 4'로 갈수록 어려워졌지만 안전장치는 레벨 1에 머문 결과, 리키는 물대포를 견디지 못하고 추락하여 앰뷸런스에 실려간다. '레벨 4' 녹화에서도 리키는 "나는 이 장애물을 성공하기 위해서 넘는 게 아니에요. 그냥 순간을 즐길 뿐이에요. 그럼 떨어져도 실패가 아니잖아요"라고 말한다.

'나'가 리키를 다시 보게 된 것은 2년이 지난 후 교황의 시복 미사를 하루 앞둔 광화문광장에서이다. 방문 준비위원회의 자원봉사자로 일하던 '나'는 잔디 광장에서 서른 명의 공공근로자가 잡초를 뽑거나 꽃밭을 가꾸는 모습을 본다. 리키는 그 서른 명의 근로자 중에 한 명으로 섞여 있었던 것이다. 이때도 역시 리키는 "잡초를 뽑는 하잘것없는 순간에도 오로지 그 일에만 몰입"하고 있었으며, 어떤 근심이나 노역의 고단함도 보이지 않는다. 모든 감정에 초연한 모습으로 인해 리키의 주위는 환하게 빛난다. 그 모습을 보고 '나'는 모자와 선글라스를 벗고는, "뙤약볕 아래에서 쪼그려 앉아 꽃밭을 가꾸는 그를 향해 조용히 성호"를 긋는다. 우리 시대 성자는 나라를 구하거나 혁명을 일으키는 순간이 아니라, 바로 자기 발 밑에 있는 잡초를 뽑고 꽃밭을 가꾸는 순간에 탄생하는 것이다.

여기서 한 가지 놓치지 말아야 할 것은 현재에의 지고지순한 몰입이 사회·역사 의식과 적절하게 조화를 이루지 못할 경우에 발생하는 문제이다. 리키의 삶은 이러한 우려가 불필요한 것은 아님을 보여준다. 리키가 부상을 당하자 제작진은 신속하게 그를 잊고, 더 이상 리키는 방송에 나타나지 않는다. 결국 리키는 사람들의 "초과된 욕망을 거부하지 않고 기꺼이 그 속으로 걸어 들어간 광대와 다름없"는 상황에 놓인 것이다. 결국 리키의 그 순수하고 아름다운 태도는 사회와 지배 논리에 이용만 당했다고 볼 수도 있다.

해이수의 귀환이 반가운 이유

다시 한번 말하지만 해이수가 돌아왔다! 그 돌아옴은 공간과 시간을 모두 아우른다는 점에서 가히 전면적이다. 지구 남반부의 호주와 지구의 지붕인 히말라야를 거쳐, 해이수는 한반도의 외진 한산 시장과 서울의 뒷골목까지를 찬찬히 살펴보고 있는 것이다. 또한 과거나 미래가 아닌 현재에 집중하는 삶의 의의를 아름답게 펼쳐 보이고 있다. 한층 낮아지고 깊어진 시선을 통해 펼쳐진 지금-이곳의 삶은 참으로 따뜻하다. 그 따뜻함은 20여 년의 쉼 없는 문학적 정진과 삶에 대한 진지한 태도로 인해 가능했을 것이다. 『엔드 바 텐드』에서 보여준 해이수의 귀환이 독자의 귀환으로 이어지는 신호탄이 되기를 기대해본다.

○ 2019

삶의 심연에서 건져낸 웃음
채영신 소설에 대하여

고통, 비극, 공포

채영신의 소설을 읽는 것은 인간 삶의 고통이 얼마나 극한에 이를 수 있는가를 절절하게 체험하는 일이다. 이미 상투화되어서 충분히 익숙한 고통과는 다른 종류의 날것이 그대로 드러난 작품들은 우리 감성의 내구력을 시험하는 경우가 많다. 『말의 미소』에 수록된 여섯 편의 작품은 하나같이 폐쇄된 공간을 배경으로 하여, 보통의 상상력으로는 가닿을 수 없는 끔찍한 장면이 연이어 등장하는 공포극이다. 아내를 칼로 자르는 남편(「4인용 식탁」), 고양이의 항문을 순간접착제로 막아 박제하는 여인(「나는 이야기다」), 어린 아이를 송곳으로 깊숙이 찌르는 엄마(「맘스터」), 중증의 장애인이 음부를 벌리고 돈을 버는 사무실(「여보세요」) 등의 막장극이 펼쳐지는 채영신의 소설을 온전히 다 읽어내기 위해서는 만만치 않은 인내와 준비가 필요하다.

이러한 특징은 등단작인 「여보세요」(『실천문학』, 2010)에서부터 분명하게 드러난다. '나'는 두 다리가 없는 중증장애인으로 고립된 방(작업실)에서 음란화상전화를 하며 간신히 생계를 이어간다. 유일하게 의지하는 가족은 자신에게 얹혀 사는 언니 부부이지만, 그들은 호시탐탐 '나'의 유일한 재산인 집을 가로채려 할 뿐이다. '나'와 함께 일하는 이들도 모두 중증장애인으로, 명자는 앞이 보이지 않고, 진경이는 심한 화상을 입었으며, 희주는 팔이 없고 다리마저 짧다. 명자는 생리할 때마다 위생처리를 제대로 할 수 없어서 자궁을 들어내었다. '나'의 언니도 "몸이 불편한 사람들이 강간을 많이 당한"다며, '나'에게 수술을 권한다.

처음 '나'는 제법 자신의 일에 만족하며 지낸다. "보조금에 의지하지 않고 내 손으로 날 먹여 살린다는 뿌듯함을 달콤 쌉싸래하게 음미"하기도 하는 것이다. 또한 명자와 진경이가 CCTV 때문에 사장님이 변태 새끼라고 욕도 서슴지 않지만, '나'는 사장도 이해할 수 있다고 생각한다. 사장님은 먹는 것 따위로 쩨쩨하게 구는 법이 없다고 생각하며, 월급 줄 때도 생색내지 않으며 주기로 약속한 돈은 한 푼도 깎지 않는다고 좋아한다. 그러나 우연히 '나'는 잘생겼고 돈도 많고 게다가 배운 것도 많은 사장의 방에 들어가게 되고, 거기에 자신의 알몸이 그대로 녹화되어 있다는 것을 알게 된다. 심지어는 그 화면이 모두 녹화되어 외부에 팔리고 있는 것까지 알게 된다. "전화통

화뿐만 아니라 그 모습까지도 사장님에게 돈이 되고" 있었던 것이다. 이후 '나'는 "컴퓨터를 끼고 골방에 앉아 내 모습을 재생시켜 보는 사람들을 상상"한다.

'나'가 이 좁은 작업실에서 벗어나는 것은 불가능하다. 그것은 고객인 한 남자와 동물원에서 만나기로 약속을 해서 나갔지만, 그 남자가 휠체어를 탄 '나'를 발견하지 못하는 것에서 분명하게 드러난다. '나'는 남자와 약속을 성사시키기 위해서 "키는 165에 긴 생머리. 몸매는 봐줄 만한 정도의 글래머"라고 거짓말을 할 수밖에 없으며, 안타깝게도 그 거짓말은 작업실 밖에서 들통날 수밖에 없기 때문이다. 이 지옥에서 영원히 벗어날 수 없다는 것은 출근을 만류하는 언니에게 "일 안 하고 쉬면 형부가 나까지 먹여주겠대?"라고 반문하며, 다시 사무실로 나가는 것에서 확인된다.

그러나 중증장애인만 삶의 고통에 빠져 있는 것은 아니다. 우리 주위에 흔한 일상의 풍경 역시도 채영신의 손을 거치면 괴기스런 고통의 현장으로 변한다. 「소풍」에서 어머니와 다섯 남매는 아버지가 죽은 후 처음으로 소풍을 간다. 아버지가 살아 있을 때 이 집은 누가 봐도 부러워할 만한 모습을 갖추고 있었다. 아버지는 휴일만큼은 야영이나 소풍을 가며 온전히 가족과 함께한다. 또한 아버지는 점심때마다 집에 전화를 걸어서 아내가 밥을 먹었는지를 꼼꼼하게 챙겼으며, 가족회의를 자주 열어서 일일이 자녀들에게 의견을 묻고는 했다. 그러나 아버지가 점심때마다 안부를 물었던 사람은 아내가 아닌 다른 여자였고, 아버지가 좋아하던 가족회의도 시작만 화기애애할 뿐, 아버지 눈치를 보느라 다섯 남매는 한 마디도 할 수 없었다. 아버지는 "남들 눈에 우리 가정이 어떻게 보일지, 그것만 신경 쓰고 살았"을 뿐이며, 이러한 아버지의 이중성으로 인해 집은 "안으로 더 곪"아 있었던 것이다.

아버지가 떠난 이후에도 아버지의 이중성은 그대로 이어진다. 소풍 나온 이 가족이 얼마나 단란해 보였는지, 잡지사 기자가 "담소 나누는 모습이 참 보기 좋"다며 접근한다. 기자는 다음 호에 사용할 사진을 찍고, 기자가 "이건 뭐 다들 탤런트들 같으세요"라고 말할 정도로 이 가족은 단란하고 행복한 모습을 연출한다. 그러나 지금 이 가족이 나누는 담소는 다정해 보이는 외관과는 판이하다. 엄마는 자기보다 열두 살이나 어린 남자 애인이 있으며, 큰형과 큰누나는 어머니로부터 돈을 챙겨 "미국으로 뜰" 계획에 눈이 벌겋다. 이 계획을 위해 큰누나는 엄마가 아빠를 죽였을지 모른다는 의혹을 제기하고, 큰형은 큰누나가 아빠를 죽였을지 모른다는 의혹을 제기하며, 큰누나는 큰형이 아빠를 죽였을지 모른다는 의혹을 제기한다.

마지막으로 작은형에 의해 보다 끔찍한 가정 내 비밀이 폭로된다. 작은형과 작은누나는 쌍둥이로 태어났지만 작은누나는 작은형과 달리 몸이 허약하고 키도 작았다. 거기다 작은누나는 욕을 반복해서 중얼거리는 틱을 앓고 있다. 집에 손님이 올 때마다 몸이 불편한 작은누나는 방에 갇혀 있어야 했으며, 아버지를 비롯한 이 가족은 아는 사람들에게 작은누나를 가족이라고 소개하지도 않았던 것이다. 이 소동 속에서 작은누나는 원숭이 방사장 앞에서 욕을 하고 있는데, 이 순간에 작은누나를 떠올리는 것도 오직 작은형 뿐이다. 결국 집으로 가는 차 안에서 작은형은 "네가 뭐, 막내랑 영희 대변인이라도 되는 거야?"라는 말에 "가족이니깐!"이라고 단호하게 말한다. 그러나 "분명한 건 이게 우리의 마지막 소풍이 되리라는 것이었다"는 마지막 문장에서도 분명하게 드러나듯이, 이 집안의 이중성은 결국 파멸로 끝날 수밖에 없다는 것이다. 채영신의 『말의 미소』가 보여주는 사람들의 삶은 이처럼 참혹한 삶의 막장을 보여준다고 해도 과언이 아니다.

사디즘적 주체의 탄생

무간지옥(無間地獄)을 살아가는 채영신 소설 속의 사람들은 자신들의 고통에 대해 독특한 반응을 보여준다. 그것은 사디즘(sadism)적 주체가 되는 것이라고 할 수 있으며, 이때의 사디즘은 자신을 완전히 비워서 사회의 논리나 시스템에 따라 작동하는 기계가 되는 것을 의미한다.[1] 그것은 자아가 완전히 소멸되는, 일종의 '아기 되기'를 통해

---

1 들뢰즈는 마조히스트에게는 자아밖에 없으나 사디스트에게는 반대로 초자아밖에 없다고 주장하였다. 초자아밖에 없다는 것은 그에게 자아를 뛰어넘는 제도와 시스템만이 존재한다는 의미이기도 하다(아즈마 히로키, 『관광객의 철학』, 안천 옮김, 리시울, 2020, 311면).

극적으로 드러난다.

「맘스터(momster)」는 'mom(엄마)'이라는 가장 친근한 대상과 'monster(괴물)'이라는 가장 끔찍한 대상의 조합이 만들어낸 낙차로 섬뜩함을 안겨주는 작품이다. 「맘스터」에서 엄마와 딸이 머무는 곳도, 다른 소설의 고립된 공간과 마찬가지로 "창문 하나 없는 방"인 차고(車庫)이다. "오래전에 엄마는 자신이 여자라는 사실을 잊었다. 엄마는 그냥, 엄마였다"라는 말처럼, 이 작품에서 엄마는 '엄마'라는 성격만이 절대화된 상태이다.

「맘스터」에서는 엄마를 괴물로 만든 사회의 모습이 여러 에피소드를 통해 드러난다. 교회 마당 한쪽에서 젊은 여자들이 자기 자식만을 생각하는 이야기를 나눈다. 유빈엄마는 자신의 자식이 임대 아파트에 사는 아이들과 어울리게 될까봐 걱정한다. 나아가 그녀는 유빈이가 공부를 잘하게 하고 싶은 마음에, 박 집사에게 그녀의 아들이 먹는 ADHD 약을 달라고 해서 박 집사에게 큰 상처를 준다. 유빈엄마는 기어이 박 집사가 없는 사이에 그 약을 훔쳐서 나온다. 심지어는 교회의 목사마저도 "승리하세요, 자매님"이라고 말한다. 주인집 노파는 차고가 불법으로 고친 거라며 아무도 안 사는 걸로 꾸며야 한다며 엄마에게 거짓말을 종용하고, 차고의 셔터 밖에서는 한 여자가 "내 새끼 왕따 시킨 년 엄마"에게 험한 욕을 퍼붓는다.[2] 무엇보다 엄

---

2 자식 가진 엄마의 이런 이런 악다구니는 「말의 미소」에서도 등장한다. '나'는 큰아들인 은재가

마는 세상의 이기심으로 인해 아들을 잃은 상처가 있다. 아들이 교통사고를 당했을 때, 아들을 태운 구급차는 인파로 인해 앞으로 나아가지 못한다. 엄마는 아들을 안고 차에서 내려 사람들에게 호소했지만, "사람들의 벽은 꿈쩍도 하지 않았"던 것이다. 결국 죽어가는 아들의 귀에 대고, 엄마는 "아무것도 걱정하지 마. 엄마가 다시 널 낳아줄 거야"라며 아들의 목을 조른다.

이토록 이기적 욕망으로 들끓는 세상에 맞서, 엄마가 선택한 것은 다른 집의 아이를 외부와 차단된 자신의 차고로 납치하는 것이다. 「맘스터」에서 엄마와 딸, 그리고 그들이 사는 차고는 세상과 단절되어 있다는 것이 크게 강조된다. 엄마는 전쟁터와 같은 세상으로 뒤틀린 다리를 가진 딸을 절대 내보내지 않겠다고 다짐한다. 딸이 팔로라도 기어서 나가려고 한다면, 그 팔마저 부러뜨려야 한다고 생각하고 있다. 그러나 아이러니한 것은 이 엄마가 흡음제까지 붙어 있는 이 고립된 차고에서 벌이는 일이 바로 세상의 논리와 시스템을 몇 배로 증폭시켜 따라 하는 것에 불과하다는 점이다. 세상이 자기와 자기 자식의 '승리'를 위해서는 그 어떤 일도 마다하지 않았던 것처럼, 이 차고에서 엄마는 딸의 기쁨을 위해서 그 어떤 끔찍한 일도 마다하지 않는다.

자기 아들을 발로 찼으니 사과하라는 전화를 받고 실랑이를 벌이다가, 미친년을 시작으로 온갖 욕을 퍼붓는다. 심지어 전화를 끊은 후에도, 수화기를 든 채 "누구를 향한 것인지 알 수 없는 분노"로 욕을 쏟아낸다.

유괴한 아이를 딸의 선물이라 생각하는 엄마는, 딸을 즐겁게 하기 위해 아이의 머리통을 후려갈기거나, 아이의 콧구멍에 손가락을 넣거나, 아이의 손등을 깨무는 등의 온갖 폭력을 가한다. 결국 납치한 아이에 대한 폭력은 점점 심해져서 노끈을 아이의 목에 매서 끌고 다니다가 송곳으로 아이의 허벅지를 "제법 깊숙이 찔"르는 단계에까지 이른다. 결국 아이의 온몸이 붉게 달아오르다가 픽 고꾸라지자, 엄마는 "딸에게 새로운 선물을 주기로 마음먹"으며 작품은 끝난다.

그런데 이 작품의 절정은 엄마가 태아처럼 몸을 말고서 "엄마"를 부르며 우는 장면이다. 엄마가 울자 딸이 울고, 납치된 아이도 힘없이 엄마를 찾으며 운다. 그 강력한 괴물(monster)이 된 엄마가 자신의 엄마를 찾으며 아기처럼 우는 이 장면을 어떻게 이해할 수 있을까? 이것은 엄마가 자신을 괴물로 만든 사회의 비정함과 이기심을 그대로 미메시스했기 때문에 발생한 일이다. 사회의 폭력을 그대로 자기 안에 받아들이는 순간, 엄마의 고유한 자아는 사라질 수밖에 없었던 것이다. 이 순간 엄마는 아무리 무지막지한 폭력을 휘두른다고 해도, 한갓 아기일 수밖에 없다.

「나는 이야기다」에서도 극한의 상황에서 사디스트가 되는 인물이 등장한다. '나'는 레스토랑 한복판에 설치된 유리부스 안에서 12시간 동안 "싱거운 일상을 과장 없이 보여주는" 일을 하며 간신히 살아간다. 그 유리부스 안에서 '나'는 사장의 감시를 받으며, 사장은 "네가 먹는 걸 보면서 널 먹는 장면을 상상"할 수 있게끔 국수를 먹어보라는 따위의 야릇한 주문을 한다. 남편을 돌볼 피붙이 하나 없는 '나'는 식물인간인 남편을 안으며, "고대 중동지역에서 행해졌다는, 산 사람을 시체와 함께 돌무덤 안에 가두는 형벌"을 떠올릴 정도로 힘들게 살아간다. 그러나 '나'가 일하는 레스토랑 근처에 반라의 여자들이 서빙을 하는 식당이 문을 열면서 '나'가 일을 계속 유지하는 것도 장담할 수 없는 상황이 된다.

이처럼 이 세상은 '나'를 극단으로 몰아붙인다. 이에 반응하는 방식은 「맘스터」에서 그랬듯이, 세상의 비정한 논리와 힘을 그대로 미메시스하는 것이다. '나'는 이 세상이 자신을 유리부스 안에 가두었듯이, 멀쩡한 고양이를 조그만 병에 가두어 분재 고양이를 만들기로 한다. 새끼 고양이를 바구니에 집어넣어 스물네 시간을 굶기고, 기운 없이 늘어진 새끼 고양이에게 신경 안정제를 주사한 뒤 하트 모양의 유리병에 집어 넣는 것이다. 마지막에는 순간접착제로 고양이의 항문을 막기까지 한다. '나'는 세상의 무지막지한 힘을 자신처럼 연약한 고양이에게 그대로 행사함으로써, 자신을 텅텅 비워버린 것이다. 마지막에 '나'가 냉동실 안으로 들어가는 것은 이미 잃어버린 자아에 대한 확인 의식에 해당한다고 할 수 있다.

이와 관련해 「말의 미소」에서도 주인공이 막다른 상황에 이르자 아기가 되는데, 이 장면에서는 채영신 소설의 기원이 살짝 그 모습을 드러낸다. 「말의 미소」에서 '나'가 사귀던 m이 이별을 선언했을 때, '나'는 육감적으로 m이 자신의 절친(切親)인 혜승과 함께 있다고 느긴다. 육감처럼 '나'가 혜승의 방에서 m을 발견했을 때, "나는 엄마 젖을 빠는 어린아이로 되돌아"가서는 필사적으로 자신의 "젖무덤을 움켜쥐고 젖"을 빤다. 그러자 거기서는 "달콤하면서도 쌉싸름한······ 떫은······ 시큼하고 비릿한······" 낱말이 나온다. 비로소 "글은 그 진창 속으로 그렇게 몸소 나를 찾아왔"던 것이다. 이 장면은 무척이나 인상적인데, 채영신이 토해놓은 이 많은 언어들이 결국에는 상징계 이전의 모아(母兒) 관계에서 발아하는 어머니의 모유(母乳)처럼 원초적인 것임을 암시하기 때문이다. 채영신의 작품들은 현실과 인간의 가장 어둡고도 무시무시한 차원에 발을 딛고 있는 것이다.

나무 되기의 문명사적 의미

「4인용 식탁」 역시 죽음을 통해서만 이 사회가 강제한 고립에서 벗어날 수 있다는 작가의 비관적 세계 인식을 보여주는 작품이다. 이 작품에서 4인용 식탁은 1인용 식탁과 대비되는 개념으로서, 1인용 식탁이 단절과 소외의 세계를 의미한다면 4인용 식탁은 사람들 사이의 사랑과 우애에 바탕한 연대를 의미한다. 어린 시절부터 어머니로부터 "감정을 질질 흘리고 다니지 마"라는 말을 듣고 자란 그는 "사람들이 이해라고 하는 건 백이면 백, 오해였다"라고 생각한다. 아내와도 아무런 정서적 유대를 맺지 못하기 때문에, 부부싸움을 하는 옆

집 부부가 부럽다고 말할 정도이다. 그에게는 "친구라고 부를 만한 사람"이 하나도 없으며, 이는 고등학교 친구가 자신의 이름을 불러도 모른 척할 정도로 사람들과의 교류를 거부하는 그의 책임이 크다.

그가 이토록 고립된 사람이 된 이유는 어린 시절 부모로부터 충분한 사랑을 받지 못했기 때문이다. 아내를 인사시키러 자신의 집에 갔을 때, 어머니는 아내 앞에 "그동안 그를 먹이고 입히고 가르치는 데 들어간 돈을 조목조목 적어놓은" 장부를 내밀 정도이다. 그는 어머니의 세계로부터 벗어나기 위해 집에서 가장 먼 도시로 이주하여 부모와 상관없는 삶을 살고자 노력한다. 부모로부터 멀어진다는 것은 부모의 삶이 강제한 소외된 삶으로부터 벗어난다는 의미이기도 하다. 사실 그와 아내가 결합할 수 있었던 가장 큰 이유는 둘이 결핍을 공유한 사람들이기 때문이었다. 그도 "따뜻한 밥상을 받고 자라지 못"했으며, 아내 역시 "빈한한 식탁에 대한 부끄러움"을 가슴 깊이 간직해온 것이다. 사람을 만나면 본능적으로 상대가 받고 자란 밥상의 온도를 추측하는 그는 아내의 결핍을 첫눈에 간파한 것이다. 아내가 툭툭 내뱉는 말들은 "결핍이란 바탕 위에 세부적인 그림을 추가하는 정도"에 지나지 않는다.

그의 부모가 사는 집에 다녀오는 길에 아내는 처음으로 식탁을 만들자고 제안한다. 아내는 그 식탁이 커야 하며 "오순도순" 모여 앉을 수 있는 크기여야 한다고 말한다. "세상에서 가장 행복한 식탁"이야말로 아내의 오랜 꿈이었던 것이다. 그러나 이 커다란 식탁은 그의 가정에서 존재의 큰 자리를 차지하지 못한 채, 끝내 한 개의 사물로 분해되어버린다. 이것은 결핍과 소외를 극복하고자 했던 그와 아내의 꿈이 깨어지는 것을 의미한다.

단절과 소외의 세계는 그렇게 간단히 극복되는 것이 아니었던 것이다. 따뜻한 정을 찾아 부모의 집을 떠나왔고 선생이 되었고 아내와 결혼했지만, 그는 자신이 그토록 떠나고 싶어 했던 단절과 소외의 세계로 귀환했다는 것을 안다. 단절과 소외의 세계는 "어차피의 세계"로 표현될 정도로, 그 극복이 쉽지 않은 인간의 기본적인 존재 조건에 해당했던 것이다. 그러하기에 이 작품의 결말이 내보이는 엽기성은 그 소재의 파격성만으로 소비되는 것이 아니라 여러 가지 의미의 울림을 독자에게 전달해준다.

그는 열심히 식탁을 자르는데, 그가 자르고 있는 식탁은 다름 아닌 아내의 몸이었음이 마지막에 드러난다. 그리고 그것은 아내가 가장 좋아하는 나무로, 아내를 환원시키는 일에 해당한다. 단절과 소외가 결코 벗어날 수 없는 인간의 숙명적 조건이라면, 그로부터 벗어나는 유일한 길은 죽음뿐일 수도 있기 때문이다. 그러고 보면 모든 인간은 바로 그 존귀한 단독자적 생명으로 인하여 고독이라는 불치의 질병을 안고 살 수밖에 없다. 그가 마지막으로 깨달은, "나무가 이제 그만 숲으로 돌아가고 싶어 한다는 것. 그는 이해한다는 듯 고개를 끄덕였다. 평생을, 평생이란 시간을 이 집에서 혼자 견딜 자신이 없겠지, 너도"라는 말은 인간의 숙명적 조건으로부터 벗어나고자 하는 모든 인간의 의지를 담고 있는 것으로 읽히는 이유이다. 그러하기에 이 작품에 드러난 그의 광기는 한 개인의 광기인 동시에 문명의 광기이고, 나아가 모든 인간의 광기이기도 하다.

이해할 수 없지만, 이해한다는 역설의 윤리

표제작이기도 한 「말의 미소」는 중편 분량에 걸맞게 삶의 주름이 좀 더 생생하게 살아 있는 작품이다. 이 작품에서 '나'는 "정신과 의사가 처방해준 신경 안정제"를 복용하는데, 이러한 고통은 인간 사이의 이해불능에서 비롯된다. 그것은 대학 시절의 친구였던 혜승과의 관계를 통해 드러난다.[3] 혜승은 대학교 시절 가장 친한 친구였지만, 분명한 이유도 없이 서로 만나지 않고 있다. 그 시절에 '나'는 "나 자신보다 나를 더 잘 아는 사람이 혜승이듯, 혜승을 가장 잘 아는 사람은 나라고 믿어 의심치 않았"다. 둘은 기숙사 생활을 하며 운동장 구석에 쪼그리고 앉아 함께 오줌을 누었고, 기숙사 오픈 하우스 날에는 기숙사 방의 시계들을 열두 시에 맞춰놓기도 했으며, 무엇보다 혜승

---

3 가장 가까운 사이인 남편 역시도 쉽게 이해할 수 있는 존재는 아니다. 남편은 성실한 사람이었지만 2년 전부터 변하기 시작한다. 남편은 '나' 몰래 따로 방을 얻어서 혼자 시간을 보내다 온다. '나'에게 그 방은 분명 질투의 대상이지만, "머리채를 잡을 수도 쌍욕을 해줄 수도 없는" 시앗이다.

은 '나'에게 좋은 작가가 될 수 있을 거라고 여러 번 격려도 해주었던 것이다. 그러나 졸업식을 얼마 앞둔 날 혜승이 미대에 합격했다는 소식을 듣고 '나'는 큰 충격을 받는다. 4년을 거의 매일 붙어 있던 혜승이 그림에 관심이 있다는 사실을 전혀 몰랐다는 "상실감과 배신감" 때문이다. 그러나 '나'가 혜승에 대해 몰랐던 것은 그것뿐만이 아니다. '나'는 지금 선주를 통해 혜승이가 고등학교 때 심하게 왕따를 당했다는 이야기도 처음 듣는다. 거기다 혜승이가 '나' 역시 "보여주는 것, 말로 표현되는 것밖에 보지 못"했으며, 자기 식대로만 이해해서 안타까워했다는 말을 전해 듣는다. '나'는 평소 혜승에게 정체불명의 죄책감과 부채감을 느끼고는 했는데, 그것은 결코 정체불명이 아니었던 것이다.

이 작품에서 소설 쓰기는 인간 이해의 문제와 맞닿아 있는 것으로 그려진다. 혜승에게 나를 온전히 이해시키는 것이 불가능하듯이, 소설을 통해 세상과 소통하는 것도 '나'에게는 무척이나 어려운 일이다. "나에게 비집을 틈도 허락하지 않는다는 점에 있어서 혜승과 소설은 꼭 닮아 있었"던 것이다. 남편도 "내가 당신을 다 이해할 수 있을 거라고 기대하지 마. 내가 당신을 속속들이 이해했다면, 당신은 글을 쓰지 않았을지도 몰라. 그 두려움에 대해서 써봐. 부디 용기를 내셔"라고 말한다. 남편은 부부 사이에서도 이해란 불가능하다는 것을 말하고 있으며, '나'가 소설을 쓰는 이유도 바로 그 이해불가능에서 오는 것임을 분명하게 밝히고 있는 것이다. 4년을 한 몸처럼 지낸 혜승이나 결혼하여 아이를 함께 키우는 남편도 이해하기 어려운 상황에서, 소설이 결코 쉽게 써질 리 없는 것은 당연한 일이다.[4]

「말의 미소」에는 크리스 도네르의 동화 『말의 미소』(김경온 옮김, 비룡소, 1997)가 또 하나의 겹텍스트로 놓여 있다. 크리스 도네르의 『말의 미소』에서 선생님은 아이들이 무엇인가에 흥미를 느끼도록 만들기 위해 말을 사기로 결정한다. 동전까지 탈탈 털어 모은 돈으로 선생님과 아이들은 드빌셰즈 백작에게 비르 아켕을 산다. 사막의 도시라는 의미의 이름을 가진 비르 아켕은 아이들에게 미소를 짓고, 그 미소는 "아이들에게 믿을 수 없을 만큼 대단한 일"로 받아들여진다. 그러나 비르 아켕의 입장에서 그 웃음은 "고통 때문에 얼굴을 찡그린 것"에 불과하다. 말이 윗입술을 콧구멍 위까지 들어 올릴 때는, 기쁨을 나타내기 위해서가 아니라 반대로 배가 몹시 아프기 때문에 그러는 것일 뿐이다. 수의학에서는 그것을 '위통'이라고 부르지만, 아이들이나 선생님은 그러한 사정을 알 수 없었다. 나중에 수의사가 위르 아켕의 장폐색증을 치료해서 다시 건강해졌을 때, 위르 아켕은 결코 웃지 않는다. 크리스 도네르의 「말의 미소」에서 말은 자신의 뜻을 인간들에게 온전하게 이해시키는데 실패한다. 말은 고통스러워 짓는 표정을 인간들은 웃음이라고 생각하는 것이다. 이러한 이해와 소통의 어려움 나

---

4 이 작품의 상당 부분은 소설 쓰기의 고통에 대한 이야기로 채워져 있다. '나'는 계속 응모하고 계속 떨어지는 일을 겪으며 글을 쓰는 게 두려워졌던 것이다.

아가 불가능성이 동화 『말의 미소』에는 담겨 있으며, 이러한 주제는 채영신의 소설 「말의 미소」에도 그대로 이어지는 것이다.

「말의 미소」는 이번 소설집에 실린 작품에서 유일하게 희망의 작은 틈을 보여주며 끝난다. 핸드폰도 삐삐도 없던 오래전, 혜승을 무작정 여섯 시간이나 기다리다 끝내 만났던 일을 떠올린다. 혜승은 미안하다는 말도 없이 그저 반갑게 웃으며 달려왔고, '나'도 혜승에게 짜증을 내거나 추궁하지 않았다. '나'는 그때처럼 혜승이 올 거라고 굳게 믿고 기다리면 "혜승은 아무렇지 않게 나를 향해 달려올 거야"라고 생각한다. 인간을 온전히 이해하는 것은 불가능하지만, 그럼에도 불구하고 이해하고자 하는 것만이 인간 사이의 유대를 가능케 한다는 역설이 탄생하는 것이다. 물론 이러한 역설은 거의 한 몸이다시피 했던 대학교 4년의 시간이 있었기에 가능한 일임에는 분명하다. 그리고 이러한 믿음은 "용인"이라는 표지판을 보고, "표지판에 적힌 '용인'을 '용인하다, 용인되다'의 어근으로 이해"하고 울었던 일에 이어지는 것이다. '나'는 혜승도 그 안내판에 눈길을 주게 되기를 바란다. 새로운 삶은 다른 사람의 말이나 행동을 너그럽게 받아들여 인정하는 용인(容認)에서 가능한 것이다. 우리는 타인을 이해할 수 없지만, 그렇기에 너그럽게 받아들여야 한다는 역설의 윤리야말로 웃음을 잃어버린 말에게 웃음을 돌려주는 유일한 방법이었던 것이다.

이러한 역설의 윤리는 무간지옥에 버금가는 날것의 고통과 자아를 무화시키는 사디즘적 주체를 거쳐온 것이기에 더욱 믿음직하다. 채영신은 근원적인 언어를 통하여 현실과 인간의 가장 어둡고도 무시무시한 차원을 형상화하는 데 일가를 이룬 독보적인 작가이다. 우리가 채영신의 소설을 기다린다면, 아마도 그 이유는 그녀의 고유성이 한 개인의 차원을 넘어 인간과 문명 일반의 보편성과 맞닿아 있는 진경을 기다리기 때문일 것이다. 소설집 『말의 미소』는 그러한 기대가 결코 무모하지 않은 것은 것임을 증명하는 아름다운 선물이다.

○ 2020

3부

새로운
가능성의
근거

한국 현대 노동자의 삶과 희망의 근거

황석영, 『철도원 삼대』

철도의 거대한 힘

황석영과 인간적 교류가 있었던 문인이라면, 그가 오래전부터 철도원 3대의 이야기를 소설로 쓸 것이라고 말하는 것을 한번쯤은 들어본 적이 있을 것이다. 실제로 「작가의 말」에서 황석영은 "『철도원 삼대』에 대한 구상은 1989년 방북 때 평양에서 만난 어느 노인의 이야기에서 비롯되었다"[1]고 밝히고 있다. 30여 년에 걸쳐 구상하고, 1년이 넘는 시간 동안 집필하여 완성된 작품이 바로 『철도원 삼대』인 것이다.[2] 이렇게 오랜 구상 기간이 소요된 작품으로는 1982년 노벨문학

---

1 황석영, 『철도원 삼대』, 창비, 2020, 613면.
2 채널예스에 『마터2-10』이라는 제목으로 2019년 4월부터 연재를 시작하여, 창비에서 2020년 6월에 출간되었다.

상 수상작인 마르케스의 『백년 동안의 고독』 정도를 떠올릴 수 있다. 가브리엘 가르시아 마르케스(1927~2014)는 『백년 동안의 고독』을 23년 동안 생각하고 18개월에 걸쳐 집필했다고 밝힌 바 있다.[3]

『철도원 삼대』에서 다루고 있는 이야기, 즉 철도 노동자였던 이백만, 이일철·이이철, 이지산 삼대와 현재 고공 농성을 하고 있는 공장 노동자 이진오로 이어지는 이씨 집안 4대에 걸친 이야기는 한국 산업노동자의 역사라고 부를만한 것이다. 45미터 높이의 열병합발전소 공장 굴뚝에서 농성 중인 해고노동자 이진오는 페트병 다섯 개에 죽은 자들의 이름을 각각 붙여놓고 그들에게 말을 걸며 굴뚝 위의 고통을 견딘다. 증조할머니 주안댁, 할머니 신금이, 어릴 적 동무 깍새, 노동자 친구 진기, 크레인 농성을 버텨낸 노동자 영숙을 불러내는 동안 진오는 과거부터 지금까지 이어져 내려온 삶의 의미를 성찰한다.

황석영은 「작가의 말」에서 "나는 우리 문학사에서 빠진 산업노동자를 전면에 내세워 그들의 근현대 백여 년에 걸친 삶의 노정을 거쳐 현재 한국 노동자들의 삶의 뿌리를 드러내보고자 하였다"라고 창작 의도를 밝혔다. 이와 관련해 『철도원 삼대』는 직전에 쓰여진 장편소설인 『해질 무렵』(2015)과 관련시켜 이해해야 할 필요성을 제기한다. 황석영은 『해질 무렵』의 「작가의 말」에서 전태일에 관한 다큐멘터리 이

---

3 조구호, 「가브리엘 가르시아 마르케스의 『백년 동안의 고독』에 나타난 라틴아메리카적 고독의 의미」, 『이베로아메리카』 1, 1999, 91면.

야기를 하면서, 거기에 나오는 전태일을 고용했던 사장의 인터뷰에 주목한다. 그 사장은 젖은 눈으로 "그들의 형편을 전혀 몰랐다고, 그럴 줄 알았으면 좀 더 잘해줄 걸 그랬다"[4]고 말했다는 것이다. 실제로 『해질 무렵』이 그 사장의 삶을 조망한 것이라면, 『철도원 삼대』는 긴 시간의 호흡으로 '전태일의 삶'에 주목한 작품이라고 할 수 있다.

『철도원 삼대』가 최근의 문단에서 가장 돋보이는 지점은 원고지 2,400장이 넘는 분량으로 담아낸 현대사의 폭과 깊이이다. 이러한 성과는 무엇보다도 근대(성)의 상징이자 어떤 의미에서는 그 자체라고 할 수 있는 철도를 서사의 중심에 놓았다는 것과 관련된다. 19세기 유럽에서 출현한 철도는 근대문명과 과학기술의 상징이었다. 인간은 철도와 함께 "주술적이고 신화적인 세계와 결별하고 이성적이고 합리적인 세계를 향해 질주"[5]했던 것이다. 나고 자란 마을에만 평생 머물러 있던 사람들이 철도 덕분에 바깥 세상을 향해 나가기 시작했으며, 철도 덕분에 대규모 제조업도 가능해졌다. 철도는 근대의 여명을 알리는 전위로서 농업 경제를 산업 시대로 바꾸어놓았던 것이다.[6]

또한 놓치지 말아야 할 것은 철도가 자본주의 체제를 본격적으로 가능케 했다는 사실이다. 철도는 그 자체로 자본주의의 확장과 확산

4 황석영, 『해질 무렵』, 문학동네, 2015, 192면.
5 박천홍, 『매혹의 질주, 근대의 횡단』, 산처럼, 2003, 5면.
6 크리스티안 월마, 『철도의 세계사―철도는 어떻게 세상을 바꿔놓았나』, 다시봄, 2019, 333~345면.

에 큰 영향을 미쳤다. 철도는 거대한 건설 계획을 감당할 은행과 금융 체계가 탄생하도록 이끌었으며, 석탄과 철강 산업을 자극하고, 수많은 신생 기업이 태어나는 데 산파 노릇을 했다.[7] 동시에 철도는 거대한 산업으로서 철도 회사 자체뿐만 아니라 철도 서비스의 성장에 따른 대규모 공급망과 다양한 산업들에서 많은 노동 계급을 창출한다. 마르크스와 엥겔스가 『공산당 선언』에서 철도가 부르주아의 세계 정복을 위한 첨병이라고 했듯이, 자본은 철도를 따라 세계를 돌면서 모든 국가들을 자본주의 세계로 재편해갔던 것이다.[8] 이처럼 철도는 근대를 둘러싼 모든 가능성과 문제를 담고 있다고 해도 과언이 아니다.

동시에 철도는 "제국주의와 침략의 대명사"[9]로 불릴 만큼 식민지 수탈의 주요한 도구 역할을 하기도 하였다. 식민지에 놓인 철도는 제국주의 국가의 자본, 상품, 사람을 들여오고, 원료, 식량, 사람을 내보내는 핵심적인 역할을 담당했던 것이다. 식민지 철도의 레일 위에는 지배받은 자들의 피가 맺혀 있으며, 철도는 제국주의가 식민지에 강제한 제도적 폭력을 구체적으로 보여주었다. 철도의 이러한 제국주의적 속성은 우리에게도 생생한 상처로 남아 있다. 실로 철도는 엄청난 수준의 과학기술, 자본주의의 발전, 제국주의의 문제 등을 분명하게 보여주는 근대의 상징인 것이다.

7 위의 책, 346~351면.
8 박천홍, 앞의 책, 75면.
9 윤상원, 『동아시아의 전쟁과 철도』, 선인, 2017, 5면.

일본의 식민지로 근대를 맞이한 우리에게는 근대화가 곧 식민화인 비극의 역사를 경험했다. 이러한 과정은 어린 이백만의 기술 습득 과정을 통해 드러난다. 이백만은 19세기 말에 강화도에서 절 땅을 부쳐 먹던 집에서 태어났으며, 열세 살에 인천으로 일자리를 찾아 떠난다. 이백만은 어린 나이에도 처음부터 일본 사람으로부터 "기술을 배우고자" 한다. 이런 의지로 그는 요시다 정미소에서 삼 년 동안 선반을 배운다. 이백만은 손재주가 남달라서 섬세하고 정교한 부속품들을 깎고 다듬을 수 있었으며, 그의 기술 스승이나 다름없던 나카무라가 정미소를 떠나면서 경인철도 선반부로 자신을 따라오지 않겠냐고 권유하자 이를 흔쾌히 받아들인다. "예전부터 기차에 첫눈에 반했던 사람"인 이백만에게 나카무라의 제안은 고민거리가 아니었던 것이다. 이백만은 예비 고원(雇員)으로 근무하며 기관차의 구조와 엔진의 원리를 터득한다. 이백만은 이렇게 기술을 익혀 철도국 영등포공작창 초창기부터 근무하다 예비로 들어간 지 오 년 만에 정식 기술 고원까지 된다. 이백만에게 기술을 전수해 주는 이가 모두 일본인으로 설정되어 있다는 것은 주목할 만한 부분이다.[10]

동시에 철도(근대)가 한국에 도입되는 과정은 피맺힌 고통의 시간이기도 하였다. 그것은 이백만이 손자 이지산에게 하는 "철도는 조선

---

10 정미소의 요시다 사장은 자신의 가게를 떠나는 이백만에게 일본에 기술 유학이라도 시켜줄 마음이었다며 전별금까지 준다.

백성들의 피와 눈물로 맹글어진 거다"라는 말에 압축되어 있다. 또한 이백만과 어울리는 민 십장의 입을 통해 "왜놈덜이 철도 놓으면서 갖은 악행을 저질렀"던 이야기도 상세하게 서술된다. 토지는 강제로 수용되고, 몇 푼씩 눈가림으로 내주던 보상금마저 지방 관아의 한국 정부 관료나 아전들이 착복한다. 또한 공사가 중반으로 넘어가면서 인력 조달이 강제 동원으로 바뀌고, 일본인들은 "칼과 총으로 무장하고 조선인 노동자를 소나 개처럼 부"린다. "경부 철도를 놓는 과정 자체가 개화한 지 얼마 안 되는 일본의 열악한 자본의 열세를 철도 부지의 약탈로 만회해갔던 과정"이었던 것이다. 이러한 일제의 폭력 앞에 조선인들은 저항한다. 전국 곳곳에서 "열차 운행과 철도 공사를 끈질기게 방해하기 시작"했으며, 의병들도 "철도를 주요 공격의 목표로 삼곤 했"던 것이다. 이러한 일련의 상황은 실제의 역사와 대부분 일치한다.[11]

---

11 일제는 철도선로와 정거장 부지를 수용하는 과정에서 조선인들의 민유지, 농경지, 가옥, 분묘를 점유해야만 했으나 보상을 제대로 해주지 않아서 연선 주민들의 원성을 샀다. 이 과정에서 관리들의 소극적인 대처와 사기, 횡령 등으로 조선인들의 불만은 더욱 높아졌다. 또한 철도의 건설 과정에 조선인을 강제 동원하여 살인적인 노동과 저임금에 종사케 하여 반일감정을 불러왔다. 철도는 일제의 조선 지배의 거점이자 수탈의 도구였으며, 이에 따라 연선 주민들과 의병들은 반철도, 반제국주의, 반침략운동을 적극적으로 전개해나갔다(이철우, 『한반도 철도와 철의 실크로드의 정치경제학』, 한국학술정보, 2009, 20~57면).

철도와 만나는 두 가지 방식

두 명의 기술자가 보여주는 가치중립성의 세계

철도는 이전과는 비교가 안 되는 수준의 과학기술, 자본주의의 문제, 제국주의의 폭력을 분명하게 보여주는 근대의 상징이다. 『철도원 삼대』의 핵심 인물인 이백만, 이일철, 이이철 등은 철도로 상징되는 근대에 대하여 두 가지 상이한 태도를 보여준다. 하나는 가치 중립적 입장에서 근대 과학기술의 총화인 철도를 바라보는 입장이고, 다른 하나는 자본주의와 제국주의의 부정성에 초점을 맞추어 철도를 바라보는 입장이다.

먼저 이백만은 철도를 가치 중립적인 관점에서 받아들인다. 사회역사적 맥락을 배제하고 한 명의 기술자로서 철도를 받아들이는 것이다. 이백만에게 철도는 처음 대면한 순간부터 강력한 매혹의 대상이다. 어린 이백만에게 개화된 세상의 대단함을 알려준 것은 "내가 개화 세상엔 별의별 물건이 참 많다는 걸 알게 된 건 무엇보다도 그 기차 때문이다"라는 말에서 알 수 있듯이, 바로 철도이다. 그에게 기차는 대체 불가능한 근대 문명의 상징이다. 이백만이 얼마나 기차에 매료되었는가는 아들들의 이름을 "기차를 생각"하여 짓는 것에서도 드러난다. 기술을 익혀 철도국 영등포공작창 초창기부터 근무하다 기술 고원까지 된 이백만이 믿는 것은 오직 실력뿐이다. 이백만은 일제에 대한 별다른 충성이나 협력의 자세도 보여주지 않는다. 이후에도 미군정이나 남한 정부에 의지하려고 하지 않는다. "아버지는 평생 쇠를 깎으며 엄마도 없이 우릴 키웠"다는 일철의 말처럼, 이백만은 기술로 가정을 건사한 사람이다. 이러한 이백만을 상징하는 공간이 바로 '공방'이다. 그가 철도관사보다도 샛말집을 선호하는 가장 큰 이유도 자기만의 "공방"을 가질 수 있기 때문이다.[12] 그는 공방에서 은반지나 비녀, 금속 장식 등을 만드는데, "아무나 못하는 쟁인의 솜씨라야 한다고 은근히 자기 재주를 자랑"했다. 이백만은 아들인 이일철이 기관수가 되기를 소망했고, 일철이는 아버지의 그러한 꿈을 이루어준다. 주의자인 이이철에게 "먼저 지 몸을 일으켜서 생활 기반을 만들어야지"라고 말하는 이백만은 "무덤덤하고 표정 없는 중립주의"에 기운 인간이다.

『철도원 삼대』에는 이백만보다 더한 기술자, 즉 어떠한 이념이나 가치에도 휩쓸리지 않는 인간이 등장한다. 그는 바로 소년 가장으로 돼지를 치던 최달영이다. 그는 누구보다 성실하게 돼지를 기르며, 돼지 백순이와 대화를 하는 사이로까지 발전한다. 그러나 전염병에 걸린 백순이를 도살한 후에는 돼지 기르는 일을 그만두고, 안면이 있던 일본인 형사 모리를 찾아가 끄나풀 노릇을 시작한다. 돼지와의 소통이 가능하던 자연 상태의 최달영은 이제 '빨갱이 잡는 기술자'인 야

---

12 이 작품에서는 여러 번 이백만이 관사와 거리를 두었다는 것을 강조한다. 창씨개명이 강요되고 집과 직장마다 내선일체라는 구호가 내걸리는 관사를 보며, 이백만은 "어째 두쇠가 드나들던 형무소보다두 못한 데루 들어온 것 같구나"라고 말한다.

마시타로 재탄생한 것이다. 이백만이 일본인으로부터 '철도와 관련된 기술'을 배웠다면, 최달영은 일본인으로부터 '빨갱이 잡는 기술'을 배운다. 이후 최달영은 "어디서나 일본인 상관"이 가르치는 "지쓰요우혼이, 실용본위"에 따른 삶, 즉 "인정이니 의리니 하는" 것을 싹 치워버린 삶을 산다. 최달영은 형사의 개인 밀정에서 정식으로 순사 보조로 특채되었고, 국제선의 중앙이었던 거물 김형선을 검거한 이후에는 정식으로 고등계 형사가 된다.

해방 직후 야마시타 최달영은 숨어 지내지만, 곧 전면에 등장한다. 숨어 있는 최달영을 만난 과거의 상관 마쓰다는, 곧 미군이 최달영을 필요로 할 것이라면서, "당신은 공산주의자 때려잡는 기술자"라는 사실을 확인시켜 준다. 실제로 최달영은 용산서로 불려나가 사장에게 "자네 같은 유능한 전문가들이 필요한 시국이다"라는 말을 들으며, 화려하게 복귀한다. 해방 이후 이일철을 만난 최달영은 "자네가 특급열차를 몰았듯이 나두 생계를 위해 경찰 일을 한 거"라며, "나는 자네처럼 기술자라구, 빨갱이 잡는 전문가"라고 말하여, 자신의 본질을 분명하게 인식하는 모습을 보여준다.

철도의 부정성에 대한 저항

철도원 2대에 해당하는 인물인 이일철과 이이철 형제는 아버지 이백만과는 다른 삶의 방식을 보여준다. 처음 이들은 영화 「임자 없는 나룻배」를 본 후에 나누는 다음의 대화에서 알 수 있듯이, 매우 대조적이다. 이일철은 이미 노동운동가의 길을 가려고 하는 이이철에게 "나룻배로 철교를 당할 순 없겠지. 우마차가 비행기를 당할 수 없는 것처럼"이라고 말하고, 이이철은 "그렇다고 그냥 가만히 죽치구 살아야 하나?"라고 반문한다. 이일철이 '철교'의 엄연한 객관적인 힘에 주목한다면, 이이철은 '철교'에 뒤따르는 부정적인 면에 주목하는 것이다.

그러나 일철이 "나는 기술을 배우려고 한다. 다만 그게 어쨌든 조선 사람에게 좋은 쪽으루 쓰였으면 하는 게 내 소망이지"라고 말하는 것에서 알 수 있듯이, 기술의 가치 중립성에만 매몰된 인물은 아니다. 일철은 화부로 일하는 조선인 김군에게 "땅도 노동력도 거의 징발하여 헐값으로 건설"했으며, 하야시 상의 촌지는 받고 있으나 "우리가 주인이란 사실을 잊으면 안 된다"라고 말한다. 운동을 하다 활동비가 떨어져 급전을 부탁하는 동생 이철에게도 아무 말없이 돈을 건네기도 한다.

결국 이일철은 용산 철도 종사원 양성소를 나와서 부산에서 신경까지 이어지는 히카리호의 기관수가 된다. 아버지 이백만은 꿈도 꿀 수 없는 기술자의 지위에 오른 것이다. 그러나 이백만은 점차 기술자에서 투사의 자리로 그 위치를 옮겨간다. 그러한 변화가 처음으로 구체화 되는 것은 동생 이이철의 부탁을 받고 거물 혁명가를 신의주에서 경성으로 데려올 때이다. 이 일이 있은 이후로, 이이철의 가족은

"혁명가 지원 그룹인 모프르라는 인정"을 받는다.

이일철은 해방 이후에 아우 이이철의 죽음과 사회적 상황에 영향을 받아 더욱 극적으로 변모한다. 전부 18장으로 되어 있는 이 작품에서 16장과 17장은 해방 직후의 남한을 배경으로 하여, 역사적 상황을 숨 가쁘게 서술한다. 미군이 경찰과 청년단을 앞세워 쌀 공출을 하고, 미군정이 통치 비용의 조달을 목적으로 화폐를 마구 찍어내어 물가가 치솟는 해방 정국은, "일제 말기보다도 더 캄캄하고 음울한 시간"으로 그려진다. 이 어수선하고 무서운 시대에 이일철은 영등포 철도공작창의 노조 지도자가 되며, 전평에서도 활동한다.[13]

그러나 미군정, 경찰, 어용폭력단체 등의 탄압으로 남한에서의 활동이 어려워진 이일철은 1947년 월북한다. 철도로 상징되는 근대의 과학기술을 열심히 배우는 기술자에서 출발하여, 차츰 철도의 이면에 놓인 근대의 부정성에 눈을 뜬 이일철은 해방 이후에 전위적인 노동운동가로 활동하다가 북한에까지 간 것이다. 그러나 이일철이 자신을 찾아온 아들 이지산에게 마지막으로 남긴 말은 고민의 여지를 남긴다. 철도원 양성학교 교장을 하는 이일철은 기관수를 동경하여

---

13 1945년 11월 2일 산별단일노조 조선철도노동조합이 창립되고, 1945년 11월 5일에는 노동조합의 전국조직인 조선노동조합전국평의회(전평) 창립 총회가 서울중앙극장에서 열린다. 조선철도노조는 1945년 11월 5일에 바로 전평에 가입한다. 1946년 9월 철도파업 등을 벌였으며, 1947년 7월 전평이 불법화되면서 조선철도노조의 공개적인 활동도 불가능해지고, 결국 1948년 5·8 파업 이후 해체된다(김병구·지영근, 『철도노동운동사』, 갈무리, 2017, 38~49면).

자신을 찾아온 이지산이 한국 전쟁 중에 대전에 가라는 명령을 받고 대전으로 떠날 때, 아들에게 "여긴 타관 객지야. 절대루 죽어선 안 된다"며, 마지막으로 "엄마한테 가거라……"라는 말을 남긴다. '엄마를 데리고 북으로 오라는 것'이 아닌 '엄마한테 가거라'라는 말 속에는 이일철의 마지막 지향점이 무엇인지를 숙고하게 만드는 커다란 구멍이 숨어 있다.

이일철의 동생인 이이철도 열여덟 살에 철도공작창에 인부로 들어가서 철도원으로 노동자의 삶을 시작한다. 그러나 그곳에서 방우창을 만나고 노동운동가의 길로 접어든다. 이이철은 일제 말기에 옥사할 때까지, 노동운동가의 길에서 한 번도 벗어나지 않는다. 이 작품에서 노동운동은 단순한 개량적 운동이 아니라 민족 해방까지를 아우르는 혁명적 정치 투쟁으로 그려진다. 처음 이이철을 노동운동의 길로 이끌었던 방우창은 "조선도 일본에서 벗어나 새로운 나라를 세우기 위해서는 혁명을 해야 한다"고 말한다. 이이철은 방우창, 안대길, 지씨 등과 영등포 철도공작창 시기부터 최초의 오르그였으며, 당 재건과 중앙과 연결되는 주요 연락원으로 활동한다. 영등포와 인천을 오가며 당재건운동에 헌신하던 이이철은 경성콤 사건에 연루되어 체포된 후에 결국 감옥에서 죽는다.

『철도원 삼대』에서 가장 많은 비중을 차지하는 것은 이이철의 투쟁 활동이라고 할 수 있다. 전체 18장 중에서 4장, 5장, 6장, 7장, 10장, 11장, 12장이 이이철을 중심으로 조선 내에서 이루어진 일제 시기 사회주의 계열의 투쟁 활동에 대하여 서술하고 있다. 국제선, 조선 공산당 재건위, 경성 트로이카, 국제당, 태로계(태평양 노동조합 계열), 경성 당재건 그룹 등의 활동이 소개되며, 이재유, 박헌영, 김형선과 같은 거물 사회주의자들이 등장한다. 이러한 과정에서 일제가 저지른 고문이나 밀정의 활동, 그리고 주의자들의 도피 과정 등이 상세하게 진술된다. 『철도원 삼대』는 일제 시기 국내의 노동운동과 사회주의적 항일 투쟁에 대한 재현으로서도 커다란 문학적 의미를 지닌 작품이라고 할 수 있다.

허공에 떠 있는 오늘의 노동자

『철도원 삼대』는 시간상으로 보아 이백만으로부터 이지산으로 이어지는 철도원 삼대의 과거와 이백만의 증손인 이진오가 굴뚝 농성을 벌이고 있는 현재로 나뉘어진다. 철도원 삼대가 철도로 상징되는 근대(성)와 대면한 한국 노동자들의 생생한 삶을 보여주었다면, 이진오의 삶은 수십 미터 상공에서 자신의 목숨을 걸고 투쟁할 수밖에 없는 현재 한국 노동자들의 삶을 보여준다.

이진오는 오십대 초반이 될 때까지 25년 동안 공장 노동자로 일해왔다. 헐값에 이진오가 일하는 공장을 사들인 조진태 회장 측은 적자를 이유로 노동자 전원을 해고하고 비정규직으로 재취업할 것을 요구한다. 처음부터 노조 파괴와 노동자의 비정규직화 그리고 공장 청산을 목표로 삼고 구매액의 배를 남겨먹는 매각 처분을 시도한 것이었다. 이에 저항하여 이진오는 지상에서 해고 반대를 외치며 싸우는 것이다. 그러나 삼 년의 세월이 흘러가는 동안 상황은 악화되어, 어용노조가 탄생하고 해고는 정당화되었다. 설상가상으로 "자본과 정치권은 물론이고 은행 법원 공권력 모두가 저희들끼리 한통속이 되어 힘 있는 자들의 손을 들어"주는 상황에서 이진오는 굴뚝에 오를 수밖에 없었던 것이다. 한국문학사에서 "!라하장보동노용고 지저각 매할분"과 "!직복원전 계승조노"라고 읽히는 플래카드를 붙들어 매고, 굴뚝에서 농성하는 노동자의 모습을 본격적으로 다룬 것은 『철도원 삼대』가 처음이라고 할 수 있다.

이 작품에서는 이진오의 삶이 결코 예외적인 것이 아님을 강조한다. 이진오가 페트병에 써놓은 다섯 명의 이름 중에 두 명(진기와 영숙 누나)이나 고공 농성을 경험한 노동자들이다. 금속노조의 집회에서 알게 된 친구 진기 역시 진오와 똑같은 경험을 한다. 진기는 진오보다 먼저 고공 농성을 했고, 결국에는 살충제를 먹고 자살한다. 영숙이 누나는 "그들보다 몇 년 전에 조선소의 크레인 위에 올라가 일년여를 버텨낸 강철 같은 여성 노동자"이다. 그녀는 함께 해고당하고 같이 농성하던 동료가 자결한 뒤에 그 죽음의 의미를 널리 알리고자 철탑에서 죽기를 작정하고 올라간다. 영숙이 누나는 툭하면 대공분실에 잡혀갔으며 두 번이나 징역을 살고 오 년 동안 잠수를 타기도 하였다. 또한 이진오가 농성한 지 백 일이 되었을 때의 다음과 같은 진술을 통하여 이진오가 겪는 일이 우리 시대 노동자 일반이 겪는 일이라는 사실이 드러난다.

사방에서 여러 가지 소식이 몰려왔다. 남쪽 도시 어느 곳에서는 택시 기사가 크레인에 올라가서 일 년 가까이 농성 중이었고 기차의 여성 승무원들은 십여 년 넘게 복직 투쟁을 계속했다. 또 교사들은 법외 노조를 제도권 안으로 회복시켜달라고 몇 년째 거리에 나와 있었다. 어디서는 청소원들이, 또 어디서는 임시직 노동자가 죽고 다치고 쫓겨났다. 이들에게 시간은 정지되어 있었다. 진오의 동료 열한 명에게도 이 싸움은 삼 년이 넘게 지속되었고 언제 끝날지도 알 수 없었다.

『철도원 삼대』에서는 이진오의 농성 현장을 매우 구체적이고 세밀하게 묘사한다. 진오의 배설 장면으로 시작된 이 작품은 이후에도 진오가 먹고 자고 추위하는 모습 등을 대가의 원숙한 필치로 그려내는 것이다. 이것은 수십 미터 허공에 떠 있는 이들 노동자도 우리와 같은 사람임을 강조하려는 작가의 의도에서 비롯된 것이라고 할 수 있다. 그들은 결코 보통 사람들과 구별되는 특이한 자들이 아니었던 것이다. 실제로 진오는 굴뚝 위에서, 자신이 죽지 않고 살아 있으나 세상은 전혀 의식하지 않는다며, "자신이 외계인이라고 상상"한다. 영숙이 누나는 "제일 힘든 건 외로움"이라 말하고, 이진오도 "지금 굴뚝 위에서 자신이 겪고 있는 외로움"이 "버려지거나 잊힌 것도 아니고 그냥 가로수보다도 못한 관심 밖의 미물에 지나지 않았다"라고 생각한다.

이진오의 굴뚝 농성은 2014년부터 2015년까지 400일이 넘게 이어진다. 결국 회사 측은 이진오의 요구를 받아들이고, 이진오는 농성 410일째가 되는 날 농성 해지를 경찰에 통보한다. 그러나 이진오가 복직된 노동자들과 함께 지방의 공장에 찾아갔을 때, 공장과 숙소는 사람이 살 수 없는 폐가나 마찬가지이며 본사에 전화를 해도 책임 있는 자와는 통화조차 할 수 없다. 결국 『철도원 삼대』는 이진오를 비롯한 김형, 차군 등의 노동자가 다시 고공 농성을 다짐하는 것으로 끝난다. 이러한 결말은 이이철이 죽은 지 수십 년의 세월이 지난 지금도 이 땅의 노동자들이 온전한 삶을 누리지 못한다는 작가의 문제의식을 보여준다고 할 수 있다.

유령과 여성

『철도원 삼대』는 기본적으로 사실주의 소설이지만, 이전의 『손님』(2001), 『바리데기』(2007), 『낯익은 세상』(2011)처럼 환상성이 거의 전면화되어 있다.[14] 이러한 환상의 영역은 주로 여성의 몫으로 주어져 있다. 이진오의 가문은 증조할아버지인 이백만을 제외하고는 대대로 노동운동에 헌신한 가문이다. 이 가문이 백 년이 넘게 이어질 수 있었던 것은 누군가는 굳건하게 생활의 진창을 버텨주었기에 가능한 일이다. 『철도원 삼대』에서 그 역할을 떠맡는 것은 이씨 집안으로 시집온 여성들이다.

이백만은 열여덟에 주안 염전에 다니던 인부의 딸인 주안댁과 결혼한다. 주안댁은 생활력이 강한 아낙네로서, 생선젓갈장수, 어물가게를 내어서 가정을 건사한다. 주안댁은 거구에 과묵하며 힘이 세다. 수레에 깔린 인부를 구해내기도 하고, 큰 홍수가 났을 때는 사람을 구하고 돼지 수십 마리를 물속에서 건져내기도 한다. 그러나 주안댁은 일철이와 이철만 남겨 두고 죽는다.

주안댁이 죽자 이백만의 누이동생 이막음이 일철 이철 형제를 돌보고, 일철이 성장한 이후에는 일철의 아내인 신금이가 이씨네 집안을 이끌어 나간다. 신금이는 남편 이일철이 월북하고, 아들인 이지산이 전쟁 중에 화물차를 운전하다가 다리 하나를 잃고 돌아오는 상황에서도 변함없이 자신의 역할을 이어간다. 그녀는 김포 중농 집의 막내딸로 시골에서는 드물게 소학교를 나와 방직공장에서 일하면서 삼년 단기 여고보 과정을 수료하였다. 신금이는 특유의 생활력으로 영등포시장에 작은 점포를 내어 가족들을 건사한다. 이지산의 아내 윤

---

14 죽은 자가 산 자의 세상에 나타나는 것과 더불어 『철도원 삼대』에서는 시공을 자유롭게 이동하거나, 물텀벙이나 돼지가 사람을 향해 말을 하거나, 예언이나 예감이 실현되는 장면 등이 여러 번 등장한다.

복례 역시 시장에서 신금이 가게 옆에서 옷장사 좌판을 벌이며, 진오의 아내는 남편이 복직 투쟁을 하던 기간에 대형마트에 계산원으로 취직해 가장 노릇을 떠맡는다.

그런데 여성들의 헌신은 죽음 이후에도 계속 이어지며, 이 과정에서 현실 원칙에는 벗어난 환상적 장면이 자주 등장한다. 대표적인 인물이 바로 주안댁이다. 죽은 주안댁은 을축년 홍수 때에 나타나 사람들을 구하기도 하지만, 그녀의 주요 역할은 이씨 집안의 대소사를 처리하는 것이다. 막음이 고모의 "집안 대소사에 중요한 일이 있으면 그렇게 시도 때도 없이 쑥 나타나군 하지"라는 말처럼, 주안댁은 죽었음에도 이씨 집안의 중요한 일에는 반드시 나타나 자기 역할을 한다. 주안댁은 이철이 검거될 위기에 처했을 때도, 도피할 곳을 알려주어 이철을 구해준다. 일철이 기관 조수 아래 화부로 일할 때도 구해주며, 이철이 감옥에서 나왔을 때는 석달 열흘 동안 아들의 머리맡을 지킨다. 주안댁의 이러한 헌신은 해방 이후에도 변함이 없다. 신금이는 몽롱한 꿈결 속에서 주안댁이 배급하는 쌀을 받아서, 그 몇 달 동안에 처음으로 온 식구가 포식을 한다. 이후에도 철도 연변의 마루보시공장에 불이 났을 때, 주안댁은 신금이를 흔들어 깨운다. 살아서나 죽어서나 주안댁은 이씨 집안을 위해 쉬지도 못하는 것이다. 죽은 주안댁과 교감하는 존재들도 막음이 고모나 신금이와 같은 여성들이다.[15]

주안댁과 신금이가 보여주듯이 집안에 헌신하는 여성의 모습은 이미 '철도원 삼대'라는 제목에서부터 어느 정도는 예고된 것인지 모른다. 그러나 이 작품에는 이전에는 쉽게 찾아볼 수 없었던 주의자 여성도 등장한다. 이철의 아내였던 한여옥이 바로 그 주인공이다. 한여옥은 집안이 강요하는 결혼을 뿌리치고 일본으로 간 후에, 자신의 뜻에 따라 결혼한다. 그러나 결혼 생활의 가부장적 억압을 참지 못해 가출하여 만주와 대륙 곳곳을 유람한 뒤 경성으로 돌아온다. 그녀는 만주에서부터 사상운동에 연결되어 있었으며, 노동운동을 하다가 이이철과 결혼한다. 이이철과의 사이에서 이장산을 낳지만, 이장산이 죽자 결국 다시 만주의 동지들에게 돌아간다.[16] 한여옥은 살아서는 물론이고 죽어서도 이씨 집안을 위해 헌신하는 다른 여성들과 달리, 뚜렷한 자아와 개성을 가진 독립된 인격체인 것이다. 그러나 혁명가인 한여옥이 끝내는 이씨 집안에서 배제되어 버리며, 그 결정적인 이유가 아들 장산의 죽음이라는 것은 조금 안타까운 대목이다.

한여옥 이외에도 박선옥이라는 여성 혁명가도 존재한다. 그녀는 영등포와 경성 그리고 인천을 잇는 중요한 레포로서 활동하며, 한국 전쟁기에는 인민군으로 종군하기도 한다. 이러한 한여옥이나 박선옥

---

15 신금이는 동네에서 "신여성"이라고 불릴 정도로 개화되었지만, 동시에 "신통방통 신금이"라는 별명에 어울릴 만큼 신비한 능력도 지니고 있다. 누구든지 처음 만나서 잠깐 바라보면 과거에 일어난 일과 앞으로 일어날 일을 족집게처럼 맞혀서 주위 사람들을 놀라게 한다.

16 나중에 신금이는 아내의 소식을 궁금해하는 이철에게 "항일연군에 들어갔겠지요. 조선에 들어오기 전에 거기서 활동을 했었다니까"라고 말한다. 이를 통해 한여옥이 만주의 항일연군과 관련되어 있음이 드러난다.

의 투쟁은 오늘날 크레인 고공 농성을 이끌었던 영숙에게 이어진다고 볼 수 있다. 그런데 안타까운 점은 한여옥이 결국 이씨 집안에서 사라져버렸듯이, 영숙 역시 "지쳤는지 아니면 스스로 자기 정리가 필요했는지 사람들을 피하여 은둔하고는 소식이 끊겼"으며, 이후에는 "병들었다는 소식이 들려왔고 이제 그녀는 뜻만 남기고 사라졌다"는 점이다.

『철도원 삼대』에서는 이씨 집안의 여성들만 가족에 대한 헌신을 증명하기 위해 유령으로 돌아오는 것은 아니다. 지난 역사에서 충분히 애도받지 못한 사회적 존재들도 유령이 되어 돌아온다. 철도 공사 현장에서 일본인들은 조선인 인부들을 수시로 때려죽인다. 그 이후로 공사장 인근에는 귀신이 나타나기 시작하는 것이다. 일본 군대가 강간과 살인을 저질러 무인지경이 된 어느 마을에는 언제부터인가 철도 공사판에서 죽은 귀신들이 모여들어 그 마을을 차지하고 있다는 소문까지 나돈다. 또한 해방 이후 영등포에서는 "서로 피 터지게 싸우다 맞아 죽고 비명에 간 사람들이 장례를 치르고 나서도 모습이 사라지거나 하지 않고 회색의 헛것이 되어" 너울너울 흘러다니고, "집집마다 주안댁처럼 모습도 보이고 말도 통하는 유령들이 식구들과 함께 살고 있었다"라고 이야기된다.

희망의 근거

그러나 아직도 말하지 못한 유령들이 남아 있다. 죽었지만 사라지지 않은 자들이 아직 우리 곁에 남아 있으니, 그들이야말로 황석영이 『철도원 삼대』를 통해 우리에게 전하고자 하는 희망의 근거가 된다. 이 작품은 100여 년에 이르는 한국 노동자의 삶을 다루었으며, 작가는 늘 시대의 첨단에서 날카로운 문제의식을 던져온 황석영이다. 사정이 이러하기에 『철도원 삼대』를 읽으며, 이 시대 노동자를 수십 미터 상공 위에 오르게 하는 현실을 극복할 수 있는 전망을 기대하는 것은 자연스러운 일이다. 『철도원 삼대』는 사회과학적 합법칙성에 부합하는 실천적 전망과는 다른 종류의 '희망'을 제시하는데, 바로 이 '희망'은 마지막 남은 유령들로 인해 가능하다.

이러한 '희망'은 이씨 집안의 역사를 온몸으로 지켜본 신금이를 통해 가장 선명하게 드러난다. 이진오는 영숙 누나에게 신금이 할머니가 "어쨌든 세상은 조금씩 아주 조금씩 나아져간다고"라는 말을 늘 해왔다는 사실을 말한다. 이진오가 신금이에게 "왜 우리 식구들은 힘센 쪽에 붙지 못하고 맨날 지는 쪽에만 편들었어요?"라고 말했을 때에도, 신금이는 "그때에는 지는 것처럼 보여도 결국은 약한 이들이 이기게 되어 있다. 너무 느려서 답답하긴 했지만"이라며, "서로 겉으로 내색을 안 할 뿐이지 속으론 다들 알구 있거든"이라고 자신 있게 말한다. 이러한 희망은 "세상은 느리게 아주 천천히 변화해갈 것이지만 좀 더 나아지게 될 것이라는 기대를 버리고 싶지는 않다"라는 「작가의 말」에서도 확인할 수 있다.

이이철은 해방도 보지 못하고 죽었으며, 이일철은 북으로 넘어갔고, 이지산은 다리 하나를 잃었다. 또한 이진오의 투쟁도 마지막에 다시 고공 투쟁을 결심하는 것에서 드러나듯이, 온전한 성공에 이르지 못했다. 영숙 누나도 고공 투쟁으로 성과를 냈지만, 지금은 소식조차 알 수 없다. 그럼에도 이 작품에서 작가는 '전망'이 아니라 '희망'을 계속해서 강조한다. 그 희망의 근거는 노동자를 위해 목숨까지 바친 그들이 결코 사라지지 않은 채, 언제까지나 산 자들과 함께 하기 때문이다. 이진오가 400일이 넘는 고공 농성을 마치고 내려올 때도, 이진오가 하는 일은 죽어간 노동자들의 이름을 군중과 함께 부르는 것이다. 이때 이진오는 "저는 허공에서 수백 일을 보내며 소중한 별들을 만났습니다"라며, "그들은 별이 되어 저곳에서 우리를 지켜보고 있었습니다!"라고 말한다. 실제로 이진오는 주안댁, 신금이, 깍새, 진기, 영숙이 누나를 만나며 100여 년에 이르는 노동 해방의 그 장엄한 역사를 직접 체험할 수 있었던 것이다. 과거의 그 눈물겨운 투쟁과 희망은 결코 사라지지 않고, 현재는 물론이고 미래로까지 연결되는 것이다. '죽은 자'는 또 죽을 수도 없기에, 시간의 문제이지 언젠가 그 꿈은 반드시 이루어질 수밖에 없다.

굴뚝 농성이란 어쩌면 이 땅의 고통받는 이들을 위해 한 몸을 바치고 떠난 자들을 만나기 위한 일종의 제의인지도 모른다. 신금이 할머니는 굴뚝 위에 선 진오를 찾아와 "저어기 하늘에 별들 좀 보아. 수백 수천만의 사람이 다들 살다가 떠났지만 너 하는 것을 지켜보구 있느니"라고 말한다. 이진오는 굴뚝에서 내려오기 직전에, 그동안 자신을 찾아온 깍새, 진기, 영숙이 누나, 주안댁 할머니, 신금이 할머니를 불러보지만, 진오가 "지상의 산 사람들 영역으로 돌아간다는 걸" 알기 때문에 그들은 더 이상 나타나지 않는다.

　죽은 자들을 잊지 않는 것. 그리고 그들이 목숨을 걸고 남긴 정신을 끝까지 붙잡고 있는 것이야말로 현재를 넘어 미래로 나아가는 방법이었던 것이다. 실제로 철도(근대)의 모범생이었던 이일철은 해방 이후 누구보다 열정적으로 새로운 미래를 향해 돌진해 나간다. "충실한 일제의 신민으로 살아가며 그들의 손발이 되어 철도 직무를 수행"했던 이일철이 변할 수 있었던 것은, 다가올 노동자들의 세상을 위해 목숨을 던진 이이철을 생각했기 때문이다. 지금 이곳은 수많은 유령들로 가득하다. 그중에는 노동자들의 참된 삶을 위해 자신의 목숨까지 바친 이들도 물론 존재한다. 그 유령들의 목소리에 귀 기울일 준비가 되어 있는 한, 그들은 '희망'의 근거가 되어 언제까지나 우리 곁에 남아 있을 것이다.

○ 2020

테러 없는 세상을 향한 꿈

우한용, 『악어』

독재와 테러

우한용의 소설을 읽는 일은 석학(碩學)이 열변을 토하는 강의실에 앉아 있는 것과 비슷하다. 더군다나 이번 『악어, 鰐魚, $K\varrho o \kappa \acute{o} \delta \varepsilon \iota \lambda o \varsigma$』처럼 원고지 1,500매가 훌쩍 넘는 장편의 경우에는 거의 한 학기 수업을 듣는 것과 같은 기분이 들 정도이다. 『악어, 鰐魚, $K\varrho o \kappa \acute{o} \delta \varepsilon \iota \lambda o \varsigma$』에는 18세기 후반에서 19세기 전반에 걸친 오스만 제국 내의 정치적 상황과 21세기 한국사회의 비인간적인 교육 환경과 같은 기본적인 서사 외에도, 여러 가지 지식과 교양이 빼곡하다. 백석의 시 「비」와 김광규의 시 「털보네 대장간」이 등장하다가, 치아를 빼고 황제를 시중드는 중국 나인들 이야기나 『한비자』에 나오는 화씨지벽 이야기가 나오고, 다시 시공을 훌쩍 뛰어넘어 1998년 칸 영화제 황금종려상을 받은 「영원과 하루」, W.B. 예이츠의 「비잔티움 항행」이 등장하는 식이다.

『악어, 鰐魚, Κροκόδειλος』는 21세기 인류에게 닥친 가장 큰 문제 중의 하나라고 할 수 있는 테러를 진지하게 성찰한 대작이다. 서장에서는 이러한 작품의 동기가 선명하게 언급되어 있다. 작가 우한용의 분신이랄 수 있는 소설가 현장이 『악어, 鰐魚, Κροκόδειλος』라는 소설을 쓰게 된 계기는, 유한출판사의 지무한 기자의 권유 때문이다. 유한출판사의 지무한 기자는 현장의 『도도니의 참나무』를 읽은 후, 현장에게 다음과 같은 제안을 한다. "우리시대는 바야흐로 테러의 시대인데, 넓은 의미에서 테러는 독재와 연결되지 않겠습니까. 그런 독재자가 생겨나는 프로세스를 잘 그린다면 괜찮은 작품이 나올 거 같습니다"라며 오스만 시대 파샤로 이와니나를 다스렸던 알리 파샤를 다뤄보라고 권유하는 것이다. 지무한 기자가 테러와 독재를 연결시킨 것은 탁월하면서도 정확한 판단이라고 할 수 있다.[1]

현장이 소설을 완성하여 지무한 기자를 만나기 위해 호텔 커피숍에 도착했을 때, 전광판에는 이스탄불 폭탄 테러, 시리아에서 벌어지는 강대국들의 대결, 아테네 시민들의 격렬한 시위, 모래와 자갈로

---

1 본래 테러(terror)라는 단어는 프랑스어 terreur에서 유래했고, 거대한 공포를 뜻하는 라틴어 terror가 어원이다. 18세기 프랑스 대혁명 당시 자코뱅파의 로베스피에르가 투옥, 고문, 처형 등의 방법으로 혁명 반대파나 온건파를 숙청했던 '공포정치(reign of terror)'에서 처음 사용했다고 추정한다(사사키 아타루, 『춤춰라 우리의 밤을 그리고 이 세계에 오는 아침을 맞이하라』, 김소운 옮김, 여문책, 2016, 32면).

덮인 벌판에 만들어진 난민촌 천막 등에 대한 기사가 펼쳐진다. 특히 "왼팔이 잘려나가 플라스틱 의수가 나뭇가지처럼 소매 밑으로 나와 대롱거"리는 소년의 모습은 테러가 얼마나 인간성을 심각하게 파괴하는지를 선명하게 보여준다.

우한용의 『악어, 鰐魚, Κροκόδειλος』는 바로 전광판에서 펼쳐지는 문제, 즉 지구촌 곳곳에서 일어나는 테러와 그것을 낳는 근본적인 원인을 학구적인 태도로 성찰하는 작품이다. 이러한 세계사적 과제의 탐구와 관련해서 홀수 장의 서모시 부자 이야기는 한국사회에 내재된 폭력성의 문제를, 짝수 장의 알리 파샤 이야기는 테러를 낳는 독재(자)의 문제를 파고들고 있다.[2] 이러한 두 가지 이야기는 마지막 부분에 이르러서는 작가의 절묘한 문학적 솜씨를 통해 한데 어우러지며 의미의 진폭을 크게 확장시킨다.

거실을 기어 다니는 악어

진 쿠퍼의 『세계 문화 상징사전』에 의하면 악어는 여러 문화권에서

---

2 『악어, 鰐魚, Κροκόδειλος』는 서장과 종장을 제외하고 모두 36장으로 되어 있는데, 홀수 장이 지금의 한국을 배경으로 한 서모시와 서보노 부자의 이야기라면, 짝수 장은 발칸 반도를 중심으로 한 알리 파샤의 이야기이다. 알리 파샤(Ali Pasha, 1740~1822)는 알바니아인으로 오스만 세력이 쇠퇴해가는 틈을 타 알바니아 남부 일대를 근거지로 삼아 이름을 떨치던 지도자이다.

잔혹성과 악을 상징한다. 동시에 사악한 정념, 사기, 배신, 위선을 상징하는 경우도 있다. 이 작품에서 제목이기도 한 악어 역시 여러 문화권에서 통용되는 이러한 부정적인 의미에서 크게 벗어나지 않는다.[3]

현장이 이 작품을 준비하던 무렵 대학교 시절 친구인 서모시가 방문한다. 이때 처음으로 현장은 서모시와 깊은 이야기를 나누고 "서모시의 반생은 모양이 다른 폭력의 골짜기를 빠져나간 세월의 퇴적물"이라는 것을 깨닫는다. 그리고 서모시가 이야기하는 "그의 아들 서보노의 성장 이야기는 그 아버지의 성장 과정을 모양만 달리해서 그대로 반복"한 것이라고 생각한다. 이 작품의 절반은 바로 서모시와 서보노의 삶을 지배한 "모양이 다른 폭력의 골짜기"를 세심하게 파헤치는 데 할애되어 있다.

첫번째 악어 역시 서모시의 삶을 파괴한 폭력과 관련하여 등장한다. 고등학생인 서모시는 생물 실험 경시대회를 준비하다가 친해진 인이수와 관계를 맺고 결국 인이수는 임신한다. 이 소식을 들은 서모시네 부모는 서모시와 인이수를 데리고 인이수네 집으로 "돌진"한다. 이때 인이수의 아버지는 낙태를 권유하고, 이를 못마땅하게 여긴 서모시의 아버지 서열모는 의자를 집어 던져 거실에 있는 수조를 깨뜨린다. 그러자 수조에 들어 있던 물고기들과 함께 새끼 악어 한 마리가 거실로 흘러나오는 것이다. 거실에 흘러나온 악어는, 서열모의

---

3 진 쿠퍼, 『세계 문화 상징사전』, 이윤기 옮김, 까치, 1994, 86면.

폭력성을 상징하기에 모자람이 없다. 미래에 사돈이 될 사람들과 자기의 의견이 부합하지 않자 군인 출신인 서열모는 폭력으로 상황을 바꿔보고자 했던 것이다.

이러한 폭력성은 학교에서도 계속 이어진다. 서모시의 고등학교 생물 교사는 수업 교재로 쓰기 위해 서모시에게 옥상에 올라가 스펌(sperm)을 뽑아오라고 말한다. 서모시는 중학교 2학년일 때는 호주에서 온 원어민 선생님 멜라니의 성 노리개 노릇을 한 적도 있으며, 그 관계는 고등학교에 와서까지 유지된다. 대학에서도 서모시는 온전한 교육을 받지 못한다. "대학교의 구역질 나는 환경. 공금을 횡령했다는 총장과 그 멤버들, 성추행으로 연구실 문이 폐쇄되는 교수, 제자를 시켜 남의 논문을 그대로 베껴 제출했다가 들킨 교수들"에 대해 서모시는 분노를 느낀다. 인서울 대학에서는 영문과 학생들을 중심으로 도덕성 개혁위원회가 만들어지고, 교수들의 표절 여부 등을 검사한다. 캠퍼스에는 이사장, 총장, 누구누구 하는 이름들이 흰 페인트로 등에 쓰여진 마네킹들이 등장하기도 한다. 서모시에게 대학은 "비애의 돌무지"일 뿐이다. 이러한 환경에서 서모시의 몸과 맘은 심하게 망가져 간다.

서모시는 대학을 졸업하고 대학원에 가서도 부모님의 집에 살면서 온전한 어른으로서의 삶을 살지 못한다. 서모시는 보노의 육아와 관련한 의견 차이로 어머니와 다투다 "염병"이라는 말을 하고, 서열모는 주먹으로 아들의 명치를 가격한다. 서모시에게 "아버지는 항거할 기회를 주지 않는 포식자"였던 것이다. 대학을 졸업하고 서모시는 학원에 나가 강사로 일하면서 보노가 중학교에 가기 전에 독립을 선언하고 어른들에게서 떨어져 자유롭게 살고 싶어한다. 그러나 서모시의 몸이 부실해지면서 그 꿈은 점점 멀어져가고, 서모시는 자신의 상태를 다음의 인용문처럼 "거세당한 인간"으로 규정한다. 그러한 삶은 인이수의 생각처럼, "사육"에 해당하는 것이기도 하다.

나는 내 생애가 거세된 남자로 끝장이 날 것이라는 점을 예감으로 안다. 부모들은 나를 나로 키운 게 아니라 아버지의 그림자처럼, 그림자놀이 인형처럼 키운 게 사실이다. 가히 사육이다. 그렇게 사육당한 나는 이미 내가 아니다. 나는 거세당한 인간이다.

한마디로 서모시는 부모의 폭력과 지나친 관심으로 인해 온전한 주체가 되지 못한 채, 그저 '나이만 먹은 어린애'가 되어버린 것이다. 더욱 안타까운 점은 자신이 받은 폭력을, 서모시가 자신의 아들인 서보노에게 그대로 되풀이한다는 사실이다. 머리로는 "아버지의 삶은 아버지 방식으로 끝내야 한다"거나 "나의 삶을 아들 보노에게 물려주어선 안된다. 그게 내가 지닌 최소한의 윤리이다"라고 생각하지만, 실제의 삶은 그 반대이다. 서모시가 당한 폭력은 자신의 아들인 서보노에게도 그대로 전달된다. 서보노의 머리통에 주먹을 날리면, 서보노는 맥없이 바닥에 쓰러져서 입에 거품을 물고 경기를 하는 식이다. 이런 말도 안 되는 폭력을 가하며, 서모시는 "아직 뭘 모를 때, 반사신경 체계를 바꾸어 놓아야 한다"는 주장을 한다.

인이수는 서모시에게 아들에 대한 근원적인 증오가 있는 것처럼 보인다고 생각하면서도, 그녀 역시 보노에게 충분한 사랑을 베풀지는 않는다. "애를 일찍 낳기는 했지만 애 키우는 방법은 익히지 못한" 인이수는 서모시가 공부하는 동안 학원 강사, 학습지 교사, 과외 교사 등으로 쉬지 않고 일하지만, 특별한 일이 아니면 아이에게 신경을 쓰지 않는 것이다. 심지어 서모시의 부실한 몸으로 인해 자신의 욕구를 채우지 못한 인이수는 대학교 시절 숙제 때문에 인연이 된 박지남과 내연의 관계를 맺는다.

가정 이외의 환경도 서보노에게는 온통 부정적이다. 골목에서 만난 이웃 중학교 선배들은 보노에게 사마귀 알을 먹으라고 강요하고, 보노가 이를 거부하자 면도날을 꺼내 보노의 등을 긋는다. 보노는 동네 골목에서 같은 학교 형들한테 돈을 털리고, 집에 들어와서는 커터 칼을 종이로 싸가지고 골목으로 달려가기도 한다. 체육관 입구에서 아이들은 담배도 피우고, 콘돔으로 풍선을 불기도 한다. 여기에 서보노도 섞여 있었고, 이것을 제지하는 무도학원의 원장인 김광남과 실랑이를 하다가 서보노의 팔이 부러진다. 서모시는 고등학생일 때 이웃학교 학생들과 패싸움을 하는 과정에서 쇄골이 부러졌는데, 아들 서보노는 그러한 일을 초등학교에서 경험하는 것이다.

이런 환경에서 보노의 올바른 성장을 기대한다는 것은 어려운 일이다. 보노는 "같은 날 두 남자가 한 여자랑 애기 만들면 아버지가 둘이잖아?", "엄마가 수퍼빌아파트 허벌라이프 아저씨랑 붙었다면서, 씨발", "아빠 자꾸 그러면, 내가 자지를 칵 잘라버릴 거야", "사람 고기가 제일 맛있대"와 같은 이상한 말들을 쏟아낸다. 인이수는 보노가 점점 통제할 수 없는 늪으로 빠져들고 있다고 생각한다.

이처럼 서모시와 서보노는 서로 영향을 주고 받으며 망가져간다. 서모시는 분노 조절 장애와 심한 자기 모멸의 감정에 빠지며, 보노는 폭력의 잿가루로 인해 정신이 좀먹어 들어가는 것이다. 둘은 인간을 마비시키고 마모시키는 폭력에 전면적으로 노출된 결과 파멸을 향해 치달아간다.

보노는 "집에 침입한 놈은 총으로 두두두 갈겨버려야지"와 같은 이야기를 하며, 사격장에나 드나들면서 학교에 가지 않으려 한다. 보노가 사격을 좋아한다는 것은 그가 길러온 폭력성을 드러내기 위한 장치이면서 마지막 부분에 보노가 테러 집단의 폭탄 테러에 동원되는 개연성을 확보하기 위한 장치이기도 하다. 인이수가 강박적으로 보노에게 영어 교육에 집착한 것 역시 나중 폭탄 테러를 가능케 하는 설정이라고 할 수 있다.

발칸 반도를 기어 다니는 악어

아버지의 유령에 들린 악어

짝수 장에서는 알리 파샤가 주인공으로 등장하며, 서사의 무대는 18세기 후반에서 19세기 초의 알바니아, 그리스, 터키가 된다. 알리 파샤는 오스만 알바니아의 통치자로서 에피루스 지방, 테살리아의 서쪽 지방, 마케도니아를 지배했으며, 도적단의 두목으로 처음 역사에 등장하여 오스만 제국의 파샤에까지 임명되어 여러 가지 이야기를 남긴 파란만장한 인물이다.

우한용은 『악어, 鰐魚, Κροκόδειλος』를 통하여 우리에게는 낯선 인물인 알리의 초상을 문학적으로 형상화하고 있다. 이것은 이 분야에 정통한 역사학자도 하기 힘든 작업으로서, 우한용의 해박한 지식과 교양으로만 가능했던 일이라고 할 수 있다. 또한 알리 파샤를 한국문학계에 소개했다는 것만으로도 『악어, 鰐魚, Κροκόδειλος』는 나름의 문학사적 의미를 지닌다.

소년 알리의 아버지 벨리는 예니체리가 됐지만 이스탄불에 가는 대신 산골에 머물며 산적처럼 지낸다. 알리가 어린 시절부터 아버지로부터 교육받은 것은 복수의 의무와 핏줄의 도덕이다. 아버지 벨리는 "남편이 죽으면 아내가, 아내마저 죽으면 아들이, 딸이 어떤 수단을 쓰든지 복수를 해야 한다는 것"이 "알바니아의 전통"이라고 가르친다. "우리 집안 식구들은 말하자면, 모두가 한 몸"이며, "집안의 명예를 위해서는 개인의 몸뚱이는 언제든지 버릴 수 있는 것, 그게 알바니아의 피를 이어가는 사람들의 위대한 전통"이라는 이야기를 알리에게 주입하는 것이다. 이 복수와 핏줄에 대한 절대적인 숭배는, 이후 알리 파샤가 연출하는 독재와 테러의 근본적인 동력으로 작용한다.

알리는 열네번째 생일날 아버지가 잔인하게 척살(刺殺)되는 것을 지켜본다. 절대적인 대타자의 이 비참한 죽음은 이후 알리의 삶을 철저하게 지배한다. 어머니인 한코나가 알리에게 건네준 아버지의 유산은 장총 한 자루와 화약 한 통이지만, 아버지의 죽음은 오히려 알리를 아버지라는 그늘 속에 가둬놓는 계기가 된다. 아버지 벨리는 일찍 죽었지만, 그가 남긴 말은 늘 알리 곁을 잠시도 떠나지 않기 때문이다.

'아버지의 이름(Name of The Father)'[4]은 알리가 보기에 부부라기보다는 동지에 가까운 어머니 한코나에 의해서 끊임없이 보충된다. 어머니 한코나는 알리가 지도자로서 가져야 할 것들, 즉 의리, 담력, 주의력, 용기, 신의와 같은 것을 끊임없이 가르쳐준다. 심지어 한코

---

4 아버지의 이름(Name of The Father)은 상징적 아버지라고도 불리우며, 실질적인 존재가 아니라 하나의 위치 또는 기능을 가리킨다. 이 기능은 오이디푸스 콤플렉스에서 법을 정하고 욕망을 통제하는 기능에 다름아니다. 뿐만 아니라 어머니와 아이 사이에 꼭 필요한 상징적 거리를 만들어주기 위해 그들 모아(母兒)간의 상상적 이자 관계에 끼어들게 된다(딜런 에반스, 『라캉 정신분석 사전』, 김종주 외 옮김, 인간사랑, 1998, 226~227면).

나는 알리에게 칼 쓰는 법도 알려준다. 그러나 나중에 알리가 살인마로 변모하자, 한코나가 친정아버지 아흐메드에게 "알바니아의 복수 전통에 따라 반드시 아버지 원수를 갚아야 한다고만 강조했지, 인간적인 성숙함이 필요하고, 남과 공감하는 능력을 길러야 한다는 점은 가르치지 않았던 것"이라고 후회하는 것에서 알 수 있듯이, 인간으로서의 참된 윤리와 가치 등에 대해서는 가르치지 않는다. 어린 시절에 벌써 통행세를 요구하는 건달의 앞가슴에 칼을 찌를 정도로 강인한 알리지만, 어머니의 말에는 절대 복종하며 성장한다. 알리는 외가에 가서도 '아버지의 이름'을 보충한다. 지방 수령인 외할아버지 아흐메드도 "너는 너의 아버지와 할애비의 정신을 이어가라"고 말하는 것이다.

그렇다면 그토록 강조하는 '아버지의 정신'은 무엇일까? 그것은 앞에서도 말한 '복수의 의무'와 '핏줄의 도덕'이다. 그리고 보다 구체적으로 벨리가 추구한 정치적 목표는 "알바니아 전체를 하나의 통치권으로 묶어서, 그 세력으로 이스탄불의 술탄과 한판 싸움을 전개"하는 것이며, 궁극적으로는 "알바니아가 그리스와 이웃 마케도니아, 불가리아 등을 아울러 하나의 제국을 이루는 것"이다. 외할아버지 아흐메드가 들려주는 알바니아의 역사에 대한 이야기도 알바니아를 절대시하는 이야기이다. 핵심은 알바니아인들이 이민족의 침략을 받아가면서도 자기 언어와 관습을 잘 지켜왔으며 "알바니아에 국한되는 민족이 아니라 유럽 어디라도 지배하고 살 수 있"는 사람들이라는 것이다.

이러한 교육을 받으며 자란 알리는 아버지가 꾼 제국의 꿈을 이루기 위해 필사의 노력을 기울인다. 그는 알바니아 중심의 제국을 만들기 위해 필요한 일이라면 뭐든지 적극적으로 활용하는 것이다. 알바니아의 풍습과 신앙에는, 남편이 먼저 죽은 아내는 스스로 남편을 따라 죽어야 한다는 규율이 존재한다. 테펠레네 근처에서 농업 용수를 쓰기 위해 골짜기에 댐을 만드는 공사를 하고 장정 셋이 죽자, 그 규율에 따라 아낙네 셋도 함께 죽는다. 알리는 공사가 성공적으로 완공된 후에, 비인간적인 규율을 자신이 꿈꾸는 제국을 위해 적극적으로 활용할 생각을 한다.

그것이 단순히 미신이라 할 만한 몽매한 사람들의 믿음은 아니었다. 무엇인가 성스런 기운이 감도는 애국적 열정과 사람들 사이에 긴밀한 망을 치고 있는 강고한 믿음의 체계였다. 알리는 그들의 행위가, 기실 우습기는 하지만, 알바니아를 움직이는 힘 가운데 하나라는 생각을 했다 저런 믿음을 이용한다면 목숨을 내놓고 나서서 죽기를 각오하고 돌진하는 이들이 줄을 설 것이라는 생각이 들었다.

이러한 노력을 통해 알리 파샤는 자신의 꿈에 가까이 다가선다. 영토는 알바니아 전역을 포함해서, 서부 그리스, 펠로폰네소스까지 확장되며, 군대도 기강이 흐물흐물 한 술탄의 군대와 달리 피로써 맹서한 충성과 용기로 가득한 모습을 갖추게 되는 것이다. 알리 파샤는 머지않아 자신이 해상의 황제로 등극할 것을 꿈꾸기까지 한다.

그러나 그 거대한 땅을 통치할 이상의 부재는 알리 파샤를 몰락으로 이끈다. 알리 파샤는 알바니아와 그리스 등의 다양한 경계에서 갈팡질팡할 뿐 나아갈 방향을 잡지 못하는 것이다. 결국 "몸이 노글거리는 환락의 세계"인 이스탄불의 화려한 궁전을 동경한 알리 파샤는, 알바니아 무슬림으로 되돌아가기로 결정한다. 이후에는 "복수를 삶의 지남으로 삼는 태도"로 일관할 뿐이다.

아들들이 그리스의 독립을 주장하는 젊은이들에게 모욕을 당하자, 관련된 젊은 여성들을 파샤의 성으로 끌고 와서 호수에 빠뜨려 죽인다. 그날 저녁 여성들이 빠져 죽은 호숫가에서는 악어 떼가 푸득푸득 물을 뿜어내고, 호수 물에서 짙은 피비린내가 풍긴다.

이제 알리 파샤에게는 "피를 피로 갚는다"는 돌덩이처럼 굳은 보복과 복수의 의지만이 자리 잡은 것이다. 알리 파샤는 자신을 신격화하고, 아주 오래전 기억까지 끄집어내 피의 복수극을 펼쳐간다. 아버지가 적들에게 무참히 살해당한 후 40년이나 지났음에도 새로이 보복을 하고, 자기 집안에 위해를 가한 원한 맺힌 족속들의 피를 받은 딸들 가운데 무려 739명을 처단한다.

알리 파샤가 일흔을 바라볼 무렵에도 이와니나에서 무작위로 골라서 끌어온 그리스 여성들을 집단 학살한다. "사람 죽이기를 벌레 잡듯 하는 인간"이자 "엄청난 폭력의 우상"이 된 것이다. 결국 알리 파샤는 모스크 건물을 태워 그 안에 있는 아내 롤로디아도 태워 죽인다. 알리 파샤는 "피를 맛본 악어"가 되어 "더 싱싱한 피를 원"할 뿐이다.

　모든 상황은 점점 악화되고, 이스탄불에서 알리 파샤의 파면을 알리는 술탄의 문서를 가지고 술탄의 신하 몇이 이와나나로 온다. 알리 파샤는 그들을 한꺼번에 잡아 목을 자른다. 거의 충동(death drive)에 가까운 이 살인의 연쇄극은 오스만 투르크군에게 패배하여 알리 파샤가 죽어서야 간신히 끝난다. 결국 알리 파샤에게 알바니아의 전통이라는 것은 반성을 허용하지 않는 막다른 골목과 다름이 없었던 것이다. 그런 점에서 알리 파샤는 자기 입지를 위해 알바니아 민족정신을 내세우기도 했지만, 결국은 그 올가미에 걸려 생애를 망친 셈이다.

　결국 알리 파샤의 삶은 척살당한 아버지의 유령에 따라 움직인 것에 불과하다. 그렇기에 알리 파샤 역시 그 외양의 위대함과는 무관하게, 실질적으로는 서모시와 마찬가지로 '나이만 먹은 어린애'에 머물렀다고도 말할 수도 있을 것이다.

제국과 제국주의

　알리 파샤는 그야말로 파란만장한 삶을 살았다. 더군다나 알리 파샤는 주인공이기 때문에 독자는 그의 삶에 공감하기 쉽다. 그러나 알리 파샤와의 공감은 쉽지 않은데, 그것은 비단 그가 살인광으로 변해가는 후반부에만 나타나는 특징은 아니다. 처음 젊고 패기에 찬 모습으로 제국을 세우려고 투쟁할 때도 공감을 불러일으킬 만한 강렬함이 느껴지지 않는 것이다. 그것은 알리 파샤가 적대하는 오스만 제국의 부정성이 거의 드러나지 않는 것과 관련된다. "언어나 종교를 강압하지 않"으며, "자기 제국을 느슨하게 다스리는" 오스만 제국은 알리 파샤가 꿈꾸는 제국보다 오히려 바람직한 공동체로 느껴진다.

이와 관련해 오스만 제국은 우리가 흔히 부정적으로 사용하는 제국과는 구별된다. 우리가 흔히 사용하는 제국이라는 말은 "대개 기술적으로 진보한 민족이 무방비 상태의 기술 후진국을 무자비하게 착취하는 것을 암시"[5]하며 "한 민족이 수많은 다른 민족들의 권리(특히 자결권)를 부인하는 일종의 정치적인 억압 방식"[6]이자, "세계 대부분의 민족들이 정복자 또는 피정복자로 살아가는 일종의 생활 방식"[7]과 같은 의미를 지니게 된다. 그러나 이러한 특징을 갖는 제국은 사실상 제국주의에 가까운 것이라고 할 수 있다.

『악어, 鰐魚, Κροκόδειλος』에 등장하는 오스만 제국은 가라타니 고진 등이 말하는 제국에 해당한다. 이때 제국을 지탱하는 원리란 "다수의 부족이나 국가를 복종이나 보호라는 교환에 의해 통합하는 시스템"[8]이다. 따라서 상대를 전면적으로 동화시키거나 하지 않는다. 그들이 복종하고 공납만 한다면 그들의 방식을 그대로 유지하는 것도 무방

---

5 안토니 파그덴, 『민족과 제국』, 한은경 옮김, 을유문화사, 2003, 20면.
6 위의 책, 20면.
7 위의 책, 21면.
8 가라타니 고진, 『제국의 구조』, 조영일 옮김, 도서출판b, 2016, 113면.

하며, 이를 뒷받침하는 것이 만민법, 세계종교, 관용성과 다양성, 보편문자, 세계화폐 등이다.

이러한 견해는 제국을 긍정하는 최근의 학자들이 보편적으로 인정하는 제국의 특징이기도 하다. 민족국가와 달리 제국은 다양성(차이)을 체제의 정상적인 현실로서 전제하며, 국가 안팎의 그런 다양성을 통합하고 분화하고 안정화하여 수직적 위계 구조와 연계를 구축한다. 요컨대 제국들은 "차이를(내부의 동질성을 침해하는 유해한 요소로 여기고서 제거하려 들지 않고 오히려) 정치의 도구로 활용"[9]하는 것이다. 에이미 추아도 "관용"[10]을 제국의 절대적 조건으로 제시하고 있으며, 유발 하라리도 제국의 특징으로 "문화의 다양성과 국경의 탄력성"[11]을 들고 있다. 다음의 인용에 등장하는 오스만 제국의 특징은 여러 학자들이 말한, 다양성과 차이를 인정하는 긍정적인 제국의 모습 그대로라고 할 수 있다.

오스만은 알리의 정치적 입지를 뒷받침하는 세력, 그것도 제국의 세력이었다. 그리고 이슬람을 강요하지 않는 미덕도 지닌 집단이었다. 그게 이른바 '밀레트 제도'였다. 제국다운 여유로움 덕이었다.

밀레트는 오스만 제국하의 피지배 계층에게 허락된 종교와 민족에 따

---

9 제인 버뱅크 · 프레더릭 쿠퍼, 『세계제국사』, 이재만 옮김, 책과함께, 2016, 687면.
10 에이미 추아, 『제국의 미래』, 이순희 옮김, 비아북, 2008, 256면.
11 유발 하라리, 『사피엔스』, 조현욱 옮김, 김영사, 2015, 273면.

른 민족 자치 공동체를 의미한다. 밀레트 내에서는 독자적인 관습법과 제도가 통용되고, 술탄에게만 책임을 지는 최고 종교 지도자에 의해 통치되었다. 오스만 제국의 중요한 네 개의 밀레트는 무슬림, 그리스 정교도, 아르메니아 기독교도, 그리고 유대교도들로 구성되었다. 밀레트의 수장들은 전체 구성원에 대한 책임과 함께 국가에 대한 조세와 국방의 의무를 갖고 있었다. 대신에 각 밀레트는 무슬림과 관련된 재판 외에는 중앙 정부의 간섭 없이 결혼, 이혼, 출생, 사망, 교육, 언어, 전통 등에서 완전한 사회적, 문화적 가치를 향유했다. 모든 밀레트 구성원은 개인의 능력과 계기에 따라 사회적인 출세를 할 수도 있었고, 개종하여 다른 밀레트로 이주할 수도 있었다.

밀레트는 오스만 제국 500년 역사를 통해 제국의 이질적이고 다양한 민족적 요소를 통합하는 원동력으로 작용하면서, 민족 간의 갈등이나 분쟁 없이 안정된 국가를 유지하는 초석이 되었다. 밀레트가 이질적 민족 집단 내의 자치와 결속의 바탕이었다면, 민족 간의 화합에 기여하고, 이질적 민족들을 공동 목표 아래 결합시켰던 제도는 길드, 즉 장인 조합이었다. 길드는 종교나 민족적 요소보다는 공통의 경제적 가치와 사회적 신뢰에 바탕을 두었기 때문에 밀레트 간의 조화와 협력을 통해 제국의 균형 있는 발전에 크게 이바지하였다.

오스만 투르크는 지방의 밀레트를 인정하면서 지방 통치자들에게 권한을 최대한 허용했다. 술탄에게 올라가는 보고서에서 지방의 종교가 어떠니 언어가 어떠니 하는 것은 부차적인 문제였다. 하달되는 공문을 즉각 시행하고 세금을 받아서 이스탄불로 보내는 일에 충실하면 지방 파샤들은 자율권을 보장해 주었다.

바로 오스만 제국의 이러한 관대함이야말로 알리가 영웅으로 성장할 수 있는 발판이 되었다고 할 수 있다. 알리는 술탄과 제국에 충성한다는 명분을 내세우고 속으로는 다른 실속을 챙길 수 있었던 것이다. 크고 작은 반란들이 알바니아 여기저기서 터져 나오고, 알리는 이를 진압하며 술탄의 신임을 얻는다. 사실 이러한 제국의 관용이 있었기에 롤로디아를 아내로 맞이하는 결혼식에서 알바니아, 그리스, 오스만 할 것 없이 한데 어울려 마시고 춤추고, 노래하는 중에 만세를 부르는 축제가 가능했던 것이다. 한편에서 터키어로 야샤! 하고 외치면 다른 편에서는 그리스어로 에비바!를 연호하는 모습은 아름답기까지 하다.

벨리와 그의 아들인 알리 파샤가 오스만 제국에 맞섰던 필생의 투쟁이 의미를 갖기 위해서는 현실적인 힘의 논리는 차치하고라도, 오스만 제국을 뛰어넘은 새로운 정치 공동체로서의 이상이 뒷받침되어야 할 것이다. 그런데 벨리와 알리 파샤가 추구하는 제국은 관용이 부족하고 이질성을 통합하는 원리가 힘의 논리뿐인 제국주의에 가까운 것이라고 할 수 있다. 가라타니 고진은 국민국가(주권국가)는 그것을 넘어서는 범주가 부재하기 때문에 주권국가 간의 전쟁 상태는 불가피하며 그것을 넘어설 방법은 없다고 보았다. 제인 버뱅크와 프레더릭 쿠퍼 역시 "민족국가의 뿌리를 '종족적'이라고 여기든 '시민적'이라고 여기든, 아니면 이 두 가지가 어느 정도 결합된 것이라고 여기든, 민족국가는 공통성에 기반하여 공동체를 만들어내는 한편, 민족에 포함되는 사람들과 배제되는 사람들을 확고하게 구별하고 대개 이 구별을 엄격하게 단속한다"[12]라고 주장한다. 이 엄격한 이분법 속에는 반드시 배제와 갈등의 폭력이 존재할 수밖에 없는 것이다.

『악어, 鰐魚, *Κροκόδειλος*』에서 알리 파샤는 "조국인 알바니아와 자기가 다스리고 싶은 그리스와 거점으로 삼을 수밖에 없는 술탄의 나라 오스만 투르크"라는 자신의 경계적 위치에 대하여 고민하기도 한다. 나아가 그는 알바니아, 그리스, 오스만 투르크 이외에도 정교회와 술리오테스까지 신경을 쓴다. 그런데 알리 파샤의 이러한 고민은 진정으로 이토록 다양한 세력들의 공존과 평화를 위한 것이라기보다는 아버지로부터 이어진 꿈, 즉 알바니아를 중심으로 한 제국을 건설하는 과정에서의 처세술과 관련되어 있을 뿐이다.

작가는 후반부로 갈수록 알리 파샤의 "반성 없는 꿈"을 비판적으로 형상화한다. 상대적으로 오스만 제국에 대한 비판적 시선은 거의 드러나지 않는다. 이것은 국민국가에 대한 비판과 그것을 극복할 수 있는 사유로서의 제국을 제시한 것이라고 볼 수 있다. 국민(국가)이

---

12 제인 버뱅크 · 프레더릭 쿠퍼, 앞의 책, 28면.

라는 개념이 그 시대적 의의를 잃어가는 것과 더불어, 세계화 시대인 오늘날 제국은 보편주의와 보편적 문명의 원리를 표상하는 것이 될 수도 있는 것이다.[13] 세계적인 미래학자 유발 하라리는 제국에 대한 부정적인 시선에 의문을 제기하며,[14] 국가들이 상호 간에 긴밀하게 연결되는 지구적 환경 속에서 인류는 "대부분 하나의 제국 안에서 살게 될 가능성이 크다"[15]고 예측하고 있다.

드디어 만난 '한국의 악어'와 '발칸의 악어'

30장부터 36장까지에서는 드디어 서모시 부자의 이야기와 알리 파샤의 이야기가 연결된다. 일테면 30장은 알리 파샤가 사람을 광장에

---

13 이삼성, 『제국』, 소화, 2014, 486면.
14 제국에 대한 현대의 비판은 '①제국은 제대로 작동하지 않는다. 수많은 피정복 민족을 효과적으로 다스리는 것은 결국 불가능하다'와 '②설사 그것이 가능하다 할지라도 실행해서는 안 된다. 제국은 파괴와 착취의 사악한 엔진이기 때문이다. 모든 민족은 자결권이 있고 다른 민족의 지배를 받아서는 안 된다'로 정리할 수 있는데, 전자는 '난센스'이고 후자는 '문제'라는 입장이다. 역사적으로 제국은 지난 2,500년간 세계에서 가장 일반적인 형태의 정치 조직으로서 매우 안정된 형태의 정부였다는 것이다. 나아가 제국을 무너뜨린 것은 외부의 침공이나 내분에 따른 지배 엘리트의 분열밖에 없었다는 것이다. 정복당한 민족이 제국의 지배자로부터 스스로를 해방시킨 기록은 그리 눈에 띄지 않는다. 많은 경우 하나의 제국이 무너진다고 해서 피지배 민족들이 독립하는 일은 드물었다. 옛 제국이 붕괴하거나 후퇴한 자리에 생긴 진공에는 새로운 제국이 발을 들여놓았다(유발 하라리, 앞의 책, 275~278면).
15 위의 책, 295면.

서 불태워 죽이는 것으로 끝나고, 31장은 인이수가 아들 서보노가 광장에서 불태워져 죽을지도 모른다고 생각하는 것으로 시작되는 식이다. 32장의 마지막에서 알리 파샤는 모스크 건물을 태워서 그 안에 있는 아내 롤로디아를 죽이며, 33장은 불타는 성당 건물 안에 서보노가 있는 인이수의 꿈으로 시작된다. 이렇게 알리 파샤는 오늘날의 이슬람 테러 단체와 연결된다.

무엇보다 중요한 것은 불발로 끝나기는 했지만 폭탄 테러의 현장에서 '한국의 악어'와 '발칸의 악어'가 만난다는 점이다. 한국의 가정, 학교, 사회로 인해 탄생한 괴물인 서보노는 테러단의 다리가 되고, 알리 파샤로 대표되는 복수의 의무와 핏줄의 도덕은 테러단의 머리가 되어 가공할 폭력을 낳을뻔한 위기를 연출한다.

학교에 안 가겠다는 아들 서보노를 달래기 위해 서모시 가족은 터키로 여행을 간다. 토카프 궁정에서 어슬렁거리던 서보노는 테러 집단에 속한 남자에게 다가가서 "암 나이스 스트롱 슈터, 쇼우미 유어 건! 리얼리?"라고 말을 걸고, 테러단의 두목은 서보노에게 사제 폭탄을 맡긴다.

이런 서보노는 반미 데모가 열리는 메트로폴리스 광장에 나타난다. 그 광장에서는 내전에 투입된 미군에게 자식을 잃거나 몸을 상한 이들이 시리아를 떠나 유럽으로 가는 중에 반미 데모를 벌이고 있던 것이다. 이때 확성기에서는 알리 파샤를 칭송하는 시가 계속 흘러나온다. 이 데모는 알바니아와 그리스에 흩어져 사는 알바니아 무슬

림들이, 알리 파샤의 사망일을 기해서 재집결하는 성격을 지니고 있었다. 이 현장에 서보노가 나타나 조끼 지퍼를 내리고는 안에 매달린 수류탄을 던지려고 한다. 다행히 그 시도는 실패로 돌아간다.

우한용의 『악어, 鰐魚, Κροκόδειλος』는 근래에 보기 힘든 폭과 깊이를 지닌 장편소설이다. 테러라는 인류사적 위협을 가장 발본적인 지점에서부터 성찰하며 그 뿌리를 캐나가고 있는 것이다. 이러한 작업의 직접성과 보편성을 담보하기 위해 지금 한국의 현실과 200여 년 전 지중해를 아우르는 거대한 스케일의 서사를 치밀하게 직조해내었다. 그 빼어난 작가적 내공으로 인하여, 독자는 자연스럽게 폭력을 발아하는 이 사회의 근본적인 문제와 참된 인간성의 구현을 위한 대안 등을 고민하게 된다. 나아가 『악어, 鰐魚, Κροκόδειλος』는 맹목적인 핏줄과 복수의 논리에 입각한 공동체 지향의 문제점을 통하여 새로운 가능성으로서의 제국이 지닌 의의를 부각시켰다는 점에서도 그 의미가 깊은 작품이라고 할 수 있다.

○ 2020

노고지리의 자유를 위하여

이대환, 『총구에 핀 꽃』

김진수와 손진호

이대환은 1980년에 등단한 이래 소설집 『조그만 깃발 하나』(창작과비평사, 1995)와 『생선창자 속으로 들어간 詩』(실천문학사, 1997), 장편소설 『말뚝이의 그림자』(동문출판사, 1983), 『새벽, 동틀 녘』(푸른나무, 1991), 『겨울의 집』(실천문학사, 1999), 『슬로우 불릿』(실천문학사, 2001), 『붉은 고래』(현암사, 2004), 『큰돈과 콘돔』(실천문학사, 2008) 등을 발표하였다. 그의 작품은 거대 서사가 사라진 한국문단에서 사회와 역사에 대한 치열한 문제의식을 펼쳐 보이는 것으로 정평이 나 있다. 이대환은 일제 강점기까지 이어지는 한국 현대사를 짚어보기도 하고, 북한 체제와 탈북자의 문제를 심도 있게 탐색하기도 하였다. 특히 『슬로우 불릿』은 한국문학사에서 최초로 고엽제 문제를 다룬 작품으로서, 지워지지 않는 베트남 전쟁의 상처를 형상화한 명작으로 자리매김되어왔다. 이번에 출간되는 『총구에 핀 꽃』(아시아, 2019)도 베트남 전쟁이 낳은 또 다른 상처를 드러내고 있으며, 이를 통해 진정한 세계 평화의 길을 모색한 작품이다.

이대환의 『총구에 핀 꽃』은 실존인물인 김진수(金鎭洙, Kenneth C. Griggs)를 모델로 한 장편소설이다. 작가 후기에는 이 작품이 참고한 선행자료로, 「김진수 한국계 미군 주일쿠바대사관 망명 사건 : 1967~68」이란 비밀 해제 외교문서, 고경태가 쓴 추적 기사인 「망명객 혹은 '홈리스' 김진수」(『한겨레21』 1010호, 2014년 5월 12일), 홋다 요시에의 소설인 「이름을 지우는 청년」, 김진수에 대한 짧은 회고록이 나오는 테리 휘트모어의 『MEMPHIS-NAM-SWEDEN』 (1971) 등이 친절하게 언급되어 있다.[1] 김진수는 한국 전쟁 중에 부모를 잃고, 미군에 의해 입양되었다가, 미군이 되어 남한과 일본에서 근무한 후에 베트남에 파병된다. 이후 휴가를 맞아 일본에 왔다가 탈영하여 쿠바 대사관과 베헤이런 활동가들의 집에 머물다가 소련을 거쳐 스웨덴까지 간 인물이다. 대체적인 삶의 행적은 『총구에 핀 꽃』

---

1 이외에도 김진수에 대한 자료로는 다음과 같은 것들이 존재한다. 권혁태, 「평화적이지 않은 평화헌법의 현실 : 베트남 파병을 거부한 두 탈영병」, 『한겨레21』 878호, 2011년 9월 26일; 권혁태, 「국경 안에서 탈국경을 상상하는 법 : 일본의 베트남 반전운동과 탈영병사」, 『동방학지』 157, 2012; 남기정, 「베트남 '반전탈주' 미군병사와 일본의 시민운동 : 생활세계의 전쟁과 평화」, 『일본학연구』 36, 2012; 권혁태, 「유럽으로 망명한 미군 탈영병 김진수」, 『황해문화』, 2014년 여름호.

의 주인공인 손진호와 일치한다고 할 수 있다.

이 작품은 일종의 액자 소설이다. 아들인 손기정이 아버지 손진호에 대해 쓴 소설이 내화라면, 그 아들이 초점화자 '나'로 등장하여 요나스 요나손이라는 스웨덴 이름을 가진 아버지와 함께 일본과 한국을 여행하는 지금의 이야기가 외화로 등장한다.[2] 아들의 노트북에는 "고아 손진호, 미국 학생 윌리엄, 미군 일병 윌리엄"에 대한 소설 초고가 이미 저장돼 있다. 아들이 가지고 있는 탈주병 윌리엄에 대한 자료는 크게 세 가지이다. "대한민국 정부가 소장한 오래된 문서", "1970년에 발표된 일본 단편소설", "영어 회고록"으로서, 이것은 작가가 후기에서 밝힌 자료와 일치한다. 홋타 요시에의 소설에 대해서 손진호와 아들이 함께 이야기를 나누기도 하며, 앞에서 이야기 한 세 가지 자료들의 원문이 조금씩만 변형되어 등장하기도 한다. 외화는 주로 아들이 기존 자료가 얼마나 사실에 근접한가를 물으면, 아버지가 기존의 오류를 바로잡는 형식으로 되어 있다. 이러한 서술양식은 이 작품이야말로 손진호의 삶을 가장 사실에 가깝게 복원했다는 인상을 주기에 충분하다.

이미 완성된 기록들을 복기하는 수준이라면, 굳이 소설을 창작할 필요는 없을 것이다. 김진수의 실제 삶을 복원하는 것이 목적이라면

---

2 스웨덴에서는 코쿰스 조선소에서 일하다가, 조선소가 문을 닫은 뒤에는 음악 가게를 하며 "부부문제나 경제문제의 번뇌라곤 없이 행복하게" 살아왔다.

평전이 오히려 적합하기 때문이다. 그럼에도 굳이 소설로 창작한 것은 사실을 뛰어넘는 진실을 전달하고자 하는 작가적 소명 때문이라고 할 수 있다. 그것은 지금 아버지의 삶을 소설로 남기고 있는 아들의 다음과 같은 말을 통해서도 알 수 있다.

이 세상 그 누구의 이름으로도 능수능란 발언할 수 있는 사람이 작가입니다. 그 수단이 허구라는 것이고, 허구란 바로 작가의 상상력을 담아내는, 작가가 자유자재 변형할 수 있는 그릇이고, 그 그릇이 최후로 담아내야 하는 실체는 어떤 사실들의 배후를 관장하는 진실과 그 진실의 핵을 이루는 인간의 문제입니다.

결국 「김진수 평전」이 아닌 소설 『총구에 핀 꽃』인 이상 이 작품은 작가의 상상력을 통해 김진수의 '삶 배후를 관장하는 진실과 그 진실의 핵을 이루는 인간의 문제'를 다루었다고 볼 수 있다. 이를 위해 작가는 자신만의 고유한 사유와 상상력으로 새로운 서사를 조형해내기 위해 심혈을 기울였으며, 분명한 성과를 내고 있다. 가장 중요한 것은, 4장에서 더욱 구체적으로 논의하겠지만 송정원을 새롭게 만들어서 새로운 주제의식을 창출하였다는 점이다. 이외에도 베트남 전투의 모습, 쿠바 대사관에서의 구체적인 생활, 홋카이도 여행 등을 통하여 '평화에 대한 염원'이라는 작가의 메시지를 보다 분명하게 보강하였다.

타이피스트 특기병이었던 김진수와 달리 손진호를 첨병부대 전투원으로 새롭게 조형함으로써 베트남전의 비극은 더욱 선명하게 보여준 것도 주목할 지점이다. 손진호의 상관인 백인 중위 토마스는 해방중대장이었던 친형이 베트남 정글에서 전사했고, 두어 달 전에는 오랜 친구가 마을 수색 중 절름발이 소년이 던진 수류탄에 즉사한 경험이 있다. 이로 인해 베트남 사람들에게 유별난 적개심을 가지고 있다. 저격병에게 소대원이 부상당한 이후 토마스 중위는 소규모 평정작전을 벌인다. 여기서 베트콩으로 추정되는 젊은이 둘을 죽이고, 물소 다섯 마리를 사살하고 그것을 항의하러 덤벼드는 남녀 노인 다섯을 덤으로 쏘아 죽인다. 그것은 "죽었거나 병신으로 전락한 전우들에 대한 복수심을 투명 가면처럼 덮어쓴 인간들이 보잘것없는 사냥을 즐긴 흔적"으로 설명된다.[3]

다음으로 홋카이도와 관련한 서사가 첨가된 것도 중요한 의미를 지닌다. 1968년 3월 탈영병 손진호는 고바야시라는 대학원생의 안내를 받는데, 그는 아이누족 피가 섞여 있다. 고바야시를 통해서 아이누족이 겪은 통한의 역사가 가슴 아프게 펼쳐진다. 2018년에는 아바시리 감옥박물관을 방문하는데, 그곳에서는 징용에 끌려갔던 손진호 할아버지 이야기가 첨가되어 세대를 뛰어넘는 한국 현대사의 비극적

---

3 일본으로 휴가를 나왔을 때, 손진호는 자신이 받은 병사 월급과 전투 수당을 "국가가 떠맡긴 청부살인에 대한 수고비"로 규정하기도 한다.

디아스포라가 환기된다. 아이누족의 이야기나 아바시리감옥(網走監獄)에 수감되었던 할아버지의 이야기는 손진호의 삶과 어우러져 제국주의로 전환된 일본이라는 민족국가의 어두운 그림자를 분명하게 보여준다.

이외에도 손진호가 고등학교 시절 인종차별을 당하고, 그들에게 사적인 보복을 하거나 손진호(미국명 윌리엄 다니엘 맥거번)가 샌프란시스코 주립대학(SFSU) 학생이 되어, 샌프란시스코의 히피 문화에 깊이 빠져드는 내용이 새롭게 첨가되었다. 이러한 히피 문화는 "물질적인 욕망을 절제하는 것, 과소비를 거부하는 것, 사회적인 속박에서 벗어나는 것, 꽃을 사랑하고 꽃의 상징을 인간의 영혼에 심어주는 것"으로 규정되며, 손진호의 이후 행적을 뒷받침하는 중요한 하나의 원천이 된다.

작가 이대환은 한국 현대사와 세계사에 대한 웬만한 지식과 성찰로는 감당할 수조차 없는 서사를 『총구에 핀 꽃』에서 훌륭하게 펼쳐 보이고 있다. 이러한 서사는 무엇보다도 진정한 평화를 염원하는 작가의 고민이 그만큼 깊고도 집요했기 때문에 가능했을 것이다. 이제 그 치열한 문학혼이 우리 시대와 함께 공유하고자 하는 '진실과 그 진실의 핵을 이루는 인간의 문제'를 보다 구체적으로 살펴볼 차례이다.

베헤이렌과 손진호

 손진호의 탈영 이후 삶에서 가장 중요한 비중을 차지하는 단체는 바
로 베헤이렌(베트남에 평화를! 시민연합, ベトナムに平和を! 市民連
合)이다. 처음으로 김진수의 삶을 소설화한 홋타 요시에(1918~1998)[4]
의 「이름을 깎는 청년(名を削る靑年)」은 베헤이렌의 관점에서 김진수
의 삶이 받아들여지는 방식을 잘 보여준다. 그것은 국가에 대한 저항
과 개인의 존엄에 대한 인정으로 정리해볼 수 있다.
 「이름을 깎는 청년」은 한국 이름 박정수와 미국 이름 윌리엄 조지
맥거번을 동시에 거부하는 탈영병을 그리고 있다. 이 탈영병 청년은
자신의 이름에 대해 매우 민감하게 반응한다. 작품 속에서 탈영병은
단지 청년으로, 그를 돌보는 일본인은 남자로 호칭될 뿐이다. 청년은
한국이나 미국을 거부하는 차원에서 나아가 국가 일반을 부정한다.
결국 청년은 미군 신분 증명서(identity card)를 태워버리고, "나는 나
야. 다른 누구도 아니야"[5]라고 선언하는 것이다. 결국 이 청년이 깎고
있던 이름이란 다름 아닌 국가였던 것이다. 이 작품은 제3국으로 망

---

4 홋타 요시에는 1968년 1월 7일부터 10여 일을 김진수와 함께 자신의 자택에서 지냈다(고경
   태, 「새장을 뚫고 스웨덴으로 : 김진수의 탈출과 망명」, 『1968년 2월 12일』, 한겨레출판, 2015,
   308면).
5 홋타 요시에, 「이름을 깎는 청년」, 심정명 옮김, 『지구적 세계문학』, 2017년 봄호, 149면.

명하여 "나는 나를 위한 적당한 이름을 직접 지을 생각이야"[6]라고 선언하는 것으로 끝난다.

홋타 요시에의 글은 베헤이렌의 이념에 그대로 맞닿아 있다. 베헤이렌은 탈주병들이 국가라는 공동체의 명령을 거부한 자들이고, 탈주병을 돕는 행위 또한 국가를 극복할 것을 요구한다고 보았다. 베헤이렌이 운동의 방법으로 주창한 시민적 불복종이나 비폭력 직접행동은, 자기 자신의 양심 또는 자각이 국가의 법률보다 우선한다는 발상에서 나온 것으로 철저한 '개인 원리'의 발견과 실천을 강조하였다. 그것이 최종적으로는 탈주병과 함께 '국경을 넘는 행동'과 '시민적 불복종의 국제적 연대 행동'으로 나타났던 것이다.[7]

『총구에 핀 꽃』에서도 베헤이렌 운동체를 "조직보다는 개개인, 국가보다는 인간 개체, 그 개인의 자발성을 중심하는 원리가 지배"하고 있었다고 이야기한다. 손진호를 도와준 모든 이들은 베헤이렌의 이념에 적극적으로 동조하며 이를 실천한 사람들이다. 스시집의 늙은 요리사는 "베트남에 평화를! 베트남은 베트남 사람에게 맡기자!"라는 신념을 갖고 있다. 나아가 죽이는 의무를 강요하는 것은 "국가"이며, 죽이는 의무에서 벗어나는 길은 "개인"으로 돌아가는 것이라고 생각한다. 홋카이도에서 손진호를 안내해주었던 고바야시도 "국가나

---

6 위의 글, 155면.
7 남기정, 「베트남 반전탈주 미군병사와 일본의 시민운동 : 생활세계의 전쟁과 평화」, 『일본학연구』 36, 2012.

거대 폭력이 개인의 평화를 파괴할 수 있다. 그러나 평화가 개인의 영혼에 살고 있다면 개인은 평화에서 패배하지 않는다. 당신의 그 신념을 오래 기억할 겁니다"라고 말한다.

손진호는 미국에 머물 때에도 국가보다 개인에 더 큰 가치를 부여한다. 윌리엄(손진호의 미국 이름)의 자기 정체성 정립 문제는 "'국가와 나'의 관계 설정"과 맞물려 있다. 그에게 한국은 "태어난 국가"일 뿐이며, 미국은 "부채 의식"을 느끼게 하는 국가일 뿐이다. 고등학교 시절에 윌리엄은 이미 "국가가 없는 개인의 존재는 불가능한 것인가?"라는 의문을 갖는다. 최종적으로 윌리엄은 "나에겐 국가가 없다. 국가 없이도 개인은 존재할 수 있다. 개인의 존재 이유가 국가의 구성원이 되는 데 있는 것은 아니지 않는가"라고 입장을 정리한다. 그리고는 "자유의 개인"이자, "국가 없는 개인"이 되기를 결심한다.

손진호는 쿠바 대사관에 머물면서, 자신은 어린 시절에 노고지리를 풀어줬지만, "저를 잡고 있는 국가라는 손은 저를 풀어줄 기미도 없고 기약도 없"다고 괴로워한다. 국가를 벗어난다는 것은 그렇게 쉬운 일은 아니어서, 미국이나 일본은 말할 것도 없고 열 살 때 떠난 한국이지만, "그 국가에도 여전히 묶여 있었던" 것이다.

칠십이 넘어서 일본에 돌아온 손진호는 베헤이렌 활동가였던 강선생과 모든 일정을 함께하고 있다. 둘은 죽이 잘 맞는데, 둘 다 "국경을 초월한 세계 시민의 길을 꿈꾸는 노인"이라는 점에서 공통된다. 그리고 세계 시민의 이념이란 간단하게 "인류 평화"로 설명된다. 동시에 둘 다 "개인이 세계 평화와 민주주의의 가장 중요한 알갱이"라고 생각하는 사람들이다. 근대 국민국가를 넘어선 세계 평화의 희구, 그리고 이를 실천하기 위한 거점으로서의 개인에 대한 강조는 손진호의 삶을 일관하는 핵심적인 사상이라고 할 수 있다.

"아닙니다, 개인의 자유를 추구합니다."

『총구에 핀 꽃』에서 그려진 손진호가 기존의 자료에 등장하는 김진수와 선명하게 차이나는 지점도 존재하는데, 이것이야말로 작가가 소설을 통해 말하고자 하는 손진호라는 인간의 '삶 배후를 관장하는 진실과 그 진실의 핵을 이루는 인간의 문제'일 것이다. 가장 도드라지는 것은, 김진수에게서 공산주의적 지향을 거세했다는 점이다. 이것은 정치적으로 해석될 수 있는 기존 자료에 대해 아들이 물어본 후에, 그 자료의 잘못을 손진호의 입을 통해 바로잡는 방식으로 이루어진다. 이것은 김진수의 중요한 삶 대목마다 나타나며 매우 꼼꼼하게 이루어진다. 훗타 요시에의 소설에는 탈주병이 콜라를 아메리카 제국주의라 부르는 대목이 나오는데, 손진호는 그것은 사실이 아니며 "작가가 허구의 특권을 작게 한 번 써먹었던" 것이라고 말할 정도이다.

망명 동기가 "미국의 월남 침략전쟁을 직접 체험하고 동전쟁을 증오한 것"이라고 되어 있는 정부의 비밀 해제 문서를 아들이 보여주자, 손진호는 이것이 사실과는 다르다고 말한다. 망명 동기를 묻는 쿠바 대사관 직원에게 "모든 전쟁을 인간의 이름으로 증오해야 한다"라고 말했을 뿐이라는 것이다. 그러나 쿠바 대사관 직원은 그러한 전제를 생략하고 "쿠바라는 국가의 자존과 위신을 위해 대외 공표용으로는 오직 '반미'만 내놨던 거"라고 바로잡는다.

손진호가 쿠바 대사관을 나온 뒤에 도쿄에서 서울로 보낸 전문에는 다음과 같은 내용이 나온다.

아사히, 산케이 등 보도에 의하면, 1월 17일 일본 반전운동가들이 기자회견을 통해 손진호는 쿠바 대사관에서 나온 직후에 총평회, 조총련 등과 의논한 후 자신들을 찾아와 제3국 탈출 의사를 밝혔고, 이를 존중한 그들이 동인을 외국 선편에 승선시키는 데 성공했다고 하며, 기자회견에서는 동인이 미국의 월남 침략을 비난하는 성명서를 낭독하는 기록영화도 보여줬다고 함. 동인이 선택한 국가 등에 대한 기자의 질문에는 동인이 북한으로 들어가기를 원하였다고 답함. '불길한 예측'이 본 케이스의 결말이 될 수 있음.

이 전문에는 손진호가 쿠바 대사관에서 나온 후에 총평회, 조총련 등과 의논한 것이나 북한으로 들어가기를 원하였다고 답했다는 등의 정치적 내용이 포함되어 있다. 『총구에 핀 꽃』에서는 이 민감한 내용이 모두 미군 탈주병 하나를 안전하게 숨겨주기 위한 "연출"로 새롭게 규정된다. 쿠바 대사관을 몰래 빠져나와서 일본노총, 조총련 본부를 거쳐 베헤이렌에 선이 닿았다는 것은, 스시집 늙은 요리사를 통해서 베헤이렌에 선이 닿은 것으로 재조정되는 것이다.[8] 1967년 12월 29일에 쿠바 대사관을 빠져 나온 윌리엄 일병은 노동단체나 조총련에 가지 않고, 대신 늙은 요리사를 찾아간다. 그날 밤에 요리사의 집을 찾아온 작가의 집에 가서 한 달 넘게 지낸 후에는, 고베, 오사카, 교토를 거쳐 다시 도쿄로 올라간 것으로 그려진다.

늙은 요리사의 집에는 두 개의 흑백사진이 벽에 걸려 있다. 하나는 중일전쟁 때 난징 대학살에 참여했던 늙은 요리사의 사진이고, 다른 하나는 태평양전쟁 때 과달카날 전투에 참전했던 요리사의 아들 다나카 마사히로의 사진이다. "부디 아버지처럼 죽이지도 말고, 부디 아들처럼 죽지도 말라"는 것이, 바로 그 사진이 전하는 "반전과 평화"의 메시지인 것이다. 이것이야말로 탈주의 "진정한 이유"로까지 제시된다. 이 늙은 요리사가 차지하는 비중은 손진호에게 야기 노부오라는 일본 이름을 지어주는 것에서도 알 수 있다.

기존의 논의들은 김진수가 중국을 거쳐 북한에 가기를 희망했다고 보고 있다.[9] 그러나 이대환의 소설에서 손진호가 유일하게 북한행에

---

8 김진수가 일본공산당 본부와 조총련을 거쳐 쿠바 대사관으로(고경태, 앞의 글, 309면; 권혁태, 앞의 글, 330~331면) 갔다는 증언도 존재한다.

9 이전 문헌들에는 김진수가 "일본 공산당 내 마오쩌둥 혁명노선을 신봉하는 그룹의 주선으로 중국을 경유해 북한으로 갈 계획"(고경태, 앞의 글, 310면; 권혁태, 앞의 글, 332면)으로 1월

관심을 갖는 것은 혹시나 아버지를 만나볼 수 있을까 하는 기대 때문이다. 오히려 손진호는 여러 가지 방법을 통해 북한이나 소련과 같은 공산주의 국가를 거부하기 위해 노력하는 모습으로 그려진다. 망명을 지원하는 안내자가 며칠 뒤에 당신을 고베에서 중국으로 탈출시킬 선박을 알아보고 있었다는 말을 하자, 손진호는 바로 "중국으로? 그 다음은 평양? 누가 그걸 마음대로 정하는 거냐?"며 "몹시 퉁명스럽게" 반응한다. 손진호는 중국에 정착하거나, 베이징을 거쳐 평양으로 들어가는 것이 일본에서 하루 빨리 벗어날 수 있는 길이었더라도, 자신은 "반대"했을 거라고 자신 있게 말한다. 손진호는 이미 문화혁명의 야만성과 폭력성을 알고 있었으며, "선전도구로 나서게 되는 나의 존재를 끔찍하게 생각하는 탈주병 청년"이었던 것이다.

김진수의 육성을 그대로 들을 수 있는 자료는 거의 남아 있지 않다. 그중에서도 가장 자세하게 그 내면이 표현된 것은 1968년 3월 1일에 발표된 「미국, 일본 그리고 세계의 인민에게 보내는 메시지」를 들 수 있다. 다음에 인용하는 김진수의 성명서에는 베트남전과 한반도의 상황을 바라보는 김진수의 선명한 정치적 감각과 인식이 드러나 있다.

게다가 나는 오늘날의 한반도의 비극을 없애는 데 도움이 되어, 확실한

19일 고베에서 비밀리에 중국 배에 승선한 적이 있다고 말한다.

변혁의 가능성을 가져다줄 수 있는, 그래서 현재의 한반도 사람들에게 재통일이 받아들여질 수 있는 뭔가를 해야 한다고 결심했습니다. 그래서 나는 내 마음을 전하기 위해 탈영이라는 길을 택한 것입니다.

다시 반복하자면, 베트남전쟁은 잘못되었고 그 종결은 지금 미국이 원하는 노선으로 이루어져서는 안 됩니다. 또 남한에서 내가 지금까지 봐왔던 것에서 판단하자면, 만에 하나 미국이 베트남에서 승리하는 것은 바람직하지 않다고 생각합니다. 베트남 민족은 두 개로 분단되어 있습니다. 그리고 미국이 던져주는 물자와 그 군대에 의한 점령 앞에 어쩔 수 없이 자신의 운명을 맡길 수밖에 없는, 견딜 수 없는 상태에 놓여 있습니다. 소수의 사람들에게 이익이 될 수는 있어도 민족구가의 해체 이외에는 그 어느 것도 가져다주지 않는 상황입니다. 그런 상황이 아니라 오히려 베트남 인민의 민족국가의 이익을 위해 움직이는 북베트남 정부하에 통일되는 것을 바라고 있습니다. 이것이야말로 한반도의 교훈이라고 생각합니다.[10]

김진수는 베트남 전쟁에서 분명하게 미국을 반대하고 대신 북베트남 주도의 통일을 원하고 있다. 또한 위의 성명서는 한국에서 미군으로 근무한 경력이 있는 김진수가, 당시의 한국을 남베트남과 비슷한 상황으로 인식하고 있음을 보여준다. 그런데 『총구에 핀 꽃』의 손진

---

10 김진수, 「미국, 일본 그리고 세계의 인민에게 보내는 메시지」, 『베헤이렌 뉴스』, 1968.3.1; 권혁태, 앞의 글, 345면에서 재인용.

호는 도쿄를 떠나기 전에 읽은 성명서의 내용 중에서 "베트남에 평화를 보장하라. 베트남은 베트남인의 손에 맡겨라. 평화를 갈망하고 사랑하는 사람은 베트남전쟁에 반대하라"는 말만 "틀림없는 진심 그대로"이고, "다른 거창한 비난이나 비판"은 "계산적인 의도"가 담긴 말이라고 주장한다.

또한 소련에서의 국제 기자회견에서 손진호는 "세계의 모든 분쟁과 침략을 근본적으로 해결하는 유일한 방법은 소련이 가지고 있는 모든 핵무기를 미국에 퍼붓는 겁니다"라고 이야기하여 충격을 준다. 그러자 손진호는 아들에게 자신이 그 핵폭탄 발언 전에 앨런 긴즈버그의 「아메리카」라는 시의 "아메리카, 언제 우리 인류의 전쟁을 끝낼 거지? 가서, 너의 핵폭탄과 섹스나 하라고!"라는 시구절을 먼저 이야기했으며, 언론이 자신을 그만 불러내게 하고 모스크바의 북한 대사관에도 자신의 엄청난 위험성을 통보하기 위해 그러한 발언을 했을 뿐이라고 말한다. 스웨덴에서 입국 심사 관리가 "당신은 공산주의를 추구합니까?"라고 물었을 때, "아닙니다. 개인의 자유를 추구합니다"라고 단호하게 대답하는 인간, 그것이 바로 이대환에 의해 새롭게 형상화된 김진수이다.

그동안 탈영병 김진수는 홋타 요시에의 작품에서도 알 수 있듯이, 근대 국민국가를 넘어서서 평화를 열망한 존재로 그 위상이 부각되었다. 2장에서 살펴보았듯이, 『총구에 핀 꽃』에서도 그러한 측면은 충분히 드러나 있다. 작가는 국민국가의 구체적인 사례로서 미국뿐만 아니라 당시 세계 권력 지형의 한 축을 담당하던 현실 공산주의 국가들도 포함시킨다. 이를 통해 손진호의 평화에 대한 열망과 개인에 대한 강조는 이전의 자료에 등장하는 김진수보다도 더욱 보편성을 지니게 되었다고 볼 수 있다.

귀향을 위한 탈향

『총구에 핀 꽃』이 김진수에 대한 기존의 문헌과 근본적으로 차이 나는 지점은 바로 여로라고 할 수 있다. 이전의 문헌에서 김진수는 '한국-미국-한국-일본-베트남-일본-소련-스웨덴'의 여로를 밟아 나갔지만, 이 작품에서 손진호는 김진수와 달리 '한국-미국-베트남-일본-소련-스웨덴-일본-한국'의 여로를 밟아나간다. 한국과 일본에서 미군으로 근무한 것은 삭제되었으며, 칠십이 넘은 지금 다시 일본과 한국을 방문하는 것은 새롭게 첨가되었다. 완전한 귀국은 아니지만 작품상에서 손진호의 최종적인 귀착점은 한국이다.

최종 귀착점이 한국인 것과 손진호의 어린 시절이 매우 중요한 비중으로 다루어지는 것은 서로 긴밀하게 연관되어 있다. 그동안의 자료에서는 단지 전쟁고아로 비참하게 지내다가 미군에게 입양된 것으로만 되어 있지만, 이대환은 여러 가지를 덧붙여 풍성한 서사를 만들어내었다. 사실 이 어린 시절이야말로 손진호의 과거와 현재, 그리고 어쩌면 미래까지도 결정짓는 핵심적인 심급인지도 모른다.

우선 주목할 것은 베트남전에서 탈영하게 된 핵심적인 계기를 어린 시절 경험한 어머니의 죽음과 연결시켰다는 점이다. 손진호의 아버지는 경찰이었다가 대구 근처 전쟁터로 불려 나간 뒤에 모든 소식이 끊긴다. 피난길에 어머니는 인민군 포탄인지 미군 함포인지 알 수 없는 포탄을 맞고 피가 낭자한 채 죽었다. 이러한 어머니의 모습은 손진호가 끝내 베트남전을 벗어나 탈영할 수밖에 없는 중요한 동인이 된다. 전쟁터에서 총을 맞고 죽은 여자의 시신을 보며 손진호는 "포탄 파편이 목에 박혔던, 얼굴조차 떠올릴 수 없는, 흥건히 피에 젖은 가슴으로 남은 어머니"를 떠올린다. 베트남에서의 마지막 전투에서도 목표물과 총구 사이에 "낯선 여자가 기우뚱하게 버텨서 있"는 것을 보는 체험을 한다. 그 여자는 "지난번 작전 때 나뭇가지에서 떨어졌던 저격수 여자인가, 도저히 얼굴을 그려낼 수 없는 어머니인가"라는 생각을 불러일으킨다. 그리고 그 순간 "밤하늘의 별 하나가 떨어져 총구를 막아버리는 듯했다"라고 느낀다. 실제로 그 별은 꽃으로 변모해, 손진호는 총구에 꽃을 꽂고, 그 모습은 사진으로 찍혀 시사지의 표지를 장식한다.[11] 일본에서도 "한국 전쟁의 고아 출신이 죽이는 의무에 충실해서 베트남전쟁의 고아들을 만들지 않았는가?"라고

---

11 그 사진에는 "'총구에 꽃을 꽂은 병사'라는 대문자들과 그 밑에 깔린 '베트남의 평화를 갈망하는 병사의 퍼포먼스'라는 소문자들"이 쓰여 있다.

자책한다.

나중에 스웨덴에서 경찰서 심문을 받을 때, 왜 탈영을 했느냐는 질문에 "평화니 반전이니 정해진 정답"과 같은 이유들을 설명한 다음에 자신의 진짜 마음을 이야기한다. 그 답변의 핵심에도 어머니가 존재한다.

당신이 다섯 살이나 여섯 살이었을 때, 만약 당신의 어머니가 당신을 데리고 피난을 가는 길에 어디선가 쉬고 있다가 한순간에 포격을 맞아 처참하게 피를 흘리며 죽었다고 가정해보자. 이웃 사람들이 다시 출발하기 전에 그 어머니를 근처 땅에다 아무렇게나 묻었다고 가정해보자. 그런 기억을 가진 당신이 베트남전쟁에 나가서 어느 어머니를 사살하게 된다고 가정해보자. 그러면 당신은 어떻게 하겠느냐? 당신의 기억에 살아 있는 그 처참한 당신의 어머니를 그 허술한 무덤에서 불러내 다시 죽일 수 있겠느냐?

경찰은 눈시울을 붉혔다. 그리고 문답의 주체가 환원되었다.

그것이 당신의 진실한 사연이냐?

그렇다.

손진호가 강 여사의 남편이자 베헤이렌의 정신적 지주로 그려지는 선생님[12]에게 쓴 편지에도 "더 죽여야 한다고 했을 때, 그 앞길을 막

---

12 이 선생님은 베헤이렌 운동을 주도한 작가이자 시민운동가인 오다 마코토(1932~2007)를 모

아선 이는 피투성이 어머니였습니다. 어머니는 한국 전쟁 때 포탄 파편에 맞아 숨을 거두었고, 흠뻑 피에 젖은 그 가슴을 잊을 수 없습니다"라는 진술이 등장한다.

다음으로 어린 시절은 어머니의 처참한 시체로 표상되는 전쟁의 상처와 더불어 천국과도 같은 송정원의 낭만적 추억이 가득한 곳이다. 흰 수염 푸른 눈 신부가 원장으로 있는 이곳의 생활은 매우 낭만적으로 그려진다. 노고지리 이야기, 바다로 간 소 이야기, 수녀님들의 다듬이질 소리, 어린이날 운동회, 영희와의 풋사랑 등 작가가 공들인 여러 가지 아름다운 일화들이 잔잔하게 펼쳐진다. 베트남에서 손진호는 "수녀원의 고아원에서, 조그만 학교에서 부모 없이 살았던 그 시절이 훨씬 더 좋았어. 그 시절을 돌아봐야만 내 마음에 묻은 피를 어느 정도는 씻을 수 있을 거야"라고 말하기도 한다. 이러한 이상적인 어린 시절의 추억이 손진호를 끝내 한국으로 불러낸 것이라고 볼 수도 있다.[13]

이처럼 어머니와 아버지, 그리고 고향으로서의 한국은 손진호라는 존재의 중핵을 구성한다. 이와 관련해 손진호가 대부분의 인간관

델로 한 인물이다.

13 작품의 마지막은 어린 시절을 보낸 포항에 아들 손기정과 함께 가는 것이다. 그 곳에서 송정원과 송정분교, 벨라뎃다 수녀의 지갑을 날치기했던 골목, 육손이형의 굴집, 심지어는 어머니를 묻었던 곳으로 추정되는 장소까지 들른다. 포항에서 마지막으로 가닿은 지점은 흰 수염 푸른 눈 신부의 묘소이다.

계를 가족 관계, 그중에서도 부자 관계로 인식하며 그것을 매우 중요시한다는 점은 주목할 만하다. 의지할 곳 없는 부랑아가 된 손진호가 벨라뎃다 수녀를 따라서 송정원에 가기 전에 머물던 굴집에는 육손이 형이 있는데, 그는 "굴집의 가장이고 대장"으로 설명된다. 송정원에 왔을 때 큰형 역할을 하는 열일곱 살 청년 안드레아는 "이제는 '아버지'의 아들로서 모두가 대가족의 일원이라고 생각해야 한다"라고 당부한다. 히피 문화에 젖어 있던 손진호는 "양친에 대한 은혜 갚기와 미국에 대한 신세 갚기를 한꺼번에 해결하는 기분"으로 입대를 결심한다. 탈영 이후에도 손진호는 반복해서 "양부모를 생각하지 말자"고 다짐한다. 심지어 손진호는 칠십이 넘은 지금도, 모스크바에서 북한 대사관 직원이 "당신의 아버지가 평양에서 기다리고 계신다고 했더라면, 설령 그것이 거짓말이었다고 해도 그런 말을 했더라면, 나는 프로파간다를 각오하고 평양을 갔을 겁니다"라고 고백할 정도이다. "생사를 모르는 아버지에 대한 그리움은 체념도 되지 않았던" 것이다. 지금 그의 여행도 아들과 함께 이루어지고 있다는 점도 주목할 필요가 있다.

아버지는 보통 대타자의 상징으로서 기존의 사회 질서나 권위를 의미하는 경우가 적지 않다. 손진호가 늘상 의식하며 살아가는 다양한 아버지들은 언제든지 국가라는 대타자로 수렴될 가능성도 존재한다. 이와 관련해 한국을 방문한 손진호가 최종적으로 가닿는 지점이 현충원이라는 사실도 결코 가볍게 넘겨볼 수는 없다. 그는 아들과 함께 월남전에서 전사한 "육군 병장 송기수의 묘"를 찾아가는데, 물론 이때의 송기수는 손진호의 꿈에 나타나 탈영을 권유하던 죽마고우이다.[14] 그렇다 하더라도 현충원에 가서 술을 올리는 손진호의 모습에는 전면에 드러난 탈국가에의 상상력 이면에 놓인 국가에의 상상력이 결코 만만치 않음을 증명하는 것인지도 모른다.

흰 수염 푸른 눈 신부

그렇다면 세계 최강 대국인 미국도 거부하고, 또 다른 대안으로서의 공산주의 국가도 부정하며 전 지구를 떠돌다시피 한 손진호의 그 힘든 삶은 결국 한국인이 되기 위해서였던 것일까? 이와 관련해 『총구에 핀 꽃』의 진짜 아버지라고 할 수 있는 '흰 수염 푸른 눈 신부'의 성격에 주목할 필요가 있다. 흰 수염 푸른 눈 신부는 손진호의 "아버지"로 호칭되며, 묘소 앞에서 손진호는 "한 개인의 영혼을 구원해준 저의 여행은 평화를 위한, 평화에 의한, 평화의 여행"이었으며, 모든 감사를 "아버지께 바칩니다"라고 이야기한다. 결국 지구를 한 바퀴 돌다시피 한 손진호의 여정은 '흰 수염 푸른 눈 신부'의 손바닥 안에

---

14 손진호는 통역 임무로 맹호부대 소속의 중대전술기지에 갔다가 송정분교에 다니던 시절 단짝이었던 송기수를 만난다. 송기수는 도쿄 인근으로 휴가를 나온 첫날 밤 손진호의 꿈에 나타나 "도망쳐라, 어서 빨리 도망쳐라"는 의미의 손짓을 하였다.

서 이루어진 것이었다고도 볼 수 있다.

여기서 주목할 것은 프랑스 노르망디에서 태어나 1차 세계대전에 4년간 참전했던 신부의 이름이 등장하지 않는다는 점이다. 이 작품에 등장하는 거의 모든 인물들이 이름을 가지고 있는 것과 달리, 그는 시종일관 '흰 수염 푸른 눈 신부'로 불릴 뿐이다. 그러나 이 작품의 사상이라 할 수도 있는 신부님의 이름만 없다는 것은 상당히 의미심장하다. 이러한 무명(無名)의 존재는 국가라는 상징계를 벗어난 절대적인 존재를 강조하기 위한 설정이라고 볼 수는 없을까? 송정원의 핵심 인물인 수녀님과 큰형도 한국명 대신 벨라뎃타와 안드레아라는 세례명으로 불려진다.

'흰 수염 푸른 눈 신부'는 아이(개인)를 특정한 목적을 위한 수단으로 활용한 것에 대하여 통곡하는 사람이다. 신부님은 정부의 부당한 처사에 대항하기 위해 아이들을 관공서에 데려간 적이 있었다. 그날 신부님은 "어린 양들을 투쟁의 도구로 활용"한 것을 자책하며 통곡을 한다. 이러한 신부님의 태도는 인간을 수단이 아닌 목적으로 대하라는 칸트의 정언명령에 맞닿아 있다고 할 수 있다. 이러한 사고는 필연적으로 국가와 같은 공동체에 얽매인 도덕이 아니라 전인류적 차원의 윤리를 지향할 수밖에 없다. 실제로 신부님은 자신이 태어난 곳과는 거의 무관하다시피 한 포항의 바닷가에서 부모 잃은 아이들을 위해 자신의 삶 전체를 바친 것이다. 송정원은 국민국가를 뛰어넘어 세계의 평화와 개인의 존엄이 아름답게 살아 숨 쉬는 '오래된 미래'라고 할 수 있다.

다음으로는 손진호의 아들 손기정에 주목해보아야 한다. 그는 『총구에 핀 꽃』을 창작하고 있는 주체일 뿐만 아니라 손진호의 모든 삶을 그대로 이어받은 존재이다. 마지막에는 "아버지의 아버지"를 손진호 대신 떠맡으며, 송기수의 묘 앞에 올려진 석 잔의 소주잔 가운데 하나는 "손기정의 것"일 정도로 『총구에 핀 꽃』의 미래에 해당한다고 볼 수 있다. 이러한 손기정이 한국 남자와 백인 여자 사이에서 태어난 외국인이라는 사실도, 『총구에 핀 꽃』이 맹목적인 국민국가 지향과는 거리가 있음을 보여주기에 모자람이 없다.

손진호가 지구적 규모의 여정을 통해 보여준, '전쟁에 저항하는 평화'와 '국민국가와 대비되는 개인'이라는 의미는 새의 이미지를 통해 감각적으로 강조된다. 어린 시절 손진호와 송기수가 잡았다가 놓아준 노고지리, 그리고 2018년 남북의 정상이 판문점 도보다리에서 만났을 때 들려오던 새 소리가 그것이다. 판문점의 새소리는 송기수와 헤어지던 날 밤에 들었던 수녀님들의 다듬이질 소리와도 연결되고, 그 소리는 손진호의 "영혼에 녹음된 평화의 목소리"로 의미부여된다. 손진호가 자신의 모든 것을 걸고 자유를 향해 나아갈 수 있는 "근원적인 어떤 힘"은 바로 그 소리에서 비롯되었던 것이다.[15] 마지막 늙은 손진호 앞에 나타난 노고지리는 손진호의 여정이 결코 실패하지

---

15 그 소리는 "강 선생님 말씀"과도 닮은 것으로 이야기된다.

않았음을, 나아가 반세기가 지난 지금도 영원한 자유의 표상으로 우리 가슴에 살아 있음을 아름답게 보여준다.

베트남전은 베트남인은 물론이고 한국인에게도 너무나 큰 상처이다. 1964년 9월 비전투부대 파병을 시작으로 하여 1973년까지 총인원 32만여 명의 젊은이가 베트남에 파병되었으며, 이 중 전사자만 5천 명이 넘는다. 또한 한국군이 베트남에서 저질러야 했던 수많은 폭력도 고스란히 국가의 부름에 따랐던 젊은이들의 영혼이 짊어져야할 상처로 남았다. 1970년대부터 쓰여진 베트남전 소설은 그 상처에서 울려 나오는 오열로 가득했다고 해도 과언이 아니다. 그 단말마적인 비명을 극복하고 베트남전의 사회 경제적 전모를 조금씩 조망하고, 가해자인 동시에 피해자였던 한국군의 정체성을 성찰하는 방향으로 나아간 것이 베트남전 소설의 기본적인 방향이었다고 할 수 있다. 이대환의「총구에 핀 꽃」은 여기서 한 단계 더 나아가 전쟁을 낳는 근원적인 세계의 작동 원리로서의 국민국가와 그것을 넘어선 평가의 가능성까지 진단하고자 했다는 점에서 그 의의가 매우 크다. 그외롭지만 의로운 여정에 자신의 전 인생을 건 김진수는 이제 다시 손진호라는 이름으로 평화를 원하는 모든 인류의 가슴에 시들지 않는 꽃으로 다시 피어났다.

○2019

트라우마가 된 여성(들)만의 삶

권여선, 「희박한 마음」

기억을 빼놓고 권여선의 소설을 논의하는 것은 어렵다. 『레가토』(창비, 2012)까지가 1980년대를 중심으로 하여 작가의 가장 뜨거웠던 젊음의 시절에 대한 기억에 해당했다면, 『비자나무숲』(문학과지성사, 2013) 이후에는 그 기억의 범위가 시정의 장삼이사들까지 포함하는 방향으로 넓어졌다. 이때까지 권여선은 "과거를 쉽게 잊어버리는 손쉬운 애도의 정상성보다는 기억의 빛을 끝까지 놓치지 않는 우울의 괴물적 형상 속에 윤리적 가능성이 더욱 많이 존재한다고 믿는 작가"[1]였다고 정리할 수 있다. 또한 이때의 기억은 정신분석학에서 말하는 실재(the real)와 같이 표상될 수도 해결될 수도 없는 궁극의 대상으로 남겨지고는 했으며, 그리하여 권여선표 인물들은 삶(현재)을 규정짓는 최종심

---

1 졸고, 『문학과 애도』, 소명출판, 2016, 110면.

급으로서의 기억에 묶인 수인(囚人)들인 경우가 대부분이었다.

가장 최근에 발표된 소설집인 『안녕 주정뱅이』(창비, 2016)는 '기억의 형질변환'이라는 말이 어색하지 않을 정도로 기억과 관련하여 다양한 변화를 보여준다. 이전처럼 기억에 강박된 인간들과 그것을 헤쳐 나가는 방식으로서의 자기 합리화 등이 나타나기도 하고(「층」, 「소녀의 기도」, 「삼인행」), 기억이 고통보다는 부드러운 눈맞춤과 같은 따뜻함으로 등장하기도 하며(「카메라」), 기억의 봉인이 아니라 기억의 해명으로 작품이 끝나는 경우도 있었다(「실내화 한 켤레」). 이외에도 트라우마적 기억과 정면으로 맞섬으로써 새로운 삶의 가능성을 보여주거나(「이모」), 자신의 전 존재를 거는 결단을 통해 과거의 기억으로부터 벗어나 현재의 삶에 충실한 사람들이 등장하기도 한다(「봄밤」).[2]

'기억한다는 것은 산다는 것'이라는 신학자 마틴 부버(Martin Buber)의 말을 권여선의 소설에서만큼 생생하게 느낄 수 있는 경우는 드물다. 「희박한 마음」 역시 기억을 중심으로 한 작품이다. 이 작품에는 대학 시절에 데런이 디엔과 함께 겪은 트라우마적 기억이 중핵으로 존재하지만, 그 기억을 둘러싼 일상적인 기억 역시도 매우 모호하게 그려져 있다. 디엔이 데런에게 자신의 꿈을 얘기한 날에 대한 기억은 혼란스럽기 그지없다. 그날은 영화를 보기 위해 시내 나들이를 했는데, 처음에는 그날에 "눈이 되려다 만 비"가 내렸다고 기억하

2 졸고, 「기억의 형질변환」, 『촛불과 등대 사이에서 쓰다』, 소명출판, 2018, 190~200면.

다가 "기억의 조각을 이리저리 맞춰보던 데런"은 그날은 미세먼지가 심한 봄날로 "그날은 그날이 아니었다"고 앞의 기억을 부정한다. 또한 앞에서는 그 꿈 이야기를 한 날 데런이 심한 알레르기 비염 증상을 보였는데, 나중에는 그날이 비염에 걸리기 전이었는지도 모른다고 말한다. 그리고 그 꿈 이야기를 한 것이 식당이었는지 아니면 다른 곳이었는지 한없이 혼란스러워 한다.

데런과 대학 시절부터 어울렸으며 노년에는 함께 살기도 한 디엔역시 기억 앞에서는 속수무책이다. 디엔의 대학교 시절 공활(공장 활동)과 관련한 기억도 한없이 애매하고 모호하다. 디엔은 자신이 공활을 준비할 때 친구의 주민등록을 빌려 쓴 적이 있는데, "그것은 꿈속의 이야기가 아니니 어느 친구인지 분명히 기억하고 있을 텐데도 디엔은 그 친구가 누구인지, 데런이 아는 친구인지 아닌지 말"하지 못한다. 대신 "이런 꿈들은 어디서 오는 것일까 데런"이라고 묻는다. 이처럼 사소한 기억이나 일상이야말로 하나의 '꿈'인 것이다. 기억은 아무런 준비도 없이 찾아오기도 하며, 반대로 선명했던 기억이 순식간에 사라지기도 한다. 또한 기억은 수시로 가지를 치고 다른 가능성을 열어둬서 무엇이 진짜인지 알 수 없는 지경에까지 이른다. 당연하게도 기억으로 이토록 혼란스러워 하는 데런이나 디엔은 지금 온전한 삶의 주인이 되지 못한다.

그렇다면 디엔이 데런에게 말해준 꿈의 내용은 무엇일까? 한 남자선배는 디엔의 이력 중에 부도덕한 점을 발견했다며 정교하게 스티치

(stitch)된 천 조각을 내민다. 바로 디엔이 공장에 다니면서 작업한 것으로, 이것이 바로 디엔이 젊었을 때 공장에서 일했다는 증거라는 것이다. 디엔은 그런 것을 기계로 스티치하는 공장에 다닌 적이 없었기에 이를 부인한다. 디엔은 기계로 스티치하는 작업을 했다는 사실을 부인하기 위해, 예전에 자신의 친구가 공장에 취업할 때 주민등록을 갖다 쓴 적이 있는데 아마도 이 스티치는 그 친구가 작업한 것일 거라고 이야기한다. 그리고 그 친구는 데런으로서, 데런은 이미 죽은 지 오래라고 사람들에게 말한다. 이후에도 선배인 건 분명한 다른 사람이 디엔에게 다가오더니 죽은 데런에 관해 증언할 것을 요구한다. 그 선배 앞에서 죽은 데런에 관한 증언을 하게 되면 걷잡을 수 없이 울게 될까 봐 두려워하던 중에 디엔은 꿈에서 깨어난다.

디엔의 심층 의식 속에서 데런은 죽은 사람이라고 할 수 있다. 왜 데런은 죽은 사람이 되었던 것일까? 이 데런의 죽음이야말로 이 작품에 등장하는 '기억 중의 기억'이라고 할 수 있다. 그것은 완전히 망각되어 있었는데, 이 망각이야말로 이 기억이 데런의 삶을 유지하기 위해서는 반드시 억압되어야 할 만큼 중요성을 지닌 트라우마에 해당한다는 것을 증명한다.

데런의 핵심적인 기억은 스물 몇 살 때 발생한 사건이다. 데런은 디엔과 학생 식당 뒤편 벤치에 앉아 이야기를 나누며 담배를 피우고 있었다. 이때 복학생처럼 짧은 머리를 한 남학생이 나타나 담배를 끄라고 말한다. 이를 거부하자 남학생은 "*끄라고! 끄라고! 끄라고!* 소리치며 팔을 들어올려 디엔의 뺨을 내려"친다. 디엔은 균형을 잃은 채 옆으로 쓰러지며, 그 대목에서 데런의 기억도 깨끗하게 끊어졌던 것이다. 한참이 지나 전혀 다른 장소에서 디엔이 울고 있었고, 우는 디엔을 달래며 데런도 울었던 것만 어렴풋이 기억날 뿐이다. 기억이 끊어진 것은 그 기억이 데런에게는 치명적인 삶의 위험이 되기 때문에, 생존을 위해 망각이 요청되었음을 보여준다. 그 일은 데런의 극복 능력을 넘어서는 사건이고, 그로 인해 데런의 자아는 심한 손상을 입었던 것이다. 그 상세한 내막은 다음의 인용문에 잘 드러나 있다.

끄라고! 데런은 그때였다고 생각한다. 디엔의 꿈속에서 오래전에 죽은 걸로 등장한 자신이 오래전에 죽은 순간은 바로 그때였을 거라고. 끄라고! 디엔이 얻어맞은 직후에 자신의 기억이 모조리 사라진 건 그때 자신이 아무 말도, 아무 행동도 하지 못했다는 걸, 완전무결하게 무력했다는 걸 의미한다고. 끄라고! 그 주문은 담뱃불을 향한 것이 아니라 그들의 영혼, 그들의 사랑을 향한 것이었다고. 끄라고! 그때 아무것도 하지 않고 가만히 앉아 있던 자신의 내부에서 고요히 작열하던 무력감이 정신의 어떤 연결 퓨즈를 태워버렸을 거라고. 끄라고! 그 분노와 절망과 공포가 그들의 삶을 돌이킬 수 없이 응결시켰으리라고. 끄라고! 못 끄겠다고 말한 건 디엔이었지만 아직도 꺼지지 않는 그것이 자신의 내부에 남아 있다고. 끄라고! 끄라고! 끄라고! 꺼지지 않는 그것이 어둠 속에서 발을 구르고 소리를 지르고 팔을 휘두르는 거라고!

'끄라고!'라는 주문은 담뱃불과 동시에 '그들의 영혼, 그들의 사랑'을 향한 것이었고, 디엔이 폭력까지 당하는 상황에서 데런은 완전무결하게 무력했던 것이다. 이 순간 데런은 상징적으로는 죽었다고 할 수 있다.

디엔은 "단 한 가지만 빼고" 데런만큼 자신에게 잘 맞는 사람은 있을 수 없다고 말한 적이 있다. 그 한 가지는 "데런의 고질병"으로서 갑자기 폭발적으로 화를 내는 것이다. 폭발하기 직전의 데런은 "얼음이 타는 것 같"은 모습이지만, "불이 붙기 시작하는 찰나"의 데런은 "절대적인 무엇을 담지하고 있는 순수 존재"처럼 느껴진다. 이런 폭발적인 분노는 그날의 무력했던 자신에 대한 복수인지도 모른다.

이 중핵적 기억이 되돌아온 이유는 무엇일까? 한번 저장된 장기 기억은 사라지지 않는다고 한다. 장기 기억은 초점이 맞지 않는 상태로 뇌의 여러 곳에 분산돼 존재할 뿐이며, 장기 기억을 불러낼 단서를 제공하면 파편 같은 조각들이 초점을 맞춰 다시 떠오른다는 것이다. 그렇기에 기억을 잃어버린 사람이 기억을 저장할 수 있었던 시절에 가졌던 강렬한 체험과 또 그 기억을 만들 때 느꼈던 감정들을 불러일으킬 수 있는 상황이 오면, 저 밑바닥에 가라앉아 있던 기억이 물 위로 떠오르게 된다고 한다.[3] 이러한 설명에 따른다면, 담배를 피

---

3 김윤환, 『기억』, KBS 미디어, 2011, 202~204면.

우는 여자(들)에게 '끄라고!' 소리치며 폭력을 휘두르는 모습이 지금까지도 우리 사회에 지속되고 있다면, 그러한 상황이야말로 오래전에 망각된 줄 알았던 기억을 다시 되살린 것이라고 할 수 있다.

「희박한 마음」은 얼핏 보면 희박하지만 찬찬히 보면 농밀하게 여자(들)만의 삶이 만만치 않은 우리 사회의 모습을 드러낸다. 이 작품은 "간헐적으로 숨이 막히는 듯한 컥 소리와 끼이이아 하는 높은 비명 같은 소리가 들리는 밤이면 데런은 위층에 혼자 살던 여자를 생각하곤 했다"라는 문장으로 시작된다. 이 의문의 소리와 관련해 수리 기사는 위층을 점검한 후에, "여자 혼자 사는데 그동안 얼마나 무서웠겠냐"고 말한다. 이 얘기를 듣고 디엔은 수리 기사가 돌아간 후에 "저 말이 더 무서워, 여자 혼자 사는데 하는 말"이라고 데런에게 말한다. 그리고 지금 데런은 의문의 소리를 들으며 "자꾸 위층에 혼자 살았다던 여자에게 이 소리가 어떻게 들렸을지 상상"하게 되고, 그러다 보면 그 "여자의 감각과 감정이 고스란히 전이"되는 듯함을 느낀다.

특히 데런의 트라우마적 기억이 떠오르기 직전, 아래층 남자가 시끄러운 소리가 난다는 이유로 새벽에 자신을 찾아오는 일을 겪는다. 데런은 아래층 남자의 벨 소리에 머리끝이 쭈뼛할 만큼 놀란다. 남자를 돌려보낸 후, 데런은 "여자 혼자 산다고 말하지 않은 건 잘했어"라는 디런의 목소리를 듣는다. '여자 혼자 산다'는 것이 위험한 것으로 인식될 수밖에 없는 우리 사회의 문제가 반복적으로 드러나고 있는 것이다.

그 위험을 만들어내는 존재들은, "스티치한 천 조각을 내밀며 디엔의 부도덕한 이력을 추궁하던 선배", "죽은 자신에 관해 오 분 동안 증언을 해달라고 부탁했던 선배", "디엔을 때렸던 복학생 남자", "새벽에 올라온 아래층 남자"처럼 모두 남성들이다. 반대로 그 폭력의 수동적 피해자로는 여성 일반이 해당한다고도 할 수 있다. 그것은 작품의 마지막에 데런이 서서히 디엔이 꾸었던 꿈속으로 들어가서, "데런의 이력 중에 부도덕한 점을 발견"했으며 "디엔에 관한 증언이 필요"하다는 식으로 디엔이 꿈에서 겪은 일들을 그대로 체험하는 것을 통해서 드러난다. 데런은 "이런 꿈들은 어디서 오는 것일까"라고 묻는데, 이 질문은 디엔도 이전에 이미 했던 것이다.

기억의 누수를 막고 기억의 구멍 난 부분을 메우는 일은 곧 조각난 자아와 삶을 복원하고 치료하는 일이 될 수도 있다. 그러나 「희박한 마음」에서 그 망각된 기억이 돌아온다고 해서 안정된 삶이 복원되는 것은 아니다. 그것은 "묻고 또 묻는다"로 끝나는 이 작품의 마지막을 통해서도 확인할 수 있다. 그것은 지속되는 트라우마로서만 존재할 뿐이지, 결코 극복될 수는 없는 것이다. 트라우마적 기억의 극복은 생존자가 자신이 겪은 일을 타인에게 이야기하고, 그 이야기를 들어주는 사람의 도움을 받음으로써 가능해진다.[4] 그러나 지금 데런의 곁에는 인생의 유일한 파트너인 디엔마저 "떠난" 상태이다. 더욱 중요한 것은 디엔 역시도 데런과 똑같은 트라우마적 사건을 겪었으며, 데런이 디엔의 꿈속에 들어가는 것에서도 알 수 있듯이 둘은 타인이라기보다는 똑같이 상처받은 자아의 분신에 가깝다는 사실이다. 「희박한 마음」에서는 핵심적인 기억의 실체가 비교적 선명하게 드러난다. 그러나 그것을 통해 현재에 집중하거나 새로운 삶의 가능성이 개시되지는 않는다. 그것은 수십 년 전에 발생한 그 폭력이 지금도 그대로 지속되고 있는 현실을 반영한 결과라고 할 수 있다.

○ 2019

---

4 구조주의적 트라우마 이론가로 불리는 학자들은, 트라우마가 사건의 특별함 때문에 생기는 것이 아니라 충격적인 어떤 사건과 그 사건을 경험하는 사람의 능력 사이의 간극, 그것을 말하고 해석할 수 있는 틀의 부재, 그것을 껴안아주고 이해해줄 수 있는 주변 사람들의 지지나 공감의 부족으로 인해 발생한다고 주장한다(서길완, 『기억, 기억과 망각의 이중주』, 은행나무, 2017, 76~77면).

침묵으로 쓰는 시, 그리고 삶

김연수, 『일곱 해의 마지막』

우리 곁에 다가온 백석

백석 열풍이 뜨겁다. 백석의 작품을 정리한 전집류의 책만 해도 여러 종이 나와 있으며, 백석에 대한 논문과 평론만 거의 천여 편에 이른다고 한다. 또한 백석에 대한 책은 그 장르를 불문하고 기본적인 판매 부수를 보장할 정도로 인기를 끌고 있다. 이러한 인기의 이유는 무엇보다 백석의 시가 가진 아름다움과 독특한 개성에서 찾아야 할 것이다. 이와 더불어 놓치지 말아야 할 것은 백석의 삶이 주는 매력 또한 만만치 않다는 점이다. 백석은 식민지 시기에 명성이 높은 시인이었음에도 불구하고 친일과는 무관한 이력을 보여주었으며, 사람들의 마음을 흔드는 낭만적인 러브스토리의 주인공이기도 하다. 또한 북한에서 30여 년이 넘는 세월 동안 삼수(삼수갑산의 삼수)에서 살며 체제영합적인 글도 남기지 않은 삶은 경외의 대상으로 느껴지기까지 한다. 글 쓰는 이에게 글을 발표할 수 없다는 것은 때로 죽음보다도 더한 고통이며, 백석과 같은 천재를 타고난 시인에게 그 고통은 더욱 클 수밖에 없기 때문이다.

올해의 문제작 중 하나인 김연수의 『일곱 해의 마지막』(문학동네, 2020)은 백석이 북한 문단에서 사라진 마지막 순간을 집중적으로 조명한 새로운 백석 이야기이다. 활발한 창작 활동을 보여온 김연수는 그동안 8권의 장편소설과 5권의 소설집을 발표하였다. 주목할 것은 김연수의 장편소설 중에서 역사소설이 차지하는 비중이 상당하다는 점이다. 첫번째 장편소설인 『굿바이 이상』(2001)을 시작으로 하여, 1980년대 후반에서 1990년대 초반까지를 소설화한 『네가 누구든 얼마나 외롭든』(2007), 1930년대 초반 동만주에서 벌어진 민생단 사건을 다룬 『밤은 노래한다』(2008), 1980년대를 주요한 배경으로 다루고 있는 『원더보이』(2012)가 모두 역사소설에 해당한다.

그러나 『일곱 해의 마지막』은 김연수의 이전 역사소설과는 중요한 차이점을 지닌다. 기존의 역사소설에서 김연수는 역사적 사실 안에 존재하는 이야기를 발견하는 것보다는, 역사적 사실의 경계에서 이야기를 발명하는 데 큰 관심을 기울였다. 김연수에게 역사란 분명한 사실로 주어진 것이 아니라 진지한 탐구를 통해 구성해나가야 할 대상이었던 것이다. 대표적으로 사실, 진실, 원본의 존재 가능성을 애타게 찾아 헤매던 초기 김연수 소설의 한 완결인 『밤은 노래한다』는 사실, 진실, 원본에 대한 맹렬한 탐색과 그것의 불가능성에 대한 절규로 가득했다. 그러나 『일곱 해의 마지막』은 역사를 하나의 담론적 구성물로 바라보는 입장에서 나아가 문학적 상상력을 동원하여 백석이라는 실존 인물의 역사적 진실에 다가서고서 하는 근대 역사소설의 일반적인 모습에 한층 가까워진 작품이다.

그동안 백석에 대한 기초적인 자료의 수집과 이를 바탕으로 한 학술적 조명, 그리고 일반인을 대상으로 한 작가적 생애의 복원이 이루어졌다면, 이제는 본격적인 문학 창작의 대상으로까지 백석이 성큼 걸어 들어오고 있는 것이다. 이 글에서는 김연수의 『일곱 해의 마지막』과 더불어 방민호의 「삼수갑산」(2015)[1]을 함께 살펴보고자 한다. 방민호의 「삼수갑산」 역시 삼수행과 절필을 중심으로 하여 백석의 내면세계를 간명하지만 깊이 있게 파헤친 작품이기 때문이다. 두 작품은 서로의 거울이 되어, 상대방의 깊은 속까지 비춰줄 수 있으리라 판단된다.

함성보다 더 큰 침묵

김연수의 『일곱 해의 마지막』이 백석이 절필을 하게 되는 처음을

---

1 방민호, 「삼수갑산」, 『국경을 넘는 그림자』, 예옥, 2015.

다루고 있다면, 방민호의 「삼수갑산」은 백석이 삼수에 머문 지 삼십 년이 더 지난 삶의 마지막을 다루고 있다. 지금은 소련이 무너지고 사람들이 압록강을 넘어 도망치는 1990년대이다. 「삼수갑산」에서 말년의 백석은 가끔 "월급 받고 글 쓰는 사람들"이 방문할 뿐인, 첩첩산중의 삼수에서 고립된 생활을 하고 있다. 백석은 "산골로 가는 것은 세상한테 지는 것이 아니다. 세상 같은 건 더러워 버리는 것이다"라는 자발적인 마음으로 삼수에 왔다. 그러나 백석이 처음부터 삼수행을 원했던 것은 아니다. 처음 백석은 평양에서도 참된 문학을 할 수 있는 길을 찾고자 노력하였으며, 그 결과 그가 찾아낸 길은 아동문학의 세계였다. 6·25 전쟁 이후 백석은 "거기서만은 메마른 언어를 글에 적용하지 않아도 될 것 같"아서 아이들의 세계로 뛰어들었던 것이다. 그러나 북쪽에서는 "아동문학도 공식을 필요로 하는 것"이어서 백석의 계획은 실패로 돌아간다.

방민호의 「삼수갑산」은 백석이 이 지상에서 마지막으로 남긴 글인 「이소프와 그의 우화」(『아동문학』, 1962.6)에서 출발하는 소설이라고 해도 과언이 아닌 작품이다. 이솝의 삶을 간단하게 소개하는 이 글에서 인상적인 것은, 노예였던 이솝의 주인이 "세상에서 가장 귀한 물건"을 가져오라고 할 때나 "세상에서 가장 악한 물건"을 가져오라고 할 때나, 이솝이 늘 "짐승의 혀"를 가져온다는 점이다. 이유는 "이 세상의 좋고 나쁜 것도 또한 나라가 어지럽고 평온한 것"도, "세상의 모든 언짢은 일들"[2]도 모두 이 조그만 혀에 달려 있기 때문이다. 방민호는 「삼수갑산」에서 이솝이 말한 '귀중하면서도 나쁜 혀'란 실상 "글", 즉 문학을 가리킨다고 본다. 글은 '세상에서 가장 귀한 것'이 될 수도 있지만, 동시에 '세상에서 가장 나쁜 것'이 될 수도 있는 것이다. 백석이 삼수에 가서 글을 더 이상 발표하지 않는 것은, 이 세상이 '나쁜 혀'로 가득찼기 때문이다. 방민호가 그린 백석은 평생에 걸쳐 바로 그 '나쁜 혀'와 투쟁한 시인이다.

주목할 점은 이전에도 백석은 '나쁜 혀'로부터 벗어나 고립된 생활을 한 경험이 있다는 것이다. 백석이 간절하게 회상하는 것은 일제 말기에 "홀로 찾아갔던 몽골 초원의 풍경"이다. 그때도 백석은 "침묵의 빛"을 찾아 그곳으로 갔다. "그때도 세상은 거짓된 말이 지배"하고 있었다. 당시 신경이라 불리던 장춘은 서울보다 더 "끔찍한 마굴"이었으며, 그곳에서 "사람은 입속의 세 치 혀로 얼마든지 많은 거짓을 꾸며낼 수 있는 짐승"이라는 것을 확인한다. 백석은 "거짓된 말들이 춤추는 신경을 견딜 수 없어"서, 신경에서 하얼빈으로, 거기서 다시 하이라얼을 지나 만추리 가까운 곳으로까지 나아갔던 것이다.

신경에서 경험한 '나쁜 혀'에 대한 체험은 수필 「조선인(朝鮮人)과 요설(饒舌)」(『만선일보』, 1940.5.25~26)에 잘 나타나 있다. 이 글에서 백석은 단정적으로 "나는 조선인의 이 말 많혼 것을 미워한다"라고 말한다. 조선인의 요설은 "고요히 생각할 줄 모르는 것"이고, "생각

---

2 김문주 · 이상숙 · 최동호 엮음, 『백석문학전집 2』, 서정시학, 2012, 197면.

하기 실허하는 것"이며, "가슴에 무거운 긴장이나 흥분이 업는 것"이다. 또한 "분노할 줄 모르는 것"이고, "적막을 느끼지 못하는 것"이며, "비애를 가슴에 지닐 줄 모르는 것"이다. 또한 요설이란 "게으른 놈의 실행 대신의 호도(糊塗)"이기도 하다. 그렇기에 다음의 인용과 같이 조선인은 '입을 다물어야 한다'고 주장하며, 글을 끝맺는다.

비록 몸에 남루를 걸치고 굶주려 안색이 창백한 듯한 사람과 한민족에 오히려 천근의 무게가 업슬 것인가. 입을 담으는 데 잇다. 입을 담고 생각하고 노하고 슬퍼하라. 진지한 모색이 잇서 더욱 그리할 것이요, 감격할 광명을 바라보아 더욱 그러할 것이다.

지금 백석이 머무는 산중(삼수갑산)은 일제 말에 백석이 머물렀던 초원에 해당하는 곳이다. 이것은 "지금 자기는 옛날 만주를 떠돌던 때로 돌아와 있는 것 같다"라는 말에서도 확인할 수 있다. 삼수 역시 옛날 초원이 그러했듯이 '나쁜 혀'로부터 단절된 곳인 것이다.

백석에게는 몽골의 초원이나 삼수의 산중(山中)과는 성격이 다른 또 하나의 자연이 존재한다. 그것은 바로 바다이다. 먼 남쪽 바다에는 "새까만 머리카락을 동백기름으로 곱게 넘"긴 사랑했던 여인이 있다.[3] 또한 함흥의 바다에는 백석에게 살아갈 이유를 일깨워 준 "살

---

3 1934년 『조선일보』 교정부 기자로 입사한 백석은, 친구인 허준의 결혼 축하 회식연에서 통영

아 있는 것들의 싱그러움"이 있다. 백석은 당장이라도 바다가 보고 싶지만, 관평리 국영협동조합의 노란 전구 불 희미한 흙벽 안에 누워 있을 뿐이다. 북에 남아 삼수에 들어온 것은 다름 아니라 "바다로 가는 길이 영영 닫히고 말았"다는 것을 의미한다.

그렇기에 바다를 보기 위해서라면, 이 삼수에서 벗어나는 일이 필요하다. 이를 위해 백석은 처음 삼수에 들어와 두 번의 겨울을 넘길 때까지는 몇 편의 시와 산문을 발표하기도 한다. 그러나 그것은 "글이 아니라 살아남기 위한 몸부림일 뿐"이었고, 백석은 글 쓰는 사람들로부터 "김조규 선생보다 낫"다는 말을 듣고서는 절망한다. "조규보다 낫다면, 정말 그렇다면, 자신의 혼은 이미 썩어버린 것"이기 때문이다. 백석은 쓰지 말았어야 한다고 크게 후회하며, 더 이상 글을 쓰지 않는다.

다행히도 백석은 나름의 깨달음을 통하여 삼수의 산중에 바다까지도 품어 안게 된다. 백석은 교예단의 배우가 칼 끝에서 연기하는 모습을 보며, "칼 끝에 온 정신을 모으고 있는 이 순간만큼은 누구도 저 여자의 세계를 침범치 못하리라"라고 생각한다. "저 놀라운 연기의 순간만큼은 수령이나 체제 아니라 그 어떤 위압적인 힘도 여자의 마음속을 헤집어놓을 수 없"다는 깨달음에 이르는 것이다. 백석도 시에

출신의 박경련을 만나 사랑에 빠진다. 백석은 이 사랑으로 인해 통영을 세 번이나 방문하고, 통영에 대한 여러 편의 시와 수필을 발표하기도 한다. 그러나 안타깝게도 박경련은 백석의 친구인 신현중과 1937년 4월에 결혼한다.

대한 완벽한 몰입을 통해 자신을 그 어떤 외부의 힘으로부터도 지킨 채, 자신의 참된 문학을 실현하고자 한다. 그것은 '나쁜 혀'로부터의 필사적인 도주이기도 하다. 백석은 그런 각오로 아무도 몰래 혼자만의 시를 써서, 발표하지 않은 채 인생의 끝막음을 하려고 하는 것이다. 그리고 진정으로 중요한 것은 '시와 일치된 삶'을 살고, '삶과 일치된 시'를 쓰는 것이라고 여긴다. 이를 통해 백석은 아무도 해치지 못하는 "불멸의 삶의 하루"를 살아가는 것으로 그려진다. 이러한 깨달음의 경지에 섰을 때, 이미 이 산골은 그토록 그리워하던 바다까지도 아우르는 성지가 된다. 그 성스러운 땅에서 함성보다도 더 큰 침묵을 들려주는 시인이 바로 방민호가 그려낸 시인 백석이다.

폭설과 (천)불, 그리고 시(인)

김연수의 『일곱 해의 마지막』은 백석이 완전히 글을 발표하지 않기 시작한 1963년을 시작으로 하여 1957년까지의 일곱 해를 그린 작품이다. 1957년은 바로 1년 전에 잠시나마 존재했던 북한 사회의 훈풍이 사라지기 시작한 때이다. 흐루쇼프 서기장이 소련 공산당 제20차 전당 대회에서 스탈린 개인숭배를 비판하면서, 1956년에는 북한에도 유일 지도 체제에 도전하는 흐름이 존재하였다. 문학계에서도 이러한 해빙 분위기는 큰 영향을 미쳐 제2차 작가 대회에서는 이전의 경직된 도식주의를 비판하며 문학성과 개성을 강조하는 목소리가 울려 퍼졌다. 1956년에는 백석 역시 이러한 흐름 속에서 북한에서는 처음으로 몇 편의 시와 평론을 발표한다.[4] 이 글들은 교조적인 북한의 아동문학에 이의를 제기하며, 새로운 창작 방향을 구체적으로 보여주거나 논의한 것들이다. 「나의 항의, 나의 제의」에는 "현실의 벅찬 한 면만을 구호로 웨치며 흥분하여 낯을 붉히는 사람들의 시 이전인 상식을 아동시는 배격한다. 인간과 인간, 인간과 자연과의 관계에서 보는 인간 감정의 복잡성을 무시하려는 무지한 기도를 아동시는 타기한다. 시는 깊어야 하며, 특이하여야 하며, 뜨거워야 하며 진실하여야 한다"[5]라는 문구가 등장할 정도이다. 이후 백석은 『문학신문』, 『아동문학』, 『조쏘문화』의 편집위원이 되었으며, 아동문학과 외국문학 분과위원회 위원을 맡게 된다. 1956년은 백석이 북한에서 가장 활발하고 안정적으로 창작 활동을 이어간 때라고 할 수 있다.

그러나 1957년부터 반종파투쟁의 역풍이 강하게 불며, 북한 문학계의 분위기는 반전한다. 백석은 1957년에 격렬한 비판을 받고, 9월에 열린 아동문학 토론회에서는 자아비판을 하는 지경에 이른다. 1958년에는 시 「제3 인공위성」(『문학신문』, 5월 14일)만을 발표하고,

---

4 1956년에 백석은 무려 8년 만에 시[「까치와 물까치」(『아동문학』 1월), 「지게게네 네 형제」(『아동문학』, 1월)]를 발표한다. 이 해에는 「동화문학의 발전을 위하여」(『조선문학』, 5월)와 「나의 항의, 나의 제의」(『조선문학』, 9월)라는 아동문학평론을 발표하기도 한다.
5 김문주·이상숙·최동호 엮음, 『백석문학전집 2』, 서정시학, 2012, 151면.

대부분의 문학적인 활동이 중단된다. 1959년에는 1월 초 양강도 삼수군 관평리에 있는 국영협동조합의 축산반에 배치되고, 결국에는 절필에까지 이르는 것이다.[6]

한국 현대문학사의 대표적인 시인인 백석이 절필을 하게 되는 과정을 그리고 있는 『일곱 해의 마지막』은 매우 감각적이고 아름답다. 이러한 문학적 향훈을 내뿜을 수 있는 기본 요소로는 무엇보다 적절한 이미지의 사용을 들 수 있다. 무엇보다 이 작품을 시종일관 지배하는 것은 하염없이 내리고 쌓이는 눈이다. 『일곱 해의 마지막』에는 참으로 많은 눈이 내린다. 본래 「나와 나타샤와 흰 당나귀」를 비롯한 백석의 시에는 유난히 많은 눈이 내리는 것으로 정평이 나 있었다. 그러나 백석 시에 나오는 눈과 『일곱 해의 마지막』에 나오는 눈의 의미는 사뭇 다르다. 백석 시의 눈이 북방 정서를 북돋우며 순수한 생명력이나 순결성을 상징했다면, 『일곱 해의 마지막』의 눈은 모든 생명을 덮어버리는 이념의 엄혹함 혹은 추상성을 상징하는 것에 가깝다.

『일곱 해의 마지막』에서 눈이 내리는 장면은 북한 체제에 의해 문인들이 소멸해가는 것과 깊이 연관되어 있다. 백석이 숙청을 앞둔 이태준을 우연히 평양의 길에서 만났을 때도 눈이 쏟아져 세상이 하얗

6 1960년 2월에는 삼지연스키장을 취재하고 「눈 깊은 혁명의 요람에서」(『문학신문』, 2월 19일)를 발표한다. 1961년에 이석훈에게 보내는 편지를 『문학신문』에 발표하였고, 1962년에는 남한의 신현중에게 보내는 편지를 『문학신문』에 발표한다. 1962년 『아동문학』 6월호에 「이소프와 그의 우화」를 발표한 후, 백석은 북한문학계에서 사라진다.

게 뒤덮이고 있었으며, 백석이 삼수로 가기 전에 지푸라기라도 잡는 심정으로 한설야의 집을 찾아갈 때도 길에 눈이 쌓여 있었다. 1960년에 삼지연에 취재하러 가는 길에도 폭설이 내린다. 문학신문의 주필은 백석에게 최근 완성된 삼지연 스키장에 관한 현장 보고문을 써오라면서, 백석에게 "동무의 사상이 바뀌었음을 단번에 알아볼 수" 있게 글을 쓰라고 말한다. 그 변화가 확인되면 "동무는 계속 시를 쓸 수 있소"라는 말에서 알 수 있듯이, 삼지연에 대한 오체르크를 쓰는 것은 그야말로 시인이기를 포기하고 체제의 나팔수가 되는 것을 의미한다. 바로 이 끔찍한 인간 모멸을 향해 가는 길에도 폭설이 내리는 것이다. 이 눈보라 속에서 백석은 "이제 시는 자신의 것도, 그 누구의 것도 아니었다"라는 비관적인 절망에 도달한다. 이처럼 눈은 체제의 압력에 의해 문인이 스스로의 정체성과 문학을 포기하게 되는 장면과 깊이 관련되어 있음을 알 수 있다.

눈의 의미를 보다 분명하게 파악하기 위해서는 옥심[7]이 소련에 있을 때 베껴 적은 보리스 파스테르나크의 「겨울밤」이라는 시의 여백에 적혀 있는 다음과 같은 문장에 주목할 필요가 있다.[8]

---

7 작가동맹 노어번역실에 배치되었던 옥심 역시 비극적인 삶의 주인공이다. 옥심의 아버지는 중앙당학교 교장으로 애국자였지만 어이없이 숙청당하고, 옥심도 번역실에서 쫓겨난다. 결국 옥심은 권총으로 자살한다.

8 이 문장은 옥심의 연인인 리진선의 것이라는 점이 강하게 암시된다. 옥심의 연인이었던 리진선은 조선인 유학생 대회에서 "당과 수령에 대한 불경스러운 발언"을 했다가 사라지는 비운의 청년이다.

시대의 눈보라 앞에 시는 그저 나약한 촛불에 지나지 않는다. 눈보라는 산문이며, 산문은 교시하는 것이다. 당과 수령의 말은 눈보라처럼 휘몰아치는 산문이다. 준엄하고 매섭고 치밀하다. 하지만 시는 말하지 않는다. 시의 할일은 눈보라 속에서도 그 불꽃을 피워 올리는 데까지다. 잠시나마 타오르는 불꽃을 통해 시의 언어는 먼 미래의 독자에게 옮겨붙는다.

『일곱 해의 마지막』에서 눈보라는 "나약한 촛불"에 지나지 않는 시를 위협하며, "눈보라처럼 휘몰아치는 산문"은 "당과 수령의 말"을 의미한다. 눈이 지니는 순수와 깨끗함의 원형적 상상력과는 다르게, 이 작품에서 눈은 강압적인 이데올로기를 가리키는 것이다. 그 순백의 눈은 어떠한 이물질도 허용하지 않는 전일적 체제의 신경증을 상징하는 것처럼 보이기도 한다. 이와 관련해 백석이 한설야의 집을 방문했을 때, "내가 이 모든 걸 만든 거야"라고 호언할 정도로 북한의 대표적인 이데올로그로 자처하는 한설야(雪野)가 설경(雪景)을 내다보고 있는 장면은 의미심장하다. 이러한 눈 속에 파묻힌 북한의 모습은, 감각적으로 북한이 얼마나 이데올로기적으로 경직된 사회인가를 환기시킨다.

이 작품의 상당 부분은 북한 사회의 이념적 독단과 그에 따른 비극을 드러내는 데 주력하고 있다. 이러한 관심은 자연스럽게 백석의 삶과 절필이 지닌 의미를 부각시킨다. 해방이 되었을 때, 백석은 "새로 태어난 공화국을 위해 무엇이라도 할 수 있겠다는 열정"과 "사람이 사람을 착취하지 않고 모두가 땀 흘려 일해 얻은 바를 즐거이 나누는 새 세상에 대한 꿈"을 가지고 있었다. 백석이 절필에까지 이르는 과정은 바로 그 '열정'과 '꿈'이 사라지는 과정이기도 하다. 1958년 백석은 오랜 친구 허준과 보안을 위해 일본어로 대화를 나눈다. 준은 "고통을 느끼지 못하는 인간, 슬픔을 모르는 인간, 고독할 겨를이 없는 인간, 그게 바로 당이 원하는 새로운 사회주의 인간형"이며, "늘 기뻐하라, 벅찬 인간이 되어라, 투쟁하라"만 강조한다고 말한다. 준은 다시 이런 상황에서는 시바이(芝居, 연극)를 할 수 있으면 남고, 못한다면 떠날 수밖에 없다고 덧붙인다. 또한 백석은 당의 문예 정책이 "당은 생각하고 문학은 받아쓴다는 것"이기에, "쓰는 동안에는 생각하지 말아야" 한다고 생각한다. 백석에게 한국 전쟁 이후의 삶은 "지옥보다 더 나쁜" 것이다.[9]

1958년에 백석은 「기린」이라는 시를 발표했다가, 중앙당 문화예술부 문학과 지도위원인 엄종석으로부터 "우리나라에 있는 곰이나 범을 두고, 왜 머나먼 아프리카의 기린을 끌고 와 붉은 깃발을 다느냔 말이오?"라거나 "송아지의 이 고독한 심정은 도대체 누구를 위한 고

---

9 이와 관련해 1959년 삼수군 축산반 사무실에서 오랜 친구 준에게 쓴 편지에는, 하얼빈에 소련군이 들어오자 많은 백계 러시아인들이 자살하였으며, "지금 생각하면 그들이야말로 자신들이 선택한 삶을 살아간 사람들"이라는 내용도 담겨 있다. 물론 그 편지는 이전에 자신이 썼던 시들 그리고 삼수군에서 새로 쓴 「館坪의 羊」이라는 시와 함께 난로 속에서 태워진다.

독입니까?"와 같은 황당한 비판을 당한다. 이런 상황에서는 백석의 어떠한 항변도 소통의 언어가 되지 못한다. 새 공화국의 젊은 시인들은 기행의 시가 낡은 미학적 잔재에 빠져 부르주아적 개인 취미에 흐른다고 비판하며, 백석에게 어렵게 쓰지 말라고, 개성을 발휘하지 말라고, 문체에 공을 들이지 말라고 충고한다. 그것은 백석에게 문학을 포기하라는 것과 마찬가지 요구이다.

『일곱 해의 마지막』에서 북한 사회의 잔인함을 가장 선명하게 보여주는 것은 사상 검토 현장이다. 이 현장에서는 "스스로 가장 믿어 의심치 않는 바로 그 점을 부인할 때까지 자백을 강요"받는다. 일테면 이태준이 미군에 대한 적개심으로 가득 찬 시를 쓰고 있을 때, 당에서는 "반인민적이고 해독적인 작가"로 몰아붙이는 것이다. 사상 검토란 "미군을 저주하게 된 작가에게서 미제의 스파이였다는 자백을 이끌어내는 일"이다. 자아비판의 무대에서 요구되는 것은 고백이 아닌 자백 뿐이다. 이것은 슬라보예 지젝이 스탈린주의의 희생자는 언표 주체와 언표행위 주체 사이의 차이를 보여주는 완벽한 사례라고 말한 것을 떠올리게 한다. 당은 자백의 무대 위에 오른 이에게 "이 순간 당은 혁명의 이익을 공고히 하기 위해서 어떤 절차가 필요하다. 그러니 훌륭한 공산주의자가 되어라. 당을 위해 마지막 충성을 바쳐 죄를 실토하라"고 요구한다. 이때 피고인이 언표행위 주체의 수준에서 자신이 훌륭한 공산주의자라는 것을 증명할 수 있는 유일한 길은 죄를 고백하는 것 뿐이다. 말하자면 언표 주체는 분열적 주체가 되어

자신을 반역자로 규정할 수밖에 없는 것이다.[10]

『일곱 해의 마지막』에서는 소련의 시인 벨라를 통해 전후 북한의 경직된 사회상을 비판하기도 한다. 1957년 벨라가 함흥에 방문했을 때, 한설야는 스탈린그라드처럼 함흥이 미군의 엄청난 폭격으로부터 살아나 "고층건물과 수로와 공장 굴뚝으로 다시 일어서는 벅찬 영웅 도시"로 재탄생했다는 정치적 의미만을 강조하려고 한다. 그러나 스탈린그라드 출신의 벨라는 스탈린그라드(함흥)가 전쟁으로 인해 겪은 슬픔을 강조한다. 벨라는 "스탈린그라드는 영웅 도시일 수 없어요. 비통의 도시지. 저는 세상의 어떤 도시도 스탈린그라드가 되지 않기를 바랄 뿐입니다"라고 말하는 것이다. 벨라는 공식적인 자리에서 인사말로도 "영웅적인 모습이 전쟁의 상처 위에 서 있다는 사실을 잊지 않는 것이 바로 평화로 가는 첫걸음"이며, "건물의 어느 한 귀퉁이를 묘사하더라도 인민들의 상처와 영광을 충실하게 형상화하는 게 바로 작가의 사명"이라고 덧붙인다. 진정한 애도란 죽음 자체의 쓰라림을 반추하는 '추모(追慕)'와 죽음이 지닌 의미를 강조하는 '현창'이 동시에 이루어질 때만 가능하다. 한설야가 '현창(顯彰)'만을 강조하려고 할 때, 벨라는 추모의 중요성을 잊지 말아야 한다는 것을 반복해서 이야기한다고 볼 수 있다.[11]

10 슬라보예 지젝, 『이데올로기의 숭고한 대상』, 이수련 옮김, 인간사랑, 2002, 294~295면.

11 소련의 시인 벨라는 보편적인 차원에서 백석의 시가 지닌 문학성을 조명하는 역할을 하기도 한다. 벨라는 1957년 6월에 북한을 방문했다가, 백석으로부터 시가 적힌 육필노트를 선물로

아이러니한 것은 누구보다 당과 수령에 충성하는 한설야말로 북한 사회의 문제를 선명하게 보여준다는 점이다. 백석이나 이태준의 반대편에 선 문인으로 등장하는 한설야는 "제일 성공한 사람"으로서, 작가동맹 위원장을 맡고 있다.[12] 한설야는 "해방 직후 소련군과 함께 평양에 나타난 젊은 수령의 귀환을 전설적인 장군의 개선으로 묘사한 소설을 누구보다도 빨리 썼기에 그뒤로 승승장구"한 것으로 이야기된다. 한설야는 제2차 작가 대회에서나 작가 동맹 중앙위원회 제3차 회의에서나 늘 모든 문예 정책을 이끌어나간다. 백석이 삼수의 협동조합에 파견 명령을 받고, 이를 되돌리기 위해 한설야의 집을 찾아갔을 때, 그 집은 멀리서도 눈에 뜨일 만큼 크고 호화롭다. 식모를 따라 들어간 응접실에는 식객처럼 많은 예능인들이 모여 있다. 한설야

받는다. 리진선이 번역한 시에는 백석의 대표작인 「모닥불」도 포함되어 있고, 벨라는 그 시를 보면서 "바이칼 호수 옆의 고리드족 마을에서 본 것과 똑같은 장면"이라며 단숨에 매료된다.

12 한설야를 백석과 대립적인 위치에 놓은 것은 『일곱 해의 마지막』이 보여주는 고유한 특징 중의 하나라고 할 수 있다. 이전의 논의들은 대개 한설야와 백석을 협력적인 관계로 바라보았다. 대표적으로 안도현은 『백석평전』에서 일관되게 한설야가 백석을 도와준 것으로 서술하고 있다. 조선 작가 동맹 중앙위원회 위원장이었던 한설야가 "백석을 뒤에서 돌봐주는 역할"(안도현, 『백석평전』, 다산책방, 2014, 200면)을 했다는 것이다. 백석이 1947년 10월에 열린 북조선 문학예술 총동맹 4차 중앙위원회에서 외국문학 분과위원에 이름을 올린 것도, "한설야의 호의가 결정적으로 작용"(306면)했기 때문으로 본다. 1956년의 2차 조선 작가 대회에서 백석이 조선 작가 동맹 아동문학, 외국문학 분과위원회 위원으로 이름을 올릴 수 있었던 것도 "한설야가 조선 작가 동맹의 넓은 인맥을 활용해 막후에서 결정적인 역할을 했"(335면)기 때문이라고 설명한다. 백석이 얼마 지나지 않아 북한 문단의 주요한 자리에서 밀려난 것 역시, 한설야가 1956년 12월 인도의 아시아 작가 대회에 참석하느라 백석이 한설야의 "보호를 받지 못"(355면)했기 때문이라고 파악할 정도이다.

는 백석에게 "당이 원하는 인간이 있다면, 우리는 그걸 만들어내는 거야"라며, 그것이 "우리가 하는 문학"이라고 말한다. 한설야는 "창조자"로서 자신이 이 세계를 만들었으며, 그것은 누구도 망가뜨릴 수 없다고 호기롭게 말한다.

　감상적 허약함에서 벗어나라고. 시대는 이제 새로운 인간형을 원하고 있어. 그런 인간형을 창조하는 사람이 바로 우리 작가들이야! 우리는 위대한 창조자들이야. 나는 전형을 만들어간다네. 해방 직후에 평양으로 입성한 젊은 수령을 만났을 때, 나는 비로소 창조자가 될 수 있었지. 내가 이 모든 걸 만든 거야. (……) 이 공화국은 영원하고, 나의 문학도 마찬가지야. 자네에겐 개조의 시간이 필요해.

　그러나 1963년에는 한설야도 백석과 같은 운명이 되어 자강도 시중군 협동조합에서 백석에게 편지를 보낸다. 그 편지에는 벗들을 단죄하던 자신의 지난 행적에 대한 변명과 인간적 우애가 넘쳤던 식민지 시기의 추억을 회상하는 내용으로 가득하다. 인생사 모든 것이 꿈만 같다며, "나 역시 스크린 속의 한 등장인물에 불과"했다고 고백한다. 북한 사회에서 문인은 결코 '언어를 쓰는 자'가 아니라 "언어에 의해 쓰이는 운명"을 가질 수밖에 없었던 것이다. 그리고 그 비극적 운명의 화살을 북한의 창조자를 자임한 한설야조차 비켜갈 수 없었다.
　새하얀 눈과 더불어 이 작품에는 강렬한 불의 이미지가 살아 움직인다. 이 불은 다시 '인간의 불'과 '자연의 불(천불)'로 나누어 볼 수 있다. 사람이 일으킨 불은 두 번 등장한다. 첫번째는 백석이 마지막으로 옥심을 만나고 돌아올 때이다. 전염병 환자가 나온 집을 나라에서 소각할 때 불길이 일며, 이때의 불은 당의 전체주의적 폭력을 감각화한 것처럼 보인다.

처음에는 바이러스와 병원균이 불타겠지만, 곧 그 불은 종파주의와 낡은 사상으로 옮겨붙을 것이고, 종내에는 서너 줄의 시구를 얻기 위해 공들여 문장을 고치는 시인이, 맥고모자를 쓰고 맥주를 마시고 짠물 냄새 나는 바닷가를 홀로 걸어가도 좋을 밤이, 높은 시름이 있고 높은 슬픔이 있는 외로운 사람을 위한 마음이 불타오를 것이다. 그렇게 한번 불타고 나면, 불타기 전의 세상으로는 돌아가지 못할 것이다. 이제, 우리 모두는, 그렇게 1958년 12월의 해가 저물었다.

백석은 바이러스와 병원균을 태우던 불길이 결국에는 사상과 예술과 자유를 태우는 불길로 번져나갈 거라고 예상하는데, 불행하게도 그것은 적중한다. 백석의 예상대로 수령이 문학에서 낡은 사상 잔재를 반대하는 투쟁에 나서라는 교시를 내린 뒤에, 반당 반혁명 작가의 책들을 회수해 공개적으로 불태우는 일들이 곳곳에서 벌어지는 것이다. 책이 불타는 것을 백석은 "현실 전체가 몰락하는 것"이라고 여긴다.

이 작품은 골짜기 건너편 먼 산에서 천불(하늘이 내신 불)이 타오르는 것으로 끝난다. 마지막 장의 제목도 '1963년 여름, 삼수'로서 그동안 눈이 가득했던 겨울의 이미지와는 판이하게 다르다. 천불은 저절로 생겨나 순식간에 숲 전체를 활활 태우는 불로서, 불탄 그 자리에는 "새로운 살길"이 열린다. 이 천불은 세상의 모든 것으로부터 퇴각해버린 백석의 가슴마저 두방망이질 치게 만드는데, 이 가슴 떨림은 화려한 미래의 일시적 현전을 접한 자의 감동으로 볼 수 있을 것이다.

김연수의 『일곱 해의 마지막』이 백석과 관련해서 진정으로 보여주고자 한 것은, 그가 결코 패배자가 아니라는 사실이다. 권력이 두려워서 목숨보다 소중한 시 쓰기도 포기한 채, 산속으로 물러난 자가 아니라는 사실이다. 삼수에 머물며 시 쓰기를 포기한 것은 일종의 '불온한 수동성'으로 바라볼 여지가 충분하다. 작가는 북한의 본질적인 문제가 '무언가를 할 수 없는 사회'라는 점이 아니라 '무언가를 하지 않을 수 없는 사회'라는 점에서 찾고 있기 때문이다. 숙청당하기 직전 이태준이 짓던 무표정을 백석은 "인간적인 표정"이라며 긍정적으로 평가한다.

아무런 표정을 짓지 않을 수 있는 것, 어떤 시를 쓰지 않을 수 있는 것, 무엇에 대해서도 말하지 않을 수 있는 것, 사람이 누릴 수 있는 가장 고차원적인 능력은 무엇도 하지 않을 수 있는 힘이었다. 상허의 말처럼 들리는 대로 듣고 보이는 대로 볼 뿐 거기에 뭔가를 더 덧붙이지 않을 수 있을 때,

인간은 완전한 자유를 얻었다. 1958년 북한의 사람들에게 자유가 전혀 없었다는 말은 이런 맥락에서다. 그들은 들으라는 대로 듣고, 보라는 대로 봐야만 했다. 그리고 그들은 말하라는 대로 말해야만 했다.

인간을 진정 인간답게 만드는 것은 "무엇도 하지 않을 수 있는 힘"이며, 1958년의 북한에는 바로 그 '무엇도 하지 않을 자유'가 존재하지 않는다는 점이야말로 가장 큰 문제였던 것이다. 이러한 상황에서 공적인 문학장을 떠나 절필하는 것은 인간으로서의 최상의 자유를 향유하는 실천일 수도 있다.[13]

『일곱 해의 마지막』은 '불온한 수동성'에서 한걸음 나아간다. 그것은 김연수가 늘 말해왔던 소통이고, 윤리이며, 본질적으로는 사랑이다. 백석이 시 쓰기를 포기하면서까지 지키고자 했던 것이 분명 존재하는 것이다. 그것은 당이나 민족과 같은 거창한 것과는 존재의 차원이 다른 '작고 약한 것들'이다. 그리고 백석은 그 '작고 약한 것들'이야말로 생명이자 역사의 힘이라고 생각한다. 어쩌면 그것은 옥심이말한대로 비 오는 날에 먹는 "국수 한 그릇"과 같은 것인지도 모른다.

---

13 이와 관련해 지젝이 시스템을 더욱 부드럽게 작동하게끔 만들어주는 국지적 행동에 참여하기보다는 아무것도 하지 않는 편이 더 낫다고 주장한 것을 기억할 필요가 있다. 유사행동을 통한 비판적인 참여를 통해서 권력을 쥔 자들과 대화하기보다는 '불길한 수동성'으로 퇴각하는 것이 오히려 진정 어려운 일이라고 주장한다(슬라보예 지젝, 『폭력이란 무엇인가』, 이현우 · 김희진 · 정일권 옮김, 난장이, 2011, 9~10면).

고려인들이 스탈린에 의해 강제로 연해주에서 쫓겨나 6,000킬로 떨어진 중앙아시아의 한 역에 도착했을 때, 카자흐 여인들은 동쪽에서 정체불명의 낯선 민족이 화물칸에 실려와 황야에 버려졌다는 소식을 듣고, 빵을 당나귀에 싣고 온다. 그 빵을 먹으며 한인들과 카자흐 여인들은 함께 운다. "빵과 울음", 거기서 새로운 삶은 시작되었던 것이다. 옥심의 아버지는 "빵이 식을세라 모포에 감싼 채 당나귀에 싣고 온 카자흐 여인들을 잊지 말라"고, "그 모든 잘못된 역사를 바로잡을 수 있는 건 그런 인민들의 힘"이라고 옥심에게 말한다. 모든 위대한 것들을 초월한 빵 한 조각, 거기에 담긴 작은 연민이야말로 궁극적인 역사의 힘이었던 것이다.[14]

'작고 약한 것들'에 대한 사랑이라는 측면에서, 백석의 마지막 삶 역시 새롭게 바라볼 여지가 충분하다. 삼수에서 백석은 양을 기르며 아이들의 시를 봐준다. 양이나 아이들은 모두 '작고 약한 것들'이다. 백석은 무엇보다 양의 새끼 받는 일을 좋아해서 양사 일에 자원하고는 한다. 『일곱 해의 마지막』에서는 그 즐거움과 기쁨이 생생하게 묘사된다.

분만실의 불을 다루기 위해 장작을 패고, 참대통을 들고 사일로에 가 알곡 사료를 가져오고, 탯줄 자른 새끼를 젖은 몰골 그대로 안아 분만실 아궁

---

14 또한 이 작품에서 그려진 일곱 해가 특히나 주체 혹은 민족이 강조되는 시기라는 점에서, 민족을 뛰어넘은 카자흐 여인들과 고려인들의 울음은 더욱 큰 울림으로 우리게 다가온다.

목 가까이의 어미에게 젖 물리러 가는 등의 허드렛일이 기행은 좋았다. 그렇게 첫젖을 빨고 난 새끼가 마당귀에서 오독독 오독독 뜀질을 하고 가댁질을 하는 것을 보는 것도 큰 기쁨이었다.

양에 대한 백석의 지대한 관심과 거기서 얻는 기쁨에 대한 반복된 서술은 이 작품에 등장하는 양이 이 세상에 존재하는 '작고 약한 것들'에 대한 하나의 상징으로서 기능하고 있음을 알려준다. 본래 백석의 시란 스러져가는 것들의 영혼과 미감을 되살려내는 작업이기도 하였다. 그렇다면 『일곱 해의 마지막』에서 백석이 도달한 자리야말로 그의 시 그 자체였는지도 모른다. 백석이야말로 역사의 그리고 문학의 진정한 승리자였던 것이다.

왜 백석인가?

백석은 열풍이라고 할 정도로 많은 사람들의 관심을 받고 있다. 이제는 그 열풍이 본격적인 창작의 영역에까지 불어닥치고 있다. 주목할 것은 방민호의 「삼수갑산」이나 김연수의 『일곱 해의 마지막』이 관심을 갖는 백석의 삶이, 모두 삼수에서의 절필과 관련된다는 점이다. 백석이 삼수에서 처한 상황은 지금의 역사철학적 상황과 관련해 볼 때, 지금 이곳의 이야기로 새롭게 바라보도록 만드는 힘을 지니고 있다. 최소한 백석이 삼수에서 살던 때, 그에게 이 세상은 믿고 따라야 할 어떠한 이념적 대타자도 존재하지 않는 '세상의 끝'이었기 때문이다. 이러한 상황에서 두 작가가 가장 크게 신경 쓰는 것은, 패배자로서의 백석을 철저하게 거부하는 것이다. 백석은 결코 체제에 굴복하여 어쩔 수 없이 삼수로 들어가 목숨을 연명한 사람이 아니라, 적극적으로 '나 자신이 된 현대인'이다. 특히 방민호의 「삼수갑산」은 이 점을 매우 선명하게 강조하고 있다. 백석은 평양에서 삼수로, 삼수에서 다시 내면으로 물러난다. 아니 집중한다. 그것은 어떠한 외부의 이념이나 권력과도 무관한 "칼 끝"에 비유되는 치열한 세계이다. 거기서 백석은 결국 '시와 일치된 삶'을 살고, '삶과 일치된 시'를 쓰는 데 성공한다. 김연수의 『일곱 해의 마지막』도 기본적으로 이념적 대타자와 결별하고 '나 자신이 되어라'라는 윤리적 정언 명령을 실현한 백석의 모습을 부각시킨다. 여기서 더 나아가 김연수는 백석의 삼수행과 절필을 일종의 '불온한 수동성'이 지닌 정치성과 연결시킬 수 있는 가능성을 열어놓고 있다. 그리고 이러한 '불온한 수동성'은 세상의 '작고 약한 것들'을 향한 사랑으로 이어진다는 점에서 더욱 환한 빛을 내뿜는다. '작고 너무나 약한 것들'이야말로 생명이자 역사의 힘이었으며, 백석의 삼수행과 절필은 결국 그 믿음을 잃지 않으려는 위대한 실천이었던 것이다.

○ 2020

죽음(충동)이라는 그 거대한 입

김중혁, 「휴가 중인 시체」

김중혁이 등단하기 전까지 한국 현대소설은 주로 대다수 사람들의 실제적인 삶에 관해 말하는 것을 주류로 삼았다. 그것은 분단이나 노동 문제와 같이 구체적인 삶의 실상을 전달하여 많은 공감을 일으키는 방식이었다고 할 수 있다. 세상의 곳곳에 존재하여 누구나 가슴속에 담고는 있지만 아직 발화되지 않은 이야기를 생생하고 감동적으로 작품화하는 것이 한국 소설가들의 기본적인 모습이었던 것이다. 그러나 2000년 『문학과사회』에 소설 「펭귄뉴스」를 발표하며 등단한 김중혁은, '어딘가에 반드시 존재할 것 같은 이야기'가 아니라 '어딘가에 결코 존재하지 않을 것 같은 이야기'를 집요하게 발견 혹은 발명하여 설득력 있게 작품화해왔다. 이러한 작가상은 그 이전의 한국 문학사에서는 쉽게 발견하기 어려운 모습이다. 20여 년에 이르는 작가 생활 동안 그는 후진을 모르는 자전거, 손으로 만지는 막대 지도,

면접관을 시험 보는 응시생처럼 낯설지만 결국에는 고개를 끄덕이게 만드는 서사를 끊임없이 선보여왔던 것이다. 이러한 이야기가 더욱 의미 있었던 것은, 그것이 말초적인 흥미를 자극하는 휘발성 재미가 아니라 삶과 인생에 대한 깊은 음미를 가능케 하는 예술적 여운을 동반하고 있었기 때문이다.

「휴가 중인 시체」(『창작과비평』, 2019년 봄호)에서 주원(가명)은 '나는 곧 죽는다'라는 말이 쓰여진 버스에서 생활하며 전국을 돌아다닌다. 여기에 초점화자인 '나'가 동행하며 이야기는 시작된다. 로드 무비의 성격을 지니는 이러한 기본 설정은 낭만적이고 여유로운 모습을 떠올리게 하며, 규격화된 사회에서 예외적으로 존재하는 개성적인 삶을 그린 것으로 보여지기도 한다. 모든 존재와 삶을 규격에 가두어두는 쇠창살과 같은 현대 사회에서 자신의 단독성을 찾는 범상치 않은 인물들의 이야기가 또 한 번 멋지게 펼쳐지는 것이다. 이때의 단독성은 어떠한 일반성의 회로에도 포섭될 수 없는 세계를 말한다. 일반성 속의 개체가 아니라 예수님이 아흔아홉 마리의 양보다 더욱 소중하다고 말한 단 한 마리의 양, 결코 대체될 수 없는 고유한 삶이나 존재가 바로 단독성의 구체적 실례라고 할 수 있다.

그러나 여기서 멈춘다면, 이번 작품에 대한 독해로는 턱없이 모자라다. 「휴가 중인 시체」는 단독성의 고유한 삶과 더불어 죽음(충동)이라는 삶의 가장 본질적인 문제를 진지하게 다루고 있기 때문이다. 이러한 문제의식은 보편적이고도 본질적인 인생의 비의를 향하고 있다는 점에서 최근 김중혁이 독자들에게 선보이고 있는 작품 세계의 깊이를 보여준다.

　주원은 결코 벗어날 수 없는 사건에 결박된 존재이다. 스쿨버스 운전사였던 주원은 술이 온전히 깨지 않은 상황에서 운전을 하다가 어린 학생을 죽일 뻔한 사고를 낸 것이다. 주원은 한군데 있으면 자꾸 그 사건을 생각하게 되니까 생각하지 않으려고 도망 다니는 중이다. 그 도망의 방식이 세상으로부터 자신을 버스에 "유폐"시킨 채 혼자 방랑하는 것이다. 그 사건은 실수에 불과할 수도 있지만, 주원은 그것이 설령 실수라고 해도 실수라는 건 간단한 게 아니라고 생각한다. 실수는 "모든 기록을 한꺼번에 통째로 순식간에 지워버"릴 수 있기 때문이다. 그렇기에 주원은 버스에서 죽어야 한다며, "여기가 내 관이고, 무덤이고, 천국이고, 지옥"이라고 선언한다.

　사건으로부터 벗어나기 위해 주원은 삶을 건 필사적인 도피를 하지만, 그는 결코 그 사건으로부터 벗어나지 못한다. 버스에서 생활하면서도 '발작'을 주기적으로 계속 일으킨다. 그것은 양손으로 자신의 뺨을 때리고, 유리창에 머리를 찧으며, 그것도 모자라 고해성사하는 죄인의 탄식 같은 괴성을 지르며 버스를 나갔다가 한참 후에 돌아오는 일련의 행동을 말한다. 그 사건 혹은 실수로 인해 주원은 하나의 상징적 죽음을 경험했다고 해도 과언이 아니다.

　'나'는 텔레비전에서 주원을 봤을 때부터 "거울 속에 있는 나를 보는 것 같았다"라고 느낀다. 이것은 '나' 역시 이전 삶과의 단절을 이룬 존재, 즉 하나의 죽음을 경험한 존재이기 때문에 가능한 일이다. 주원을 처음 보았을 때, '나'는 "첫번째 삶이 끝났다는 것"을 확신하며, "두번째 삶을 어떻게 준비할 것인가"만을 고민하는 중이었다. '나'는 스물아홉에 경제인들의 인터뷰집을 출간해 베스트셀러를 기록하며 돈도 많이 벌고 유명해졌던 "전성기"를 보냈다. 그러나 이후로는 내리막길을 걸어오다가, "나는 죽을 준비가 되어 있었다. 이제 와 하는 말이지만 그때 죽었어도 하나도 이상할 게 없었다"라고 이야기할 만한 상태에 이른 것이다. '나'의 시체와도 같은 상태가 또 하나의 시체인 주원에게 강렬하게 호응하여 둘의 동행은 비로소 가능했다고 볼 수 있다.

둘은 주로 셰익스피어 작품 속의 대사를 주고받으며 시간을 보낸다. 그들에 의해 해석되고 발화되는 셰익스피어는 철저하게 죽음의 프리즘을 통과한 것이다. 「로미오와 줄리엣」을 "사랑 이야기가 아니라 버림받고 남겨지는 이야기"라고 받아들이는 그들의 대화에는 죽음의 빛깔이 진하게 배어 있다. 그 대화는 "지금부터 내 몸이 너의 칼집이구나. 단검아, 그 속에서 녹슬어서 나를 죽게 해다오"나 "죽음만이 우리를 치료해줄 의사라면 죽는 것만이 유일한 처방이야"와 같은 죽음에 대한 이야기들로 이루어져 있는 것이다.

'나'와 주원은 상상계적 거울상들에 불과하다. 그것은 나중에 둘의 대화를 기록한 공책을 보며 '나'가 "두 달 동안 내가 공책에 기록한 내용은 폭탄의 파편 같았다. 어째서 이런 일이 일어났는지, 사건의 핵심이 무엇인지는 알 길이 없었고, 상처받은 한 사람, 분열된 한 사람의 기록뿐이었다"고 생각하는 대목에서도 알 수 있다. 그들은 대화를 나누었으나 실상 그것은 '두 사람의 기록'이 아닌 '한 사람의 기록'에 불과하다.

'나'와 주원의 관계는 김중혁의 대표작 중 하나인 「유리방패」(『창작과비평』, 2006년 여름호)의 '나'와 M을 떠올리게 한다. 주인공 '나'와 M은 모든 생활을 함께하며 그 어려운 취업에 매달리는 젊은이들이다. 면접장에도 반드시 함께 들어가야만 하는 둘은 "분리될 수 없는 사이"이며, "동전의 앞면과 뒷면이거나 한 사람의 앞모습과 뒷모습"이다. 그렇기에 그들은 서로의 거울상(specular image)으로서, '나'(a)에게 M(á)은 상상적 타인이며 M(a)에게 '나'(á) 역시 상상적 타인이다. 두 사람은 매번 면접 때마다 콤비가 되어 만담, 마술쇼, 행상 모습 재연과 같은 각종 이벤트를 벌인다. 「유리방패」에서 '나'와 M이 이벤트 연출을 통해 취업이라는 지옥과도 같은 관문을 하나의 유희로 만들었다면, 「휴가 중인 시체」는 죽음이라는 절대의 과제를 셰익스피어 대사 놀이라는 방법을 통해 하나의 유희로 만들고 있는 것이다. 두 작품 모두 상상계적 이자 관계를 통해 현실의 고통을 하나의 유희로 견디고자 한다는 공통점을 지니고 있다.

「휴가 중인 시체」의 핵심어를 꼽자면 죽음이다. 그것은 너무나도 압도적이어서 주원이 사고를 낸 아이도 그 죽음의 영향력에서 벗어나지 못한다. 그 아이는 늘 12번 창가 자리에 앉아서 "폭력에 취한 중독자"처럼 볼펜으로 자기 얼굴을 긋거나 커터칼로 손등에 상처를 내고는 했던 것이다. 늘 마지막에 내리며 주원에게 눈인사를 했는데, 그 아이가 주원도 "자기와 같은 부류라는 걸" 알아차린 결과라고 볼 수 있다. 그 때 주원은 이런 이야기를 소리 없이 주고받았다고 여긴다.

아저씨는 다 봤지? 내가 뭘 하는지 알지? 나는 알지. 그런 인사를 했습니다. 알지, 다 알지. 눈으로만 인사했습니다. 곧 끝날 거야. 지긋지긋한 것들이 다 끝나고 나면 네 마음대로 살 수 있을 거야. 조금만 참아봐. 나는 달라, 나는 다 알지. 그건 거짓말이었어요. 나는 다르지 않고, 아무것도 끝나는 건 없어요.

둘의 대화 속에는 거부할 수 없는 숙명으로서의 죽음 더 나아가 죽음 충동(death drive)의 모습이 어른거린다. 이 아이 역시 죽음을 향한 그 강렬한 충동을 거부할 수 없었던 것이고, 주원은 그 거대한 힘으로부터 아이를 지켜주고 싶어 했던 것이다. 그것은 실상 아이가 아닌 자기 자신을 죽음이라는 그 거대한 허방으로부터 지키고자 하는 몸짓이었다고 보는 것이 정확하다. 그렇기에 주원은 다른 아이도 아닌 바로 그 12번 창가 자리의 아이를 죽게 할 수도 있는 사고를 낸 후에 그토록 괴로워한 것이라고 할 수 있다. 그것은 결국 자신이 죽음(충동)과의 투쟁에서 결코 승리할 수 없으리라는 숙명적 계시와도 같은 것이기 때문이다. 이러한 과정을 거쳐 주원이 낸 실수로서의 사고는 결국 알랭 바디우(Alain Badiou)적 의미의 절대적 '사건'이 되고 말았던 것이다. 그리고 보면 죽음(충동)은 12번 창가 자리의 아이에서 시작해 주원을 거쳐 '나'에게까지 이른 것이거나, 아니면 반대의 순서를 밟은 것이라고도 할 수 있다.

이제 주원이 자신의 전 존재를 걸고 감당하고자 하는 속죄와 애도는 죽음(충동)을 숙명으로 하는 모든 인간의 가장 시급한 일대사(一大事)가 된다. 그 방식에 있어 주원과 '나'는 갈라진다. 주원이 도로 위에서 차에 치인 고라니에게 굳이 주사를 놓아서 죽음으로 이끄는 것에서도 드러나듯이, 주원은 죽음(충동)이라는 그 절대반지의 영향으로부터 벗어나지 못한다. 주원과 '나'에게 시비를 거는 마을 청년들 앞에서 절규하듯이, 주원은 이미 죽음과 하나가 된 존재인 것이다.

"당신이 그렇게 원한다면 내가 죽음이 되어줄게. 세계가 멸망하는 걸 상상하지 못한다면 내가 세상을 멸망하게 해줄게. 나는 다 봤어. 당신이 보지 못한 것들을 다 봤다고. 죽음도 봤고 칼로 몸을 긋는 것도 봤고 내가 이 두 눈으로 다 봤어. 모든 고통이 내 몸을 관통했고, 그래서 이렇게 배에 커다란 구멍이 나 있는 거라고."

주원의 태도 속에 담긴 진정성은 충분히 존중받아야 하지만, 그 우울증적 태도 속에 담긴 한없는 무력감과 어두움도 잊어서는 안 된다. 주원이 도달한 세계는 그토록 거부하고자 했던 세계, 즉 죽음이라는 검은 구멍일 뿐이기 때문이다.

한동안 주원의 상상계적 자아로서 동고동락했던 '나'는 주원과는 다른 선택을 한다. 그것은 작품의 마지막에 주원과 나누었던 대화를 기록한 공책을 불 속에 던져 넣는 모습을 통해 상징적이지만 선명하게 드러난다. 그리고 공책을 불 속에 던져 넣기 이전에 하는 다음과 같은 생각은 '나'의 행동이 주원의 삶에 담겨진 의미까지 충분히 숙고한 후에 이루어진 것임을 분명하게 보여준다.

내 뺨을 한번씩 때려본다. 귀가 멍해지고 잇몸이 찌릿하다. 고통이라고 부르기엔 미세한 통증이다. 조금씩 강도를 올리면서 때려보고 있다. 내가 나를 때리는 것에 익숙해지고 있다. 주원 씨는 버스에 매달려 끌려갔던 아이를 생각하면서 자신의 뺨을 때렸을 것이다. 그 아이는 죽지 않았지만 나는 그 아이를 죽인 거야. 마지막에 내렸던 아이, 커터로 손등을 긋던 아이를 생각하면서 세차게 자신의 뺨을 후려갈겼을 것이다. 나는 내 뺨을 때리면서 다른 것을 생각했다. 미안한 사람들을 떠올렸다. 그렇게 자신을 벌준다고 해서 죄가 없어지는 것은 아니다.

공책을 태워버리기 전에 '나'는 온전히 주원을 경험한다. 그것은 주원의 행위를 반복하여 주원의 감각까지도 그대로 경험하는 일에 해당한다. 그러나 추체험을 통해 '나'는 주원을 그대로 따라 하기보다는 '다른 것을 생각'하는 새로운 차원으로 나아간다. 주원과 같은 방식은 결코 진정한 속죄가 아니라 또 다른 죽음일 뿐이기 때문이다. 주원과 결별한 이후의 '나'의 노트에 쓰여질 새로운 이야기야말로 김중혁이 앞으로 보여줄 예술의 진경에 해당할 것이다. 김중혁의 「휴가 중인 시체」는 인간의 근원적 조건인 죽음(충동)의 그 무서운 심연과 거기서 비롯되는 삶의 새로운 가능성을 보여준 우리 시대의 비극이다.

○ 2020

에로스 전말기

해이수, 『탑의 시간』

사랑이 처한 난경

사랑 없는 인생을 생각할 수 없다면, 사랑 없는 소설도 생각할 수 없을 것이다. 결국 정답을 도출하는 과정의 방정식이 다를 뿐이지, 결국에 소설(어쩌면 인생)을 통해 얻고자 하는 해답은 사랑인지도 모른다. 이 명제에 충실한 작가로 해이수의 오른편에 놓일 이는 한국문학계에 그렇게 많지 않다. 첫번째 장편소설인 『눈의 경전』(자음과모음, 2015)에서 수평의 끝이라 할 수 있는 오스트레일리아의 사막과 수직의 끝이라 할 수 있는 히말라야의 눈보라까지 헤매며 진정한 사랑을 찾아 헤맸던 해이수는 장편소설 『탑의 시간』(자음과모음, 2021)에서는 불교와 불탑의 나라 미얀마까지 가서 우리 시대 사랑의 아포리즘(aphorism)을 한가득 실어다 우리 앞에 펼쳐놓고 있다.

오늘날 사랑은 매우 난처한 입장에 처해 있다. 사랑은 하나의 신흥 종교로 여겨질 만큼 한없이 그 위상이 숭고해졌지만, 한편으로 그 사랑의 실천은 그 어느 때보다도 어려워졌기 때문이다. 근대에 이르러 개인은 자유로워졌지만, 자유의 대가로 현대인은 불확실성의 미로를 걸어가도록 강요받는다. 신분, 계급, 직장, 국적, 그 어느 것도 진정한 나를 보증해주지 못하는 것으로 판명날 때, 나의 진정한 자아를 확인시켜줄 최후의 보루로 등장한 것이 바로 사랑이다. 울리히 벡(Ulrich Beck)은 "이 '사랑'이야말로 전통이 해체된 이 시대의 새로운 삶의 중심일지도 모른다"[1]고까지 주장한다.

그러나 사랑을 향한 이 뜨거운 열망과는 무관하게 참된 사랑을 하는 것은 여간 어려운 일이 아니다. 그것은 무엇보다도 자본주의 체제가 근본적으로 사랑에 적대적인 환경을 조성하는 것과 관련된다. 그러나 알랭 바디우는 오랜 동안 강렬한 의미를 부여받았던 사랑이 오늘날 위협받고 있다고 주장한다. 심지어 그는 사랑이 "이미 죽었을지도 모른다"[2]고 말한다. 이러한 사랑의 위협은 현대 사회의 개인주의, 모든 것을 시장 가격으로 환산하려는 태도, 개인의 행동을 조종하는 이해관계의 차원 등에서 비롯된다. 이것들은 모두 "세속화된 자본주

---

1 울리히 벡 · 엘리자베트 벡 게른샤임, 『사랑은 지독한, 그러나 너무나 정상적인 혼란』, 강수영 · 권기돈 · 배은경 옮김, 새물결, 1999, 25면.
2 알랭 바디우, 「사랑의 재발명」, 『에로스의 종말』, 김태환 옮김, 문학과지성사, 2015, 5면.

의 세계"[3]의 규범에 해당한다고 할 수 있다.

해이수의 『탑의 시간』은 유일한 종교라고 일컬어질 만큼 고귀하지만 그것을 실천하거나 얻는 것은 한없이 어려워진 사랑의 현주소를 보여주는 소설이다. 미얀마의 고도 바간의 게스트 하우스에서 우연히 만난 글쓰기 강사 명, 도서관 사서 연, 여행사 직원 최, 중학교 영어교사 희가 펼쳐나가는 사랑 이야기에, 과거에 맺은 여러 인연들까지 덧보태서 우리 시대 사랑의 만화경을 보여주는 것이다. 그 다양함은 바간의 아침 하늘을 가득 메우는 수천 개의 탑처럼 아름답고 장엄하기까지 하다.

사랑의 시작, 사랑의 매혹

이 작품은 한국문학사에서 전례를 찾을 수 없는 미얀마 배경의 소설이다. 조지 오웰의 『버마 시절』이라는 책을 거리에서 파는 미얀마 소년을 통해 과거 영국의 식민지 지배를 받았던 사실이 드러나기도 하고, 고고학 박물관의 유물 해설사를 통해 군부 독재가 칠십여 년간 이루어진 역사적 상황이 드러나기도 한다. 그러나 이 작품에서 미얀마는 무엇보다도 불교와 불탑의 나라로 그려진다. 미얀마 정부에서

---

3 위의 글, 6면.

발표한 통계에 따르면, 2015년 기준으로 미얀마 인구의 89.5%가 불교 신자이며, 미얀마 전역에 육만 일천여 개의 사찰이 있고, 승려의 수는 대략 오십만 명 정도로 추정된다.[4] 미얀마가 불교 국가가 된 것은 아노라타왕이 사회 통합을 위하여 불교를 널리 육성한 11세기부터라고 한다.[5] 특히 이 작품의 배경인 바간(bagan)은 유네스코가 정한 세계 3대 불교 유적지 가운데 하나이다. 바간은 나머지 2개의 불교 유적지인 캄보디아의 앙코르 와트나 인도네시아의 보로부두르보다 규모가 더욱 크며, 약 5천 개의 탑이 있었을 것으로 추정된다.[6] 『탑의 시간』에는 그 많은 불교 유적지 중에서 로카난다 사원, 소민지 수도원, 마누하 사원, 난파야 사원, 구바욱지 사원, 부파야 파고다, 담마얀지, 부파야, 쉐산도 파고다 등이 등장한다.

주인공들이 머무는 사흘여 동안, 수천 개의 불탑이 가득한 바간에서는 끊임없이 승려들의 독경 소리가 울려 퍼진다. 마차를 끄는 말조차도 "매일 불경을 들으며 탑을 도는" 성직자에 비유될 정도이다. 경전을 읽는 소리가 "도시 전체를 쩌렁쩌렁 울려서 이곳 사람뿐만이 아니라 산과 강, 돌과 풀, 흙과 쇠붙이까지도 부처의 말씀 안에 있는 셈"이다. 곳곳에는 정성을 다해 절을 올리고 기도를 하는 사람들로

---

4 조용경, 『뜻밖에 미얀마』, 메디치미디어, 2018, 16면.
5 서성호, 『황금불탑의 나라』, 두르가, 2011, 52면.
6 바간은 아노라타왕이 1044년 건설한 첫번째 통일왕국인 바간 왕조(1044~1287)의 수도였다 (차장섭, 『미얀마』, 역사공간, 2013, 220면).

가득하며, 주인공인 명과 연도 언제나 기도하고 절하는 모습으로 그려진다. 이 경건하고 신성한 분위기는 사랑을 성화(聖化)하기에 적절한 배경이다. 미얀마는 진정한 사랑을 깨닫게 해주는 사랑의 수도원이다.

『탑의 시간』의 가장 탁월한 지점 중의 하나는 사랑의 시작과 중간과 끝을 실감 나게 보여준다는 점이다. 대개의 연인들이 사랑에 빠지는 순간은 한병철이 사랑의 핵심적 특징으로 주장한 절대적 타자성을 경험하는 순간이기도 하다.[7]

이러한 사랑의 시작은 희의 명을 향한 마음에서 잘 드러난다. 희에게 명은 자신이 접하지 못했던 새로운 인간으로 다가온다. 희의 눈에 명은 하루 종일 마차를 끈 말인 마돈나의 목을 어루만지며 "제주면 바데"라고 말할 줄도 아는 사람이며, "크지 않았지만 왠지 둥글고 따뜻"한 음성을 지닌 사람이다. 결국 희는 명을 보자마자 "심장이 팔딱팔딱 뛰며 주위 공기가 삽시간에 달라졌다는 것을 느"끼는 단계에까지 이른다. 그리고 희는 명과의 관계를 통해 사랑의 돌발성과 그 앞에 선 인간의 수동성을 절절하게 깨닫는다. "이런 비합리적인 충동에 대항할 겨를도 없이 상대에게 어쩔 수 없이 빠지는 것이 사랑일까"라

---

7 알랭 바디우는 한병철의 이러한 주장을 "순수한 외부, 완전한 타자의 파국적 침입에 대해 이야기하고 있다. 이에 따르면 타자의 침입은 주체의 정상적인 균형 상태를 깨뜨리는 재난이지만, 그 재난은 동시에 자아의 공백과 무아 상태에서 오는 행복이며, 결국 구원의 길임이 드러난다"(알랭 바디우, 앞의 글, 7면)고 정리한다.

고 자문하며, "사랑이란 본인이 마음대로 선택할 수 없다는 것을 제대로 아는 일이라고 생각"하는 것이다. 결국 최가 업무로 희를 혼자 남겨둔 그 밤에, 희와 명은 몸을 섞는다.

20여 년 전 연과 그의 사랑도 시작은 비슷하다. 모든 사랑은 처음 초월적 에로스의 모습을 보여준다. 처음 연은 기혼자인 그에게 맹목적으로 끌린다. 연은 그를 만나고, "그와 이야기하기 전까지 그녀의 말은 온전한 말이 아니었고 그와 자기 전까지 그녀의 몸은 온전한 몸이 아니었다"라고 고백할 정도로, 새로운 존재로 다시 태어난다. 그와 연이 격렬하게 몸을 섞던 밤에 연은 그에게 "아무것도 원하지 않아요. 당신에게 원하는 건 단 하나, 사랑밖에 없어요"라고 말하고, 그는 "미안해. 나도 그게 전부야. 그 외엔 줄 것도 없고 약속할 수도 없어"라고 대답한다. "내가 그를 사랑할수록, 그가 나를 사랑할수록. 사랑 외에는 아무것도 없는, 그다음이 없는 관계"라는 연의 표현에는 절대적 초월성으로서의 사랑이라는 숭고한 표정이 선명하게 아로새겨져 있다.

사랑의 적대자들

그러나 사랑이 무르익으면서 모든 것은 변한다. 상대방의 아토포스(Atopos)적 이질성에 주의를 기울이던 연인들은 어느 사이엔가 자신의 욕망에 초점을 맞추기 시작하는 것이다. 이를 통해 타자성에 대한 절대적인 체험으로서의 사랑은 종말을 향해 나아간다. 이것은 그토록 이상적인 사랑의 모습을 보여주었던 연과 그 사이에서도 나타난다. 연의 거듭된 이혼 요구에 가정과 가족을 정리하겠다고 말한 날, 그는 "처자식을 내동댕이치고 전처럼 너를 사랑할 수 있을까?"라고 묻는다. 새벽녘 출동한 119 구조대에 의해 앰뷸런스로 옮겨지는 순간에도 그는 제발 따라오지 말고 거기 있으라는 듯 손을 내젓고, 그 순간 연은 "그는 그 순간에도 가정을 더 염려하고 우선시했다"라고 여긴다. 이와 함께 "연은 자신의 연애가 실패"했음을 예감한다. 그가 연이 원하는 대로 정리를 하겠으니 바간으로 오라고 했을 때, 바간에 갔어도 삶은 생각대로 되지 않았을 거라며 연은 가지 않는다. 연이 그를 따라 바간에 가지 않은 진짜 이유는 "그도 자신도 전부를 내려놓는다는 게 무슨 뜻인지 몰랐"었기 때문이다.

명이 지금 그토록 애타게 그리워하는 그녀와의 사랑은 처음부터 '타자성의 체험'과는 거리가 먼 '나르시시즘의 연장'에 불과하다. 그녀는 명의 약혼녀와 고등학교 단짝이었음에도, 그녀는 명에게 열렬하게 사랑을 고백한다. 그녀는 자신의 성취만을 최우선시하는 약혼녀와 정반대의 인물로 명에게 인식된다. 그녀를 만나면 마음이 편하고 행동이 자유로워지며, "무엇보다 그녀는 명을 최고의 글쓰기 강사 혹은 작가로 받들었"던 것이다. "명을 세상에서 가장 멋진 남자로 대"하는 그녀 앞에서, 명은 "자신이 진정 원했던 가치 있는 사람이 된 것 같았다"라고 느낀다. 약혼녀 앞에서 자아의 무화를 경험했던 명은, 그녀 앞에서는 자아의 확장을 경험하게 된 것이다. 결국 관계 속에 자아만이 존재한다는 점에서, 약혼녀와의 관계에서든 그녀와의 관계에서든 명은 결코 나르시시즘의 범주에서 한 발짝도 벗어나지 못한 것인지도 모른다.[8]

이렇게 시작된 관계는 시간이 갈수록 에로스와는 거리가 멀어진다. 처음 그녀는 명에게 "아무것도 바라는 게 없다"라고 했지만, 곧 파혼 요구는 전쟁과 다름없을 정도로 돌변한다. 결국 명은 "약혼녀에게 돌아가거나 그녀에게 남아야 하는 결단을 내려야" 할 지경으로 내몰린다. 약혼녀와 파혼을 하고 그녀를 선택했을 때, 명은 그녀의 태도가 변했다고 느낀다. 그녀는 "약혼녀를 버린 사람을 어떻게 믿어?"라며 명을 닦달하고, "명은 그녀의 자기중심적인 태도에 실망한 나머지 연락을 끊"는 지경에 이른다. 거의 막다른 골목에 이른 상황에서 그녀는 명에게 바간에 가자는 제안을 하여 여행은 시작된다. 바간에 함께 오기로 한 명의 그녀는 "우린 여기까지인 것 같아. 미안해"라는 말을 남기고 오지 않는다.

그러나 마지막 5장 '몸의 환한 통로'에서는 명의 그녀가 등장하여, 명의 반(反)에로스적인 측면을 신랄하게 드러낸다. 그녀가 보기에 파

---

8 명의 나르시스트적 경향은 쉐산도 파고다에 올라가, "이 고대도시의 가장 높은 마천루인 쉐산도 파고다는 우주에서 명이 위치한 좌표처럼 여겨졌다"라고 생각하는 것에서도 드러나는 사실이다.

혼을 하고 그녀에게 온 명의 "우유부단하고 수동적인 태도는 그대로"이다. 그녀는 명에게 자신이 이제 "소울메이트"냐고 묻지만, 명은 심지어 배신을 한 자기에게는 "소울"이 없으며, "언젠가 난 죗값을 치를 거야"라고 말한다. 이 말에는 그녀 때문에 자신이 영혼을 잃었고 죄를 짓게 됐다는 책망과 그녀가 아무리 기다리고 애를 써도 영혼을 교류할 만한 '급'은 안 된다는 무시가 깔려 있다. 게다가 파혼을 했다고 해서 그녀와 결혼을 한다는 보장이 없다는 불확실성이 함축되어 있다. 그녀는 명은 "함께 있을 수는 있지만 가질 수는 없는 사람"이자 "자신을 진심으로 대하지 않고 자신을 위해 용기를 내지 않는" 사람으로 여기게 된다. 명의 사랑 속에는 절대적 타자성에 대한 존중 따위는 존재하지 않았던 것이다.

나르시시즘과 더불어 오늘날 사랑의 가장 강력한 적대자는 자본주의적 삶의 태도라고 할 수 있다. 자본주의는 모든 것을 교환 가치로 환산하며, 결국 이 세계를 규격화되고 자본화된 동일성의 지옥으로 만들기 때문이다. 자본주의적 삶의 방식이 지배적일 때, 사랑이 불가능해지는 것을 실감나게 보여주는 것은 최와 명의 약혼녀이다. "에로스는 성과와 할 수 있음의 피안에서 성립하는 타자와의 관계"이지만, 최나 명의 약혼녀가 지향하는 것은 오직 성과 뿐이다. 그들은 애당초 사랑할 자격이 없는 사람들인 것이다.

최는 연인인 희와 여행을 온 미얀마에서도 경제 활동으로 정신이 없다. 여행사 팀장인 최는 미얀마에 와서도 캄보디아-타이-미얀마를 잇는 새로운 관광 코스 개발로 분주하다. 쉐지곤 파고다에서도 "최는 이번 출장이 성공적으로 끝나기를 기원"할 정도이다. 경제적 욕망에 몸이 달은 최에게 희의 마음은 최우선적인 고려 대상이 아니라 오히려 귀찮은 주의의 대상일 뿐이다. 에야와디강에서 보트를 타다가 해넘이를 보는 일은 희가 이번 여행에서 꼽아온 하이라이트였지만, 최는 희와 함께하는 대신 결국 일을 위해 외출한다. 희에게는 사랑을 확인할 어떤 순간이 필요했지만, 최는 "희가 '우리'를 들먹일 때마다 소름이 끼칠" 뿐이다. 이러한 최의 태도는 오늘날의 사랑이 욕구나 만족 이상의 의미를 지니지 못하기에 "타자의 결핍이나 지체를 받아들이지 못한다"[9]는 지적에 그대로 부합한다.

오 년을 사귀었던 명의 약혼녀도 최와 비슷한 인물이다. 그녀야말로 신자유주의 시대에 이상적으로 떠받들여지는 인간상이라고 할 수 있다. 약혼녀는 MBA 학위를 받기도 전에 투고한 논문이 국제 학술지에 여러 번 실릴 만큼 지적 열망이 대단했다. 술로 정신과 육체를 망치는 부류를 싫어하고 외박이나 여행을 꺼렸다. 당연히 약혼녀는 늘 사랑보다는 일이 먼저이고, 그런 약혼녀와의 사이에서 명은 "혼자 보내는 시간에 익숙"해질 수밖에 없었다. 명의 약혼녀는 헤어지는 과정도 지극히 사무적이다 못해 기계적이다. 명이 자신의 친구를 만나왔다는 말에, 차갑게 "난 삼류 드라마의 주인공을 사양할게"라며 이

---

9 한병철, 『에로스의 종말』, 김태환 옮김, 문학과지성사, 2015, 47면.

별을 받아들인다.

레비나스는 "소유보다 에로스로부터 멀리 떨어져 있는 것은 없다"라고 단언한다. 나아가 "애인을 소유하고 장악하고 인식할 수 있다면 그들은 더 이상 연인관계가 아니며, 그들 사이에는 더 이상 에로스가 깃들어 있지 않다"[10]고 말한다. 에로스의 주체는 "주체의 소유물로 전환되지 않으며, 주체의 힘의 영역을 벗어나버리고, 장악 불가능한 타자, 절대적인 다름, 타자성과 관련을 맺"[11]을 뿐인 것이다. 오늘날 사랑을 방해하는 적대적인 힘 중의 하나는 상대방을 하나의 소유물로 여기며, 교환 가치의 일부로만 여기는 태도라고 할 수 있다.

탑이 가르쳐준 것

『탑의 시간』에서 진정한 사랑은 사후적으로만 가능한 것인지도 모른다. 이때의 사랑은 뒤늦은 깨달음의 형태로 남겨진 연인들의 가슴을 파고든다. 그리고 이 과정이야말로 이번 소설을 통해 해이수가 보여주는 미학의 백미에 해당한다. 그것은 바간에 우뚝 선 수천 개의 불탑에서 울려 퍼지는 독경 소리가 주인공들에게 알려준 절대의 진

---

10 김연숙, 「레비나스의 에로스론」, 『사랑』, 서울대 출판문화원, 2020, 365~366면.
11 위의 글, 373면.

리에 해당한다. 그 진리를 간단하게 풀어 쓰자면, 만물은 하나라는 대칭성의 사고와 관련된다.

연은 20여 년 전 사랑했던 그의 사망 소식을 신문으로 접하고는, "그의 죽음을 애도"하기 위해 미얀마의 바간에 간다. 다행히도 현재의 바간에서 "지난 이십 년간 도무지 분류되지 않는 책"과 같았던 그 사랑에 대한 정리와 애도가 이루어진다. 그것은 연이 20여 년 전 그를 만나서, 그를 이해할 수 있었기에 가능한 일이다. 물론 그가 부활한 것은 아니다. 해이수는 아주 정교하게도 '그＝명'이라는 미학적 도식을 통하여, 연과 그의 만남을 가능케 하고 있다. 명은 20여 년 전 그가 그러했듯이, 혼자 바간에 와서 서울에 있는 그녀를 기다린다. 연은 지난 사흘간 명을 보며 " 새삼 과거의 그가 어떤 고통 속에서 자신을 기다렸는지 짐작"한다.[12] 심지어 이십 년 전 연이 그에게 썼지만 전하지 못한 편지가 명의 손에 전달되기도 한다. 이것은 서사 속에서 명이 과거의 그로 기능하고 있음을 다시 한번 확인시켜준다.

최종적으로 다시 돌아온 인천공항에서 연은 "나는 그저 사랑이 지나가는 통로일 뿐이라고. 그것이 내 것이 아니기에 오는 것도 가는 것도 내 마음대로 할 수 없다"라는 깨달음을 얻는다. 사랑은 본래 "나의 지배 영역에 포섭되지 않는 타자를 향한 것"[13]이며, 에로스적

---

12 이것은 나중에 다시 한번 강조된다. 연은 명을 보며, "이십 년 전 그가 어떤 고민 속에서 자신을 기다렸는지를 보게 된"다.
13 한병철, 앞의 글, 18면.

경험은 완전히 다른 자의 침입으로서 "자신에게서 벗어나는 사건"[14]이다. 연은 20여 년의 시간을 거쳐 비로소 진정한 사랑의 타자성과 그 사랑 앞의 위대한 수동성을 깨닫게 된 것이다.

그런데 제3자를 통하여 떠난 연인을 만나는 것은 비단 연만이 아니다. 명 역시도 연을 통하여 자신을 따라오지 않은 그녀를 만난다. 연이 그에게 썼던 편지를 읽으며, 명은 얼굴을 가리며 흐느껴 운다. 이 울음은 "짊어진 기억의 분량만큼 당신이 죄책감에 시달릴 것을 저는 당신보다 더 잘 알아요"라는 연의 이야기야말로, 명이 그녀에게 가장 듣고 싶었던 말이었기 때문에 터져 나온 것이다. 이 울음과 함께 명은 "그녀를 기다렸던 원망이 빠져나가는 기분"을 느낀다. 연은 명을 매개로 20년 전 그를 만나고, 명은 연을 매개로 그녀를 만나고 있는 것이다. 그렇기에 기다리던 사람은 만났냐는 쪼우쪼우의 질문에 명은 "네, 만났어요. 잘 만났습니다"라고 자신 있게 대답한다. 그리고 다음의 인용문에서 드러나듯이, 명은 그녀가 없는 미얀마에서 그녀를 가장 깊이 이해하는 기적 같은 일을 체험하게 된다.

그녀가 이곳에 왔다면 이제껏 대하던 태도로 그녀를 대했을 게 뻔했다. 이제껏 대하던 태도로 대하면서 왜 행복해하지 않느냐고 힐난했을 게 분명했다. 지난 사흘은 그녀를 알고 난 후 가장 깊이 그녀를 마주하고 끌어

14 위의 글, 27면.

안고 고개를 끄덕인 날들이었다.

돌아오는 비행기 안에서 명은 연의 그를 만나는 환상적인 경험을 한다. 그는 "늘 그 사람과 함께하는 게 사랑이라고 착각하는 이들이 있지. 상대의 행복을 위해 잠시 잊는 것도 사랑하는 일이오. 의연한 단념이랄까"라고 말한다. 그와의 만남은 명이 그가 되었었기에 가능한 일이며, 그를 보며 명이 "그는 아직 살아보지 않은 나의 인생 같고 내가 겪지 않은 인생을 이미 살아본 사람 같다"라고 생각하는 것에서 드러나듯이 비행기 안에서 만난 그는 명의 깨달음이 감각화된 것인지도 모른다. 명은 수많은 탑을 돌며 절을 하고 연의 이야기를 듣는 가운데, 사랑의 가장 큰 적이라고 할 수 있는 나르시시즘에서 벗어났기 때문이다. 이미 "명은 항상 그녀가 어린애 같고 욕심 많은 사람이라고 생각했는데 자신은 그녀만도 못했다. 애정을 주기보다 받기만 하려는 마음도 끔찍한 욕심이었다"라고 생각할 수 있는 존재였던 것이다.

이렇게 사랑이 떠나간 자리에서 진정한 사랑에 도달한다는 역설은 명의 그녀 역시도 보여준다. 그녀는 거대한 불탑 주위를 돌며, 비로소 "늘 명에게 사랑한다고 애원했지만 그것은 명을 위한 게 아니라 실은 자기를 위한 것"이라는 깨달음에 이른다. 그리고 "탑을 도는 것은 뜻을 세우는 게 아니라 마음을 비우는 일"이라는 것도 알게 된다. 호텔에 돌아와서도 "더는 바라지 않고, 마음을 비우겠다는 기도문"

을 외운다. 나아가 "그녀는 처음으로 관계란 스스로 어찌할 수 없는 것들을 인정하는 일"이라는 것도 깨닫는다. 사랑이 절대적 타자성에 대한 체험이라는 것을 인정하게 된 것이다. 사랑은 바로 그 혹은 그녀여야만 하는 것은 아니다. 사랑은 수십 년의 시간도 미얀마와 서울 사이의 거리도 뛰어넘어 이루어질 수 있는 것이다.

그러나, 다시 서울

이렇게 모두는 미얀마에서 깨달은 자의 경지에 이르렀다. 진정한 사랑이란 자아를 주장하는 것이 아니라는 것, 그것은 오히려 타자 앞에서의 겸허한 수용에 가깝다는 것, 그렇기에 의연한 단념이야말로 진정한 만남일 수도 있다는 것 등이 아마도 그 깨달음의 내용일 것이다. 이보다도 더욱 중요한 것은, 인간이란 결국 그 공통성과 보편성으로 인하여 연속된 존재라는 사실인지도 모른다. 이러한 대칭성에 대한 사고는 명을 통해 그를 만나고, 연을 통해 그녀를 만나는 이 작품의 섬세한 서사적 배치 속에서 드러난다.

그러나 과연 이 모든 심오한 깨달음은 수천 개의 불탑이 아침마다 솟아오르는 바간이 아닌 아비규환에 가까운 서울에서도 가능한 것일까? 만약 그렇다면, 「탑의 시간」은 장터의 자식이라 일컬어지는 소설일 수 있을까? 이와 관련하여 이 작품의 결말은 참으로 인상적이다. 명의 그녀는 미얀마의 곳곳을 돌며 편지를 쓴다. 그 편지에는 미얀마의 "낯선 도시를 빙글빙글 돌며 겨우 내린 결론"인 "미움도 원망도 아닌 사랑하는 마음"이 쓰여 있다. 그리고 이 사랑의 결론은 명에게 보내지는 것이 아니라, 여행 책 사이에 끼워져 그물주머니에 놓여진다. 그녀는 사흘 전의 자신과는 "완전히 다른 사람"이 된 것이다. 그러나 그녀는 공항의 통로를 빠져나가다가 급하게 무언가를 가지러 비행기로 뛰어 들어간다. 에로스의 강렬한 욕망은 결코 쉽게 사라지는 것이 아니었던 것이다. 이런 그녀를 보며, 20년간 정리되지 않은 책을 정리한 연 역시 "모든 것이 끝난 줄 알았으나 다시 찾아온 통증"에 망연해하며 작품은 끝난다. 아마도 이 망연함이야말로 인간의 삶이, 그리고 해이수의 소설이 계속 되는 근원적 이유일 것이다. 「탑의 시간」 이후에 해이수가 쌓아 올릴 새로운 탑의 모습이 벌써부터 기대된다.

○ 2021

4부
—
한국문학
비평의
맥락들

이어령과 김윤식에게 일본이란 무엇인가?

1930년대생 비평가의 세대적 특수성

해방 이후 일본과의 공식적인 국교 수립에 20년이 걸린 것에서도 드러나듯이, 한국사회에서 일본은 오랫동안 금기의 대상이었다. 학계와 문단에서도 일본은 쉽게 발화되지 않는 금단의 영역이었다. 해방 이후 일본에 대한 논의는 거의 이루어지지 못했다. 오랜 식민지 기간을 끝마치고 신생 국가를 형성해야 하는 과정에서 일본은 객관적인 관심의 대상이라기보다는 민족적 정체성 확립을 위해 우선적으로 부정하고 배제해야 할 대상에 머물 수밖에 없었던 것이다. 또한 일본에 대한 관심이 있는 경우에도, 그 의도는 일본 자체를 공부하기 위한 것이라기보다는 일본을 통해 서양을 배우려는 목적이 더 컸다고 할 수 있다. 이러한 시대적 분위기에서 해방 이후 일본에 대한 진지한 성찰의 물꼬를 튼 대표적인 논자가 바로 이어령과 김윤식이다.

1930년대에 태어난 이어령과 김윤식은 '황국신민(皇國臣民) 세대'라는 용어로도 불리고, 식민지 통치와 한국 전쟁을 통해 주체를 형성했다는 의미에서 '전후 세대'라는 용어로 불리기도 한다.[1] 이들을 규정하는 세대 명칭에서도 드러나듯이, 이들에게 일본은 각별한 대상일 수밖에 없다. 이러한 특이성은 문화적 정체성의 핵심적인 요소라고 할 수 있는 일본어와의 관계에서 선명하게 드러난다. 일장기가 걸린 교실에서 일본어로 교육을 받은 1933년생 이어령은 "초등학교 6학년 때까지 한글을 쓸 줄도 읽을 줄도 몰랐다"고 고백한다. 이처럼 극단적인 천황제 파시즘이 지배하는 "식민지 아이로 태어난" 이어령은 "지금까지도 한국말로 이야기하고 한국말로 글을 쓰며 그것으로 밥먹고 세상을 살아가고 있다는 것이 너무나도 고맙고 황송하고 눈물겹도록 큰 축복"[2]이라고 감격해 할 정도이다. 이러한 반응은 한국어만을 모국어로 온전하게 받아들이며 성장한 이후 세대는 좀처럼 갖기 힘든 반응이라고 할 수 있다.

1936년생인 김윤식에게도 일본어는 각별한 대상이다. 그에게 일본

---

1 이어령은 1933년 12월 29일(호적상으로는 1934년 1월 15일) 충남 아산군 온양읍 좌부리에서 출생하였고, 김윤식은 1936년 음력 윤3월 12일 오시에 경남 김해군 진영읍 사산리 132번지에서 태어났다.

2 『중앙일보』, 2009.3.25, 호영송, 『창조의 아이콘, 이어령 평전』, 문학세계사, 2013, 29면에서 재인용.

어는 당연히 모국어는 아니지만, 그렇다고 외국어도 아닌 특수한 위상을 지닌다. 김윤식이 배운 일본어란 보통의 외국어를 배우듯이 논리와 의미를 따지는 차원에서 이루어진 것이 아니다.[3] 일본어는 "음악 그것처럼 '리듬'으로 외기, 무조건 육체화하기"[4]에 따라 습득된 언어인 것이다. 그렇기에 김윤식은 자신이 생각하는 원서(原書)의 범주에는 "일본어 기호가 제외"[5]된다고까지 고백할 정도이다.

이러한 정신사적 특수성은 자연스럽게 이 세대에게 "일제 잔재 청산"이나 "정신적 탈식민화"[6]를 절대적인 과제로 부여한다고 할 수 있다.[7] 이러한 세대적 과제에 대한 탐구는 일본과의 관계 속에서 이루어질 수밖에 없으며, 이러한 이유에서 이 글은 두 비평가의 일본 인식에 주목하고자 한다. 이러한 일본 인식에 있어 주목하는 것은, 일본이

---

3 김윤식은 그러한 학습의 과정을 다음처럼 자세하게 제시하고 있다. "소학교 2년생밖에 안 된 아이들에게 학교에 오면 일본어만 써야 한다고 강요되었다. 도저히 일어로는 표현할 수 없을 때는 꼭 '조선어로 써도 되겠습니까?(죠센고오 쓰깠테모 가마이 마센까?)'라고 해놓고 써야 된다는 것. 그렇지 않고 학교에서 조선말을 쓰면 벌을 받았다. 이런 기묘한 어법을 군은 상상할 수 있겠는가. 나는 그런 체험 속에서 자랐다."(김윤식, 『내가 살아온 20세기 문학과 사상』, 문학사상, 2005, 341면)

4 위의 책, 343면.

5 위의 책, 378면.

6 서영채, 「김윤식과 글쓰기의 윤리 : "실패한 헤겔주의자"의 몸」, 『구보학보』 22, 12면.

7 이 세대의 정신적 특수성은 방민호가 1998년 발표한 「김윤식론」에서 "그의 세대는 해방을 전후로 한 15년 사이에 유년기와 청소년기를 보냈고 이때의 학교 교육이나 사회적 풍토는 그들에게 민족적 정체성이라는 개념을 제대로 전달해주지 못했다. 그와 같은 상황이 그의 세대 대부분에게 그러했듯이 그의 의식에도 지대한 영향력을 행사하고 있는 것은 아닐지 생각해볼 일이다"라고 언급한 바 있다.

이들 세대의 정신적 원체험에 해당하기 때문이다. 절대적인 중요성을 차지하던 일본과의 갑작스러운 결별이 주어진 상황에서, 이들 세대는 각기 고유한 방식으로 애도(청산)의 과정을 수행한 것으로 판단된다. 이 글은 특히 유년기 체험의 특수성과 관련하여 그러한 애도의 양상과 의의를 살펴볼 것이다. 이어령과 김윤식에게 있어 유년기의 일본 체험은 한 인간이 정체성을 형성하는 과정에서 차지하는 일반적인 중요성과 더불어, 말과 혼을 빼앗기는 극단의 식민지 체험이라는 특수성을 동시에 갖기에 더욱 큰 중요성을 갖는다고 할 수 있다.

탁월한 일본론을 가능케 하는 원체험

『축소지향의 일본인』은 이어령이 일본에 체재하면서, 오래전부터 머릿속에 담아온 아이디어를 바탕으로 집필한 일본 문화론이다.[8] 이 책은 한국어로 처음 출판된 후에 일본어로 번역된 것이 아니라, 『'縮み'志向の日本人』(學生社, 1982년 1월)이라는 제목으로 일본에서 먼저 출간된 후에 『축소지향의 일본인』(갑인출판사, 1982)이라는 제목으로 다시 한국에서 출판된 특이한 이력을 지니고 있다. 이어령은 이 책을 쓸 수 있었던 가장 큰 힘으로 식민지 체험을 곳곳에서 언급한

8 김용직, 「뒤집고 파헤치기, 새롭게 보기」, 『상상력의 거미줄』, 생각의 나무, 2001, 379면.

다. 그것은 책의 처음 부분에서부터 강렬하게 드러난다.

어린이의 視線으로 보는 日本 : 나는 지금 희끗희끗한 새치가 돋기 시작한 대학교수로서 혹은 시력 0.2의 근시 안경을 낀 문예평론가로서 일본을 논하려는 것이 아니다. 그보다는 우선 국민학교의 어린 시절로 돌아가 일본의 모습을 보고 생각하려고 한다. 서가에 꽂힌 책들, 그중에서도 일본에 관한 그 많은 책들은 잠시 덮어두기로 하자. 그 대신 작은 어깨에 멘 란도셀 속의 흰 공책과 몽당연필 한 토막을 준비해 두고 싶은 것이다. 더우기 빠뜨릴 수 없는 것은 말랑말랑하고 잘 지워지는 지우개일는지도 모른다.

단순한 알레고리로 하는 소리가 아니다. 실제로 나의 일본어와 그 지식의 대부분은 식민지 통치를 받던 국민학교 교실에서 배운 것들이다.[9]

일본인이 즐기는 사소설적(私小說的) 발상에 의하면 나의 일본 체험은 일본론을 쓰기에 적절한 여건을 지니고 있는지 모른다. 한국의 그것과 아주 흡사하게 보이면서도 본능적으로 무엇인가 다르게 느껴졌던 일본 문화의 인상, 여덟 살 때 학교 교실에서 얻은 최초의 일본 체험은 선입견이나 편견이 없는 원경험(原經驗)에 가까운 것일는지 모른다.

일장기와 노기(乃木) 대장의 초상화가 걸린 식민지 교실에서 세뇌를 받은 것은 내선일체(內鮮一體)의 사상이었다. 그 때문에 변변히 한국인이라

---

9   이어령, 『축소지향의 일본인』, 갑인출판사, 1982, 11면.

는 민족의식조차도 갖지 못한 채 유년 시절을 보낸 것이다. 그러나 같은 문화라고 강요당한 일본 문화 가운데는 끝까지 동화될 수 없는 낯선 요소들이 머리 속에 달라붙어 있었다. 아직 민족의식을 지니지 못한 국민학생의 경험으로도 분명 이것은 내 것과는 다르다고 느낀 이질감, 그 편견 없는 실마리를 따라 좇아가면 안델센 동화의 어린이가 될지도 모른다는 생각이 들기도 한다.[10]

위에 언급된 '어린이의 시선'에서 어린이는 일본어를 모국어처럼 구사하며 황국신민 되기를 강요받던 어린 이어령을 의미한다. 지금 중년이 된 이어령은 대학교수이자 문예평론가로서 일본을 논하는 것이 아니라, "국민학교의 어린 시절로 돌아가" 일본을 논하는 것임을 분명하게 밝히고 있다. 그것은 그동안 발표된 수많은 일본론을 덮어두고, "여덟 살 때 학교 교실에서 얻은 최초의 일본 체험"에 바탕해 쓰여지는 것이기도 하다. 오늘날까지도 일본론의 최고작으로 일컬어지는 이어령의 『축소지향의 일본인』은, '일장기와 노기(乃木) 대장의 초상화가 걸린 식민지 교실'에서 탄생한 것이다.[11]

---

10 위의 책, 24~25면.
11 다음으로 '어린이의 시선'이란 '서양은 곧 세계'라는 환상에 빠진 일본인이나 '동양은 곧 일본'이라는 환상에 바진 외국인의 시각에서 벗어나 일본을 바라본다는 것을 의미한다. "서양과 일본만을 비교한 도식"(위의 책, 16면)에서 벗어나 일본을 새롭게 인식한다는 것이다. 핵심은 기존의 렌즈를 벗어버리고 같은 알타이계의 언어를 사용하고 비슷한 종교를 믿고 살았던 한국인의 시각으로 일본을 새롭게 바라본다는 점이다. 이어령은 기존의 일본론은 대부분

일본인이 되기를 강요받던 국민학생 시절의 경험은 또 다른 차원에서 이 책을 낳는 중요한 동기로 작용한다. 처음 출판사 사장으로부터 책 출간 제의를 받았을 때의 감정을, 이어령은 책의 머리말에서 다음과 같이 밝히고 있다.

배 안에 있는 아이를 놓고 혼담을 나누는 격이었지만 무엇인가 가슴 속

서양인의 시각에서 쓰여진 것이어서, 일본만의 특징을 드러내기에 지극히 둔감했다고 비판한다. 이에 비해 일본인과 가장 유사한 한국인이 쓴 일본문화론은 그야말로 일본만의 특징을 예각적으로 드러낼 수 있다고 자신한다. 실제로 일본인들이 이 책에 열광한 이유 중의 하나는 『축소지향의 일본인』이 한국인이 발신한 일본문화론이라는 것에서 기인한 측면이 크다. 이와 관련된 몇 가지 대표적인 반응을 정리하면 다음과 같다. "한국이라는 지극히 일본에 가까이 이웃했으며, 관찰하기에 가장 地利를 얻었으며, 그러면서도 그 안으로 빠져들지 않았음으로 해서 객관적일 수 있는 입장이, 축소의 문화론에서 절묘하게 살려져 있는 것이다"(요시무라 데이지, 「學問的인 깊이를 지닌 日本論」, 『선데이 마이니찌』, 1982.2.21, 『축소지향의 일본인』, 갑인출판사, 1982, 345면에서 재인용), "일본의 비교문학이나 비교문화학이 일본과 구미와의 대비밖엔 묻지 않았다는 사실 속에, 일본인의 어떤 거만이 숨겨져 있었는가를 알게 되는 것만 해도, 이 책은 일독의 가치가 있다"(「日本文化論의 死角」, 『東京新聞』, 1982.4.9, 위의 책, 359~360면에서 재인용), "1970년대 이후, 일본인·일본문화론의 붐이 일어 일본인에 의해서도, 서양인에 의해서도 무수히 많은 책이 출판되었다. 그러나 그중에서 나의 관심을 끈 유일한 책은, 한국의 비평가 이어령의 『축소지향의 일본인』이었다."(가라타니 고진, 「사케이借景에 관한 고찰」, 『批評空間』, 1996.2, 『상상력의 거미줄』, 생각의 나무, 2001, 478면에서 재인용)

김윤식도 "또 하나 지적할 것은 外國人이든 日本人이든 그들이 쓴 日本論을 살펴보면 한국인의 입장에서 볼 때 불투명해 보인다는 점이다. 아마도 譯者가 보기엔 東洋文化圈의 屬性과 日本的 특징이 區別되어 있지 않음에서 연유된 듯하다. 같은 文化圈에 속하는 中國人이나 韓國人이 쓴 日本論이 요청되는 것은 이 때문이다"(김윤식, 『한일문학의 관련양상』, 일지사, 1974, 308면)라고 하여 서양인이나 일본인이 아닌 한국인이 쓴 일본론의 필요성을 주장한 바 있다.

에서 뜨거운 것이 끓어오르는 것을 느꼈다. 분노와도 같은 것, 한(恨)과도 같은 것, 그리고 무슨 도전과도 같은 긴장…… 그것은 아주 복합적인 감정이었다.

나는 국민학교에 들어가던 그날부터 제 나라의 모국어를 말하지도 쓰지도 못하는 언어의 수인(囚人)으로 자라나야 했다. 해방이 되고 난 뒤에 비로소 「가나다」를 배운 세대였다. 내가 문필 생활을 하게 되면서부터 줄곧 이 모욕받은 역사의 빚을 어느 형태로든 청산해야 된다는 생각이 따라 다녔다. 그래서 나는 그때 김사장에게 이렇게 말했다.

"좋습니다. 단 한 번만이라도 좋습니다. 내가 쓴 책을 일본사람들이 전차간에서 읽고 있는 모습을 볼 수 있다면 내 평생의 소원 하나가 풀리는 것입니다."

물론 유치한 복수심만은 아니었다. 무엇인가 그들에게 「나」를, 「한국인」을 증명해 보이지 않으면 안된다는 강박관념 같은 것이 있었기 때문이다.[12]

위의 인용에는 『축소지향의 일본인』을 낳은 정념이 분노나 한과 같은 복합적인 감정이며, 그것은 모국어를 말하지도 쓰지도 못한 '모욕받은 역사의 빚'에서 비롯된 것임이 드러나 있다. 동시에 이어령은 그 빚에 대한 청산이 일본인들에게 '나'와 '한국인'을 증명해 보이는

---

12 이어령, 「이 책이 나오기까지」, 『축소지향의 일본인』, 갑인출판사, 1982, 1~2면.

것을 통해 이루어진다고 생각했음을 알 수 있다.[13] '지식이 권력'이라는 푸코적 명제를 들먹일 필요도 없이, 이어령은 이제 연구하는 자가 되어 한갓 대상으로 전락한 일본을 바라보고 있는 것이다. 일제 말기 식민지 교실에서 일본인 되기를 강요받은 한 인간의 복합적인 감정이 『축소지향의 일본인』을 만들어낸 근본적인 정념으로 작용하고 있는 것이다. 그리고 이 책에 대한 일본인들의 열렬한 반응은[14] 저자의 오랜 비원이 충족되었음을 증명하기에 모자람이 없다.

『축소지향의 일본인』은 명저에 해당하는 내용상의 우수성을 갖추고 있다. 이러한 우수성은 무엇보다도 탄탄한 방법론이 뒷받침되었기에 가능했던 일이다.[15] 이 책의 실질적인 방법론은 표면 현상 이면에 존재하는 심층 구조를 찾아내는 구조주의에서 왔다고 볼 수 있다. 다양하게 존재하는 표면 현상 밑에 놓인 심층 구조를 탐구하는 이 방법론은 이어령의 방대한 문화론의 기본적인 방법론이라고 할 수 있

---

13 일본인을 향한 자기 증명 의식은, "일본 지식인들에 대해서 우리가 옛날에만 문화를 전한 것이 아니고 오늘에 있어서도 생각하는 한국인들이 결코 그들의 책이나 해적판으로 만들고 있는 수준이 아니라는 것을 보여준 것입니다"(『동아일보』, 1982.3.19: 위의 책, 371면에서 재인용)라고 말한 부분 등에서도 반복적으로 드러난다.
14 일본인이 이어령의 『축소지향의 일본인』에 보여준 관심에 대해서는 이병주가 쓴 「일본에서의 이어령」(『축소지향의 일본인 그 이후』, 기린원, 1994)에 잘 정리되어 있다.
15 이어령은 이 책을 처음 기획한 것이 1973년 블란서에 머물며 롤랑 바르트의 『일본론』과 조르쥬 플레의 『플로베르론』을 읽으면서 '축소지향'이라는 개념을 떠올렸을 때라고 고백하고 있다(이어령, 「이 책이 나오기까지」, 『축소지향의 일본인』, 갑인출판사, 1982, 1면).

다.[16] 『축소지향의 일본인』에서 '축소한다'가 심층 구조에 해당한다면, 그 앞에 놓인 주체와 대상은 인간, 동물, 사물 등으로 얼마든지 변환이 가능하다.[17]

이 책에서 '축소한다'는 심층 구조의 작용을 받는 표면 현상에 해당하는 주체(주어)와 대상(목적어)은 일본어, 이야기, 시, 이레코(入籠) 상자, 쥘부채, 주먹밥, 접이우산, 인형, 도시락, 문고본, 가마에(構え), 몬쇼(紋章), 정원, 분재, 꽃꽂이, 분재, 하이쿠, 오미코시(御神輿), 가미다나(神棚), 다실, 다도, 세이자(正坐), 캡슐호텔, 소집단, 요리아이(寄合い) 문화, 이치자(一座)의 문화, 도리아와세(取り合せ) 문화, 트랜지스터 라디오, 워크맨, 파친코 등이다. '축소한다'로 표현되는 심층 구조는 크게 고메루(込める, 밀어넣는다), 오리타타무(折畳む, 접어 작게 하다), 히키요세루(引き寄せる, 가까이 끌어당기다), 니기루(握る, 쥐다), 게즈루(削る, 깎아내다), 도루(取る, 잡다), 쓰메루(詰める, 채우다), 카마에루(構える, 자세를 취한다), 고라세

---

16 이어령은 "문화의 흔적(기호)을 읽기 위해서는 생활과 밀접하고 구체적인 작은 일에서 전체의 구조를 찾아내는 작업"을 해야 하며, 생활 속에 나타난 문화의 흔적에서 "문화의 구조"(「문화를 읽는 법」, 『나를 찾는 술래잡기』, 문학사상사, 1994, 282면)를 밝혀내려고 애써왔다고 밝힌 바 있다.

17 이와 관련해 이어령은 「축소지향의 일본인」 그 이후」에서 "'축소한다'거나 '확대한다'는 술어는 주체(주어)와 대상(목적어)을 자유롭게 바꿀 수 있으므로, 문화 현상의 여러 가지 패러다임을 만들 수 있다. 그러므로 겉으로 볼 때는 그 분야가 다르고 관계가 없는 듯이 보이는 것 사이에도 그 교차점을 발견할 수 있다"(이어령, 『축소지향의 일본인 그 이후』, 기린원, 1994, 123면)라고 밝힌 바 있다.

루(凝らせる, 집중시키다) 등으로 세분화할 수 있다.

지금까지 『축소 지향의 일본인』은 일본 문화를 설명한 저서로만 인식되어 왔지만, 엄밀히 말하자면 이 저서는 논조를 달리하는 두 종류의 글로 이루어져 있다고 보는 것이 타당하다. 첫번째가 일본문화의 핵심인 '축소지향'을 설명하는 논문에 가깝다면, 두번째는 '확대지향'으로 나아가면 안 된다는 주장을 담은 논설에 가깝다. 축소지향에 대한 설명은 확대를 경계하는 주장으로 자연스럽게 연결된다. 일본은 축소로 향할 때는 늘 강하고 우수한 힘을 발휘하지만, 확대를 지향하면 약하고 파괴적인 힘을 노출한다는 것이다. 축소지향이 이어령과 같은 논자의 혜안에 의해 탐구되는 진실이라면, 확대지향은 임진왜란이나 일제 강점기 등을 겪은 우리 민족의 경험에 의해 확인되는 사실이라고 할 수 있다.

동시에 이 책은 당대의 정치 사회적 맥락과 깊이 관련되어 있다. 미국에 도전할 정도로 성장한 일본이 당시 미국과 벌이고 있던 무역마찰이라는 세계사적 맥락이 강하게 개입되어 있는 것이다.[18] 이어령은 경제 대국으로 세계 시장을 석권하는 일본이 대동아 전쟁 당시의 일본에 이어진다는 인식을 보여준다.[19] 다음으로 『축소지향의 일본인』

---

18 『축소지향의 일본인』에는 이어령이 집필 중인 1981년 5월 시점에 일본의 경제적 공격으로 몰락한 서독의 카메라 제조사, 스위스의 시계 회사, 미국의 오토바이 제조사 등에 대한 얘기가 나온다.
19 이어령은 "일본인 전체가 이찌자가 되어 하나미찌를 전장(戰場)으로 끌어간 것이 그「대동

은 한국의 민족주의적 요구에도 강하게 부응하는 측면이 있다.[20] 이 저서는 일본인의 행동 방식과 가치관을 일본문화의 맥락 속에서 분석하고 있지만, 그 이면에서 그러한 분석을 작동시키는 핵심적인 방법론은 한국 문화와의 대비라고 할 수 있다.[21] 일본인을 비역사적이고 동질적인 집단으로 그려냄으로써, 그들을 하나의 집단으로 단일화하면서 그 효과로서 한국인도 하나의 집단으로 동질화되는 것이다.[22] 이러한 특징이 가장 잘 드러나는 것은 『축소지향의 일본인』의 후속편으

아 전쟁(大東亞戰爭―제2차 세계대전)」이란 것이다. 그리고 오늘날에는 그 하나미찌를 일곱 대양(大洋)의 시장으로 뻗고 있는 것이다"(이어령, 『축소지향의 일본인』, 갑인출판사, 1982, 234면)라고 주장한다.

20 민족주의는 특히 한국인 독자를 대상으로 한 경우에 더욱 강하게 작동한다. 『축소지향의 일본인』의 한국어판을 낸 이유는 단 한 가지라고 밝히는데 그것은 "교과서 왜곡문제가 일어났기 때문"이라고 밝히고 있다. 이로 인해 일본을 알아야 한다는 당위론이 일고 있지만, "우리 주변에는 일본문화를 알만한 책이 너무나도 부족"(이어령, 『축소지향의 일본인』, 갑인출판사, 1982, 3)하다고 주장한다.

　1982년에 일본의 검정 역사 교과서가 역사를 왜곡한다는 언론의 보도를 시작으로 한국은 중국과 함께 교과서의 시정을 강력하게 요구하였다. 한국 정부는 일본 정부에 한·일 역사에 대한 45개항의 시정을 요구하였다(김지윤, 「1980년대 동아시아 고대사 논쟁과 최인호의 역사소설」, 『상허학보』 58, 상허학회, 2020, 175~176면).

21 앞에서도 밝힌 바처럼, 『축소지향의 일본인』의 핵심적인 방법론은 구조주의라고 할 수 있으며, 이 저서에는 구조주의의 핵심적인 인식 방법인 이항대립체계가 선명하게 드러난다. 구체적으로는 축소지향과 확대지향이라는 이항대립체계와 더불어 한국(인)의 시각에서 일본(인)을 본다는 한국/일본의 이항대립체계가 존재한다.

22 『축소지향의 일본인』에 대해 가장 많이 이루어진 비판은, 갈등이나 변이가 들어설 수 있는 가능성이 없는 전체론적 시각이자 비역사적인 문화 개념이라는 것이었다. 대표적으로 가라타니 고진은 이어령의 방법론이 "다른 많은 '일본인론'처럼 비역사적인 문화본질론"(가라타니 고진, 앞의 글, 479면)이라고 지적한다.

로 쓰인『축소지향의 일본인 그 이후』의 다음과 같은 대목이다.

　동방의 악우(惡友)라 하여 사절당했던 한국인도 5, 6세기 무렵에는 메이지 시대(明治時代)의 서양인들처럼 어엿한 스승으로서 극진한 대접과 환영을 받았던 것이다.

　이것은 비단 나만이 하는 이야기가 아니라, 일본 고대사 연구의 대가였던 고(故) 이노우에 고테이(井上光貞)도 백제의 중 혜총(惠聰 : 서기 595년 渡日)과 고구려의 중 혜자(慧慈 : ?~622)를 스승으로서 대접했고, 백제의 중 관륵(觀勒 : 서기 602년 도일)이 역서(曆書)를, 고구려 화승(畵僧) 담징(曇徵 : 579~631)이 회화의 기법은 물론이요, 물감이라든가 먹의 제조 방법도 전수(傳授)했던 6세기 말에서 7세기에 걸친 한국인의 활약상을 마치 '메이지 시대의 구미(歐美)의 외인 교사(外人敎師)가 서구 문명의 이식(移植)을 위해 수행한 역할'과 꼭 같았다고 말하고 있는 것이다.[23]

　이어령은 일본이 늘 앞서가는 나라를 교과서로 삼아 '따라잡고 앞지르자'는 신념으로 살아왔으며, 교과서가 된 나라는 순서대로 한국, 중국, 네덜란드, 영국, 미국이었다고 정리한다. 이 글에는 '한국인'이라는 말이 반복되어 사용되고 있다. 그러나 여기서 언급되는 '한국인'은 그 정체성이 확립되기기 이전의 백제나 고구려인들을 가리킨

---

23 이어령,『축소지향의 일본인 그 이후』, 갑인출판사, 1994, 152면.

다. 김용운과의 대담에서는 "『니혼쇼키(日本書紀)』를 보면 이건 일본의 역사가 아니라 한국사나 다름없어요"라며, "우리가 거기 가서 토착 남방인들을 정복하고 지배 계층이 됐다는 사실은 역사적으로도 거의 확실한 거 아닙니까?"[24]라고 주장하기도 한다. 이것은 '한국인'으로 표현되는 내셔널한 정체성을 고대에 투영하려는 민족주의적 욕망이 선명하게 드러난 부분이라고 할 수 있다. 그동안 『축소지향의 일본인』은 당대의 사회 정치적 상황과는 거리를 둔 객관적인 일본 문화론으로 인식되어왔다.[25] 그러나 이 책에는 경제 대국으로 올라선 일본의 또 다른 확대지향성에 대한 강한 염려[26]와 1980년대 일본의 교과서 왜곡 문제 등으로 분출된 한국사회의 민족주의적 요구에 대한 부응이라는 정치 사회적 동기가 분명하게 존재한다.

일제 말기에 유년을 보낸 이어령에게 일본은 절대적인 중요성을 지닌다. 존재의 중핵에 커다란 위상을 차지하는 대상이기에, 일본과

---

24 김용운 · 이어령 대담, 『사색의 메아리』, 갑인출판사, 1985; 『세계 지성과의 대화』, 문학사상사, 2004, 118~119면에서 재인용.

25 황호덕은 "제국일본의 구(舊)식민지인에 의해서 저술되어 있으면서도 정치 그 자체는 괄호 속에 넣은 논의로서 뛰어난 상상력과 비교적 객관적인 관찰 속에서 이루어졌다"(황호덕, 「일본, 그럼에도 여전히, 세계의 입구」, 『일본비평』 3, 2010, 167면)는 평가를 내리기도 하였다.

26 이어령은 문예평론가인 요시무라 데이지와의 대담에서 "『축소지향의 일본인』을 쓰신 참된 목적은 어디에 있습니까?"라는 질문에, 거대주의 · 확장주의의 구미주의와 접촉하는 과정에서 '축소'된 것을 좋아하던 마음을 잃어버리고, "거대한 것이 좋다는 풍조로 바뀐 것"(이어령, 『한국과 일본과의 거리』, 삼성출판사, 1986; 『세계 지성과의 대화』, 문학사상사, 2004, 389면에서 재인용)을 집필 의도로 제시하고 있다.

의 결별은 이어령의 정체성 형성에 큰 영향을 끼칠 수밖에 없다. 이
것은 프로이트가 말한 애도와 우울증을 낳는 상황에 해당한다.[27] 이
러한 상실에의 대응에 있어, 프로이트는 우울증을 병리적인 것으로
규정하고 애도는 달성해야 할 정상적인 과정으로 규정한다. 이때 애
도를 위해 가장 중요한 작업은 사라진 대상을 나름대로 의미화하고
상징화하는 것이다. 이럴 때만이 그 대상과 주체 사이의 분리가 가
능해지고, 이를 통해 건강한 애도가 가능해지기 때문이다. 이어령의
『축소지향의 일본인』은 한국인과 일본인이라는 이항대립을 설정하
여, 일본인의 특징을 최고의 수준으로 논리화하는데 성공하고 있다.
이를 통해 이어령 개인은 물론이고 한국사회 전체의 차원에서도 요
구되는 일본에 대한 청산(애도)에 이르는 데 큰 기여를 했던 것이다.

　그러나 여기서 고려해야 할 사항이 있다. 그것은 결별해야 할 대상
은 주체와 깊은 연관을 지니기에, 애도에 필요한 대상과의 구별 짓기
는 그렇게 간단한 문제가 아니라는 것이다. 그렇기에 애도는 실패하
기 쉬우며, 언제든지 우울증으로 이어질 수 있다. 보다 본질적인 문
제는 때로 구별 짓기에 바탕한 상징화나 의미화가 대상에 대한 왜곡
과 변형, 즉 자의적인 의미 부여의 방식으로 나타날 수도 있다는 점
이다.[28]

27　프로이트, 「슬픔과 우울증」, 『무의식에 관하여』, 윤희기 옮김, 열린책들, 1997, 247~270면.
28　자크 데리다, 『마르크스의 유령들』, 진태원 옮김, 이제이북스, 2007, 389면.

이와 관련해 이어령이 『축소지향의 일본인』 이후에 펼친 일본론은 주목을 요한다. 이어령은 90년대에 들어 일본문화가 지닌 동아시아적 유사성을 강조하는 방향으로 변모한다. 「'이인칭 문화'의 시대가 열린다—서구적인 합리주의 문명에서 아시아적 '퍼지' 문명으로」에서는 근대가 '일인칭의 문화'라면 21세기는 '이인칭의 문화'라는 전제 아래, 커뮤니케이션을 핵심으로 하는 '이인칭의 문화'는 "중국·한국·일본 등 동북아시아 사람들이 연면히 이어온 문화"[29]라고 설명한다. 일본의 철학자 우메하라 다케시와의 대담에서는 한국과 일본의 유사성을 강조하는데, 서구와 대비되는 한국과 일본의 특징으로는 가족 중심의 가치관, 보자기 문화, 숲의 문화, 벼농사의 문화, 윤회 사상 등이 언급된다. 무엇보다도 서양과는 달리 자연과 공존하는 아시아의 사상이야말로 미래의 문명이라고 주장한다. 이어령은 우메하라의 말을 받아서 "산업 시대, 정보 시대의 문화를 채집 시대의 자연 그대로의 문화와 공존시키는 것, 이것이 진정한 아시아주의"[30]라고 말한다.

한국과 일본의 이분법 속에서 일본문화의 특징을 날카롭게 바라보던 이어령은 어느새 동아시아적 보편성 속에서 한국과 일본의 유사

---

29 이어령, 「'이인칭 문화'의 시대가 열린다」, 『축소지향의 일본인 그 이후』, 갑인출판사, 1994, 257면.
30 이어령·우메하라 다케시, 「아시아가 미래를 이끈다」, 『문학사상』, 1996.2; 『세계 지성과의 대화』, 문학사상사, 2004, 483면에서 재인용.

성을 강조하는 방향으로 변모한 것이다. 이것은 일본이 극복의 대상에서 연대의 대상으로 그 시대적 위상이 변모해나간 것과 관련된다.[31] 이 변모 속에서 과거 일본의 고유한 문화적 특징으로 언급되던 것이 동아시아적 유사성으로 새롭게 의미 부여되는 모습도 발견할 수 있다. 일테면 서구와는 대비되는 '이인칭의 문화'로 "한국, 중국, 일본 같은 동양권에서 가지고 온 '인(仁)'의 문화. '화(和)'의 문화"[32]가 언급되는데, '화의 문화'는 『축소지향의 일본인』에서 일본의 고유한 문화적 특성으로 논의되던 사항이었다.[33] 이러한 장면은 애도(청산)의 과정에서 대상과 주체의 분리가 결코 간단한 일이 아님을 상기시켜며, 동시에 자의적 상징화의 가능성도 보여준다고 할 수 있다.

---

31 냉전 이후 지역주의와 블록 경제가 등장하고 있는 상황에서, 이어령은 일본이 아시아로 회귀해야 한다고 반복해서 강조한다. "이제야말로 일본은 한국이나 중국, 지금까지 가장 경멸했던 아시아에 동방 회귀해야 한다"(「'확대지향'형 일본의 조건」, 『축소지향의 일본인 그 이후』, 기린원, 1994, 179면), "겸허한 마음으로 이웃의 아시아 사람들을 보아라"(「일본의 친구는 누구인가」, 위의 책, 189면), "일찍이 근대화를 이룩해 구미 열강과 손을 맞잡고 탈아시아의 길을 떠났던 일본이지만, 오늘날에 있어서는 탈아시아의 발길을 다시 아시아로 되돌려서 아시아로 복귀하는 것이 마땅하다"(이어령, 「일본은 과연 '대국'인가」, 『한국과 일본과의 거리』, 삼성출판사, 1986 ; 『세계 지성과의 대화』, 문학사상사, 2004, 307면에서 재인용)와 같은 발언을 대표적으로 들 수 있다.

32 이어령, 「'이인칭 문화'의 시대가 열린다」, 『축소지향의 일본인 그 이후』, 갑인출판사, 1994, 259면.

33 『축소지향의 일본인』의 4장 4절 제목은 '主客一體와 「和」의 論理'이다. 이 부분에서는 일본의 고유한 문화와 관련하여 "세계를 깜짝 놀라게 하는 그 가공할 만한 「화」의 신비로운 집단주의"(이어령, 『축소지향의 일본인』, 갑인출판사, 1982, 222면)라는 표현을 사용하였다.

누나의 교과서 속 세계

김윤식은 문학 연구와 비평의 영역에 일본을 적극적으로 끌어들인 대표적인 국문학자이다. 그는 가장 적극적으로 일본(문학)을 연구하고, 이를 통해 한국 근대문학사의 다양한 영역을 새롭게 조망하였다.[34] 이것은 김윤식의 가장 핵심적인 학문적 문제의식이 '근대'에 있었으며, 이때 '근대'에는 "'일본'과의 관련성"[35]이 핵심적인 요소로 포함되었기 때문이라고 할 수 있다. 이처럼 김윤식이 문학을 이해하는 관점에도 '일본'은 커다란 자리를 차지하고 있다. 그는 일본 유학을 두 차례(1970년과 1980년) 다녀왔으며, 이때마다 엄청난 성과물을 학계에 제출한 바 있다.[36]

---

34 김윤식은 "解放 후 수년간의 혼란 속에서 한국문학은 매우 폐쇄적인 것으로 보이는데, 그 이유의 일단은 일본을 통해 西區文學을 접하던 한국 문단이 日本의 소멸로 말미암아 차단되었다는 데서 연유했을 것이다"(『동아일보』, 1970.6.18; 『한일문학의 관련양상』, 271면에서 재인용)라고 주장한다. 이 글은 첫번째 도일 이전에 쓰였는데, 이것은 김윤식이 한국문학의 나아갈 방향의 하나로 일본과의 교류를 생각했다는 것을 보여준다.

35 윤대석, 「김윤식 저서 목록 해제」, 『근대서지』 12, 2015.12, 175면. 김윤식 본인도 "일본이란 것이 저에게는 어느새 문학과 사상을 검증하는 시금석 같은 것으로 되어 있다"며, "일본이란 것이 단순한 특정 국가나 민족을 가리킴이 아니고 '근대' '근대적인 것' '근대화' '근대성' 등으로 불리는 것들에 직접간접으로 관련"(김윤식, 「내게 일본이란 무엇인가—어떤 일본인 벗에게」, 『김윤식 선집 5』, 솔, 1996, 470면)되어 있다고 밝힌 바 있다.

36 이와 관련해 조영일은 대부분의 "전후 제1세대 근대문학 연구자들은 조선문학이 일본문학에 의해 탄생했다는 사실을 '의도적으로' 보지 않으려고 했고, 대신에 서구의 문예 이론을 가져와 한국 근대문학을 체계화하는 접착제로 삼으려고 했"(조영일, 「사명감이 허구를 만들었다면 웃을 텐가」, 『황해문화』 84, 2014, 319면)으나, 유일하게 이런 흐름을 거스른 연구자가 김

『한일문학의 관련 양상』(일지사, 1974)은 해방 이후 한일문학의 관련 양상을 본격적으로 살펴본 최초의 저서이다.『한일문학의 관련 양상』은 1부 '문학의 관련 양상', 2부 '상흔과 극복', 3부 '일본문학의 의식 구조', 그리고 부록으로 구성되어 있다.[37] 이 책에 수록된 글들은 1차 도일(1970~1971)을 전후한 시기에 쓰여진 것이며, 크게 '일본(문학)'과 '한일문학의 관련 양상'에 대한 논의로 나누어볼 수 있다. 이 무렵 김윤식은 일본을 탐구하고, 이를 한국에 소개하는 것에 대한 일종의 의무감을 느꼈던 것으로 보인다. 이것은 같은 해에 루스 베네딕트의 명저『국화와 칼』을 선구적으로 번역하여 소개한 것에서도 드러난다.[38]『한일문학의 관련 양상』은 크게 두 가지 내용으로 이루어

윤식이라고 주장한다.

37　1부에는 '韓國人의 日本觀', '韓國에 있어서 日本이란 무엇인가', '日本硏究의 問題點', '韓日文學의 關聯樣相', '어둠 속에 익은 思想'이, 2부에는 '日本文學의 韓國體驗', '日帝末期 韓日文壇의 關聯樣相', '植民地文學의 傷痕과 그 克服', '僑胞文學의 位置'가, 3부에는 '故鄕喪失과 西歐的 知性', '近代的 自我와 〈私〉의 槪念', '散文과 神話의 골짜기', '政治的 죽음과 文學的 죽음', '文學的 日本脫出의 意味', '日本近代文學', 「菊花와 칼」, '日本의 젊은 이들', '百濟觀音과 앙드레 말로'가, 일본인들이 쓴 글을 번역한 부록에는 '日本的 人間關係의 構造', '舊植民地 帝國大學考', '나의 文學觀', '文學的 想像力과 政治的 想像力', '反日의 風化'가 수록되어 있다. 앞으로 이 책에서 본문 인용시 각주에 장 제목과 면수만 기록하기로 한다.

38　이 책은 루스 베네딕트가 1946년에 출판한『The Chrysanthemum and the Sword : Patterns of Japanese Culture』를 오인석과 함께 번역한 것이다. 김윤식이 생존해 있는 동안 한국어판『국화와 칼』은 총 5판이 나왔는데, 나머지는 완역이고 1판만 발췌번역이다.(『국화와 칼』의 번역과 관련된 사항은 박상현 · 미네자키 도모코, 「김윤식 · 오인석 공역『국화와 칼』(초판) 연구」,『일본문화연구』67, 2018, 204~206면 참고) 그런데 1판에서는 전체 13장 중에서 '9장 인정의 세계', '10장 덕의 딜레마', '11장 자기 수양'이 빠져 있다. 1973년 6월에 작성한 '해

져 있다. 하나는 경제 대국으로 성장한 일본이 다시 제국주의의 모습을 보여줄지도 모른다는 것에 대한 우려이고, 다른 하나는 '황국신민 세대'에 속하는 자기 안의 일본을 향한 향수에 대한 성찰이라고 할 수 있다.[39]

김윤식은 미시마 유키오의 할복을 경제 대국으로 발돋움한 일본이 미군 점령 의식과 단절하는 것을 상징하는 사건으로 규정한다. 이 책에 수록된 「政治的 죽음과 文學的 죽음―三島由紀夫攷」는 일종의 작가론으로서, 미시마 유키오의 삶과 문학 그리고 죽음을 정밀하게 고찰한 글이다. 미시마 유키오의 할복 사건은 "심히 기분 나쁜 어떤 徵候였으며, 이 불쾌한 징후는 지금도 변함이 없다"[40]라고 할 만큼, 김

설(解說)'에서 김윤식은 "원작은 모두 一三장(章)으로 되어 있으나, 그중에서 보다 본질적이라고 생각되는 장만을 골라 一0장으로 편성한 것이 본 역서(譯書)이다"(을유문화사, 1974, 3면)라고 밝히고 있다.

39 '황국신민 세대'와 관련된 자의식에 대한 논의는 이루어진 바 있다. 윤영실은 『한일문학 관련 양상』을 분석하며, "제국과 식민지의 위계를 파기하려는 구식민지 출신 소장학자의 자의식은 예민하고 날카롭"지만, 저자가 '한국에 대해 일본이란 무엇인가'라는 물음을 스스로를 향해 물을 때, "단호하고 선명한 논리는 문득 고뇌와 주저로 뒤바뀐다"고 말한다. 이러한 고뇌는 "배제해야 할 타자로서의 일본의 주체와 깊숙이 연루되어 있어, 떨어내려 해도 쉽게 떨려 나가지 않는다는 것"(윤영실, 「일제말의 이중어 글쓰기와 탈식민/탈민족의 아포리아」, 『한국학연구』 21, 448면)에서 비롯된다고 주장한다. 장문석도 『한일문학의 관련 양상』(일지사, 1974)에 주목하여 "김윤식은 1940년대 '친일문학'의 아픔을 '자기화'하며, 자기 안의 '일본'이라는 타자로 인한 의식 분열을 투철히 의식하고자 하였다"(장문석, 「상흔과 극복―1970년 김윤식의 도일과 비평」, 『민족문학사연구』 59, 2015, 11면)라고 주장한다.

40 「政治的 죽음과 文學的 죽음」, 237면.

윤식에게 충격적인 사건으로 받아들여진다.[41] 김윤식은 이 사건에는 경제 대국이 된 일본이 25년 동안 지녀온 "敗戰의 占領意識의 극복"을 넘어, "帝國主義의 復活"[42]이라는 측면까지 있다고 주장한다. 미시마 유키오의 할복 자살 사건이 지니는 의미에 대한 우려는 이 책에 수록된 다른 글(「僑胞文學의 位置」, 「산문과 신화의 골짜기」, 「일본의 젊은 이들」 등)에서도 반복해서 강조된다.

이 책의 3부는 미시마 유키오의 자살로 대변되는 '일본적 회귀'의 문화적 맥락을 집중적으로 탐색하고 있다. 일본문학은 '비산문성(반리얼리즘성)'을 주요한 특징으로 하는데, 이것이야말로 일본 특유의 사소설 전통과도 연결된다는 것이다. 이어서 김윤식은 "'近代的 自我'와 '私의 槪念'을 對應"시켜 계속 지켜보아야 한다고 주장하는데, 이러한 주목의 이유는 융성한 일본문학이 "어떤 사회적 국가적 혹은 국제적 위기에 처할 때 일종의 神話를 형성하여 일제히 엉겨붙을지도 모른다"[43]는 우려 때문이다. 「산문과 신화의 골짜기」에서는 시/산문, 신화/합리, 일본/서구, 주술사/작가, 미/관념 등을 각각 대응시

---

41 김윤식은 미시마 유키오의 생각을 다음과 같이 구체적으로 설명한다. 미시마 유키오는 일본 문화가 '菊花'와 '刀'로 이루어져 있는데, 당대 일본에서는 '刀'의 측면이 파괴되고 '菊花'의 측면만이 불균형적으로 발전되었다고 생각하였다. 따라서 '刀'의 측면이 복권되어야 일본문화가 온전히 유지될 수 있으며, '刀'의 복권을 위한 방법으로는 "文化共同體로서의 天皇制"를 내세웠다는 것이다(위의 글, 255~256면).

42 위의 글, 258면.

43 「近代的 自我와 〈私〉의 槪念」, 211면.

킨다. 그리고 언제든지 전자로 '회귀할 수 있는 일본(회귀하고 있는 일본)'에 대한 우려를 표명한다. 주술적 풍토와도 관련된 전자는, 일제 말기 천황제 파시즘에서도 확인할 수 있듯이 어떤 계기가 주어지면 일시에 국가적 이데올로기에 엉겨붙으며, "이 엉겨붙음성(性)이야말로 일본이 지닌 데모니쉬한 에너지"[44]라는 것이다.

이 책에서 보다 본질적인 부분은 '자기 안의 분열'을 날카롭게 성찰하는 대목이라고 할 수 있다. 김윤식은 일본을 바라보는 태도와 관련해 일제 시대 교육을 받은 세대와 해방 후의 세대를 구분할 필요가 있으며, "前者를 '皇國臣民의 世代', 後者를 '한글 世代'"[45]라 부를 수 있다고 말한다. 그리고 인간에게 다시 돌이킬 수 없는 유년시절은 어떤 의미로도 제거할 수 없는 것이며, 심지어는 아름다운 환상조차 환기하기 때문에, 무의식의 차원에서 "'皇國臣民'의 世代는 짙은 鄕愁"에 젖어 있다고 말한다. 나아가 역사 의식으로서의 의식과는 다른 무의식의 차원으로 인하여 이 세대가 "人格分裂症에 빠지지 않을 수 없다"[46]라고 고백한다.[47] 김윤식은 '황국신민 세대'의 의식 분열을 매

---

44 「日本의 젊은이들」, 281면.
45 「韓國에 있어서 日本이란 무엇인가」, 22면.
46 위의 글, 23면.
47 이러한 발언은 이 책 전체를 통해 계속해서 강조된다. "소위 '皇國臣民 세대'인 한국의 40代가 日本 교육으로 형성되었다는 것, 그로 인해 의식의 차원과 무의식의 차원 간의 인격 분열 세대라 할 수 있다면 그들 세대의 무의식 레벨의 발언을 분석하기 전엔 신용하기 어렵다"(「日本文學의 韓國體驗」, 69면)와 같은 발언이나 "世代論으로서의 自己 分析 없는 어떠한 對日本論도 우리는 信用할 수 없는 것"(위의 글, 96면)이라는 단언을 대표적으로 들 수 있다.

우 예민하게 의식하며, 동시에 그러한 세대적 특징을 염려한다. 일본인 평론가 山田明의 글을 분석하며, "'皇國臣民의 세대' 속에 유년 시절의 추억과 日常이 지워지지 않는 한, 그들 무의식의 저층은 아직도 여전히 日本의 植民地로 되는 것이다"[48]라는 과격한 주장까지 할 정도이다. 김윤식은 '황국신민 세대'의 일본 체험이 무의식의 저층에 도사리고 있는 한, "언제 어느 기회가 오면 이 무의식이 어떠한 日本風과 결합될지도 모르기 때문"[49]에 위험하다고 말한다.

『한일문학의 관련 양상』의 한복판에는 '지배자가 피지배자를 이해한다는 것이 절대로 불가능하다'는 명제가 놓여 있다. '한 日本人 벗에게'라는 제목이 붙은 『한일문학의 관련 양상』의 「머리말」은, 이 책의 부록에 수록되어 있는 다나카 아키라(田中明)의 「反日의 風化」에 대한 답장의 형식으로 되어 있다.[50] 김윤식은 다나카 아키라가 말한 "지배자가 피지배자를 이해한다는 것이 절대로 불가능하다"[51]는 명제에 자신도 공감한다고 말한다. 그러나 이 책에서 진정 주목해보아야 할 것은, 그 반대의 명제인 '피지배자가 지배자를 이해하는 것'의 가능성 여부라고 할 수 있다. 김윤식에게는 이것 역시 불가능하다고

---

48 위의 글, 143면.
49 「植民地文學의 傷痕과 그 克服」, 142면.
50 이 글의 핵심적인 내용은, 반일감정에 편승한 반일론은 "安易化되고 風化해가며, 즉, 창조적 계기를 잃어 간다는 것"(「反日의 風化」, 384면)이다. 대신 "이를 악물고 反日을 창조적 플러스의 정신활동으로 轉化하려는 마음가짐"(위의 글, 388면)이 필요하다고 주장한다.
51 「머리말」, 1면.

할 수 있는데, 이러한 불가능성은 '황국신민 세대'의 심층 심리와 관련된다.

이후 김윤식의 논의는 주로 '자기 안의 일본'에 대한 문제에 초점을 맞추는 방향으로 나아간다. 김윤식은 「내게 일본이란 무엇인가—어떤 일본인 벗에게」라는 글을 "인격분열증에 걸린 세대"[52]라는 자기 고백으로 시작한다. 김윤식이 속한 세대의 특수성은 "일본 군국주의가 가장 고조된 시기에 유년기를 보냈던 점"[53]과 깊이 관련되어 있다. 이 분열증의 한복판에는 '누나의 교과서 속 세계'가 놓여 있다.[54] '누나의 교과서 속 세계'는 일본에 대한 김윤식의 원체험을 의미한다. 김윤식은 『내가 읽고 만난 일본』(그린비, 2012)에서 자신의 도일(渡日)을, "내 유년기의 그리움이 향한 곳, 누나의 교과서에 실린 일본, 바로 그 근대에 온몸으로 부딪치기가 그것"[55]이라고 고백한다. '일본＝누나의 교과서 속 세계'라는 인식은 "누나의 교과서 속에 있던 그곳을 향해서 쉼 없이 걸었고 드디어 수심도 모른 채 현해탄을

---

52 김윤식, 「내게 일본이란 무엇인가—어떤 일본인 벗에게」, 『김윤식 선집 5』, 솔, 1996, 465면.

53 위의 글, 465면.

54 서영채는, 김윤식의 대표작인 『이광수와 그의 시대』(한길사, 1986)의 1장 제목 제목이 '고아에의 길'인 것을 일종의 증상으로 파악하면서, 이것은 "그 어떤 구속으로부터도 자유로운 상태"(서영채, 앞의 글, 32면)를 향한 동경과 열망을 드러낸다고 본다. 이를 반영한 것인지 김윤식은 2권의 자서전을 비롯한 어떠한 글에서도 자신을 둘러싼 가족이나 전통적인 압력에 대하여 거의 발언하지 않았다. 그런 그가 유년에 대한 회상에서 반복적으로 언급하는 것이 바로 '누나의 교과서 속 세상'이다.

55 김윤식, 『내가 읽고 만난 일본』, 그린비, 2012, 559면.

건넜소"[56]라는 고백에서도 명료하게 드러난다.

유년 회상의 기본 구도는 다음과 같다. 한쪽에는 포플러 숲으로 둘러싸인 농가에서 참새나 까마귀를 벗하여 지내는 세계가 있고, 다른 한쪽에는 "참으로 희한한 글자와 그림으로 가득 차" 있는 누님들의 교과서 속 세계가 있다. 전자에 속하는 것이 "머슴 만수나 돌쇠의 노랫가락이나 육자배기"라면, 후자에 속하는 것은 "'아카이도리고도리……'라든가, '아오조라 다카쿠 히노마루 가게테……'"와 같은 누님들이 부르고 자신도 따라 부르던 일본어 동요이다. 김윤식은 후자에 훨씬 큰 매혹을 느꼈는데, 장난감이나 친구가 없는 '나'에게 누님들의 교과서 속 세계보다 "가슴 설레는 것은 따로 없었"던 것이다. 더욱 놀라운 것은 엄격한 아버지가 "누님 교과서를 엿보는 제 행위를 은근히 부추기는 듯한 점"[57]이었다. '누나의 교과서 속 세상'이야말로 김윤식의 일본론을 형성한 원체험에 해당한다고 할 수 있다.

당초 그 분열증은 누님의 교과서 속의 풍물, 그러니까 감각적인 것에 연결된 것이어서, 논리 이전의 세계, 곧 생리적인 것이 아니었던가요. 일본

---

56 위의 책, 762면. 김윤식은 「나의 글쓰기, 한국 근대문학 연구에의 도정」에서도 도일하여 체험한 일본의 풍물들을 상세하게 나열한 후에, "그것들은 모두 아련히 저 추억 속에 떠오르는 둘째누님의 교과서 속의 세계 그것이기도 하였다"(김윤식, 『운명과 형식』, 솔, 1992, 23면)라고 고백한 바 있다.
57 김윤식, 「내게 일본이란 무엇인가─어떤 일본인 벗에게」, 『김윤식 선집』 5, 솔, 1996, 464면.

의 풍물이 이국적이면서도 저의 생리 쪽에는 더할 수 없는 친근감이 거기 깃들이고 있습니다. 누님의 교과서 속의 풍물이야말로 진짜처럼 보였지요. 저의 생리적인 안정감에 연결된 이 부분을 찾는 일이야말로 저에게는 소중한 것이지요. 이광수, 김동인, 이태준, 임화, 이상 등등 문인의 족적을 찾는 일은 논리적인 쪽이지만, 어쩌면 한갓 핑계였는지도 모르지요.[58]

김윤식의 유년 회상에는 강박적이라고 할 정도로 '누나의 교과서 속 세계'가 반복된다. 김윤식의 자서전에 해당하는 『김윤식 자전에세이—내가 살아온 20세기 문학과 사상』(문학사상사, 2005)에는 자신의 「묵은 일기」에서 인용한 다음과 같은 대목이 등장한다. 이렇게 동일한 대상이 반복해서 등장한다는 것 자체가 하나의 증상에 해당하며, 많은 의미를 내포하고 있다. 대표적인 부분을 하나만 들면 다음과 같다.

공부하는 누나 옆에서 소년의 놀라움은 한이 없었다네. 누나의 교과서 속에 펼쳐진 세계, 미지의 세계를 향한 창이었다네. 그것은 형언할 수 없는 낯섦이었다네. 메뚜기나 여치, 혹은 모래무지나 버들치나 붕어와는 엄청 달랐다네. 누나의 교과서 속에는 또한 이상한 노래가 들려왔다네. "아카이 도리 고도리/나제 나제 아카이/아카이 미오 다베타(붉은 새, 작은 새, 어째 어째 붉었나, 붉은 열매 다 먹었으니)" 얼마나 놀라운 소리인가.

58 위의 글, 467면.

얼마나 낯선 음성인가. 머슴 삼돌이가 지게 장단으로 부르던 '저 건너 갈매 봉에……'와 얼마나 다른 놀라움인가. 아버지가 저녁마다 펼쳐놓고 가르치던 천자문과 얼마나 다른 세계였던가. 더욱 놀라운 것은 천자문을 게을리하면서 누나의 교과서를 곁눈질하는 소년을 아버지가 자주 모른 척한 사실이라네. 옆에서 바느질하던 어머니께서 이런 말을 했다네. "너도 한 해만 지나면 누나와 함께 학교에 다녀야 해"라고. 원래 과묵하고 어머니 말을 무시하던 아버지도 이번만은 아무 말도 없으셨다네.[59]

여기서 주목되는 것은 '누나의 교과서 속 세계'가 '감각적인 것에 연결된 것이어서, 논리 이전의 세계, 곧 생리적인 것'이라는 사실이다.[60] 누나의 교과서는 "참으로 희한한 글자와 그림으로 가득 차 있"으며, 누나들을 따라 부르는 노래는 "뜻도 모르는"[61] 것이다. 어린 김윤식은 "누나의 교과서를 포플러 강변의 아이는 뜻도 모른 채"[62] 엿보고 있을 뿐이다. 이처럼 '누나의 교과서 속 세계'는 어떠한 개념어나 추상화, 즉 상징화에서 벗어나 있다. 그것은 오직 감각화되며 직접적

---

59 김윤식, 『김윤식 자전에세이―내가 살아온 20세기 문학과 사상』, 문학사상사, 2005, 142~143면.
60 김윤식이 일본을 감각과 생리로 받아들였다는 것은, "신국(神國) 일본을 위한 교육은 저에게는 논리가 아니라 생리적 감각의 수준이었지요"(김윤식, 「내게 일본이란 무엇인가―어떤 일본인 벗에게」, 『김윤식 선집 5』, 솔, 1996, 464면)라는 말에서도 드러난다.
61 위의 글, 464면.
62 김윤식, 『김윤식 자전에세이―내가 살아온 20세기 문학과 사상』, 문학사상사, 2005, 246면.

인 서정성의 범주에 머물 뿐이다.[63] 이것은 애도를 위해 필수적으로 요구되는 상징화에서 벗어난 상태라고 할 수 있다.

교과서의 의미를 파악하는 가장 쉬운 방법은, 교과서의 주인인 누나에게 물어보는 것이다. 그러나 김윤식은 이것이 애당초 불가능한 것이었음을 분명하게 밝혀놓고 있다. 누나는 "'자연'으로서의 누나"였기에, "인공의 논리적인 교과서(근대)"[64]를 놔두고 시집을 가야만 하는 존재이기 때문이다.[65] 교과서의 주인인 누나는 결코 교과서를 설명해줄 수 있는 존재가 아니며, "누나에게 있어 교과서란 그 자체가 포플러 숲의 연장선상에 놓인 것이며, 까마귀와 매미, 그리고 손톱에 물들이던 울밑의 봉숭아 색깔에 더도 덜도 아니었"[66]던 것이다. 그렇기에 교과서는 영원히 의미화와 상징화의 이전 차원에만 머물게

---

63 『한일문학의 관련 양상』의 머리말에서도 유년기의 회상이 등장한다. 여기에는 칼의 위협, 식량 공출, 지원병 입대 환송회, 아버지의 징용 문제과 같은 공적인 언어가 등장하여 천황제 파시즘의 위협을 서술하고 있다. 그러나 곧 "十里가 넘는 邑內 國民學校에서 「아까이도리 고도리」, 「온시노 다바꼬」, 「지지요 아나다와 쯔요갓다」, 「요가렌노 우다」 등을 무슨 뜻인지도 모르면서 불렀읍니다"라고 하여, 일제 말기 자신이 받은 교육이 논리나 의미 이전의 것이었음을 강조한다. 또한 놋그릇 공출과 같은 역사적 현실이 "이러한 일들은 내 幼年時節의 뜻 모르는 抒情性의 아픔이었읍니다"라고 하여 '서정성의 아픔'으로 갈무리되고 있다.

64 김윤식, 『김윤식 자전에세이—내가 살아온 20세기 문학과 사상』, 문학사상사, 2005, 177면.

65 누나의 역사적 의미는 비교적 선명하다. 일제의 폭력적 힘으로 청춘의 꿈을 잃어버린 역사의 피해자가 바로 누나이다. "이런 누나의 꿈이 서서히 깨지기 시작했다. 동네마다 놋그릇 징발, 솔갱이 따기, 공출에 이어 사내들은 징용에, 청년들은 징병에 끌려갔다. 창씨개명까지 한 판이었다. 이 판에 벌어진 것이 정신대였다. 처녀 공출이 그것. 이를 피하는 한 가지 길은 일찍 시집 보내기. 다급해진 시집 보내기인지라 어찌 혹기사를 염두에 두랴."(위의 책, 180면)

66 위의 책, 173면.

된다.

해방 이후 수십년이 지난 후에도 김윤식이 엿보았던 '누나의 교과서 속 세계'는 언제나 생리적 감각의 수준으로만 묘사된다. 소년은 여전히 "일장기가 그려진 누나의 교과서 속의 색깔과 까마귀, 메뚜기의 외침 사이"[67]에 서 있으며, 이로 인해 "여지없이 소년은 분열증에 시달리며 한 생애를 헤매야 했던"[68] 것이다. 김윤식은 자신이 "일본을 돌며 한국 문인의 국적을 찾는 일은 제 자신의 분열증 치유의 방편"[69]에 해당한다고 고백한다. 그러나 이러한 분열증 치유가 성공하기는 어렵다. 일본은 이미 어떠한 의미화나 상징화를 불허하는 생리적 감각으로 일체화된 대상이기 때문이다. 그렇기에 "생리라든가 감각의 확실함, 친근함에 지나치게 안주하다 보니, 일본이라는 나라도 마침내 똑바로 볼 수 없는 지경에 이르고 만 것입니다"[70]나 "일본과 관련된 문제를 앞에 놓고 있을 적에는 저도 모르게 엉켜서 허둥대는 것이지요. 일본에 대한 불투명한 그 무엇이 쉴 새 없이 제가 찾아가는 논리를 흐리게 하는 것입니다"[71]라는 말은 수사 이상의 진솔한 자기 고백에 해당한다고 할 수 있다.

67 위의 책, 144면.
68 위의 책, 143면.
69 김윤식, 「내게 일본이란 무엇인가—어떤 일본인 벗에게」, 『김윤식 선집 5』, 솔, 1996, 467면.
70 위의 글, 468면.
71 위의 글, 474면.

애도와 달리 우울증은 자아를 사라진 대상과 동일시하고, 이때 대상 상실은 자아 상실로 전환된다.[72] 우울증은 무엇보다도 상실된 대상으로부터 리비도를 철회하기 위해 필수적으로 요구되는 상징화가 일어나지 않기 때문에 발생하는 현상이다. 김윤식의 유년기 회상에서는 일본에 대한 이성적인 의미 부여가 좀처럼 이루어지지 않는다. 그것은 강박적으로 반복되지만, 늘 생리적 감각의 수준에서만 묘사될 뿐이다. 이러한 유년기 회상의 특수성은 이어령의 유년기 회상과 비교해볼 때, 보다 분명해진다.

그러나 웬일인지 「이로하니……」를 외려고 할 때 갑작스레 이상스러운 생각이 들었다. 그것은 '아이우에오(일본어의 알파벳)'나 구구법과는 아주 다른 것이었다. 확실히는 알 수 없었지만 거기에는 분명히 어떤 의미가 있는 것을 발견했다. 대체 그것은 무슨 뜻일까? 이로(색)…… 다레소(누구인가)…… 오쿠야마(깊은 산속)…… 게후(오늘)…… 유메(꿈)…… 이런 단어들의 뜻이 부분적으로 희미하게 떠올랐기 때문이었다.

대체 그것은 무슨 뜻일까? 나는 그 궁금증을 참지 못하고 선생님에게 물어보았다.

「선생님! 선생님! 이로하니는 무엇을 말한 건가요, 그것은 무슨 뜻인지요?」

72 프로이트, 앞의 책, 250~265면.

이상스럽게도 선생님은 좀 거북해하는 눈치였다.

「너는 늘 어려운 질문만 하는구나. 그냥 외면 돼, 아이우에오처럼 그냥 외기만 하면 되는 거야. 뜻은 몰라도 좋아.」

「그러면 뜻이 있긴 있는 것이군요. 이로하니의 이로는 크레용 같은 색깔이란 뜻이군요!」[73]

위의 인용에서, 국민학교 선생님은 어린 이어령에게 뜻은 몰라도 좋다며 무조건 일본어를 암기할 것만 강요한다. 이러한 선생님과 달리 어린 이어령은 어떻게 해서든 일본어의 의미를 알아내려고 노력한다. 그러한 노력을 통해 이어령은 일정 정도 일본어의 의미에까지 다가간다. 여기서 필자는 1933년생인 이어령의 일본어 실력이 1936년생인 김윤식의 일본어 실력보다 뛰어나다는 것을 강조하려는 것이 아니다. 물론 이 세 살의 나이 차로 인한 일본(어)에 대한 이해의 격차가 발생한 것은 부인할 수 없는 사실이며, 이후의 일본 이해에 중대한 영향을 미쳤다는 것도 중요한 사실이다. 그러나 보다 중요한 것은 수십 년의 세월이 지난 후에도, 일제 말기의 유년기를 회상함에 있어 보여주는 태도의 차이라고 할 수 있다. 모든 기억이 결국에는 현재가 개입된 결과일 수밖에 없다면, 한사코 일제 말기 일본을 감각의 범주로만 묘사하려는 태도와 일제 말기 일본을 이해의 범주로 설

---

73 이어령, 「꽃의 빛깔은 향기로워도」, 『나를 찾는 술래잡기』, 문학사상사, 1994, 48면.

명하려는 태도는 비평가로서의 한 주체가 갖는 일본에 대한 기본적인 입장을 반영한 것으로 볼 수도 있기 때문이다.

애도의 두 가지 방식

황국신민 되기를 강요받으며 유년기를 보낸 이어령과 김윤식에게 일본에 대한 애도(청산)는 절대적인 과제이다. 존재의 중핵을 형성했던 대상의 갑작스러운 사라짐은 정신적으로 큰 충격일 수밖에 없으며, 주체는 어떤 방식으로든 이를 극복해야만 하기 때문이다. 이러한 상황에서 두 명의 비평가는 각기 다른 방식으로 일제 말기 체험을 받아들인다. 이어령은 프로이트적 의미의 애도에 성공한 경우라고 할 수 있다. 그는 일본과 자신을 깔끔하게 분리하여, 세계적인 수준의 일본론을 창조하는데 성공하였다. 애도(청산)에 성공한 이어령에게 유소년 시절에 황국신민이 되기를 강요받았던 경험은 자신의 일본론을 집필하는데 어떠한 장벽도 되지 않는다. 그것은 오히려 제대로 된 일본론으로 나아가는 긍정적인 원체험으로서 작용할 뿐이다. 이에 반해 김윤식은 자신과 일본을 분리하는 것의 가능성에 대한 심각한 불안을 지니고 있다. 그렇기에 일본이라는 대상에 온전히 집중하는 이어령과 달리 김윤식은 자신의 내면을 끊임없이 문제 삼는다. 일본 청산(애도)이 절대적인 과제일 수밖에 없는 시대적 상황에서 김윤식의 일본에 대한 태도는 신중하게 고려되어야 한다. 김윤식이 프로이트적인 우울증에 머문다면, 그것은 현재와 아무런 관련도 맺지 못하며 어떠한 의미도 낳지 못하는 병리일 수밖에 없기 때문이다. 그러나 성공한 애도가 지니는 대상에 대한 자의적인 상징화 등의 문제는 우울증의 이면에 감춰진 긍정적인 기능에 주목할 것을 요구한다. 또한 사라진 대상의 치명적 중요성을 생각한다면, 애도란 기본적으로 불가피하지만 동시에 불가능한 것이라는 점도 염두에 두어야 한다. 따라서 애도란 불가피성과 불가능성을 동시에 지니는 역설 또는 이중 구속을 의미하며, 그렇기에 완료형이 아닌 진행형으로서만 존재할 수 있다. 김윤식이 평생에 걸쳐 펼쳐나간 그 많은 일본론은 바로 그 진행형으로서의 애도(청산)를 몸소 실천한 증거라고 할 수 있다. 그렇기에 일본과 관련하여 이어령과 김윤식이 보여준 청산(애도)의 두 가지 방식은 서로의 긍정성을 비춰주는 거울이자, 동시에 한국과 일본의 미래를 비춰주는 거울이라고 말할 수 있을 것이다.

○ 2021

분단 극복의 간절한 서원과 실천

염무웅론

구체적인 현실에 발을 붙이고 미래를 바라보는 비평

염무웅은 해방 이후 제기된 진보적 문학이론의 구상과 실천을 대표하는 한국 문단의 원로이다. 그가 그동안 발표한 6권의 평론집[『한국문학의 반성』(민음사, 1976), 『민중시대의 문학』(창작과비평사, 1979), 『혼돈의 시대에 구상하는 문학의 논리』(창작과비평사, 1995), 『모래 위의 시간』(작가, 2001), 『문학과 시대현실』(창비, 2010), 『살아 있는 과거 : 한국문학의 어떤 맥락』(창비, 2015)]과 2권의 산문집[『자유의 역설』(삶창, 2012), 『반걸음을 위한 현존의 요구』(삶창, 2015)]은 1970년대부터 본격화된 민족·민중문학의 이론적 지평을 확립하고 유지하는 데 핵심적인 역할을 하였다. 또한 자유실천 문인 협의회 간사를 시작으로 창작과비평사 대표, 한국 민족 예술인 총연합 이사장, 민족문학 작가회의 이사장 등을 역임하며 현장에서 보여준 그의 문학적 실천은 한국 진보문학계의 든든한 뿌리로서 기능했다고 보아도 과언은 아니다.

이미 문학사적 인물이 되어 버린 염무웅 평론가가 팔순을 기념하여 산문집 『지옥에 이르지 않기 위하여』(창비, 2021)를 출판했다. 팔순에 이른 저자가 쓴 책은, 페이지마다 시간과 경험이 가져다준 달관과 관조의 부드러운 눈빛이 가득할 것이라고 생각하기 쉽다. 보통의 경우 노년에 이른 지식인이나 예술가의 특징으로는 조화, 화해, 포용, 관용, 종합의 몸짓 등을 떠올리기 때문이다. 그러나 『지옥에 이르지 않기 위하여』는 이러한 통념과는 거리가 멀다. 저자가 세상을 바라보는 시각에는 여전히 새파랗게 날이 서 있다. 그가 평생 꿈꾸었던 민주주의와 인간다운 삶을 향한 비원(悲願)은 오히려 강렬해졌으며, 이를 방해하는 세력들에 대한 비판은 여전히 뜨겁다.

이 산문집의 제목 '지옥에 이르지 않기 위하여'는 산문집 전체의 내용을 잘 압축해놓고 있다. 이것은 독일의 음유시인 볼프 비어만(Wolf Biermann)의 말로서, "머릿속에서 구상한 낙원을 억지로 지상에 건설하려는 것은 지옥에 이르는 지름길이 될 수도 있다는 확신에 도달"[1]한다는 의미를 담고 있다. 비어만의 아버지는 유대인 공산주의자로서 아우슈비츠에서 학살되었고, 어린 시절부터 공산주의자였던 비어만은 동독으로 넘어갔다가 자신이 꿈꾸던 공산주의와는 거리가

---

1 염무웅, 『지옥에 이르지 않기 위하여』, 창비, 2021, 7면.

먼 동독의 현실과 부딪치게 된다. 결국 동독에서 추방당하고, 통일 이후에 비어만은 자신이 동독으로 건너갈 때 지녔던 꿈이 애당초 불가능한 것이었음을 깨닫는다. 그는 치열한 삶을 통해 "이념을 위해서가 아니라 지옥으로 가는 열차를 막기 위해서" 시를 쓰고 노래를 불러야 한다는 결론에 도달한다. 이러한 비어만의 생각에 "깊이 공명"한 결과, 저자는 산문집의 제목으로까지 비어만의 깨달음을 내세우고 있는 것이다.

'이념을 위해서가 아니라 지옥으로 가는 열차를 막기 위해서 시를 쓰고 노래해야 한다'는 주장의 저작권은 어쩌면 볼프 비어만이 아니라 염무웅에게 있어야 하는지도 모른다. 염무웅이 팔순에 이르는 동안 쌓아 올린 문학 세계는, 늘 구체적인 현실에 밀착하여 고민하고 나아가는 것을 그 본질로 해왔기 때문이다. 그는 늘 특정한 관념이나 이념에 복무하기를 거부하였으며, '지금-여기'에 대한 직접적인 관심을 바탕으로 변혁을 꿈꾸었다. 그렇기에 그가 문학에서 중요시 한 요소도 특정한 역사적 맥락 속에서 삶의 실감을 생생하게 담아내는 것이었다. 이론비평보다는 실제비평에 큰 관심을 기울였으며, 이를 통해 가치 있는 작품론이나 작가론을 여러 편 남길 수 있었던 것도 이러한 비평적 태도에서 비롯되었다고 할 수 있다.[2] 사정이 이러하다

---

2 염무웅은 민족문학의 갱신을 위해서도 하나의 도그마로 작가나 작품을 재단해서는 안 된다는 입장을 견지해오고 있다. 한 대담에서 염무웅은 "어떤 이념적 당위성을 작가들에게 강제한다면, 문학은 숨을 자유롭게 쉬지 못한 채 곧 죽음을 맞이하게 될 겁니다. 인간 공동체의 삶을 근

면 '이념을 위해서가 아니라 지옥으로 가는 열차를 막기 위해서 쓰고 살아야 한다'는 명제는 비어만의 것이기도 하지만, 그 이전부터 염무웅의 것이었다고 주장하는 것도 가능한 일임에 분명하다.

통일에 이르기 위하여

염무웅이 현실과 시대의 현장에 밀착한 문학을 중요시했다면, 이 산문집은 바로 그 역사의 현장 자체를 문제시한 것이라고 할 수 있다. 저자의 기본적인 비평적 지향은 문학과 정치의 기계적 이원론과는 거리가 먼 실천이론이었으며, 그렇기에 통일이라는 우리 시대의 핵심 과제에 대해 논하는 이번 산문집은 염무웅 비평 활동의 샛길이 아니라 본령에 해당한다고도 할 수 있다. 애당초 염무웅의 진보적 문학이론은 골방에서 만들어진 이론 체계라기보다는 독재와 외세에 항거하며 현장에서 형성된 문학론이었던 것이다. '지금-이곳'의 구체적인 현실에 대한 명확한 인식을 바탕으로 한 그의 문학적 태도는 이 산문집에서도 여전히 빛난다.

원적으로 위협하는 문학은 경계하되, 문학의 다양성과 다원적 가치를 최대한 존중하는 문학이 활발해질 때 민족문학의 갱신의 가능성이 구체적으로 확보될 수 있지 않을까요"(고명철 · 염무웅, 「경계가 만난 문학인 염무웅 : 염무웅 비평의 매혹, 이론과 현실의 밀착」, 『문학과경계』, 2005, 50면)라고 발언하기도 하였다.

전체 4부로 되어 있는 이 책에서 1부는 일종의 열전(列傳)이다. 나머지 부분에서 이곳의 현실이 지옥으로 변하지 않도록 하기 위한 저자의 절절한 고민과 제안을 확인할 수 있다면, 1부에서는 60여 년에 이르는 공론장에서의 활동을 통해 만난 소중한 사람들에 대한 이야기들을 확인할 수 있다. 저자 자신의 간략한 자서전이라 할 수 있는 「열망과 방황 사이에서」를 제외한, 나머지 글에서는 시인 조태일, 평론가 천이두, 소설가 이호철, 시인 김규동, 화가 김용태, 문예운동가 김윤수, 자유인 채현국, 동화작가 권정생, 정치인 김재순 등을 다루고 있다. 이 글들을 통해 한국 현대사에서 차지한 실제 몫에 비해 제대로 주목받지 못한 인물들의 진면목을 알게 되는 즐거움이 만만치 않다. 또한 저자가 그동안 쌓아온 문학평론가로서의 내공이 번뜩이는 대목을 발견하는 소득이 적지 않다. 일테면 모더니스트이면서 민주화 운동에도 적극적으로 참여했던 김규동 시인을 이야기하면서 "전위가 정치를 외면하는 순간 그 전위에는 전위의 제스처만 남는다. 그것은 바로 타락의 길이다"라고 짚는 것, 권정생의 문학적 뿌리를 "대도시의 빈민가, 그 소외된 삶의 터전을 광명의 온기가 넘치는 낙원으로 승화시키는 마음"이라고 규정하는 것 등을 들 수 있다.

1장에서는 여러 사람들을 조명하면서, 동시에 그 반사된 빛을 통해 저자의 삶이 은은하게 드러나기도 한다. 부모를 따라 피난 가는 무거운 발걸음의 유년, 최신의 문학작품을 읽으며 가슴 설레여 하는 소년, 동료 문인들과 어깨를 걸고 유신의 그늘을 헤쳐 나가는 청년, 민주화의 열기 속에서 책임 있는 위치에서 동분서주하는 장년의 염무웅이 보이는 것이다. 이처럼 자신과 지인들의 삶을 기록하는 것은 저자가 2000년대 이후 지속하고 있는 증언 작업의 연속선상에 놓인다고 할 수 있다. 염무웅은 여러 편의 대담〔『문학과의 동행―염무웅 대담집』(한티재, 2018), 「『창작과비평』, 『문학과지성』을 말한다―김병익, 염무웅 초청 대담」(『東方學志』 165, 2014) 등〕과 회고적인 글〔「책 읽기, 글쓰기, 책 만들기」(『근대서지』 4, 2011), 「책 너머를 찾아가는 길」(『근대서지』 10, 2014) 등〕을 통하여 자신이 체험한 문학사의 현장을 생생하게 증언한 바 있다. 이러한 작업은 그 자체로 문학사적 자료로서의 가치가 있을 뿐만 아니라, 한국 현대(문학)사가 쌓아온 나름의 두께를 증명하는 귀중한 사례에 해당한다고 할 수 있다.

이 책의 2부, 3부, 4부에 수록된 33편의 글은 구체적인 리얼리스트의 자세로 시대와 현실을 진지하게 사유한 것들이다. 6년 전에 출판된 산문집인 『반걸음을 위한 현존의 요구』와 가장 차이 나는 지점은 당대의 집권 세력에 대한 비판이 사라졌다는 것이다. 이전 산문집에서는 이명박·박근혜 정권의 여러 부정적 행태에 대한 경고의 목소리가 날카로운 쇠처럼 울리고 있었다. 특히 다음에 인용하는 책의 마지막 단락은 2014년 5월에 처음 발표된 것임에도 불구하고, 마치 예언자처럼 2~3년 후의 미래를 정확히 가리키고 있다. 이것은 시대와 현실을 꿰뚫어 보는 염무웅의 날카로운 예지를 증명하는 구체적인 사례라고 할 수 있다.

우리가 박근혜 정부의 자발적 정책전환을 기대할 수 있을까. 없다면 어떻게 해야 하나. 내 생각에 유일한 대안은 국민들이 직접 나서서 정부에 압박을 가하는 것이다. 본래 민주주의란 인민이 스스로 자신들의 삶의 문제를 토론하고 결정하는 원리를 제도화한 것인데, 다만 오늘날에는 형편상 대표를 뽑아서 그렇게 할 뿐이다. 그래서 대의민주주의라고 하는 것 아닌가. 따라서 대표가 말을 안 들으면 그때는 갈아치우는 게 당연한 권리다. 나라의 주인인 국민 스스로가 다스리고 스스로를 다스리는 것이 민주주의의 불변의 원칙이다. 세월호 참사의 넋을 진정으로 위로하는 길은 참된 민주의 실현을 통해서일 뿐임을 강조하지 않을 수 없다.[3]

이후에 펼쳐진 촛불의 함성과 뒤이은 한국사회의 혁명적 변화는 "대표가 말을 안 들으면 그때는 갈아치우는 게 당연한 권리다"라는 저자의 말이 에누리 없이 실현된 것이라고 할 수 있다. 『지옥에 이르지 않기 위하여』에서는 촛불 이후의 남한 정치에 대해서는 별다른 논의를 하지 않는다. 대신 이 산문집은 저자의 서원이라고 해도 모자라지 않은 분단 극복의 간절한 마음에서 비롯된 사상적 탐색이 중심을 이루고 있다.

분단 극복이 이토록 중요한 이유는, 분단은 한번 일어났던 일회적

---

3 염무웅, 「스스로 다스리는 국민」, 『반걸음을 위한 현존의 요구』, 삶창, 2015, 334~335면.

사건이 아니라 "오늘 이 순간까지 끊임없이 우리의 삶을 잠식하는 상시적 압박"이며, 분단 상황에서의 삶은 "가건물(假建物) 같은 인생"에 불과하기 때문이다. 나아가 이 땅의 그 누구도 분단이 "생산하고 재생산한 심리적 억압과 이념적 왜곡"을 트라우마처럼 지닐 수밖에 없다. 한마디로 분단은 여전히 우리의 삶을 근본에서부터 규정하는 핵심적 질곡인 것이다. 그렇기에 늘 현실과의 구체적인 연관 속에서 문학을 이해하려는 염무웅에게 분단 극복은 핵심적인 문학적 과제일 수밖에 없다. "제대로 문학다운 문학을 하는 것과 치열하게 현실에 맞서는 것"이 두 개의 분리된 과제가 아니라면, "절대 명제"로서의 통일을 추구하는 것은 문학인의 자연스러운 임무라고 할 수 있다. 분단을 극복하는 과정에서 "문학인은 그 실천을 위한 전위부대 중의 하나"인 것이다. 문학은 현실의 심층을 들여다보게 하고 가시적인 것 너머의 초월적 차원에 대해 상상하게 하는 힘을 지니고 있기에, "분단 시대 너머를 구상하는 우리 시대의 과제에서 문학은 다른 어느 분야 못지않게 막중한 책임적 위치"에 있다.

분단 극복을 위해 저자는 분단을 둘러싼 여러 가지 측면, 일테면 분단의 기원, 과정, 극복 방안 등을 다양하면서도 치밀하게 논의하고 있다. 특히 3부에서는 분단과 관련하여 출판된 양서들[4]에 대한 정밀

---

4 그 구체적인 목록은 다음과 같다. 조지 케넌의 『미국 외교 50년』, 미하일 고르바초프의 『선택』, 리하르트 폰 바이츠제커의 『우리는 이렇게 통일했다』, 김누리 외 5인의 『변화를 통한 접근』, 와다 하루키·다카사키 소지 공저 『북한을 읽는다』, 와다 하루키의 『북조선』, 권헌익·

한 독해를 통하여 분단 극복의 구체적인 작업을 수행하고 있으며, 여기 수록된 글들은 분량이나 형식과는 무관하게 한 편의 독립적인 학술논문에 해당할 만큼 묵직한 내용으로 가득하다. 분단 극복을 향한 저자의 염원은 시간이 갈수록 더욱 절박해지고 있다. 이것은 33편의 글 중에서 가장 나중에 쓰여진 「우리 운명의 결정권자는 누구인가」(2019.10.18)와 「분단 시대를 넘어선다는 것」(2019.11.9)에 저자의 분단 극복을 위한 서원과 그 과제가 진지하게 서술되어 있는 것에서도 확인할 수 있다.

두 개의 글은 기본적으로 구체적인 남북(문학)교류의 역사에 대한 회고와 제안, 분단의 근원인 냉전의 기본 성격에 대한 고찰, 유럽에서 전개된 냉전의 구체적 사례 검토, 분단 극복을 방해하는 세력에 대한 비판, 분단 극복의 이상적인 방안과 문학인의 책임 등으로 이루어져 있다.[5] 염무웅은 어떠한 주장도 당위적인 자세로 윽박지르지 않

정병호 공저 『극장국가 북한』, 유미리의 『평양의 여름휴가』, 데라시마 지쓰로의 『세계를 아는 힘』, 개번 매코맥의 『종속국가 일본』, 강상중의 『동북아시아 공동의 집을 향하여』, 홍석률의 『분단의 히스테리』, 한국에 번역된 서경식의 저서들.

5　총 20페이지에 이르는 「우리 운명의 결정권자는 누구인가」는 '남북 작가 대회가 성사되기까지', '문화교류·민간운동의 상대적 독자성', '분단의 근원으로서의 냉전', '유럽에서는 냉전이 어떻게 작동했던가', '한미 동맹의 틀에 갇힌 평화', '문제는 우리 자신의 행동이다'는 여섯 개의 장으로, 총 21페이지에 이르는 「분단 시대를 넘어선다는 것」은 '유일한 분단국가로서', '냉전의 시작', '자주적 통일국가 노력의 좌절', '유럽에서의 냉전', '새로운 통일개념', '독일 통일의 내적 동력', '무엇이 우리의 장벽인가', '우리 운명의 주인은 우리 자신이다'는 여덟 개의 장으로 이루어져 있다.

으며, 상당히 합리적으로 주장을 전개한다는 느낌을 준다. 이것은 신념에 전적으로 의지하는 것이 아니라, 오랜 역사적 경험과 현실의 구체성에 바탕해 주장을 펼치는 태도에서 비롯된다. 남북 교류의 구체적인 역사와 지구적 차원의 다양한 사례를 세밀하게 고찰한 후에 통일에 대한 자신의 주장을 펼쳐 나가는 방식 등을 구체적인 사례로 들수 있다. 모든 구절에서 저자의 평생에 걸친 실천과 사유의 진한 흔적이 묻어나지만, 특히나 관심을 기울여볼 만한 것은 이상적인 통일의 방안에 대한 다음과 같은 생각이다.

통일은 단순히 휴전선의 제거만을 의미하는 것이 아니다. 통일은 남북 각 사회의 질적 발전을 통한 더 높은 차원에서의 통합으로 나아가는 것이다. 평화와 민주주의, 민족적 자주와 사회적 평등이 한반도 전역에 걸쳐 실질적으로 관철되는 진정으로 바람직한 상황의 실현이 통일이다. 따라서 통일은 어떤 극적인 한순간의 감격이라기보다 일상적 실천과 자기희생을 동반한 점진적 성숙의 축적일 것이다.

통일은 단순히 휴전선의 제거만을 의미하는 것이 아니다. 통일은 남북 간 사회의 질적 발전을 통한 더 높은 차원에서의 통합으로 나아가는 것이다. 평화와 민주주의, 민족적 자주와 사회적 평등이 한반도 전역에 걸쳐 실질적으로 구현되는 진정으로 바람직한 상황을 통일이라 할 때, 그것은 어떤 극적인 한순간의 감격이라기보다 일상적 실천과 자기희생을 동반한 점진적 성숙의 현실적 축적일 것이다.

염무웅에게 통일이란 그가 평생에 걸쳐 주장한 민주주의, 민족 자주, 사회 평등의 꿈이 활짝 피어나는 상황이라고 할 수 있다. 그렇기에 무력이나 금력에 의한 통일이란 무의미하며, 애당초 통일일 수도 없다. 통일이란 저자가 반세기가 넘게 주장하고 실천해온 시대와 현실에 바탕한 문학적 이상이 완성된 결과로서 도달하는 것이며, 남북의 시민·인민들이 생산한 평화의 동력이 한반도를 덮을 만큼 충분히 성장했을 때만 가능한 것이다. 그렇기에 염무웅은 민주주의, 민족 자주, 사회 평등을 위한 역량을 확충하는데 큰 관심을 기울이고, 반대로 이러한 역량을 저해하는 냉전 시대로의 회귀 움직임이나 신자유주의에 대한 맹목적 추종 등에 대해서는 강렬한 적대를 드러낸다.

통일을 사유하는 과정에서 돋보이는 지점은 늘 지구적 시각을 바탕으로 분단과 그 극복의 의미을 궁구하는 대목들이다. 이 저서의 제목에서도 선명하게 드러나듯이, 우리와 같이 분단을 겪었지만 우리와 달리 통일에 이른 독일은 주요한 참조의 대상이다. 나아가 세계적인 냉전의 형성과 해체의 세계사적 과정 속에서 한반도의 분단을 반추한다든가 동아시아 평화 체제의 건설과 정착에 있어 남북한 간의 교류와 화해가 지니는 의미를 탐구하는 대목 등도 지구적 시각에서 분단을 사유한 대표적인 사례라고 할 수 있다. 저자가 지향하는 통일역시 결코 민족이라는 범주에 제한된 것은 아니다. 이와 관련해 "'한국문학'이란 말은 '민족문학'이라는 말보다 협소한 개념일 수밖에 없지 않은가"라는 재일작가 서경식의 질문에 다음과 같이 답하는 것은 심대한 의미를 지닌 것으로 판단된다.

요컨대 '민족문학' '한국문학' '조선문학'은 단순히 이론적 분별을 요하는 개념적 문제라기보다 19세기 중엽 이후 오늘까지 진행된 민족의 이산(離散)과 남북 분단의 현실을 언어적으로 반영한 자기분열의 표현이다. 물론 우리는 '한국'의 국가주의화가 가져올 퇴행의 위험을 경계해야 하고, 마찬가지로 '조선'의 과도한 민족주의화에 따르는 시대착오적 배타주의도 극복해야 한다. 그런 점에서 나는 "디아스포라의 존재는 긍정적인가? 그렇다. 그건 분명 긍정적이다"(『디아스포라의 눈』 113면)라는 서경식 같은 소수자의 목소리가 한반도의 남북 어느 쪽에서나 충분히 존중되어야 한다고 믿는다. 그의 그런 불안정한 위치는 언젠가 한반도에 도래할 평등하고 평화로운 다민족·다언어·다문화사회의 형성을 위해 불가결한 주춧돌 노릇을 할 것이다.

이처럼 염무웅이 주장하는 통일은 '한국'이라는 말로 대표되는 국가주의나 '조선'이라는 말로 표현되는 민족주의의 퇴행이나 시대착오와는 관계가 없다. 언젠가 도래할 한반도의 공동체는 소수자의 목소리도 존중되는 다민족·다언어·다문화사회이며, 여기에서 우리는 자주적이지만 배타주의와는 분명히 결을 달리 하는 분단 극복의 전망을 읽어낼 수 있다.

존재의 무게가 실린 비평의 감동

단단한 논리와 차분한 어조로 일관하는 이 산문집에도 저자의 눈물이 반짝이는 순간이 있다. 그것은 재일작가 유미리가 발표한 『평양의 여름휴가』에서 자신이 살아 있는 동안은 어렵다 하더라도, "조선민족이 '분단'이라고 하는 '한'을 초월할 날은 언젠가는 반드시 찾아올 것이다"라고 말하는 대목을 읽는 순간이다. 이 대목을 읽으며 저자는 "뭉클한 감동으로 눈시울이 젖어오는 것을 어쩌지 못한다"고 고백하는데, 아마도 이때의 눈물은 분단 극복이 염무웅에게 갖는 그 엄중한 실존의 무게를 단적으로 증명한다고 할 수 있다. 『지옥에 이르지 않기 위하여』가 호소력 있게 다가오는 이유는 저자가 평생을 두고 탐구한 이론적 고투의 과정때문이기도 하지만, 보다 근본적으로는 분단의 고통을 온몸으로 감내해온 구체적인 삶의 실감이 뒷받침되었기 때문일 것이다. 『지옥에 이르지 않기 위하여』의 곳곳에서는 1941년생인 저자가 겪은 분단의 직접적인 고통을 확인할 수 있다. 6·25 이전 북한 땅이었던 속초에서 태어난 저자는 가족을 따라 남으로 피난을 와서, 낯선 객지에 정착한다. 이 과정에서 그 당시 고향을 떠난 수많은 사람들이 그러했듯이, 저자 역시 가족들과 헤어지는 이

산의 아픔을 겪었다. 이후에도 분단으로 인한 전쟁과 독재의 사나운 발톱은 저자의 삶을 결코 가만히 내버려두지 않았다. 폭격으로 불탄 집을 떠나 피난길을 떠나는 어린 자신의 모습을 염무웅은 "정체 모를 악귀의 마수에 사로잡힌 포로 같은 존재나 다름없었다"라고 표현하고 있다. '악귀의 마수에 사로잡힌 포로 같은 존재'를 강요한 분단의 고통은, 비단 6·25로 끝난 것이 아니라 이후의 삶에서도 그 강도를 달리 하여 저자를 끊임없이 괴롭혀왔다. 그렇기에 분단 극복을 향한 저자의 그 가열찬 도정은 단순한 원고지 위의 실천이 아니라 자신의 전 존재가 걸린 삶의 과업일 수밖에 없었던 것이다. 『지옥에 이르지 않기 위하여』에 수록된 글들이 완성되기까지는 분명 저자가 버텨온 80년의 세월이 온전히 필요했음이 분명하다. 머리와 손으로 쓴 글이 대부분인 이 부박한 시대에, 염무웅의 『지옥에 이르지 않기 위하여』는 삶으로 쓴 글의 위의를 보여준다는 점만으로도 오랫동안 잊히지 않을 것이다.

○ 2021

창발적 문학 탐구의 한 전범

방민호론

쇄말주의(瑣末主義)를 넘어서

    방민호의 평론집 『문학사의 비평적 탐구—꽃은 숨어서 피어 있었다』(예옥, 2018)는 제목부터 긴장감을 내뿜는 문제작이다. 문학과 관련된 이론적 논의에서 '문학사'와 '비평'은 서로 상반된 것으로 흔히 인식되고는 하였다. 문학사가 문학 연구의 최종적인 단계로서 거의 객관화되었다고 할 수 있는 사실과 가치의 인과적 규명을 목적으로 한다면, 비평은 당대적 문제의식을 바탕으로 한 동시대 문학 현장에 적극적으로 개입하는 문학적 활동으로 인식되었던 것이다. 전자가 분석과 종합을 주로 한다면, 후자는 진단과 평가에 초점을 맞춘다. 방민호의 이번 책에서는 두 가지 활동을 하나로 결합하고자 하는 선명한 의지가 드러나며, 이것은 "이 책의 성격을 가급적 분명히 하기 위해 더 연구에 가깝거나 더 현장 비평에 가까운 많은 글들을 상당 부분 수록하지 않았다"라는 고백에서도 확인할 수 있다. 593쪽에 이르는 이 저서는 비평을 연구에 근접시키는 동시에 연구를 비평에 근접시킨 작업이라고 할 수 있다.

지금 한국문학을 지배하는 것은 일종의 쇄말주의이다. 연구와 평론이 분리되기 시작한 지는 오래이며, 연구 역시도 자신만의 미시적인 영역에 집중하는 분위기이다. 따라서 학계의 공론장은 점점 협소해지고 있으며, 전체를 조망하는 담론이나 시야는 찾아보기 어렵다. 제대로 된 문학사나 문학개론 등의 단독 저서가 출판되지 않는 것도 이러한 쇄말주의와 무관하다고 볼 수 없다. 이러한 맥락에서 소설, 시, 평론을 아우르고 구한말부터 2010년대의 문학까지를 아우르는 이번 저서는 나름의 의의를 인정할 수 있을 것이다.

무려 22편의 글이 실려 있는 이번 평론집에서 일반적으로 평론에 해당하는 글은 5편 정도로, 대부분의 글들은 당대의 문학 현장이 아니라 이미 문학사의 정전에 오른 작가나 작품에 대한 것들이다. 그럼에도 이 저서는 굳이 '평론집'이라는 명칭을 달고 있다. 이러한 낙차는 저자가 문학 현장에 대한 개념을 새롭게 규정한 결과이다. 방민호는 한국 현대문학사 전체를 "대화를 위한 현장"으로 새롭게 규정하고 있는 것이다. 이러한 새로운 시도는 "비평도 비평이지만 문학사 연구를 외면할 수 없는 의무감이 작용하면서 내 비평은 현장으로부터 거리가 먼, 백 년 전, 수십 년 전의 일들에 고개를 묻어야 했다"

라는 말처럼, 교수라는 저자의 현실적 처지도 적지 않은 영향을 미친 결과로 보인다.

전통과 모던의 양안(兩眼)으로 바라본 문학

이번 저서에서 두드러지는 점은 하나의 문학 현상을 해명함에 있어 소위 전통이라는 우리의 고유한 맥락과의 연관성을 두드러지게 의식한다는 점이다. 이러한 문제의식이 가장 분명하게 드러나는 것은 근대 전환기의 문학 현상을 바라볼 때이다. 방민호는 이 시기 문학을 외래적 요소와 연관 짓는 논의들에 민감하게 반응하며, 19세기 후반부터 20세기 전반에 걸쳐 이루어진 우리 문학이 고유한 전통과의 깊은 연관 속에서 전개되었음을 강력하게 주장한다. 이와 관련된 글들로는 「한국에서의 소설, 현대소설, 그리고 현대로의 이행」, 「신소설은 어디에서 왔나?」, 「이광수 『무정』을 어떻게 읽어왔나?」, 「'신라의 발견' 논쟁에 붙여」를 들 수 있다.

「한국에서의 소설, 현대소설, 그리고 현대로의 이행」은 근대문학의 기점을 논할 것이 아니라 근대문학의 지표들(indices)을 논해야 한다고 말한다. 이를 통해 근대문학 또는 현대문학으로의 이행은 1860년대부터 시작되어 넓은 시간에 걸쳐 장기간에 이루어진 것이라고 주장한다. 「신소설은 어디에서 왔나?」는 최초의 신소설이라는 불리는

「혈의 루」에 대하여 다룬 논문이다. 저자는 『혈의 루』가 "일본 정치 소설의 결여 형태라기보다는 17세기에 변화된 전기소설 양식을 한글 소설의 형태로 새롭게 재편한 작품"이라고 주장한다. 「이광수『무정』을 어떻게 읽어왔나?」는 일제 시대 김동인부터 최근에 이르는 이광수 연구의 큰 흐름, 즉 김동인, 임화, 박계주와 곽학송, 김윤식, 윤홍로, 이재선 등의 논의를 정리한 글이다. 이를 바탕으로 이광수『무정』의 사상은 "타자에 대한 지극한 사랑과 슬픔 없는 세계로서의 조선을 겨냥한 것"이며, "그 원천은 안창호의 것으로 소급될 수 있음을 시사한다"고 주장한다. 「'신라의 발견' 논쟁에 붙여」에서는 '신라의 발견' 론을 기본적으로 '모든 것이 외부에서 왔다'고 주장하는 논의라고 규정하며, 이를 강하게 비판한다. 이것은 "서구 근대를 가치의 척도로 보고, 한국의 것은 이에 미달 또는 과잉된 비정상성으로 보는 관점을 비판"하는 것이기도 하다.

『무정』의 논의에서 드러나듯이, 저자의 기본적인 관점은 한국 현대문학사를 "전승되어 온 것과 외부에서 온 것을 종합한 것"으로 이해하는 것이지만, 이 저서에서는 근대 전환기의 문학을 '전승되어온 것'과 관련시켜 이해하는 데 초점을 맞추고 있다. 이것은 그동안의 문학 연구가 지나치게 '외부에서 온 것'에 초점이 맞추어져 있었다는 저자의 인식에서 비롯된 것이다.

그렇다고 방민호가 전통지향성이라는 하나의 잣대로 그 복잡다단한 한국 현대문학을 바라보는 것은 아니다. 동시에 저자는 외래적인 것에 관심을 가지고 있으며, 나아가 좋은 문학은 세계적인 보편성을 의식하며 창작될 때만 가능하다는 입장을 보여준다. 버지니아 울프는 박인환과 한강의 문학 세계를 해명하기 위해 두 번이나 중요한 논의의 대상으로 등장하며, 일본문학 역시 중요한 참고 지점으로 언급된다. 방민호는 "세계 철학사나 문학사의 전위적인 지적 국면들을 섭취하지 않고 자신의 작품이 현대적인 세계문학의 범주 안에서 논의되기를 바라는 것은 '있을 수 없는' 일이라고 생각"하는 평론가인 것이다.

「한국 출판시장의 창에 비친 일본소설」은 한국 시장에서 많은 지분을 확보한 일본소설의 특징을 나름대로 탐구하고 있는 소설이다. "현재 독자들의 욕구와 한국 작가들의 총합적인 역량 사이에는 현저한 격차가 있고 이를 메워주는 수단이 되는 것이 바로 가까운 다양함과 낯익음을 고루 갖춘 일본의 소설들"이라는 것이다. 맹목적인 일본 동경이나 일본 비판에서 벗어나 있는 이 글에서는 무라카미 류, 무라카미 하루키, 가토 노리히로, 기쿠치 칸 등을 주요하게 다루고 있다. 「'수용소 문학'에 관하여」는 탈북문학(특히 김유경의 『인간 모독소』)을 다루면서, 세계적인 명작인 조르조 아감벤의 『아우슈비츠의 남은 자들』이나 솔제니친의 『수용소 군도』와의 꼼꼼한 비교를 수행하고 있다. 이처럼 세계문학이라는 맥락을 의식하는 것은, 「장편소설을 다시 생각한다」에서 훌륭한 장편소설이 갖추어야 할 조건으로 "세계 사람들한테 충분히 공유"될 수 있어야 한다는 조건을 내세우는 것에서도 확인 가능하다.

방민호에게 가장 이상적인 문학은 세계적인 보편성을 의식하면서 동시에 한국문학의 전통에도 깊은 자의식을 가진 작품일 것이다. 이번 저서에서는 그러한 대표적인 사례로 한강의 『채식주의자』가 논의되고 있다. 「한강 장편소설 『채식주의자』의 '나무되기'」는 들뢰즈와 가타리가 주장한 "새로운 존재 방식과 삶의 가능성을 만들어 가는 과정"으로서의 '동물 되기'라는 개념을 통해서 한강의 『채식주의자』를 새롭게 읽어낸 글이다. 나아가 버지니아 울프의 『등대로』나 이상의 「날개」 그리고 이효석의 작품들과 치밀하게 비교함으로써 이 작품이 지니는 문학적 성취의 보편성과 새로움을 날카롭게 드러내고 있다.

문학사의 새로운 이해

22편의 글 중에는 문학사 이해와 관련해 새로운 시각을 열어주는 주목할 글들이 수록되어 있다. 「경성 모더니즘 개념 구성에 관하여」, 「김환태 비평이 한국에 남긴 것」, 「해방 후 8년 문학사에 관하여」, 「박인환의 문학사적 위상」, 「김수영과 '불온시' 논쟁의 맥락」, 「사회 구성체 논쟁의 시대―1980년대 문학을 위하여」, 「1990년대 소설을 어떻게 보아야 하나?」, 「인간의 본원적 생명력에 대한 직관과 경의」가 여기에 해당하며, 그중에서도 「해방 후 8년 문학사에 관하여」와

「박인환의 문학사적 위상」은 저자의 독창적인 시각이 번뜩이는 중요한 글이다.

「해방 후 8년 문학사에 관하여」에서는 해방 직후, 단독 정부 수립 이후, 6·25의 발발과 정전으로 구분되던 해방 후 8년의 문학사를 연속성과 인과성에 바탕해 바라볼 것을 제안한다. 특히 월북문학에 비해 상대적으로 연구가 되지 않았던 월남문학을 전면적으로 사유하는 것과 태평양 전쟁과 한국 전쟁이라는 두 개의 전쟁과 관련시켜 8년 문학사를 바라보아야 한다는 진단은 여러 가지 사유의 지점들을 제공한다. 「박인환의 문학사적 위상」은 문청 기질의 시인이자 피상적 모더니스트 정도로 자리매김되어온 박인환을 새롭게 조망하고 있는 글이다. 이 글을 통해 박인환은, 김기림과 오장환의 문학적 전통을 이어받은 "해방이 낳은 '최초' 시인"이자 이상(李箱)에 버금가는 "지성적 실력가요, 그를 뒷받침할 수 있는 감수성과 예지력을 갖춘 '천재'"로 새롭게 조명된다.

여타의 글도 흘려보낼 수 없는 의견으로 채워져 있다. 「경성 모더니즘 개념 구성에 관하여」는 도시주의, 정치적 함축, 상호텍스트성, 장르 접근 및 통합 경향, 타이포그래피에 대한 관심, 언어 중시의 형식주의, 숭고와 데카당스 미학의 변주, 히스테리 폐결핵 매독 등 질병의 수사학, 개체성의 발견과 그 심층, 미의 원천으로서의 여성에 대한 탐구라는 10가지 지표를 갖는 경성 모더니즘 개념을 가설적으로 제시한다. 「김환태 비평이 한국에 남긴 것」은 김환태 비평이 지닌 고전적 성격을 해명하고 있는 글이다. 그 핵심 성격으로는 저널리즘 비평에 아카데미즘적 성격을 세련되게 착목시킨 것, 일방적인 정론적 비평을 넘어선 것, 비평 문장을 혁신한 것 등을 들고 있다. 「김수영과 '불온시' 논쟁의 맥락」은 김수영이 참여문학론의 정치(주의)적 한계를 뛰어넘어 "정치적이지만 비정치적이며, 비정치적이면서도 정치적"인 문학에 도달했다는 것을 밝히고 있다.

특히 「사회구성체 논쟁의 시대—1980년대 문학을 위하여」는 방민호의 인간적 육성이 가장 많이 묻어나는 글이다. 대학에 입학한 1984년부터 민정당 연수원 농성 사건에 연루된 1985년의 경험으로 시작되는 이 글에서 방민호는 그 시대 대학가의 핵심적인 담론이었던 사회구성체 논쟁과 얽힌 다양한 정치적 주체와 그들의 이론적 성향을 조리 있게 설명하고 있다. 「1990년대 소설을 어떻게 보아야 하나?」는 1994년 등단한 방민호가 비평가로서 정열적으로 활동했던 1990년대 소설의 전개 양상을 총괄하고 있는 글이다. "전면적인 개방화 양상이야말로 1990년대 소설을 배태시킨 가장 큰 요인"이라는 전제를 바탕으로 후일담 소설, 여성소설의 등장과 성행, 근대 이후 담론과 관계된 소설, 가상 현실이 전면화된 소설, 소설적 공간의 확장, 역사와 삶에 대한 근원적 성찰 등을 주요한 특징으로 들고 있다. 「인간의 본원적 생명력에 대한 직관과 경의」는 황석영론으로서 초기작인 「밀살」부터 2000년대 대표적인 장편인 『심청』에 이르는 작가의 방대한 문학세계를 지탱하는 황석영의 리얼리즘이 "현실이라는 이름으로 불리는 세속의 차원을 초월하는 본원적인 생명력에 대한 직관과 경의"를 통해 가능했음을 밝히고 있다.

나아가 「작가 연구 아직도 유효할까?」는 문학 연구의 방법론을 제안한다는 점에서 주목되는 글이다. 저자는 한쪽에서는 신비평주의가 다른 한쪽에서는 역사현실주의가 문학 연구의 주류적 위치를 교차적으로 점유해오는 상황에서, "가장 촌스럽고, 덜떨어진 연구 방법으로 간주"되는 작가 연구가 지닌 의의와 유용성을 살펴보고 있다. 이태준, 백석 등을 예로 들어 작가 연구가 "문학 연구의 쟁점들을 심문"할 수 있으며, "문학사를 귀납적으로 연구"할 수 있게 한다고 주장한다. 저자는 작가 연구가 최신의 이론을 통해서도 그 유효성이 입증되고 있는 상황임을 밝히고 있다.

삶에 대한 증언으로서의 문학

『문학사의 비평적 탐구』는 3장에서 살펴본 글들처럼 문학사에 초점을 맞춘 논의와 더불어 당대 문학에 적극적으로 개입하는 논의도 발견할 수 있다. 문학사는 어디까지나 완료형의 문학일 수밖에 없기에, 그에 대한 논의만으로 시종한다면 문학 현장에 대한 진단과 평가로서의 '비평적 탐구'라는 말은 공소해질 수밖에 없다. 방민호는 이 저서에서 거침없이 당대 문학에 대한 여러 가지 의견들을 제시한다.

「로망스 또는 '소설'에 관하여」에서는 소설에 대한 일반 이론을 펼치면서도, 결국 한국문학이 나아갈 하나의 방안으로 "'소설적인' 것과 로망스적인 것의 접합"을 내세운다. 「최근 문학에 관한 원근법적 성찰과 모색」은 진정한 문학의 조건으로 '제약들을 넘어서려는 시도들을 펼치는 문학', '사랑의 힘을 믿고 실천하는 문학', '자신 앞에 참조해야 할 어떤 작가들이 있는지 아는 것. 뿐만 아니라 자신이 그 아류에 머물러서는 안 됨을 깊이 자각하는 문학', '상상과 환상을 중시하는 그 연장선에서 사실에의 증언에 관심을 돌리는 문학' 등을 내세우고 있다.

특히 방민호는 '지금의 삶'에 대한 관심을 강하게 촉구한다. 「최근 한국소설과 증언」은 세월호와 북한에서의 인권 유린 등을 들며, "해방 직후, 1980년대 전반기에 이어 한국문학은 다시 증언으로 돌아가야 한다"는 주장을 펼치고 있다. 「'수용소 문학'에 관하여─『아우슈비츠의 남은 자들』, 『수용소 군도』, 『인간 모독소』는 탈북 문학이 단순한 비판이나 고발을 넘어 우리 시대의 야만과 역설과 아이러니를 깨닫게 해준다고 고평한다. 결국 "삶의 근본을 향한 질문에 닻을 내린 문학"이라는 결론에까지 이른다.

방민호는 『문학사의 비평적 탐구』에서 세계적 보편성과 역사적 전통을 동시에 의식하는 바탕 위에 한국문학의 여러 의미 있는 결절점들을 살펴보았다. 이를 통해 상식화된 기존의 문학사 이해를 혁신하는 동시에, 상상력에 바탕해 본원적인 삶 자체의 표현에 이르는 문학을 제시한다. 그것은 예술주의적이면서 동시에 역사와 현실에 굳건히 뿌리내린 문학이라고 할 수 있다.

　마지막으로 『문학사의 비평적 탐구』가 제시하는 가장 인상적인 지점을 언급하며 논의를 마치고자 한다. 이 두꺼운 책은 무엇보다도 새로움으로 가득하다. 이것은 다분히 의식적인 것으로 보인다. 방민호는 「장편소설을 다시 생각한다」의 1장 '비평에 관한 우화들'에서 비평가는 "의식의 진정한 독립성을 쟁취"해야 한다고 말한다. 오스카 와일드를 인용하여 "비평은 고도의 창작으로서, 기성의 창작품에 의존해서 기생하는 것이 아니라 단지 그것들을 소재로 삼아 새로운 세계를 창조"해야 한다는 것이다. 문학에 대한 논의에서 새로움을 확보하는 방법은 크게 세 가지이다. 논의의 대상이 새롭거나 연구방법론(시각)이 새롭거나 해석이 새로운 것이다. 방민호의 『문학사의 비평적 탐구』는 주로 독창적인 해석을 통해 새로움을 확보하고 있다. 그 해석의 새로움을 뒷받침할 논의 대상과 연구방법론(시각)을 확보하고 더욱 확충시키는 작업은 동시대 연구자(평론가)들이 짊어져야 할 공동의 짐일 것이다.

○ 2018

대양을 가르는 향유고래의 간절한 믿음

한기욱론

한기욱의 두번째 평론집『문학의 열린 길』(창비, 2021)은 4부로 구성되어 있으며, 총 18편의 글이 수록되어 있다. 1부에 수록된 네 편의 글은 시대론/문학론, 2부에 수록된 여섯 편의 글은 작품론/작가론, 3부에 수록된 네 편의 글은 장편소설론, 4부에 수록된 네 편의 글은 미국문학론/세계문학론에 해당한다. 이 평론집은 '사유 · 정동 · 리얼리즘'이라는 부제를 달고 있는데, '문학의 열린 길'이라는 제목과 부제에는 한기욱이 생각하는 한국문학의 실제와 전망이 옹골지게 압축되어 있다.

그가 보기에 최근 한국문학을 규정짓는 대사건은 '촛불혁명'이며, 이것은 문학뿐 아니라 한국사회의 변혁을 담보할 수 있는 결정적인 증거이다.[1] '촛불혁명'이 기존의 역사적 대사건과 구분되는 핵심적인 특

---

1 이번 평론집을 규정짓는 핵심적인 사건은 2016년 말에 세상을 밝힌 '촛불혁명'이다. 총론에 해

징은 혁명의 주체가 정동적 성향을 지녔다는 점이다. 이번 평론집의 핵심적인 키워드를 하나만 뽑으라면 정동이라고 할 수 있는데, 정동적 요소는 우리 시대의 가장 특징적인 모습이다.[2] 정동(affect, 情動)은 "기존의 경계들—신체와 정신, 감성적인 것과 이성적인 것, 의식과 무의식 사이의 경계들—을 가로지름으로써 세계를 계속적으로 변형시키는 힘"을 지녔지만, 동시에 아나키즘적 속성으로 인해 부정적으로 작용할 수도 있다. 그렇기에 '참된 사유'에 의해 제어만 될 수 있다면, 우리 시대의 정동을 제대로 형상화한 소설은 현재를 사는 사람들의 삶에 맞닿은 리얼리즘을 구현할 수도 있는 것이다. 저자는 이렇게 창안된 새로운 리얼리즘이야말로 우리를 '문학의 열린 길'로 이끌 수 있다고 확신한다.

나아가 정동은 리얼리즘 소설이 빠지기 쉬운 함정인 상투성에서 벗어나게 해주는 긴요한 요소이기도 하다. 한기욱은 정동적 요소를

당하는 1부에 수록된 대부분의 글은 제목 혹은 부제에 촛불이라는 단어가 등장하며, 2부의 「촛불혁명은 진행형인가」와 같은 글도 '촛불혁명'과 관련하여 한국문학을 논의하고 있다. '촛불혁명'은 단순하게 "박근혜 정부의 탄핵과 정권 교체"에 그치는 사건이 아니라, "여러 종류와 층위의 기득권 장벽을 돌파함으로써 한국사회의 기본적인 체질을 바꿔놓는 일"에 방점이 놓여진 사건이다.

2 한기욱은 '촛불혁명' 이후에도 정동적 주체를 가장 대표적인 한국사회의 인간형으로 파악하고 있다. 이것은 "조국 사태의 두드러진 면모는 정동의 요소가 그 사태에 강하게 작용하고 있으며 시민들 다수가 '정동적인 주체'가 되어가고 있다는 사실이다"라고 주장하는 부분에서도 드러난다. 그는 대다수 시민들을 정동적으로 만드는 근본적인 원인까지 제시하는데, 그것은 바로 "자산·소득 불평등과 더불어 극단적으로 치닫는 자본의 수탈방식"이다.

"간을 맞추듯 적절히 사용"하면, "상황이나 인물의 생생함을 높일 수 있을 뿐 아니라 반복적인 서사로 말미암은 상투성이나 정치적 정답주의 등 서사의 도식성을 깨는 데도 효과적"이라고 주장한다. 이러한 생각에 바탕해 '촛불혁명' 이후의 소설(황정은, 김세희, 김금희 등)에 나타난 정동의 양상을 지극한 정성으로 살펴보는 것은 이 평론집의 백미에 해당한다. 김금희의 소설을 '마음 중심의 서사'라 부르며, 작가가 그 소설을 통해 "무의식 깊은 곳의 움직임까지 포착"해내는 양상을 촘촘하게 뜯어보는 것은 대표적인 사례라고 할 수 있다.

그러나 '간을 맞추듯' 정동적 요소를 사용해야 한다는 표현에서도 드러나듯이, 정동적 요소는 적절한 사유에 의해 특유의 아나키즘이 통제되어야 한다. 이것은 리얼리즘의 대립적인 두 원천으로 '서사적 충동(narrative impulse)'과 '정동'을 꼽으면서 후자에 방점을 찍는 프레드릭 제임슨과는 다른 모습이라고 할 수 있다. 한기욱이 이상적으로 제시하는 "정동이 내재된 사유"는, '운동으로서의 리얼리즘'이 요구하는 원숙한 시각과 균형, 나아가 새로운 세상을 향한 지혜와 진리에 해당한다.

몸과 무의식의 차원에까지 가닿은 정동에 주목하는 만큼, 「문학의 열린 길」에 수록된 평론들에서 한기욱이 문학작품을 읽는 눈은 매우 섬세하고 치밀하다. 더욱 주목할 것은 텍스트에 대한 자상한 태도가 스타일의 문제를 넘어서 기본적인 문학 인식에 맞닿아 있다는 점이다. 이는 문학이야말로 미지의 영역을 탐구하는 발견적 방식이라고 인식하는 것과 관련된다. 이러한 인식은 문학작품이 사회과학이나 철학적 이론에 버금가는 가치를 지니고 있을 뿐만 아니라, 다른 담론 체계를 뛰어넘는 창조적 역할을 수행한다는 확신에서 비롯된 것이다. 한기욱은 우도할계(牛刀割鷄)식으로 거대 담론에 맞추어 텍스트를 재단하기에 급급한 정론 비평의 문제에서 한참 벗어난 모습을 보여준다. 그가 생각하는 문학은 "작가가 의식하든 안 하든 주어진 삶과 현실을 온몸으로 밀고 나가 사유와 감각에서 미답의 세계를 여는 일"이며, 비평은 "이 창조적 행위가 열어놓은 새로운 인식과 감성의 의미를 밝히면서 그 창조적 핵심을 지켜내는 일"이다. 신경숙의 『외딴 방』을 논하면서 주인공의 창작 행위에 대해 "글쓰기라는 창조적 과정을 통해 그 한계를 돌파할 수 있으며 현재성을 구현할 수 있다는 뜻"이라고 말하는 대목은, 후기구조주의에서 주장하는 글쓰기론에까지 닿아 있다는 느낌을 줄 정도이다.

텍스트의 심연에 대한 섬세한 관심은 인간을 향할 때도 마찬가지로 나타난다. 이번 평론집에서 돋보이는 것은 황정은이나 김애란의 소설을 평가하며, 그 소설에 나타난 '개별자성/개체성에 대한 민감한 의식'을 읽어내는 대목이다. 공동체의 일부로 환원될 수 없는 존재의 단독성에 대한 인식은 그 자체로 소중한 것일 뿐 아니라, 저자가 그토록 갈망하는 근대세계 체제 극복의 한 방편으로 기능할 수도 있다는 점에서 더욱 소중하다. 그것은 이번 평론집에서 무려 세 편의 글(「근대세계의 폭력성에 대하여」, 「근대체제와 애매성」, 「로런스는 들뢰즈의 미국문학론에 동의할까?」)을 통해서 집중적으로 조명하고 있는 허먼 멜빌(Herman Melville)의 문학을 논의하는 과정에서 이루어진다.

한기욱에 따르면, 그동안 멜빌의 「필경사 바틀비」에 등장하는 바틀비는 "하트/네그리에게는 '해방 정치의 시작'을 여는 사람으로, 지젝에게는 체제는 물론 체제에 기생하는 체제 반대 세력('항의'의 정치)과도 결별하려는 새로운 정치의 주체로, 아감벤에게는 순수하고 절대적인 잠재성의 형상으로, 들뢰즈에게는 아버지의 권능에서 벗어난 '형제 공동체'의 영웅"으로 호명되었다. 그러나 한기욱이 파악한 바틀비의 핵심적인 특징은 무엇보다도 "불가해성"에 있으며, 이때의 불가해성은 "살아 있는 존재 특유의 속성"에 해당하는 것이다. 다시 말하자면, 「필경사 바틀비」의 위대함은 '타자성의 본질'에 해당하는 "바틀비의 불가해한 현존을 실감나게 표현"한 점이다. 더욱 주목할 것은, 저자가 바틀비의 애매함이 "근대 자본주의 체제의 강력한 논리와 균형을 뒤흔"든다고 파악하는 지점이다. '개별자성/개체성에 대한 민감한 의식'을 바탕으로 근대 자본주의 체제 비판의 가능성을 제시하는 것은 하나의 장관이라 할 만하다.

이외에도 한기욱의 『문학의 열린 길』은 수많은 논점들을 포함하고 있다. 특히 「주변에서 중심의 형식을 성찰하다」에 나타난 세계문학론은 이 평론집에서 빼놓을 수 없는 부분이다. 저자가 오래전부터 강조해온 '쌍방향 교호작용으로서의 세계문학'이 호베르뚜 슈바르스(Roberto Schwarz)의 소설론을 경유해 한 단계 성숙했음을 증명하고 있기 때문이다. 한기욱의 『문학의 열린 길』은 간절한 믿음에 의해 창작된 평론집이라고 해도 과언이 아니다. 그것은 현 단계 한국소설을 리얼리즘적 맥락에서 새롭게 그리고 제대로 읽어내어 비평의 권능을 회복하고자 하는 믿음이자, '촛불혁명'으로 상징되는 한국사회의 변혁적 과제를 완수하고자 하는 믿음이며, 인종주의와 자본주의가 뒤얽혀 있는 근대 체제를 극복하고자 하는 믿음이라고 할 수 있다. 이러한 서원은 표지에도 그려진 어린 향유고래들처럼, 이 지구상의 모든 이들이 대양을 자유롭게 헤엄칠 수 있기를 바라는 마음에서 비롯되었을 것이다. 이 믿음은 언젠가는 이루어지겠지만, 『문학이 열린 길』은 그 간절한 믿음으로 인해 저자는 이미 대양을 자유롭게 헤엄치는 한 마리 향유고래가 되었음을 증명하는 평론집이라고 할 수 있다.

○ 2022

역사·유물론적 문학이론의 찬란한 계보

비평동인회 크리티카, 『소설을 생각한다』

1

비평동인회 크리티카가 엮은 『소설을 생각한다』(문예출판사, 2018) 에서 다루는 열두 명의 이론가들은 그 이름만으로도 독자를 압도하기에 충분하다. 로런스, 루카치, 벤야민, 바흐친, 사르트르, 아도르노, 제임슨, 루쉰, 최재서, 임화, 김현, 백낙청은 소설에 대해 진지하게 고민해본 이라면, 누구나 한 번쯤은 그들이 쓴 글과 버거운 씨름을 벌여본 경험이 있을 것이다. 그들은 그야말로 소설을 이해하는 지도를 제공해온 동서양의 대표적인 이론가들이라고 할 수 있다.

여기에 모인 열두 명의 이론가 모두가 한 권의 책으로도 소화하기 힘든 방대한 문학의 성채를 구축했다는 점을 생각할 때, 비평동인회 크리티카는 『소설을 생각한다』라는 저서를 통해 참으로 야심차고도 중요한 업적을 선보였다고 할 수 있다. 이 책은 각각의 이론가들이 선보인 대표적인 소설론의 원문을 제공한 후에, 전공자들이 그 원문을 중심으로 한 이론가의 소설론에 대한 해제를 집필하여 수록하고 있다. 이러한 기본적인 틀만 본다면, 우선 드는 생각은 백과사전 수준의 범박한 개론서를 떠올리기 쉽다. 그러나 이러한 선입관은 명백한 오해이다. 필자를 대표하여 머리말을 쓴 김경식은 소설을 둘러싸고 생성된 유의미한 글을 원문 그대로 제공한 후에, 선정된 글에 대한 "간명한 해설"을 덧붙였다고 밝히고 있지만, 여기에 수록된 해제는 간명한(簡明, 간단명료한)이라는 말로는 도저히 포괄할 수 없는 사유의 깊이와 넓이를 확보하고 있다.

이 책을 접하고 가장 먼저 드는 의문 중에 하나는 열두 명의 이론가들이 매우 중요한 소설론을 제시하기는 했지만, 당연히 열두 명의 이론가가 근대 이후의 소설론을 모두 포괄할 수는 없다는 점이다. 그렇다면 나름의 기준이나 안목이 열두 명의 이론가를 선별하는 과정에 작동했을 것인데, 그 잣대가 무엇인가 하는 의문이다. 머리말에는 이러한 기준이 나름 일목요연하게 제시되어 있다.

이 책에 실린 글들 대부분의 필자처럼 대체 불가능한 소설 고유의 예술적 역능을 믿는다면, 그 믿음은 무엇보다도 삶의 실상 또는 '진실'에 대한 창조적 깨달음을 유발하는 유력한(어쩌면 가장 유력한) 매체가 소설이라는 믿음과 통하는 것일 터다. 따라서 그러한 소설에 대한 사유 또한, 그것이 제대로 된 것이라면, 실존적 · 사회적 · 형이상학적인 복합적 흐름으로서의 인간 삶에 대한 탐문을 내적 동력으로 포함하고 있을 것이다. 개별 작품으로서의 소설, 장르 또는 형식으로서의 소설과 직접 연관된 문제뿐 아니라 소설의 객관적 원천으로서의 사회역사적 현실에 대한 성찰, 그리고 창조적 생산물로서의 소설을 낳는 인간 존재에 대한, 인간의 삶에 대한 사유까지 명시적으로 혹은 내밀하게 포함하고 있다.[1]

이 책에 수록된 이론가들이 공유하는 공통적인 신념을 정리하자면 다음과 같다. 소설은 삶의 실상 또는 진실을 알려주는 가장 유력한 매체라는 것, 소설에 대한 사유는 인간 삶에 대한 탐문을 포함하고 있다는 것, 개별 작품이나 장르로서의 소설에 대한 탐구는 사회역사적 현실에 대한 성찰에 이어진다는 것 등이다. 크게 보아 이들 이론가는 소설과 현실의 관계를 묻고, 현실을 더 나은 방향으로 변화시키는 데 기여하는 소설의 권능에 대한 문제의식을 공유하는 이론가들이라고 할 수 있다.

지금까지 한국에서 유통되는 소설론은 대부분이 대학교 문학 교재의 성격을 지닌 것으로서, 그 내용의 태반은 20세기 전반에 영미에서 유행한 신비평적인 태도를 보이는 것들이었다. 이러한 소설론은 시점, 화자, 플롯, 문체 등과 같은 형식적·구조적인 측면에 초점을 맞추고는 했다. 이러한 상황에서 동서양을 아우르는 대사상가들의 소

---

1 비평동인회 크리티카 엮음, 『소설을 생각한다』, 문예출판사, 2018, 6면.

설 이론을 한 권의 책으로 만나볼 수 있게 한 『소설을 생각한다』는 한국문학계에 뒤늦게 찾아온 반가운 선물임에 분명하다.

2

『소설을 생각한다』에서 가장 중요한 이론가를 한 명만 꼽으라면, 그건 아마도 루카치일 것이다. 다른 이론가를 다룬 장이 두 꼭지로 되어 있는 것과 달리, 루카치를 다룬 장은 무려 네 꼭지로 되어 있다. 또한 100페이지에 이르는 분량이 보여주는 외면적 형식에서도 루카치의 중요성은 충분히 증명된다. 루카치를 다룬 2장을 책임지고 있는 김경식의 다음과 같은 말은 루카치가 이 저서에서 차지하는 위상을 잘 보여준다.

　물론 '역사·유물론'이 '마르크스·레닌주의'와 동일시되던 시기는 이미 오래전에 지났다. 그렇다고 해서 '마르크스·레닌주의 문학이론'을 하나의 역사적 단계로 놓을 수 있는, 여러 갈래의 시도를 포괄하는 '역사·유물론적 문학이론'의 필요성이 사라진 것은 아니다. 아니, 미적 평가와 판단이 상대주의적으로만 고집되는 개인 취향의 문제로 치부되고 문학 연구나 비평은 쇄말주의(瑣末主義)와 전문가주의에 의해 주도되는 것이 현재의 주된 지적 경향이기에, 그 필요성은 오히려 더 커졌다고 주장하고 싶다. 우리가 이 책에서 소개한 바흐친, 벤야민, 아도르노 등과 함께 루카치 또한 그러한 '역사·유물론적 문학이론'을 형성해가는 과정에서 망각해서는 안 되는 유산으로 한몫을 담당할 수 있을 것이며, 또 마땅히 그래야 한다.

기본적으로 루카치는 결코 포기할 수 없는 '역사·유물론적 문학이론'의 중심에 놓여 있는 이론가인 것이다. 루카치에 대해서는 국내 전문가가 해제를 다는 대신 케슬러의 「역사·유물론적 소설 장르론을 위한 입지 모색」(1988)을 번역하여 수록하고 있다. 케슬러의 이 글은 루카치의 소설론이 가장 깊이 있게 다뤄진 「소설」(1934)에 대한 해제일 뿐만 아니라 루카치가 제출한 「'소설'에 대한 보고」를 둘러싸고 이루어졌던 논쟁의 골자에 대한 정리와 바흐친의 소설론에 대한 간략한 소개까지 하고 있는 글이다.

케슬러는 루카치가 문학 및 예술 일반과 마찬가지로 소설 장르의 역사와 형식도 인간사회의 보편사, 곧 역사 과정 자체와 불가분의 연관 속에 있는 것으로 파악했다. 이를 통해 루카치는 장르 각각의 특수한 형식의 발생과 발전을 규정하는 사회·내용적 계기들을 부각하여 드러내고자 했다는 것이다. 또한 루카치는 헤겔을 따라서 서사시와 소설을 사회의 총체성이 펼쳐지는 두 가지 대서사 형식이라고 파악하였다.

루카치가 소설론을 펼치는 과정에서, 부동의 지향점이자 척도로 여겼던 것은 인간의 옛 서사시적 온전함(전체성)이었다. 소설은 서사시에 이어지는 대서사 형식으로서, 계급적 대립들의 성숙과 이와 결부된 인간 퇴락의 첨예화, 다른 한편으로는 자본주의 사회에서 이루어지는 인간 실존의 급격한 파괴에 맞선 인간적 본성의 반란과 관련된다. 위대한 서사적 포에지는 소설 자체의 가장 농축된 형식이며 또한 이와 동시에 위대하고 현실적인 리얼리즘의 기초이자 보증인이기도 하다. 루카치는 사라질 위험에 처한 본래의 인간성을 위한 투쟁 방법을 찾아내기 위해 20세기까지의 소설 역사를 철저히 연구했다. 이러한 노력을 통해 루카치는 현실성(Realität), 총체성(Totalität), 인간성(Humanität)이라는 자신의 삼원소로 리얼리즘 소설가들의 가장 중요한 이념적·미적인 특수성을 정확하게 찾아낸 것으로 의미 부여된다.

벤야민과 바흐친은 장르 또는 형식으로서의 소설에 대한 심층적인 탐구를 통하여 사회역사적 현실에 대한 혁명적 효과까지 기대한 이론가들이라고 할 수 있다. 임홍배의 「서사정신의 회복을 위하여」는 발터 벤야민의 「이야기꾼」(1936)에 대하여 논하고 있다. 벤야민은 과거에 농사꾼이나 수공업자 혹은 먼 곳을 여행하는 선원들이 들려주었던 이야기는 유익한 실용적 지식이나 진기한 경험, 삶의 지혜를 전수하고 공유할 수 있게 해주는 특별한 힘, 그리고 그런 이야기를 할 줄 아는 능력까지도 함께 전수한다고 본다.

벤야민은 그런 이야기를 할 줄 아는 기술이 종언을 고했다고 진단한다. 이야기하는 기술의 몰락은 곧 경험을 공유할 수 있는 능력의 상실을 뜻하고, 그 주요한 원인은 경험의 가치가 몰락한 데 있다. 이야기의 종언은 대중매체의 발달, 물량전과 대량 학살 그리고 대공황 등에서 비롯되었으며, 이외에도 사물의 아우라를 남기지 않는 천편 일률적인 유리·강철 문화의 지배가 경험을 빈곤하게 만든 것도 원인이다. 요컨대 공유할 만한 가치가 있는 경험의 소멸은 벤야민이 「기술복제 시대의 예술작품」에서 말하는 '아우라(Aura)의 붕괴'에 상응하는 현상이다.

이야기의 몰락을 대체하는 것이 바로 소설의 융성이다. 구전으로 전승되는 이야기가 몰락하고 책으로 유통되는 소설이 서사 양식의 주류로 부상한 것은 기술매체와 생산력의 발달에 따른 돌이킬 수 없는 과정인 것이다. 벤야민은 이야기가 지혜를 전수하는 자생적 힘을 지닌 반면 소설은 그러한 능력을 상실한 고독한 개인의 산물이라고 주장한다. 이야기가 분산된 다양한 사건을 다루는 반면 소설이 특정한 한 명의 주인공에 집중한다는 것은 이야기가 집단적 경험을 전수하는 반면 소설은 개인의 운명에 초점을 맞춘다는 뜻으로 이해할 수 있다.

흥미로운 것은 이야기의 종언을 가져왔던 중요한 원인인 대중매체가 소설 형식에도 결정적 변화를 가져오며, 소설의 위기를 부추긴다는 점이다. 벤야민은 이야기의 고유한 전통에서 소설의 위기를 돌파할 계기가 무엇인지를 치열하게 고민한다. 이러한 고민은 현대적 삶의 조건이 강요하는 경험의 빈곤을 타파하고 이야기가 삶을 통찰하고 형성하는 힘을 회복해야 한다는 생각과 연결된다.

변현태의 「바흐친의 소설이론」은 바흐친의 「문학 장르로서의 소설」(1941)이 바흐친의 문학이론에서 차지하는 위상을 설명하는 것으로 글을 시작한다. 바흐친의 「문학 장르로서의 소설」은 소설 혹은 소설 장르에 대한 이론적·철학적 근거를 부여하고자 하는 '소설이론'의 성격을 가지며, 이로써 우리는 '대화(도스토옙스키론)'나 '카니발(라블레론)'과 동등한 지위를 가진 '소설' 혹은 '소설 장르'라는 바흐친적인 이념을 설정할 수 있다.

바흐친에게 소설은 이를테면 발생, 형성, 정립의 과정을 거치는 혹은 거쳤던 다른 장르들과는 달리 언제나 '지금도 형성 중인' 장르다. 소설에 도입된 '시간축의 변화', 즉 '현재＝동시대성'의 도입과 그 '비종결적인 현재와의 최대한의 접촉'으로 인해 소설은 언제나 '지금도 형성 중'이다. 형식에 대한 규범적인 규정으로서의 '장르' 개념 대 일종의 '반(反) 장르'로서의 '소설 장르' 개념의 구도가 성립하는 것이다. 이러한 구도는 '독백' 대 '대화'(도스토옙스키론)나 '공식 문화' 대 '민중 문화'(라블레론) 같은 일련의 바흐친적인 대립 구도의 변주 속에 위치하며, 바흐친은 '문화의 통일성' 대 '개인의 유일성' 구도에서 후자에 근거하면서도 양자의 '전체성'을 모색하고자 시도했다고 본다.

바흐친의 「문학 장르로서의 소설」의 주요한 대화 상대자는 루카치이다. 루카치가 현실과 동시대성에 대한 '총체적인 반영'이라는 관점에서 '서사시와 소설'이라는 문제에 접근했다면, 바흐친은 서사시적 과거와 소설의 동시대성이라는 관점에서 이에 접근하고 있다. 이때의 동시대성이란 루카치와 바흐친 모두에게 단순한 시간적 범주가 될 수 없다. 바흐친은 서사시와 소설에서 과거 혹은 현재/미래라는 범주가 시간적인 범주가 아니라 '가치 평가적-시간적' 범주라는 사실을 강조한다. 무엇보다 바흐친이 '동시대성의 문학적 반영'을 서사시가 아닌 언제나 존재해 온 문학적 삶의 주변부, 즉 "사소하고 '저급한' 장르들"에서 찾는다는 것은 주목할 만하다. 특히 바흐친은 "웃음의 정신으로부터의 소설의 탄생"을 주장하는 것이다. 케슬러에 의하면, 바흐친은 미래와 생성의 장르로서 소설이 지닌 비상한 가능성을 "모든 목적론적 연관 너머에서 마르크스에 부합되게 생성의 절대적 운동 속에 있는 인간에서 출발한 역사관으로써 정초"했다.

사르트르 역시 총체성의 개념을 작품 판단의 중요한 준거로 삼는다는 점에서 루카치적 맥락에 이어진다. 윤정임의 「『이방인』해설」과 사르트르의 소설 기법론」은 사르트의 「『이방인』해설」(1943)을 중심으로 사르트르의 소설론을 폭넓게 조명한 글이다. 사르트르는 『이방인』을 카뮈의 부조리 이론에 근거하여 읽어낸다. 부조리란 '세계 내 존재'인 인간이 세계에 대해 느끼는 분리와 괴리를 말하며, 이방인이란 바로 그러한 감정을 '살아가는' 인물이라는 것이다. 『이방인』은 시간성의 차원에서 볼 때, 영원한 현재들로 나열된 순간성의 시간이고 연결점이 끊어진 각각의 문장은 고립된 섬처럼 그저 거기에 있을 뿐이다. 이러한 『이방인』의 문체와 그로부터 빚어진 효과는 카뮈의 '기법'으로 불린다.

소설 기법은 작가의 형이상학에 연결된다고 생각한 사르트르는, 비평가의 역할이 소설의 기법 아래 숨겨진 형이상학을 찾아내는 일이라고 생각하였다. 사르트르는 『이방인』의 문장을 신실재론의 분석적 세계관에 연결지어 설명한다. 현상들 사이에는 외적 관계와는 다른 어떤 것이 있다는 사실을 부정하는 신실재론자들은 고립된 인상들만을 추려내게 되는데, 이 방식이 날것의 경험을 복원하여 부조리의 세계를 표현해 내려는 카뮈의 의도에 부합한다는 것이다. 시간의 비연속성과 인과관계가 없는 삶은 오직 단속적인 현재와 복수의 순간성들로 표현될 수밖에 없다. 복합과거형이 강조하는 완료의 의미는 시간의 비연속성을 배가한다.

결국 사르트르는 『이방인』의 "무에서 무로 이어지는" 문장들은 담론의 세계로 진입하지 못하며, 결국 한 편의 소설이 보여주어야 할 어떤 전체를 말하기 어렵게 한다고 비판한다. 사르트르는 "예술은 전체다, 혹은 전체여야 한다"라는 생각을 자주 표명했다. 『문학이란 무엇인가』에서 밝힌 독서의 현상학은 결국 작품이라는 매개를 통해 총체성을 향해 가는 총체화의 과정이며 바로 이것이 예술(소설)의 전체에 이르는 길이다. 사르트르는 『이방인』에 대해 소설이 그려 낼 수 있는 전체와 거리가 멀다고 보았는데, 그 어느 곳으로도 나아가지(초월하지) 않는 관성적 현재들의 연속일 뿐인 그의 문장들은 담론의 세계로 진입하지 못하며 총체화 운동의 여지를 없애버리기 때문이다. 사르트르는 초월의 부재를 그려낸 그 아름다운 폐쇄 앞에서 소설적 생성의 단절을 느꼈던 것이다.

루카치가 자본주의 밖의 삶과 예술이 가능하다는 시대적 상황에서 총체성을 이야기한다면, 아도르노와 제임슨은 자본주의 밖을 상상하기 어려운 시대적 상황에서 '표현할 수 없는 것의 표현'으로서의 재현을 주장한다. 데이비드 커닝엄의 「아도르노 이후(*After Adorno : The Narrator of the Contemporary European Novel*)」(2006)는 정성철이 「동시대 소설에서 화자의 위치」(1954)에 대한 가장 적합한 해제라는 판단 아래 번역하여 수록한 글이다.

아도르노는 하나의 문학 형식으로서의 소설은 본질적으로 그것의 근대적인, 소외된 성격에 의해 정의되며 부르주아적 주체의 내적 경험을 향한다고 주장한다. 이러한 설명의 직접적인 출전은 아도르노가 1920년대 초에 읽은 루카치의 『소설의 이론』이다. 소설은 주체와 객체, 사실과 가치의 독특한 근대적 분열로부터 탄생했으며 소설 자체는 그 분열을 결코 화해시킬 수 없다. 루카치가 서사시로부터의 이탈을 개탄스러운 일이라고 보았다면, 아도르노는 새로운 문학 형식들을 요구하고 발생시키는 사회 현실의 한 측면으로 보았다.

아도르노는 소설이 적어도 18세기 이래로는 언제나 살아 있는 인간들과 딱딱하게 굳어버린 관계들 사이의 갈등을 그것의 진정한 대상으로 삼았다고 주장한다. 그러한 관계들은 궁극적으로 소외 그 자체가, 특히 화자의 형상을 통해 소설의 미적 수단이 되어야 함을 함축한다. 따라서 서사시의 잠재적 귀환에 대한 루카치의 멜랑콜리적인 동시에 유토피아주의적인 몽상에 맞서, 아도르노는 현대소설을 질적으로 새로운 종류의 부정적 서사시로, 해방된 주관성이 그것 자신의 중력을 통해 그것의 대립물, 즉 개인이 자기 자신을 청산하는 상태의 증명서들로 전화하는 서사시로서 긍정한다.

아도르노가 생각한 진정한 예술작품은 내재적 비동일성을 은폐하지도 않고 자율성의 지속적인 갱신 조건으로서의 이질적인 것들의 수용을 은폐하지도 않는 것이다. 예술의 타자들—동시대에 비(非)미적인 것으로 제시되는 형식들이나 실천들—과의 예술의 내재적 관계만이 예술을 한갓된 사회적 사실이 아니라 오히려 사회적으로 비판적인 것이 되게 한다.

이경덕의 「프레드릭 제임슨의 『율리시스』 읽기」는 프레드릭 제임슨의 「역사 속의 『율리시스』」(1980)와 「조이스인가 프루스트인가?」(2006)를 논의한 글이다. 『정치적 무의식』(1981)에서 잘 나타나듯이 대문자로 표시된 History(역사)는 라캉의 실재(the Real)와 약호 전환된다. 제임슨은 나아가 이 역사를 역사적 사건들 및 연대기적인 역사 기술과 구별하고 생산 양식과 약호 전환하여 사용하고 있는 만큼, 그가 『율리시스』를 읽을 때는 바로 그 실재 또는 자본주의 생산 양식과의 연관성을 밝히겠다는 의도가 명시적으로 드러난다.

제임슨이 기대하는 모더니즘을 규정하는 혹은 생산하는 실재는 제국주의 또는 독점자본주의이다. 이 실재는 식민본국에서는 감지하거나 가시화하기 어려워진다. 반면에 식민지 출신은 식민본국을 끊임없이 의식할 수밖에 없으며, 그 모순적 관계를 해결하고자 하는 필사적인 야생적 사고 또는 정치적 무의식을 가질 수밖에 없다. 그러한 정치적 무의식을 대표적으로 보여주는 사례가 제임스 조이스이다. 제임슨은 모더니티의 문제를 사물화의 과정으로 바라본다. 사물화는 삶 전반에서 진행되고 있는 하나의 거대한 흐름이되, 사물화 자체를 사물화를 통해 저항하고 위로하는 흐름 또한 존재하며, 탈사물화를 통해 실재를 환기하는 움직임 또한 존재한다. 윤리적인 판단을 넘어서서 사물화의 이러한 복잡한 변증법적 과정을 천착하는 것이 제임슨의 작업이다.

3

역사·유물론적 문학이론을 대표하는 식민지 시대 대표적인 이론가는 임화이다. 조현일은 「임화의 「세태소설론」 읽기 : 본격, 세태, 심리, 통속소설」에서 임화의 「세태소설론」(『동아일보』, 1938.4.1~6)을 자세하게 논의하고 있다. 그는 같은 해에 쓰여진 「최근 조선 소설계 전망」이나 「통속문학의 대두와 예술문학의 비극」과 연결지어, 본격, 내성(심리), 세태, 통속소설의 의미를 도출함으로써 임화의 소설론을 보다 입체적으로 조망한다. 그 결과, 「세태소설론」은 "카프 해산 후 임화의 비평 작업, 장편소설이 문제시될 수밖에 없었던 당대 창작계와 비평계의 상황, 그리고 루카치의 장편소설론 수용이라는 세 가지 맥락이 교차"하는 텍스트로 규정된다.

임화의 소설론은 현상을 분석하고 방향성을 제시한 뒤 그릇된 현상을 비판하는 서술 구조를 취하고 있다. '성격과 환경의 조화'를 특징으로 하는 본격소설, 양자의 조화를 포기하고 세태 묘사와 심리 묘사에 치중하는 세태소설과 내성(심리)소설, 통속적 방법으로 성격과 환경의 조화를 꾀하는 통속소설이 그것이다. 이 글에서는 이러한 1938년 임화의 소설론이 루카치의 「소설」(1934)과 「'소설'에 대한 보고」(1934~1935)와 긴밀하게 관련된다고 보고 있다. 임화가 강조하는 '성격과 환경의 조화'라는 명제는 「소설」의 기본 개념인 '서사'에 대한 깊은 이해 속에서 제시된 것으로 이해된다. 성격과 환경의 조화가 곧 서사이며 그 결과물이 서사적 줄거리이기 때문에, '성격과 환경의 조화'를 통한 서사적 줄거리의 창조는 분리 불가능한 이론적 틀이라는 것이다.

임화는 루카치보다 더 나아간다. 루카치의 묘사 개념에 입각해 세태소설을 분석하며, 그 근본적 한계를 비판하면서도 묘사의 긍정성까지 논하는 대목에서 이를 확인할 수 있다. 묘사는 분석 정신의 소산이며, 특히 조선에서는 소설로서의 성질을 획득케 하는 조건, 즉 성숙한 근대소설로서의 기술을 완성할 수 있는 조건임을 지적하는 것이다.

임화의 「세태소설론」보다 2년 먼저 쓰여진 최재서의 「「천변풍경」과 「날개」에 관하야—리아리즘의 확대와 심화」(『조선일보』, 1936.10.31~11.7)는 박상준에 의해 새롭게 독해된다. 그동안 이 평론은 "'현대 도시의 양상에 대한 객관적 파악'과 '개인 내면에 대한 객관적 해부'의 미학을 최촉함으로써 현재 우리가 모더니즘 소설로 분류하는 작품들의 특징에 대해 처음으로 나름의 정체성을 부여"한 것으로 크게 의미가 부여되었다. 박상준은 「리얼리즘-모더니즘 범주 (재)구성의 감각과 효과」에서 당대의 리얼리즘 문학과의 긴밀한 관계 속에서 새로운 의미를 밝혀내고 있다. 그 새로운 의미로는 "기존의 좌파적 리얼리즘 문학이론으로는 그 실체를 해명할 수 없는 작가, 작품들에 문단 차원의 위상을 부여"하는 것, "리얼리즘의 범주 구성에 변화를 주는 방식으로 기존의 좌파 리얼리즘 담론이 중심을 차지하고 있던 논의 구도에 균열을 가하고 리얼리즘의 내용 자체를 바꾸려는 것" 등을 들 수 있다. 이러한 새로운 발견은 박상준의 문학사적 관점이 만들어 낸 유의미한 발견이라고 할 수 있다.

식민지 시대 역사·유물론적 문학이론을 대표하는 이론가가 임화라면, 『소설을 생각한다』에서 해방 이후 남한의 역사·유물론적 문학이론을 대표하는 이론가는 백낙청이라고 할 수 있다. 이는 백낙청의 비평 세계를 폭넓게 조명하고 있는 황정아의 「소설과 리얼리즘」에서 확인할 수 있다. 백낙청의 비평은 일찌감치 분과의 벽을 허물며 정치, 사회, 역사, 철학 등에 이르는 다양한 영역으로 뻗어 나간 것으로 규정된다. 백낙청의 대표적인 문학 담론인 민족문학론과 리얼리즘론이 분단체제론이나 근대 이중과제론, 변혁적 중도론 등의 담론과 긴밀하게 연결되는 것에서 이를 확인할 수 있다.

소설에 관한 백낙청의 사유는 리얼리즘 논의를 중심으로 해서 이루어진다. 「D. H. 로런스의 소설관」을 분석하며, 로런스의 주장에 논평하는 형식으로 개진된 백낙청의 소설론은 이 장르가 근대적 현실과의 관계에서 (원칙으로가 아니라 역사적으로) 어떤 독보적 지위를 갖는다는 믿음을 핵심 항목으로 포함한다. 나아가 장편소설이 담는 복합성과 총체성은 이른바 '객관적 현실의 총체적 재현'이라는 표현이 연상시키는 인식론적 사건에 그치지 않으며, '삶다운 삶'이라 부를 수밖에 없는 '진실'의 차원에 닿아 있다는 것이다. 더욱 중요한 것은 '현실에 대한 정당한 인식과 정당한 실천적 관심'으로 요약되는 백낙청 리얼리즘의 실천적이며 운동적인 성격은 사실상 장르로서의 소설이 요구하고 또 구현하는 바에 다름 아니라는 점이다. 소설이 보여주는 '사실들의 상호 연관성'이란 가능한 한 무수히 사실을 축적하는 일이라기보다 '사회 현실에 깊이 뿌리박고 그 현실의 창조적 발전에 기여하는' 차원과 관련되는 일이다. 백낙청의 소설론과 리얼리즘론은 루카치의 논의와 여러모로 이어져 있다.

황정아는 백낙청의 「황석영의 장편소설 『손님』 : 한반도에서 화해와 평화 찾기를 중심으로」(2006)를 통해서 백낙청의 문학비평이 갖는 현장성과 백낙청의 문학비평이 그 자신의 '비문학' 담론들과 교류하는 방식을 고찰한다. 특히 화해의 리얼리즘과 유령의 리얼리티를 통해서 백낙청 비평의 특징을 밝히는 대목이 이 글의 핵심이라고 할 수 있다. 전자를 통해서는 "리얼리즘에서 '대안'이란 '총체성'과 마찬가지로 소설이 하고자 하는 바를 집중적으로 그리고 남김없이 수행하게 만드는 동력이면서 또 그렇게 함으로써 비로소 발생하는 효과이기 때문"이라는 것을 밝히고, 후자를 통해서는 "있어야 할 것과 없는 것마저 포함한 전체로서의 '삶의 진실'", 즉 사실주의와는 구별되는 "리얼리즘의 일"을 분명하게 밝히고 있는 것이다.

4

『소설을 생각한다』에는 통념적으로 역사·유물론적 문학이론과는 거리가 멀어 보이는 소설론도 수록되어 있다. 김성호의 「「소설의 미래」와 로런스의 소설미학」은 로런스의 「소설의 미래」(1923)를 중심으로 그의 소설론을 살펴본 글이다. 로런스는 소설이 "인간의 표현형식 중 최고의 것"이라고 주장한다. 이유는 "일차적으로 그것이 작가들의 거짓말, 그들의 관념과 판타지, 그들의 이런저런 교훈의 의도를 뒤집고 깨부숴버리"기 때문이다. 소설가의 역량은 특정한 관점과 특화된 표현으로 구성된 자신의 의식을 타자들의 세계를 향해 개방하고 그 부딪힘 속에서 자신의 의식을 시험할 수 있는 능력을 포함한다는 것이다.

그는 직전 세기의 사실주의나 자기 시대의 모더니즘에 대한 대타적 의식을 지니고 있으며, 자신의 소설이 근현대 서사문학의 틀을 벗어나는 더 보편적이고 심원한 '소설'의 전통 속에서 이해되기를 원한다. 그가 생각한 미래의 소설은 "철학과 종교를 '지양'한 소설"로서 "현대적인 복음서, 현대적인 신화"라고 보았다. 로런스가 제시하는 위대한 소설의 본질적 요소는 예술적 반인간주의, 상대성의 진리, 정서적 선구라는 세 가지이다.

이 글은 로런스와 당대 문학장의 헤게모니를 장악해 나가던 모더니즘의 관계를 논하는 것으로 끝맺고 있다. 로런스는 모더니즘 정서 체제의 내부에서, 상당 부분 모더니스트들과 공유하는 언어로 자신의 고유한 미학을 형성해 나간 반(反)/탈(脫)모더니스트라고 할 수 있으며, 그의 소설과 비평은 헤겔식으로 말해서 그 자체가 센티멘털리즘과 리얼리즘의 적대적 산물인 모더니즘이 다시 선구적으로 지양된 형태라고 정리할 수 있다.

이보경은 「루쉰의 '소설 모양의 문장'에 관한 소론」에서 루쉰의 『『외침』 자서」(1923)와 『『아Q정전』 제1장 서문」(1921)에 나타난 루쉰의 소설관을 살펴본다. 이 글은 루쉰의 소설관이 지닌 그야말로 고유한 특성을 다방면에 걸쳐 파고들고 있다. 전통소설과 근대소설, 중국소설과 서양소설이 서로 겹치고 떨어지는 지점에 존재하는 루쉰 소설관의 특이성을 집중적으로 파헤치고 있는 것이다. 이러한 고유한 소설관은 루쉰이 「『외침』 자서」에서 사용한 '소설 모양의 문장'이라는 어구 속에 잘 압축되어 있다. 이 말은 "근대소설의 모양을 하고 있는 산문적 글쓰기"라는 뜻으로서, 루쉰이 "자신이 창작한 소설과 서구 근대소설의 거리를 의식"하고 있었음을 분명하게 보여준다.

「『아Q정전』 제1장 서문」은 화자가 자신의 독자들에게 자신의 이야기와 등장인물에 붙인 이름의 타당성을 설득하기 위해 쓴 글로서, 보다 본격적인 소설론이 펼쳐진다. 루쉰은 소설이 과거 전통 시대 비주류 문인들의 심심풀이 글을 지칭하는 이름이었던 것을 비판하며, "소설은 인생을 위하고 개량하는 작품에 어울리는 이름"이어야 한다고 주장한다.

이러한 계몽주의적 지향으로 그는 근대소설의 미학에도 크게 구애받지 않는다. 근대소설의 최소한의 규약이라고도 할 수 있는 '그럴 법함'에 대한 파괴도 도모하는 것이다. 또한 이보경은 루쉰의 창작 생애의 가장 긴 시간 동안 놓치지 않은 것이 '장난기'라고 보고 있는데, 이것은 "진지함에 기반한 근대소설은 루쉰에게 애초부터 맞지 않은 형식"이었다는 것을 증명하는 하나의 사례이다. 스타일리스트(stylist)로서의 루쉰은 소설 작법과 민중의 언어에 예민한 근대적 소설가라기보다는 언어의 함축과 세련된 수사, 그리고 유희에 몰두함으로써 소설의 경계를 의식적으로 훼손한 문장가로 규정된다. 또한 루쉰은 인물 묘사에 있어 '유형'의 방식을 사용했는데, 유형은 이른바 근대적 인물의 '내면의 발견'과 아무런 관련이 없음은 물론이고 특정한 사회적 성격과 모순을 반영한 구체적 인물로서의 '전형'과도 구분된다. 그것은 "수많은 구체적 인물상이 작가의 사상적 단련을 거쳐서 귀납되고 개괄되고 장식화된 추상의 결과"라고 정리할 수 있다.

근대소설의 기본적인 규약과 거리가 멀다고 해서, 루쉰을 중국의 전통 미학에 줄을 선 문인으로 이해해서는 안 된다. 중국 문인들의 공통된 소망은 "'입언(立言)'할 수 있는 문장가로서 불후의 인물에 대한 불후의 문장을 써서 영원토록 후세에 남"기는 것인데, 루쉰은 이러한 소망과도 무관하다. 「아Q정전」의 화자는 소설의 시작부터 "자신이 입언할 수 있는 인물이 못 되고 자신의 글이 불후의 문장이 될 수도 없고 자신의 인물이 불후의 인물이 될 자격도 없다"라고 밝히기 때문이다.

오길영은 「소설과 욕망」이라는 글에서 김현의 「소설은 왜 읽는가」 (1985?)를 통해 김현의 소설론을 고찰하고 있다. 김현 비평의 이론적 근원은 정신분석 비평, 현상학적 비평, 그리고 이미지(주제) 비평으로 요약할 수 있으며, 「소설은 왜 읽는가」는 김현 비평에서 정신분석학적 욕망이론과 현상학적 주제비평이 완미하게 결합된 예로 파악된다. 또한 김현 자신이 분류한 당대 비평의 유형에 따르면 분석적 해체주의에 해당하는데, 분석적 해체주의란 "해체-구축의 비평"으로서, "보이는 세계의 구조를 해체하면서 그 밑에 숨은 현실의 구조를 재구성"하는 것을 뜻한다.

김현에게 이야기와 문학은 "간접적 경험을 통한 새로운 세계 인식을 가능케 해주는 수단"으로서, 김현에게 이야기는 "억압된 욕망이 승화된, 혹은 굴절된 표현"이다. 이야기는 "쾌락원칙이 자신을 드러내는 자리가 아니라, 현실원칙이 쾌락원칙을 어떻게 억압하고 있으며, 그것은 올바른 것인가 아닌가를 무의식적으로 반성하는 자리"이다. 이러한 인식은 김현이 "독자나 비평가의 의식과 욕망에 굴절될 수밖에 없는 세계의 수용을 깊이 천착한 현상학적 비평에 강하게 영향을 받"은 결과이다. 그리고 이러한 영향은 "작가와 비평가의 인식과 욕망이 만나고 대화하고 부딪히는 '공감의 비평'"과 밀접하게 맞닿아 있다. 작품은 "작가의 욕망, 작품의 욕망, 그리고 독자의 욕망이 부딪히고 길항하는 욕망들의 공간"인 것이다. 이러한 욕망들의 공간은 "여기 내 욕망이 만든 세계가 있다라는 소설가의 존재론이, 이 세계는 살 만한 세계인가라는 읽는 사람의 윤리학과 겹쳐"지게 하며, 이를 통해 "소설은 가장 재미있게, 내가 사는 세계는 살 만한 세계인가 아닌가를 반성"케 한다. 오길영은 김현의 소설론이 지금도 호소력을 지닌다면, 김현의 소설 비평이 "공감을 가능케 하는 욕망의 윤리학을 누구보다도 더 깊이 고민했기 때문"이라고 결론 내린다.

4장에서 다룬 로런스, 루쉰, 김현 등은 역사·유물론적 문학이론과 직접적으로 맞닿아 있다고 보기는 힘들다. 그렇지만 그들 역시 소설과 시대와의 관련성을 끊임없이 문제 삼으며, 더 나은 세상을 향한 꿈을 그린다는 점에서는 결코 무관한 자리에 놓여 있다고 말할 수는 없다. 오길영이 김현의 소설론에서 놓치지 않는 대목도, "여기 내 욕망이 만든 세계가 있다라는 소설가의 존재론이, 이 세계는 살 만한 세계인가라는 읽는 사람의 윤리학과 겹쳐"지는 대목이다. 소설은 '소설가의 존재론'이 '독자의 윤리학'과 겹쳐짐으로써, 비로소 그 존재 의의를 갖게 되는 것이다.

5

『소설을 생각한다』는 여러 가지 의미가 있는 저서이다. 신비평 중심의 소설론이 주류를 차지하는 한국문학계에 역사·유물론적 문학 이론의 중요한 역사와 계보를 선보였다는 것은 무엇보다 중요한 성과이다. 또한 정확한 번역으로 고전이 된 소설론을 직접 확인할 수 있으며, 이에 대한 충실한 해설을 붙인 것도 한국문학의 발전에 큰 기여를 했다고 볼 수 있다. 그렇다고 이 저서를 단순한 학술서로만 이해해서는 곤란한다. 『소설을 생각한다』가 낳은 이러한 성과의 밑바탕에는 비평동인회 크리티카가 현 단계 한국문학을 바라보는 뜨거운 문제의식이 놓여 있기 때문이다.

문화의 위기, 인간다운 삶의 위기, 심지어 지구 생명 전체의 위기를 운위해도 그리 큰 과장으로 들리지 않을 형국인데, 항간에서 말하는 '소설의 위기'는 그 거대한 복합적 위기의 한 징후 또는 증상으로 보아야 할 것이다. 우리의 상황이 이러하다면, 지금이야말로 이러한 대위기를 직시하고 극복할 수 있는 큰 생각이 요구되는 시대라 할 수 있겠는데, 소설에 관한 사유 또한 그런 생각의 일환으로 이루어지기를 요청받고 있다고 할 수 있지 않을까.

우리 삶에서 소설의 의미 있는 영향력이 과거에 비해 작아질 수밖에 없다 하더라도, 그리고 소설을 한없이 사소한 것으로 몰아대는 조건이 강화되고 있다 하더라도, 그것이 소설 자체가 사소화(些少化) 될 이유는 못 된다. '시류를 거슬러' 기꺼이 '반(反)시대적' 사업에 동참하는 소설가들과, 그들이 빚어내는 '큰 이야기'를 정성스레 맞이하는 독자들에게 이 책이 자그마한 쓸모가 있기를 바란다.

위에서 인용한 머리말에는 '소설의 위기'와 그것을 낳은 거대한 위기에 대한 심각한 문제의식, 그리고 그것을 극복하고자 하는 열망이 또렷하게 나타나 있다. 이러한 열망으로 인해, 저자들은 '시류를 거슬러' 기꺼이 '반(反)시대적' 사업에 동참하며 '큰 이야기'에 반응하는 작가들과 독자들을 향한 뜨거운 연대의 마음까지 드러내는 것이다.

그렇다면 책날개에 써 있는 비평동인회 크리티카에 대한 소개, 즉 "크리티카는 고전적인 비평 정신이 살아 있는 비평 전문지, 비평적 관심과 학문적 관심을 결합한 비평 전문지이기를 자임한 동인지「크리티카」발간을 통해 사회적 소통을 시도했다. 하지만 크게 의미 있는 성과를 거두지는 못한 채 2013년 「크리티카」 6호를 끝으로 동인지 체제를 마감했다"는 말은 수정될 필요가 있는 것으로 보인다. 비평동인회 '크리티카'는 직접적인 현장 비평과 거리를 두고 있을 뿐, 그것과는 다른 층위에서 여전히 유의미한 '사회적 소통'을 시도하고 있기 때문이다. 『소설을 생각한다』야말로 그 뜨거운 비평의식이 낳은 구체적인 성과라고 볼 수 있다.

○ 2019